古代文学理论研究

第六十辑

知识体系与批评观念

胡晓明　主编

华东师范大学出版社·上海

图书在版编目(CIP)数据

知识体系与批评观念/胡晓明主编. — 上海：华东师范大学出版社，2025. —(古代文学理论研究).

ISBN 978 - 7 - 5760 - 6083 - 6

Ⅰ. I206. 2 - 53

中国国家版本馆 CIP 数据核字第 2025YM2872 号

知识体系与批评观念

——古代文学理论研究第六十辑

主　　编　胡晓明
责任编辑　时润民
责任校对　时东明
封面设计　刘怡霖

出版发行　华东师范大学出版社
社　　址　上海市中山北路 3663 号　邮编 200062
网　　址　www.ecnupress.com.cn
电　　话　021 - 60821666　行政传真 021 - 62572105
客服电话　021 - 62865537　门市(邮购)电话 021 - 62869887
地　　址　上海市中山北路 3663 号华东师范大学校内先锋路口
网　　店　http://hdsdcbs.tmall.com

印　　刷　上海新华印刷有限公司
开　　本　890 毫米 × 1240 毫米　1/32
印　　张　22
字　　数　626 千字
版　　次　2025 年 6 月第 1 版
印　　次　2025 年 6 月第 1 次
书　　号　ISBN 978 - 7 - 5760 - 6083 - 6
定　　价　98.00 元

出 版 人　王　焰

目　　录

◆词　论◆

◆文　论◆

编辑部报告

中国古代文论的深层肌理，始终交织着知识体系的建构与批评观念的演进。从《周易》“观物取象”的源头启示，到刘勰“体大虑周”的《文心雕龙》，再到历代诗话、词话中对“意”“境”“味”“韵”等核心范畴的持续辩难，中国文学批评的发展轨迹，本质上是知识谱系与批评观念的共生共荣。严羽在《答出继叔临安吴景仙书》中指明自己的诗学理论：“仆之《诗辨》，乃断千百年公案，诚惊世绝俗之谈，至当归一之论。其间说江西诗病，真取心肝刽子手。以禅喻诗，莫此亲切。是自家实证实悟者，是自家闭门凿破此片田地，即非傍人篱壁、拾人涕唾得来者。李、杜复生，不易吾言矣。”无论是严羽《沧浪诗话》之于禅学，还是翁方纲“肌理说”之于乾嘉考据朴学，都清晰地映射出中国古代文论“知识—批评”的互动机制。本辑论文的共同价值即在于揭示这种互动机制。当“冥搜”在佛禅的影响下孕育新义，“四唐”典范在晚明诗学中被重新审视，我们看到的不仅是具体问题的突破，更是中国文学批评传统在古今对话中的活力迸发。这种活力，源于对“知识”的敬畏与“批评”的勇气——前者让我们扎根传统肌理，后者促使我们在历史纵深中发现新义。或许，这正是古代文论研究的永恒魅力。

文论范畴乃传统批评之筋骨，其生成与演变承载着批评观念的嬗变轨迹。倪缘《“搜奇本自通禅智”：论“冥搜”诗学范畴的形成与演变》揭示了在佛禅影响下，“冥搜”诗学范畴的产生与变化。闫禾、石海光《论负价诗学范畴的艺术效果——以“险”“枯”为例》则聚焦“险”“枯”这两个典型的负价诗学范畴，探究其对于突破既定审美规范的独特诗学功能。王一格、高林广《试论苏轼对庄子物论思想的取鉴与发覆——以书画论为中心》以书画理论领域为中心，着重探究苏轼对于庄子“虚以待物”“奇观万物”“身与物化”等物论思想的转化与重构，揭示其对于中国古代美学的深刻影响。刘爱丽《童轩的“点化”功夫与其诗学主张研究》分析了童轩诗歌创作中的“点化”，得出了童轩注重“无一字无来处”及诗学宗唐、追求形似的诗学主张。王毅《论清代“词心”范畴的美学内蕴与理论发展》梳理了“词心”范畴由形象走向抽象，由感性趋于知性的发展历程。

本辑诗论诸文，或抉发阐释史之幽微，或考辨诗体之流变，皆以问题意识烛照诗史。曹顺庆、孙千茹《阐释变异视角下的〈诗大序〉英译本研究》借比较文学阐释变异学，介绍了《诗大序》在西方学界的翻译传播与研究阐释现状。易兰《此起彼伏的声名——论陆机、左思评价的历史变迁》梳理了两晋至明清对二人的评价变化，折射出诗学趣味的时代转向。刘运好《性空与本体：佛教“法性空无”本体诗学论》辨析了佛教中观学派“法性空无”的理论悖论及中国佛教的二度阐释所蕴含的本体诗学意义。徐婉琦《排律的起源及其诗体生成考论》揭示了排律诗体自梁陈初兴至元明定名的发展过程及其背后所呈现出的中国古代文体史规律性的发展特点。张月《杜甫“讥陶说”公案的还原考察》指出杜甫《遣兴五首》非讥陶，而是借陶自况，展现其儒道思想交织的复杂心态，纠正长期误解。蒋明恩《郭嵩焘的“循理”思想及其诗学观念》指出郭嵩焘“循理”思想以积诚为本、崇礼为用，贯穿知、仁、勇，与其诗学观紧密相联。

此外，田明《融汇“四唐”：论晚明江南诗学对唐诗取径的拓宽》、李建江《论近代南社的宗宋诗学》则揭示出了不同时代对唐宋文学的批判与吸收。张丽华《回归本体，弥合矛盾，以类相从——闺秀诗话创作的三个维度》、耿建龙《清中期杜诗注本的文本转型与价值重估》、李佳艺《穆尔察·成书〈多岁堂古诗存〉诗学观念谫论》、叶蕾《诗文评经典化建构与研究进境——论许印芳〈诗法萃编〉编纂体例的意义》、李清华《“秀水范式”与“差序格局”：论清代总集别撰诗话的体例生成与空间分布》则以具体的批评文本为研究对象，由此探究诗学理论的构建。

本辑词论诸篇论文分别聚焦《草堂诗余续集》、清嘉道间女性词人及俞平伯先生，展开研究。岳淑珍《〈草堂诗余续集〉及其编者考论》指出《草堂诗余续集》的编者为昆陵长湖外史徐常吉，他对于此书的编撰同时受到宋《草堂诗余》以及明《类编草堂诗余》的影响。罗浩春《男师女弟子：嘉道女性词人的自我发展与词学创作》认为嘉道女性词人突破了男师局限，以本色作词，在题材与风格上自成一家。曾智聪《论俞平伯的诗词注释与文学批评》关注到了被前人所忽略的俞平伯的"局中人"身份，并以《词课示例》为例，展现俞氏重视读者诠释的文学批评观念。

本辑的文论研究尤重文体演变历程与学者批评观念的阐释，皆见宏阔视野。李傲寒《隶事之文与南朝文士的知识世界》揭示了南朝隶事文因受到时代崇尚知识的影响，以集结知识、炫耀学识为旨趣，为南朝文学研究提供新维度。时鹏飞《碑志批评的理论体系》从传统碑志批评中取径，旨在重建碑志批评的理论坐标。王泽华《聚合与离散：赋体文学的涵容特征与破体新变》提出赋体"体兼众制"的聚合特性，及其在六朝后因"明体"趋势走向离散的命运，深化了对文体演变规律的认识。王路佳《晚清科举"以策论代时文"的文体改革及其困境》指出"以策论代时文"的改革虽促进文风转移，然新文体渐趋驳杂，折射出传统文体容纳中西新学之尝试与变通。

除了上述对不同文体发展历程做整体观照外，本辑还有诸篇文章聚焦于具体文本与学者进行深入研究。甘生统《〈文镜秘府论〉"集论"二序析要》以两篇序文为切入点，深入挖掘初唐类书与文学思想的互动。胡健《理想与悲情：姚铉〈唐文粹〉编纂主旨新解》结合姚铉的政治思想与性格命运，为其编纂《唐文粹》主旨的解释提供了新的思考路径。王子涵《风人之记：论苏轼"运诗入记"的文章学意义》指出苏轼的记体文中"运诗入记"的表现手法使其作品呈现出"风人之记"的独特面貌。曹竞艺《杂钞文献视野下王世贞的批评方法与知识趣味——以〈艺苑卮言〉为中心》揭示中晚明杂钞风尚对王世贞批评方法的影响，展现知识趣味与文学批评的互动。黎爱《刘师培文章观念的阐释路径与思想根源》指出刘师培承阮元衣钵，以“修辞”勾连“语言—文字—文章”之演进，对维护改造民族文化起到了历史性作用。此外另有两篇文章关注到古代士人对行旅、风景与文学之间关系的思考。祝福《明清“游而后工”说的生成及其批评史意义》发现了古代士人对“游而后工”说的建构，为古典批评话语再添一维。汪斌《驯化风景：清中叶游记所见华夏边缘》则注意到清人游记中对华夏边缘空间的开垦，经过士人驯化后的风景超越了其自然属性，而成为文化实践的一部分。

《古代文学理论研究》编辑部

“搜奇本自通禅智”：论“冥搜”诗学范畴的形成与演变*

倪 缘

内容摘要：“冥搜”概念肇于孙绰《游天台山赋》，至中晚唐为诗学所吸收。“冥搜”概念强调通过想象内视而领悟玄理，而“冥搜”诗学范畴则更侧重以心象表现自我。此外，“冥搜”诗学范畴亦有发展，一方面充分肯定磨炼字句的重要性，另一方面追求文外之旨的鉴赏效果。“冥搜”诗学范畴的产生与变化始终与佛禅有关。“冥搜”概念吸收了佛学“凝观”的资源。“冥搜”概念转为“冥搜”诗学范畴则与南宗禅对本心的凸显息息相关。晚唐五代时期，临济即句而离句的禅法也促进了“冥搜”诗学范畴在创作与鉴赏论上的演变。可见，“冥搜”诗学范畴有其丰富内涵与脉络，并非其他诗学范畴的附属，值得关注。

关键词：“冥搜”；诗学；“冥搜”诗学范畴；禅宗；诗禅关系

* 本文系国家社会科学基金重大项目“中国汉传佛教文学思想史”(18ZDA239)阶段成果。

Seeking in the Mind Naturally Harmonizes with Chan Enlightenment: On the Formation and Evolution of the Poetics of Seeking in the Mind

Ni Yuan

Abstract: The concept of Seeking in the Mind originates in Sun Chuo's *A Tour to Mount Tiantai* and was absorbed into poetry in the mid-to-late Tang Dynasty. The concept of Seeking in the Mind emphasizes the understanding of the metaphysical through the imagination of inner vision, while the poetics of Seeking in the Mind focuses more on the expression of the self through mental images. In addition, the poetics of Seeking in the Mind has also developed. On the one hand, it fully affirms the importance of polishing the verse, and on the other hand, it pursues the appreciation effect of the meaning beyond the text. The formation and evolution of the poetics of Seeking in the Mind has always been related to Buddhism. The concept of Seeking in the Mind draws on the resources of Buddhist contemplation. The concept of Seeking in the Mind was transformed into the poetics of Seeking in the Mind, which is closely related to the emphasis on the heart in the the South Chan Sect. During the late Tang and Five Dynasties period, the Rinzai method of dependence without attachment to the superficial meaning also promoted the evolution of the poetics of Seeking in the Mind in terms of creation and appreciation theory. The poetics of Seeking in the Mind has its own rich connotations and history, and is not subordinate to other theories of poetics. It is worthy of attention.

Keywords: Seeking in the Mind; poetics; Poetics of Seeking in the Mind; Chan; the relationship of Poetic and Chan

自唐代始,"冥搜"一词层出不穷。此词始见于东晋,中唐走入诗论，并常被视作成诗法门。此问题目前已被学界关注，但将其视作独立范畴进行研究的成果并不多见，以致许多问题尚不清晰。[①] 那么，“冥搜”是否具有独特的诗学理路？同时，“冥搜”概念与“冥搜”诗学范畴从何处汲取了养分？本文拟廓清“冥搜”诗学范畴的内涵，并发掘其思想源流。

一、“冥搜”概念与佛教凝观思想

“冥搜”最早并非诗学范畴。该词首次出现在《游天台山赋序》：

> 夫遗世玩道，绝粒茹芝者，乌能轻举而宅之？非夫远寄冥搜，笃信通神者，何肯遥想而存之？余所以驰神运思，昼咏宵兴，俯仰之间，若已再升者也。[②]

天台山尽管“冥奥”“幽迥”，但无疑存在于现实。故李善云：“言非寄情遐远，搜访幽冥，笃信善道，通神感化者，何肯存之也。”在李氏看来，“冥搜”指游人探访名山。但察孙绰所言，天台山为人所得的方式有二：“遗世玩道，绝粒茹芝者”物质地居于其间；“远寄冥搜，笃信通神者”在精神上遥想目存。吕延济注相较之下更显贴切：“绰使图画此山，观而慕之。”此意味着该赋源于观画驰思。序中所言“魑魅之途”“图像之兴”亦可印证此点。可见，“冥搜”应指超验内视，强调运

---

① 关于诗学中“冥搜”的讨论，主要集中在唐代，其大致可分为四类：一、视“冥搜”为“苦吟”的子范畴或论证材料。此类文献颇多，如仲瑶《玄学视域下的中晚唐五代“苦吟”与诗学发覆》（《文艺理论研究》2022 年第 4 期）等；二、视“冥搜”为唐代意境说的子范畴，如刘卫林《中唐诗境说研究》（万卷楼图书股份有限公司，2019 年）等；三、杜甫研究中的“冥搜”，如欧丽娟《唐代“极玄”诗学体系与杜甫——以几个关键词为核心》（《新亚学报》2018 年第三十五卷）等；四、将“冥搜”视作独立范畴，此类目前仅见一篇，参见刘卫林《谢榛〈四溟诗话〉冥搜说探析》（《人文中国学报》2002 年第 9 期）。刘文讨论了从六朝至五代诗境中“冥搜”说的演变，并考察了这一时段“冥搜”说与禅法的关系，但刘文以谢榛“冥搜”说为中心，因此对前者的观照似不够充分。综上所述，学界多将“冥搜”视作唐代其他诗学范畴或命题的次要方面，而非具有核心内涵的独立诗学范畴。

② 本文所引《游天台山赋》及其注均见萧统编，李善等注《六臣注文选》卷一一，中华书局，2012 年。上述引文见第 209 页，下不再注。

用想象而进入超经验的境界。这与《太平山铭》“有士冥游，默往奇托”[①]的说法如出一辙。而此种悟道方式与佛教凝观思想有着密切关联。

凝观为佛教重要法门之一，强调修行者在平静专注的心灵状态下观想佛像、白骨、净土、法身等，进而领悟空有不二的教理。《般舟三昧经》描述了念佛三昧法门：“欲得见十方诸现在佛者，当一心念其方，莫得异想，如是即可得见。譬如人远出到他郡国，念本乡里家室亲族，其人于梦中归到故乡里。”[②]但所见诸佛皆是心中幻象，“不从中出，亦不从外入。”[③]这种思想不独见此经，如《首楞严三昧经》亦举首楞严三昧法门。[④]得住首楞严三昧法门的菩萨可示现遍游一切世界。支遁、慧远等东晋高僧对这一思想皆有所接受。如支遁曾讲《首楞严三昧经》[⑤]，其《咏怀诗》其三更以凝观充分体验了天台仙境：“感物思所托，萧条逸韵上。尚想天台峻，仿佛岩阶仰。”[⑥]又云：“道会贵冥想，罔象掇玄珠。”[⑦]

孙绰对支遁相当崇敬，曾撰《道贤论》《喻道论》以赞誉后者。[⑧]而支遁对凝观的思考也深刻影响了孙绰，如王该《日烛》指出：“今则支

---

① 欧阳询编，汪绍楹校《艺文类聚》卷八，上海古籍出版社，1982年，第145页。

②③ 支娄迦谶译《般舟三昧经》（一卷本），《大正新修大藏经》第13册，佛陀教育基金会，1990年，第899页。

④ 汤用彤指出《首楞严三昧经》在汉晋时期多受推崇，异译多达九次。参见汤用彤《汉魏两晋南北朝佛教史（增订本）》，北京大学出版社，2011年，第426页。

⑤ 《出三藏记集》载有佚名《首楞严三昧经注序》，据此序，支遁曾讲《首楞严三昧经》：“沙门支道林者，道心冥乎上世，神悟发于天然。俊朗明彻，玄映色空，启于往数，位叙三乘。”参见释僧祐编，苏晋仁、萧炼子点校《出三藏记集》卷七，中华书局，1995年，第269页。

⑥ 支遁撰，张富春校注《支遁集校注》卷上，巴蜀书社，2014年，第74页。

⑦ 支遁撰，张富春校注《支遁集校注》卷上，巴蜀书社，2014年，第61页。

⑧ 如《高僧传》转引《喻道论》云：“支道林者，识清体顺，而不对于物。玄道冲济，与神情同任。此远流之所以归宗，悠悠者所以未悟也。”可见孙绰对支遁评价颇高。参见释慧皎撰，汤用彤校注，汤一玄整理《高僧传》卷四，中华书局，1992年，第163页。另，此段未见《弘明集》所收《喻道论》，故下文所引《喻道论》皆取自《弘明集》，分见释僧祐《弘明集》卷三，《大正新修大藏经》第52册，佛陀教育基金会，1990年，第16、17页。

子特秀……一言发则蕴滞披，三番著则重冥昭。见之足以洗鄙吝，闻之可以落衿（矜）骄。逊（孙）濯流以逸契，咏《遂初》于东罣（皋）。”[①]在《喻道论》中，孙绰充分肯定佛教之“冥照”。他认为佛教乃“体道”“导物”之宗，唯佛教能进入“冥照”的理想境界，“缠束世教之内，肆观周、孔之迹，谓至德穷于尧、舜，微言尽乎老、易，焉复睹夫方外之妙趣，冥中之玄照乎”。同时，他亦阐明了“冥照”的修行之道：在外“目遏玄黄，耳绝淫声；口忘甘苦，意放休戚”，在内“心去于累，胸中抱一；载乎营魄，内思安般”，最终进入“游步三界之表，恣化无穷之境”的境界。孙绰对“冥照”的讨论虽在话语上有玄言，但思维模式却出自佛教凝观思想。二者皆由心灵观想而实现觉悟。“冥照”与“冥搜”类似。“照”既指心灵直观感受能力，也是洞察万象的法门，如慧远曰：“故令入斯定者，昧然忘知，即所缘以成鉴。明则内照交映而万像生焉。”[②]佛教之“搜”亦可针对玄义、真理等精神层面的对象，如怀感云：“搜者搜求也，玄者幽玄者，搜其幽玄旨趣。”[③]此外，孙绰对“冥搜”的运用尤可窥其与凝观之关系。

首先，孙绰认为以心灵来观照物象可领悟玄义，“浑万象以冥观”。这一看法与支遁“即色游玄”在认识论上颇相似，即强调主体应当通过现象以把握本体。当然，这一认识在其时并不独见于支遁，如慧远云：“有客独冥游，径然忘所适。……流心扣玄扃，感至理弗隔。”[④]

其次，“冥搜”而生的物象因是玄理之用，故比物质的现实世界更具有真实性，即“自然之妙有”。佛教认为现实山水由因缘构成，短暂无常。而凝观想象的山水源于精神的超越，摆脱感官知觉对现实物质的把握与执着，在一定程度上洞察色的虚幻，更具真实。《文殊像

① 释僧祐《弘明集》卷十三，《大正新修大藏经》第52册，佛陀教育基金会，1990年，第90页。

② 释道宣《广弘明集》卷三十，《大正新修大藏经》第52册，佛陀教育基金会，1990年，第351页。

③ 怀感《释净土群疑论》卷一，《大正新修大藏经》第47册，佛陀教育基金会，1990年，第34页。

④ 逯钦立辑校《先秦汉魏晋南北朝诗》晋诗卷二十，中华书局，1983年，第1085页。

赞》言:“若乃天机将运,即神通为馆宇;圆应密会,以不迹为影迹。斯其所以动不离寂,而弥纶宇宙;倏无常境,而名冠游方者也。”[①]支遁面对文殊菩萨像,道出物质世界的无常变化,真实应在物质背后。这一佛理的领悟并不出于简单的观赏,而是凝想。虽然物质世界非真,但其却是佛的法身所化。鸠摩罗什译《思惟略要法》对多种观法作了详细解释。经文在“诸法实相观法”中指出:“但以凡夫未得慧观,见诸虚妄之法有种种相。得实相者观之如镜中像,但诳人眼,其实不生亦无有灭。……此法难缘心多驰散。若不驰散或复缩没,常应清净其心了了观察。”[②]此处实相是指诸法的空相。修行者以诸法实相观色相,便能察觉后者的虚幻。而“诸法实相观法”的修行,则离不开凝观的护持。这也影响了“冥搜”的真实观。

最后,虽然《游天台山赋》尽兴描绘了天台仙境,充分渲染视觉、听觉等感官景象,仿佛身临其境,但赋末揭示“此行”目的在于体玄悟道。孙绰“游览既周,体静心闲”时意识到适才种种皆为幻象,“悟遣有之不尽,觉涉无之有间”。在理悟有无的辩证关系后,孙绰进一步领悟“泯色空以合迹,忽即有而得玄;释二名之同出,消一无于三幡”。有与无同一,色、空与观亦是不离。孙绰对有无辩证关系的体认与支遁的“即色”如出一辙。支遁在《大小品对比要抄序》讨论有与无互相依存时云:“忘无故妙存,妙存故尽无,尽无则忘玄,忘玄故无心。然后二迹无寄,无有冥尽。”[③]此处之“无”指般若智慧,而“存”是《般若经》。虽然般若智慧的传承以《般若经》的名相为依托,但修行者必须在领悟般若后废弃经文。同时,修行者也不得执着般若智慧,废弃知见,最终做到对有、无的摒弃。而支遁《善思菩萨赞》更言“空”“有”“无”三者的关系:“能仁畅玄句,即色自然空。空有交映迹,冥知无照

---

① 支遁撰,张富春校注《支遁集校注》补遗,巴蜀书社,2014 年,第 578 页。

② 鸠摩罗什译《思惟略要法》,《大正新修大藏经》第 15 册,佛陀教育基金会,1990 年,第 300 页。

③ 释僧祐编,苏晋仁、萧炼子点校《出三藏记集》卷八,中华书局,1995 年,第 299 页。

功。”①“空”以“有”显现;“有”以“空”为本质。两相俱忘俱灭得意证空。而“冥搜”正是从凝观之“空”至天台之“有”,最终又断灭二者以体悟哲理。

综上,孙绰《游天台山赋》中的“冥搜”在方式、对象与玄理上都显见出佛教凝观思想的关切,并由此涉及当时思想界的诸多关键话题。其核心内涵为以冥寂之心观想,观照物象,最终了悟玄理。当然,这并不意味着“冥搜”仅受佛学的影响。从孙绰“以玄对山水”的基本立场来看,“冥搜”对玄学思想也有所吸收,例如郭象“适性逍遥”观对尘垢欲望的超越等。②

二、“冥搜”概念的诗学转向

尽管《游天台山赋》流传久广,但“冥搜”一词在其后百年间甚为罕见,直至唐代方才流行。个中原因或与唐人对《文选》的重视有关。唐人并非直接发掘其诗学价值,而是在接受其思想内涵的基础上逐渐孕养出“冥搜”诗学范畴。

由于李善注的影响,“冥搜”在唐代部分诗文中是指游戏山水,避俗出世,如李白《越中秋怀》等。但此类诗文在唐代并不多见,唐人更多使用“冥搜”以通达玄理。陆庶《烂柯山碑记》云:

> 烂柯仙躅,图谍详矣。观夫巨石横空,矫如惊龙,崒屼划坼,际于穹崇。南走群峰,北控遐陆,不远人世,宛如蓬瀛。得非权舆之初,俾宅真仙,而幽赞人民,脱笼槛于兹地。不然者,扰扰尘迹,潇洒灵踪。高步遐瞩,相瞬而致,则樵夫之遇二仙,其所以示化与。何元造无眹,而壶中之日月,可得而窥矣?庶牧于是邦,迨兹五祀,政惟自守,民亦安止。乘春多暇,爰契心期,冥搜信宿,机虑如洗,颓然性复于静,静复于真。天地之万类,吾生之忧乐,将不介于胸中矣。心

---

① 支遁撰,张富春校注《支遁集校注》卷下,巴蜀书社,2014年,第445页。

② 参见熊红菊、刘运好《论孙绰的“以玄对山水”》,《学术界》2017年第11期。

境相传，不知吾之遇灵境与，灵境之遇吾与？①

依查正贤所言，“冥搜信宿”是对游览活动的叙述。但从全文来看，游览并非仅为娱乐。陆庶对烂柯山的兴趣全然出于传说，并通过绘画作品，已经在脑海中想象出烂柯仙迹。而在游览后，陆氏已然洗涤掉尘世的烦劳，心性复归于平静，沉浸在人境两忘的境界。在这篇短文中，陆庶重现了孙绰神游天台山的思想过程。再如白居易《永崇里观居》、钱起《登玉山诸峰偶至悟真寺》等诗文皆有此意。② 同时，唐代佛教亦有此说。《大方广佛华严经随疏演义钞》引用《括地志》③云：“其山层盘秀峙，路径纡深。灵岳神溪，非薄俗所居，悉是栖神禅寂之士，冥搜造微之俦矣。”④而与《古清凉传》引文相参照，可知“冥搜”与“思玄”意同。可见，对澄观而言，禅者生活于曲径通幽、杳无人烟的世外山水，以“冥搜”领略佛法精妙。可见唐代“冥搜”概念的归旨大多聚焦探玄，与孙绰之“冥搜”并无本质区别。

“冥搜”概念是在唐人广泛接受中于中唐进入了诗学领域。六朝论诗多提及物感或事感，要求诗人“睹物兴情”，“摇荡性情，形诸舞咏”。但对中唐诗人而言，这一观念也隐含了危机，即随着前代诗作的不断增多，尤其在初盛唐诗坛大兴后，留予后世的创作空间越来越

---

① 陆心源编《唐文拾遗》卷二七，中华书局影印本，1983 年，第 10670—10671 页。《全唐文》卷六二二亦收此文。《唐文拾遗》所收较长，多出“烂柯仙躅，图谍详矣”八字。其余异处可参见查正贤《论唐人创作中的“冥搜”概念与“冥搜得境”的命题》，《北京大学学报（哲学社会科学版）》2017 年第 3 期。

② 此类例颇多，囿于篇幅，无法一一列举并展开分析。此处试析一诗：《登玉山诸峰偶至悟真寺》开篇即描写了一片幽静的山水灵境，其后点出“冥搜”二字。而从末句“兴中寻觉化，寂尔诸象灭”可知，“蟠木盖石梁” 至“一点如片雪” 这一段的景物描写实为钱起内心之构象。而“更闻东林磬，可听不可说”一句则强调了“冥搜”所悟之佛理。

③ 据唐《古清凉传》所载，此语出自《括地志》。《古清凉传》所引更祥：“其山，层盘秀峙，曲径萦纡。灵岳神嵠，非薄俗可栖止者，悉是栖禅之士、思玄之流。及夫法雷震音，芳烟四合。慈觉之心，邈然自远。始验游山者，往而不返。”（慧祥《古清凉传》，《大正新修大藏经》第 51 册，佛陀教育基金会，1990 年，第 1093 页）经查阅，今人贺次君《括地志辑校》及相关补辑未见上语。今陈列于上，用俾补苴。

④ 澄观《大方广佛华严经随疏演义钞》卷第七十六，《大正新修大藏经》第 36 册，佛陀教育基金会，1990 年，第 601 页。

少。吴乔《围炉诗话》云:“初盛大雅之音,固为可贵,如康庄大道,无奈被沈、宋、李、杜诸公塞满,无下足处,大历人不得不凿山开道,开成人抑又甚焉。”①若沿前说,则与亟待创新的诗坛有所抵牾。既然事物激发情意,那么风物未变,人事相似,情意则无法与古人相异,遑论“用意于古人之上”。因此,中晚唐诗人在承袭传统之外,尚需另辟一条诗学路径。而“冥搜”概念恰给予了这一资源。

“冥搜”诗学范畴在中晚唐诸多诗学语境中出现:其一,不同诗格诗论都论及“冥搜”,《唐风集序》云:“或情发乎中,则极思冥搜,游泳希夷,形兀枯木。五声劳于呼吸,万象悉于抉剔,信诗家之雄杰者也。”②甚至坦言:“为诗须精搜,不得语剩而智穷,须令语尽而意远。”③其二,诗歌普遍称“冥搜”,如《读张仆射诗》《题中上人院》等诗句都论及了“冥搜”成诗的过程。中晚唐或直接以“冥搜”指代诗歌创作,乃至出现题为“冥搜”的诗集。④ 在这些话语中,“冥搜”不约而同地指向诗歌创作的方式。显然,“冥搜”不应视作惯用语,或是仅指“冥搜”概念。

“冥搜”诗学范畴与中晚唐诗人对心、意的强调密不可分。他们不断强调诗歌创作需保持虚静的心灵,“夫初学诗者,先须澄心端思,然后遍览物情”⑤。而后者正是生出诗意的关键。意则居于诗歌创作

---

① 吴乔《围炉诗话》,郭绍虞编选,富寿荪校点《清诗话续编》,上海古籍出版社,1983年,第554页。

② 李昉等编《文苑英华》卷七一四,中华书局,1966年,第3688页。

③ 旧题白居易《文苑诗格》,张伯伟编《全唐五代诗格汇考》,江苏古籍出版社,2002年,第367页。

④ 《唐摭言》载:“元和中长安有沙门,善病人文章,尤能捉语意相合处。张水部颇恚之,冥搜愈切,因得句曰:‘长因送人处,忆得别家时。’径往夸扬,乃曰:‘此应不合前辈意也!’僧微笑曰:“此有人道了也。” 籍曰:‘向有何人?’僧乃吟曰:‘见他桃李树,思忆后园春。’籍因抚掌大笑。”(王定保撰,阳羡生点校《唐摭言》,上海古籍出版社,2012年,第98页)在这段记载中,“冥搜”笼统地指称诗歌创作。“冥搜集”另参见郑樵《通志》卷七十艺文八,浙江古籍出版社,2000年,第823页。

⑤ 王梦简《诗格要律》,张伯伟编《全唐五代诗格汇考》,江苏古籍出版社,2002年,第474页。

实践的首要位置，如王昌龄所云：“凡作诗之体，意是格，声是律，意高则格高，声辨则律清，格律全，然后始有调。”①在这一情况下，“意”也是“冥搜”诗学范畴的基础，“常鄙学者不知意格，徒摘叶搜奇，而不能入雅正之奥阃”②。若无“意”以统合全篇，徒寻章摘句，刻意求奇，恐难登大雅之堂。

在“冥搜”诗学范畴中，“意”具有两个基本内涵：

> 一曰内意，欲尽其理。理，谓义理之理，美、刺、箴、诲之类是也。二曰外意，欲尽其象。象，谓物象之象，日月、山河、虫鱼、草木之类是也。内外含蓄，方入诗格。③

“内意”针对诗歌大意，侧重在整体观照，目的在于尽理。“外意”则强调在局部中尽象。这要求诗人在创作时需要注意内外意的平衡，“若一向言意，诗中不妙及无味。景语若多，与意相兼不紧，虽理通亦无味”④。二者的和谐非指冥思苦想，而是在心底蕴养诗意：“凡搜觅之际，宜放意深远，体理玄微。不须急就，惟在积思，孜孜在心，终有所得。”⑤

而诗人对“冥搜”诗学范畴中“意”的把握，主要发生在“搜象”的阶段。换句话说，诗人涵养诗意的目的在于“冥搜”其象。《诗格》云：“夫置意作诗，即须凝心，目击其物，便以心击之，深穿其境。如登高山绝顶，下临万象，如在掌中。以此见象，心中了见，当此即用。”⑥此处象、境并不是具体实在的对象，而是在“置意”作用下生出的心象与

---

① 旧题王昌龄《诗格》，张伯伟编《全唐五代诗格汇考》，江苏古籍出版社，2002年，第160页。

② 旧题梅尧臣《续金针诗格》，张伯伟编《全唐五代诗格汇考》，江苏古籍出版社，2002年，第519页。

③ 旧题白居易《金针诗格》，张伯伟编《全唐五代诗格汇考》，江苏古籍出版社，2002年，第351—352页。

④ 旧题王昌龄《诗格》，张伯伟编《全唐五代诗格汇考》，江苏古籍出版社，2002年，第169页。

⑤ 徐衍《雅道机要》，张伯伟编《全唐五代诗格汇考》，江苏古籍出版社，2002年，第446页。

⑥ 旧题王昌龄《诗格》，张伯伟编《全唐五代诗格汇考》，江苏古籍出版社，2002年，第162页。

心境。《宣和书谱》论薛道衡作文便云:“为文必杜门高卧,冥搜精思,故每一篇出,则传播人口。”[①]这表明了“冥搜”诗学范畴实与卧游相似,强调以心灵来造象。《诗格》亦道:

> 旦日出初,河山林嶂涯壁间,宿雾及气霭,皆随日色照著处便开。触物皆发光色者,因雾气湿著处,被日照水光发。至日午,气霭虽尽,阳气正甚,万物蒙蔽,却不堪用。至晚间,气霭未起,阳气稍歇,万物澄静,遥目此乃堪用。至于一物,皆成光色,此时乃堪用思。[②]

王昌龄认为诗歌创作应选取清晨与晚间景色,原因在于万物朦胧,皆有光色。若追求物象的形似,景物最清晰时则为最佳。但他却以为物无遗形的正午“万物蒙蔽,却不堪用”。[③] 这其实是通过“冥搜”将物象转换为心象。时人认为并非现实所见之物才能成象。只要由澄静心灵而出,皆可为象。

徐夤云:“凡为诗须搜觅。未得句,先须令意在象前,象生意后,斯为上手矣。不得一句只构物象,属对全无意味。”[④]这就要求诗人先在心灵中蕴养外意,后以外意寻觅合适之象,发掘象在外意表达上的可能性。在这一过程中,诗人完成了心象的创造。因此,它不宜表面地理解为对物象意义的揭示,其实质是诗人在运思过程中的自我发现与表达,而象只是中介。有论者云:“在这些活动中,大体上只有物的名称是几乎不变的,其他各方面则都无法限以一定之规,而是在人

---

① 王群栗点校《宣和书谱》,浙江人民美术出版社,2012年,第27页。

② 旧题王昌龄《诗格》,张伯伟编《全唐五代诗格汇考》,江苏古籍出版社,2002年,第169—170页。

③ 此处“光色”不应简单释作光亮,否则午间应作最佳时。此“光色”应指非有非无的色像。蔡宗齐从唯识的角度来论述“光色”与佛教的联系,并得出结论:“光色”与佛教之“眼光”相似,都意在追求包容万物的圆满境界。此论有可取之处,但其并未发现王昌龄论述中三个时段之间光照的差异。参见蔡宗齐《唯识三类境与王昌龄诗学三境说》,《文学遗产》2018年第1期。

④ 徐夤《雅道机要》,张伯伟编《全唐五代诗格汇考》,江苏古籍出版社,2002年,第445—446页。

的每一次认识活动中随宜成形。”[①]此语中的，但论者重点仍在物象。“随宜成形”的认识活动所凸显的正是诗人独特的心灵。《风骚要式》道：“虚中云：‘物象者，诗之至要。’苟不体而用之，何异登山命舟，行川索马。”[②]物象固然扮演着极为重要的角色，但物象入诗前提为“体”，关键在于心灵。《诗格》又云：“搜求于象，心入于境，神会于物，因心而得。”[③]这意味着象的生成并非意与物的简单结合，而是要求象居于诗人的心灵之下。“冥搜”诗学范畴实以心联系了意、象，勾勒出“心—意—象—心”的创作逻辑结构。

中晚唐诗论家与诗人将“冥搜”概念引入诗学，但他们并非亦步亦趋地移植。“冥搜”诗学范畴改变了“冥搜”概念由象得玄的理路，转为由象见心。这种对心与象作用的认识与南宗禅在中唐的崛起有关。杨巨源《赠从弟茂卿》云：“扣寂由来在渊思，搜奇本自通禅智。”[④]他认为“冥搜”诗学范畴与禅宗有着相当紧密的关联。[⑤]此时南宗已相当流行，甚至出现“凡言禅皆本曹溪”[⑥]的说法。禅人亦能自觉把握二者，如《景德传灯录》载唐善静禅师一事：

> 有僧辞乐普，乐普曰：“四面是山，阇梨向甚么处去？”僧无对。乐普曰：“限汝十日内下语，得中即从汝发去。”其僧冥搜，久之无语，因经行偶入园中。师怪问曰：“上座岂不是辞去，今何在此？”僧具陈所以，坚请代语。师不得已代曰：“竹密岂妨流水过，山高那阻野云飞。”[⑦]

---

① 查正贤《论唐人创作中的“冥搜”概念与“冥搜得境”的命题》，《北京大学学报（哲学社会科学版）》2017年第3期，第48页。

② 徐衍《风骚要式》，张伯伟编《全唐五代诗格汇考》，江苏古籍出版社，2002年，第452页。

③ 旧题王昌龄《诗格》，张伯伟编《全唐五代诗格汇考》，江苏古籍出版社，2002年，第173页。

④ 彭定求等编《全唐诗》卷三三三，中华书局，1999年，第3720页。

⑤ 该句上句言文“海内方微风雅道，邺中更有文章盟”，下句言诗“王维证时符水月，杜甫狂处遗天地”，于此可见，“搜奇”是指“冥搜”诗学范畴。

⑥ 柳宗元《柳河东集》上册，上海古籍出版社，2008年，第92页。

⑦ 道原撰，尚之煜点校《景德传灯录》卷二十，中华书局，2022年，第771页。

禅师面对辞别的僧人，令其十日内出语证禅，后者则“冥搜”无果。而从善静的代语来看，此处“冥搜”对象指诗偈。由此可窥，南宗禅对“冥搜”诗学范畴有着深透影响。《坛经》言：“佛法在世间，不离世间觉。离世觅菩提，恰如求兔角。”①南宗禅将佛理落在现实的人心之上，肯定了众生的自我发现。如此，众生当下现实之心具足真实，不必再假外求。这种思想反映在象观中体现为众生心象一切现成。在南宗禅看来，心象本身便是众生心灵展现，“森罗万象，一法之所印。凡所见色，皆是见心”②。黄檗希运更道：“山河大地日月星辰，总不出汝心。三千世界都来是汝个自己。”③这段话进一步透露出南宗禅象观：一、就象之体而言，世间物象实际上都是心象；二、就象之用而言，观象即是观心。显然，这就为“冥搜”诗学范畴以心驭象，搜象显心提供了思想基础，弥合了“冥搜”概念直接植入诗学的张力。

三、“冥搜”诗学范畴的演变及其原因

“冥搜”诗学范畴虽在理论上颇为简易，但落在实际创作中却很难手到拈来。从“无兴即任睡，睡大养神”④的畅心怡神到“功到难搜处，知难始是诗”⑤的殚精竭虑，苦吟成诗逐渐成为晚唐五代诗学的主旋律。尽管苦吟有世道困顿、人心不安的因素，但推究根源仍在诗学内部：“善诗之人，心含造化，言含万象。且天地、日月、草木、烟云皆随我用，合我晦明。此则诗人之言应于物象，岂可易哉？”⑥若无一挥而就的诗才，即使万象尽显于诗人心目，诗人也不易摸索出最具表达

---

① 惠能著，张勇详解《坛经详解》，人民文学出版社，2023 年，第 79 页。

② 普济编，苏渊雷点校《五灯会元》卷三，中华书局，1984 年，第 128 页。

③ 裴休集《黄檗断际禅师宛陵录》，《大正新修大藏经》第 48 册，佛陀教育基金会，1990 年，第 385 页。

④ 旧题王昌龄《诗格》，张伯伟编《全唐五代诗格汇考》，江苏古籍出版社，2002 年，第 170 页。

⑤ 彭定求等编《全唐诗》卷八四一，中华书局，1999 年，第 9569 页。

⑥ 僧虚中《流类手鉴》，张伯伟编《全唐五代诗格汇考》，江苏古籍出版社，2002 年，第 418 页。

效果的心象。晚唐五代的诗句对这一现象的描述相当常见，如陆龟蒙《补沈恭子诗》、郑谷《寄膳部李郎中昌符》等。即便是僧人，也曾饱受“冥搜”之累，如僧修雅《闻诵法华经歌》便有所论及。

诗歌作为语言艺术，无论取思如何精妙，最终要以语言文字加以物质重现。那么，只有精炼语言，才能保证意与象能够浑然天成地融合。这也导致“冥搜”诗学范畴从精神层面的“冥搜”心象落至形式上的锤炼字句。神彧《诗格》云：“冥搜意句，全在一字包括大义。”[①]而这一情况的出现与苦吟磨炼不无关系。《诗人玉屑》载云：“郑谷在袁州，齐己携诗诣之。有《早梅》诗云：前村深雪里，昨日数枝开。谷曰：‘数枝’非早也，未若‘一枝’。齐己不觉下拜。自是士林以谷为一字师。”[②]此为磨炼字眼的具体记载，虽不见作诗之苦，但可管窥其时诗风。同时，时人对律诗的推崇更加剧了定字之苦，在下笔时不得不字斟句酌。在如此诗学环境中，“冥搜”诗学范畴出现新变化，具有了以字传意的面向，要求锤炼一字以显大义。

宋人对“冥搜”诗学范畴亦有继承。但相较之下，宋人更为注重“冥搜”诗学范畴对磨炼的强调。如宋代《五总志》载骆宾王之逸事：

> 骆宾王未显时，……时月色如昼，一老僧苦吟不已，继以永叹。因问之曰：“和尚何不睡去，而冥搜如是？”僧云：“我作梵天寺诗，止得两句，云：‘桂子月中落，天香云外飘。’思之切至，竟不能成章，遂太息也。”宾王曰：“我当为汝足成之。”僧云：“尔何人而敢言诗！”然亦不能抑也。令僧再举前句，即应声曰：“楼观沧海日，门听浙江潮。”僧大奇之。[③]

① 僧神彧《诗格》，张伯伟编《全唐五代诗格汇考》，江苏古籍出版社，2002年，第493页。

② 魏庆之著，王仲闻点校《诗人玉屑》卷六，中华书局，2007年，第191页。

③ 吴坰《五总志》，上海师范大学古籍整理研究所编《全宋笔记》第五编，大象出版社，2012年，第26页。

在宋人的叙述中，“冥搜”俨然成为苦吟的同义词。[①] 宋代这一现象相当普遍，“近来诗社争相胜，幽讨冥搜字字工”[②]。当然，宋人并不完全同意苦吟派，后者注重一字一句的稳妥而易忽视整体的谋篇命意。而前者则认为创作主体的极度磨炼可使胸中之意得以借助语言表达。此诚如叶燮所言：“自梅、苏变尽昆体，独创生新，必辞尽于言，言尽于意，发挥铺写，曲折层累以赴之，竭尽乃止。”[③]

“冥搜”诗学范畴在鉴赏层面亦有发展，如张怀瓘《评书药石论》云：“古人妙迹，用思沉郁，自非冥搜，不可而见。”[④]他认为唯有“冥搜”的方式才能体味书象的象外神韵。这虽然是针对书而言，但书、画、诗相互融通，《宣和书谱》道：“盖文章字画同出一道，特源同而派异耳。”[⑤]同时，由于“冥搜”诗学范畴对象的关注，“冥搜”书法、“冥搜”绘画与“冥搜”诗歌本就是其在不同文艺领域的运用。王炎《题谢艮斋画笥四首》其二云：“万点青山一曲溪，门阑疑是辟尘犀。笔端更有诗中画，细细冥搜为品题。”[⑥]此处所体现的正是“冥搜”诗学范畴在品画时的作用。任渊则进一步点明“冥搜”诗学范畴的鉴赏论意义。他注陈师道诗云：“读后山诗，大似参曹洞禅，不犯正位，切忌死语。非冥搜旁引，莫窥其用意深处，此诗注所以作也。”[⑦]“死语”是分灯禅的术

---

① 此段故事与孟启《本事诗》记宋之问一事几乎相同：“宋考功以事累贬黜，后放还，至江南。游灵隐寺，夜月极明，长廊吟行，且为诗曰：‘鹫岭郁岧嶤，龙宫锁寂寥。’第二联搜奇思，终不如意。有老僧点长明灯，坐大禅床，问曰：‘少年夜夕久不寐，而吟讽甚苦，何邪？’之问答曰：‘弟子业诗，适遇欲题此寺，而兴思不属。’僧曰：‘试吟上联。’即吟与听之，再三吟讽，因曰：‘何不云楼观沧海日，门听浙江潮？’之问愕然，讶其遒丽。”（丁福保编《历代诗话续编》，中华书局，2006 年，第 17—18 页）二则故事颇为接近。在这里，“搜奇思”亦与苦吟名异而义同。有趣的是，随后僧人便指出老僧即是骆宾王。此亦可视为宋代沿袭晚唐五代“冥搜”诗学新变之旁证。

② 傅璇琮等编《全宋诗》卷一八二〇，北京大学出版社，1995 年，第 20260 页。

③ 叶燮著，蒋寅笺注《原诗笺注》，上海古籍出版社，2023 年，第 392 页。

④ 董诰等编《全唐文》卷四三三，中华书局影印本，1983 年，第 4411 页。

⑤ 王群栗点校《宣和书谱》，浙江人民美术出版社，2012 年，第 27 页。

⑥ 傅璇琮等编《全宋诗》卷二五六四，北京大学出版社，1995 年，第 29773 页。

⑦ 陈师道著，任渊注，冒广生补笺，冒怀辛整理《后山诗注补笺》，中华书局，1995 年，目录第 1 页。

语，意谓禅者对第一义直接拟说与肯定。以此观之，“冥搜”诗学范畴强调只有超越语言文字，用虚静之心去体味诗歌，才能领悟到真正的意趣。

“冥搜”诗学范畴在创作论与鉴赏论上的变化看似大相径庭。前者要求以文字传达诗意，后者却认为诗意只有在文字之外才能获得。但二者在事实上相应。在玄学语境中，语言往往遮蔽意义，因此其强调得鱼忘筌。但诗意的传达毕竟不能完全依靠默契，在作者与读者之间仍需要语言介质作为意义入口。这牵扯到时人对语言文字的看法。他们一方面要打破语言文字对意义的桎梏，摆脱语言文字在传意上的限制；另一方面，只有将语言文字安排妥帖，才能生出活句，流畅地表达本意。

正如任渊所指出，“冥搜”诗学范畴在语言观上的对立统一与南宗禅在晚唐五代的发展关系密切。南宗禅传承至晚唐五代，依各宗门厅施设与接引方式而分灯，形成了沩仰、临济、曹洞、云门、法眼五宗。而“不立文字，教外别传”的传统在这一时期已然受到挑战。各家对经典、语言的重视与运用堪称一场语言革命。其中，云门宗禅风与“冥搜”诗学范畴中的锤炼字句在形式上颇为接近，尤其是云门宗对“一字禅”的使用。[①] 云门宗风险峻高古，逼迫参禅者在应答瞬间扫除疑情。“一字禅”便是此种宗风的产物。如《古尊宿语录》卷十五载云门文偃与学僧的问答：“问：如何是禅？师云：是。进云：如何是道？师云：得。”[②]面对学僧对禅与道的提问，云门文偃答非所问，仅以一字答复。但“一字禅”并非是对疑惑的回答，而是用一字截断提问者对语言意义的追求，扫除学人的知见妄想。云门禅师举“一字”刻意打破提问者对回答的期待，引起提问者对语言本身的反思，最终摆脱语言，直指人心。足见“一字禅”不是对意的追求，反而瓦解了言

① 有关这一问题，参见张海沙《云门宗风与晚唐五代诗论》，《学术研究》2005 年第 2 期。

② 赜藏主编，萧萐父、吕有祥等点校《古尊宿语录》卷十五，中华书局，1994 年，第 259 页。

意之间的关系。云门文偃道："若约衲僧门下，句里呈机，徒劳伫思，直饶一句下承当得，犹是瞌睡汉。"[①]文偃认为语言中绝不会透出半点禅机。可见，云门"一字禅"与"冥搜"诗学范畴的内涵和理路皆背道而驰。

而任渊则认为"冥搜"诗学范畴在鉴赏论上与参曹洞禅相当，二者关联之处在于"不犯正位，切忌死语"。"正位"确为曹洞最具特色的禅法，是指诸法之真如本体。以此观之，"不犯正位"在"冥搜"诗学范畴中指的是不执滞诗语以体悟真意。但"切忌死语"则非曹洞专利，"活句"本就为分灯禅所倡。曹洞禅法自建立时就侧重老婆心切，主张逐渐启发诱导。其对语言的看法也主要体现在"语渗漏"中，认为语言具有局限性，所谓"体妙失宗者，滞在语路，句失宗旨"[②]。在宋代，曹洞宗更出现默照禅法，要求禅人息虑内观，摄心绝缘。相较之下，宋代临济宗要求言下立悟，更可视为提倡"活句"的代表，可见，任渊或只部分切合了"冥搜"诗学范畴的思想源流。

在时人看来，诗与禅的相应之处在言，《雅道机要》便云："夫诗者，儒中之禅也。一言契道，万古咸知。"[③]由此处着眼，临济宗风与"冥搜"诗学范畴的变化最为接近。临济宗由临济义玄创立，宗风痛快峻烈，扬眉瞬目间直入顿悟。同时，临济宗流布甚广，在丛林与世俗间都有较大的影响，甚至有"临济临天下"之说。"三玄三要"是最具特色的临济禅法。临济义玄云："大凡演唱宗乘，一句中须具三玄门。一玄门须具三要，有权有实，有照有用。"[④]临济宗认为可知解的语言会陷入知见的窠臼，因此说法应当话里有话，话中藏机，不可尽露。闻法则要从话头上理解言外之意，不对语言的表面意思执着。

---

① 道原撰，尚之煜点校《景德传灯录》卷十九，中华书局，2022年，第710页。

② 智昭集《人天眼目》卷三，《大正新修大藏经》第48册，佛陀教育基金会，1990年，第319页。

③ 徐夤《雅道机要》，张伯伟编《全唐五代诗格汇考》，江苏古籍出版社，2002年，第439页。

④ 普济编，苏渊雷点校《五灯会元》卷十一，中华书局，1984年，第645页。

所谓“三玄”指的是体中玄，句中玄，玄中玄。体中玄“发于真体”，源于人的真心。句中玄“虽是体上发，此一句不拘于体故”。这要求参禅者即句而离句，以一句显义，却又不拘泥于语言。玄中玄则是讨论言外之意，“此语于体上又不住于体，于句中又不著于句，妙玄无尽，事不投机”①。要言之，“三玄三要”集中体现了临济宗对语言文字的看法。汾阳善昭有颂道：“三玄三要事难分，得意忘言道易亲。一句明明该万象，重阳九日菊花新。”②语言文字源于人的本性，但又不执着于心体。在表达上，语言文字为参禅者与说禅者提供了支撑，但又要求脱离语言表面。“冥搜”诗学范畴对语言文字的看法与临济宗颇近。同时，临济宗在说禅时大量使用禅诗。这更方便了“冥搜”诗学范畴汲取临济宗的思想资源。

结语

综上所述，“冥搜”诗学范畴不仅有其独特的诗学内涵，也确存在完整的演变过程。它是受佛学影响的“冥搜”概念在唐代的进一步发展，并且在南宗禅的影响下，逐渐改变了概念的旨趣。就创作论而言，“冥搜”诗学范畴重视诗人对心象的发掘，肯定了本心在诗歌创作中的关键地位。随着分灯禅的出现与流布，“冥搜”诗学范畴吸摄了临济宗语言观的资源，一方面强调诗意传达对语言的依赖，另一方面又肯定言不尽意。“冥搜”诗学范畴由此能够统一创作中的磨炼字句与鉴赏上的超越语表。常有论者将其视作唐代诗境说或苦吟之下的子范畴。应当承认的是，唐代诗境说与苦吟诗学确从“冥搜”诗学范畴中汲取了部分养分，但将“冥搜”诗学范畴完全置于其下，或许略显偏颇。就唐代诗境说而言，尽管唐代诗论家说法不一，但其核心却始终落于心物关系。苦吟诗学则重视劳心苦思地推敲与反复的吟咏。二者皆未能容纳“冥搜”诗学范畴的全部内涵。而唐宋以降，“冥搜”

---

① 性统编《五家宗旨纂要》卷上，《卍续藏经》第114册，台北新文丰出版公司，1994年，第510页。

② 普济编，苏渊雷点校《五灯会元》卷十一，中华书局，1984年，第686页。

诗学范畴在诗作与诗论中亦被充分讨论与关注。如屠隆在《论诗文》中摘选符合诗道之诗句，并总结云："已上摘赏篇什，选波斯宝，析栴檀香，各极才品，各写性灵，意致虽殊，妙境则一。冥搜而妙悟之，诗家三昧，思过半矣。"[①]作为公安派前驱，屠隆在归乡后对性灵的提倡不遗余力。他将"冥搜"诗学范畴与性灵、妙悟三者相联系，意在指出诗法之真髓。较之唐宋，其观点可谓一新。质言之，"冥搜"诗学范畴在唐代乃至后世产生了深远影响，其在诗学与诗学史上的价值仍有待关注。

（南京大学文学院）

① 屠隆撰，汪超宏等点校《鸿苞》卷十七，汪超宏主编《屠隆集》第八册，浙江古籍出版社，2012 年，第 442 页。

论负价诗学范畴的艺术效果

——以“险”“枯”为例

闫　禾　石海光

内容摘要：“险”“枯”是两个较典型的负价诗学范畴。称为“负价”是因为其初始字义以负面意义为主，介入诗学领域之初也多被用来表示诗病。但“险”“枯”范畴的本质就是指代某种审美感受的核心字，当与其他核心字组合时会展现出正向艺术效果。古人有时借此突破某些趋于凝定的审美规范，获取新的审美体验。如将“险”“枯”衍为形式技法以矫俗振弱，化作内容风格来抒泄情绪、寄托精神，或将其运用于主体构思中以发掘新意，或在宏观层面借之避免滑熟，开辟新境。这些阐释赋予了负价范畴独特的诗学功能，彰显出中国传统文学批评话语的开放性与生命力。

关键词：负价；诗学范畴；艺术效果

On the Artistic Effects of Negative Poetic Categories — Take "Precipitousness" and "Witheredness" as Examples

Yan He　Shi Haiguang

Abstract: The "precipitousness" and "witheredness" concepts are two typical negative poetic categories. They are called "negative" because their initial meanings are mainly negative. They are initially involved in the field of poetics and used to represent poetic disease. The essence of the categories of "precipitousness" and "witheredness" refers to the core characters that represent a certain aesthetic feeling, and when combined with other core characters, they will exhibit a positive artistic effect. The ancients sometimes used them to break through certain fixed aesthetic norms and gain new aesthetic experiences. For example, ancients use "precipitousness" and "witheredness" as formal techniques to correct vulgarity and weaken, or transform the style to express emotions and support spirit, or apply them to the main idea to show new ideas, or at the macro level, use them to avoid duplication and open up new horizons. These interpretations endow the negative category with unique poetic function, and highlight the openness and vitality of traditional Chinese literary criticism discourse.

Keywords: negative; poetic category; artistic effects

中国文学理论、批评史中的"范畴"作为"古代文论之网的理论结晶"①,一直广受学界关注。21 世纪以来随着认识的深化,以往古典诗学研究中一些鲜被关注的"冷门"范畴乃至原本被用来指称诗病的"另类范畴"开始进入研究视野,如蒋寅、汪涌豪等学者在这方面做出

① 蒋述卓《新时期中国古代文论研究三十年述评》,《学术研究》2008 年第 7 期。

了令人敬佩的学术贡献，既有个案追索，又有整体观照。蒋寅先生基于概念（范畴）的价值属性将之划为绝对正价、有限正价、负价及中性四大类，又将负价判为“有限”和“绝对”两类，开以正负价划分概念（范畴）之先河。① 同一个范畴下之所以能出现意义大相径庭的不同后序范畴，根本上在于大多“范畴”“概念”本质上其实就是指代某种审美感受的核心字，当它与不同字组合时，就会显示出不同色彩，从而赋予其正面、中性、负面等不同意义。如“清”能派生出“清新”“清明”等词语，这是正向的含义；但也能组合出“清弱”“清薄”等颇具负面意义的词语。这既体现了本民族独特文化背景下“范畴”的柔性特征，更得益于汉语本身意合性特点的影响。众多诗学范畴自然也遵守着这一规则，因此当一个原本意义偏负面的范畴与其他核心字合成一个新范畴时，其意义指向就可能发生转变，甚至产生正向的艺术效果，这也就是蒋文中说的“有限负价概念”。

笔者认为古人在诗论中标举、运用有限负价范畴时，产生的艺术效果是有限且相对稳定的。本文拟以“险”“枯”范畴为例，在考察其本身意义的基础上，从形式技法、内容风格、创作主体等方面探讨它们的正向功能。“险”“枯”在诗学史上流传较久，意义光谱跨度宽广，且在某些时期有突出表现，可以视作有限负价范畴的代表。兹论述于下，以就正于各位方家。

一、“险”“枯”范畴的初始意义

在具体讨论“险”“枯”范畴的艺术效果之前，应对其字源意义和初始内涵略加回顾。“险”“枯”二字最初都以负面意义为主。“险”本义是说地势不平难以通过，《说文》训作“阻，难也”；“枯”由“木”“古”合成，义项之一是“壅蔽之木”。② 因此它们介入诗学领域之初，意义

① 详见蒋寅《中国古代文论对审美知觉的表达及其语言形式》，《社会科学战线》2015年第2期。

② “古”义项之一即“壅蔽”。参见尹黎云《汉字字源系统研究》，中国人民大学出版社，1998年，第244页。

也附着着消极属性。

“险”范畴常指语言夸张，情感激烈，颇违诗教的诗歌风格，或在形式方面指韵狭、语生、字俗等，总之多指诗病。如《诗品》批评鲍照诗风为“险俗”①；方回评苏轼《次韵曾仲锡承议食蜜渍生荔支》中“薄刑”一词生硬晦僻，用得“大险”②，再如查慎行、纪昀分别认为赵师秀“竹里怪禽啼似鬼”句“险”与“俚”③，可见俗语有时也是险语。至于“枯”范畴的负面意义也很明显，《文心雕龙·附会》就说“义脉不流，则偏枯文体”，此后“偏枯”成为一种典型病犯，为诗家所力避，胡应麟就说“对不属则偏枯”④。再如“枯瘦”“枯燥”“枯寂”等也是诗歌禁忌，方回评杨万里《雪》（“细听无仍有”）诗“枯瘦甚矣”⑤。清人形容唐宋诗为“唐诗温润，宋诗枯燥”⑥等，这些与枯有关的词语大都形容诗歌语言质木无文，有时也兼指内容贫乏浅易。再如明人斥责贾岛诗“衲气终身不除，语虽佳，其气韵自枯寂耳”⑦，则主要形容诗歌事境狭窄。

总体来说，“险”“枯”不管是作为一个字还是诗学范畴，其初始意义都以负面为主。但这毕竟不是绝对的。尤其当它们作为“范畴”应用在诗学领域时，就会随着与不同核心字的组合而发挥积极的艺术效果，下面从不同层面分而论之。

二、借“险”“枯”振弱矫俗

在形式技巧这一层面，负价范畴有时可以化为具体技法，从而产

① 钟嵘著，曹旭集注《诗品集注（增订本）》下册，上海古籍出版社，2011年，第381页。

② 方回选评，李庆甲集评校点《瀛奎律髓汇评》，上海古籍出版社，2020年，第1269页。

③ 方回选评，李庆甲集评校点《瀛奎律髓汇评》，上海古籍出版社，2020年，第1386页。

④ 胡应麟《诗薮》，上海古籍出版社，1979年，第83页。

⑤ 方回选评，李庆甲集评校点《瀛奎律髓汇评》，上海古籍出版社，2020年，第930页。

⑥ 钱仲联主编《清诗纪事》，凤凰出版社，2004年，第4053页。

⑦ 陆时雍撰，李子广评注《诗镜总论》，中华书局，2014年，第223页。

生一些明显的正向作用。就“险”“枯”而言，简单来说就是在创作中有意触发字句格律上的某些病犯，借此强化律调的顿挫感和词语的疏离感，从而以顿挫感激发诗歌的健朗格力，以疏离感增强语言的脱俗雅意，达到振弱扬格、矫俗翻浅之效。

与此有关的理论表述出现颇早，隋代刘善经已指出“笔之鹤膝，平声犯者，益文体有力”[①]，即在无韵之文的第一、三句句末同用平声（八病之“鹤膝”），能使文章劲健有力。这是此前罕见的理论总结，几乎已含有了后世以病犯为法的用意。就“险”“枯”来说则表现为押拗字、险韵以求劲健奇崛，借偏枯句律以破细碎卑切。

以“险”为例。章学诚在《皇甫持正文集书后》一文中分析韩诗道：“中唐文字，竞为奇碎。韩公目击其弊，力挽颓风……其才雄学富，有时溢为奇怪，而矫时励俗，务去陈言。”[②]可见韩愈之所以致力于以“险语破鬼胆”（《醉赠张秘书》），很重要一个原因就是他欲以怪辞险语矫时励俗，扭转颓风。韩愈之前的大历诗人及其后学“拘限声病，喜尚形似，且以流易为词”[③]。诗坛一时气脉浸微，无复浑涵气象。鉴于此，以韩孟为首的众多诗人以险为法，大力矫之。韩诗险韵层出不穷，《病中赠张十八》以四险韵之一的“三江”入韵，所押“庬”“肛”“哤”“泷”“峐”等韵脚在韩愈之前前所未有。后人赞韩诗“步步押险……雄中出劲”[④]，道出了“险”字诀起衰振弱之用。再如孟郊多“横空盘硬语”（《荐士》），刘克庄赞为禅家“一句撞倒墙”，“退之……推让”，“岛尤敬畏”。[⑤] 也是说孟郊以硬语险字入诗而令诗歌臻于排奡挺拔境界。韩孟以险为法的创作思路影响了宋人。宋代本就以崇格复雅为基调，诗歌多慕雅健之风。而想要达到此境不外两种途径，

① 遍照金刚撰，卢盛江校笺《文镜秘府论校笺》，中华书局，2019 年，第 373 页。

② 章学诚著，仓修良编注《文史通义新编新注》，商务印书馆，2017 年，第 552 页。

③ 元结《箧中集·序》，傅璇琮等编《唐人选唐诗新编》，中华书局，2014 年，第 362 页。

④ 翁方纲《石洲诗话》，郭绍虞辑《清诗话续编》，上海古籍出版社，1983，第 1406 页。

⑤ 刘克庄著，辛更儒笺校《刘克庄集笺校》，中华书局，2011 年，第 7035 页。

一是自然天成；一是变意求新。前者毕竟限于天资，成就者少。因此更多人将目光转向钩章棘句，希望借助险字拗句等矫正庸熟，凸显劲健。如江西诗派多尚险拗，惠洪总结其法曰："于当下平字处以仄字易之，欲其气挺然不群。"[①]后人评价黄庭坚诗虽有刻意使用险字险句之嫌，但"其兀傲磊落之气，足与古今作俗诗者澡濯胸胃，导启性灵"[②]。这就表明如果险字用得好，能相对"便捷"地令诗歌奇崛爽健，不流于俗。以至于与江西派对立的永嘉四灵在这方面竟也有创作实践。四灵之冠赵师秀尝作险句云"竹里怪禽啼似鬼，道傍枯木祭为神"，一改清轻灵秀之风，被诗评家赞作"可喜"，因"险而劲"[③]，这正是以险得健、补济纤弱之效。

除了以险为法之外，古人认为"偏枯"句法也颇有妙用。这一称名本是杏林术语，意指偏瘫。后引入文章学领域，多指属对不工或辞义不协之病，有时还能引申为律诗对仗联中上下句节奏、风格的不对称、不匹配等。因此宋代孙奕就说"诗贵于的对，而病于偏枯"[④]。古人犯偏枯之病的例子不少，如崔颢《黄鹤楼》颈联"晴川历历汉阳树，芳草萋萋鹦鹉洲"似乎是标准的工对，但上句节奏是二五，下句却是四三，这便是句式偏枯。再如有学者称，杜甫《和贾至舍人早朝大明宫》是荣遇之诗，颔联"旌旗日暖龙蛇动，宫殿风微燕雀高"写宫廷春色应富贵典雅，但以"燕雀"对"龙蛇"显得寒俭，便是风格偏枯。[⑤]随着诗艺、诗思的发展，古人逐渐认识到，倘若创作一味避忌偏枯追求细润，诗歌工则工矣，但易流于纤弱卑琐，北宋中期以后之人对此体认尤深。他们濡染于崇格尚雅的文化风气，更看到晚唐、宋初各类诗

---

① 胡仔纂辑，廖德明校点《苕溪渔隐丛话》，人民文学出版社，1962年，第319页。

② 姚鼐《今体诗钞·序》，郑福照编《姚惜抱先生年谱》，清同治七年(1868)桐城姚濬昌刻本。

③ 方回选评，李庆甲集评校点《瀛奎律髓汇评》，上海古籍出版社，2020年，第1368页。

④ 孙奕撰，唐子恒点校《新刊履斋示儿编》，凤凰出版社，2017年，第104页。

⑤ 详见施蛰存《唐诗百话》，华东师范大学出版社，2018年，第103页。此说尚有讨论余地，这里引述仅用于理解偏枯诗病。

体过于求工而失于孱弱，因此不断有人发出“诗忌太工”的言论。如蔡宽夫说：“诗语大忌用工太过……语工而意不足，则格力必弱。”[①]葛立方言：“近时论诗者，皆谓偶对……太切，则失之俗。”[②]方回更指出太工太巧会“近弱”“徇俗”[③]。只因“诗的语言乃是以彻底消除一切熟悉的语词和说话方式为前提的”[④]，倘若真是“青归柳叶，红入桃花”，只会是“上下语脉无甚惨黯，即与村学堂对属何异”[⑤]。鉴于此，不少诗论家将“偏枯”视为一种句法技巧，认为不妨借偏枯振语体。刘辰翁由此称赏陈与义《雨》“一凉恩到骨，四壁事多违”联，认为“今人所为偏枯失对者，安知妙意政在阿堵中”[⑥]。律诗以颈联最讲工稳，陈与义却以“凉”对“壁”，以“恩到骨”对“事多违”，词性、事义皆未对应。但这一联情景相生，意脉连贯，尤其写出了自己客居京华却无人问津，家徒四壁唯有秋雨垂恩的失意颓唐。《四库全书总目》赞陈诗“语意超绝”，“不作柳骈莺娇之态，亦无蔬笋之气”[⑦]。便是称许他能不拘偶对，无腐儒方巾气。可见“偏枯”虽多指病犯，但若将其化成句法妥善运用却能产生去浅去俗的妙用。

总之，像“险”“枯”这一类负价范畴，虽在常态下多表现为一种诗病，但当把它们置于形式技法层面并化为某种特定字法、句法时，它们便能在作者的合理运用下发挥出正向功能，令诗作语健格高。

三、语险情尽，形枯神全

在内容风格层面，负价范畴可以成为某种另类风格，帮助作者抒泄情绪，展现品格，甚至为己身构筑一方精神巢穴。诚如袁宏道所言：“独抒性灵，不拘格套……其间有佳处，亦有疵处，佳处自不必言，

① 魏庆之著，王仲闻点校《诗人玉屑》，中华书局，2007年，第183页。

② 葛立方《韵语阳秋》，何文焕辑《历代诗话》下册，中华书局，2004年，第486页。

③ 方回选评，李庆甲集评校点《瀛奎律髓汇评》，上海古籍出版社，2020年，第196、2048页。

④ 伽达默尔著，洪汉鼎译《真理与方法》，商务印书馆，2010年，第661页。

⑤⑥ 曾枣庄主编《宋代序跋全编》，齐鲁书社，2015年，第1726页。

⑦ 永瑢等《四库全书总目》，中华书局，1965年，第1813页。

即疵处亦多本色独造语。”[①]诗中“瑕疵”尤是彰显本色、独抒性灵之处，负价范畴有时正可发扬这一作用。

首先仍以“险”为例。作为意象或风格的“险”范畴常被人提及，如“险俗”“险怪”“险诨”“险峻”“奇险”等。这类风格固然悖于温柔敦厚，却能令诗人更充分地表达感情，达到泄情自慰的作用。比较典型的如南朝鲍照。他出身寒门多涉坎壈，性情耿介激烈，其诗“有类楚骚”[②]，典型表现便是用语险重，意象险怪，但情感也更加张扬真挚，令人感同身受。其《芜城赋》写广陵古城的衰飒荒芜：“坛罗虺蜮，阶斗麏鼯。木魅山鬼，野鼠城狐。风嗥雨啸，昏见晨趋。饥鹰砺吻，寒鸱吓雏。伏暴藏虎，乳血飡肤。”[③]字句激诡，意象夸张，读之毛骨悚然。但只有这种惊心动魄的险绝之语才能将作者面对残酷战争，“心伤已摧”的情感表达得淋漓尽致，姚鼐评为“赋家之绝境”[④]，就是看中了它的艺术感染力。而这种强大的艺术张力和感兴力量，正是由“险”境带来的突兀感和冲击力赋予作品的。借助这种狠重文风，作者的情感更能充分抒发，内心的苦闷也能得到缓解。又如“险诨”之病，多指诗歌造语矫激、形容惨烈。但不可否认这类言辞更容易感染读者。如柳宗元一些贬谪诗常被诗评家目作“险诨”[⑤]，认为有违安和娴雅。但古人也说“情语不妨险诨”[⑥]，既是表露心绪，贵在语真情尽，直抒块垒，这样才能在自我疗愈的同时令读者心有戚戚，也为作者创造了一种最直接、彻底的自慰途径。因此不少理论家对“险”多有阐扬，类似风格的诗文更是不计其数，正是看重其既能发泄情绪，兼能感染读者的艺术效果。

随着中国士大夫精神的深化，创作者和理论家认识到借助“险”

---

① 袁宏道著，钱伯城笺校《袁宏道集笺校》，上海古籍出版社，1981 年，第 187 页。

② 鲍照著，丁福林等校注《鲍照集校注》，中华书局，2012 年，第 1050 页。

③ 鲍照著，丁福林等校注《鲍照集校注》，中华书局，2012 年，第 23 页。

④ 徐树铮辑《诸家评点古文辞类纂》第 5 册，国家图书馆出版社，2012 年，第 489 页。

⑤ 瞿佑著，乔光辉校注《归田诗话》，浙江古籍出版社，2017 年，第 370 页。

⑥ 胡震亨《唐音癸签》，古典文学出版社，1957 年，第 80 页。

"枯"等负价范畴不仅能抒一己之情,更能表露自己的"雅人深致"。这一体认在宋代尤其显著。宋人致力于弥缝"言志""缘情"两端的对待,重视审美本位和士人精神的兼顾,一些学者将宋代士人精神或文化范型概括为"儒林传统"与"文苑传统"的结合①或"艺术人格"与"道德人格"的融会②。而宋人的终极目的正是"借助于诗作为士人文化生命之传统力量,力纠士人精神之异化"③,这就使得宋人大都"不是从作品本身是否具有情感和词采或是否适用来论定高下,而是从作为文学创作主体的作家应具备什么样的才情和品性来解决问题"④。这就令"枯"一跃成为当时美学范式,如宋代文人日常玩赏之物常是枯木丑石,诗歌创作也推崇一种刊落浮华、凸显枯淡的风调神韵,因为他们坚信这种反常的审美态度能格外体现出自己的士人精神。一时间"枯槁"等词语在时人的理论言说及文学实践中上升为一种内涵深广的"拟人"范畴,超越了艺术审美而携带了人格修养乃至精神寄托等更深层次的文化意蕴,不少作者借之彰示矫矫不群的人格境界,甚至视为安顿身心的精神巢穴。

比如宋人特爱枯残之美,司马光、苏轼、朱熹、陆游等人皆有吟咏枯树、枯竹等作品。大概是受道家"五色令人目盲,五音令人耳聋"(《道德经》第十二章)以及释家"皮肤脱落尽,惟有一真实"⑤等思想影响,宋人认为这样最能直接凸显精神风韵,而只求形似会阻隔、湮没"神"的发挥。故苏轼言:"论画以形似,见与儿童邻……诗画本一律,天工与清新。"(《书鄢陵王主簿所画折枝》二首其一)便是主张超越形似求得画工之外的韵致。至于"岂无枯槁容,萧疏自殊调"(司马光《和昌言官舍十题·病竹》),"枯梢无叶更觉清"(姚勉《道中即事》)云

---

① 胡晓明《中国诗学之精神》,江西人民出版社,1991 年,第 83 页。
② 张毅《宋代文学思想史》,中华书局,2016 年,第 15 页。
③ 胡晓明《中国诗学之精神》,江西人民出版社,1991 年,第 84 页。
④ 张毅《宋代文学思想史》,中华书局,2016 年,第 7 页。
⑤ 瞿汝稷编纂,德贤、侯剑整理《指月录》,巴蜀书社,2012 年,第 275—276 页。

云，正是清人称许的“形残而神全”[①]的道理。这一认识深化后，宋代文人发现枯槁之美还能表现精神气质与人格理想。如文同形容怪石“风霜锻炼愈坚重，怒浪喷激不可没”(《富春山人为予道其所获石于江中者状甚怪伟欲》)，苏轼称赞枯竹“风雪凌厉以观其操，崖石荦确以致其节”，“群居不倚，独立不惧”[②]。他们将儒家的“比德”与庄子的“尚丑”意识相结合，并借着“枯”这类负价范畴发扬了出来。因此很多文人标举枯丑意象，枯淡风格，其用意也就昭然若揭了。如东坡雅好陶渊明、柳宗元之诗，称许二人诗“所贵乎枯澹者，谓其外枯而中膏，似淡而实美”[③]，第一层意义就在于这种破觚斫雕的风格更能得见真淳；而更重要的意义是通过标举、开显“枯淡”之美来强调自己不求世售，追配古人的精神气格。正如刘克庄将“枯淡”的作用形容为“一扫时世妆”[④]，陶诗这种枯淡真淳的诗风在讹新巧丽的南朝诗坛又何尝不是鹤立鸡群，逆水行舟。但恰是这种不同流俗的枯淡诗风，令古人和今天的我们感受到了陶渊明始终持守着的精卫填海式的风骨。而苏轼大开和陶风气，又独标“枯淡”诗风，其用意同样在于借反常另类的“枯槁”之美，彰显个人的雅人深致。甚至我们推测苏轼创作百余首和陶诗，追摹枯淡风格，可能也是为了将之作为精神巢穴，安顿自己不为俗系的灵魂。

总之，在内容风格层面下，以“险”“枯”为代表的负价范畴逐渐衍化成诸多风格，并被古人开显出多重艺术效果：或以“险怪”“险诨”慰己泄情，或以“枯槁”“枯淡”彰显品格，或更进一步在这类诗体中安顿心灵。合而观之大致都是通过标举某一负价范畴从而令作者与作品融为一体，进而更好的借诗歌慰藉情绪，安顿身心。

---

① 王先谦撰，沈啸寰点校《庄子集解》，中华书局，1987 年，第 30 页。

② 苏轼著，李之亮笺注《苏轼文集编年笺注》，巴蜀书社，2011 年，第 126 页。

③ 苏轼著，李之亮笺注《苏轼文集编年笺注》，巴蜀书社，2011 年，第 237 页。

④ 刘克庄著，辛更儒笺校《刘克庄集笺校》，中华书局，2011 年，第 337 页。

四、借“险”求奇

负价范畴的另一种典型艺术效果主要表现于主体构思中，尤其以“险”范畴为代表。我们根据古人言说可提炼出“险意”“险虑”“苦思”等相关概念。它们大多是说创作应苦心经营，主张通过苦思险虑使诗歌臻于妙境。而这一系列概念提出、流播的背后，不仅昭示着创作主体日益重视创作，更说明诗道日益精巧繁复的发展趋势，令诗人们在构思命意中有时需要取法于“险”，以求超越。

在古人看来“构思”是创作中极其重要的一端，贯穿为文之始终。《文心雕龙》置《神思》于下篇之首，上承文体，下启“情”“采”，堪称除“文之枢纽”外最重要的一端。但另一方面，先唐之人又普遍认为文才多禀自先天才性、气质，不太欣赏殚精竭虑、惨淡经营。如魏晋之时天下大乱，经学束缚松懈，个人之才得以发扬，连带着时风尤尚先天之才。杨修赞曹植文章“受之自然”[①]，萧子显认为诗文成就“委自天机”[②]。刘勰更直言：“文章由学，能在天才……才为盟主，学为辅佐。”（《文心雕龙·事类》）“秉心养术，无务苦虑；含章司契，不必劳情也。”（《文心雕龙·神思》）虽然刘勰这里也有意兼取才学两端，但二者明显轩轻有别。尤其“无务苦虑”这一命题不乏否定苦思之意，有学者据此推断刘勰“反对苦虑劳情，主张自然酝酿”[③]。魏晋之人之所以有这样的观念，大概是由于时人多认为文艺之道与天地并生，应深契自然之道，故反对刻意求险。

随着诗道转精，人们慢慢认识到艺术创作终究需要由技进道，不可能纯任自然。因此如皎然等既深于诗道又精于思辨之人极力肯定苦心经营对诗歌创作的必要性，并以“其作用也，放意须险，定句须

---

① 严可均辑《全上古三代秦汉三国六朝文·全后汉文》，中华书局，1958 年，第 758 页。

② 萧子显《南齐书》，中华书局，1972 年，第 908 页。

③ 周振甫《文心雕龙今译》，中华书局，1986 年，第 371 页。

难”[①]这一命题为代表，彻底将“险”与构思连接在了一起。皎然认为创作构思当专行险处，力求在无人想到之地独辟新意，并针对“不要苦思，苦思则丧自然之质”这一论调反驳道：“不入虎穴，焉得虎子？取境之时，须至难至险，始见奇句。”[②]皎然敏锐地认识到要想令诗歌从命意至成篇皆不同凡响，就要在构思上下功夫，只有敢于“绎虑于险中，采奇于象外”，才能“状飞动之趣，写真奥之思”。[③] 因此在他的论述中，构思之“险”几乎发挥着绝对正面的作用，它代表着作者构思之奇警，命意之不凡，更代表了切磋琢磨、精益求精的创作态度。至后世王安石、金圣叹、黄宗羲等人承流接响，虽然没有像皎然一样提炼出“放意须险”这类命题，但相近表述历历可辨。如王安石名作《游褒禅山记》就说“入之愈深，其进愈难，而其见愈奇”，“而世之奇伟、瑰怪、非常之观，常在于险远”。表面上是记述游赏心得，实则却是自道创作之甘苦，无怪刘熙载批注为“公之学与文得失并见于此”[④]。金圣叹更夸张地说：“作书之人，真是将三寸肚肠直曲折到鬼神犹曲折不到之处，而后成文。”[⑤]明清以来理论认识更加深湛，黄宗羲等人另从生熟同异角度加以阐释：“吾辈诗文……最忌思路太熟耳。思路太熟则必雷同。”[⑥]反复论说，不啻为皎然“作用取境皆宜险”这一观点作注。

客观上看，古人所宗尚的那种“满心而发，肆口而成，不待思虑而工，不待雕琢而丽”[⑦]的创作境界其实是一种虚构理想。创作本身并不存在真正的不思而得，真正的好诗无一不是苦心孤诣而作，只是作者将其打磨得看似信手而成罢了。正如元人所说，学诗只有“苦思多

① 皎然著，李壮鹰校注《诗式校注》，人民文学出版社，2003 年，第 1 页。
② 皎然著，李壮鹰校注《诗式校注》，人民文学出版社，2003 年，第 39 页。
③ 皎然著，李壮鹰校注《诗式校注》，人民文学出版社，2003 年，第 376 页。
④ 刘熙载著，袁津琥笺释《艺概笺释》，中华书局，2019 年，第 179 页。
⑤ 韦乐辑著《第六才子书西厢记汇评》，凤凰出版社，2016 年，第 119 页。
⑥ 黄宗羲著，陈乃乾编《黄梨洲文集》，中华书局，2009 年，第 361 页。
⑦ 张耒著，李逸安等点校《张耒集》，中华书局，1990 年，第 755 页。

作，悟解成就”，最终臻于“不见痕迹”。[①]

五、借“险”“枯”避熟以开新境

负价范畴在诗学领域中还有一种宏观层面的功能，即作者通过经营某种另类审美，进而摸索并形成一种前人并不普遍崇尚，而独属于自己的创作方法和诗美理想，开辟新境，自成一家。比如将“险”范畴涵盖的“生字”“硬语”“俗词”等化为某种特殊的技巧，帮助诗人避熟就生，开辟新境。又如有意使用质朴甚至口语化的语言从而形成一种“枯槁”风格，只要善加打磨、利用，看似枯槁平易的诗语就能发挥矫敝滑熟的作用，甚至帮助作者别成一家。

我们先以杜甫为例。老杜后期的律诗创作，尤其是七律，明显有了自觉的创新意识，探索出很多新的表现手法。杜甫之前的初盛唐诗其风貌多是高蹈昂扬，壮丽悲感的，语言也多是雅健流丽的，杜甫若沿着这条路继续下去，就算能有所超越，在诗语诗风上也难免多重复之处。因此杜甫选择的创新方法之一就是适当改造以往雅健流丽的诗语和壮丽悲感的风格，令一些诗作具备了诗语通俗却自然工巧，诗风平易却含深致的特点。杜甫自称“语不惊人死不休”（《江上值水如海势聊短述》），“老夫生平好奇古”（《题李尊师松树障子歌》），而“惊人语”的显著表现之一就是诗语险俗、枯槁。杜甫颇善以虚字类的俗语、口语入诗，表面看去“字句如嚼蜡”[②]，似枯槁无味，但细细赏玩却发现生新工巧，对仗自然。如“幸不折来伤岁暮，若为看去乱乡愁”（《和裴迪登蜀州东亭送客逢早梅相忆见寄》），“巫峡寒江那对眼，杜陵远客不胜悲”（《立春》），“不为困穷宁有此，只缘恐惧转须亲”（《又呈吴郎》）等联，用语通俗，风格平淡。但就像方回所言：“枯槁平易，不用事，不状景，不泥物。”[③]这句话本是评价韩愈之语，但用来评

---

① 李修生主编《全元文》，江苏古籍出版社，1998 年，第 272 页。

② 浦起龙《读杜心解》，中华书局，1961 年，第 671 页。

③ 方回选评，李庆甲集评校点《瀛奎律髓汇评》，上海古籍出版社，2020 年，第 1854 页。

价杜甫这类诗作真是恰到好处。俗语口语多由虚字组成，远不如实字看上去丰满明丽，也不易令人察觉到上下句间的对仗，因此给人枯槁平易之感。但杜甫却能在形式上化俗为奇，将虚字对得极为工稳；又能在内容上寓深沉意思于平易中，更显出大手笔魄力。因此方回感慨道："虚字为工，天下之至难也！"[①]又从反面评价"鱼吹细浪""燕蹴飞花""林花着雨""水荇牵风"诸对虽巧，但"学者能学此句，未足为雄"[②]。这就像是烹饪，镂金错彩入诗就是用山珍海味做饭，原料高贵成品自然不差。难的是将煮白菜、蒸豆腐等做出至味才是高手。杜甫妙在能以口语俗语入诗，令人一见之下不觉其为诗，似是随口闲谈，但仔细咂摸却极见巧思，这才是无法企及的高度。后人誉其"颖脱不可干"[③]，即言超出寻常工对；称赞具有"高古气味"[④]，正是看重其宛如汉魏古诗一般返璞归真的特点。再如杜甫多"有险语出人意外"，如诗家评"白摧朽骨龙虎死，黑入太阴雷雨垂"句，"为险处在一'垂'字，无人能下"[⑤]。纵观杜甫之前，只萧统、其祖杜审言二人有"雨垂"连用之语，但皆是以"垂"表敬语，暗含"施惠"之意。[⑥]真正以"垂"字摹写雷雨意态者，实以老杜为第一人。故后世评此联"天造险语"[⑦]，"意外奇险"[⑧]。如此诗语既令读者有了全新的审美体验，更体现了杜甫押险字的一番苦心：区别前人诗中"现成语"，以求独辟蹊径自成一家。

另外较典型的就是韩愈。"李、杜已在前，纵极力变化，终不能再

---

① 方回选评，李庆甲集评校点《瀛奎律髓汇评》，上海古籍出版社，2020 年，第 1654 页。

② 杨镰主编《全元诗》第 6 册，中华书局，2013 年，第 125 页。

③ 惠洪《冷斋夜话》，上海师范大学古籍整理研究所编《全宋笔记》第 2 编第 9 册，大象出版社，2006 年，第 50 页。

④ 魏庆之著，王仲闻点校《诗人玉屑》，中华书局，2007 年，第 182 页。

⑤ 吴沆撰，陈新点校《环溪诗话》，中华书局，1988 年，第 126 页。

⑥ 按，萧统《和武帝游钟山大爱敬寺诗》云："以兹慧日照，复见法雨垂。"杜审言《大酺》云："雷雨垂膏泽，金钱赠下人。"二诗皆是承恩奉制之作。

⑦ 刘克庄著，辛更儒笺校《刘克庄集笺校》，中华书局，2011 年，第 6975 页。

⑧ 赵翼著，霍松林等校点《瓯北诗话》，人民文学出版社，1963 年，第 17 页。

辟一径。惟少陵奇险处，尚有可推扩，故一眼觑定，欲从此辟山开道，自成一家。”[①]这句话将韩愈心态说得很明了。因此以韩愈为首的一众诗人一改杜甫开启的七律风尚，致力于创作粗硬险劲的古体诗。其中韩愈古体诗占存诗一半以上，孟郊古体更接近存诗九成。这一有意的转变不乏“开山辟道，自成一家”之意。韩愈本是志向高远，不甘人后之人，常以“险语破鬼胆，高词媲皇坟”（《醉赠张秘书》）自诩。这既是一种处在文化顶峰上的自信，也隐含着借“险语高词”超越前人的渴求。从另一个角度讲，韩愈居“一代文宗”地位三十余年，“手持文柄，高视寰海，权衡低昂，瞻我所在”[②]，此时他将一部分自我价值的实现归诸对前辈成就的追摹及超越，也在情理之中。正是在这样一种语境下，我们看到杜韩二人的心路历程大体是一致的，因而都选择以“险”为法另开新境。无怪清人说“吏部才雄气亦豪，精神远与少陵交”[③]，二人不蹈袭前人旧路，自铸伟辞之精神，正是一以贯之的。

要之，以“险”“枯”范畴为代表的诗歌技法、风格等在杜、韩手中逐渐从过去的旁门、偏门走向了诗学舞台的中心，宋人承流接响，更将这一方法进一步发扬。以至于宋及以后不少学律诗、学杜诗者皆从韩愈入手。甚至北宋前期兴起的学韩热潮，可能其中也不乏“欲以奇险取胜”这一心态的推动。可见以“险”“枯”为代表的一系列负价范畴独有的诗学功能。

结语

虽然“险”“枯”等负价范畴大多时候代表的是一种异乎雅正的审美体验，甚至还常被目为诗病。但“文章有避之一法，又有犯之一法”[④]，诗歌好坏并非完全取决于是否规避病犯，有时一些负价范畴可

---

① 赵翼著，霍松林等校点《瓯北诗话》，人民文学出版社，1963年，第28页。

② 刘禹锡著，陶敏等校注《刘禹锡全集编年校注》，中华书局，2019年，第1844页。

③ 张晋著，董再琴等编著《张晋诗集》，三晋出版社，2012年，第187页。

④ 毛宗岗《读三国志法》，罗贯中著，毛伦、毛宗岗点评《三国演义》，中华书局，2009年，第5页。

以化作特定技巧，更好地体现出作者用心。正是在周旋避犯之间，诗歌的张力才得以凸显，进而构成了中国文学理论、批评范畴体系中别具一格的负价范畴集群，并展现出独特的艺术效果。而中国传统文学批评话语的开放性与生命力也在这种对待冲突间被不断激活。因此，当观诗者摒除习气，客观审视诗学范畴中的某些负价范畴时，它们也就不再是绝对的病犯或避忌，而是万千创作法门中的筌蹄之一。正所谓技法无优劣，功力有高低，如是而已。

（南开大学文学院；内蒙古师范大学文学院）

试论苏轼对庄子物论思想的取鉴与发覆

——以书画论为中心*

王一格　高林广

内容摘要：对物之形、神、理的细致体察和深刻辨析，是《庄子》哲学思想、伦理思想乃至美学思想的逻辑起点，由此，包括应物、齐物、观物、格物、物化等在内的物论思想也成为庄子艺术思维的核心。庄子虚以待物的文化性格、齐观万物的辩证意识、身与物化的理论主张、依从物性的自然观念，为苏轼提供了丰富的思想养料和精神启迪。借助于自身的人生感悟和艺术体察，苏轼对庄子的物论思想进行了合理吸收并加以改造利用，并最终实现了由虚以待物到以静制动、由齐观万物到辩证义例、由身与物化到心物交融、由依从物性到格物穷理的转化与重构。反映在书画理论领域，则形成了至静无求、虚中不留、外枯中膏、随物赋形、成竹在胸、合于天造等美学命题与书画思想，对中国古代美学之构思论、创作论、认识论等

* 本文为国家社会科学基金一般项目“元代文人画论文献整理与研究”(22BZW083)阶段性成果。

均产生了深刻影响。

关键词：苏轼；庄子；物论；艺文；书画理论

Research on Su Shi's Adoption and Development of Zhuangzi's Thoughts on the Theory of Things — Focusing on the Theory of Calligraphy and Painting

Wang Yige　Gao Lin-guang

Abstract: Careful observation and profound discernment of the form, spirit, and principle of things were the logical starting points of the philosophical, ethical, and aesthetic thought of Zhuangzi. Thus, the thoughts on the theory of things, including responding to things, seeing things as equal, observing things, studying things and the transformation of things, also became the core of Zhuangzi's artistic thinking. Zhuangzi provided Su Shi with abundant thought nourishment and spiritual enlightenment, including the cultural character of responding to things with emptiness and tranquility, the dialectical consciousness of seeing all things equally, the theory of the transformation between self and things and the concept of conforming to the nature of things. With the help of his own life feeling and artistic perception, Su Shi reasonably absorbed Zhuangzi's thoughts on the theory of things and transformed and utilized them. Su Shi ultimately achieved a transformation and reconstruction, transitioning from accommodating things with detachment to using stillness to control movement, from seeing all things equally to viewing things dialectically, from merging with things to fusing mind with things, and from following the nature of things to studying things to acquire principle. Reflected in the realm of calligraphy and painting theory, it had formed the aesthetic propositions and calligraphy and painting thoughts, such as pursuing tranquility and emptiness, exhibiting external dryness but inner depth, writing that flows like water, envisioning a complete image of the bamboo before drawing it, and conforming to the principle of nature, which made a profound influence on the conception, creation, epistemology and other aspects in ancient Chinese aesthetics.

Keywords: Su Shi; Zhuangzi; the theory of things; art and literature; the theory of calligraphy and painting

徐复观《中国艺术精神》中言及老庄的艺术精神时讲:“老庄的道,只是他们现实的、完整的人生,并不一定要落实而成艺术品的创造,但此最高的艺术精神,实是艺术得以成立的根据。”①苏轼艺、文皆擅,“子瞻文章议论,独出当世,风格高迈,真谪仙人也;至于书画,亦皆精绝”②,其艺文思想深受庄子影响,故方孝孺《苏太史文集序》言:“庄周殁殆二千年,得其意以为文者,宋之苏子而已。”③并且,这种影响由人生而又及于艺术观念和精神追求。

学界对庄子之于苏轼人生思想、文学创作及诗文理论的浸润、影响多有讨论,但有关苏轼书画理论对庄学的继踵承续,尤其是对物论思想的发覆突破、批评改造涉及不多。事实上,苏轼的书画理论既有对庄学的师心臆析、用精取弘,更有匡偏正奇、新人耳目之论。以书画论为中心,梳理和讨论苏轼对庄子物论思想的取鉴与重构,不仅有助于厘清苏轼艺文理论及艺文实践的渊源承衍,也有助于诗书画并举、以“全人”“全局”的视角深入揭示其艺文观念的生成模式、承续痕迹和位体关系,进而明晰其延展之功与开拓之效。

一、应物之情:从虚以待物到以静制动

文艺创作从来就不是一蹴而就的,长期的心性修养是优秀作品

① 徐复观《中国艺术精神》,华东师范大学出版社,2001 年,第 30 页。
② 王辟之撰,吕友仁点校《渑水燕谈录》卷四,中华书局,1981 年,第 42 页。
③ 方孝孺著,徐光大点校《方孝孺集》卷十二,浙江古籍出版社,2013 年,第 459 页。

得以产生的前提。庄子"扫荡现实人生,以求达到理想的人生状态"[①],他以"物"为中心,对人与物的关系、人对物的回应、心对物的认识、物与理的贯通等问题进行了深刻论述,不仅体现了对至真、至诚生命境界的追求,更为艺术创作树立了标的。苏轼有意以艺术为修养之资,将虚静精神内化为艺术修养,由此在主体修养层面实现了对庄学的融汇和发覆。

庄子强调虚以待物,他在《人间世》中指出:"若一志,无听之以耳而听之以心,无听之以心而听之以气! 听止于耳,心止于符。气也者,虚而待物者也。唯道集虚。虚者,心斋也。"[②]郭象注"虚而待物者",曰:"遣耳目,去心意,而符气性之自得,此虚以待物者也。"[③]"虚而待物"是指主体排除感觉经验和理性思维,以虚静的状态应于外物的修养方式,《庄子》中的许多寓言都体现了创作主体的这一特点。

《庄子》以"解衣般礴""斋以静心""庖丁解牛""庄周梦蝶"等论艺术创作的修养积淀、心理准备、临文状态等,对创作者的主体精神和主体意识都提出了极高的要求。如《田子方》:"宋元君将画图,众史皆至,受揖而立;舐笔和墨,在外者半。有一史后至者,儃儃然不趋,受揖不立,因之舍。公使人视之,则解衣般礴裸。君曰:'可矣,是真画者也。'"[④]当众人"受揖而立"、恭逊自持之时,后至者却解衣箕坐、心无旁骛,宋元君因此视其为"真画者"。庄子的"解衣般礴"之说,重在突出画者忘却外物、不受对象和命题束缚、无为无不为的创作心态,意在说明个体超越外在形式束缚的必要性,体现了崇尚自然天真的艺术追求,反映了庄子守静舍躁的思想。故清人恽寿平评曰:"作画须有解衣般礴、旁若无人意,然后化机在手,元气狼藉,不为先匠

① 徐复观《中国艺术精神》,华东师范大学出版社,2001年,第30页。

② 郭庆藩撰,王孝鱼点校《庄子集释》卷二中,中华书局,1961年,第147页。下引《庄子集释》皆为此版本,不再标明。

③ 郭象注,成玄英疏,曹础基、黄兰发点校《南华真经注疏》卷二,中华书局,1998年,第82页。

④ 郭庆藩撰,王孝鱼点校《庄子集释》卷七下,第719页。

所拘，而游于法度之外矣。”①

苏轼自觉接受了庄子虚静不二、不为外物所扰的艺术思想，并在其创作论中对“解衣般礴”之说进行了发挥。其《书朱象先画后》中讲：“今朱君无求于世，虽王公贵人，其何道使之，遇其解衣盘礴，虽余亦得攫攘其旁也。”②朱象先“能文而不求举，善画而不求售”，追求“文以达吾心，画以适吾意”③，因此即使王公贵人求画，也不违心而作、以画谋仕；而当其全身心投入绘画中时，则沉心静气，解衣盘礴，心无旁骛。与庄子笔下的“后至者”一样，朱象先也是在全神贯注、涤除外虑、端静恬谧的精神状态下进行艺术创作的，苏轼认为，只有这样才有可能创作出优秀作品。他在《郭忠恕画赞》中，也表达了同样的思想倾向：“（郭忠恕）尤善画，妙于山水屋木。有求者，必怒而去。意欲画，即自为之。”④郭忠恕仅在有强烈创作冲动时才会挥毫泼墨，此时，他正处于一种恬静安适、不为外物所扰的创作状态。苏轼《跋文与可墨竹》论文与可墨竹时也讲：“见精缣良纸，辄愤笔挥洒，不能自已，坐客争夺持去，与可亦不甚惜。后来见人设置笔砚，即逡巡避去。人就求索，至终岁不可得。”⑤平心静气、了无挂碍的精神状态是文与可作画的前提，当其有意于创作时，往往一挥而就；但当其“意有所不适，而无所遣之”之时，尽管笔墨精良、逢人求索，文与可也会“逡巡避去”，不为所动——对此，文与可自谦为“病”，而苏轼却表示“吾又利其病，是吾亦病也”。⑥“利其病”，实则饱含着苏轼对文与可艺术精神的肯定和赞许。在《评草书》中，苏轼主张“书初无意于佳，乃佳尔”⑦。“无意于佳”的论书思想合于庄子“解衣般礴”的艺术精神，体现了“无

---

① 恽寿平著，毛建波校注《南田画跋》，西泠印社出版社，2008年，第38页。

② 苏轼撰，茅维编，孔凡礼点校《苏轼文集》卷七十，中华书局，1986年，第2211—2212页。下引《苏轼文集》皆为此版本，不再标明。

③ 苏轼撰，茅维编，孔凡礼点校《苏轼文集》卷七十，第2211页。

④ 苏轼撰，茅维编，孔凡礼点校《苏轼文集》卷二十一，第612页。

⑤⑥ 苏轼撰，茅维编，孔凡礼点校《苏轼文集》卷七十，第2209页。

⑦ 苏轼撰，茅维编，孔凡礼点校《苏轼文集》卷六十九，第2183页。

为无不为”的创作原则，表现出追求身心自由、与创作客体融而为一的自由本质。

在《邵茂诚诗集叙》中，苏轼进一步发挥了庄子“斋以静心”的精神：

> 贵、贱、寿、夭，天也。贤者必贵，仁者必寿，人之所欲也。人之所欲，适与天相值实难，譬如匠庆之山而得成镰，岂可常也哉。因其适相值，而责之以常然，此人之所以多怨而不通也。至于文人，其穷也固宜。劳心以耗神，盛气以忤物，未老而衰病，无恶而得罪，鲜不以文者。天人之相值既难，而人又自贼如此，虽欲不困，得乎？[①]

“匠庆之山而得成镰”语出《庄子·达生》：“梓庆削木为镰，镰成，见者惊犹鬼神。鲁侯见而问焉，曰：‘子何术以为焉？’对曰：‘臣工人，何术之有！虽然，有一焉。臣将为镰，未尝敢以耗气也，必斋以静心。斋三日，而不敢怀庆赏爵禄；斋五日，不敢怀非誉巧拙；斋七日，辄然忘吾有四枝形体也。当是时也，无公朝，其巧专而外骨消；然后入山林，观天性；形躯至矣，然后成见镰，然后加手焉；不然则已。则以天合天，器之所以疑神者，其是与！’”[②]梓庆削木为镰之所以能技艺精巧、不类人工，源于其“斋以静心”的心灵修养、“以天合天”的艺术追求。苏轼认为，梓庆之镰“惊犹鬼神”、难以为常，体现了道与术的完美结合，是艺术之极致；梓庆削木为镰之“相值”，实则离不开对于“静”的精神品质的持守，其“静”的智慧更是常人所难以企及的。苏轼援引梓庆削木为镰之典，旨在说明人之所欲（贵、寿）与人生际遇、生命规律（贵、贱、寿、夭）相值之不易。受庄子启发，在《书黄道辅品茶要录后》一文中，苏轼也认为物之情、理、变只能于“静”中求取：

> 物有畛而理无方，穷天下之辩，不足以尽一物之理。达者寓物以发其辩，则一物之变，可以尽南山之竹。学者观物

① 苏轼撰，茅维编，孔凡礼点校《苏轼文集》卷十，第320页。

② 郭庆藩撰，王孝鱼点校《庄子集释》卷七上，第658—659页。

之极，而游于物之表，则何求而不得。故轮扁行年七十而老于斫轮，庖丁自技而进乎道，由此其选也。……非至静无求，虚中不留，乌能察物之情如此其详哉？[1]

庄子论"静"偏重于精神境界和艺术修养，而苏轼不独强调修养，更将之延伸至创作论，进而实现了对庄子"斋以静心"理论的会通和突破。不仅如此，苏轼更将"静"的精神应用于观物之极、游物之表、察物之情，进而实现了对庄子虚静精神的衍发改造与艺术扩充。观物之极，强调创作主体通过冷静观照以认识事物的全貌、了解其真相。苏轼《问养生》曰："吴子，古之静者也。其观于物也，审矣。"[2]守静既是养生的要诀，也是审慎观物的前提。苏轼著名的《题西林壁》也正体现了这一倾向："横看成岭侧成峰，远近高低总不同。不识庐山真面目，只缘身在此山中。"[3]处于山中之人，受限于局部视野，往往无法看清山的全貌；要想突破认知局限、把握事物本质，就需要穷物之理、"观物之极"，至静而求。至此，苏轼之"静"由人生而及于了艺术，进而实现了对庄学的变创。游物之表，则要求创作主体在虚静观物的前提下，进行长期的艺术实践。由"观"到"游"，是由认识论到实践论的跨越。在《书李伯时山庄图后》中，苏轼言："居士之在山也，不留于一物，故其神与万物交，其智与百工通。虽然，有道有艺，有道而不艺，则物虽形于心，不形于手。吾尝见居士作华严相，皆以意造，而与佛合。"[4]苏轼重视艺术实践，强调"有道有艺"、勤加练习，并认为虚静精神同样贯穿于"形之于手"的过程。如果说"观"是认识层面、"游"是实践要求，那么"察"则是体悟、感知事物内在情理的过程。所谓察物之情，是指主体对事物进行充分观察，透过其表象体悟其深层内涵。比如，《赤壁赋》以清风、水波、明月抒哲理之思："客亦知夫水与月乎？

---

① 苏轼撰，茅维编，孔凡礼点校《苏轼文集》卷六十六，第 2067 页。

② 苏轼撰，茅维编，孔凡礼点校《苏轼文集》卷六十四，第 1983 页。

③ 苏轼撰，王文诰辑注，孔凡礼点校《苏轼诗集》卷二十三，中华书局，1982 年，第 1219 页。下引《苏轼诗集》皆为此版本，不再标明。

④ 苏轼撰，茅维编，孔凡礼点校《苏轼文集》卷七十，第 2211 页。

逝者如斯，而未尝往也。盈虚者如彼，而卒莫消长也。”[1]通过水之流逝、月之盈亏说明世间万物都处于自然变化之中，但变化本身却是恒常不变的。苏轼以澄净空明之心观察事物，超越于对事物外在表象的认识，表现出更深层次的理解与哲理性思考。

苏轼《送参寥师》言“静故了群动，空故纳万境”[2]，守静方能把握事物之动，虚中才可容纳万境。保持虚静之心不仅是了解纷繁世相的前提条件，也是进入艺术创作的必要准备。苏轼不仅有取于庄子解衣般礴的虚静精神，还主张静中有动、动中有静、彼此蕴含、相辅相成，表现出“以静制动”的基本认识，从而进一步丰富了庄子“静而待物”的具体内涵。反映于艺文创作领域，“静”主要针对创作主体的禀赋和精神，“动”则涵盖了包括观察、体悟、创作在内的艺术活动过程。一方面，静统摄动，“观物之极”“游物之表”“察物之情”等艺术创作阶段均需在虚静的状态下进行才能臻于艺术至境；另一方面，动作用于静，只有通过具体的艺术实践，虚静精神才能转化为实际的物质形式，进而最大限度地实现其价值。

二、齐物之法：从齐观万物到辩证义例

苏轼的《赤壁赋》充满庄子般逍遥自任的精神，故谢枋得《文章轨范》言：“此赋学庄、骚文法，无一句与庄、骚相似，非超然之才、绝伦之识，不能为也。潇洒神奇，出尘绝俗，如乘云御风而立乎九霄之上，俯视六合，何物茫茫？非惟不挂之齿牙，亦不足入其灵台丹府也。”[3]苏轼对庄子的精神、义理多有体悟，并在创作实践中多有体现。赋中所言之“纵一苇之所如，凌万顷之茫然。浩浩乎如凭虚御风，而不知其所止，飘飘乎如遗世独立，羽化而登仙”[4]与《庄子·逍遥游》“夫列子

---

①④　苏轼撰，茅维编，孔凡礼点校《苏轼文集》卷一，第6页。

②　苏轼撰，王文诰辑注，孔凡礼点校《苏轼诗集》卷十七，第906页。

③　谢枋得编《文章轨范》卷七，影印清光绪九年（1883）刊本，中州古籍出版社，1991年，第11页。

御风而行，泠然善也，旬有五日而后返”[①]异曲同工，都显示了自由无垠的胸襟气魄，其逍遥超然的人生境界是苏轼生命精神的体现。车若水在《脚气集》中点评道：“两《赤壁赋》，见得东坡浩然之气，是他胸中无累，吐出这般言语，却又与孟子浩然不同。孟子集义所生，东坡是庄子来人，学不得，无门路，无阶梯，成者自成，撷者自撷，不比孟子有绳墨，有积累也。”[②]此论言苏轼浩然之气不同于孟子之“集义所生”，认为苏轼乃“庄子来人”，以此品评《赤壁赋》的内在精神可谓切中肯綮。在精神涵养方面，庄子对苏轼确乎影响至深。其中，齐物思想是连接庄、苏生命精神的重要纽带，苏轼的自然生命观也表现出了对庄子思想的开新与改造。

《齐物论》中，南郭子綦处于“吾丧我”[③]之态，在颜成子游看来却是形如槁木、心如死灰。南郭子綦认为颜成子游未达“丧我”之境，因此“女闻人籁而未闻地籁，女闻地籁而未闻天籁夫！”[④]“吾丧我”中的“我”指的是我之执念，“吾丧我”指的是一种放弃我执的精神状态。庄子认为，只有这样，人才可以齐观万物，视“天地一指也，万物一马也”[⑤]，“天地与我并生，而万物与我为一”[⑥]，从而不蔽于先见。庄子的齐物思想反映于人生观，主要表现为死生一体、人生如寄的生命哲学和安时处顺、淡定从容的人生态度。与庄子一样，苏轼也认为，面对物之“不齐”的客观现实，人可以通过打消偏见或执念的方式获得心灵层面的解脱。其《广成子解》写道：“可见、可言、可取、可去者，皆人也，非我也。不可见、不可言、不可取、不可去者，是真我也。”[⑦]此处的“人”指一己执念，“我”指真我之性。苏轼强调真我、反对执念，实

---

① 郭庆藩撰，王孝鱼点校《庄子集释》卷一上，第 17 页。

② 车若水《脚气集》，《宋人小说》第 7 册，影印涵芬楼旧版，上海书店出版社，1990 年，第 26 页上。

③④ 郭庆藩撰，王孝鱼点校《庄子集释》卷一下，第 45 页。

⑤ 郭庆藩撰，王孝鱼点校《庄子集释》卷一下，第 66 页。

⑥ 郭庆藩撰，王孝鱼点校《庄子集释》卷一下，第 79 页。

⑦ 苏轼撰，茅维编，孔凡礼点校《苏轼文集》卷六，第 179 页。

则为齐物精神找到了现实支点。《赤壁赋》言:“盖将自其变者而观之,则天地曾不能以一瞬。自其不变者而观之,则物与我皆无尽也,而又何羡乎?”[①]在苏轼看来,世间万物虽瞬息万变,但某些恒常的本质却是永远不变的。其“变”与“不变”的认识,体现出了明显的辩证思维,表现出了对“真我”的追求。

苏轼对庄子齐物思想的发挥和发展,由理论及于实践,在其任职于密州期间表现得尤为明显。据《宋史·苏轼传》,面对王安石大刀阔斧的变法运动,苏轼上言反对:“但患求治太急,听言太广,进人太锐。愿镇以安静,待物之来,然后应之。”[②]他确信自己“渐变”的主张是正确的,并一再劝谏神宗皇帝。这引起了神宗的不满,加之谢景温上疏构陷,最终苏轼遭到排斥。这一切令苏轼深感疲惫,于是决意离开是非之地,赴杭州、密州任职。密州的生活十分艰苦,为了寻求心灵的自由与安适,他重读《庄子》。熙宁八年,苏轼任密州知州,作《后杞菊赋》,文中言:“人生一世,如屈伸肘。何者为贫?何者为富?何者为美?何者为陋?或糠核而瓠肥,或粱肉而墨瘦。”[③]此中对人生意义的追问,流露出了明显的齐物思想,而《庄子·齐物论》正是其思想渊源:“且吾尝试问乎女:民湿寝则腰疾偏死,鳅然乎哉?木处则惴慄恂惧,猨猴然乎哉?三者孰知正处?民食刍豢,麋鹿食荐,蝍蛆甘带,鸱鸦耆鼠,四者孰知正味?猨猵狙以为雌,麋与鹿交,鳅与鱼游。毛嫱丽姬,人之所美也;鱼见之深入,鸟见之高飞,麋鹿见之决骤。四者孰知天下之正色哉?自我观之,仁义之端,是非之涂,樊然淆乱,吾恶能知其辩!”[④]庄子指出,人与各种动物在生存条件、生活习性、饮食好尚、审美认识等方面都有所不同,但无法得出何者为正的结论。苏轼充分吸收了庄子的齐物思想,并将其内化为自己的生命精神。处于一定的社会活动中的人们,往往通过与社会普遍群体的比较来感

---

① 苏轼撰,茅维编,孔凡礼点校《苏轼文集》卷一,第6页。

② 脱脱等《宋史》卷三百三十八,中华书局,1985年,第10804页。

③ 苏轼撰,茅维编,孔凡礼点校《苏轼文集》卷一,第4页。

④ 郭庆藩撰,王孝鱼点校《庄子集释》卷一下,第93页。

知自身的价值与获得的幸福。但苏轼却从超越世俗的角度看待所面临的重重困境，由此获得面对人生的坚定决心与非凡勇气。苏轼对齐物思想的接受，不仅惠其自身，更为庄子学说注入了新的生机与活力。

苏轼的艺术辩证思想显然也受到了庄子齐物思想的深刻影响。不同的是，庄子虽然具有辩证意识，但他过于强调个人的内心感悟，表现出较强的主观色彩和相对性倾向；在言说方式上，庄子往往运用寓言、比喻、夸张和反讽等艺术表现形式，以“谬悠之说，荒唐之言，无端崖之辞”[①]破除言说的逻辑性。苏轼的艺术辩证则表现出鲜明的完整性、严密性特点。比如，其《评韩柳诗》：“所贵乎枯澹者，谓其外枯而中膏，似澹而实美，渊明、子厚之流是也。”[②]陶渊明、柳宗元的诗虽形式简约平淡，但内涵却充腴丰美，枯与膏、澹与美的互为发明正符合苏轼的诗美理想。其《送参寥师》又云：“欲令诗语妙，无厌空且静。静故了群动，空故纳万境。”[③]苏轼认为，精神虚静才能领悟万物的变化，心境空明才能接纳万物的存在，对静与动、虚与实的辩证关系予以了深刻辨析。在《与二郎侄一首》中，苏轼论文曰：“凡文字，少小时须令气象峥嵘，采色绚烂，渐老渐熟乃造平淡；其实不是平淡，绚烂之极也。”[④]处于不同人生阶段的文人，其文章风格也会有所差异，苏轼用辩证的眼光加以看待，认为“平淡”是“绚烂”的极致体现，此论向为后世文人所推重。苏轼《题自作字》论书，言：“东坡平时作字，骨撑肉，肉没骨，未尝作此瘦妙也。”[⑤]他认为，字只要体格匀称，合于自然之道，便富有美感。其《孙莘老求墨妙亭诗》中写道：“杜陵评书贵瘦硬，此论未公吾不凭。短长肥瘦各有态，玉环飞燕谁敢憎。”[⑥]杜甫认

---

① 郭庆藩撰，王孝鱼点校《庄子集释》卷十下《天下》，第 1098 页。

② 苏轼撰，茅维编，孔凡礼点校《苏轼文集》卷六十七，第 2109—2110 页。

③ 苏轼撰，王文诰辑注，孔凡礼点校《苏轼诗集》卷十七，第 906 页。

④ 苏轼撰，茅维编，孔凡礼点校《苏轼文集》附录，第 2523 页。

⑤ 苏轼撰，茅维编，孔凡礼点校《苏轼文集》卷六十九，第 2203 页。

⑥ 苏轼撰，王文诰辑注，孔凡礼点校《苏轼诗集》卷八，第 372 页。

为“书贵瘦硬”，苏轼对此表示反对。他认为只有处理好“骨”与“肉”的关系，才能写出好字；字之肥瘦并无取法之定则、审美之定见。再如，《次韵子由论书》中“端庄杂流丽，刚健含婀娜”①的书论美学思想，并不截然阻断“端庄”与“流丽”“刚健”与“婀娜”的联系，也不将其置于二元对立的位置。

在众多辩证关系当中，自然与法度这一组范畴尤为值得重视。一方面，苏轼以庄子思想安顿自身，追求澄净从容、自然和谐的心境，以求超脱现实的藩篱，化解内心痛苦。这种思想观念反映于书画理论当中，则表现为对自然浑融、妙理天成境界的尊崇。水的行止与变化是“自然”的极佳体现。苏轼在《画水记》中评论画水之法，推崇以孙位、黄筌、孙知微、蒲永升等人为代表的活水画法：孙位“始出新意，画奔湍巨浪，与山石曲折，随物赋形，画水之变，号称神逸”②，孙知微“作输泻跳蹙之势，汹汹欲崩屋也”③。活水或涓涓流淌，或奔腾不止，显示出动态自然之美。另一方面，苏轼也讲求自然与法度的相契相融。《书吴道子画后》论画曰“出新意于法度之中，寄妙理于豪放之外”④，《书所作字后》论书曰“知书不在于笔牢，浩然听笔之所之而不失法度，乃为得之”⑤，强调书画创作应当既讲求自然之美，又不失法度规矩。《又跋汉杰画山二首》中，苏轼不主张“画工”之画，原因是“画工”之画“往往只取鞭策皮毛槽枥刍秣，无一点俊发”⑥，仅具法度而失于自然。他虽在《跋王荆公书》中赞赏“荆公书得无法之法”⑦，但同时也认为这种“无法之法”不可作为学习的对象，书画艺术还是应当在法度的指导下进行。张伯淳《跋苏公海外十扇》指出：“观东坡海外题扇真迹，与少陵夔府以后诗同一老气，不规规乎尺度而横逸自不

---

① 苏轼撰，王文诰辑注，孔凡礼点校《苏轼诗集》卷五，第 210 页。
② 苏轼撰，茅维编，孔凡礼点校《苏轼文集》卷十二，第 408 页。
③ 苏轼撰，茅维编，孔凡礼点校《苏轼文集》卷十二，第 408—409 页。
④ 苏轼撰，茅维编，孔凡礼点校《苏轼文集》卷七十，第 2210—2211 页。
⑤ 苏轼撰，茅维编，孔凡礼点校《苏轼文集》卷六十九，第 2180 页。
⑥ 苏轼撰，茅维编，孔凡礼点校《苏轼文集》卷七十，第 2216 页。
⑦ 苏轼撰，茅维编，孔凡礼点校《苏轼文集》卷六十九，第 2179 页。

可及。”[1]苏轼的画作已臻于“无法之法”的境界，而这恰恰是自然与法度相平衡的结果。

苏轼对自然与法度的辨析，还反映于其诗歌创作当中。吕本中在《童蒙训》讲：“读《庄子》令人意宽思大敢作。读《左传》便使人入法度，不敢容易。此二书不可偏废也。近世读东坡、鲁直诗亦类此。”[2]研读《庄子》令人意绪宽和、思想放达、敢于下笔，研读《左传》则有助于领悟法度的要义，二者不可偏废。吕本中论苏轼之诗，指出苏轼承绪了《庄子》与《左传》的优长，顾全了自然与法度。

三、观物之道：从身与物化到心物交融

庄子和苏轼都重视观物。庄子之观物，强调主体需要超拔于自身的识见，摆脱以自我为中心评判他者的习惯。《逍遥游》中蜩与学鸠安于现状、见识浅薄，却以自身的生活经历和价值取向作为评价他者的准绳，在尚未了解鹏的习性与志向的情况下就妄下论断，为庄子所摒弃。庄子强调主体在观物时应当超越一己的成见，虚心体察事物的固有之理，反对主体先见的过度介入。

孔武仲《东坡居士画怪石赋》指出，苏轼“观于万物，无所不适，而尤得意于怪石之嶙峋”[3]。苏轼对庄子思想的融摄与发覆，在观物层面多有体现。一方面，苏轼将庄子“物化”的精神修养方式延展到艺术创作领域，提出了“心物交融”的理论主张，表现出主客一体的艺术倾向；另一方面，区别于庖丁解牛般忠实于事物固有规律的技艺原则，苏轼认为，书画创作者需要在艺术作品中融入自身的情感与认识，并进行富有创造性的抒写和表达。

关于“物化”，苏轼《睡乡记》中讲：“而蒙漆园吏庄周者，知过之化为蝴蝶，翩翩其间，蒙人弗觉也。其后山人处士之慕道者，犹往往而

---

① 李修生主编《全元文》卷三百七十八，江苏古籍出版社，1998年，第202页。

② 吕本中撰，韩酉山辑校《童蒙训》“辑佚”，中华书局，2019年，第1030—1031页。

③ 孔文仲、孔武仲、孔平仲著，孙永选校点《清江三孔集》，齐鲁书社，2002年，第66页。

至，至则嚣然乐而忘归，从以为之徒云。嗟夫，予也幼而勤行，长而竞时，卒不能至，岂不迂哉？”[①]“庄周梦蝶”见载于《庄子·齐物论》：“昔者庄周梦为胡蝶，栩栩然胡蝶也，自喻适志与！不知周也。俄然觉，则蘧蘧然周也。不知周之梦为胡蝶与，胡蝶之梦为周与？周与胡蝶，则必有分矣。此之谓物化。”[②]无论庄周梦蝶还是蝶梦庄周，“周与胡蝶，则必有分”都是物化的前提。与客体相“物化”的并非主体本身，而是主体之于客体的观照与体察。这种精神活动反映于艺术创作活动中，主要表现为心物交融。苏轼对庄子的“物化”思想深有体悟，上引《睡乡记》反映了后之慕道者对庄子“物化”思想的追从，苏轼亦在其中。这种身与物化的观念在其《书晁补之所藏与可画竹三首·其一》一诗中也有体现：

与可画竹时，见竹不见人。岂独不见人，嗒然遗其身。其身与竹化，无穷出清新。庄周世无有，谁知此疑神。[③]

苏轼认为，文与可汲取了庄子“物化”的艺术精神，画竹时能够全身心投入到对客体对象的观照当中，从而达到忘我之境。画中看似有竹无人，但其人已“身与竹化”。此处，“身与竹化”即“心与竹化”，画中之竹实则蕴蓄着创作主体对竹的不遗余力的审美观照，同样体现了心物交融的艺术精神，与可的竹画也因此达到了清新脱俗的审美境界。由此可见，苏轼沿用了庄子的“物化”思想，并进行了更为细致的推衍和阐发。

苏轼对《庄子》“庖丁解牛”之典多有援引和辨析，强调“形之于手”、刻苦练习，表现出对庄子思想的深刻认同。庖丁悉心体察物之情理，“以神遇而不以目视，官知止而神欲行”，同时又不疏离于物本身的特质，能够“依乎天理”，在如实认识并把握牛的骨骼规律的基础上，“批大隙，导大窾”[④]。其解牛的程式喻示了观物的过程和方法，

① 苏轼撰，茅维编，孔凡礼点校《苏轼文集》卷十一，第372页。
② 郭庆藩撰，王孝鱼点校《庄子集释》卷一下，第112页。
③ 苏轼撰，王文诰辑注，孔凡礼点校《苏轼诗集》卷二十九，第1522页。
④ 郭庆藩撰，王孝鱼点校《庄子集释》卷二上，第119页。

即：徒以目视，仅能看到事物外部最粗浅的样貌；只有通过凝然思虑、悉心观察，才能把握客观事物之骨骼风神。苏轼在画论中也强调悉心观察事物，并对庄子思想有所继承与发展。苏轼在观物过程中不仅注重感知具体、细致的物之规律，还将自己对物的理解与感触投射于作画与赏画的活动当中。这表现出有异于庄子的思维特点。这种差异的出现，乃是源于二者所探讨的对象与范畴的不同。在庖丁解牛寓言中，"技"与"道"被视为一组对应范畴，庖丁解牛之"技"，要求主体严格遵循客观规律，缺少自由发挥的空间；苏轼则将"艺"与"道"视为一组对应范畴，他认为，在遵循艺术规律的基础上，创作者需要将自身的情感与想象融入作品当中，因此，书画中必然包含着创作者自身的文化品格。二者面相不同，所对应的"道"的具体内涵也就自然存在差异。

苏轼在《文与可画赞》中讲"竹寒而秀，木瘠而寿，石丑而文"[①]，这既是对竹、木、石自然特性的概括，同时又蕴含了苏轼对其生命之理的理解和体悟。物之内在神韵是苏轼观照的重点，《书鄢陵王主簿所画折枝二首·其一》中讲："论画以形似，见与儿童邻。"[②]意思是说论画只强调形似的人，审美眼光与儿童无异。他虽然主张审慎观物，但并不像宫廷画家那样一味追求客观细节真实。苏轼在《书朱象先画后》中援引朱象先"文以达吾心，画以适吾意而已"[③]之论，赞同创作者将主观心绪更多直接表露于画作中，体现出对创作者主体精神的重视。李泽厚在《美的历程》中提及："以愉悦帝王为目的，甚至皇帝也亲自参加创作的北宋宫廷画院，在享有极度闲暇和优越条件之下，把追求细节的逼真写实，发展到了顶峰。"[④]在当时，"从院内到院外，这种追求细节真实日益成为画坛的重要趋向和趣味"[⑤]。苏轼则不同，

---

① 苏轼撰，茅维编，孔凡礼点校《苏轼文集》卷二十一，第614页。
② 苏轼撰，王文诰辑注，孔凡礼点校《苏轼诗集》卷二十九，第1525页。
③ 苏轼撰，茅维编，孔凡礼点校《苏轼文集》卷七十，第2211页。
④ 李泽厚《美的历程》，生活·读书·新知三联书店，2009年，第178页。
⑤ 李泽厚《美的历程》，生活·读书·新知三联书店，2009年，第179页。

李泽厚视其画作为“与此(指院体画派)相对抗的所谓文人墨戏”①。苏轼认为,画作应当体现画者心迹,所摹画之物是经过画者审美加工后达成的艺术再现。苏轼在绘画实践中也注重将情感寄托于画中物象,“胸中元自有丘壑,故作老木蟠风霜”②,这与其理论主张相合。

书画创作中的“形之于心”,既包括创作主体对事物客观形貌的体察,也包含着构思过程中所进行的艺术再创造,这是对艺术构思活动的深刻体察。苏轼的书论、画论中均对这一问题有所剖析和揭示,如其《文勋篆赞》中评论文勋“安国用笔,意在隶前”③,这是对传统的“意在笔先”书论思想的发挥。再如,《文与可画筼筜谷偃竹记》曰:“故画竹必先得成竹于胸中,执笔熟视,乃见其所欲画者,急起从之,振笔直遂,以追其所见,如兔起鹘落,少纵则逝矣。”④《老杜诗与吴道子画》曰:“独唐明皇遣吴道子乘传画蜀道山川,归对大同殿,索其画,无有,曰:‘在臣腹中。’请匹素写之,半日而毕。明皇后幸蜀,皆默识其处,惟此可比耳。”⑤成竹于胸,因此能振笔直遂;画在腹中,遂能半日而毕——这都强调了“心”在艺术活动中的先行作用。此论与庄子“视为止,行为迟”⑥的认识是一致的。不过,书画活动中更多融入了创作者的个人情感,其中所蕴含的思维活动远比解牛之“技”更为复杂。由技法规则向书画创作规律的延伸,体现了苏轼对庄子艺术精神的发覆。

四、格物之理:从依从物性到格物穷理

在格物方面,苏轼遵从庄子顺物自然之说,并进一步将格物思想

---

① 李泽厚《美的历程》,生活·读书·新知三联书店,2009年,第179页。

② 黄庭坚《题子瞻枯木》,任渊、史容、史季温注,刘尚荣点校《黄庭坚诗集注》卷九,中华书局,2003年,第349页。

③ 苏轼撰,茅维编,孔凡礼点校《苏轼文集》卷二十一,第618页。

④ 苏轼撰,茅维编,孔凡礼点校《苏轼文集》卷十一,第365页。

⑤ 苏轼著,李之亮笺注《苏轼文集编年笺注》卷七十五,巴蜀书社,2011年,第683—684页。

⑥ 郭庆藩撰,王孝鱼点校《庄子集释》卷二上《养生主》,第119页。

引入书画创作领域，对物理、物性进行了深刻审视。

庄子看到事物之殊异，并认为这种殊异源自天赋，不能为外力所矫饰，否则会产生不利影响。如，《庄子·至乐》讲："昔者海鸟止于鲁郊，鲁侯御而觞之于庙，奏九韶以为乐，具太牢以为膳。鸟乃眩视忧悲，不敢食一脔，不敢饮一杯，三日而死。此以己养养鸟也，非以鸟养养鸟也。"①曾有海鸟飞来，臧文仲妄以之为祥瑞，于是迎之于庙堂之上，用供养人的方式去供养海鸟，最终海鸟三日而死。实际上，鸟与人的秉性不同，供养之道也就不同。庄子讲"鱼处水而生，人处水而死，彼必相与异，其好恶故异也"，因此先圣"不一其能，不同其事"②，尊其性而依其情，这才是格物的精髓所在。

苏轼也注重对物理的体察和发掘，主张因物穷理、顺理而行。他在《格物粗谈》中讲"立秋前收小麦，以苍耳剉碎同晒，则不蛀"，"杏花多，豆有收"，"薄荷醉猫"③等，这些源于生活实际的体察和认识，显示出了物有其理、循理而行的格物倾向。不过，作为诗人的苏轼，有时视物为一种神秘的存在。其"入山携明镜，精魅见形自遁"，"入山林，默念'仪方'，不见蛇狼；念'仪康'，不见虎"④等认识，多感性思维与诗性联想，少了哲学义理与逻辑思致，不过也从一定程度上体现了苏轼的爱憎态度和自释情怀。

苏轼的格物观念反映到艺文层面，主要表现为对物理、物性的强调。如，其《书黄筌画雀》评黄筌画飞鸟"颈足皆展"，言其不符合鸟的习性，没能展现出飞鸟真实的样貌，因为"飞鸟缩颈则展足，缩足则展颈，无两展者"。⑤苏轼认为，艺术创作应当忠实于自然，表现出事物的真实状态，而不仅仅停留于追求形式上的美感。苏轼对于飞鸟习性的评论，既展现了其细致入微的观察力，也反映了他对艺术真实性的重视。苏轼还常以"常理"表述物之自性、自理，如《净因院画记》强

---

①② 郭庆藩撰，王孝鱼点校《庄子集释》卷六下，第621页。

③ 苏轼著，李之亮笺注《苏轼文集编年笺注》附录九，第521、524、531页。

④ 苏轼著，李之亮笺注《苏轼文集编年笺注》附录九，第524页。

⑤ 苏轼撰，茅维编，孔凡礼点校《苏轼文集》卷七十，第2213页。

调:“山石竹木,水波烟云,虽无常形,而有常理。……若常理之不当,则举废之矣。”[①]山石竹木、水波烟云等自然景物尽管形态不同、千变万化,但它们背后都蕴含着不变的自然之理。苏轼认为,艺术创作只有遵循自然规律,才可能产生良好的审美效果。苏轼评文与可为“真可谓得其理者”,指出文与可所画竹石枯木“如是而生,如是而死,如是而挛拳瘠蹙,如是而条达畅茂根茎节叶,牙角脉缕,千变万化,未始相袭,而各当其处”,达到了“合于天造,厌于人意”[②]之境。

论及人物画,苏轼《书陈怀立传神》一文指出,“凡人意思各有所在,或在眉目,或在鼻口”,一些人的“意思”“盖在须颊间也”,或在“眉后加三纹”处。[③] 苏轼认为,正是这些最能表现人物内在精神与气韵的细节左右了画之神气,每个人的面部特征不同,应当根据具体特征构思着笔,而不能受到程式化规则的制约。在《跋君谟飞白》中,苏轼更以“物”“理”“意”论书法创作之理,他讲:

> 物一理也,通其意,则无适而不可。分科而医,医之衰也,占色而画,画之陋也。和、缓之医,不别老少,曹、吴之画,不择人物。谓彼长于是则可也,曰能是不能是则不可。世之书篆不兼隶,行不及草,殆未能通其意者也。如君谟真、行、草、隶,无不如意,其遗力余意,变为飞白,可爱而不可学,非通其意,能如是乎?[④]

苏轼主张“物通其意”。这里的“通其意”指的是对艺术创作规律的总体把握,也就是对物理、法度的把握。他认为,“世之书”之所以存在“篆不兼隶,行不及草”的现象,是因为书者对书法之理和书体特色认识不清,往往精于此而昧于彼。真书即正书、楷书,苏轼《书唐氏六家书后》曰:“今世称善草书者或不能真、行,此大妄也。真生行,行生草,真如立,行如行,草如走,未有未能行立而能走者也。”[⑤]通其意、

---

①② 苏轼撰,茅维编,孔凡礼点校《苏轼文集》卷十一,第 367 页。

③ 苏轼撰,茅维编,孔凡礼点校《苏轼文集》卷七十,第 2215 页。

④ 苏轼撰,茅维编,孔凡礼点校《苏轼文集》卷六十九,第 2181 页。

⑤ 苏轼撰,茅维编,孔凡礼点校《苏轼文集》卷六十九,第 2206 页。

循其理者，如蔡襄，则真、行、草、隶、飞白均可学。《跋陈隐居书》中也讲：“书法备于正书，溢而为行、草，未能正书而能行、草，犹未尝庄语而辄放言，无是道也。”①苏轼认为，学习书法的路径应由正书而行、草，如果违背了这一顺序，就像人还未学会庄重讲话就想放肆大言一样。晁无咎评苏轼“笔下变化”曰：“苏公少时，手抄经史，皆一通。每一书成，辄变一体，卒之学成而已。迺知笔下变化，皆自端楷中来，尔不端其本，而欺以求售，吾知书中孟嘉，自可默识也。”②可见，苏轼的书艺实践从楷书开始而及于其他书体，符合上文所讲的习书规律，真正做到了知行合一。

北宋邵雍对“观物”进行过深入论析，其《观物内篇》中讲：“夫所以谓之观物者，非以目观之也，非观之以目，而观之以心也。非观之以心，而观之以理也。”③邵雍反对用感觉器官和思维器官去认识事物，主张依据事物的内在属性和客观规律进行观照，其所谓“观物”，实为“格物”。在《观物外篇》中，邵雍也讲：“以物观物，性也；以我观物，情也。性公而明，情偏而暗。”④“观之以目”和“观之以心”均属于“以我观物”的具体方式，容易受到观者主观情感和个人心绪的影响；“观之以理”则强调物性和人心的直接契合，体现了“以物观物”的原则。邵雍主张“以物观物”，否定感性认识介入，从而摒弃私念与偏见，具有理学品格。与理学家们将格物穷理最终落实到道德评判和心性修养不同，苏轼之格物往往落脚于人生感悟和处世原则。如《滟滪堆赋》论水：“天下之至信者，唯水而已。江河之大与海之深，而可以意揣。唯其不自为形，而因物以赋形，是故千变万化而有必然之理。……于是滔滔汩汩，相与入峡，安行而不敢怒。嗟夫，物固有以安而生变兮，亦有以用危而求安。得吾说而推之兮，亦足以知物理之

---

① 苏轼撰，茅维编，孔凡礼点校《苏轼文集》卷六十九，第2185页。
② 何薳撰，张明华点校《春渚纪闻》卷六，中华书局，1983年，第94页。
③ 孙奇逢撰，万红点校《理学宗传》卷五，凤凰出版社，2015年，第79页。
④ 邵雍著，郭彧整理《邵雍集》，中华书局，2010年，第152页。

固然。”[1]通过格物，苏轼准确把握了水的“至信”的特性，即随物赋形，不受限于特定的环境，具有非凡的适应性和包容性。苏轼由对水的变化规律的观察，领悟到“以安而生变”“用危而求安”的道理，认识到事物往往处于变化之中，安定、变化、危机三者常常互为因果、相互转化。再如，《石鼓歌》论石鼓文曰：“旧闻石鼓今见之，文字郁律蛟蛇走。细观初以指画肚，欲读嗟如箝在口。……是时石鼓何处避，无乃天公令鬼守。兴亡百变物自闲，富贵一朝名不朽。细思物理坐叹息，人生安得如汝寿？”[2]苏轼在诗中细致描绘了石鼓文的形态特征，并且由石鼓文长存于世的现象，展开关于宇宙、历史与生命的思索，发出人生短暂的喟叹，充分体现出了探物之情、究物之理的格物精神。

综上，苏轼对庄子物论思想的会通与新变，主要表现为应物之情、齐物之法、观物之道、格物之理等方面。从虚以待物到以静制动，从齐观万物到辩证义例，从身与物化到心物交融，从依从物性到格物穷理，苏轼对庄子思想的取鉴与重构，不仅为庄学注入了时代精神，充实和丰富了自身的艺文理论，更为后世文人提供了人格范式、哲学启示与创作启迪，是一笔宝贵的精神财富。

（内蒙古师范大学文学院）

① 苏轼撰，茅维编，孔凡礼点校《苏轼文集》卷一，第1—2页。
② 苏轼撰，王文诰辑注，孔凡礼点校《苏轼诗集》卷三，第101—105页。

童轩的“点化”功夫与其诗学主张研究

刘爱丽

内容摘要：“点化”指的是在对他人诗句进行加工改写后据为己有的一种创作手法，与黄庭坚“点铁成金”及“脱胎换骨”之说颇为类似。在童轩的诗歌创作中，“点化”他人诗句十分常见，主要包括师法他人之辞与化用他人诗意二种。通过分析童轩在诗歌创作中的“点化”，可以总结得出，童轩具有注重“无一字无来处”、诗学宗唐、追求形似之诗学主张。

关键词：“点化”；“点铁成金”；化用诗意；诗学宗唐

Research on Tong Xuan's "Refinement" Technique and His Poetic Propositions

Liu Ai-li

Abstract: The term "refinement" refers to a creative technique in which one adapts and reworks existing lines of poetry from others, appropriating

them as one's own. This approach bears notable resemblance to Huang Tingjian's concepts of "turning iron into gold" and "shedding the bone to replace the marrow". In Tong Xuan's poetic practice, the "refinement" of others' verses is a prevalent technique, primarily manifested in two forms: emulating the diction of predecessors and appropriating the poetic essence of others. By analyzing the "refinement" in Tong Xuan's poetry creation, it can be concluded that Tong Xuan has the poetic theory advocating "no word without origin" and following the style of Tang Dynasty poetry, as well as the poetic doctrine of pursuing formal.
Keywords: "refinement"; "turning iron into gold"; paraphrase with poetic flair; "Shixue Zongtang"

引言

童轩(1425—1498),字士昂,号枕肱,亦号雪岩。祖籍鄱阳(今江西鄱阳),后随家人迁居南京。童轩于明景泰二年(1451)中进士,被授予南京吏科给事中一职,后官至南京吏部尚书。成化十年(1474),童轩以其父(名玉壶)精通天文星象而子承父业,被擢为太常寺副少卿,分管钦天监事务。童轩为人秉性高洁,博学多识,为官清正廉明,恪尽职守,在政事之余,常常吟咏不辍,因此一生著述颇丰,撰有《清风亭稿》《海岳涓埃》《纪梦要览》《枕肱集》《谕蜀稿》《梦征录》《筹边录》等。童轩在诗歌方面造诣很深,《清风亭稿》是童轩的诗歌作品总集,收录其所创作的骚赋、歌行、律诗、绝句等共计 546 首(据四库全书本统计),由其门人李澄整理编集并付梓刊行。童轩诗清新脱俗,深得唐人遗风。然而,童轩在明代乃至后世却并不因诗歌而为人所知,如与童轩同时的好友沈周(1427—1509)在《题清风亭稿后》所说"落落乾坤雅音在,独怜绝唱少人酬"[①],《四库全书》提要也说"其诗雅

① 童轩《清风亭稿》,《景印文渊阁四库全书》第 1247 册,台湾商务印书馆,1983 年,第 178 页。

淡绝俗，而在明代不以诗名，殆正德以后，北地、信阳之说盛行，寥寥清音，不谐俗尚故欤”[①]，表明童轩在明代诗坛的落落寡合、寂寞无闻。与之相反，童轩在天文学领域却大有名气，甚至被列入了天文学家行列并以之著称于世。明人沈德符甚至把童轩视作精通天文的杰出楷模，他在《万历野获编》指出：“自利玛窦入都，号精象数，而士人李之藻等皆授其业，似当令兼领天文，如先朝儒臣童轩华湘等可也。”[②]清人查继佐也对他在天文学领域的卓越才能称赞不已：“测天度与规人事，万里外无爽，不任小智者能之。”[③]即便是当今之世，文人学者主要侧重于童轩在天文历法方面的贡献，而忽略了其在诗歌领域取得的成就，如在《鄱阳文史汇编》中，李汗志称童轩为“唯物史观天文学家”[④]，《文化鄱阳 闻人卷》也以“才富品端精历法”[⑤]来称颂之。更加富有戏剧性的是，即使是童轩的诗歌，有的被张冠李戴，有的被窃取抄袭。如清人厉鹗《宋诗纪事》卷九十九选录有宋人吴简的《示柳春》[⑥]，除题名不同外，内容却与童轩的《襄阳怀古》[⑦]完全一致，李文辉《在古典与现代之间徘徊》中指出：“但《宋诗纪事》很多材料根据《荆门纪略》，《提要》认为不可信。事实上此诗的作者并非吴简，而是明代的童轩。”[⑧]更令人不可思议的是，童轩的很多诗被明人小说家私

---

① 童轩《清风亭稿》，《景印文渊阁四库全书》第1247册，台湾商务印书馆，1983年，第101页。

② 沈德符《万历野获编》(中)，中华书局，1959年，第525页。

③ 查继佐《罪惟录》，浙江古籍出版社，1986年，第1700页

④ 张信行主编《鄱阳文史汇编》，三秦出版社，2009年，第169页。

⑤ 陈先贤编著，应美星主编《文化鄱阳 闻人卷》，江西高校出版社，2021年，第70页。

⑥ 吴简《示柳春》有：“疋马南归望古城，半林残雨夕阳明。云边岫接秦山色，树里河流汉水声。坠泪有碑苔色古，拦街无曲酒旗横。那堪回首成陈迹，笳鼓西风怆客情。”厉鹗辑撰《宋诗纪事》，上海古籍出版社，2008年，第2341页)

⑦ 童轩《清风亭稿》卷六《襄阳怀古》曰：“疋马南归望故城，半林残雨夕阳明。云边岫接秦山色，树里河流汉水声。堕泪有碑苔色古，栏街无曲酒旗横。那堪回首成陈迹，笳鼓西风怆客情。”(童轩《清风亭稿》，《景印文渊阁四库全书》第1247册，台湾商务印书馆，1983年，第151页)童轩《襄阳怀古》内容与《示柳春》全同，二者仅是题目不同而已。

⑧ 陈志伟主编，李文辉著《在古典与现代之间徘徊》，云南大学出版社，2010年，第207页。

自窜入自己的故事文本，摇身一变，冠冕堂皇地成为志怪传奇故事中人或鬼魅精怪口中喷薄而出的绮丽诗篇，不仅为故事增添了一抹亮丽的色彩，而且平添了无尽的诗情画意。如周静轩《湖海奇闻》、林世吉《古今清谈万选》、胡文焕《稗家粹编》、碧山卧樵《幽怪诗谭》，祝允明《祝子志怪录》等故事文本中皆可找到《清风亭稿》清新脱俗的佳词丽句。试举一例，仅是童轩《清风亭稿》卷一《秋风辞思松云陶先生作》，其内容在《古今清谈万选》卷二中的《留情庆云》，《稗家粹编》卷六中的《庆云留情》，《广艳异编》卷三四中的《赵庆云》，《艳异编续集》卷十四中的《赵庆云》，《幽怪诗谭》卷三中的《室女牵情》中都有出现，留下了浓墨重彩的一笔。然而，对于童轩的诗歌，自其问世以来，乃至今关注者却寥寥无几，并无专文出现予以足够的重视。以下，笔者管窥一斑，主要立足童轩《清风亭稿》来探求其诗歌创作的“点化”技法与诗学审美，以抛砖引玉、投砾引珠，促进对童轩的研究向全面与纵深发展。

一、童轩“点化”他作之表现

“点化”一词，原是道家用语，最先是指神仙用手一点把石头变为金子的一种道家法术，衍生至诗歌创作领域，“点化”指的是对他人诗句进行一番加工改写后，融入己之作品而为我所用，以铸造出一种新的诗歌语境。“点化”作为一种诗歌创作技法，虽在我国历朝历代可谓屡见不鲜，但其作为一种诗学理论，最早在宋代才由黄庭坚正式提出并大力提倡。无独有偶，作为明人的童轩其诗歌创作也频繁使用“点化”技法，以下笔者主要从师法他人之辞与化用他人诗意两方面来详加论述。

（一）师法他人之辞

黄庭坚在《答洪驹父书》中曰：“古之能为文章者，真能陶冶万物，虽取古人之陈言入于翰墨，如灵丹一粒，点铁成金也。”[①]也即是说，

---

① 刘琳、李勇先、王蓉贵校点《黄庭坚全集》，四川大学出版社，2001年，第475页。

“点铁成金”指的是以古人诗句为蓝本而进行加工改造，它侧重的是对前人诗辞的借鉴与运用。在童轩的诗歌创作中，多有对他人诗辞的师法借鉴，主要包括直接引用与更改数字后引用两种。

第一，直接引用他人诗句。

所谓直接引用，即不增一字，不减一字地照搬他人诗句，也就是说在己之诗歌作品中原封不动地将他人诗句纳入麾下，以“着我之色彩”，这样的情况在童轩的诗歌创作中颇为常见。

事实上，在我国文学史中，照搬他人诗句的案例举不胜举，不论是名不见经传的诗人作者，抑或是妇孺皆知的名人大家皆在所难免。如王士祯在《花草蒙拾》中指出：“若苏东坡之‘与客携壶上翠微’（《定风波》），贺东山之‘秋尽江南草未凋’（《太平时》），皆文人偶然游戏，非向《樊川集》中作贼（二诗皆杜牧之）。”[①]指出了苏轼“与客携壶上翠微”句与贺铸“秋尽江南草未凋”句完全照搬杜牧诗句之事实[②]。宋人释惠崇也有袭用他人成句的习惯，他有“河分冈势断，春入烧痕青”（《访杨云卿淮上别墅》）句，究其根源，前者出自司空曙，后者源于刘长卿之手，有其师弟戏谑诗为证：“时人或有讥其犯古者，嘲之：‘河分冈势司空曙，春入烧痕刘长卿。不是师兄多犯古，古人诗句犯师兄。’”[③]无独有偶，童轩在诗歌创作时多采用此照搬之法，如《怀丘秋官时雍》中有“白也诗无敌”（《清风亭稿》卷五）句，是袭用杜甫《春日忆李白》中的“白也诗无敌”而来，《去妇词》之“忆初痴小嫁君时”（《清风亭稿》卷二）是对元人刘祁《征妇词》中的“忆初痴小嫁君时”的袭用，而其《读史・屈原》中的“贝锦生谗自古然”（《清风亭稿》卷八），

---

① 王士祯《花草蒙拾》，张璋等编纂《历代词话》（下），大象出版社，2002 年，第 1004 页。

② 苏东坡之“与客携壶上翠微”（《定风波》），是对杜牧《九日齐山登高》“与客携壶上翠微”句的袭用，而贺铸之“秋尽江南草未凋”（《太平时》），是对杜牧《寄扬州韩绰判官》中“秋尽江南草未凋”句的照搬。

③ 司马光《温公续诗话》，吴文治主编《宋诗话全编》，江苏古籍出版社，1998 年，第 367 页。

竟然源出于施耐庵小说《水浒传》中的诗句①，可见童轩博览群书，广泛涉猎。然而，童轩在诗歌中直接引用他人成句时，大多保持了所引诗句在原句中的本意，可谓亦步亦趋地依葫芦画瓢而并无多少创获。其“愿作石尤风，吹折车前树”（《清风亭稿》卷二《车遥遥》）来源于南北朝刘骏的“愿作石尤风，四面断行旅”（《丁督护歌六首》其五），“石尤风”即顶头逆风，“愿作石尤风”在原诗与童轩诗中意思皆是指希望风变作顶头逆风，以阻止船只向前行驶，突显出风大。童轩的“可怜今夜月，犹照异乡人”（《清风亭稿》卷七《庚寅中秋对月》），可以从唐人唐彦谦《客中感怀》中“可怜今夜月，独照异乡人”找到渊源，而童轩照搬的成句“可怜今夜月”，在两首诗中皆可译为令人怜惜的是今夜的月亮，但根据不论是“独照”还是“犹照”不同语境，皆刻画出月的孤独。童轩之“空遗千古恨，愁绝岘山西”（《清风亭稿》卷五《道傍古碣》）来源于宋代廖行之《挽唐学录颐》中的“空遗千古恨，明月一山丘”，其照搬诗句“空遗千古恨”在两首诗中皆可译作徒然地留下无尽的遗憾，表达出哀愁的无限。其“一色杏花三十里，长安道上马如龙”（《题陈文璧琼林醉归图二首》其一），又是对苏轼《送蜀人张师厚赴殿试二首》其二之“一色杏花三十里，新郎君去马如飞”的“点化”，完全袭用的成句“一色杏花三十里”，与原句意思相比并无发生改变，皆写尽了春光的明媚，凡此等等。这足以说明，童轩在照搬他人诗句时，在多数情况下只是照猫画虎一般地陈陈相因，基本保留了原诗句的大意。当然，童轩在“照搬”他人诗句时也有“点化”绝妙的案例。如汉佚名《别诗》有“嘉会难再遇，欢乐殊未央”，因是写离别时的相聚，因此在欢乐中掺杂着一种莫可名状的哀伤，而童轩《观内相素轩钱公射鸟因赋鄙韵用呈》中的“欢乐殊未央”（《清风亭稿》卷三）却不然，结合此句前“睹兹农事成”可知，童轩的欢乐是纯粹、发自内心且绵绵无

① 在《水浒传》第七十五回《活阎罗倒船偷御酒，黑旋风扯诏谤徽宗》中有这样的文字：“李虞候便道：‘不成全好事，也不愁你这伙贼飞上天去了！’有诗为证：贝锦生谗自古然，小人凡事不宜先。九天恩雨今宣布，抚谕招安未十全。”（施耐庵《水浒传》，人民文学出版社，2005年，第976页）

尽的，表达出丰收在望的喜悦之情，一样的诗句却体现出别样的情怀。又如，童轩《拟阮嗣宗咏歌一首》中有诗句“自非松柏姿”（《清风亭稿》卷三），其是对宋人戴复古《都中书怀呈滕仁伯秘监》中“自非松柏姿”的搬用，然而，结合诗中之句“北风朝暮寒，园林日萧条。自非松柏姿，何叶不飘摇。儒衣历多难，陋巷困箪瓢”，可知戴复古叹息的是园林中的树木不能像松柏那样生机勃勃，是由眼前衰败凋零的景色来比喻现实面临的生存困境。而结合童轩《拟阮嗣宗咏歌一首》中的“昨朝美少年，今日成老丑。自非松柏姿，安能无白首”可知，其中的“自非松柏姿”意思是说人生不能像松柏一样生命常青，抒发的是一种时光流逝，人生易老的感慨，童轩用旧瓶装新酒的方式，“化陈腐为神奇”，表达出的却是迥然不同的人生况味，这样的“点化”令人拍手称奇。

第二，更易数字后引用。

更易数字后引用，指的是在引用他人诗句之前，首先对所引诗句做一番增删调整等修改润饰，然后再将修改后的诗句融入自己创作的诗歌作品当中。童轩对他人诗句的更改引用，主要有在原诗句基础上增加数字、减少数字、更换数字三种情形。

首先，增加数字。大约有两种情况，第一，在句中添加数字。如《孔子家语·子路初见》记录孔子曾引用“相马以舆，相士以居”的俗语，童轩借用之且更改为“相马必以舆，相士必以居”（《清风亭稿》卷三《感寓六十八》其四十四），“必”字的作用可谓妙不可言，如灵丹一粒，使得诗句情感激越，表达亦更为铿锵有力。宋人梅尧臣有“鹧鸪啼欲雨”（《送邵户曹随侍之长沙》），童轩却更改为“鹧鸪啼兮欲雨”（《清风亭稿》卷一《湘灵鼓瑟辞》），在此，增加的“兮”字同样不容小觑，不仅富有节奏韵律之美，而且还使得诗句更为低回婉转、深情隽永。另，童轩“渡江唯用一杯浮”（《清风亭稿》卷六《送释思齐往扬州》）也是从梅尧臣《游隐静山》中的“渡江用杯浮”句“点化”而来，童轩仅在原句基础上增加了起突出强调作用的“唯”“一”两字，经其妙手“点化”后，诗句本身所形成的反差更加骇人眼球，也更易引起人内心的震撼与共鸣。宋人高横槎有“宦情薄于水”(《句》),童轩却“点化”为“宦情在我薄于水”(《清风亭稿》卷六《八月一日经渌口河》),“在我”二字,不仅削弱了原诗的丰厚韵味,大大缩小了诗歌格局,而且颇有画蛇添足之嫌,其失败之处堪与王安石“点金成铁手”[①]相媲美。第二,在句前添加数字。唐人于鹄有“风景似桃源”(《南溪书斋》),而童轩却偏偏增加“满前”二字,说成“满前风景似桃源”(《清风亭稿》卷六《登内相素轩公聚景楼》),这样的“点化”俗不可耐,简直化“阳春白雪”为“下里巴人”,其口语化的表达,使得诗句浅显苍白,意味寡淡。又,杜甫《前出塞九首》(其六)有“挽弓当挽强”,而童轩却将“平生”置于句首,“点化”为“平生挽弓能挽强”(《清风亭稿》卷二《刘生》),这样的增加简直多此一举,杜甫颇为注重铸字炼句,语不惊人,则至死不休,且看,其句本来就精简干练,读之铿锵有力,朗朗上口,经童轩更改后不仅大大削弱了原诗句的情感力度,破坏了诗句的韵律之美,而且还有节外生枝之嫌。宋人刘敞有“为问三辅间,何如马少游”(《同客饮涪州薛使君佚老亭》),而童轩在“何如马少游”前增加“客况”二字,改为“客况何如马少游”(《秋暮至曲靖》),经其妙手一点,不仅巧妙延续了原诗的意味,而且还丰富了诗歌情感,使之更为真挚动人。

其次,减少数字。如减少诗句之前的字,元人卞思义有“野鹤昂藏自不群”(《赠清隐杨炼师》),童轩却“点化”为“昂藏自不群”(《清风亭稿》卷五《怀康绣衣用和》),试想野鹤居住在林间旷野,性情孤傲,人如闲云野鹤一般,远离尘世喧嚣,悠然自得,逍遥自在,这样以鹤来喻人,生动传神,且不乏自然野趣。而童轩的“昂藏自不群”则不然,虽多了咄咄逼人之势,却少了萧散自然之韵。韩愈有“况又时当长养节”(《寄卢仝》),童轩减化为“时当长养节”(《清风亭稿》卷三《舟经湘潭有怀屈贾二子》),“况又”有突出强调之意,在丰富诗歌情感内涵的

① 据冯梦龙《古今谭概·苦海》记载:“梁王籍诗云:‘蝉噪林逾静,鸟鸣山更幽。’王荆公改用其句曰:‘一鸟不鸣山更幽。’山谷笑曰:‘此点金成铁手也。’”(《冯梦龙全集·古今谭概》,上海古籍出版社,1993年,第307页)

基础上，更平添几分人生况味。而童轩则舍弃不用，其更改之后的诗句仅是一种时间概念的代表，且颇为乏味寡淡。童轩《自君之出矣二首》其二中的“慵整玉搔头”（《清风亭稿》卷二），来源于唐人袁不约（一作张祜）《病宫人》中的“双环慵整玉搔头”句，此诗刻画了一位戴着双环头饰，得了不治之症在死亡线上挣扎的宫女，无法控制的病情使得她憔悴消瘦，情绪低沉，根本没有心思和精力去打理自己乱了的头发。而童轩却更改为“慵整玉搔头”，结合此句前“自君之出矣”，可知他的意思是指自从和朋友离别之后，因思念之故，“日晚倦梳头”，根本无心打理自己的头发。所谓“他山之石，可以攻玉”，这样的点化可谓别出心裁，翻空出奇。又如，减少句中之字。宋人刘学箕有“生涯却笑拙于鸠”（《留滞》），童轩妙手一点，改为“生涯笑拙鸠”（《清风亭稿》卷五《闲居漫兴十首》其八），“鸠”即鸠鸟，被人类视为一种愚蠢、笨拙的鸟类，刘学箕诗句的意思是说运营人生的能力比鸠鸟还要笨拙，这是一种自谦的说辞。而童轩的“生涯笑拙鸠”，指的却是在经营人生方面鄙视愚笨的斑鸠，体现出的是一种藐视万物的乐观豁达，可见，仅是数字之异，却寄寓了不同的人生体悟，别有一种情怀。明人刘基《题界画卧龙山楼阁图》中有“猿狖叫啸生悲风”，童轩却“点化”为“猿狖啸兮生风”（《清风亭稿》卷一《湘灵鼓瑟辞》），猿狖即猿猴，猿啼或猿啸，凄戾悲凉令人不忍卒听，自古以来，诗家作者多借助猿的叫声来表达一种悲伤哀怨之情，如杜甫有“风急天高猿啸哀”（《登高》），清人顾光旭有“三声猿啸树，万里客回肠”（《巫峡》），等等，而在刘基的诗中又是猿啸，又是“悲风”，凄凄惨惨戚戚，怎一个“悲”字了得，显是一派哀婉低回的苍凉之境。而童轩诗仅是说猿啼且生风，不仅削弱了情感表达的力度，让人无法体会到原句中刻入骨髓的悲凉，而且还有断章取义、东施效颦之嫌。另外，减少句后之字。如金人雷渊有“天鸡夜半鸣喔咿”（《爱诗李道人若愚崧阳归隐图》），而童轩却更改为“天鸡夜半鸣”（《清风亭稿》卷三《感寓六十八》其二），在原句基础上仅是减去“喔咿”二字，却宛如釜底抽薪，失魂丢魄一般，使诗句失去了自然灵动之趣，变得索然无味了。

再次，更换数字。其一，更换主语。如宋人释宝昙有“袖有换鹅经”（《送王性之子仲言倅公赴海陵》），而童轩却偏偏说成“囊有换鹅经”（《清风亭稿》卷五《闲居漫兴十首》其三），仅一字之差，表达效果却迥然相异。因较“囊”而言，“袖”更易给人一种衣袂飘飘，轻盈萧散之感，更易凸显出风神飘逸，超凡脱俗的文人气息，而“囊”却颇为厚重凝滞，远不及“袖”活泼灵动。宋人董嗣杲有“西风篱落草虫鸣，唤起书生啜菽心”（《豆花》），意即西风吹拂着栅栏，它唤醒了书生品味豆芽滋味的欲望，描摹了一幅逸趣横生，丰收在望的秋景图。而童轩却将“西风篱落草虫鸣”更改为“豆花篱落草虫鸣”（《清风亭稿》卷八《褒城》），虽仅是一词之别，却远不及原诗句动态十足，意境深幽。唐人鱼玄机有“彩云一去无消息”（《和新及第悼亡诗二首》其二），童轩却更改为“云軿一去无消息”（《清风亭稿》卷六《挽李恭人》），云軿，传说中为神仙所乘之车，这种车由云朵制成，神仙乘载此车能逍遥自在地在天空任意遨游。显然，以“云軿”来代替“彩云”，其意味更加丰富，不仅具有轻盈飘逸的特点，而且还给人一种“羽化而登仙”（苏轼《赤壁赋》）之感。不难看出，童轩之“云軿一去无消息”较鱼玄机之“彩云一去无消息”更胜一筹。

其二，更换谓语。柳宗元有“只应更使伶伦见，写尽雌雄双凤鸣”（《清水驿丛竹天水赵云余手种一十二茎》），而童轩有“凭谁制作昭华管，听取雌雄两凤鸣”（《清风亭稿》卷八《双竹图》），其“听取雌雄两凤鸣”是对“写尽雌雄双凤鸣”的“点化”。柳宗元诗句的意思是说只应让传说中的音乐始祖伶伦来见证，竹子发出的声响把雌雄双凤的鸣叫描绘得淋漓尽致，“写尽”是指竹子声响神似雌雄双凤的鸣叫。而童轩“凭谁制作昭华管，听取雌雄两凤鸣”的意思是说，谁能把竹子制作成昭华管（古代一种管乐器），以听取雌雄两凤的鸣叫。显然，其“听取”的是管乐器奏出的雌雄双凤的鸣叫。《庄子·齐物论》有“三籁”之说，即“天籁”“地籁”“人籁”，地籁是指风吹大地的空窍所发出的声响，天籁，指的是自然界的声响，如风声、雨声、水流声、鸟的鸣叫声等，这些声响是自然物自然而然而发，未经任何修饰加工。而人籁指的是人们吹管乐器的声音。显然，童轩“听取雌雄两凤鸣”较原诗句相比，化“天籁”（竹子自然声响）为“人籁”（昭华管吹奏的声音），而且“听取”也仅是指聆听而已，远不及“写尽”形象传神。宋人杨亿有“上林奏赋慕相如”（《贺太仆钱少卿直秘阁》），童轩在《奉寄同年杨洗马王春坊二先生》却说成为“上林词赋擅相如”（《清风亭稿》卷六），童轩将杨亿诗句中的“奏赋”改为“词赋”，并将“慕”改为“擅”，尽管两句诗都赞美了司马相如的《上林赋》，但相较而言，“慕”较“擅”情感更为丰富饱满，更能表现出对司马相如文采才华的钦慕之情。宋代范成大有“荷锸携壶似醉刘”（《重九日行营寿藏之地》），童轩却更改为“荷锸讴吟似醉刘”（《清风亭稿》卷六《全居卷为姑苏张彦广题》），范句的意思是说，扛着锄头携带一壶酒飘飘然如醉酒的刘伶，而童轩却说成为扛着锄头吟咏不辍好似醉酒的刘伶。童轩用醉酒之态来形容歌唱吟咏的痴迷沉醉，可谓别开生面，给人以耳目一新之感。

其三，更换宾语。杜甫有“爱汝玉山草堂静”（《崔氏东山草堂》），童轩在《题澄江草堂卷》中却更改为“爱汝澄江草堂静”（《清风亭稿》卷六），可见模仿沿袭杜诗的痕迹非常明显，仅是根据实际情况将“玉山”改为“澄江”，是颇为典型的改头换面，并无独特新颖之处。宋人李涧有“昼锦已成蝼蚁梦”（《过庐山》），而童轩却“点化”为“昼锦已成槐国梦”（《清风亭稿》卷六《思兄》）。关于槐国梦，唐人李公佐有传奇《南柯太守传》，主要讲述的是豪士淳于棼醉酒后梦入大槐安国，他娶了公主，做了南柯太守，历经荣华又遭遇衰败之后，淳于棼被遣返归乡，梦醒之后，他才明白所谓的大槐安国竟是蚂蚁洞穴，他所经历的一切，都发生在蚂蚁世界。可见，“蝼蚁梦”与“槐国梦”本是一回事，意指如梦一样短暂虚幻的富贵荣华。显然，童轩仅是在原句基础上另置一词，换个说法而已。唐人李商隐有“两两鸳鸯护水纹”（《促漏》），童轩却偏偏说成为“鸳鸯两两护波纹”（《清风亭稿》卷二《采莲曲》），水纹，即水波状的花纹，波纹，小波浪形成的水纹，也可指水面波动现象。尽管“波纹”与“水纹”差异不是很大，有时二者可以互换。但联系具体语境，眼前展现出的是这样一幅画面，一对对鸳鸯在水面上小心翼翼地守护着微微漾动的水纹，显然，“水纹”较“波纹”更为细腻传神，更能烘托出氛围的静谧和谐。

其四，更换状语。宋代欧阳修有“倚遍阑干意无尽”(《洞仙歌令》)，童轩却更改为“倚遍阑干意难写”(《清风亭稿》卷六《予来滇南一载始得寄书人便书成特附四韵楮尾》)，“无尽”指的是绵延不绝，无休无止之意，“意无尽”更能体现出倚栏人思绪万千，怅然若失之态，而“意难写”仅是指情绪或意态难以书写或表达，显然，其远不及“意无尽”意味悠长，给人以无穷回味。元末明初张以宁有“水兼天去无边白，山过江来不断青”(《长芦渡江往金陵》)，而童轩却更改为“水连天去萦回白，山过江来远近青”(《清风亭稿》卷六《登甘露寺多景楼》)。两句诗的意思颇为接近，皆描摹出水天相接，山水相融的美丽自然景观。然而，细细品味二者的差异，童轩以“萦迴白”代替“无边白”，“萦回”虽有回旋往复，曲折环绕之意，却有失“无边”无际，浩瀚无垠，雄奇壮阔之势，而“不断青”大意是说山随着连绵不断的江水不断呈现出一派青翠，其较“远近青”不仅更具灵动之美，而且还漫无际涯，余味绵绵，更易使人产生无限遐思。而其他如童轩之“若有人兮江之中”(《清风亭稿》卷一《湘灵鼓瑟辞》)与宋人姚勉之“若有人兮江之干”(《友山李道士抱琴来为予作三曲请诗各为之操·观澜》)相比，只是“江之干”与“江之中”之别，而其“行舟去去西复东”(《清风亭稿》卷二《杨白花》)与元代桂元之“行舟去去东复西”(《和王守之断肠曲二首》其二)相较，仅是“东复西”与“西复东”之异，又如童轩之“望夫君兮天一涯”(《清风亭稿》卷一《拟愁阳春赋》)，又是将苏轼“望美人兮天一方”(《前赤壁赋》)中的“美人”变为“夫君”，“天一方”改为“天一涯”而来，诸如此类，皆是亦步亦趋地蹈袭前人轨辙，并无新颖独特之处。

另外，童轩在更改前人诗句时，有时也会将他人的陈述句改为疑问句，如唐佚名有“将军三箭定天山”(《薛将军歌》)，童轩却说成为“俦能三箭定天山”(《清风亭稿》卷二《再和燕歌行》)。宋人陆文圭有“东门牵犬亦无人”(《读史六首》其一)，而童轩却更改为“东门牵犬人何在”（《清风亭稿》卷六《咸阳晚眺》），将陈述句变为了反问句。

综上可见，虽然童轩“点化”手法多种多样，十八般“点化”技能样样精通，但在具体运用时，操作起来却颇为简单易行，仅是对他人诗句要么简单增删、改写数字，要么略微变换一下语气。这样遨游在诗词林苑，将信手拈来的名人佳句随心所欲地润饰“点化”，着实令人震惊不已。

（二）**化用他人诗意**

据宋人惠洪《冷斋夜话》记载黄庭坚的话说：“诗意无穷，而人之才有限，以有限之才，追无穷之意，虽渊明、少陵，不得工也。然不易其意而造其语，谓之换骨法，窥入其意而形容之，谓之夺胎法。”[①]童轩之“化用他人诗意”即黄庭坚所提倡的“不易其意而造其语”，“窥入其意而形容之”，也是韩愈所谓的“师其意，不师其辞”（《答刘正夫书》）[②]。综合而言，童轩对他人诗句的化用主要有对应型化用、整合式化用、分解式化用、反用几种形式。

首先，对应型化用。所谓对应型化用，指的是童轩在借鉴化用他人诗句时，经其“点化”后的诗句与原句句数相同，诗意基本不变，但文辞表达却有些许差异。如，一对一化用，唐人诗鬼李贺有“桃花乱落如红雨”（《将进酒·琉璃钟》），童轩却说成为“桃花斑斑落红雨”（《清风亭稿》卷二《江南曲》），显然，不论是桃花凌乱凋落（乱落）如红雨，还是斑斑点点（斑斑）飘落如红雨，二者皆用细腻传神的笔墨，勾勒出一幅暮春时节的桃花谢落图。宋人晏几道有“东风又作无情计”（《木兰花》），童轩却化用为“东风可是无情甚”（《清风亭稿》卷六《重至临安分司》），晏词强调的是东风惯作无情伎俩，而童轩着重突出的是东风的无情无义，虽侧重略有不同，但用不同的文辞皆刻画出了无情冷漠的东风形象。

另，多对多化用。杜甫有“何时一樽酒，重与细论文”（《春日忆李

---

① 惠洪、朱弁、吴沆撰，陈新点校《冷斋夜话 风月堂诗话 环溪诗话》，中华书局，1988年，第15—16页。

② 韩愈著，马其昶校注《韩昌黎文集校注》，上海古籍出版社，1986年，第207页。

白》)，童轩则化用为“何时重会晤，尊酒细论文”(《清风亭稿》卷五《怀康绣衣用和》)，尽管文辞不同，但二者却有异曲同工之妙，皆表达出对再次相聚后边喝酒边论文的殷殷期许。唐钱起有“曲终人不见，江上数峰青”(《湘灵鼓瑟》)，而童轩却化用为“渺翠华兮何许，独江上兮青峰”(《清风亭稿》卷一《湘灵鼓瑟辞》)，事实上，不论是钱起诗中的人，还是童轩诗中的“翠华”，指的皆是鼓瑟的湘水女神。可见，二诗尽管文辞不同，但殊途同归，抒发的皆是曲终人散后，物是人非，青山依旧的人生感慨。唐孟郊有“谁言寸草心，报得三春晖”(《游子吟》)，这句诗的意思为：谁说子女渺如小草一样的微薄孝心，能够报答得了像春天的阳光般博大无私的慈母恩情呢？孟郊这句诗脍炙人口，千古流传，生生不息，因为它道出了孝子的爱母情怀与母爱的无私伟大。童轩深谙此诗真谛，一语道破个中玄机，化用为“谁知寸草心，怀恩竟难报”(《清风亭稿》卷三《春晖图为滇云万都阃题》)，在此，童轩直言子女的孝心难以报答母亲的深恩(“怀恩竟难报”)，感情虽也真挚动人，但立意平淡无奇，有拾人牙慧之嫌，其简直可视为对孟郊诗意的直白解读。另，李商隐有“嫦娥应悔偷灵药，碧海青天夜夜心”(《嫦娥》)，而童轩化用为“可怜碧海青天外，谁识姮娥夜夜心”(《清风亭稿》卷六《和刘工部无题四首》其二)，这样的“点化”妙不可言，既遥相呼应了李诗原句所表达出的嫦娥对偷吃长生不老药的悔恨，在广寒宫面对碧海青天的冷清孤寂，而且还表达出对嫦娥不幸遭遇的深切同情。

其次，整合式化用，也可称作为一对多化用。所谓整合式化用，是指以归纳概括的方法，用凝铸的新句概括整合多句诗的大意。如《诗经·邶风·燕燕》中有“燕燕于飞，差池其羽”，童轩整合为“何燕莺之差池”(《清风亭稿》卷一《拟愁阳春赋》)，颇为干练。《古诗十九首》有“明月何皎皎，照我罗床帏”(《明月何皎皎》)，童轩却化用为“明月皎皎兮照我帷”(《清风亭稿》卷一《秋风辞思松云陶先生作》)，不失俊洁。李白有“上有堕泪碑，青苔久磨灭”(《襄阳曲四首》其三)，童轩简言为“堕泪有碑苔色古”(《清风亭稿》卷六《襄阳怀古》)，深谙其味。

杜甫有“为人性僻耽佳句，语不惊人死不休”(《江上值水如海势聊短述》)，童轩化用为“性僻耽诗死不休”(《清风亭稿》卷六《题杜子美草堂》)，切中肯綮。唐人鲍溶有“道士夜诵蕊珠经，白鹤下绕香烟听”(《寄峨嵋杨炼师》)，童轩整合为“白鹤下听蕊珠经”(《清风亭稿》卷六《赠青羊观道士》)，简明扼要。宋晁公溯有“寒乌忽飞来，伴此一枝冷”(《梅》)，童轩化用为“寒乌借一枝”(《清风亭稿》卷五《春雨卧病书怀十首》其十)，意味深远。其他诸如，宋人周纯之“愁来梦楚三千里，人在巫山十二重”(《瑞鹧鸪》)，童轩整合为“愁绝巫山十二重”(《清风亭稿》卷六《次韵李商隐无题四首》其四)，明人刘基之“几点闲鸥草际，乌榜小渔舟”(《如梦令·一抹斜阳沙觜》)，童轩点化为“闲鸥睡傍渔舟小”(《清风亭稿》卷八《清浪道中书事》)，凡此等等，皆用概括性极强的语句整合熔炼原句诗意，以达到辞约旨丰、意蕴丰赡的表达效果。

再次，分解式化用，即多对一化用，是指在保持原有诗句意思不变的前提下，将原句分解成多个句子单元。如西汉人韩婴有脍炙人口的千古名句“树欲静而风不止，子欲养而亲不待也”(《韩诗外传》卷九)，大意是说，树想要停止摆动，可风却吹个不停，子女想要对父母尽孝心，可惜父母却等不到这一天。童轩将“树欲静而风不止”分解化用为“因悲树欲静，策策风靡宁”(《清风亭稿》卷三《风木卷为蔡教谕题》)，其增加的“悲”字将孝子内心悲戚无奈的情感表现得淋漓尽致，因此不一样的文辞表达，却依然具有动人心魄之魅力。唐诗人张籍有“少妇起听夜啼乌”(《乌夜啼引》)，童轩却分解为“庭前老树乌夜啼，少妇起听惊且疑”(《清风亭稿》卷二《乌夜啼》)，虽然二者皆描摹的是少妇半夜起来聆听乌鸦啼叫的场景，但童轩展现地画面细节更为丰富，少妇形象亦更为生动饱满。苏轼有“望美人兮天一方”(《赤壁赋》)，童轩“化用”为“有美一人兮，在天之陬”(《清风亭稿》卷一《思美人赋》)，此句虽在意境神韵方面不及苏轼诗句，但读之也琅琅上口，极富音律美。宋戴表元有“君游何处濯尘缨”(《送柯以善自杭游鄂》)，童轩却化用为“尘缨何处濯，门外有清流”(《清风亭稿》卷五《闲居漫兴十首》其八)，不仅与戴句遥相呼应，而且还另辟一境，其“门外有清流”句，清响四流，给人以迥出凡尘之感。又，戴复古有“多君不负圣明朝”（《访漳州赵用父使君》），童轩巧妙化用为“君才有如此，不负圣明朝”（《清风亭稿》卷五《怀胡绣衣以道》），显然，较原句相比，童轩句气势非凡，铿锵有力，其赞美之辞，力透纸背。

又次，反用。即是诗人在“化用”他人诗句时，取原句的反面意而用之，以创造出新的诗词佳句。事实上，此种方法自古以来在我国诗歌创作中极为常见，甚至被古人视作吟诗作文的绝佳妙法。北宋严有翼在《艺苑雌黄》中指出：“直用其事，人皆能之；反其意而用之者，非识学素高，超越寻常拘挛之见，不规规然蹈袭前人陈迹者，何以臻此。”[①]南宋杨万里在《诚斋诗话》也有“翻尽古人公案，最为妙法”[②]之语。无独有偶，童轩也颇为擅长反用之法，他在“化用”他人诗句时，简直将此法运用发挥到了极致。《诗经·国风·郑风·东门之墠》有“其室则迩，其人甚远”，大意是说，距房屋很近，但感觉离屋子的人却很远。而童轩却恰恰相反，他巧妙“反用”为“室远心迩”（《清风亭稿》卷一《望云思亲卷为史侍御赋》），也就是说，离房屋很远，但心却感觉很近。这远与近的巧妙转化，生动阐释了心近则人近、心远则人远，这样的“反用”，与《诗经》中的说法相互补充，相互印证，可谓相得益彰，妙合无垠。唐贺知章有“桃花红兮李花白”（《望人家桃李花》），而童轩却偏偏说成了“桃花非红李非白”（《清风亭稿》卷二《惜花行》）。据此句后“宦游见此真奇色”可知，童轩宦游途中见到的桃花、李花花色非常，确实与贺知章描述的桃红李白不一样，因此他才会发出“真其色”之叹，正所谓“纸上得来终觉浅，绝知此事要躬行”（陆游《冬夜读书示子聿》），这样建立在“躬行”基础上的“反用”妙不可言，令人称奇。宋李之仪有“蓝桥有路隔云烟”（《题李仲山金影轩》），童轩却对此提出质疑，“化用”为“谁信蓝桥有路通”（《清风亭稿》卷六《次韵李商隐无题四首》其一），“有路”与“无路”有着天壤之别，“谁信”二字，

---

① 严有翼《艺苑雌黄》，郭绍虞辑《宋诗话辑佚》，中华书局，1987年，第567页。

② 杨万里《诚斋诗话》，丁福保辑《历代诗话续编》，中华书局，1983年，第140页。

极易引起人共鸣，增强情感表达效果。宋人王炎有“食梅不免酸”（《送许士龙秘校》），告诉人们食梅必然被梅子所酸。童轩却反用为“食梅孰云酸”（《清风亭稿》卷三《哭姊》）。《哭姊》是童轩为祭悼亡姐而作，童轩与姐姐手足情深，在父母去世后，童轩由姐姐照顾抚养，童轩视姐如母（“见姊如见母”），自己还曾为姐姐亲自煮粥（“为姊粥亲煮”），二人情感非同一般。后来童轩因公事调离家乡，远在千里之外的他因山川阻隔，不能与姐姐相见，然而当他收到家书后，竟得知姐姐突然去世的噩耗（“昨朝家书来，岂意遽传讣”）。童轩因姐姐的离世而痛彻心腑，竟然连食梅都丧失了味蕾，感觉不到酸味（“食梅孰云酸”）。这样的“反用”既自然高妙又哀婉动人，极富感染力。

另，其他诸如宋辛弃疾有“醉中忘却来时路”（《玉楼春》），童轩却“反用”为“醉中记得归时路”（《清风亭稿》卷八《题陈文璧琼林醉归图二首》其二），张炎有“闭门约住青山色”（《疏影》），童轩却说成“闭门不管青山老”（《清风亭稿》卷六《雪谷卷为戒上人题》），明金幼孜有“隐几不闻啼鸟声”（《凝清堂为姚府尹赋》），童轩却反用为“隐几闻啼鸟”（《清风亭稿》卷五《闲居漫兴十首》其二），元人黄公望有“袈裟不染世间埃”（《董北苑》），童轩却点化为“袈裟浑染石苔斑”（《清风亭稿》卷八《寄月溪莹僧官二首》其二），等等，皆是在领会他人诗意的基础上，采用调侃的方式，戏谑的语言，“反其意而用之”，最终形成己之独特的审美体验。

二、从童轩的“点化”看其诗学主张

据以上童轩对前人诗歌的“点化”可以分析得出，童轩在诗歌创作中主张“无一字无来处”、诗学宗唐、追求形似，详见如下论述。

（一）“无一字无来处”

黄庭坚在《答洪驹父书》中曰：“自作语最难，老杜作诗，退之作文，无一字无来处，盖后人读书少，故谓韩、杜自作此语耳。”①黄庭坚

---

① 刘琳、李勇先、王蓉贵校点《黄庭坚全集》，四川大学出版社，2001 年，第 475 页。

指出自己遣词造句最难，即使如杜甫、韩愈这样的大家在吟诗作文时都免不了引经据典，“无一字无来处”。因此，他提倡在诗歌创作时要学会借鉴模仿，灵活运用他人诗句，做到“点铁成金”与“脱胎换骨”。显然，“无一字无来处”，指的是在诗歌创作中，措辞造句需有来历，这就不仅要求作者读书万卷，腹笥甚广，而且还能够自由灵活地“取古人之陈言入于翰墨”①，将所学知识运用自如。诗歌作品之“无一字无来处”，在中国古代实是一种极为普遍的现象，正如明人杨慎在《升庵诗话》卷一一中所说：“先辈言杜诗韩文无一字无来历，予谓自古名家皆然，不独杜韩两公耳。”②杨慎此言不虚，经阅读杨慎诗歌发现，杨慎自身便是一位“无一字无来处”的践行者。以他《塞垣鹧鸪词》一诗为例来说明：

秦时明月玉弓悬，汉塞黄河锦带连。都护羽书飞瀚海，单于猎火照甘泉。莺闺燕阁年三五，马邑龙堆路十千。谁起东山安石卧，为君谈笑靖烽烟。

这首诗的第一句“秦时明月玉弓悬”源出于王昌龄的“秦时明月汉时关”（《出塞二首·其一》），第三、四句“都护羽书飞瀚海，单于猎火照甘泉”是对高适“校尉羽书飞瀚海，单于猎火照狼山”（《燕歌行》）的改写，第六句“马邑龙堆路十千”出自唐人皇甫冉《春思》中的“马邑龙堆路几千”，第七句“谁起东山安石卧”是对宋人郭印“安石且起东山卧”（《剑篇次元汝功韵》）的化用，第八句“为君谈笑靖烽烟”又是对李白“为君谈笑静胡沙”（《永王东巡歌》其二）的“点化”。仅一首诗区区八句，便有六句是蹈袭前人，可谓句句有来历，有所本。无独有偶，童轩也是一位擅长“取古人之陈言入于翰墨”，讲究“无一字无来处”者。为了更好地说明这一问题，笔者择其中颇为典型的案例，以表格的形式将这一情况罗列如下：

---

① 刘琳、李勇先、王蓉贵校点《黄庭坚全集》，四川大学出版社，2001 年，第 475 页。

② 杨慎《升庵诗话》，丁福保辑《历代诗话续编》，中华书局，2006 年，第 866 页。

《清风亭稿》诗句	出　处
颜回一瓢饮，难免陋巷贫。（《清风亭稿》卷三《感寓》其六十三）	一箪食，一瓢饮，在陋巷。（《论语·雍也》）
火烈望之畏，水弱民玩焉。（《清风亭稿》卷三《感寓》其五十）	火烈，民望而畏之，故鲜死焉；水懦弱，民狎而玩之。（《左传·昭公二十年》）
守株思得兔（《清风亭稿》卷五《春雨卧病书怀十首》其七）	因释其耒而守株，冀复得兔。（《韩非子·五蠹》）
狡兔谋三窟（《清风亭稿》卷五《春雨卧病书怀十首》其十）	狡兔有三窟（《战国策·齐策四》）
剖之以为瓢，濩落无所需。（《清风亭稿》卷三《感寓》其五十六）	剖之以为瓢，则瓠落无所容。（《庄子·逍遥游》）
谁将虑大樽，逍遥浮江湖。（《清风亭稿》卷三《感寓》其五十六）	何不虑以为大樽，而浮乎江湖。（《庄子·逍遥游》）
坎蛙不知海（《清风亭稿》卷三《感寓》其六十一）	井蛙不可以语于海者，拘于虚也。（《庄子·秋水》）
扶摇大鹏鸟，翼若垂长虹，直上九万里。（《清风亭稿》卷三《和杜工部三韵三首》其二）	鹏之背，不知其几千里也。怒而飞，其翼若垂天之云……抟扶摇而上者九万里。（《庄子·逍遥游》）
十年谩学屠龙技（《清风亭稿》卷六《寄张景华》）	朱泙漫学屠龙于支离益（《庄子·列御寇》）
为问贤者谁，曾子昔居卫。正冠绝尘缨，捉衿露双臂。曳屣一高歌，商声满天地。（《清风亭稿》卷三《感寓》其五十七）	曾子居卫，缊袍无表，颜色肿哙，手足胼胝。三日不举火，十年不制衣，正冠而缨绝，捉衿而肘见，纳屦而踵决，曳纵而歌《商颂》，声满天地，若出金石。（《庄子·让王》）
老狐戴髑髅，夜拜北斗神。绥绥曳长尾，顷刻化为人。（《清风亭稿》卷三《感寓》其四十八）	旧说野狐名紫狐，夜击尾火出。将为怪，必戴髑髅拜北斗，髑髅不坠，则化为人矣。（段成式《酉阳杂俎》）

续 表

《清风亭稿》诗句	出 处
金函封诏降殊方，共仰怀柔轶汉唐。……珍重先生宣帝泽，会看重译尽来王。（《清风亭稿》卷六《送学士钱先生奉使日南》）	一封恩诏出明光，共喜怀柔迈汉唐。珍重侍臣宣帝泽，会看水浒尽来王。（施耐庵《水浒传》第八十二回）

综上可知，童轩涉猎广泛，吟诗作文喜欢“无一字无来处”，他不仅向《诗经》《楚辞》《左传》《战国策》《韩非子》《论语》《庄子》等经典古籍中借句，甚至连小说中的诗歌都是他师法借鉴的对象。其“无一字无来处”要么体现在一首诗中的个别诗句，要么几乎彻头彻尾覆盖整个诗篇。如童轩《清风亭稿》卷六《送学士钱先生奉使日南》对《水浒传》中诗句的援引，其诗内容为：

> **金函封诏降殊方，共仰怀柔轶汉唐**。万里清风驰使节，九霄春雨下蛮荒。天低铜柱蛟云黑，路转珠崖蚌月光。**珍重先生宣帝泽，会看重译尽来王**。

《水浒传》第八十二回的诗句为：

> 一封恩诏出明光，共喜怀柔迈汉唐。珍重侍臣宣帝泽，会看水浒尽来王。

也就是说，将童轩《送学士钱先生奉使日南》中的第一、二句与第七、八组合起来，恰好与《水浒传》第八十二回的诗如出一辙，显然，其出处正在于此。童轩将《水浒传》中的诗句进行了一番加工修改后，然后将之一分为二，置于其诗的首尾两端以装点自己门面，可谓煞费苦心。另外，其《清风亭稿》卷三《感寓》其五十七整首诗几乎都有所本，是极为典型的“无一处无来历”者，且看诗歌内容：

> 为问贤者谁，**曾子昔居卫**。**正冠绝尘缨，捉衿露双肘**。**曳屣一高歌，商声满天地**。

《庄子・杂篇・让王》有：

> **曾子居卫**，缊袍无表，颜色肿哙，手足胼胝。三日不举

火，十年不制衣，**正冠而缨绝，捉衿而肘见，纳屦而踵决，曳纵而歌《商颂》，声满天地**，若出金石。

以上粗体部分是二者内容的重合部分，也就是说童轩《感寓》其五十七除了第一句"为问贤者谁"外，其它诗句并非无源之水，戛戛独造，而是有根之木，渊源有自。显然，其内容简直就是对《庄子·杂篇·让王》内容加黑部分的诗化表达。

童轩的诗歌还有一种体裁，叫作"集唐句"，顾名思义，即是将收集而来的唐人诗句连缀成篇，以表达己之主题思想。其每一句都有所本，简直将"无一字无来处"发挥到了极致。如其《清风亭稿》卷八《谪官后咏怀一首(集唐句)》一诗：

> 逐队随行二十春(罗隐)，世情谁是旧雷陈(元稹)。长疑好事皆虚事(李山甫)，不薄今人爱古人(杜工部)。苔色满墙思故第(郑谷)，江潭何处是通津(耿纬)。分明记得还家梦(来鹏)，依旧红霞作近邻(谭用之)。

童轩直接标明此诗所引唐人诗句涉及罗隐、元稹、李山甫、杜甫、郑谷等人，可见，童轩旁征博引、学问淹博之特点。

事实上，童轩的"无一字无来处"正是以丰富的学识和涵养为前提。童轩学富五车，淹通经史，注重兼采众长，厚积薄发，他深知广博的知识对于创作的重要性，如他在给丁凤仪的回信中指出，学者"必蕴六经以立其本，贯诸子以资其用，搜百氏以充其才，旁及天文、地志、律历、兵制之书，又所以博其趣也"(《答丁凤仪书》)[①]。正所谓"读书破万卷，下笔如有神"，童轩往往能将积累的知识运用得恰到好处，其好友项麒在《清风亭稿序》中对其评价曰："盖公之为人清介绝俗而博极群书，故其形于诗也。"[②]换言之，则是"由积于内者厚，故著于外者博也"，显见，其"无一字无来处"，是童轩"博极群书"，积少成多，内化于心，外化于诗的体现。

---

① 耿相新等编《中国历代名人书信大系·明卷》，人民日报出版社，2000 年，第 281 页。

② 明天顺(1457—1464)本，中国国家图书馆藏。

（二）诗学宗唐

童轩在诗歌创作中喜欢模仿借鉴他人作品，这实是明代尚复古、重模拟风气的体现。童轩学问优长，转益多师，其师法的对象非常广泛，先秦、两汉、魏晋南北朝、唐宋元乃至明代的诗文作品皆有所涉猎。然而，在众多的师法对象中，童轩尤为青睐对唐诗的借鉴点化，体现出鲜明的“宗唐”意识，这与明代当时标榜“唐音”的时代潮流正相契合。

正如沈文凡教授指出：“明人对唐诗的学习、研究态度、崇尚心态上，是其他时代无法比拟的。明人的诗歌创作活动显示了明显唐诗的印记。”①在童轩生活的明代前期，诗坛上一股崇尚唐风的暗流已经悄然涌动。文人喜以是否沾染唐人风气来评判他人诗歌作品，而“逼近唐音”似乎成为了当时的诗家作者最受欢迎的赞美言辞。如戴良为谢肃《密庵集》作序曰：“原功之诗，五言古律则本之汉魏，歌行则遵李杜，近体则祖少陵六朝，晚唐无论焉。”②林环在《白云樵唱集》序中如此介绍王恭：“五七言长歌律绝句则一欲追唐开元、天宝、大历诸君子，而五言五选则时或祖汉魏六朝诸作者而为之，宋元而下不论也。”③明人张羽在悼诗中称赞好友高启道：“赖有声名消不得，汉家乐府盛唐诗。”（《悼高青丘季迪三首》其三）唐之淳认为“南涧公”诗“不合王维合王建，前身多是盛唐人”（《和答南涧公晚别后见寄之韵二首》其二）。尤其是在童轩之前的“闽中十子”④，首开诗学宗唐、创作拟唐风气之先。林鸿被视作此派之冠，他曾指出：“汉魏骨气虽雄，而菁华不足；晋祖玄虚，宋尚条畅，齐梁以下，但务春华，殊欠秋

---

① 沈文凡《唐诗接受史论稿》，现代出版社，2014 年，第 86 页。

② 谢肃《密庵集》，《景印文渊阁四库全书》第 1228 册，台湾商务印书馆，1983 年，第 79 页。

③ 王恭《白云樵唱集》，《景印文渊阁四库全书》第 1231 册，台湾商务印书馆，1983 年，第 84 页。

④ “闽中十子”包括林鸿、陈亮、郑定、高棅、王褒、王偁、王恭、唐泰、周玄、黄玄十位诗人，因籍贯同属闽（今福建省），因此称为闽中十子。

实。唯李唐作者可谓大成。"(《唐诗品汇·凡例》)[①]林鸿不仅论诗标举唐音，在实际创作中也致力学唐，竭尽模仿之能事，李东阳在《怀麓堂诗话》中指出："林子羽《鸣盛集》专学唐，袁凯《在野集》专学杜，盖皆极力摹拟，不但字面句法，并其题目亦效之。开卷骤视，宛若旧本。"[②]不仅是林鸿，其他"闽中十子"成员皆然。如高棅诗论力主宗唐，他出于"唐诗之偈，弗传久矣。唐诗之道，或时以明"(《唐诗品汇·总叙》)[③]之目的而编选《唐诗品汇》，欲将此唐风唐音大畅于天下。《唐诗品汇》是"闽中十子"诗学理念的集中体现，之后长达百年之久的前后七子"文必秦汉，诗必盛唐"的复古运动，实滥觞于此。

童轩的诗学主张与"闽中十子"一脉相承。他曾在诗中称赞同乡好友刘通政擅长唐人诗法："诗妙唐人法，词工汉史文。"(《清风亭稿》卷五《怀刘通政时用先生》)，并且在悼念张先生的诗文中指出："有唐作者相继出，一代雅奏鸣宫县。杨王卢骆首奇拔，高岑韦柳堪齐肩。天生李杜实冠绝，光焰万丈直视人无前。"(《清风亭稿》卷四《哀都宪张先生(并叙)》)在此，童轩认为张先生诗学继轨唐音，成就堪与唐代著名诗人"杨(炯)王(勃)卢(照邻)骆(宾王)"及"高(适)岑(参)韦(应物)柳(宗元)"，甚至是李白、杜甫相互媲美。这就表明，童轩所生的那个时代，诗学宗唐的风气已大行其道，童轩当然难以做到"众人皆醉我独醒"，他被裹挟其中也是自然之理。童轩诗歌与唐诗之间的渊源关系，在有明一代众目共睹。如与其几乎同时的倪岳称童轩："读书为文，渊博雄丽。诗有唐人体裁，足以名家。"(《明故资政大夫南京礼部尚书致仕赠太子少保童公墓志铭》)[④]后学李东阳也认为其"诗尤丽则，得唐人体裁"(《明故资政大夫南京礼部尚书致仕赠太子少保童

---

① 高棅编《唐诗品汇》，上海古籍出版社，1993 年，第 42 页。

② 李东阳著，李庆立校释《怀麓堂诗话校释》，人民文学出版社，2009 年，第 72 页。

③ 高棅编《唐诗品汇》，上海古籍出版社，1993 年，第 41 页。

④ 倪岳《青溪漫稿》，王国平总主编《杭州文献集成·武林往哲遗著 9》，杭州出版社，2014 年，第 701 页。

公神道碑铭》)[1],明末过庭训在《分省人物考》中亦以"诗有唐人体裁"[2]称许之。

童轩诗歌创作颇为注重模仿、点化唐人作品是其诗"有唐人体裁"的原因所在,体现出其诗学宗唐的审美取向。在童轩"点化"的众多诗人中,唐朝诗人群体脱颖而出,分外引人瞩目,涉及有:

初唐诗人:骆宾王、王勃、杨炯、陈子昂、王绩、李峤等。

盛唐诗人:李白、杜甫、岑参、高适、王维、孟浩然、储光羲、皇甫冉、王昌龄、贺知章、李颀、崔颢等。

中唐诗人:柳宗元、孟郊、韩愈、顾况、钱起、刘长卿、白居易、卢仝、李贺、刘禹锡、韦应物、元稹、张籍、戴叔伦、顾况、寒山等。

晚唐诗人:杜牧、李商隐、温庭筠、韦庄、许浑、罗隐、陆龟蒙、薛逢等。

从以上可以看出,童轩的"点化"涉及初盛中晚唐各个阶段的诗人诗句,诗学宗唐的倾向十分明显。不仅如此,童轩有时还会在诗句或题目中明确表明自己对唐诗的借鉴师法。如其《简溪为吏部吴主事题》中有"吟抄甫里新诗句"(《清风亭稿》卷六),直接表明自己曾吟诵模拟陆龟蒙(号甫里)的诗句。其他如题目中体现步轨唐风唐调的诗歌有:《晚至华阴拟唐人作》(《清风亭稿》卷五),《次韵李商隐无题四首》(《清风亭稿》卷六),《燕歌行赠徐七遵诲(次唐人高适韵)》(《清风亭稿》卷二),《和杜工部三韵三首》(《清风亭稿》卷三),《和韦苏州寄全椒山中道士》(《清风亭稿》卷三),《和柳柳州赠江华长老》(《清风亭稿》卷三),《和李翰林安陆白兆山桃花岩寄刘侍御绾》(《清风亭稿》卷三)等。另,由唐人诗句堆砌而成的集句诗(即集唐句)有:《清风亭稿》卷八中的《宫词集唐句五首》《无题集唐句十首》《谪官后咏怀一首(集唐句)》《予按石屏州学偶染瘴疠遂舆至临安

① 李东阳《怀麓堂集》卷七十八,上海古籍出版社,1991年,第818页。

② 过庭训纂集《明朝分省人物考》,广陵书社,2015年,第252页。

公馆药之稍愈，因集唐人之句聊以自遣云》，凡此等等，皆是童轩诗学宗唐的体现。

（三）追求形似

袁枚评价明七子模拟盛唐的弊病时所说："明七子不知此理，空想挟天子以临诸侯，于是空架虽立，而诸妙皆捐。《淮南子》曰：'鹦鹉能言，而不能得其所以言。'"①与此相类，童轩对他人诗句亦步亦趋地模拟"点化"，也如鹦鹉学舌一般人云亦云，这也从中表明童轩在诗歌创作中对"形似"的注重与追求。

如童轩《清风亭稿》卷一《松泉辞一首送陶厚归金川隐居》无论从内容还是立意上来说模仿陶渊明《归去来兮辞》的痕迹非常明显，其中的诗句多有与陶句相仿者，如下表所示：

陶渊明《归去来兮辞》	童轩《松泉辞一首送陶厚归金川隐居》
僮仆欢迎，稚子候门。	僮仆嘻嘻，稚子牵衣。
临清流而赋诗	或临流而赋诗
富贵非吾愿，帝乡不可期。	富贵非吾愿，功名不可期。
实迷途其未远	途实迷而未远
悟已往之不谏	事既往而奚尤
聊乘化以归尽	聊优游以卒岁
乐夫天命复奚疑	乐夫天命复何求

由此可以看出，童轩的"点化"可谓仅得陶渊明之形，而不得其精髓，意味寡淡，神韵远不及之。

另，童轩在"点化"他人诗句时，有时不去更改原句一字一词，仅

① 袁枚著，王英志校点《随园诗话》，凤凰出版社，2020年，第134页。

是对原句的词组进行重新排列而已，这就说明，童轩很多时候并不考虑其“点化”行为能否产生推陈出新、翻空出奇的审美效果，他似乎更在意的只是从“形似”上模仿。如唐代张籍有“金多众中为上客”（《贾客乐》），童轩却说成“众中金多为上客”（《清风亭稿》卷二《江南曲》），杜甫有“避人焚谏草”（《晚出左掖》），而童轩却说成“谏草避人焚”（《清风亭稿》卷五《怀康绣衣用和》），与此相似，杜甫的“通竹溜涓涓”（《秋日夔府咏怀奉寄郑监李宾客一百韵》），也摇身一变为“涓涓通竹溜”（《清风亭稿》卷五《久雨一百韵》），而宋人蒋之奇的“红紫嫣然媚”（《峡山》），经童轩重组后变竟成为“嫣然媚红紫”（《清风亭稿》卷三《咏兰》），等等，皆是构成诗句的词组不变，但排列顺序却有所不同。

还有一种情况颇为特殊，童轩从诗句的结构形式入手去模拟点化他人的诗句，得到的也只是区区“形”似。唐刘禹锡的千古名句“苔痕上阶绿，草色入帘青”（《陋室铭》），经童轩模仿“点化”后为“草香侵座绿，山色堕楼青”（《清风亭稿》卷五《东林小隐巷为沈处士题二首》其二），结构何其神似，但意境却迥然相异。其他诸如，唐崔峒有“白烟横海戍，红叶下淮村”（《送陆明府之盱眙》），童轩模仿其结构而吟出新句“白烟连远戍，黄叶下高枝”（《清风亭稿》卷五《流河》），唐岑参有“白发悲花落，青云羡鸟飞”（《寄左省杜拾遗》），童轩效仿之，“点化”为“白发悲难变，青袍弊欲穿”（《清风亭稿》卷五《戊子冬备员朝觐侨寓湾中逆旅值风雪大作有感》），等等，皆从形式上竭尽模仿之能事，其生拉硬拽，生吞活剥，如瘦骨嶙峋的迟暮美人，徒具骨相之美，而神采气韵全无。

以上已经提及，童轩步“闽中十子”之后尘，不仅诗学宗唐，亦步亦趋地师法唐诗，而且在模拟流于形式方面皆惊人一致。“闽中十子”之冠的林鸿师法唐诗仅“摹仿形似”而不能悟其神韵，因此遭到钱谦益的批评：“膳部之学唐诗，摹其色象，按其音节，庶几似之矣。其所以不及唐人者，正以其摹仿形似，而不知由悟以入也。”[①]（《列朝诗

---

① 钱谦益《列朝诗集小传》，上海古籍出版社，2008年，第180页。

集小传·乙集·高典籍棣》)在此,钱谦益对林鸿的批判之辞同样适用于童轩。然而,与之不同的是,不仅对于唐人之诗,童轩对所涉及的前人之句的"点化",绝大多数流于形式主义之弊病。历史证明,一切亦步亦趋地蹈袭模仿,所得只会是外在皮囊,这正如马克思所说:"专事模仿的诗人们除了形式上的光泽,就再没有什么了。"①

结语

以上结合童轩的诗歌作品《清风亭稿》,主要从童轩师法他人之辞与化用他人诗意两方面探讨了其在诗歌创作中的"点化",又立足于此,分析探讨了童轩模拟"点化"之规律性内容,从中总结出童轩颇为注重"无一字无来处"、诗学宗唐、追求形似之诗学主张。正所谓,一代有一代之文学,明代是一个诗学复古的时代,童轩注重"点化"前人诗作正是这一复古思潮的体现。然而,尽管童轩的"点化"与众多喜欢师法模拟的明人一样,过于注重形式而留下很多败笔,但这并不能掩盖他卓越的诗学光芒。除了点化绝妙之"点铁成金"之作,童轩尚有为数不少"自出机杼",从肺腑中流出的名篇佳什,即使在今天依然传诵不衰,被人吟诵不已。总之,童轩宛如明代文学史中的一朵奇葩,他的诗歌成就,流传及影响,在明代诗坛的地位等值得学人进一步关注与探讨。

(河北民族师范学院文学与传媒学院)

① 陆梅林辑注《马克思恩格斯论文学与艺术》(上),人民文学出版社,2002年,第173页。

论清代“词心”范畴的美学内蕴与理论发展

王　毅

内容摘要：“词心”是清代至今重要的词学批评范畴。它以直观经验为审视对象，对词体所有的组成要素进行辩证思考，从形象走向抽象，由感性趋于知性，是一个许多概念规律整合的大集合。中国古代文学的“人本主义”特点使“心”成了文学批评领域的重要的元范畴，成为“词心”范畴重要的理论前提，规定了“词心”基本的美学意蕴和大致走向。周济将“心化”引入词学，冯煦首次提出“词心”，沈曾植进一步阐释将“词心”由独异性变为普遍性的特点，谭献大力拓展了词的诠释空间以及况周颐第一次将“词心”提升至词论重要地位，“词心”已经形成了一个涉及范围广、解释维度大、精神内蕴深的极具影响力的文学范畴。“词心”探微既是对主体意识、创作状态、文本精神与读者审美的探索，又是对词体美的追寻。

关键词：词心；范畴；人本主义；元范畴；词论

On the Aesthetic Connotation and Theoretical Development of "The Core of Ci" Category in the Qing Dynasty

Wang Yi

Abstract: "The Core of Ci" has been a significant critical category in the study of Ci poetry from the Qing Dynasty to the present. It takes intuitive experience as its object of examination, engaging in dialectical reflection on all constituent elements of the Ci form. Moving from the concrete to the abstract, and from the perceptual to the intellectual, it represents a comprehensive integration of numerous conceptual principles. The "Humanistic" characteristic of ancient Chinese literature elevated the concept of "The Core of Ci" to a fundamental meta-category in the realm of literary criticism. This concept serves as a crucial theoretical premise for the category of "The Core of Ci", defining its basic aesthetic implications and general trajectory. Zhou Ji introduced the concept of "mental transformation" into the study of Ci poetry, Feng Xu was the first to propose the term "The Core of Ci", Shen Zengzhi further elaborated on it, transforming "The Core of Ci" from a unique characteristic into a universal one, Tan Xian significantly expanded the interpretive space of Ci poetry, and Kuang Zhouyi elevated "The Core of Ci" to a prominent position in Ci theory for the first time. As a result, "The Core of Ci" has evolved into a highly influential literary category with a broad scope of application, multifaceted interpretive dimensions, and profound spiritual depth. The exploration of "The Core of Ci" delves into both the investigation of subjective consciousness, creative states, textual spirit, and reader aesthetics, as well as the pursuit of the aesthetic beauty inherent in the Ci poetic form.

Keywords: The Core of Ci; category; Humanistic; Fundamental meta-category; Ci theory

“词心”作为一个复合词自冯煦提出始，就受到后代词学家的青睐，成为评词、选词重要衡量标准。近二十年来，学界对于“词心”作为一个重要的概念与学说颇为关注并取得了若干研究成果。[①] 但是需要明确的是，第一，“词心”不单单是一个为了与诗区别而提出的概念，更是一个范畴，概念仅仅表示一个客观集合，而范畴是“许多集合在思维活动中相遇后产生的更大集合”[②]。从认识论的角度来看，概念会随着人们经验的积累不断地趋于准确，对现实的规定性范围不断缩小，其形态也呈现出逐渐增强的抽象化。“夫‘文心’者，言为文之用心也。”[③]“词心”的本义就是倚声之用心，但是在发展的过程中其内涵已经超越最初的概念意义，在各家对于词体创作与品评实践的基础上以感性直觉提出的概念不断丰富，致使它的内涵溢出形式。因此，“词心”在众多词学家所提出的多种概念的融合中已经超越最初涵义而形成大文学范畴。第二，后辈学人不能将“词心”简单地看作一家学说（最典型的例证即“词心说”），一家学说必然受到那个时代的拘束。在某一个历史阶段，“词心”的骤然兴起并被时代所认可必然是一个词学家的杰出成就，但是若对清后期至当代两百多年词史予以历时性思考就能发现，“词心”已然在词学批评的思维领域中经由多个概念的运动与碰撞下融合成了一个中心明确、秩序井然并具有开放性的整合建构，超越了某一个具体的历史阶段。因此，“词

① 如杨柏岭《晚清词家词心观念评说》（《文艺理论研究》2004 年第 3 期）、邓乔彬《秦观“词心”析论》（《文学遗产》2004 年第 4 期）、张进《况周颐的“词心”说与古代文论中的“不得已”之论》（《文学遗产》2010 年第 2 期）、张利群《论况周颐〈蕙风词话〉“词心”说的词学意义》（载《中国文论的古与今（古代文学理论研究第三十二辑）》，华东师范大学出版社，2011 年）、黄雅莉《从作者创作的角度论“词心说”》（《中国韵文学刊》2014 年第 1 期）、谢丽《从近代“词心”说的建构看审美转向的个体激活》（《河南大学学报（社会科学版）》2015 年第 3 期）、路成文《论邵祖平的“词心”说》（《文艺研究》2015 年第 12 期）、王伟《“词心”建构：秦观身世与词风的互文关系及其词史意义》（《中州学刊》2020 年第 9 期）、关鹏飞《论秦观的心说与词心说》（《中国韵文学刊》2023 年第 4 期）。

② 汪涌豪《范畴论》，复旦大学出版社，1999 年，第 5 页。

③ 刘勰著，范文澜注《文心雕龙注》（下）卷十《序志第五十》，人民文学出版社，2017 年，第 725 页。

心"可以作为一个文学范畴来对待,它并非罗素等西方学者所主张的"逻辑类型",而是以直观经验为审视对象,对词的所有组成要素进行辩证思考,从形象走向抽象,由感性趋于知性,是一个关于许多概念的规律整合的大集合。

虽然有部分研究成果已经趋向于通过梳理各家之言来构建"词心"的理论系统,但是仍未明确"词心"作为范畴而言由产生到发展的一条脉络,因此对"词心"范畴的建构仍有讨论的余地。清代是"词心"范畴产生并发展的重要阶段。自周济至况周颐,他们对于"词心"之论断既受到中国古代"心"的元范畴影响,又有着特定时代的美学潮流,另外还包蕴了"词体"这一特殊文体的独特内涵。

一、"词心"范畴的理论准备与美学底蕴——作为元范畴的"心"

中国哲学与文学的特点是以人为本原。黄霖、吉川幸次郎等中外学者均指出中国古代文学的特点就是"人本主义"。[①] 人无心不能活,主体正是以心去接触并感受客观世界,在此过程中,人会将客观世界的万物"心化",将其与主体意识相融合,在文学作品中为读者展现一个"心化"的、带有鲜明主体个性的美感世界,即朱光潜所说"美不完全在物,也不完全在人心,它是心物婚媾后所产生的婴儿"[②]。因此,"心"成了文学批评领域的重要的元范畴。"心"是"词心"范畴重要的理论前提,规定了"词心"基本的美学意蕴和大致走向。"词心"是原人哲学的首要精神"心化"的一脉相承,更是"心化"在词这个特殊文体开疆拓壤、创造出的新的美学价值。

心是直觉和知觉的重要组织器官,是人形体与精神的主宰,充满神秘色彩。荀子则为"心"做了注解:"心者,形之君也,而神明之主

① 黄霖等人认为:"中国古代文学理论批评体系的核心就是以人为本原。"参见黄霖、吴建民、吴兆路《原人论·绪论》,复旦大学出版社,1999 年,第 5 页。

② 朱光潜《谈美　文艺心理学》,中华书局,2016 年,第 45 页。

也，出令而无所受令。”[1]心决定外在身体形态，相由心生便是此理，它也是思想的主宰，在人认识世界、接触“道”的过程中起着决定性作用，因而荀子对此加以申明：“心也者，道之工宰也。”[2]这种强调人的主观能动性的观念一直延续到了后代，标榜心学的王守仁也认为：“心者，身之主宰。目虽视而所以视者，心也；耳虽听而所以听者，心也；口与四肢虽言动而所以言动者，心也。”[3]王守仁以心为本体，强调心从客观上赋予具体的官能，如果没有心的作用，就会直接导致官能的失效，食之无味，置若罔闻。心与物的关系中，外物“与心徘徊”，服从于心。但是“心”又是如何与客观世界产生关系并产生影响呢？张载曰：“大其心则能体天下之物……其视天下无一物非我。”[4]大“心”是在审美过程中的一种极度聚焦的心理状态，是美感经验，在进入状态后，排除实用主义或者科学的态度，天下万物均集中于内心，呈现为一个完整而单纯的意象世界，时间与空间在心化的“第二世界”里归整为一，万象融而为一，千古化为一刹，即庄子以“用志不纷，乃凝于神”[5]的精神状态达到“逍遥游”的境界。这是对主体精神能动性的张扬，通过将心大而化之，消融物我之间的界限与对立，使人内心的宇宙与外在的一切保持和谐，符合“道”的内在要求。由此来看，自先秦始，“心”是中国哲学体系的重要范畴，它主宰人的官能，也是主体掌握“道”，接近真实与美的决定性媒介，无心则无意象世界，无心则无美。

“心”也是中国古代文学理论批评的重要范畴，是哲学的“心化”在文学领域的延续。刘熙载云：“文，心学也。”[6]文学范畴具有高度的

---

① 王先谦撰，沈啸寰、王星贤点校《荀子集解》（下）卷二十一《解蔽》，中华书局，1988年，第397页。

② 王先谦撰，沈啸寰、王星贤点校《荀子集解》（下）卷二十二《正名》，中华书局，1988年，第423页。

③ 王阳明撰，邓艾民注《传习录注疏》，上海古籍出版社，2012年，第263页。

④ 张载《正蒙·大心》，章锡琛点校《张载集》，中华书局，1985年，第24页。

⑤ 郭庆藩撰，王孝鱼点校《庄子集释·达生第十九》，中华书局，2019年，第569页。

⑥ 刘熙载《古桐树屋六种》附《游艺约言》，薛正兴校点《刘熙载文集》，凤凰出版社，2017年，第751页。

概括性与包容力，能够以一行万，统率其他的概念与命题。“心化”在文学理论的最突出的表现就是分化出诗歌“言志”和“缘情”的两大命题。在封建王朝的官方倡导与“文以载道”等主流观念的影响下，文学作品倡导能够揭示人生哲理并对社会产生积极效应，“诗缘情”的命题由于表现的情感过于私人化，辞藻过于华丽化因而受到主流文学的排斥。但“情”和“志”作为文学“心化”的两个方面，本身就是相互渗透的，而非彼此对立。“志也者，情也。”[①]创作极为重情的汤显祖并不认为文学创作中标榜“情”对于历来的“言志”说有什么违背，李善在《文选》中注释“诗缘情”云“诗以言志，故曰缘情”，李周翰注亦云：“诗言志，故缘情。”[②]当代学者王文生秉持中国文学即抒情文学的理念大胆指出传达人内在情感的最佳媒介就是音乐节奏的“志”，这是一种形式化的情绪。[③] 在文学创作的过程中，“情”属于感性范畴，“志”则属于理性范畴，相互交融，完成吟咏情性和顺美匡恶的双重任务，实质上是不冲突的。刘勰《文心雕龙》的创作纲领与文学理念就是“本乎道，师乎圣，体乎经，酌乎纬，变乎骚”[④]。文学作品中的“志”应该符合儒家道义，有利于封建教化，但是有些时候这种改造现实的冲动无法以正常渠道予以抒发，会依靠个人的“情”婉转表达，屈子“香草美人”式的寄托传统便传至后代。欲忠君报国却怀才不遇的“志”借寻觅美人而不得的悲愤郁悒的个人情感而表达，从中也可以探得屈子那温厚忠良之“性”。由此，志、意、性、情在文学作品中做到了统一，在意象世界中，具体之形象化为抽象之象征，一切都通过“心”的映射而展现。情志双方达到一种平衡就可以在诗歌中创造出一种令读者流连的意象，志给读者营造出一种真实的“物色”，但正是

① 汤显祖《董解元西厢题辞》，伏涤修、伏蒙蒙辑校《西厢记资料汇编》(上)，黄山书社，2012 年，第 84 页。

② 萧统撰，李善注《文选》卷十七，上海古籍出版社，1986 年，第 766 页。

③ 参见王文生《诗言志释》，生活・读书・新知三联书店，2012 年，第 50 页。

④ 刘勰著，范文澜注《文心雕龙注》(下)卷十《序志第五十》，人民文学出版社，2017 年，第 727 页。

有了情的作用才能够创造出“象外之象”，真正品味到一首诗歌的意趣。倘若将“志”奉为唯一的创作要素，那么就会出现“文以害道”的思想倾向，文学作品丧失了色彩美与音律美，成为纯粹的应用工具，凸显了功能性，但却丧失了唤醒美的性质，“志”也因没有了“情”的润饰而欠真实感。同样，文学作品中一味充斥着未经思考的“情”，无法推己及人，只会使创作者的创作陷入个体的情爱或者一己穷通出处的抒发，后来的学习者也会因为取径逼仄使得创作无路可走，不得不因袭模拟，丧失文学鲜活的生命力。王元化先生认为，“情”可以拓广“志”的领域，“志”同样用来充实“情”的内容。① 文学是人动心的结果，“情”与“志”均是“心”的表现形式，“为情造文”与“述志为本”并行不悖，共同滋养着文学作品。

中国的文学离不开音乐，诗乐舞三位一体的传统使得对文学的考察不能忽视对音乐的探究。《乐记》云：“凡音之起，由人心生也。人心之动，物使之然也。”“凡音者，生人心者也。情动于中，故形于声；声成文，谓之音。”②音乐同样也是由于“心动”从而产生的艺术形式，具体表现形态是声音的快、慢、舒、缓，节奏的律动反映了人主体精神的状态，也就是陈子龙所说的“绚指既调，心器相通”③。

综上所述，不论是中国传统哲学或者古代文学，“心”始终是一个贯穿始终的重要元范畴，对后世衍生的众多范畴造成了影响。在文学批评领域中，由于“心”的抽象性，分化出了“诗言志”和“诗缘情”两个自觉的命题，文学的“心化”具体为“志化”和“情化”。“志”和“情”都可以透过“心”显现出艺术真实，完成外在物象—心—意象—文学文本的转化，达成物象的意象化、心的具象化与文学文本的情趣化的美学效果。“志”和“情”二者浑然一体，不呈现对立的逻辑关系，相互完善，既是文学创作的功能，又是文学创作不可缺少的要素。在文学

---

① 王元化《文心雕龙讲疏》，广西师范大学出版社，2004 年，第 203 页。

② 王文锦译注《大学中庸译注》，中华书局，2020 年，第 106、108 页。

③ 陈子龙《琴心赋》，王英志辑校《陈子龙全集》（上），人民文学出版社，2011 年，第 83 页。

创作过程中，“心”既是被动的，又是主动的，形成了“比兴”的诗歌传统。这种抽象化的范畴对“词心”范畴的影响不言而喻，规范了它的基本内涵与美学价值，“词心”又在词这种文体中继而开疆拓土，生成更具特色的精神意蕴与审美体验。

二、“词心”概念的基本确立——从周济至谭献

“词心”作为一个复合词，有两种解释得通的组合方式。一种是联合式，“词”和“心”，侧重的是形象的词体与抽象的“心”范畴的结合；另一种是偏正式，“心”是主要概念，意指词体的心、词作的心亦或是词人的心。多重的复合结构成了历代词家阐释“词心”的多重含义，也直接组成了复杂的“词心”范畴。

首先将“心”引入词学的理论家是周济。他在《介存斋论词杂著》中提到：“学词先以用心为主，遇一事，见一物，即能沉思独往，冥然终日，出手自然不平。次则讲片段，次则讲离合，成片段而无离合，一览索然矣。次则讲色泽音节。”[①]周济从学词入门的角度探讨词人在词体的创作上是要充分调动心的主观意识的。在这个创作途径中，周济倡导的是苦心经营，心积极发挥着主动作用。由于心在物先，因此为了创作出优秀的作品，创作主体需要做的就是“沉思独往，冥然终日”，就涉及到了创作过程中主体的身心状态。这种创作状态就是庄子所提及的“心斋”“朝彻”，思考方式是刘勰讲的“神思”，创作方法较多选用“比”的方式。“神思”是一种苦思，是主体寻觅词的过程，与之相对的是“兴会”，侧重于自然的感发，是词寻人的过程。“遇一事，见一物”为的是保持一种严肃的创作态度与聚精会神的状态，让这一事、一物占据自己的内心，充分调动自己的感觉经验，激活心灵，选择意象，经营词句。即使是“为文造情”，如果能做到这种“用心”的前提，再掌握片段、离合的写作结构，创作出的词在艺术境界上也是非

① 周济《介存斋论词杂著》“学词要以用心为主”条，唐圭璋编《词话丛编》，中华书局，1986年，第1630页。

同一般的。周济倡导的学词途径中,“心”只起了很小的一部分作用,仅限于创作前提与艺术构思,在创作的过程中仍然是强调词体结构的完整与艺术上的完善。周济还认为初学词在艺术上的追求是求空和寄托,这是常州词派一脉相承的宗旨。神思的创作状态是为了清空、有寄托的艺术特色。“空”是初学者填词入门的基本技法,沈祥龙《论词随笔》云:“词当于空处起步,闲处着想,空则不占实位,而实意自笼住。闲则不犯正位,而正意自显出。”[①]词清则显意,空则自然。夏敬观认为这种“空”的艺术特色需要以勾勒的艺术手法才能完成,“于词中转接提顿处,用虚字以显明之也”[②]。也就是在词的气脉关节处加之以正、但、那堪、更能消等“呼唤式”虚词,能够增强词作的整体性,使其读起来浑然一体,如若在此关节处换以实词,则会显得质实、凝涩晦昧。“涩”就是“空”的对立面,指的是语句韵律的生硬难读与气脉的滞塞迟阻,典型的例子就是吴梦窗词被讥为“七宝楼台,拆下不成片段”。总的来说,周济将“心”的范畴引入词体,主要是处于“心”范畴的功能性的目的,充分发挥心在创作中的主动性,有利于初学者填词入门的修习。但是周济并没有将“词”与“心”放在很高的词学地位上,因为他主要是为了窥得一种门径让后辈词人的创作风格最终走上清空、寄托的道路,其最为具体的学词门径就是“问途碧山,历梦窗、稼轩,以还清真之浑化。”[③]

将“词”与“心”结合起来成为一个为人接受的、稳定的复合词的词学理论家是冯煦。其《蒿庵论词》中提到:

> 少游以绝尘之才,早与胜流,不可一世,而一谪南荒,遽丧灵宝。故所为词,寄慨身世,闲雅有情思,酒边花下,一往而深,而怨悱不乱,悄乎得小雅之遗,后主而后,一人而已。

---

① 沈祥龙《论词随笔》“词宜空闲”条,唐圭璋编《词话丛编》,中华书局,1986年,第4055页。

② 夏敬观《蕙风词话诠评》,唐圭璋编《词话丛编》,中华书局,1986年,第4592页。

③ 周济《宋四家词选目录序论》,唐圭璋编《词话丛编》,中华书局,1986年,第1643页。

> 昔张天如论相如之赋云:"他人之赋,赋才也,长卿,赋心也。"予于少游之词亦云。他人之词,词才也,少游,词心也。得之于内,不可以传,虽子瞻之明隽,耆卿之幽秀,犹若有瞠乎后者,况其下邪。[①]

冯煦的"词心"聚焦于创作主体的独异性,不具备普遍意义,即只有秦观的淮海词是词心的体现。因此冯煦提出的词心具有四个方面的内涵:第一,秦观凌云之志与久困场屋的窘境产生了矛盾,这种矛盾就成了词的创作缘由,直接促成了词作的诞生。少游年少得志,曾云:"往吾少时,如杜牧之强志盛气,好大而见奇;读兵家书,乃与意合,谓功誉可立致,而天下无难事。"[②]自比杜牧之,身负天纵之才,意欲致君尧舜,表达改造现实世界的强烈冲动。而这种冲动集中反映在他的策论之中,"灼见一代之利害,建事揆策,与贾谊、陆贽争长"[③]。但冷峻的现实无情地浇灭了他的希望之火,一方面他入仕较晚[④],另一方面他陷入党争并惨遭贬谪。悲惨的遭遇令秦观产生强烈的创作冲动,调动"心"的主动作用,"比"的手法充分采用进词中,"恨如芳草,萋萋刬尽还生"[⑤]。第二,秦观的内心有狂诞傲放与细腻敏感两种个性化的情感特质,狂放铸就了淮海词的格调,敏感则形成幽微感人的真实情感,尤其是后者极易受到生活经历的触动。在词的创作过程中,心在物先,词中也常牵涉"兴象"。"纤云弄巧,飞星传恨",七夕的天文气象在审美世界营造出"纤云"和"飞星"的意象,进而引发"两情

---

① 冯煦《蒿庵论词》,唐圭璋编《词话丛编》,中华书局,1986年,第3586—3587页。

② 陈师道《秦少游字序》,徐培均笺注《淮海居士长短句笺注》附录三,上海古籍出版社,2017年,第304页。

③ 张綖《秦少游先生淮海集序》,周义敢、周雷编《秦观资料汇编》,中华书局,2006年,第173页。

④ 按:秦观元丰八年(1085)三十七岁进士,黄庭坚治平四年(1067)二十三岁进士,张耒熙宁六年(1073)二十岁进士,晁补之元丰二年(1079)二十七岁进士。由此看来,秦观在苏门四学士中入仕最晚,中进士时年岁最大。

⑤ 秦观《八六子》,徐培均笺注《淮海居士长短句笺注》,上海古籍出版社,2017年,第25页。

若是久长时，又岂在朝朝暮暮”[①]的真挚爱恋与超越时空的理性思考。第三，“词心”以“词才”为基础，“词才”是为了更好的展现“词心”。“词才”趋向于在艺术手法精雕细琢，“词心”在艺术表达上更趋于自然，是“不工而工”。如晁补之云：“子野韵高，是耆卿所乏处。近世以来作者皆不及秦少游，如‘斜阳外，流水绕孤村’。虽不识字，亦知是天生好言语。”[②]和谐舒畅的韵律、平易近人的句式与明辨清晰的意象，再加之斜阳色彩之昏暗、孤村氛围之凄凉，令即使不识字的人也能够感受到词人情感的一往而深，即得“言外之意”，表达情感熨帖但又不过分的藻饰，这就是“不工而工”。第四，“词心”的内在要求是“怨悱不乱”，得“小雅之遗”。秦少游师心重情，借男欢女爱表达自己的政治理想，刺讥现实，立足社会生活，富有现实主义精神，这也是与周济倡导寄托入词一样的主张。[③] 由此来看，冯煦的“词心”是赋予秦观一个人的，具有独异性，“得之于内，不可以传”，不具备功能性，不是一个学词的门径，而是评价一个优秀词人的最高标准。冯煦提出的“词心”对词人的“心”提出了一个硬性的要求，细腻幽微的情感特质、一往而深的情感倾向最贴合词“要眇宜修”的文体特征。

沈曾植则在冯煦的基础上将“词心”的独异性打破，将之打造为一个具有普遍意义的评价标准。他在《菌阁琐谈》中说：

> 止庵而后，论词精当，莫若融斋。涉览既多，会心特远，非情深意超者，固不能契其渊旨。而得宋人词心处，融斋较

---

① 秦观《鹊桥仙》，徐培均笺注《淮海居士长短句笺注》，上海古籍出版社，2017 年，第 74 页。

② 晁补之《评本朝乐章》，晁补之《济北晁先生鸡肋集》，民国上海涵芬楼影印明诗瘦阁仿宋刊本。

③ 清人黄苏《蓼园词选》认为：“按七夕歌以双星会少别多为恨，少游此词谓两情若是久长，不在朝朝暮暮，所谓化臭腐为神奇。凡咏古题，须独出心裁，此固一定之论。少游以坐党被谪，思君臣际会之难，因托双星以写意；而慕君之念，婉恻缠绵，令人意远矣。”黄氏知人论世，将《鹊桥仙》中男女离恨的浓愁视为词作的表面意义，结合秦观被贬之遭遇认为这首词的真实含义应该是忧谗畏讥之惶恐与慕君爱国之志意，有一定的道理。参见秦观著，徐培均笺注《淮海居士长短句笺注》，上海古籍出版社，2017 年，第 76 页。

止庵真际尤多。[1]

正因为“词心”变成了一个普遍意义的范畴,它就失去了对创作主体的严格规定性。刘熙载(融斋)的《艺概·词概》评词眼光与视角较周济(止庵)更为广大与包容。刘熙载虽未完全脱离常州词派的影响,但是对《山谷词》的用意深至、《东坡乐府》的雄姿逸气、《清真词》的富艳精工、《稼轩词》的龙腾虎掷、《白石道人歌曲》的幽韵冷香、《放翁词》的安雅清赡、《山中白云词》的清远蕴藉都能做到兼重与客观评价。刘熙载尤为重“情”,他认为:“词家先要辨得情字。《诗序》言‘发乎情’,《文赋》言‘诗缘情’,所贵于情者,为得其正也。”[2]这种“情”的倡导虽上升到儒家教义的高度,但是从根源上来说是来自于冯煦对于少游“闲雅有情思”的叙述,“闲情”即“正情”,从实质上来说依旧没有脱离“情志”,并不排除个人私密的情感。刘熙载这种“发乎情,止乎礼义”的观点与沈曾植“雅人深致说”高度一致,倡导“志至、诗至、礼至、乐至、哀至”的雅人诗歌。由诗到词,沈曾植的“词心”主要是对词作“深情至意”的内容进行了规束,要能够继承儒家诗学精神,以经世致用作为词的最高要求。沈曾植正是从宏观的社会功能上考察才认为刘熙载的词论比周济更为精当,不以“寄托”将词限定在局囿的表达空间,因此沈曾植的“词心”说较周济、冯煦更为开放,影响颇深。[3]

谭献是将读者之心与作者之心均纳入“词心”范畴的重要词学理

---

① 沈曾植《菌阁琐谈》“融斋论词较止庵精当”条,唐圭璋编《词话丛编》,中华书局,1986年,第3608页。

② 刘熙载《艺概·词概》,薛正兴校点《刘熙载文集》,凤凰出版社,2017年,第150页。

③ 王耕心虽未直说“词心”,但认为词有文辞之源和文心之源。词之“文心”也就是“词心”,他说:“词之为体,诗以为祢,曲以为子,识者为之,莫不沿溯汉魏,游行屈宋,以蕲上窥三百篇之指。意谓不如是,不足以征其源,涉其奥。其说亦既美矣。然予以尝为此文辞之源,非文心之源也。文心之源,亦寸乎学者性情之际而已。为文苟不以性情为质,貌虽工,人犹得以抉其柢,不工者可知。所谓词者,意内而言外,格浅而韵深,其发摅性情之微,尤不可掩。”王耕心词之文心的观点与沈曾植以“雅人深致说”置入“词心”的内涵是一致的。见陈廷焯《白雨斋词话》,唐圭璋编《词话丛编》,中华书局,1986年,第3748页。

论家。谭献在《复堂词录序》中将“以意逆志”命题引入词学批评：“作者之用心未必然，而读者之用心何必不然。”[①]“词心”不再限于创作主体的情感特质与创作内容，读者也可用心，最大程度发挥“心”的主动作用，在文本的触动下产生艺术的联想，生成自己对文本的解析与对客观事物的看法。这种认知增强了读者的主动性，扩大了词作的阐释空间。这涉及到的不是创作的方面，而是“在美感经验中，我们一方面要从实际生活中跳出来，一方面又不能脱尽实际生活；一方面要忘我，一方面又要拿我的经验来印证作品”[②]。读者在“心”的作用下，以审美的视角看待作品，跳出实用主义与科学化，以无所为而为的态度领略艺术美。在领略美的基础上再予以思维逻辑的反省就是文学批评，“领略时美而不觉其美，批评时则觉美之所以为美”[③]。毋庸置疑，这种作为创作接受群体的“心化”模式侧重的是鉴赏与创造，以鉴赏为创作的基础，以创造为鉴赏的终结与升华，文学批评就是集合二者为一体的最佳形态。作者之用心在谭献的认知里主要把控了词作的结构与内容。他在《箧中词序》中谈到：“昔人之论赋曰：‘惩一而劝百。’又曰：‘曲终而奏雅’，丽淫丽则，辨于用心。无小非大，皆曰立言。惟词亦有然矣。”[④]他认为词的结构特征与赋体相似，结构和内容上有着“诗人之赋丽以则，辞人之赋丽以淫”的两种倾向。如何选择自己的创作方式，这也关乎词人“心”的能动作用。诗人之词（赋）为情造文，情感缠绵激荡却不失讽喻精神，辞藻华丽却依然能够凸显情志；辞人之词（赋）精雕细琢，情感幽深隐晦，繁富密丽的意象会阻碍情志的表达，表现为“涩”的艺术特质。在谭献的词学理论下，“词心”范畴的内涵由词体创作拓展至鉴赏与批评，这种超越词作本义的批评角度正是谭献的词作词品极高，不为各家拘囿的原因所在。

① 谭献《复堂词话》，唐圭璋编《词话丛编》，中华书局，1986年，第3987页。
② 朱光潜《谈美　文艺心理学》，中华书局，2016年，第131页。
③ 朱光潜《谈美　文艺心理学》，中华书局，2016年，第183页。
④ 谭献《复堂词话》，唐圭璋编《词话丛编》，中华书局，1986年，第3988页。

三、“词心”范畴的理论提升——况周颐的内蕴填充

第一个将“词心”在自己的理论体系中提升至重要地位的理论家是况周颐，他也是第一个将“词心”与词作中的艺术表达手法、艺术特色、艺术涵养结合的词学家。他对“词心”的定义说明“词心”不再是虚无缥缈，只可意会不可言传的东西，而是一种情感特质，他说：

> 吾听风雨，吾览江山，常觉风雨江山外有万不得已者在。此万不得已者，即词心也。而能以吾言写吾心，即吾词也。此万不得已者，由吾心酝酿而出，即吾词之真，非可强为，亦无庸强求。视吾心之酝酿何如耳。吾心为主，而书卷其辅也。[①]

“词心”就是词人那“万不得已之心”。什么是“万不得已之心”，借李贽的话就是：“其胸中有如许无状可怪之事，其喉间有如许欲吐而不敢吐之物，其口头又时时有许多欲语而莫可所以告语之处，蓄极积久，势不能遏。一旦见景生情，触目兴叹；夺他人之酒杯，浇自己之垒块；诉心中之不平，感数奇于千载。”[②]这种“万不得已之心”简而言之就是在自身与现实产生激烈冲突矛盾时经由思维逻辑的反省与沉淀后所产生的一种对现实极为强烈的情感冲动[③]。这样的“词心”是立词之本，决定了词作的主题内容与艺术风格。由于各人有各人之生活经历，每个人的情志均是独异的，因此“词心”的创作必然在情感上

---

① 况周颐《蕙风词话》卷一“以吾言写吾心”条，唐圭璋编《词话丛编》，中华书局，1986年，第4411页。

② 李贽《杂述·杂说》，北京大学哲学系美学教研室编《中国美学史资料选编》（下），中华书局，1985年，第128页。

③ 谢章铤也认为“万不得已之心”是催动创作主体进行词体创作的重要力量，其云：“今日者，孤枕闻鸡，迁空唳鹤，兵气涨乎云霄，刀瘢留于草木，不得已而爵词，其殆宜导扬盛烈，续铙歌鼓吹之音，抑将慨叹时艰，本小雅怨悱之义？人既有心，词乃不朽。此亦倚声家未辟之奇也。”见谢章铤《赌棋山庄词话续编》，唐圭璋编《词话丛编》，中华书局，1986年，第3567页。

是真实的、艺术上具有个性与独创性。

在此条对“词心”的阐释中，况周颐用了七个“吾”。“吾听风雨”“吾览江山”强调的是创作主体的主体精神要切实感物，做到“神思”的境界；“吾言”“吾心”“吾词”着重不落俗套，个性与真实并存，带有个人特色的独创。如何做到将“万不得已之心”用“吾心”来感受、用“吾言”来表达从而形成个性的“吾词”？况周颐认为有两点：充分的美感体验与丰富的学术涵养，这是“情”与“知”的统一，重感性却不废理性。“词心”产生于风雨、江山之外，就是由形到象，进入了“心”，形成了意象世界，因此超越了物象本体，获得了超越风雨、江山更为自由的意义，这是心与物的双向流动。自然景物触动了内心敏感幽微的词人，从而神思，构造意境，在组织词句时，由心到物，意象皆为己用，从而作出“吾词”。这种高超的技法非学人不可达到，“词中求词，不如词外求词。词外求词之道，一曰多读书，二曰谨避俗。”“填词要天资要学力。平日之阅历，目前之境界，亦与有关系。”[①]况周颐认为天资之人能完美表达情志之真，学人则能提升词体之格。以上是“词心”在为词之用心与作词之吾心两个方面的内涵，实质是对词心的定义与定性。

除此之外，况周颐进一步扩展，将词的风格、境界等艺术成就均纳入“词心”范畴，可视为词的“心魂”。[②] 他主张无词境即无词心，什么是词境？况周颐解释道：

> 人静帘垂。灯昏香直。窗外芙蓉残叶飒飒作秋声，与砌鼎相和答。据梧暝坐，湛怀息机。每一念起，辄设理想排遣之。乃至万缘俱寂，吾心忽莹然开朗如满月，肌骨清凉，不知斯世何世也。斯时若有无端哀怨，枨触于万不得已，即而察之，一切境象全失，唯有小窗虚幌、笔床砚匣，

---

① 况周颐《蕙风词话》卷一“词外求词”条、“无词境即无词心”条，唐圭璋编《词话丛编》，中华书局，1986 年，第 4406、4407 页。

② 参见张利群《论况周颐〈蕙风词话〉“词心”说的词学意义》，载《中国文论的古与今（古代文学理论研究第三十二辑）》，华东师范大学出版社，2011 年。

一一在吾目前。此词境也。三十年前,或月一至焉。今不可复得矣。①

"词境"暗指有如"神思"一般的创作状态,是人寻觅词的艺术活动,也是创作主体的审美体验的过程。喧嚣的外在环境没有办法进入"神思"的状态,因此词人要保持"人静帘垂""灯昏相直"以便于让自己的精神脱离功利的世俗世界进入忘我的境界,也就是意象世界。心与物交融的世界元气流动,充满情趣,这精彩的一瞬照亮了"澄明"的意象世界。创作主体"吾心忽莹然开朗如满月,肌骨清凉,不知斯世何世也"表明他在美感体验中沦陷于瞬间,融身于世界。这种审美体验是可遇不可求的,是超出实用主义和思维逻辑的经历,一旦受功利的想法牵绊,就会"一切境象全失,唯有小窗虚幌、笔床砚匣,一一在吾目前"。为了保持这种词境、词心的存在,况周颐认为校词等纠结于文字训诂、版本校对、词集流传等学术活动会"纷心",丧失了这种直接的美感体验。极致的词境是"穆","词有穆之一境,静而兼厚、重、大也"②。"穆"即"静","词境以深静为至,……境至静矣,而此中有人,如隔蓬山。思之思之,遂由浅而见深"③。"静"是以"净"为前提的,"净而后能静,无尘则不嚣矣"④。"净"是脱离世俗世界的无为自然状态,即庄子的"游",在此状态下可以得到真情、真景,如况周颐评韩持国词:"词境以深静为至。……盖写景与言情,非二事也。善言情者,但写景而情在其中。"⑤这种超凡脱俗要能以"静"浸染,则可呈现无我之境,将自我的情感与意象融为一体,这不仅仅是"心化",而且是"物化"。"静"是"兴会"的基础,是词寻我的重要前提,况周颐对

① 况周颐《蕙风词话》卷一"述所历词境"条,唐圭璋编《词话丛编》,中华书局,1986年,第4411页。

② 况周颐《蕙风词话》卷二"词有穆之一境"条,唐圭璋编《词话丛编》,中华书局,1986年,第4423页。

③⑤ 况周颐《蕙风词话》卷二"韩持国词深静"条,唐圭璋编《词话丛编》,中华书局,1986年,第4425页。

④ 况周颐《蕙风词话》卷二"汪晫康范诗余"条,唐圭璋编《词话丛编》,中华书局,1986年,第4444页。

此深有感触，“吾苍茫独立于寂寞无人之区，忽有匪夷所思之一念，自沉冥杳霭中来，吾于是乎有词”[①]，这种灵感就是从“静”中来，是他常年作词的创作经验所赐予他的财富。若将这种境界再结合厚、重、大“作词三要”的气格，就可以创造出词的不尽之妙，就是“穆”。词学理论在文学发展的过程中有着惯性，“词心”作为词人的精神世界的一种特质的观点并没有遭到抛弃，在《蕙风词话》中仍然可以看到，他在评论元好问《鹧鸪天》时将冯煦的观点与自己“不得已之心”的定义结合在了一起。

> 元遗山以丝竹中年，遭遇国变，崔立采望，勒授要职，非其意指。卒以抗节不仕，憔悴南冠二十余稔。神州陆沉之痛，铜驼荆棘之伤，往往寄托于词。鹧鸪天三十七阕，泰半晚年手笔。……其词缠绵而婉曲，若有难言之隐，而有不得已于言，可以悲其志而原其心矣。[②]

“词心”已不再是秦少游乃至整个宋代词人专属的精神特质，只要有内心的悲怆与改变现实的冲动，这样的词人都是有词心的。元好问身历国破家亡，通过其词可以探得他的“词心”。

最后，况周颐也注意到了对词的见解与评析，但他是从学词的角度介入的，兼容了周济与谭献的观点。他认为“学词须先读词”“宋词宜多读多看”，并发明了一套读词的法则：“读词之法，取前人名句意境绝佳者，将此意境，缔构于吾想望中。然后澄思渺虑，以吾身入乎其中，而涵咏玩索之。吾性灵与相浃而俱化，乃真实为吾有，而外物不能夺。”[③]读词最重要的是对前人词作中情景交融最为自然和畅的句子进行欣赏与领悟，通过不断的涵咏，借助气息与韵律感受词作的

---

① 况周颐《蕙风词话》卷一“词有不尽之妙”条，唐圭璋编《词话丛编》，中华书局，1986年，第4412页。

② 况周颐《蕙风词话》卷三“元遗山鹧鸪天”条，唐圭璋编《词话丛编》，中华书局，1986年，第4463—4464页。

③ 况周颐《蕙风词话》卷一“读词之法”条，唐圭璋编《词话丛编》，中华书局，1986年，第4411页。

意境。求古人之气，就需要从古人之声入手，实质就是一种口舌的筋肉技巧。况周颐提出的“作词三要”首当其冲的就是“重”，“重者，沉著之谓。在气格，不在字句”①。气格取决于吟诵整首词作时舌齿的流畅程度，将名句烂熟于心可以有利于掌握词人的情志，刘大櫆在《论文偶记》里表达了与况周颐相似的观点：“其要在读古人文字时，便设以此身代古人说话，一吞一吐，皆由彼而不由我。烂熟后我之神气即古人之神气，古人之音节都在我喉吻间。合我之喉吻者便是与古人神气音节相似处，久之自然铿锵发金石。”②正是由于古人的词句能够带给人兴会的感动，所以后辈词人就需要做到与前辈词人共情，忘掉自我，设身处地地进入名句的意境，感受名句中的真挚情感。总而言之，况周颐是对“词心”范畴的建构贡献较大的词学理论家，他的“词心”说从作词之吾心、词的心魂乃至读词之心三个方面展开论述，在总结前人经验的基础上发展创新，重视词学理论与创作实践的结合，为现代词学意义上的“词心”范畴已经树立起了一个充实的框架。赵尊岳在《蕙风词史》中评况周颐的词作“先生辛亥后，幽忧憔悴，于词益工，凄丽回绝。盖故国之思，沧桑之感，一一以寓声达之，而又辄以绮丽缘情之笔出之，遂益见其格高而词怆”③。与况周颐评元好问《鹧鸪天》词的评语如出一辙，可见蕙风词也是“词心”醇厚之作。

四、余论

从“词心”总的发展趋势来看，经由周济将“心化”引入词学，冯煦首次提出“词心”，沈曾植进一步阐释将“词心”由独异性变为普遍性的特点，谭献大力拓展了词的诠释空间，以及况周颐第一次将“词心”

---

① 况周颐《蕙风词话》卷一“词重在气格”条，唐圭璋编《词话丛编》，中华书局，1986年，第4406页。

② 刘大櫆《论文偶记》，郭绍虞主编《中国历代文论选》（一卷本），上海古籍出版社，1983年，第350页。

③ 赵尊岳《蕙风词史》，孙克强辑考《蕙风词话 广蕙风词话》附录三，中州古籍出版社，2003年，第479页。

提升至词论重要地位,"词心"已经形成了一个涉及范围广、解释维度大、精神内蕴深的极具影响力的文学范畴。民国时期的词学家们则在前辈学人的理论高度上继续完善这个架构。在况周颐之后,对"词心"展开过论述的还有赵尊岳、龙榆生和邵祖平,但毋庸置疑,清代是"词心"范畴理论形成、发展以及美学内蕴确立的关键时期,需要予以重视。

韦勒克《文学理论》指出:"一件艺术品的全部意义,是不能仅仅以其作者和作者的同代人的看法来界定的。它是一个累积过程的结果,亦即历代的无数读者对此作品批评过程的结果。"[①]不仅仅是艺术、文学作品,文学范畴在一定程度上也是由不同时代、不同主张的文学批评家们的观点累积、交融形成的。而在"词心"范畴形成的过程中,各词学理论家们不断地为这个架构增砖添瓦,相应的那个时代就会呈现相应的架构,这是随着时代而进步的。不为人所接受的理论将会被剔除,相关的论点会交融,继承的命题会创新,在这个过程中,会形成一个时代内被大部分人所接受且稳定的绝对范畴。自周济至况周颐,"词心"已然形成了一个受"心"元范畴控制下具有时代特色的文学架构。吴惠娟在《唐宋词审美观照》以西方文艺理论解释"词心",认为"词心"是创作主体的心理结构[②],用刘扬忠的话说就是主体意识,大体来说是把握住了其梗概。但是若对整个词史角度来观照,"词心"范畴是一个涉及创作主体、接受客体与词作文本三位一体的理论架构。

"词心"范畴是中国传统的原人哲学与文学批评的"心化"倾向在词这个文体开疆拓壤的新的领域,它与整个时代对于词的尊体意识都有密切关系。从云间词派始,到阳羡词派、浙西词派、常州词派等词派先后崛起,无不反映着词这种文学体式在清代具有重要的地位。首先将"心化"引入词领域的周济就主张"词亦有史":"感慨所寄,不过盛衰,或绸缪未雨,或太息厝薪,或已溺已饥,或独清独醒,随其人

① 勒内·韦勒克、奥斯汀·沃伦著,刘象愚译《文学理论》,江苏教育出版社,2005年,第36页。

② 吴惠娟《唐宋词审美观照》,学林出版社,1999年,第30页。

之性情学问境地，莫不有由衷之言。见事多，识理透，可为后人论世之资。诗有史，词亦有史，庶乎自树一帜矣。”[①]从功能性角度周济认为词和诗一样也能承担记录时代之风气与人心，后人可由词观史，因此用“词史”来拔高词体的地位。况周颐也说：“词之为道，智者之事，酌剂乎阴阳，陶写乎性情。”[②]从微观来说，词是将人怡情养性的修养表现极致的平台，从宏观来说，词更是承载着酌阴剂阳通往大道的重任。前者是达“心”，后者是通“道”，况周颐的这种立论是由诗而来的，刘禹锡曾言：“心之精微，发而为文；文之神妙，咏而为诗。”[③]因此，为了词体地位的提高，词学家们必须将借诗论将词提升至与诗相同的地位，“心”的引入就必不可少，“词心”范畴出现在词学兴盛的清代就不足为奇，是词学理论发展的必然现象。

刘勰《文心雕龙》云：“‘心’哉，美矣夫！”[④]“心”的追求就是追寻美的历程，“词心”探微既是对主体意识、创作状态、文本精神与读者审美的探索，又是对词体美的追寻。不论是创作主体还是接受客体对于“词心”的把握依赖于内心式的感悟，词人的创作、读者的鉴赏都依赖于感性的艺术审美体验。词人保持一种纯粹审美的“心斋”的创作状态，完成外在物象—心—意象—文学文本的转化，达成物象的意象化、心的具象化与文学文本的情趣化的美学效果。读者在阅读词的文本时将知人论世与以意逆志相结合，进入词人创造的意象世界，感受象外之味，受到“词心”的感发进行再创造。“词心”之美是具有张力的。

（扬州大学文学院）

① 周济《介存斋论词杂著》“词亦有史”条，唐圭璋编《词话丛编》，中华书局，1986年，第1630页。

② 况周颐《蕙风词话》卷一“词非诗余”条，唐圭璋编《词话丛编》，中华书局，1986年，第4405页。

③ 刘禹锡《唐故尚书主客员外郎卢公集叙》，董诰编《全唐文》卷六〇五，中华书局，1983年，第6112页。

④ 刘勰著，范文澜注《文心雕龙注》（下）卷十《序志第五十》，人民文学出版社，2017年，第725页。

阐释变异视角下的《诗大序》英译本研究

曹顺庆　孙千茹

内容摘要：《诗大序》在中国文学与文论史上均有举足轻重的地位，但目前的大部分《诗大序》研究仍局限于国内视角，西方学界对其的翻译传播与阐释研究状况未被系统地纳入国内研究者视野。本文借由比较文学阐释变异学来宏观地体认《诗大序》在西方学界的翻译传播与研究阐释现状，以期将西方学界的方法与成果作为国内学界的补充，在中西互通的基础上，更好地实现以《诗大序》为代表的中国古代文学理论与西方文艺理论的交流互鉴，推进中华文论的国际传播。

关键词：《诗大序》；阐释变异；翻译变异；文论话语

A Study of the English Translation of *The Great Preface* from the Perspective of Hermeneutic Variation

Cao Shun-qing　Sun Qian-ru

Abstract: *The Great Preface* plays an important role in the history of Chinese literature and literary theory, but most of the current studies on it are still limited to the domestic perspective, and the translation and research status of Western academic circles have not been objectively included in the vision of domestic researchers. By means of comparative literature interpretation and variation, this paper tries to understand the current research status of *The Great Preface* in the Western academic circles in a macroscopic way, in order to make the methods and achievements of the Western academic circles as a supplement to the domestic academic circles, and to better realize the exchange and mutual learning between the ancient Chinese literary theories represented by *The Great Preface* and the Western literary theories on the basis of mutual learning between the Chinese and Western literary theories.

Keywords: *The Great Preface*; hermeneutic variation; translation variation; literary theory discourse

《诗大序》在中国古代文论中有不可替代的权威地位，不但总结了先秦时代以儒家为核心的艺术思想，更引领了以诗歌为首的文学批评理论的发展范式。“从某种意义上说，《大序》对中国古代诗歌理论的影响是笼罩性的，在整个中国古代诗学的发展历史上，还没有出现过一个在理论上能够全面取代、超越《大序》的诗论文本。”[①]目前在

① 钱志熙《论〈毛诗·大序〉在诗歌理论方面的经典价值及其成因》，《北京大学学报(哲学社会科学版)》2012年第4期。

国内，对《诗大序》的研究主要集中在经学与诗学领域，尤以前者为重。而随着我国对古代文论的不断重视与发掘，近年来在诗学领域对《诗大序》的研究数量也呈上涨趋势，都在不同层次展开《诗大序》在中国诗学史上的探究。

《诗大序》作为中国古代文论的代表，有着举足轻重的地位。但国内垂直研究的方式与本民族文化的视域将《诗大序》的研究局限在固定区域中，难以拓展，还应当补充国外横向传播影响和阐释对话的维度。诚如季羡林所说："中国文论这种'自我参照'的方式倘若不与'互为参照'相结合、对异域的研究方法和成果不加以借鉴和选择、对其难以避免的误读不加以分析、不将中国文论系统地介绍出去以便让西方对中国文论有更为全面的了解、不将中国文论话语中若干元命题加以激活并在实际文学批评中予以现代转型并加以实践，那么中国文论的研究就依然会囿于一种封闭式的模式之中。"[①]对西方世界《诗大序》的传播与研究状况的了解，不论于《诗大序》本身研究深度与维度的拓展，还是于以其为代表的中国古代文学理论话语的现代化转变，建立与西方文学理论的平等对话的契机来说，都是迫在眉睫的议题。

《诗大序》在西方世界的传播与研究上的表现，是典型的比较文学阐释变异学的例子。"阐释变异学研究的是不同文化或不同文明在相互对话、阐释的过程中发生的变异现象。因此，只要涉及从一方的文化、文明视角出发去阐释另一方的文学、理论等文化产品，并产生了新见，都属于阐释变异的研究范畴。"[②]《诗大序》在西方的传播与研究以英语作为主要媒介语言，其研究中心，历经"二战"，从欧洲转移至北美。不论是表现形式还是思想内容，都在跨语言与文化的交际中发生巨大变异。"因此，阐释变异学涵盖了'阐释学'与'变异学'两者交叉的研究范畴。跨文化文学阐释中产生的变异、新质是阐释

---

① 王晓路《中西诗学对话：英语世界的中国古代文论研究》，巴蜀书社，2000 年，绪论第 5 页。

② 曹顺庆、王超等《比较文学变异学》，商务印书馆，2021 年，第 160 页。

变异学研究的核心，而追究其变异产生的原因与影响也是阐释变异学研究需要做的工作。”[①]本文收录了《诗大序》在西方学界较为有影响力的篇目。根据阐释变异的基本形态对《诗大序》在西方世界的传播与研究现状做梳理与分析，以期对西方学界的《诗大序》的研究有客观体认。

《诗大序》的英译状况，按照具体形式，主要有全译、节译、阐释三种。按内容来说，正好对应了阐释变异的三种情况，下面按阐释变异的基本形态来进行归纳说明。

一、错位阐释下的《诗大序》

在阐释变异学中，错位阐释是指用一国的文论话语来解释另一国的文学文本。“异质文论话语与文学文本的跨文明错位阐释，往往遮蔽异质文明不可通约的结构性差异，在带来崭新的理解维度的同时，也会导致不同程度的文学误读和阐释变异。”[②]而这些误读与变异正是不同文明间话语规则与文化公约不同的体现，也是阐释变异学的着眼之处。

《诗大序》在进入西方视野的早期阶段，不可避免地被强行纳入西方文论体系，被西方话语强制解读。这主要体现在 James Y. Liu（刘若愚）的 *Chinese Theories of Literature*（《中国文学理论》）与 Donald A. Gibbs（唐纳德·A·吉布斯）的 *Abrams' Four Artistic Coordinates Applied to Literary Theory in Early China*（《阿布拉姆斯艺术四要素与中国古代文论》）中。二者均以艾布拉姆斯文学四要素的观点来对《诗大序》中的片段进行解读。

刘若愚按照艾布拉姆斯文学作品四要素与四类文学作品的分类，针对中国文学古代理论的特征做了相应调整：“我将中国传统批评分成六种文学理论，分别称为形上论、决定论、表现论、技巧论、审

① 曹顺庆、王超等《比较文学变异学》，商务印书馆，2021 年，第 161 页。

② 王超《比较文学变异学中的阐释变异研究——以弗朗索瓦·于连的“裸体”论为例》，《当代文坛》2018 年第 6 期。

美论以及实用论。”[①]他将对《诗大序》的选译与解读放置在决定论与表现论下，认为《诗大序》说明诗歌像音乐一样，反映着当时的社会状况；再进一步，诗歌随着社会状况的变化而变化。动荡的社会生出“风”“雅”之变，诗歌是当时社会的一面镜子。而反之，从“六艺”所倡导的正面的诗体与其表现方式中，我们也可以看到文学作品对社会的决定作用。这种正面的含义体现在刘氏对“风、雅、颂”的翻译策略上，他将“风”更确切表述为“moral influence”（道德的影响），“admonition”（警示）；“雅”更明确翻译为“elegance”（优雅的），“rectitude”（正直的）；“颂”则是祭祀仪式时伴随舞蹈的赞美诗，都是社会所倡导的正面而官方的活动。他对艾布拉姆斯理论进行了调整：“在第一阶段，宇宙影响作家，作家反映宇宙。由于这种反映，作家创造作品，这是第二阶段。当作品触及读者，它随即影响读者：这是第三阶段。在最后一个阶段，读者对宇宙的反映，因他阅读作品的经验而改变。如此，整个过程形成一个圆圈。”[②]刘若愚将选译《诗大序》中的段落归纳到表现理论的第一阶段与第四阶段。接着从个人情感入手，来说明《诗大序》中作者与文学作品间的互动关系，他节译了《诗大序》中有关“诗言志”的著名论断。在他来看，中国历代以表达个人情感来解释“志”属于表现论范畴，而以道德规范来理解“志”则涉及实用主义的范畴。他认为在以儒家确立的正统文学的范围内，中国文学的实用性一直是不可撼动的。而千百年来，《诗大序》可谓儒家实用主义的代表与宣言，《诗大序》从君王“以风化下”的层面，体现出诗歌要服务统治的政治功用观；也从百姓个人“以风刺上”的层面，体现了诗歌表达要服从于这种统治要求。至此，刘氏按照决定论与表现论、儒家实用主义的章节划分，分别将符合自身理论论述的《诗大序》英译选段穿插进相应章节，完成了在西方理论下的《诗大序》解构。

① 刘若愚《中国文学理论》，江苏教育出版社，2006 年，第 16 页。

② 刘若愚《中国文学理论》，江苏教育出版社，2006 年，第 14 页。

笔者认为,刘若愚的这种方法属于阐释变异学中的错位阐释,是典型的"以西释中"。先从形式上来看,没有将《诗大序》当作一个整体进行整篇翻译,而是变异为割裂的片段。他参差地选译了以下两段来服从于决定论:"治世之音安以乐,其政和;乱世之音怨以怒,其政乖;亡国之音哀以忍,其民困。"①"至于王道衰,礼义废,政教失,国异政,家殊俗,而变风变雅作矣。"②他又选译了以下段落来说明原始主义诗观中表现主义与实用主义的交错:"诗者,志之所之也。在心为志,发言为诗。情动于中,而形于言;言之不足,故嗟叹之;嗟叹之不足,故永歌之;永歌之不足,不知手之舞之,足之蹈之也。"③作者自觉使用系统的艾布拉姆斯理论来解读《诗大序》,而忽略了《诗大序》本身行文顺序中包含的中国文论思想线索,不可断然割裂。从内容上来说,中国文论的混融多面性有别于西方文论中定性、定量的精确描述,比如他在实用主义的论述中,他选译了以下段落:"故正得失,动天地,感鬼神,莫近于诗。先王以是经夫妇,成孝敬,厚人伦,美教化,移风俗。"④"上以风化下,下以风刺上;主文而谲谏,言之者无罪,闻之者足以戒,故曰风。"⑤来说明儒家倡导的正统文学的功用观。然而个人情感与公共意志不是割裂的,遂与之相对应的个人情感表达并非其所说的"个人主义的兴起",也不会与儒家所倡导的"发乎情,止乎礼"的政治功用相抵牾。最终他也未能自圆其说,认为"将诗的表现概念与决定概念和实用概念互相调和的这种意图并没有成功"⑥。

同样的错位阐释还出现在唐纳德·A·吉布斯的论文《阿布拉姆斯艺术四要素与中国古代文论》中。唐纳德运用四要素分析法对《诗大序》进行分析。"情发于声,声成文谓之音。治世之音安以乐,

---

① 刘若愚《中国文学理论》,江苏教育出版社,2006年,第94页。
② 刘若愚《中国文学理论》,江苏教育出版社,2006年,第95页。
③ 刘若愚《中国文学理论》,江苏教育出版社,2006年,第102页
④⑤ 刘若愚《中国文学理论》,江苏教育出版社,2006年,第169页。
⑥ 刘若愚《中国文学理论》,江苏教育出版社,2006年,第181页。

其政和;乱世之音怨以怒,其政乖;亡国之音哀以思,其民困。”[①]针对此段,他认为:“既然诗歌被看作诗人内心世界的表现,那么将这个原则推而广之,某一群人共同的歌声或旋律,就表现了这一群人的‘内心世界’,也就是这群人中占绝对优势的精神状态。这是中国的一种传统:朝廷官员巡游全国,采集民歌,再把这些民歌作为朝廷研究世风民情的依据,以检验施政的效果。于是,作为诗歌起因的表现因素就这样被用来服务于诗歌的实用目的了。”[②]但其实,《诗经》中诗歌不仅仅表达内心世界,还有描写劳动场面与记录历史的诗歌。“这群人中占绝对优势的精神状态”也并非群体意志,而是具体的诗歌体裁集合——“国风”。并且在节译的片段中,唐纳德与刘若愚一样,一定要为具体句段冠上表现主义或实用主义之名,一定要区分谁压倒谁,但其实表现主义与实用主义一直是中国诗歌的一体两面,不必刻意区分。并且这种表现主义与实用主义在中国古代文论中有自己的概念范畴,也就是被历代不断推演的“文以载道”。

“如果忽视产生的背景与中西思想的异质性,直接把西方文学理论中的概念套用在中国作家身上,就会造成中国文论沦为西方文论的素材和注脚的情况。”[③]这在《诗大序》进入西方视野的早期年代,淋漓尽致地体现在上述两个文本上。

二、对位阐释下的《诗大序》

对位阐释变异的含义是:“预先设定某种主题、母题、题材、类型或范畴,将不同文明语境中的不同表象形态进行对比互释所产生的意义变异。与错位阐释不同的是,对位阐释变异侧重探寻叶维廉所说的文化模子或美学据点,多呈现为理论对理论、文本对文本、范畴

---

①② 唐纳德·A·吉布斯《阿布拉姆斯艺术四要素与中国古代文论》,张隆溪选编《比较文学译文集》,北京大学出版社,1982年,第209页。

③ 曹顺庆、王超等《比较文学变异学》,商务印书馆,2021年,第162页。

对范畴的研究等，是一种二元互动的阐释模式。”[①]在《诗大序》中文与英文的文本对照中，也有全译的表现形式，分别在James Legge（詹姆斯·理雅各）的*The Chinese Classics. Vol. IV: The Shi King, or The Book of Poetry*（《中国经典第六卷：诗经》），Su-Kit Wong（黄兆杰）的*Early Chinese Literary Criticism*（《中国早期文学批评》）与Steven Van Zoeren（史蒂文·范佐伦）的*Poetry and Personality: Reading, Exegesis, and Hermeneutics in Traditional China*（《诗歌与品格：中国传统的作品、注释与阐释学》）这三个作品中。但即使是全文对译，笔者发现对同一个术语或是表达均有差异化的呈现。

首先，是在翻译顺序上的变异，理雅各将《诗大序》第二段至第四部分按顺序全部译出。但将第一段“关雎，……教以化之”挪至“小序·周南”的翻译下，与最后一段“然则《关雎》《麟趾》之化，……是《关雎》之义也”合为一篇。这点与原文不符，理雅各这样做的原因是：他认为二至四段是后人加上去的，与其他小序的长短与对称明显不符。故而改变了其原有的面貌。

其次，在核心概念上的表达变异。“诗者，志之所之也，在心为志，发言为诗。情动于中而形于言，言之不足故嗟叹之，嗟叹之不足故永歌之，永歌之不足，不知手之舞之足之蹈之也。情发于声，声成文谓之音。”[②]这一段是《诗大序》中最具中国古代文论思维逻辑一段话，其中“诗”“志”“言”“声”“文”“音”都是凝结了中国传统文化与文学思想的重要术语。在这三个文本的呈现中，显然华裔学者黄兆杰的论述是有深刻的中国文化涵养的，在精确度与深切度上均远超两位外国学者。

理雅各与黄兆杰同将“诗”译为“poetry”（诗歌），而范佐伦却将“诗”更具体地限定在“The Ode”（颂歌集）中。范佐伦这种表述显然

---

① 王超《比较文学变异学中的阐释变异研究——以弗朗索瓦·于连的“裸体”论为例》，《当代文坛》2018年第6期。

② 毛亨传，郑玄笺，孔颖达等正义《毛诗正义》，阮元校刻《十三经注疏》，中华书局，2009年，第563页。

是错误的，因为颂体诗只是《诗经》体裁中的一种，将《诗经》中的全部诗歌与西方文论中的颂诗概念画等号显然忽略了《诗经》独特的文学范式与中国诗歌的发展历程。理雅各将“志”“言”“声”“文”“音”译为“earnest thought”（最诚挚的情感），“words”（话语），“sound”（声音，声响），“artistically combined”（艺术性的合并），“musical pieces”（音乐作品）。范佐伦将其译为“aim [*zhi*]”（目标、目的），“words”（话语），“voice”（人的声音），“When voice is patterned[*cheng wen*]”（当声音被模式化），“tone”（语气，风格），并附上中字英标。

在对具体概念进行翻译时，我们发现理雅各与范佐伦因为对中国文论思想的生疏，采取的是点对点式的直译。一是不知道哪些是具体文论概念范畴，比如范佐伦在翻译“声成文谓之音”一句时，错将[*cheng wen*][①]（成文）当作一个文论概念进行标注。事实上，这句中同时有三个重要的文论概念“声、文、音”，而范佐伦所说的“成文”只是声向文转变的过程，而非概念，[*cheng wen*]应当指的是[*wen*]。二是没有联系《诗大序》整个文本内在思维逻辑，比如华裔学者黄兆杰在翻译“志”时，旗帜鲜明地反对理雅各“earnest thought”的译法，在他看来，“志”与没有指向的情感表达不同，它是“the purposeful determination in one”[②]（一个人极具目的性的决定），因为“志”这个词在之后文本的使用中，更多的显现出道德倾向，并进一步指向更远大的抱负。

黄兆杰作为华裔学者，用更符合中国古代文论的思维逻辑翻译了“志”——“the activities of the mind”（内心的活动），“言”——“verbalised”（口头表达）、“verbal forms”（言语形式），“声”——“verbalised”（口头表达），“文”——“recognizable pattern”（可识别的模式），“音”——“melodic”（有旋律的，音调优美的）。在与这些概念

① Steven Van Zoeren. *Poetry and Personality: Reading, Exegesis, and Hermeneutics in Traditional China*. Stanford University Press, 1991, p. 95.

② Siu-Kit Wong. *Early Chinese Literary Criticism*. Joint Publishing Company, 1983, p. 5.

相匹配的英文词语的选择上，黄氏很明显熟悉这些概念在中国古代的具体释义与文化意涵，并联系了《诗大序》前后文本与诗经注解后进行英译。比如在"诗者，在心为志，发言为诗"这一句的翻译上，《诗大序》在疏中对作为内心活动的"志"有很清晰的表述："虽有所适，犹未发口，蕴藏在心，谓之为志。发见于言，乃名为诗。言作诗者所以舒心志愤懑而卒成于歌咏，故虞书谓之'诗言志'也。"[①]与"内心的活动"相对的是"言"，将内心的活动表现在口头言语上，由内及外，动态表现了"志"向"言"转变的过程，这种不断转化的动态思维是黄兆杰代表的中国古代文论所独有的。再如将"音"译为"melodic"。在注疏中："情发于声，谓人哀乐之情发见于言语之声。于时虽言哀乐之事，未有宫商之调，唯是声耳。至于作诗之时，则次序清浊节奏高下，使五声为曲似五色成文。一人之身则能如此，据其成文之响即是为音，此音被诸弦管乃名为乐。"[②]从中，我们可以清晰地体会在中国古代文论概念中，"声""文""音""乐"都有独立的含义，不可混淆。有别于理雅各的"musical pieces"与范佐伦的"tone"，黄兆杰的"melodic"（有旋律的）显然是符合中国古代文论背景的选词。最后，志向言，言向声，声向文，文向音，《诗大序》中这些文论概念的每一步转化其实都逻辑严密地概括了中国诗歌的形成过程。作为华裔学者，黄兆杰显然明晰这些重要概念的形成与转变，并把这种体现出中国古代文论独特性的思维模式通过自身的翻译策略，不遗余力地传达给西方学界。

最后是在理论范畴理解上的变异。这集中体现在对《诗大序》"六义"的翻译上。《诗大序》原文："故诗有六义焉：一曰风，二曰赋，三曰比，四曰兴，五曰雅，六曰颂。"[③]

理雅各的译文为："Thus it is that in the [Book of] Poems there are six classes：first，the Fung；second，descriptive pieces；third，

①② 毛亨传，郑玄笺，孔颖达等正义《毛诗正义》，阮元校刻《十三经注疏》，中华书局，2009年，第563页。

③ 毛亨传，郑玄笺，孔颖达等正义《毛诗正义》，阮元校刻《十三经注疏》，中华书局，2009年，第565页。

metaphorical pieces; fourth, allusive pieces; fifth, the Ya; and sixth, the Sung. "[①]显而易见，理雅各对可以理解的术语做了英语转换，"赋"译作"descriptive pieces"（描述性作品），"比"译作"metaphorical pieces"（隐喻性作品），"兴"译作"allusive pieces"（暗示性作品），而不理解的术语则直接标注为音标。从他将"赋""比""兴"理解为作品上我们就已看出他没有把它们当作写作手法，而是与"风、雅、颂"同类的诗歌体裁。"But the names Fung, Ya, and Sung are those of the three Parts into which the She-king is divided, intended to indicate a difference in the subject-matter of the pieces composing them; while Foo, Pe, and Hing are the names applied to those pieces, intended to denote the form or style of their composition. They may, all of them, be found equally in all the Parts. "[②]（但是风、雅、颂是《诗经》中被分成的三个部分的名称，意在表明它们组成的作品在主题上的差异；而赋、比和兴是适用于这些作品的名称，意在表示它们的组成的形式或风格。它们都可以在所有作品中平等地找到。）也就是说，理雅格认为"风、雅、颂"是《诗经》有关内容划分的名称，而"赋、比、兴"则是有关《诗经》形式划分的，他们享有同等的地位。

范佐伦的译文为："So the Odes have Six Arts: The first is called 'Air'[feng]. The second is called 'recitation'[fu]. The third is called 'analogy'[bi]. The fourth is called "stimulus"[xing]. The fifth is called 'Elegantia'[ya]. The sixth is called 'Laud'[song]. "[③]在范氏的翻译中"风"被译为"airs"（风气），"赋"被译作

---

① James Legge. *The Chinese Classics. Vol. IV: The Shi King, or The Book of Porety*. Hong Kong University Press, 1860, p. 34.

② James Legge. *The Chinese Classics. Vol. IV: The Shi King, or The Book of Porety*. Hong Kong University Press, 1860, pp. 34 – 35.

③ Steven Van Zoeren. *Poetry and Personality: Reading, Exegesis, and Hermeneutics in Traditional China*. Stanford University Press, 1991, p. 96.

“recitation”（朗诵、陈述），“比”被译为“analogy”（类比、比拟），“兴”被译为“stimulus”（刺激），“雅”被译为“Elegantia”（优雅），“颂”被译为“Laud”（赞美，称赞）。

从范佐伦对词语的选择中我们看出，相较于理雅各，他对中国文学与文化有更深入的了解，这种了解集中体现在“风”的译法上。范佐伦认为，《诗大序》利用“风”丰富的含义变化，在上下文里记述了可以被标榜为道德模范的历史事件。这种多义性具体体现在，从首句“《关雎》，后妃之德也，风之始也，所以风天下而正夫妇也”开始包含的教化含义。这段话可以理解为《关雎》是作为体裁分类中的“风”里的第一篇，也可以理解为《关雎》所代表的道德原则是所有教化思想之首。而“风”又可以从其原始的作为自然形态风的含义上来象征，范佐伦联系了《论语・颜渊》中的“子欲善而民善矣。君子之德风，小人之德草，草上之风，必偃”[①]，他认为在孔子那个时期的中国，君王可以通过自己的良好的德行来对自己的臣民施行一种劝诫性的领导，在不诉诸强制或惩罚的情况下改变他们的行为和性格，这种说服力像风吹过草地一样席卷了人民。《诗大序》有言：“先王以是经夫妇，成孝敬，厚人伦，美教化，移风俗。”其中的“风俗”就包含了此种含义。最后“风”中除了君王引导性的示范外，也包含臣民通过间接性批评来影响君王行善的含义。于是范佐伦将“风”概括为“the Airs were the responses of the authors of the Odes to the moral atmosphere fostered by their prince”[②]（“风”是《诗经》作者对他们君王所营造的道德氛围的回应）。用这种道德氛围来指代“风”，而将原义包含“空气、使通风、大气”的“air”来对应《诗大序》中兼有“风气、风化、风俗”的“风”无疑是遵循中国古代文化思维的恰切表达。

黄兆杰的译文为：“There are six aspects to poetry. They are

---

① 何晏等集解，邢昺疏《论语注疏》，阮元校刻《十三经注疏》，中华书局，2009 年，第 5439 页。

② Steven Van Zoeren. *Poetry and Personality: Reading, Exegesis, and Hermeneutics in Traditional China*. Stanford University Press, 1991, p. 101.

'popular'[feng], 'serious'[ya], 'ceremonial'[song], 'narrative-descriptive'[fu], 'similar'[bi] and 'associative'[xing]."①

首先在黄兆杰的翻译中，很明显的他调整了原文中"风、赋、比、兴、雅、颂"的顺序为"风、雅、颂、赋、比、兴"，这更符合国内将这六艺按体裁与表现手法的分类表述，在注解中他进一步解释这么做的原因为"the first three are actual headings of Sections of the Shi Jing, the last three are 'manners' or methods of writing"②(前三个代表了《诗经》的分类，后三个则是写作时的规则与手法)，翻译顺序中已然暗含了当代国内的学术表达思维。其次，将"风"译为"popular"(流行的)，"雅"(严肃的)，"颂"(有关仪式的)上，就可以清晰地看出诗歌具体属于的内容与主题，而将"赋"译为"narrative-descriptive"(叙述性的)，"比"译为"similar"(相似性的)，"兴"译为"associative"(联想性的)，也可以很直观地看出是有关写作手法的分类。在整个"六艺"的翻译上，黄兆杰展现出清晰而果断的翻译方式是他作为华裔学者对于中国文论思想的自省，也很好地诠释了以中国文论思想为底色来进行文论翻译的原则，只有牢牢掌握住自己的文论思想，在与西方的交流对话中才不会出现法国学者弗朗索瓦·朱利安(Francois Julien，又译于连)所说的情况："我们正处在一个西方概念模式标准化的时代。这使得中国人无法读懂中国文化，日本人无法读懂日本文化，因为一切都被重新结构了。"③

三、移位阐释下的《诗大序》

移位阐释变异的含义是："某个原生性文本质态置放于跨文明

① Siu-Kit Wong. *Early Chinese Literary Criticism*. Joint Publishing Company, 1983, p. 5.

② Siu-Kit Wong. *Early Chinese Literary Criticism*. Joint Publishing Company, 1983, p. 6.

③ 秦海鹰《关于中西诗学的对话——弗朗索瓦·于连访谈录》，《中国比较文学》1996年第2期。

'新情境'中被阐释时所发生的意义变异。"[①]而根据变异的表现，移位阐释又分为浅层次、局部的现象变异和深层次、全面的结构变异。

《诗大序》所从属的中国文化理论体系与西方文学理论体系迥异，而跨越两个文论系统与语言系统来进行翻译研究，势必会产生一个文本有多种解读方式的现象发生，这属于阐释变异学中的局部变异。北美学界对《诗大序》的解读有两个显著的案例，一是宇文所安以东西方文论的相异为路径对《诗大序》进行的"自然性"解读，二是苏源熙以东西方经典阐释学的相似为路径对《诗大序》进行的"讽寓性"解读。

宇文所安对《诗大序》的解读是将《诗大序》作为中国诗歌理论代表所呈现出的理论模式与西方不同的前提下进行的。"在这里，我们发现了一个在后世中国文学思想中还会经常遇到的三级阶段论(triadic sequence of stages)，而不是见之于西方语言理论'mimesis'(模仿)或'representation'(再现)概念中的二元意义结构(bipolar structure of significance)。孔子首先让我们观察一个行为的样态('其所以')，然后考虑行为的动机或具体起因('其所由')，最后再推断行为的发出者会'安'于什么样的状态('其所安')。"[②]这段话针对《论语·为政》:"子曰:"视其所以，观其所由，察其所安，人焉廋哉？人焉廋哉?"孔子这段话意在表明通过一个人的表现可以知道他这种表现的原因，进一步得出这个人的本质是什么。宇文所安认为由所以—所由—所安这三个阶段构成的理论不仅可以解释一个人的本质，也可以用以揭示中国古代文论的本质:"像孔子所说的理解的三阶段(所以—所由—所安)，更像是孟子所提出的解释的三级跳(文—辞—志)，这段话提出了显现的三级过程: 志—言—文。这段话并没有离开而是大大发展了儒家的语言理论，它把那个过程调转过来，把那个

① 王超《比较文学变异学中的阐释变异研究——以弗朗索瓦·于连的"裸体"论为例》,《当代文坛》2018年第6期。

② 宇文所安著，王柏华、陶庆梅译《中国文论: 英译与评论》，上海社会科学院出版社，2002年，第18页。

解释结构转化成一种生成性(productive)‘诗学’结构。”①如果将孔子“三级阶段论”的解释理论用以对应宇文所安在《诗大序》中生成的中国诗学结构,那我们或许会得到以下结论:“所以”——中国文论的话语方式,“所由”——中国文论产生的原因,“所安”——中国诗学的属性。

首先,“所以”是一个人所呈现出的表象特征,对应到中国诗学的表现则呈现为文论话语方式。“理论论文(即希腊的 technologia)引用具体文本只是为了举例说明它正在论证的观点,而在中国传统中,这个关于诗歌本性的最有影响力的陈述则采用了一种完全不同的形式——为具体的文本做注疏,它回答的是阅读《关雎》和《诗经》中的其他诗歌所引发的一般性问题。”②在《诗大序》中,宇文所安发现,中国诗学的权威表达范式是诱导式的,不同于西方理论论文条分缕析式的解答,而是在分析具体文本的过程中给出解答。而这个权威的表达模式就起源于《诗经》中为《诗大序》不断做注疏的形式。

其次,“所由”是一个人表现的原因,对应到中国诗学则是中国文论产生的原因。在对《诗大序》“情动于中而行于言,……足之蹈之者也”的分析中,宇文所安认为这段话试图告诉我们诗歌是什么以及应该是什么的问题。而“针对诗歌的这些实际情况和《诗大序》的一些判断上的矛盾,若干微妙的斗争在整个中国文学思想史中一直没有断绝”③。在这些矛盾与斗争中产生了中国的文学理论。

最后,“所安”是一个人的本性,对应到中国诗学则是其自然属性。文学形式与儒家社会观的对应关系。通过这个“所以—所由—所安”的三级阶段,宇文所安发现了《诗大序》借助礼乐思想,使文学形式与儒家社会观保持一致的诗学属性:“这个欢天喜地的儒家的社

① 宇文所安著,王柏华、陶庆梅译《中国文论:英译与评论》,上海社会科学院出版社,2002年,第29页。

② 宇文所安著,王柏华、陶庆梅译《中国文论:英译与评论》,上海社会科学院出版社,2002年,第39页。

③ 宇文所安著,王柏华、陶庆梅译《中国文论:英译与评论》,上海社会科学院出版社,2002年,第43页。

会观——借助礼乐，整个社会与人的天性和宇宙的天性保持和谐——与文学没有直接关系；不过，它为真情实感和形式的一致这个文学兴趣提供了必要的基础，这个兴趣点始终贯穿在中国文学思想史中。”[1]这里宇文所安联系了同为儒家经典之一的《礼记·乐记》："乐由中出，礼自外作。乐由中出，故静。礼自外作，故文。”[2]宇文所安依注疏中对“静”的释意“静者，性情之本体”[3]，将原文改为“乐由中出，故情”，进而得出：“我们可以清楚地看到礼乐之间的平衡与诗歌理论的对应，诗歌也是发自内心的‘情’，而后在‘文’中找到限制性的外在表达。”[4]作为诗歌纲领的《诗大序》与《礼记·乐记》遥相呼应，终而儒家在礼记中的社会观与《诗大序》中的文学规范保持了一致。

文学形式最终与“宇宙的天性保持和谐”。这与道家的“道法自然”一脉相承，如果将文学理解为一种手段与自然所契合，那么这里的“自然”便等同于宇文所安所说的“宇宙的天性”。这里联系宇文所安对中国群经之首《易经》中相关概念的解释，“诗人和读者可以假设那些‘象’是‘意’(关于世界为何如此这般)的自然表现(embodiment)。”[5]那么宇文所安所言的“宇宙的天性”即“意”(embodiment)。而“embodiment”在英语中的释意为“体现、化身、显现”，这与《易经》之“易”完美匹配。而不论是宇文所安在儒家经典《诗大序》中发现的“宇宙的天性”，还是道家经典中的“自然”都是《易经》之“易”的分化。

而宇文所安又是如何在《诗大序》中使得中国诗学的自然属性显现的呢？“显现理论以及内外完全相符的理论可引发两个方向相反的活动，这两者在该序中皆有发展。内在的东西形成外在的显现，外

---

① 宇文所安著，王柏华、陶庆梅译《中国文论：英译与评论》，上海社会科学院出版社，2002年，第58页。

②③ 刘沅《礼记恒解》，谭继和、祁和晖笺解《十三经恒解》，巴蜀书社，2016年，第282页。

④ 宇文所安著，王柏华、陶庆梅译《中国文论：英译与评论》，上海社会科学院出版社，2002年，第57页。

⑤ 宇文所安著，王柏华、陶庆梅译《中国文论：英译与评论》，上海社会科学院出版社，2002年，第34页。

在的显现也可以用来构筑内在的东西。前一活动是文本的生产,它是内在心理状态在外在文本的显现,也是以外知内的能力:这个活动是我们在上一章所讨论过的,在《诗大序》的下一部分,它又得到了更详细的阐释。这一段所发展的是第二个方向的活动即调教和规范。”[①]也即在中国诗学“自然”属性这个由隐到显过程中,实际包含了“内在的东西形成外在的显现”的诗歌文本生产活动,以及“外在的显现也可以用来构筑内在的东西”的诗歌调教的两个方向的活动。

首先是由内向外的活动,这里宇文所安对应了《诗大序》中“诗言志”的过程。作为个人感情的“志”向外在社会的传递便是语言形式的“言”,形成文本性的东西便是“诗”。个人情感向外抒发的过程也是诗歌文本形成的过程。其次是诗由外向内的活动,这里宇文所安对应了《诗大序》中“风天下”的过程,作为上层倡导的集体意志通过文本形式中的“风”来向个人的内在德行进行规范,这便是儒家诗学中的诗歌调教作用。“《诗经》中的诗歌有意为人的情感提供合乎规范的表达;那些学‘诗’和诵‘诗’之人自然而然地吸收了那些正确的价值规范。于是,借助该诗的传播,夫妇之关系得以‘正’。正如内在心理状态显现为外在文本,所以,外在的诗也可以塑造人的内心。”[②]在这两个方向的活动中,均有“自然”性的体现:“这里存在一个基本事实,儒家传统并没有把情感判断和道德判断对立起来;自然反应受到高度重视,道德判断必须是非自觉的才有效力。以‘礼义’形式出现的道德性是加给情感概念的一个适度限制,情感本来是静的,如果不限制就会导致过度:道德限制受制于情感并给情感以合乎规范的表达。于是,我们可以这样认为,《诗经》里所有的诗甚至包括‘变风’,都是非自觉的和完全自然的,同时仍符合道德规范。”[③]宇

①② 宇文所安著,王柏华、陶庆梅译《中国文论:英译与评论》,上海社会科学院出版社,2002年,第40页。

③ 宇文所安著,王柏华、陶庆梅译《中国文论:英译与评论》,上海社会科学院出版社,2002年,第49页。

文所安在这里用到的“自然”是“natural”[①]（天然的、本能的、真实的），这种“自然”性是个人情感的真实表达，外在道德规约是非强制性的，而是像风一样化于无形引的具体行为方式，这种自然的行为方式导向“embodiment”（宇宙的天性）的显现。

于是通过诗歌个人情感的自然表达与自然而然的调教作用，使“embodiment”（宇宙的天性）显现在社会层次，而“natural”的自然方式则显现在中国诗学的属性层面。这在一定程度上也呼应了宇文所安给中国文论产生的原因与话语方式给出的结论：中国诗学不是为了论述才产生的，而是在不断发展与论述《诗大序》所提出的文艺规范中自然而然产生的。与这种生成状态所匹配的也是为具体文本做注疏，引导式的话语方式，而非为了问题而论述的论说方式。

北美汉学界在宇文所安之后，集大成的代表学者是苏源熙。继宇文所安以自然性来解读《诗大序》后，苏源熙在探寻《诗经》文本与《诗序》关系时发现了其中类似于西方经典释经学中的“讽寓”（allegory）性质，并以“chinese allegory”[②]（中国式讽寓）来揭示存在于《诗经》文本与序之间的这种关系。“为进一步探究中国讽寓，我们必须从它的对立面或矫正面着手。误解是怎样被钳制的，而对诗的正确理解又是怎样被肯定的？《毛诗》中导致绝大部分这类注释的文本无疑是《诗大序》中的数行文字，这篇序自古就被认为勾勒了‘诗之大纲’。”[③]也就是说，参照西方经典释经学的范式，苏源熙将《诗经》确认为中国的“经典”后，将诗经的大小序一并归纳在《诗经》文本的注释中，而这种“讽寓”关系就存在其中，与《诗经》后的注疏一起，共同阐释文本与读者、作者间的叙述张力。而在苏源熙看来，《诗大序》为

① Stephen Owen. *Readings in Chinese Literary Thought*. Harvard University Asia Center, 1992, p. 48.

② Haun Saussy. *The Problem of a Chinese Aesthetic*. Stanford University Press, 1993, p. 13.

③ 苏源熙著，卞东波译，张强强、朱霞欢校《中国美学问题》，江苏人民出版社，2011年，第88页。

这种“讽寓”提供规则与纲领，而小序则是这种纲领的具体实践。

国内学界通常认为《诗大序》集中提出了诗歌“情”“志”说，诗歌六义，诗歌礼、乐、政教说等理论主张，构成了儒家诗学的核心纲领。但如何以西方文论思维来认识并理解这些概念呢？苏源熙为我们提供了切实可行的范例。“《诗大序》的观点是什么，它的逻辑何在，怎么解释它压倒性的影响力（甚至上文引述的复旦大学学者都承认《诗序》是“有力”的）？《诗大序》以寥寥数行篇幅，竟能提出艺术的‘心理—表现’（psychological-expressive）理论，艺术对社会教化的观点，诗人对特殊政治地位的诉求，文体与修辞模式的类型学（typology），文学史的提纲，正当与颓废艺术的分类，并暗示对有疑义的诗必须予以反讽（或讽寓，当内容而不是语气有争议时）解释：碑文般优雅而又精确地回答了文学批评及美学理论提出的大部分问题。”[①]看似简单的话语，确是以西方文艺理论体系为承托，由点到面地对应了《诗大序》中的中国古代文学理论概念。在他身上体现了摒除西方学界文艺理论研究“文化相对主义”优越观，以及革新北美学界《诗经》学研究史的先锋性。而这种革新的集合点就体现在他对《诗大序》的解读上。

首先是在翻译的格式上，他是第一个按照《毛诗正义》经、传、正义的体例来进行翻译的。这种遵从原文的做法不论是形式的还原性，还是内容的全面性上，无疑开启了西方世界认识真实《诗大序》的大门。“实际的中西文化对话大多以英语而不是汉语为中介进行，英语必然会影响到对话另一方的世界体验途径，遮蔽另一方某些特殊的文化体验。”[②]既然语言的层面无法规避，那么至少在内容上尽量还原。在苏熙源之前，有很多《诗大序》英译本，范佐伦的英译本也是其中一例。但他也只是翻译了《诗大序》的全部正文，并在译文前就为《诗大序》下了定论：“Its influence notwithstanding, the ‘Great

---

① 苏源熙著，卞东波译，张强强、朱霞欢校《中国美学问题》，江苏人民出版社，2011年，第97页。

② 李庆本《跨文化阐释学的空间性及“内比法”》，《中国比较文学》2024年第4期。

Preface', is a difficult and sometimes confusing text, as the volume of recuperative commentary that has grown up around it and Zhu Xi's famous reorganization of the text attest."[1](尽管《大序》的影响很大,但它是一篇难懂且令人困惑的文本,围绕它而产生的大量试图复原它的评论以及朱熹著名的文本重组证明了这一点。)显然范佐伦是站在朱熹"废序"派的立场上得出了《诗大序》晦涩难懂的结论。实则国内学界发现:"对朱子疑《序》有两点需特别指明,一是朱熹对《毛诗序》的态度有一个由信《序》到疑《序》的转变过程;二是朱熹并非完全否定《诗序》,他对《诗经》的阐释守成多于新解,其《诗集传》与《毛传》相异者明显少于相同或相近者。也正缘于此,我们认为宋代疑经思潮并非质疑经典的神圣性,而是认为后人(尤其是汉唐儒生)的阐释蒙蔽了圣人大意及经典所承担的道统,其本质是更好地尊经。"[2]相较而言,苏源熙则扭转了北美学界以范佐伦为代表的"废序"站位,在赓续宇文所安深入挖掘《乐记》对《诗大序》影响的基础上,展开《诗大序》以"风""刺"为表征的乐教与政教观探寻,这也是苏源熙的第二个革新点。

苏源熙以《乐记》为切入点来研究《诗大序》是总结了宇文所安寻求《诗大序》与《乐记》的相通性的基础上的提升。"《诗大序》中常常令人捉摸不透的过渡性文字,是有关它与它借用最多的《乐记》之间关系的,而这比解释的结构规范性(well-formedness)更重要。它更是一个关于语词的意义以及处理创立或改编诗学语言可能性的问题。围绕这个问题,我组织了我自己版本的《诗大序》的'严整论说'。"[3]他所说的"严整论说"便是依照《诗大序》对《乐记》的叛离轨迹整理出《诗大序》"中国讽寓"规则的显现轨迹。在苏源熙看来,《乐

① Steven Van Zoeren. *Poetry and Personality: Reading, Exegesis, and Hermeneutics in Traditional China*. Stanford University Press, 1991, p. 95.

② 张金梅、郭明浩《〈毛诗序〉尊废之争与儒学嬗变》,《武汉大学学报(人文科学版)》2014年第1期。

③ 苏源熙著,卞东波译,张强强、朱霞欢校《中国美学问题》,江苏人民出版社,2011年,第99页。

记》更多的是对"意""言""歌""舞"范畴进行区分，而《诗大序》形成一条完整的由"意"转化为"诗"的过渡线索。《诗大序》通过对"言"的加入以及不断提升"言"的地位，以寻求与《乐记》中等级分明的"音"形成更高场域上的契合。"通过转移到更高的类，并采用与受到古代礼制主义激发产生的所有美学理论所共有的道德立场。不同时代都有具有其特色的'音'（道德习惯、音乐模式）。"[①]也就是说，《诗大序》表示"诗"通过一些方法来契合等级分明的礼教制度，而这种方法就是"美刺"。苏源熙将古代作为调控政治手段的"美刺"误以为是《诗大序》所规定的修辞手段。他认为在《诗经》中，一首诗是"正"还是"变"不是取决于文本内容，而是诗歌文本前小序所采取的态度。而这种反讽的态度，正是西方"言此意彼"的"讽寓"。

通过以上过程，苏源熙完成了自身的"严整论说"。在这个过程中，我们不仅看到了他所代表的北美学界对《诗大序》新的认识，也借由这些新视野、新方法，拓宽了我们研究《诗大序》乃至中国古代文论的新思路。而在以上过程中，苏源熙所秉持的依据原典，跳出研究本身的思维方式是他的第三个革新点。他并不认为自己的结论或历史上任何人给予《诗大序》的评价都是确切的，这些评价只是符合当时历史条件的产物。"《诗大序》（以及整个《毛诗》传统）的意义一直是清晰的，而我也无意推翻它。不过，所有现代学术所遗漏的和上文所试图揭示的，都是对那种意义的语气（mode）或时态（tense）的评鉴。"[②]《诗大序》的真实性永远不可置疑，但不论是中国国内掀起的尊废序之潮，还是西方对其从艾布拉姆斯四要素到"语境化"再到"讽寓性"的解读，都是属于一个时代的理解。我们可以借鉴不同见解，但不能自囿其中。

在北美学界对《诗大序》的解读中，宇文所安根据孔子"所以—所

---

① 苏源熙著，卞东波译，张强强、朱霞欢校《中国美学问题》，江苏人民出版社，2011年，第102页。

② 苏源熙著，卞东波译，张强强、朱霞欢校《中国美学问题》，江苏人民出版社，2011年，第117页。

由—所安”的“前结构”总结出的中国文学样式与儒家社会观相符，且最终表现为与宇宙运行本质相符合的诗学“自然性”；苏源熙由于西方经典阐释学的“前理解”生发出的《诗大序》在诗歌形成过程中与政治调控手段“美刺”相融合的“中国式讽寓”，都是《诗大序》文本在域外“一对多”的移位阐释中的实例之一。借由这些不同理论视角的解读，《诗大序》在海外被更大范围认识与接受。

在宇文所安与苏源熙所开辟的路径上，海外学界对《诗大序》两个方面的研究还在深入：首先是以《诗大序》为代表的中国文论研究领域，在《早期音乐与文学的讨论》（“Early discussions of music and literature”）一文中，保罗·R·戈尔丁（Paul R. Goldin），延续了宇文所安将《诗大序》与中国早期音乐哲学观相联系的做法。将《诗大序》置于庄子、《吕氏春秋》及荀子有关音乐哲学论述的广阔文本中，对宇文所安所提出的诗歌与儒家社会观相符的理论进行了更深入的探讨。认为在《诗大序》有两个主要缺点：一是音乐和文学必须反映作者真实情感状态的观点在当代的文学理论中已经不再流行，通过艺术家的作品来确定其情感的中国观念更不流行。二是不符合《诗大序》分类标准的诗歌会被直接谴责，而不会被探索。现在已经很少有人会以一个艺术作品是否满足了先验道德和审美标准来作为诗歌好坏的评判。[①] 其次是以《诗大序》作为《诗经》命门的《诗经》阐释学领域，在《中国早期诗学思想：〈诗经〉如何塑造了中国的哲学传统》（*The Poetics of Early Chinese Thought: How the Shijing Shaped the Chinese Philosophical Tradition*）一书中，迈克尔·亨特（Michael Hunter）承继了苏源熙将毛诗大、小序与《诗经》文本作为阐释关系的做法。在具体文本的解读中，来说明《诗大序》中的诗之纲领如何在小序与注释的不断重复中得以体现。而就在这种不断重复的阐释传统中，我们可以经由《诗经》抵达先秦最具影响力思想集合。因为《诗

---

① Victor H. Mair, Nancy S. Steinhardt and Paul R. Goldin. *Hawaii Reader in Traditional Chinese Culture*. University of Hawaii Press, 2005, p. 130.

经》的阐释系统至今仍然鲜活在流传下来文献的作者头脑中。[①]

结语

本文通过阐释变异学理论梳理《诗大序》在海外的英译及研究情况，进一步发现，在《诗大序》传向海外的初始阶段，往往出现话语体系不对等的错译情况。比如塞缪尔·基德(Samuel Kidd)，以传教为主要目的对《诗大序》展开的翻译。“他一方面把《诗大序》与朱熹的《诗集传序》混为一书，另一方面又将其误认为是孔门弟子的著作，其译文也未标明文献出处。”[②]以及刘若愚拆解中国话语系统来嵌入西方理论话语“四要素”模式。发展到中期，则涌现出较多的文论话语对译模式。他们参照不同体系的文学范畴，集中对具体的文学范畴进行不同语言间的转换。理雅各、范佐伦、黄兆杰的译本都是这种情况。或许其中还存在诸多疏漏，如：“理雅各广泛参考中国传统《诗经》学成果，但倾向于遵循朱熹的注解。他认为，如果遵信序说，将使许多诗篇降为荒唐的谜语。”[③]但他们的英译文本对《诗大序》在海外的传播发挥了关键性作用。到了后期，大家显然不满足于对文本的简单翻译，而是以夹叙夹议的方式来对《诗大序》所在的中国语境进行阐释。宇文所安与苏源熙的解读蜚声国内外，也许他们的阐释还有许多文化不可通约所产生的弊病，但他们的解读确实为以《诗大序》为代表的中国文论思想在海外的传播开拓了新路径，海外当代对《诗大序》的研究很大程度上都是对这两位学者的延续。

而在国内，用阐释变异学来进行域外《诗大序》研究情况解读的意义不仅在于传承对《诗大序》多方位传统研究的基础上，接受海外

---

① Michael Hunter. *The Poetics of Early Chinese Thought: How the Shijing Shaped the Chinese Philosophical Tradition*. Columbia University Press, 1993, p. 12.

② 刘文昭《中国早期文论的海外英译与阐释——以〈诗大序〉为中心》，《首都师范大学学报(社会科学版)》2023 年第 3 期。

③ 李会玲《讽寓·语境化·规范性——综论欧美汉学界〈诗经〉阐释学研究》，《武汉大学学报(人文科学版)》2016 年第 4 期。

学者对《诗大序》为我们打开了新时代研究《诗大序》的新思路。更在于中国文论话语的古今对接。

《诗大序》的英译与研究之路就像中国古代文论被西化的一面镜子，其在国外的遭遇是中国古代文论在当代遭遇的缩影。起初被断章取义的翻译，后来理雅各试图恢复原貌但只有形式没有灵魂，好在他的英译本是西方学界的黄金版本，给后世进一步走近《诗大序》做了很好的铺垫。其后有中国学者也有西方学者试图以"拆中释西"的方法或"移中至西"的方法在中西两个文论体系间架起转换的桥梁，但忽略文化差异的生硬转换注定是失败的。后期开始走进中国文化思维的学者，尝试在中国文化思维中唤醒《诗大序》在新语言和文论体系的生命力。宇文所安在孔子"所以—所由—所安"思维模式上概括出《诗大序》开创的经典阐释模式就是在为具体文本做注释中"诱导式"文论话语方式，以及苏源熙在走进诗经的注疏系统，在大小序与注疏间寻求《诗大序》的完整意义的做法确实是履行了中国古代文论的现代激活之法。二者都是在中国古代文化的语境中，以中国古代文论原始的思维模式去探寻《诗大序》应有的意义。"因此，重新'整理国故'之要义便在于清除此前西方话语模式和知识形态对古代文论的架构，返其旧心，以'置身五口通商之前'的态度重新进入古代文论。""'用注疏校勘的方式与古人对话，用"述而不作，信而好古"的思想态度进行文论研究'，是'激活中国古代文论的一个有效策略'。"①宇文所安做到了"返其旧心"，苏源熙做到了"信而好古"。这其实是以《诗大序》在西方文论体系的激活，为我们提供了古代文论在当代中国文论体系的复活之法的有效实践。

其实对于以《诗大序》与《诗经》为开端的阐释系统，已有中国学者总结为"依经立义"的文论话语模式。笔者早在 2007 年于《〈毛诗序〉学术话语权的形成及影响》一文中就已深入论述过何为"依经立

---

① 曹顺庆、王熙靓《中国古代文论的当代阐释：向死而生之路》，《华南师范大学学报(社会科学版)》2024 年第 3 期。

义”的中国文论话语模式。[①] 具体而言，“依经”指的是依照儒家经典为权威文本。这些文本以最初孔子修订、编纂的《五经》为核心，通过历代不断解释引申，生发为围绕《五经》而展开的儒家话语阐释系统文献。虽数量增加至清代的《十三经》之多，但以先秦被称为圣人之作的《五经》为权威规范，“百家腾跃，终入环内者也”[②]，立义立的是教化大义，《诗》被归类在“经”内，便不是纯粹的文学作品，而被冠以儒家教化观。以“以上风下”与“以下刺上”两个方向的道德规束完成儒家依托强大皇权的教化之义。“依经立义”就是对孔子创制的“述而不作，信而好古”的经典解读模式的发展与壮大。孔子创制这种解读模式的最初实践便是《诗经》与其序、传、注疏之间形成的闭环而完整的阐释系统。孔子追述周公，只做阐发而不做立论。经过汉代“独尊儒术”的大力发扬，历代儒家通过“子曰”“诗云”的方式来阐明“恒久之至道，不刊之鸿教”。[③] 这种不断依托权威话语做引申的话语模式就是“依经立义”。但这种依据中国古典原生性的话语模式表述其接受度却还不如苏源熙“中国式讽寓”接受度广。在国内大家都在批判苏源熙“中国式讽寓”的片面和武断性，但从未有人给出解决之法，其中的原因是令人深思的。而总括当今《诗大序》的研究视角与理论模式，有以西方现当代文艺理论为架构来解析其形态与成因的，有以中国传统哲学与考据学分析其精要的，但唯独没用中国当代文艺理论来审视《诗大序》在西方译介与传播遭遇的。故撰写此文，来用中国当代的文论声音来为中国古典文论发声。

《诗大序》在中国古代是文论之眼，至现代，在变异阐释学的视野下则流变出在西方学界的多种解读模式。习近平总书记在致首届世

---

① 曹顺庆、王庆《〈毛诗序〉学术话语权的形成及影响》，《四川大学学报(哲学社会科学版)》2007 年第 4 期。

② 刘勰著，黄叔琳注，李详补注，杨明照校注拾遗《增订文心雕龙校注》，中华书局，2012 年，第 27 页。

③ 刘勰著，黄叔琳注，李详补注，杨明照校注拾遗《增订文心雕龙校注》，中华书局，2012 年，第 6 页。

界古典学大会的贺信中表示，“古典文明群星璀璨，不断滋养和启迪后世”，“注重从不同文明中寻求智慧、汲取营养”。[①]《诗大序》带给我们的启迪，正是在中西互鉴的交互中显现。

（四川大学文学与新闻学院）

① 《习近平向首届世界古典学大会致贺信》，2024 年 11 月 7 日，https://news.cnr.cn/native/gd/sz/20241107/t20241107_526967357.shtml。

此起波伏的声名

——论陆机、左思评价的历史变迁*

易　兰

内容摘要：陆机、左思同是西晋文坛的代表，但两人接受史却存在巨大差异和转折。自生前赫赫之名，到东晋与潘岳并称，再到南北朝超过潘岳而与曹植并称，直至唐代被誉为“百代文宗”，陆机的名声随时代的推进而越来越高。此时左思明显居于劣势，受关注程度远不如陆机。然而发展至宋，隐约出现左、陆评价转向的征兆。明清时期，在诗论家关于缘情绮靡、语言形式、风骨气格、拟古与开新等批评范畴的层层辨析中，左思地位远出陆机之上。明清人此看法直到今天仍为学界的主流意见。关注左、陆评骘的变迁，可窥见明清诗学趣味的转变，亦可进一步丰富观看两人诗歌的视野。

关键词：陆机；左思；评价变迁

* 基金项目：中央高校基本科研业务费项目华东师范大学青年预研究项目（2024ECNU-YYJ046）。

The Ebb and Flow of Reputation — On Historical Changes in Comments about Lu Ji and Zuo Si

Yi Lan

Abstract: Lu Ji and Zuo Si were both iconic figures in the literary world in the Western Jin Dynasty, but the historical acceptance of them differed greatly and underwent transformations. With great fame during his lifetime, Lu Ji was mentioned alongside Pan Yue in the Eastern Jin Dynasty, and then surpassed Pan Yue to become as renowned as Cao Zhi during the Northern and Southern Dynasties. Lu Ji gained an increasingly higher reputation over time until he was hailed as "the literary patriarch spanning generations" in the Tang Dynasty. In contrast, Zuo Si was notably overshadowed during this period, garnering far less attention than Lu Ji. However, during the Song Dynasty, there were hints of a shift in comments about Zuo Si and Lu Ji. In the Ming and Qing dynasties, Zuo Si's status was way ahead of Lu Ji's through in-depth critiques by poetic critics involving emotional richness and exquisite expression, linguistic form, noble character and unique style, and imitation of ancient style and innovation. This viewpoint from the Ming and Qing dynasties is still a mainstream academic opinion till today. By observing changes in comments about Zuo Si and Lu Ji, we can gain insights into the changing poetic interest in the Ming and Qing dynasties, and further broaden our perspective on their poems.

Keywords: Lu Ji; Zuo Si; changes in comments

陆机与左思同为西晋太康时期的文学家。自晋至唐，陆机获得了很高的评价，左思相对处于弱势。宋代以至明清，陆机地位骤然下降，左思受到的评价显著提升，大部分评论家主张左优于陆。虽然学界对此种巨大的评价变化已有初步认识[①]，但由于研究旨趣的限定，对其中若干细节尚无清晰的了解。本文在爬梳历代诗评与选本等史料的基础上[②]，对左、陆在两晋南北朝迄唐宋诗评发展的轨迹有充分的呈现，并以此作为明清诗评的比照对象。关于明清，则以"主题式"的方式探讨[③]，力求在繁杂的资料中明确聚焦，清楚展现两人评价高低转变的具体样态。由此除了可见左、陆评价于历史中的演变状况，更能由点及面观察整个批评观念和批评史的转进情形。

一、由晋至唐：陆机声名的高位及其衰退征兆

陆机在西晋即已获得极高评价。"机兄弟既江南之秀，亦著名诸夏。"[④]"诸夏"即指西晋的广大中原地区。入洛后，北方文坛领袖张华曾言"伐吴之役，利获二俊"[⑤]。又特别欣赏陆机的文学才华，凡机所作，"篇篇称善，犹讥其作文大治"[⑥]，谓曰："人之作文，患于不才；至子为文，乃患太多也。"[⑦]"大治"，余嘉锡注引李详云"谓推阐尽致"[⑧]，指陆机文采四溢而尽其极致，即下文所言之别人创作难以下笔，陆机却酣畅淋漓，美不胜收。"两潘"（潘岳、潘尼）亦盛赞陆机之杰出文才：

---

① 相关研究可参考：曹道衡《陆机的思想及其诗歌》，(《中国社会科学院研究生院学报》1996年第1期)，徐传武《左思左棻研究》(中国文联出版社，1999年，第271—367页)，王钟陵《中国中古诗歌史》(人民出版社，2005年，第259—261页)，王运熙《陆机、陶潜评价的历史变迁》(《东方丛刊》2008年第2辑，广西师范大学出版社)，俞士玲《西晋文学考论》(南京大学出版社，2008年，第308—324，336—338页)，陈璐《从"太康之英"到"百代文宗"——两晋南北朝隋唐陆机诗歌接受论》(《新疆大学学报(哲学人文社会科学版)》2020年第1期)，刘运好《抑扬霄壤：论陆机、陆云的文学史际遇》(《浙江社会科学》2021年第3期)等成果。

② 杨明《陆机集校笺》、刘运好《陆士衡文集校注》附录部分辑录了历代学者对陆机作品的评述，常振国、绛云《历代诗话论作家》亦收集历代诗话中评论陆机、左思的材料，皆为本文全面掌握两人的历代评论全貌提供了重要的参考资料。

③ 本文明清部分将围绕"缘情绮靡""语言形式""风骨气格""拟古与开新"四个主题进行讨论。

④ 陈寿撰，裴松之注《三国志》，中华书局，1982年，第1361页。

⑤ 房玄龄等《晋书》，中华书局，1974年，第1472页。

⑥⑦⑧ 刘义庆撰，刘孝标注，杨勇校笺《世说新语校笺》，中华书局，2006年，第244页。

"长离云谁,咨尔陆生。鹤鸣九皋,犹载厥声。况乃海隅,播名上京。"[①]"显允陆生,于今勘俦。振鳞南海,濯翼清流。婆娑翰林,容与坟丘。"[②]当时其他文士的褒美更比比皆是。陆云频频称道"兄文章已自行天下"[③],"兄文章之高远绝异,不可复称言"[④];真玄甚至认为王粲不如陆机,倘若二人同时,王粲就不会有如此高之地位;崔君苗见到陆机文章,"辄云'欲烧笔砚'"[⑤],"作文百余卷,不肯出之"[⑥]。嵇含极其喜爱陆机:"每读二陆之文,未尝不废卷而叹,恐其卷尽也。"[⑦]朱诞更是认为二陆文章"方之他人,若江汉之与潢污。及其精处,妙绝汉魏之人也"[⑧]。陆机以其文才奠定了自己在西晋文坛的地位。

进入东晋,陆机的文学声望继续攀升。葛洪对陆机钦佩备至,赞曰:"陆君之文,犹玄圃之积玉,无非夜光。"[⑨]"陆士龙、士衡,旷世特秀,超古邈今。"[⑩]葛洪的热烈崇拜之外,此时还出现了将陆机与潘岳进行比较的现象。李充《翰林论》评潘岳谓:"翩翩奕奕,如翔禽之有羽毛,衣被之有绡縠,犹浅于陆机。"[⑪]认为潘浅陆深。孙绰却以为潘胜于陆,评曰"潘文烂若披锦,无处不善;陆文若排沙简金,往往见宝"[⑫],"潘文浅而净,陆文深而芜"[⑬]。两人虽持论不同,但以潘、陆为西晋文学"双子星座"的言论,却成为潘、陆并称的滥觞。南朝檀道鸾《续晋阳秋》言潘、陆之文"宗归不异"[⑭],萧道成公开主张作诗"安仁、

---

① 逯钦立辑校《先秦汉魏晋南北朝诗》,中华书局,1983 年,第 629 页。
② 逯钦立辑校《先秦汉魏晋南北朝诗》,中华书局,1983 年,第 763—764 页。
③ 陆云著,刘运好校注整理《陆士龙文集校注》,凤凰出版社,2010 年,第 1044 页。
④ 陆云著,刘运好校注整理《陆士龙文集校注》,凤凰出版社,2010 年,第 1056 页。
⑤ 陆云著,刘运好校注整理《陆士龙文集校注》,凤凰出版社,2010 年,第 1136 页。
⑥ 陆云著,刘运好校注整理《陆士龙文集校注》,凤凰出版社,2010 年,第 1141 页。
⑦ 马总编纂,王天海、王韧校释《意林校释》,中华书局,2014 年,第 481 页。
⑧⑨ 葛洪著,杨明照撰《抱朴子外篇校笺》,中华书局,1991 年,第 751 页。
⑩ 葛洪著,杨明照撰《抱朴子外篇校笺》,中华书局,1991 年,第 760 页。
⑪ 钟嵘著,曹旭集注《诗品集注》,上海古籍出版社,2011 年,第 174 页。
⑫ 刘义庆撰,刘孝标注,杨勇校笺《世说新语校笺》,中华书局,2006 年,第 244 页。
⑬ 刘义庆撰,刘孝标注,杨勇校笺《世说新语校笺》,中华书局,2006 年,第 248 页。
⑭ 刘义庆撰,刘孝标注,杨勇校笺《世说新语校笺》,中华书局,2006 年,第 245 页。

士衡深可宗尚”[1]，沈约《宋书·谢灵运传论》于元康之际标举“潘、陆特秀”[2]，裴子野《雕虫论》论五言诗曰“潘、陆固其枝叶”[3]，萧子显《南齐书·文学传论》说太康文坛“潘、陆齐名”[4]，萧纲《与湘东王书》以潘、陆为“古之才人”[5]的代表等，都视潘、陆为西晋文学的佼佼者，不提左思。

南北朝时期，陆机的文学地位再次提升。刘勰《文心雕龙》对陆机的各体文章多有称扬：如《杂文》曰：“自《连珠》以下，拟者间出。杜笃、贾逵之曹，刘珍、潘勖之辈，欲穿明珠，多贯鱼目。可谓寿陵匍匐，非复邯郸之步；里丑捧心，不关西施之颦矣。唯士衡运思，理新文敏，而裁章置句，广于旧篇，岂慕朱仲四寸之珰乎！”[6]先批评扬雄之后的连珠作品，鱼目混珠，缺乏生气；再赞美唯有陆机之文，用意新颖，拓展旧作，而成为连珠体中的典范。又如《论说》篇言：“陆机《辨亡》，效《过秦》而不及，然亦其美矣。”[7]欲扬先抑，指出陆机《辨亡论》在西晋一代尤能称美，亦有成就。再如《檄移》曰：“陆机之《移百官》，言约而事显，武移之要者也。”[8]《书记》又曰：“陆机自理，情周而巧，笺之为善者也。”[9]褒扬陆机的移文文字简约而叙事显豁，表笺说理周密而文辞巧妙，都可算是相应文体的佳作。陆机才思繁富，刘勰亦再三称道，《体性》曰“士衡矜重，故情繁而辞隐”[10]，《镕裁》曰“至如士衡才优，而缀辞尤繁”[11]，《才略》曰“陆机才欲窥深，辞务索广，故思能入巧而不

---

① 萧子显《南齐书》，中华书局，1972 年，第 625 页。

② 沈约《宋书》，中华书局，1974 年，第 1778 页。

③ 严可均编《全上古三代秦汉三国六朝文·全梁文》，中华书局，1958 年，第 3262 页。

④ 萧子显《南齐书》，中华书局，1972 年，第 908 页。

⑤ 姚思廉《梁书》，中华书局，1973 年，第 690 页。

⑥ 周勋初《文心雕龙解析》，凤凰出版社，2015 年，第 227 页。

⑦ 周勋初《文心雕龙解析》，凤凰出版社，2015 年，第 301 页。

⑧ 周勋初《文心雕龙解析》，凤凰出版社，2015 年，第 336 页。

⑨ 周勋初《文心雕龙解析》，凤凰出版社，2015 年，第 430 页。

⑩ 周勋初《文心雕龙解析》，凤凰出版社，2015 年，第 479 页。

⑪ 周勋初《文心雕龙解析》，凤凰出版社，2015 年，第 537 页。

制繁”[①]。

这一时期，陆机的地位逐渐超过潘岳，成为西晋一代的最高标杆，其名常与曹植相提并论。钟嵘在《诗品序》中把曹植、陆机、谢灵运作为文人五言诗发展三个时期（建安、太康、元嘉）的杰出领袖，明确指出“陆机为太康之英，安仁、景阳为辅”[②]，以陆机为太康诗坛第一人，潘岳、张协作为辅佐，不提左思。又称“昔曹、刘殆文章之圣，陆、谢为体贰之才”[③]，钟嵘于自汉至梁的一百二十二位诗人中，特别推重四人，陆、谢为亚圣，仅次于曹、刘。其评陆机曰“才高辞赡，举体华美”[④]，“咀嚼英华，厌饫膏泽，文章之渊泉也”[⑤]，由衷感叹“陆才如海”[⑥]，从而将陆机列入上品。梁武帝萧衍派张皋抄写温子升的文章传于江南，称叹“曹植、陆机复生于北土”[⑦]虽意在称赞温子升，但也将曹植与陆机作为两个文学创作上的典范。萧绎《金楼子·立言篇》云：“潘安仁清绮若是，而评者止称情切，故知为文之难也。曹子建、陆士衡皆文士也，观其辞致侧密，事语坚明，意匠有序，遣言无失，虽不以儒者命家，此亦悉通其义也。”[⑧]潘岳“止称情切”，而曹、陆则文辞艳丽绵密，叙事明确，井井有条，用语得当，故称“文士”[⑨]。萧绎为曹、陆并称提出了艺术依据。北齐魏收《魏书·文苑传》言“曹植信魏世之英，陆机则晋朝之秀”[⑩]，主要着眼于曹、陆的历史地位，在文学史上将二人并驾齐驱。从上述可知，南北朝论陆机，出现了视其为西晋文坛第一人的看法，此评价比东晋更进一步。

降至唐代，对陆机的评价表现出称扬与贬抑并行发展的双线。

---

① 周勋初《文心雕龙解析》，凤凰出版社，2015 年，第 761 页。
② 钟嵘著，曹旭集注《诗品集注》，上海古籍出版社，2011 年，第 34 页。
③ 钟嵘著，曹旭集注《诗品集注》，上海古籍出版社，2011 年，第 438 页。
④⑤ 钟嵘著，曹旭集注《诗品集注》，上海古籍出版社，2011 年，第 162 页。
⑥ 钟嵘著，曹旭集注《诗品集注》，上海古籍出版社，2011 年，第 174 页。
⑦ 魏收《魏书》，中华书局，1974 年，第 1876 页。
⑧ 萧绎撰，许逸民校笺《金楼子校笺》，中华书局，2011 年，第 966 页。
⑨ 参陈志平、熊清元《金楼子译注》，上海古籍出版社，2018 年，第 387 页。
⑩ 魏收《魏书》，中华书局，1974 年，第 1869 页。

一方面，陆机的声誉和地位达到了历史上的最高峰。唐太宗《晋书·陆机传》“制曰”：“文藻宏丽，独步当时；言论慷慨，冠乎终古。高词迥映，如朗月之悬光；叠意回舒，若重岩之积秀。千条析理，则电坼霜开；一绪连文，则珠流璧合。其词深而雅，其义博而显。故足远超枚马，高蹑王刘，百代文宗，一人而已。”[①]太宗高度评价了陆机的文学成就，认为其文词高深而优雅，其义理宏博而显明，兼具辞藻宏丽与风格慷慨之美，因此不仅为西晋文人之魁首，更足可超越汉魏的枚乘、司马相如、王粲、刘桢等人，可谓“百代文宗，一人而已”。此处对陆机文学创作成就、特点、地位的评价之高，几乎达到了登峰造极的程度。

史家之外，唐代文士称美陆机的声音亦颇高亢，初盛唐时期的卢照邻、李白等都曾给予陆机充分的肯定。卢照邻《驸马都尉乔君集序》言“陆平原龙惊学海，浮天泉以安流”[②]，赞赏陆机之才华横溢；《南阳公集序》亦言“二陆裁诗，含公干之奇伟”[③]，称誉陆机诗歌有奇伟之气。李白曾颂扬安州长史李京之说，“陆机作太康之杰士，未可比肩；曹植为建安之雄才，惟堪捧驾”[④]，将曹、陆视为同一流的文学审美典范。此后中晚唐赞誉陆机者亦颇多，最明显的例子是皎然、柳宗元和陆龟蒙。皎然《诗式》分五格品评诗歌高下，援引陆机《拟明月何皎皎》《缓声歌》置于第一格，《日出东南隅行》《从梁陈作》《园葵》《塘上行》《于承明作与弟士龙》置于第二格，《齐讴行》《猛虎行》《为顾彦先赠妇》置于第三格。所引均位于前三格，可见对陆机相应诗篇的高度认可，且篇目颇为丰富，亦可见对陆机的整体评价颇高。柳宗元《披沙拣金赋》称许《文选》收录陆机的作品，曾说：“周德思比，而岐昌即咏；陆文可侔，而昭明是选。”[⑤]《王氏伯仲唱和诗序》以“璩、玚在魏，

① 房玄龄等《晋书》，中华书局，1974年，第1487页。
② 卢照邻著，李云逸校注《卢照邻集校注》，中华书局，1998年，第305页。
③ 卢照邻著，李云逸校注《卢照邻集校注》，中华书局，1998年，第313页。
④ 李白撰，安旗等笺注《李白全集编年笺注》，中华书局，2015年，第1758页。
⑤ 柳宗元撰，尹占华、韩文奇校注《柳宗元集校注》，中华书局，2013年，第3278页。

机、云入洛”[①]赞扬王氏仲伯善著文章。《与杨京兆凭书》说：“自古文士之多莫如今。……至陆机、潘岳之比，累累相望。若皆为之不已，则文章之大盛，古未有也。”[②]肯定“今之后生”学习潘、陆文章，认为长此以往，将出现史无前例的文坛盛况。陆龟蒙以陆机为先祖，对其文才非常景仰，言：“吾祖仗才力，革车蒙虎皮。手持一白旄，直向文场麾。轻若脱钳釱，豁如抽扊扅。精钢不足利，騕褭何劳追。大可罩山岳，微堪析毫厘。十体免负赘，百家咸起痿。争入鬼神奥，不容天地私。一篇迈华藻，万古无孑遗。”[③]他称陆机才力富赡，将其描述为一位手持白旄、驾驶兵车的将军，旨在强调其驰骋文坛的磅礴气势。言及《文赋》，则突出其轻盈通脱、笔势锐利、阐宏析微、议论精警等特质，并对其华藻也给予高度认可，视之为一部说理透辟、笼罩万世之杰作。

另一方面，唐代亦有对陆机不欣赏的一面，这是前代读者没有提出的新现象。如王勃在《山亭思友人序》中曾云：“至若开辟翰苑，扫荡文场，得宫商之正律，受山川之杰气，虽陆平原、曹子建，足可以车载斗量；谢灵运、潘安仁，足可以膝行肘步。”[④]他认为陆机、曹植、谢灵运、潘岳等前代名流不足挂齿，只能“车载斗量”“膝行肘步”，然而并没有全盘否定他们的作品。至杨炯《王勃集序》则厉声指斥了：“洎乎潘陆奋发，孙许相因，继之以颜谢，申之以江鲍。梁魏群材，周隋众制，或苟求虫篆，未尽力于丘坟；或独徇波澜，不寻源于礼乐。”[⑤]杨炯明确否定秦汉以后的文学，论及六朝，无论是潘陆、孙许，还是颜谢、江鲍，其诗文皆有悖于经典、礼乐之精神。卢藏用在《陈伯玉文集序》中也说：“其后班、张、崔、蔡、曹、刘、潘、陆，随波而作，虽大雅不足，其

---

① 柳宗元撰，尹占华、韩文奇校注《柳宗元集校注》，中华书局，2013年，第1471页。
② 柳宗元撰，尹占华、韩文奇校注《柳宗元集校注》，中华书局，2013年，第1978页。
③ 何锡光校注《唐甫里先生文集》，凤凰出版社，2015年，第82页。
④ 王勃著，杨晓彩点校《王勃集》，三晋出版社，2017年，第54页。
⑤ 董诰等编《全唐文》，中华书局，1983年，第1930页。

遗风余烈，尚有典型。”[①]同样表明卢氏对陆机不予认同的态度。其后贾至、崔祐甫、柳冕等也对陆机发表过意见，如“洎骚人怨靡，扬马诡丽，班、张、崔、蔡、曹、王、潘、陆，扬波扇飙，大变风雅”[②]，“曹、刘之气奋以举，潘、陆之词缛而丽，过此以往，未之或知”[③]，“虽扬、马形似，曹、刘骨气，潘、陆藻丽，文多用寡，则是一技，君子不为也”[④]。显然他们在回顾先唐文统时都是从否定的角度来谈陆机之作，但也都撮举陆机为西晋文学之代表，去取之间，同样表明了陆机在唐人心中的崇高地位。

自生前文名显赫，到东晋潘、陆并称，再到南北朝超过潘岳而曹、陆并称，至唐代成为“百代文宗”，陆机从晋到唐文学地位尊显，且随时间的推移，文名越来越盛。尽管唐代一些文士对陆机提出了批评，但也不得不承认其在文学史上的重要影响。

二、由晋至宋：左思文名的始弱终盛

由晋至唐，左思声誉不如陆机。左思出身不高，“貌寝，口讷”[⑤]，“不好交游，惟以闲居为事”[⑥]，在既重门第出身又重人物品鉴的西晋社会，自然难以建立名誉。其《齐都赋》虽花费不少精力，却未能引起世人之关注。陆机入洛后，听闻左思在创作《三都赋》，竟抚掌大笑，给陆云写信说：“此间有伧父，欲作《三都赋》，须其成，当以覆酒瓮耳。”[⑦]余嘉锡释“伧”曰“伧攘本释乱貌，故凡目鄙野不文之人皆曰伧”[⑧]，陆机称左思为“伧父”，明显有轻贱之意。陆机又云当以《三都赋》“覆酒瓮”，轻蔑之意更是显而易见。左赋精思十年而成，不为人

---

① 董诰等编《全唐文》，中华书局，1983 年，第 2402 页。
② 董诰等编《全唐文》，中华书局，1983 年，第 3736 页。
③ 董诰等编《全唐文》，中华书局，1983 年，第 4193 页。
④ 董诰等编《全唐文》，中华书局，1983 年，第 5357 页。
⑤⑥ 房玄龄等《晋书》，中华书局，1974 年，第 2376 页。
⑦ 房玄龄等《晋书》，中华书局，1974 年，第 2377 页。
⑧ 刘义庆著，刘孝标注，余嘉锡笺疏《世说新语笺疏》，中华书局，2007 年，第 426 页。

所重，甚至遭到一些讥讽和非议，可知时人对他的评价确乎不高。后左思拜谒皇甫谧、张华等文士，经他们的揄扬，《三都赋》才逐渐得到社会的承认，一时洛阳纸贵。虽然名家推荐让左思的身价有所提升，但还远远无法与当时的文豪陆机相提并论。即便《三都赋》，陆云亦尚有微词："云谓兄作《二京》，必传无疑。久劝兄为耳。又思《三都》，世人已作，是语触类长之，能事可见。"[①]他认为陆机如作《二京》则"必传无疑"，而左思《三都》只是按类排比，敷衍成文，以此体现其所擅长。也就是说，《三都赋》不足为奇。

东晋时期，《三都赋》继续受到关注。葛洪《抱朴子·钧世》篇："《毛诗》者，华彩之辞也，然不及《上林》《羽猎》《二京》《三都》之汪濊博富也。"[②]他持今妍胜于古质的文学观，赞扬《三都赋》在文辞雕饰、事类富丽方面胜过《诗经》。又有《意林》引《抱朴子》曰："余尝问嵇生曰：'左太冲、张茂先可谓通人乎？'君道答曰：'通人者，圣人之次也，其间无所复容。'"[③]"通人"即学识渊博之人，葛洪以左思谓"通人"，或许也正是由于《三都赋》"汪濊博富"的缘故。此外，庾阐作《扬都赋》，庾亮吹捧其为"可三《二京》，四《三都》"[④]。孙绰亦极为推重《三都赋》，曾云"《三都》《二京》，五经之鼓吹"[⑤]，视其为宣扬五经义理而作。同时，左思《招隐诗》在东晋也被人自然吟诵，《世说新语·任诞》载："王子猷居山阴，夜大雪，眠觉，开室，命酌酒，四望皎然。因起仿偟。咏左思《招隐诗》……"[⑥]比较起来，左思在两晋受关注的程度远远不如陆机，又往往局限于《三都赋》《招隐诗》等作品。

南北朝时期，左思的文学成就逐渐受到重视。谢灵运首先慧眼

---

① 陆云著，刘运好校注整理《陆士龙文集校注》，凤凰出版社，2010年，第1082—1083页。

② 葛洪著，杨明照撰《抱朴子外篇校笺》，中华书局，1991年，第70页。

③ 马总编纂，王天海、王韧校释《意林校释》，中华书局，2014年，第475页。

④ 刘义庆撰，刘孝标注，杨勇校笺《世说新语校笺》，中华书局，2006年，第241页。

⑤ 刘义庆撰，刘孝标注，杨勇校笺《世说新语校笺》，中华书局，2006年，第243页。

⑥ 刘义庆撰，刘孝标注，杨勇校笺《世说新语校笺》，中华书局，2006年，第682页。

独具，最早给予左思很高的评价，他说："左太冲诗，潘安仁诗，古今难比。"[①]谢氏之评的意义在于为左思诗歌在后代的接受带来了第一缕曙光。其后江淹《杂体诗三十首》所拟左思题为"咏史"，抓住了左诗的主要艺术成就所在，为后来论者提供了进一步理解和接受的方向。

在《文心雕龙》中，刘勰对左思的评价褒贬互参。《明诗》曰"晋世群才，稍入轻绮，张、左、潘、陆，比肩诗衢"[②]，《诠赋》论"魏晋之赋首"共八家，亦包括左思，谓"太冲、安仁，策勋于鸿规"[③]，言左思赋之能承袭汉赋传统，在大赋创作上建立了功绩。又有《才略》曰："左思奇才，业深覃思，尽锐于《三都》，拔萃于《咏史》，无遗力矣。"[④]刘勰标出了左思在诗赋两方面最突出的成就，在把握左思主要艺术成就上非常敏锐，但体味"无遗力矣"云云，刘勰似乎觉得左思没有精力写其他作品了。即左思才力有限，《三都》《咏史》之外，别无其他可以称道之作。相比于陆机之才思极盛，自有高下之分。刘勰对左思之创作才能评价不高，于《神思》篇所言"左思练《都》以一纪：虽有巨文，亦思之缓也"[⑤]亦可窥见。此外，刘勰还两次批评左思的《七讽》，《指瑕》曰："左思《七讽》，说孝而不从，反道若斯，余不足观矣。"[⑥]《杂文》又曰："自桓麟《七说》以下，左思《七讽》以上，枝附影从，十有余家，或文丽而义暌，或理粹而辞驳。"[⑦]刘勰举魏晋文人作品之瑕凡为四类，左思论孝反道即是其中之一。左思《七讽》文已残佚，然由"枝附影从"之评可以推断，该作一味模拟，缺少独创，故为刘勰所指责。

左思在中古时期最高的评价来自钟嵘。在《诗品序》中，钟嵘将他和"三张""二陆""两潘"并称，认为他们"勃尔复兴，踵武前王，风流

---

① 钟嵘著，曹旭集注《诗品集注》，上海古籍出版社，2011 年，第 193 页。
② 周勋初《文心雕龙解析》，凤凰出版社，2015 年，第 117 页。
③ 周勋初《文心雕龙解析》，凤凰出版社，2015 年，第 149 页。
④ 周勋初《文心雕龙解析》，凤凰出版社，2015 年，第 761 页。
⑤ 周勋初《文心雕龙解析》，凤凰出版社，2015 年，第 449 页。
⑥ 周勋初《文心雕龙解析》，凤凰出版社，2015 年，第 639 页。
⑦ 周勋初《文心雕龙解析》，凤凰出版社，2015 年，第 223 页。

未沫，亦文章之中兴也"[1]，足以继建安之盛。接下去又称左思《咏史》和陆机《拟古》等为"五言之警策者也"[2]，"篇章之珠泽，文采之邓林"[3]。钟嵘置左思于上品十二诗人之列，评曰："其源出于公干。文典以怨，颇为清切，得讽谕之致。虽浅于陆机，而深于潘岳。"[4]他虽然认为左不及陆，但对左诗的渊源所自及艺术成就的看法无疑为后世评论开了端绪。在左思尚被忽视的时代，钟嵘在左思前期的接受和传播史上写下了浓墨重彩的一笔，为其日后地位的提升开通了重要的渠道。

唐代对左思的评价基本上还是保持南朝的态势，表现在两点：一是将其视为西晋较为重要的作家之一。如《周书·庾信传论》云："曹、王、陈、阮，负宏衍之思，挺栋干于邓林；潘、陆、张、左，擅侈丽之才，饰羽仪于凤穴。斯并高视当世，连衡孔门。"[5]张说《齐黄门侍郎卢思道碑》又云："晋有潘、陆、张、左、孙、郭……皆应世翰林之秀者也。"[6]令狐德棻、张说于西晋一朝选取"潘、陆、张、左"，这也是自刘勰、钟嵘以来的看法。又如李华《扬州功曹萧颖士文集序》引萧颖士之论云："左思诗赋有雅颂遗风，干宝著论近乎王化根源，此外皆复绝无闻焉。"[7]萧颖士对左思之诗赋两方面均有完整的把握，也许是受到刘勰"尽锐于《三都》，拔萃于《咏史》"的影响。

二是认为其地位不及陆机。如《晋书·文苑传序》曰："及金行纂极，文雅斯盛，张载擅铭山之美，陆机挺焚研之奇，潘夏连辉，颉颃名辈，并综采繁缛，杼轴清英，穷广内之青编，缉平台之丽曲，嘉声茂迹，陈诸别传。至于吉甫、太冲，江右之才杰；曹毗、庾阐，中兴之时秀。信乃金相玉润，林荟川冲，埒美前修，垂裕来叶。今撰其鸿笔之彦，著

① 钟嵘著，曹旭集注《诗品集注》，上海古籍出版社，2011年，第24—25页。

②③ 钟嵘著，曹旭集注《诗品集注》，上海古籍出版社，2011年，第459页。

④ 钟嵘著，曹旭集注《诗品集注》，上海古籍出版社，2011年，第193页。

⑤ 令狐德棻等《周书》，中华书局，1971年，第743页。

⑥ 张说著，熊飞校注《张说集校注》，中华书局，2013年，第1196页。

⑦ 萧颖士著，黄大宏、张晓芝校笺《萧颖士集校笺》，中华书局，2017年，第246页。

之《文苑》……”[①]陆机因“综采繁缛”“嘉声茂迹”而可“陈诸别传”，左思则只是汇入《文苑传》诸人之一，寓有轻重之别。又如骆宾王《和学士闺情诗启》云：“河朔词人，王、刘为称首；洛阳才子，潘、左为先觉。若乃子建之牢笼群彦，士衡之籍甚当时，并文苑之羽仪，诗人之龟镜。”[②]骆宾王潘、左并称与谢灵运同一轨辙，但显然更推崇曹植和陆机的成就。此外，皎然《诗式》亦有援引左思诗歌于前两格：《咏史》“被褐出阊阖，……濯足万里流”，“吾希段干木，……谈笑却秦军”为第一格[③]；至于第二格，则有《招隐诗》“白云停阴冈，……纤鳞或浮沉”，“峭蒨青葱间，竹柏得其真”[④]，以及《咏史》“习习笼中鸟，……抱影守空庐”[⑤]三首。所举左思诗例集中在《咏史》与《招隐》，可以说是承续六朝而来，且篇目亦不及所举陆机丰富，可知虽然皎然对左思评价较高，但仍更为欣赏陆机。

宋代对左、陆的评价逐渐集中到了两个具体而鲜明的问题上。一是认为陆机语言开雕琢风气之先，致使诗人本该秉持的以言志为主的旨趣消失殆尽，张戒论曰：“潘、陆以后，专意咏物，雕镌刻镂之工日以增，而诗人之本旨扫地尽矣。”[⑥]二是认为陆机气格卑弱，甚至提出左思足可取代陆机之地位。叶适论曰：“自魏至隋唐，曹植、陆机为文士之冠。植虽波澜阔而工不逮机，但植犹有汉余体，机则格卑气弱，虽杼轴自成，遂与古人隔绝，至使笔墨道废数百年，可叹也！”[⑦]叶适虽仍曹、陆并称，肯认陆机为“文士之冠”，但同时也指出陆作未能承汉，“格卑气弱”。其后严羽大概是首位对左、陆地位提出相异看法者，其云：“黄初之后，惟阮籍《咏怀》之作，极为高古，有建安风骨。晋

---

① 房玄龄等《晋书》，中华书局，1974年，第2369—2370页。

② 董诰等编《全唐文》，中华书局，1983年，第2001页。

③ 皎然著，李壮鹰校注《诗式校注》，人民出版社，2003年，第113页。

④ 皎然著，李壮鹰校注《诗式校注》，人民出版社，2003年，第148页。

⑤ 皎然著，李壮鹰校注《诗式校注》，人民出版社，2003年，第150页。

⑥ 张戒著，陈应鸾笺注《岁寒堂诗话笺注》，四川大学出版社，1990年，第33页。

⑦ 叶适撰，王廷洽整理《习学记言》，大象出版社，2019年，第58页。

人舍陶渊明、阮籍嗣宗外，惟左太冲高出一时，陆士衡独在诸公之下。”[①]他亦从气骨着眼，认为左思高于西晋诸家，而在唐代高居“百代文宗”的陆机，却“独在诸公之下”，可惜此论在宋代并未得到太多的回响。综上，关于左、陆两人的优劣评价，于宋代已零星可见转向的萌芽，然在数量与内涵上未能自成一格，需迟至明清才能见到普遍性的论说。

三、明清：左、陆优劣论的定型及其论题

明清两代除少数情况，如张溥、刘熙载等对陆机多有称美外[②]，焦竑、胡应麟、许学夷、冯复京、钟惺、谭元春、陈祚明、沈德潜、黄子云等多数诗论家对左思的评价高过陆机[③]。明清关于左、陆优劣之探讨角度相对宋代更为多元，大体可分为四个方面。

首先是对陆机《文赋》“诗缘情而绮靡”理论的批判。陆机缘情绮靡说强调诗中情与美并重的意义，反映出对诗歌特征之认识达到新的水准，并对中古诗歌的发展有极大影响。明代以前对此观点的看法基本以肯定为主，这从于頔“有唐吴兴开士释皎然。……极于缘情绮靡，故辞多芳泽；师古兴制，故律尚清壮”[④]，芮挺章“昔陆平原之论

---

① 严羽撰，普慧、孙尚勇、杨遇青评注《沧浪诗话》，中华书局，2014年，第111页。

② 张溥、刘熙载之论如下：张溥曰：“然冤结乱朝，文悬万载，吊魏武而老奸掩袂，赋豪士而骄王丧魄，辨亡怀宗国之忧，五等陈建侯之利，北海以后，一人而已。”（张溥著，殷孟伦注《汉魏六朝百三家集题辞注》，中华书局，2007年，第171页）刘熙载曰：“六代之文，丽才多而练才少。有练才焉，如陆士衡是也。盖其思既能入微，而才复足以笼钜，故其所作，皆杰然自树质干。”（刘熙载撰，袁津琥校注《艺概注稿》，中华书局，2009年，第90页）又曰：“士衡乐府，金石之音，风云之气，能令读者惊心动魄。虽子建诸乐府，且不得专美于前，他何论焉！”（《艺概注稿》，第247—248页）

③ 相关论述如焦竑《陶靖节先生集序》：“余观汉魏，以逮六朝，作者猬起，能道其中之所欲言者，阮步兵、左太冲、张景阳、陶靖节四人而已。”（焦竑撰，李剑雄点校《澹园集》，中华书局，1999年，第169页）成书倬《多岁堂古诗存》：“太康诗，二陆才不胜情，二潘才情俱减，情深而才大者，左太冲一人而已。”（周光培编《历代笔记小说集成・清代笔记小说》第47册，河北教育出版社，1996年，第283页）其余诗论家的相关主张将于下文逐步论及，此不赘言。

④ 董诰等编《全唐文》，中华书局，1983年，第5520页。

文曰：诗缘情而绮靡。是彩色相宜，烟霞交映，风流婉丽之谓也”[1]等论述中可以看出。然而明清诗论家却对其加以强烈抨击。胡应麟论曰：

> 《文赋》云：“诗缘情而绮靡”，六朝之诗所自出也，汉以前无有也；“赋体物而浏亮”，六朝之赋所自出也，汉以前无有也。
>
> 苏、李诸诗，和平简易，倾写肺肝，何有于绮靡？自绮靡言出，而徐、庾兆端矣。马、杨诸赋，古奥雄奇，聱涩牙颊，何有于浏亮？自浏亮体兴，而江、谢接迹矣。故吾尝以阮、左者，汉、魏之遗，而潘、陆者，六朝之首也，未可概以晋人也。[2]

胡应麟指出，在陆机“诗缘情而绮靡”理论的影响下，诗的语言由汉之“和平简易”“倾写肺肝”发展到六朝之“绮靡”，赋的语言由汉之“古奥雄奇”“聱涩牙颊”发展到六朝之“浏亮”，将六朝浮艳文风完全归罪于陆机。换言之，陆机处于转变汉魏之质朴，而开启六朝绮靡的关键点，六朝浮华之变本加厉，正是导源于陆机缘情绮靡的理论。与左思之保有汉魏遗风相较，自然高下立判。

冯复京亦否定缘情绮靡说，并以此推导出左、陆之地位：

> 陆士衡诗，其源实出陈思，但不得其神韵，而得其丽词。《文赋》云“诗缘情而绮靡”，正其一生膏肓之疾。……余篇多俳偶繁复，并绮靡而失之，潘张未肯北面，太冲当竞先鸣，故曰独在诸人之下也。[3]

冯氏视缘情绮靡观念为陆机不治之症，因而陆机虽源出于曹植，却不得其“神韵”，仅得其“丽词”。陆机作品除少数篇章可取外，其余皆“俳偶繁复”，并失于“绮靡”，故其文学地位不及潘岳、张协，更不如左思，“独在诸人之下”。要之，胡、冯二人皆就陆机缘情绮靡说之流弊

---

① 董诰等编《全唐文》，中华书局，1983 年，第 3619 页。

② 胡应麟《诗薮》，上海古籍出版社，1958 年，第 146 页。

③ 冯复京《冯复京诗话》，吴文治主编《明诗话全编》，江苏古籍出版社，1997 年，第 7206—7207 页。

进行探讨：前者以为陆机所言开了六朝浮艳文风，后者重在论述此说对陆机诗歌创作的不良影响，如此一来，皆认为陆不如左，也就可以理解了。

其次，在指责缘情绮靡说的基础上，明清人对左、陆诗歌的语言形式亦展现出异于前代的眼光，而这也正是他们评判两人的标准之一。陆诗"才高词赡，举体华美"[①]，在南朝人看来乃是优点，而对陆诗雕琢之不满，如前所论宋人张戒已经有所留意，然其仅言陆机有此端倪，重在阐释后继者之愈演愈烈，故非主要针对陆机而论。至于左思，钟嵘谓"浅于陆机"[②]，似对左思之不假修饰寓有不满，而唐宋两朝对左诗表现形式则几乎未曾着意。因此关于左、陆诗作语言特点的论述，宋代或可视为一个转变的开端，但需至明清方有更显著的发展，具体从胡应麟、许学夷、钟惺、谭元春等人言论中可清楚见得。胡应麟梳理五言古诗的发展流脉，于叙述中扬左抑陆：

> 古诗浩繁，作者至众。虽风格体裁，人以代异，支流原委，谱系具存。炎刘之制，远绍《国风》。曹魏之声，近沿枚、李。陈思而下，诸体毕备，门户渐开。阮籍、左思，尚存其质。陆机、潘岳，首播其华。[③]
>
> 晋宋之交，古今诗道升降之大限乎！魏承汉后，虽浸尚华靡，而淳朴余风，隐约尚在。步兵优柔冲远，足嗣西京，而浑噩顿殊。记室豪宕飞扬，欲追子建，而和平概乏。士衡、安仁一变，而俳偶愈工，淳朴愈散，汉道尽矣。[④]
>
> 士衡居晋，宜逊太冲。[⑤]

胡氏指出古诗繁多，风格各异，但内部传承"谱系"却环环相扣，线索井然：汉诗遥续《国风》，为五古最高典范。曹魏虽渐尚"华靡"，但淳

① 钟嵘著，曹旭集注《诗品集注》，上海古籍出版社，2011年，第162页。
② 钟嵘著，曹旭集注《诗品集注》，上海古籍出版社，2011年，第193页。
③ 胡应麟《诗薮》，上海古籍出版社，1958年，第23页。
④ 胡应麟《诗薮》，上海古籍出版社，1958年，第143页。
⑤ 胡应麟《诗薮》，上海古籍出版社，1958年，第154页。

朴之风尚有余存，曹植为这一时期的集大成者。晋宋之交是古今诗道之转折点，左思"尚存其质""豪宕飞扬"，而陆机"首播其华""俳偶愈工""淳朴愈散"以至于"汉道尽矣"。胡氏论诗持文学退化论的观点，强调"格以代降"，他认为左思有较浓厚的延续汉魏之性质，陆机则开启六朝诗风，因而"士衡居晋，宜逊太冲"，而此与前文他以左思为"汉魏之遗"、陆机为"六朝之首"的观察实相呼应。

至于许学夷之评，与上评的着意点相仿：

> 陆士衡、潘安仁、张景阳五言，其体渐入俳偶，而陆潘语并入雕刻，景阳亦间有之。左太冲虽略见俳偶，却有浑成之气。刘勰谓四子"采缛于正始，力柔于建安"，则似无分别。[①]
>
> 严沧浪云："左太冲高出一时，陆士衡独在诸公之下。"予尝为四家品第：太冲浑成独冠；士衡雕刻伤拙，而气格犹胜；景阳华彩俊逸，而气稍不及；安仁体制既亡，气格亦降，察其才力，实在士衡之下。[②]

许学夷所引刘勰之论见于《文心雕龙·明诗》："晋世群才，稍入轻绮，张、左、潘、陆，比肩诗衢，采缛于正始，力柔于建安；或析文以为妙，或流靡以自妍：此其大略也。"[③]大抵反映出太康时期诗歌的整体风格，并未就诸家诗风进行细致的辨识。在许氏看来，太康张、潘、左、陆诸子才力气格各有特点，高下不同，左思居首，陆机次之。左思居首是因为"浑成独冠"，"太冲诗浑朴，与靖节略相类"[④]，特别是："太冲如'长啸激清风，志若无东吴。铅刀贵一割，梦想骋良图。''寂寂杨子宅，门无卿相舆。寥寥空宇内，所讲在玄虚。''习习笼中鸟，举翮触四隅。落落穷巷士，抱影守空庐'等句，皆淳朴浑成者。"[⑤]陆机第二则是因为"雕刻伤拙"："至如'回渠绕曲陌，通波扶直阡。''目感随气草，耳

① 许学夷著，杜维沫校点《诗源辩体》，人民文学出版社，1987年，第92页。
② 许学夷著，杜维沫校点《诗源辩体》，人民文学出版社，1987年，第93页。
③ 周勋初《文心雕龙解析》，凤凰出版社，2015年，第117页。
④ 许学夷著，杜维沫校点《诗源辩体》，人民文学出版社，1987年，第99页。
⑤ 许学夷著，杜维沫校点《诗源辩体》，人民文学出版社，1987年，第91页。

悲咏时禽。''乐会良自古,悼别岂独今。''年往迅劲矢,时来亮急弦。'‘盛门无再入,衰房莫苦开’等句,则伤于拙矣。工则易伤于拙耳。”[1]雕刻过多反使陆机的诗歌时露“拙”迹,而这也就成了明清人批评陆诗的立足点之一。

同样着眼于诗歌形式,钟惺、谭元春又提出不同于胡应麟、许学夷的关注面,而另有值得驻足处:

> 二陆才名,千古一词。然手重不能运,语滞不能清。腹之所有,不暇再择;韵之所遇,不能少变。大陆一生笔墨,只留得“民动如烟”四字;小陆佳处只“天地则尔,户庭已悠”二语耳。[2]
>
> 陆潘之病,在情为辞没而不能自出。[3]
>
> 太冲笔舌灵动远出潘、陆上。[4]

钟、谭评二陆“手重不能运,语滞不能清”,此亦与陆诗繁辞重采、大肆雕琢有关。由于过分注重雕琢,难免给诗歌之清通流畅带来“手重”“语滞”之感,也往往导致真情实感为繁辞所淹没,即“情为辞没”。在钟、谭看来,陆机一生之中,甚至只有“民动如烟”四字稍佳,表现出对陆诗之极度不以为然。较之左思“笔舌灵动”,以性灵为主,自然不可同日而语。故此,钟、谭亦不甚欣赏陆机,而对左思评价颇高,且相较于胡应麟和许学夷,钟、谭所论已由“俳偶”“雕刻”等具体语言形式面的关怀上升到对诗歌整体风格的评价。透过对以上诸家诗评的观察,可以看出这一时期左、陆优劣的升降,和对两人表现形式的评价有密切关系。

再次,文辞过繁,必然又要累及文骨,于是明清论家亦以风骨问题作为标准评论左、陆高下。如安磐云“若以风骨气格言之,(士衡)

---

① 许学夷著,杜维洙校点《诗源辩体》,人民文学出版社,1987年,第89页。

② 钟惺、谭元春选评,张国光、张业茂、曾大兴点校《诗归》,湖北人民出版社,1985年,第150—151页。

③④ 钟惺、谭元春选评,张国光、张业茂、曾大兴点校《诗归》,湖北人民出版社,1985年,第153页。

是诚在曹、刘、二张、左、阮之下也”[①]，胡应麟云“平原气骨远非太冲比”[②]，两者均认为左思在气骨上胜过陆机，这基本继承了严羽的说法，惜未作进一步探讨。至冯复京上承诸人之说，对左、陆气骨有更细密的分析。其论陆机曰：

> 士衡情苦悋繁，下笔芜杂，古人已病之。如云“沉欢滞不起”，曰沉曰滞曰不起，赘之甚矣。况下句又云“欢况（沉）难克兴”耶！“离鸟悲旧林”，又继以“思鸟有悲音”。“岐路良可遵”，又继以“将遂殊途轨”。“振策陟崇丘”，又继以“倚辔登高岩，倏忽几何间”。“朝徂衔思往，偏栖独只翼”一句中，“倏忽几何徂往偏独”赘用。《罗敷歌》“清川清尘清湍清响”交错，文体益芜，大致则才藻有余，骨气不足。[③]

冯复京大量列举陆机《为顾彦先赠妇》《赠从兄弟骑》《长安有狭邪行》《赴洛道中作》《长歌行》《拟青青河畔草》《日出东南隅行》等篇，力求详尽阐发陆诗文繁骨弱的弊病。其论不无道理，如《为顾彦先赠妇》（其一）中以“沉欢滞不起”“欢沉难克兴”[④]反复渲染忧思难忘、心烦意乱的复杂情绪，流于堆砌芜杂，平弱乏力；《赠从兄弟骑》“离鸟悲旧林”“思鸟有悲音”[⑤]，显得重复拖沓，故“风骨稍劣”[⑥]。冯氏所评与安磐、胡应麟的观点相通，不同之处在于安、胡是由诗歌的整体风格来谈，而冯氏则能结合具体诗句，将对陆诗的观察说得更为精细。与此相对，冯复京虽未明确标举出左诗“风骨”“风力”等词汇，然其所绘之

① 安磐《颐山诗话》，《景印文渊阁四库全书》第1482册，台湾商务印书馆，1983年，第462页。

② 胡应麟《诗薮》，上海古籍出版社，1958年，第145页。

③ 冯复京《冯复京诗话》，吴文治主编《明诗话全编》，江苏古籍出版社，1997年，第7207页。

④ 陆机著，刘运好校注整理《陆士衡文集校注》，凤凰出版社，2007年，第421—422页。

⑤ 陆机著，刘运好校注整理《陆士衡文集校注》，凤凰出版社，2007年，第385页。

⑥ 钟惺评语，见卢之颐辑《十二家评梁昭明文选》，转引自《陆机诗全集》，崇文书局，2022年，第87页。

《咏史》精神特质，却可视为冯氏眼中骨力的具体展现：

> 予每谓太冲《咏史》，直写胸怀，自辟境界，磊砢傲兀之气，凄切感慨之音，以拟古诗，虽发扬蹈厉，少伤和平，读之能使志士伸眉，才人扼掔，抗逸志于云表，荣人爵于鼠嚇，千秋绝调，固宜客儿嗟其难，此士衡汩汩一生，岂能作此八篇。[1]

他赞赏左思《咏史》“直写胸怀”，将郁积于胸的“磊砢傲兀之气”倾泻而出，慷慨有力，虽因意气昂扬而稍欠中和雅致之感，却能激发读者情感共鸣，肯定了《咏史》“读之能使志士伸眉，才人扼掔”的强烈感染力。实际观察诗作，如“世胄蹑高位，英俊沉下僚”[2]，“功成耻受赏，高节卓不群”[3]等，纵横豪放的气势展露无遗。冯氏认为即使陆机一生文思勃发，也难以创作出如此八篇佳构，则左、陆优劣，在冯氏笔下判然明矣。

此外还可留意的是，相对于前人之评多局限于一隅，冯复京还看到了左诗的多面向：

> “振衣千仞冈，濯足万里流。非必丝与竹，山水有清音。”直有纤芥宇宙，泥涂轩冕之意。“峭蒨青葱间，竹柏得其真。明月出云崖，皎皎流素光。”神襟高趣，天然写出，每读此公诗，眉宇间如有生色飞动。《娇女》诗稍质直，殊得娇痴之态。晋代诗人左为第一。[4]

《咏史》慷慨悲愤、气势雄迈，《招隐》情调闲逸、境界高远，《娇女》语言质朴却写出二女娇憨姿态和纯真天性，题材多样而一气贯注，冯复京因而得出结论：左思稳坐晋代文学的头把交椅。如冯氏这般对左诗做相对全面的考察，尤能反映明清人对左思的强烈兴趣。

---

① 冯复京《冯复京诗话》，吴文治主编《明诗话全编》，江苏古籍出版社，1997 年，第 7208 页。

②③ 逯钦立辑校《先秦汉魏晋南北朝诗》，中华书局，2017 年，第 733 页。

④ 冯复京《冯复京诗话》，吴文治主编《明诗话全编》，江苏古籍出版社，1997 年，第 7209 页。

至于沈德潜之评，亦与冯复京有同样的精神意旨：

士衡旧推大家，然通赡自足，而绚綵无力[①]。

太冲拔出于众流之中，丰骨峻上，尽掩诸家。钟记室季孟于潘陆之间，非笃论也。[②]

钟嵘评左诗，谓野于陆机，而深于潘岳。此不知太冲者也。太冲胸次高旷，而笔力又复雄迈。陶冶汉魏，自制伟词，故是一代作手。岂潘、陆辈所能比埒。[③]

沈德潜责贬陆诗，像冯复京一样，主要是认为陆机文采有余而气骨羸弱。同时，他指出钟嵘对左思、陆机等人品评不当。左思"丰骨峻上"，应凌驾于其他诸家之上，对左诗骨力的推崇溢于言表。在沈氏看来，左思这种"丰骨"与其"胸次高旷"及"笔力雄迈"都有关系。关于"胸次高旷"，或可参章培恒先生的说法："《咏史诗》感人之处，主要却并不在于它对现实政治的批判（诗歌在这方面的作用总受到限制），而在于当作者意识到自己不能得到社会的合理对待时，并不陷于沮丧自怜，却以精神性的自我提升，表现出与社会的压迫相对抗的姿态，从而使诗中贯注了一种豪迈激昂的情绪。"[④]《咏史》八首内容上所表现的对权贵的蔑视与抗争，对个人尊严的高度重视、对功名富贵的极度鄙弃等，都蕴含着开阔的气度，俱可展现诗人博大的胸襟，慷慨激昂；至于"笔力雄迈"，则指表达上的壮言抒发，气势挺拔。沈氏在论及左诗气骨时，同时伴有"胸次"与"笔力"两方面的质素于其中，正是这种高远旷达的胸怀和劲挺矫健的笔调，使左思得以荣膺"一代作手"之称，远胜潘、陆等同辈作家。由上可知，在冯、沈等明清论家眼中，陆机所以不及左思，主要症结之一在于风骨表现不尽理想。

最后还可留意者，是对两人拟古与开新的思考。陆机拟古曾"名

① 沈德潜撰，王宏林笺注《说诗晬语笺注》，人民文学出版社，2013 年，第 122 页。

② 沈德潜选，闻旭初标点《古诗源·例言》，中华书局，2017 年，第 1 页。

③ 沈德潜选，闻旭初标点《古诗源》，中华书局，2017 年，第 137 页。

④ 章培恒、骆玉明主编《中国文学史新著》，复旦大学出版社，2013 年，第 304 页。

重当世”[①]，钟嵘将陆机拟古与左思《咏史》等量齐观，已在前文分析钟嵘评左思时提及。萧统《文选》选录陆机拟古十二首，左思《咏史》八首，也可见对两者的推崇。两者并称在南朝乃常态之表现，明清论家则有异于前朝的观点，并由此对左、陆进行比较。首先可观陈祚明之论：

> 士衡诗束身奉古，亦步亦趋。在法必安，选言亦雅，思无越畔，语无溢幅。造情既浅，抒响不高。拟古乐府稍见萧森，追步《十九首》便伤平浅。至于述志赠答，皆不及情。夫破亡之余，辞家远宦，若以流离为感，则悲有千条；倘怀甄录之欣，亦幸逢一旦。哀乐两柄，易得淋漓。乃敷旨浅庸，性情不出，岂余生之遭难，畏出口以招尤？……大较衷情本浅，乏于激昂者矣。[②]
>
> 陆士衡诗如都邑近郊良家村妇，约黄束素，并仿长安大家，妆饰既无新裁，举止亦多详稳。[③]
>
> 太冲一代伟人，胸次浩落洒然，流咏似孟德，而加以流丽；仿子建，而独能简贵。（按，此处标点当为：胸次浩落，洒然流咏。似孟德而加以流丽，仿子建而独能简贵。）创成一体，垂式千秋。……钟嵘以为“野于陆机”，悲哉！彼安知太冲之陶乎汉魏，化乎矩度哉？[④]

陈祚明认为陆机既体验过客居游宦之孤独，亦感受过幸逢一旦的欣喜。至哀与至乐两种感情，本应在他的诗中得到淋漓尽致的展现。但其创作步骤前人，过于固守法度，思想上没有新创，语言上蹈袭陈言，其结果便是“造情既浅，抒响不高”。故陆氏拟古乐府虽有萧索之气，拟古诗则显平浅，至于其他述志赠答众作，亦不能感人至深。对于陆诗之辞旨平浅、性情不出，陈祚明推测原因有二：一是现实原

① 李重华《贞一斋诗说》，丁福保辑《清诗话》，上海古籍出版社，2015 年，第 970 页。

②③ 陈祚明评选，李金松点校《采菽堂古诗选》，上海古籍出版社，2019 年，第 300 页。

④ 陈祚明评选，李金松点校《采菽堂古诗选》，上海古籍出版社，2019 年，第 351 页。

因，担心因言获罪；二是性格方面，内心情感浅薄，缺乏激情澎湃的力量。在陈氏眼中，陆诗被看作村妇效仿“长安大家”，文字上或有“详稳”之处，内涵上终乏“新裁”之意。在贬抑陆机的同时，陈祚明对左思颇为称述：“似孟德而加以流丽，仿子建而独能简贵”，既指出了左诗继承建安的一面，又强调其“流丽”“简贵”的独特之处。包括《咏史》《招隐》《娇女》等在内的左思整体诗作于晋代诗坛取得了开创性成就，遂谓“创成一体，垂式千秋”。在陈祚明的诗学理念中，陆机困于模拟，左思贵在创新，则陆机在左、陆优劣论中处于下风显而易见。

黄子云诗论标准与陈祚明同，也是提倡左、优陆劣的重要人物：

> 至（陆机）五言乐府，……且踵前人步伐，不能流露性情，均无足观。当日偶为茂先一语之褒，故得名驰江左。昭明喜平调，又多采录。后因沿袭而不觉，实晋诗中之下乘也。[①]
>
> 太冲祖述汉、魏，而修词造句，全不沿袭一字，落落写来，自成大家，视潘、陆诸人，何足数哉？[②]

黄子云同样指出陆机乐府一意奉古，如此必然束缚性情的表达，因此“均无足观”。张华之褒扬、《文选》之采录，为陆诗流布提供了极大便利，但在黄氏看来，陆诗实际成就在晋诗中仅属下乘。而黄氏对左思之评正可与陆机作一对照，其论左思短短两句话，包含三层意思。首先是左诗与前代文学的承继关系——“祖述汉魏”。其次是左诗的创新，即“修词造句，全不沿袭一句”。再次是左诗的艺术地位，所谓：“自成大家，视潘、陆诸人，何足数哉？”换言之，黄子云同陈祚明一样，认为左诗拓展性的贡献是其得以超越潘、陆的重要原因。该评若实际对照左诗创作，便可了然，此处或可扼要以咏荆轲之作为例：汉魏以来，出现了以荆轲事迹为题材的诗作，如阮瑀《咏史诗》其二“燕丹

① 黄子云《野鸿诗的》，丁福保辑《清诗话》，上海古籍出版社，2015 年，第 895—896 页。

② 黄子云《野鸿诗的》，丁福保辑《清诗话》，上海古籍出版社，2015 年，第 896 页。

养男士”[1]。左思《咏史》其六“荆轲饮燕市”[2]一诗显然有受阮诗影响的痕迹，但写法上却有很大不同，具体表现有二：一是不重史实的发展过程，而突出气概。阮诗铺叙了荆轲刺秦王的悲剧过程：身为上宾，易水送别，长驱入秦，图穷匕见等，左诗宕开一笔，仅摄取了燕市酣饮、旁若无人的片段，表现的是荆轲慷慨高歌、睥睨四海的豪气而非刺秦王的事迹，以此发掘历史人物的普遍意义。二是借咏史以咏怀。阮诗或有所寄托，但全篇无明显咏叹之句，诗人情志在诗中没有直接体现。而左诗仅用前四句叙写史事，后八句纯以议论出之，将咏史与咏自我人生志趣熔为一炉，“特借史事以咏己之怀抱也”[3]。简而言之，在承续汉魏中更能自创一格，当是黄氏大美左思之因。可见，陈祚明与黄子云所不满陆机的，都在于陆的模拟；其所称赏左思的，皆是左的创新。也正因为如此，两人都表现出明显的抑陆扬左倾向。

总括上述的分析，明清人或点出陆机“缘情绮靡”理论之弊端，或探讨左、陆诗歌的语言形式，或比较两人作品的风骨气格，或于批判陆机陷入一味模仿的泥淖之际，称扬左思对文学创作的革新，虽然四个主题关注重心有别，然皆共同大量展现出对陆机之贬抑和对左思之肯定。相较于前朝，仅严羽对左、陆地位提出省思，整体而言，明清人不仅评论数量超过前代，且观照面向更为多元，内涵更为丰富。

余论

左、陆褒贬异辙何以在明清方有较普遍的表现？当与历史积累的影响以及明清的时代背景有关。古文运动在宋代取得完全胜利，

---

① 阮瑀全诗：“燕丹养男士，荆轲为上宾。图尽擢匕首，长驱西入秦。素车驾白马，相送易水津。渐离击筑歌，悲声感路人。举坐同咨嗟，叹气若青云。”见夏传才主编，林家骊校注《阮瑀应玚刘桢合集校注》，河北教育出版社，2013 年，第 11—12 页。

② 左思全诗：“荆轲饮燕市，酒酣气益震。哀歌和渐离，谓若傍无人。虽无壮士节，与世亦殊伦。高眄邈四海，豪右何足陈。贵者虽自贵，视之若埃尘。贱者虽自贱，重之若千钧。”见逯钦立辑校《先秦汉魏晋南北朝诗》，中华书局，2017 年，第 733 页。

③ 张玉谷著，许逸民点校《古诗赏析》，中华书局，2017 年，第 272 页。

摒弃浮华、不尚雕琢的文风无疑对左、陆评价转向有极大的影响[①]，严羽之论即是一例，而明清论家又沿袭了严羽的立场。另一方面，这与明清诗评家本人或所在流派的主张密切相关。举例而言，弘治、正德以后，明代诗文大致可分为复古与反复古两大流派。前后“七子”企图以复古振衰救弊，模拟古人之风，笼罩文坛近百年。至明后期，作为对复古派拟古的反思，公安、竟陵等派登上文坛。降至清代，格调派、肌理派、性灵派相继出现，复古与革新两大潮流此起彼伏，则可以推断明清诗论家对左、陆拟古与开新的关注中诚带有反思时风之意味。

此外，值得注意的是：明清人的态度，也为现代乃至今日的左、陆优劣论奠定了总体基调与具体框架。现代陆侃如、冯沅君、郑振铎、刘大杰等论者都持有左优于陆的态度，陆侃如、冯沅君云：“然而三张、二陆、两潘的作品实在没有很高的价值，只有左思还比较值得我们研究”[②]郑振铎认为：“太康之诗，大都辞有余而意不足，文深而情浅，乏劲苍之力，而多藻饰之功。即陆机、潘岳也都不免此讥。独思之作，辞意并茂，肉骨皆隽，情固高旷不群，力亦健俊莫追。太康之际，实罕其俦。‘一代作手’之称，诚当舍潘、陆、张、傅而推思。”[③]刘大杰也有类似看法：“在这个偏重辞藻注意雕饰的空气里，只有左思一人，独标异帜，出现于当日的诗坛，有卓然不群之概。”[④]当代袁行霈、葛晓音等学者亦认为左思的创作高于陆机，这从“左思是西晋最有成就的诗人”[⑤]，“陆诗内容肤浅、感情浮泛”[⑥]，“（左思）成为西晋成就最

---

① 王运熙《陆机、陶潜评价的历史变迁》：“而在宋代古文运动取得胜利、古文代替骈文取得主导地位以后，陆机作品的评价便明显下降。”载《东方丛刊》2008年第2辑，广西师范大学出版社，第156页。

② 陆侃如、冯沅君《中国诗史》，山东大学出版社，1996年，第286页。

③ 郑振铎《插图本中国文学史》，中华书局，2016年，第165页。

④ 刘大杰《中国文学发展史》，商务印书馆，2015年，第252页。

⑤ 袁行霈编著《中国文学史纲：魏晋南北朝 隋唐五代文学》，北京大学出版社，2016年，第31页。

⑥ 葛晓音《八代诗史》，中华书局，2012年，第108页。

高的诗人”[①]等评语中即可看出。由此可见，明清人对左、陆优劣的阐释，有其独特的学术价值，产生之影响不可谓不深远。

（华东师范大学国际汉语文化学院/国家语委研究型基地全球中文发展研究中心）

① 葛晓音《八代诗史》，中华书局，2012年，第118页。

性空与本体：佛教“法性空无”本体诗学论*

刘运好

内容摘要：佛教中观学派为了弥合一切有部“我空法有”的理论悖论，提出“法性空无”的核心范畴。然而，中观学派既说“空是缘起”，不能“派生万物”；又说“空无实体”，“才能缘起”生相，又产生了一个新的悖论性理论命题。在这种情况下，中国佛教引入中庸的思维方式，汲取庄子哲学的理论内核，融贯大小乘学说，对中观理论进行二度阐释，力图弥合其理论裂痕。从诗学上考察，中观学派的理论悖论和中国佛教的二度阐释，恰恰具有不同的本体诗学意义。如果以性空与本体的哲学意蕴为基点，辨析中观学派“法性空无”的理论悖论，论述中国佛教对“法性空无”的二度阐释，则可以揭示中观学派的理论悖论以及中国佛教二度阐释所蕴含的本体诗学意义。

关键词：中观思想；法性空无；实相；本体；本体诗学

* 本文为国家社科基金重点项目“汉魏六朝佛教诗学研究”（项目批号：18AZW006）系列成果。

Emptiness of Nature and Ontology: An Ontological Poetics On "Dharma-Nature as Empty and Nonexistent"

Liu Yunhao

Abstract: The Madhyamaka school of Buddhism proposed the core concept of "dharma-nature as empty and nonexistent" to resolve the theoretical paradox of the Sarvāstivāda doctrine, which asserts that the self is empty while dharmas exist. However, the Madhyamaka school simultaneously claims that "emptiness arises from dependent origination" and thus cannot "generate all phenomena", while also asserting that "emptiness lacks substantiality" and therefore enables the arising of phenomena. This results in a new theoretical paradox. In response, Chinese Buddhism incorporated a mode of thinking influenced by the Doctrine of the Mean, drawing on the philosophical essence of Zhuangzi while integrating both Mahāyāna and Hīnayāna teachings. Through a secondary interpretation of Madhyamaka thought, Chinese Buddhism sought to reconcile its internal theoretical inconsistencies. From a poetics perspective, the paradoxes within Madhyamaka theory and the secondary interpretation by Chinese Buddhism each possess distinct ontological poetic significance. By examining the philosophical implications of the relationship between the emptiness of nature and ontology, analyzing the theoretical paradoxes of "dharma-nature as empty and nonexistent" within Madhyamaka thought, and discussing the secondary interpretation offered by Chinese Buddhism, it becomes possible to reveal the ontological poetic significance embedded in both the paradoxes of Madhyamaka and their subsequent reinterpretation.

Keywords: Madhyamaka thought; dharma-nature as empty and nonexistent; reality; ontology; ontological poetics

佛教的“法性”论，既属于本体论范畴，也属于认识论的范畴。因为作为本体的“法性”，包括物质现象之自性和共性与精神现象之自性和共性的两个方面。法性之有无，是佛教争论最为激烈的理论命题。

“法性空无”是佛教中观学派的核心范畴。这一范畴乃是为了弥合一切有部“我空法有”的理论悖论而发。所谓“我空法有”，即“我”为空无，“法”是实有。“我空”，是说我的肉身乃由五蕴和合而成，故无常无性。然而“我”，并非专指肉身，也包括精神；“法”，既包括“色法”即一切有形的物质，也包括“心法”即一切无形的精神。这就存在着一个悖论：如果从精神现象上说“我空”，就否定了“心法”的存在。“心法”既不存在，“法有”就不能成立。从这一点上说，我空与法有就是一对悖论的理论命题。这种悖论在一切有部的核心理论“五位七十五法”中，表现尤为显著。于是中观学派起而驳斥之。

中观学派否定一切“实有”，提出人法二空——我空法空，既空诸心，亦空诸相。然而，中观学派既说“空是缘起”，不能“派生万物”；又说“空无实体”，“才能缘起”生相，这又产生了一个新的悖论性理论命题。在这种情况下，中国佛教引入中庸的思维方式，汲取庄子哲学的理论内核，融贯大小乘学说，对中观理论进行二度阐释，力图弥合其理论裂痕。非常有趣的是，从诗学上考察，中观学派的理论悖论和中国佛教的二度阐释，恰恰蕴涵不同的本体诗学意义。所以本文围绕性空与本体的哲学意蕴，辨析中观学派“法性空无”的理论悖论，论述中国佛教对“法性空无”的二度阐释，然后分别论述其理论悖论及二度阐释所蕴含的本体诗学。

一、“法性空无”的理论悖论

“法性空无”是对早期部派佛教说一切有部的反动。一切有部后起者毗婆沙师的理论核心是“三世实有，法体恒有”（《俱舍论·分别随眠品》）。问题在于：从本体哲学上说，一切有部“我空法有”之“法有”和中观学派“我空法空”之“法空”，如此对立的理论命题是何以产生的？“法有”论存在着理论悖论，“法空”论是否能自圆其说？这正是我们所要讨论的问题。

（一）一切有部理论内涵及其悖论

中观“法性空无”论乃由一切有部的理论悖论所引出。立人在翻译舍尔巴茨基《大乘佛教·毗婆沙师》时，增加一条注释，概括一切有部的理论特点：“有部认为世间一切存在元素包括构成有情生命的一切元素是确定数量的，共有五大类七十五种，即五位七十五法。所有这些元素是实在的存在，其实在性的依据在于它的自身本质（自性）。《阿毗昙心论》有一关系有部哲学基础的根本颂：‘诸法离他性，各自住己性，故说一切法，自性之所摄。’”[①]承认构成有情生命的一切元素是“实在的”，“自性”是统摄一切法的依据，对于“法有”是没有问题的，然而对“我”的实在性的变相承认，逻辑上就是对“我空”的潜在否定。

先说一切有部“五位七十五法”的悖论。一切有部把世界的一切物质现象和精神现象分为两大类：有为法和无为法。由因缘和合而产生的生灭变化的现象称“有为法”，其中色法十一种，心法一种，心所有法四十六种，心不相应法十四种；非由因缘和合而产生的无生灭变化的现象称“无为法”，其中只有虚空无为法、择灭无为法、非择灭无为法三种。共五位七十五法。这五位七十五法的存在都是以有情生命的存在为前提。一旦“我空”，也就抽去了“法有”的存在前提。再说《阿毗昙心论》“根本颂”的悖论。其颂的意思是，一切现象，就其每一个自相而言，都有独立自性的存在，这种自性统摄一切现象（诸法）。这个“一切现象”自然包括有情生命的“我”，也为“自性之所摄”。一旦“我空”，自性所摄就失去了对象。如果说这种悖论乃是出自我们的解读，或许存在着主观性，那么下文所论涉及的悖论性则完

① 舍尔巴茨基著，立人译《大乘佛学：佛教的涅槃概念》，中国社会科学出版社，1994年，第64页。

全是一种客观存在。

一切有部所说的“有”，也就是存在。“存在据说有两种性质：或是短暂而逝的现象的，或是永恒不灭的绝对的。这两种存在又被进一步分析为构成元素，分解为物质的、精神的以及力[①]的元素。它们构成了现象的这部份；而在永久不灭的存在那边，则有虚空和涅槃。”“这就导致了两组元素的建立，其中一组代表了构成元素的永远持续的本性（dharma-svbhāva，法性或法自性），而另一组则代表着实际生活中的元素刹那性现象（dharma-lakṣaṇa，法相或法自相）。”[②]构成物质的“刹那性现象”（法相或法自相）是短暂易逝的，是“空”；构成“永远持续的本性”（法性或法自性）是永恒不灭的，是“有”。在存在论上，经量部在否定“三世”实有的同时，也就否定了永久不变的本质与短暂而逝的现象。“他们承认的，只是这些现象的实在性。涅槃是这些现象的绝对终点，是情欲与生命的终结。这种终结没有任何肯定的对应物。”[③]也就是说，毗婆沙师坚持“现象与本体”的二元存在论，经量部则坚持“涅槃”唯一的一元存在论。毗婆沙师虽然坚持二元存在论，但是却又只坚持虚空和涅槃是“永恒不灭的绝对的”，于是“我空法有”又成为争论中所得出的共识。这种理论存在着一个难以自圆其说的悖论。因为在“法”—“有”—“存在”的这一理论链条中，始终包括物质和精神两个方面，任何肯定或否定也应同时包括这两个方面，不可能否定一面又肯定一面。

不唯一切有部如此，佛教关于“性”的论述也缺少一种严密逻辑。舍尔巴茨基概括了佛教这种悖论所造成的困扰：

> 就我们对佛陀哲学立场的了解，他似乎很为这一矛

---

① 按：力，梵语 bala，音译波罗，有机能、能力之意。一般指通过修行所获得的意志力及不可思议的能力。包括我功德力、如来加持力、法界力（自心所具有的佛性）；慧眼力、法眼力、化导力，以及佛威力、三昧力、行者本愿功德力，等等。

② 舍尔巴茨基著，立人译《大乘佛学：佛教的涅槃概念》，中国社会科学出版社，1994年，第64、65页。

③ 舍尔巴茨基著，立人译《大乘佛学：佛教的涅槃概念》，中国社会科学出版社，1994年，第70页。

盾所困扰过：一方面假设了一种永恒的、纯净的，因为不可说明的原因而必然为现世的尘垢染污的精神原理；另一面这种原理后来又要复归于它原初的本然清净。因而，这使他走向了对任何永恒原理的否认。除了虚空（空间）和断灭，对他来说，唯一终极性的实在便是分析为无限过程中的刹那生灭的构成元素（dharmas，法）的物质和精神（色与心）。①

本来，佛教预设了一个精神原理：本然的人性是永恒、清净的，却为尘垢所染污，追求复归于本然清净之性是佛教重要人生目标。然而，佛教既肯定虚空和断灭，又否定任何永恒原理的存在；既将世界的存在"分析为无限过程中的刹那生灭"，又将色与心的"刹那生灭的构成元素（法）"作为"唯一终极性的实在"。也就是说，佛教的理论阐释始终在"空无"与"实在"的悖论两极上摆动。

（二）中观学派理论折衷及其悖论

一切有部所存在的理论悖论、法性自身所存在的矛盾两极，都呼唤一种新的理论的诞生。于是，中观学派起而驳斥一切有部的理论，试图寻求一种理论的折衷，以弥合这种悖论。然而，中观学派在弥合旧的理论悖论的同时，又产生了新的理论悖论。

舍尔巴茨基将"虚空与断灭"作为佛教的核心范畴。龙树《中论》也正是以空、空性为核心，试图在彻底否定一切实体性存在的理论中寻求一种折衷，使佛教理论获得统一。《中论》卷三曰："诸法实相者，心行言语断；无生亦无灭，寂灭如涅槃。"又论断："一切法性，空寂灭相。"②从概念内涵上说，"空性"和"实相"相同。龙树是说，诸法实相，心行处灭——不可思虑；言语道断——不可言说。其特点是没有生灭之相，寂灭犹如涅槃。"空寂灭相"，既是法性的特点，也是实相的

---

① 舍尔巴茨基著，立人译《大乘佛学：佛教的涅槃概念》，中国社会科学出版社，1994年，第4页。

② 龙树著，鸠摩罗什译《中论》卷三，《大正藏》第30册，第24、25页。

特点。寻绎要点,可注意者有四:第一,“众因缘生法”,揭示一切现象的产生必须依凭一定的条件,毕竟有一定的生成缘由,是即“缘起”。从哲学认识论上说,这一教义是符合认识论原理。第二,“我说即是无”,因为一切现象皆缘起而生,必然空无自性,是即“性空”。从心理现象论上说,这一教义又符合心理学原理。第三,“以有空义故,一切法得成”,因为“性空”,才能产生一切现象,如若心性不空,就不可能有“缘起”之相的生成。从现象生成上说,这一教义也符合生成论原理。第四,中观反对“不知佛意,但著文字”,闻说“毕竟空”,“即生疑见”。也就是说,中观既反对因言说空,离开中道而将“毕竟空”作种种狭隘的理解。从语言功能上说,这一教义亦符合语言学原理。唯因如此,中观学派的理论态度虽比较激进,却仍然以佛教的基本教义为出发点,成为建构大乘佛教哲学和辩证思辨的基础。

大乘中观学派是以龙树《中论》为理论基础。《中论》体裁是“颂”,分为二十七品。“它将我们日常生活中的因果观以及所有实在论见解斥为荒谬,从而直接建立了中观派的一元论(advaita,不二说)。”[①]所以,《观因缘品》第一即以“八不”——不生不灭、不常不断、不一不异、不来不出,描述一切现象,强调一切万法皆是因缘所生,毕竟空无所有,故无自性。然而,非常有意思的是,中观学派的理论在论述“空”与缘起之“相”的关系时,又产生了一个新的悖论性命题。如上文所论涉及的《中论》卷四两颂:

> 众因缘生法,我说即是无。亦为是假名,亦是中道义。
>
> 以有空义故,一切法得成;若无空义者,一切则不成。[②]

比较上述两颂,意义似乎有所不同。前一颂云,众生因缘和合而生,所以是“空”(“无”),所说的“空”也是假名,说空而离空,才是“中道”;后一颂云,因为有“空”的缘故,才能形成一切现象,如果不“空”,就不

① 舍尔巴茨基著,立人译《大乘佛学:佛教的涅槃概念》,中国社会科学出版社,1994年,第162—163页。

② 龙树著,鸠摩罗什译《中论》卷四,《大正藏》第30册,第33页。

可能生成一切现象。方立天解释说,一方面,“一切存在,包括人和法,物质和精神,都是因缘和合而生起,都无固定的自性、自体,这称为‘空’。这里应当指出的是,中观学派讲空,但不排斥有(缘起而有,假有),而是以空即有,空有不离”,“空是缘起,本身不是一个实体,不是派生万物的本原”。另一方面,“由于是空无实体,才能缘起,才能成就一切事物;若不是空无实体,而有固定的实体,就不能因缘和合而起,也就不能成就一切缘起事物。空不是生起万物的实体,空与万物的关系是相即不离”[①]。

显然,既说“空是缘起”,不能“派生万物”,即“空”就是缘起之相的本性,所以不能再生缘起之相;又说“空无实体,才能缘起”,即空因为不是实体性的存在,所以“空”才能缘起生相。前者否定了“空”的生成本原性,后者又肯定了“空”的生成本原性。这就不免让人疑窦丛生:究竟是缘起生空,还是空生缘起?或是缘起与空、空与缘起构成一种循环相生的关系?其中的逻辑关系也由于佛典没有清晰的阐释,而导致后人理解上的困难重重。

然而,中观学派,一方面,突破一切有部的实在论,建构了一个完全不同于前代的新的宗教思想,乃至舍尔巴茨基充满景仰地感慨:“全部宗教历史上,人们很少能够看到,在声称源于同一创教者的整个教会的范围内,新派与旧派之间的差别,竟有如此之大。”[②]毫无疑问,龙树是公元1世纪以来印度佛教革新的转折人物。另一方面,“新宗教的思想特征被认为是‘完全和纯粹的虚无主义’,是‘那隐伏在原始佛教中的基本原则的合理的逻辑结果’。它被指责宣扬了这么一种学说,‘所有我们观念的基础都是无本体和空’。它被说成是‘极端地空除一切存在直到否定一切否定结果的否定主义’。对这样一种教义说来,其关于实在性的概念便是‘绝对空无’的概念。大乘

① 方立天《中国佛教哲学要义》下册,中国人民大学出版社,2005年,第722、723、733页。

② 舍尔巴茨基著,立人译《大乘佛学:佛教的涅槃概念》,中国社会科学出版社,1994年,第94页。

中观派由是被称作前所未有的最激进的虚无主义者”①。

虽然，龙树自己也明了《中论》学说可能遭到后人的误读，乃至开宗明义地说明：“能说是因缘，善灭诸戏论。”青目在注释《中论》时也强调：“佛灭度后，后五百年像法中，人根转钝，深著佛法，求十二因缘、五缘、十二入、十八界等决定相。不知佛意，但著文字。闻大乘法中说毕竟空，不知何因缘故空，即生疑见。”（《观因缘品》）②但是，龙树为了彻底革新旧教派的理论，思想难免激进，甚至被认为是“前所未有的最激进的虚无主义”，乃至在此后长达数百年的印度佛教中，一直受到不同程度的蔑视甚或批判。我们当然不能赞成这种过激的批评，然而平心而论，理论逻辑的悖论的确是中观学派的一道理论裂痕。所以中国佛教在接受《中论》法性论基础上，又对法性论加以重新阐释。

二、“法性空无”的二度阐释

东晋后期，中观理论十分流行。鸠摩罗什除了翻译了龙树《中论》《十二门论》，另译出中观学派的另一部著作——提婆的《百论》。因此“法性空无”论对中国佛教的法性论影响十分深刻。这种影响主要表现在中国佛教义学高僧对中观理论的再度阐释上。然而，中国佛教对“法性空无”的再度阐释，往往以“中庸”的思维方式，以相对平和的理论态度，或圆融庄子哲学，匡正印度中观思想的激进理论倾向；或汲取一切有部，拓展印度中观思想的理论内涵；或贯通大乘小乘，弥合了印度中观思想的理论裂痕。

（一）圆融庄子哲学，匡正印度中观思想的激进理论倾向

《中论》是中观学派最重要的著作。僧叡《中论序》认为，《中论》的核心即是“中”，“以中为名者，昭其实也”；其目的是匡正沦溺三界

① 舍尔巴茨基著，立人译《大乘佛学：佛教的涅槃概念》，中国社会科学出版社，1994年，第95—96页。

② 舍尔巴茨基著，立人译《大乘佛学：佛教的涅槃概念》附录，中国社会科学出版社，1994年，第176，178—179页。

而滞惑于妄见，满足小智而偏悟于乖理。为此他还特别论述其理论意义：

> 故知大觉在乎旷照，小智缠乎隘心。照之不旷，则不足以夷有无，一道俗；知之不尽，则未可以涉中途，泯二际。……是以龙树大士，折之以中道，使惑趣之徒，望玄指而一变；括之以即化，令玄悟之宾，丧咨询于朝彻。①

大觉悟与小智慧直接决定证悟的境界。所以必须谨防小智慧缠绕狭隘之心，了知大觉悟存于空明智照，唯以不落两边的中道思维，才能达到有相与无相不二、真谛与俗谛齐一、涅槃际与生死际断灭的境界。正是出于这一理论基点，龙树以折中之道，概括教化之旨，使乖离佛理之徒，明其深意而顿悟空理；参悟佛道之人，不求文字而朝彻见道。

“大觉”与“小智”不仅存在于佛教理论之中，也是庄子哲学经常论及的命题。如“小知不及大知”(《逍遥游》)，“大知闲闲，小知间间”(《齐物论》)，所以“去小知而大知明”(《外物》)是庄子的基本观点。他认为人生如梦，“且有大觉而后知其大梦也，而愚者以为觉，窃窃然知之”(《齐物论》)。② 唯有圣人方能“大觉”，芸芸众生驰心于有为之境，迷惑于大梦之中而不自知。《中论序》所谓“朝彻”，乃直接取自庄子《大宗师》，是兼忘物我所能达到的见道境界。

《十二门论》也是龙树重要著作，论分为十二门(章)，阐释大乘空观，实际上是《中论》一书的纲要。僧叡《十二门论序》论曰：

> 正之以十二，则有无兼畅，事无不尽。事尽于有无，则忘功于造化；理极于虚位，则丧我于二际。然则丧我在乎落筌，筌忘存乎遗寄，筌我兼忘，始可以几乎实矣。几乎实矣，则虚实两冥，得失无际。③

所谓“有无兼畅”，即既不执着“有”也不执着“无”；“理极于虚位”，指

---

① 释僧祐著，苏晋仁、萧炼子点校《出三藏记集》卷六，中华书局，1995年，第400页。

② 王先谦撰，沈啸寰点校《庄子集解》，中华书局，2012年，第110页。

③ 释僧祐著，苏晋仁、萧炼子点校《出三藏记集》卷六，中华书局，1995年，第404页。

究极之理(真谛)是“空”。意思是说《十二门论》是折中“诸法实相”的理论。论述的核心是以“有无兼畅”概括一切现象。明了有无兼畅,则外遗忘造化之功;觉悟至理是空,则内不执念二际(涅槃际、生死际)。超越物筌,则“我空”(丧我);遗象得意,则“法空”(筌忘)。一旦“我空”“法空”,即趋于“实相”境界;趋于“实相”境界,即虚实入于冥寂,有无界限不存。僧叡将《十二门论》的理论核心问题归结为“有无”问题,对于至理之“空”(无)的认知以“丧我”“落筌”(忘物)为心理前提,而“筌我兼忘”(物我兼忘)就近于证悟“实”(实相)。

这些论述无不取资庄子。庄子一直以“筌我兼忘”作为认知意义、体证“道”的心理前提。《齐物论》以“吾丧我”作为“大知”的心理前提;《外物》以“得鱼而忘筌”作为认知意义的基本方法;前文所论之“朝彻”,完整表达是“已外生矣而后能朝彻,朝彻而后能见独”。“见独”也就是见道,要达到朝彻见道的境界,必须经历“外天下”“外物”直至“外生”的心性修炼。僧叡所论之“有无”,乃就中观哲学引申,反而同庄子哲学差近。《齐物论》曰:“有始也者,有未始有始也者,有未始有夫未始有始也者。有有也者,有无也者,有未始有无也者,有未始有夫未始有无也者。俄而有无矣,而未知有无之果孰有孰无也。今我则已有谓矣,而未知吾所谓之其果有谓乎?其果无谓乎?……天地与我并生,而万物与我为一。”[①]这种绕口令式表达的核心观点,一切“有”“无”皆是主观所归之“类”,其实“类与不类,相与为类”——一切是无差别的存在,一旦超越主体,“有”“无”即是无差别的“齐一”。这也就是上文所说的“有无兼畅”的哲学意蕴。

由此可见,僧叡凸显中观不落两边的理论核心,以会通二谛、融贯有无、齐一道俗、泯灭二际为基本主旨。然而,通过圆融道归中庸的思维方法、物我兼忘的庄子哲学、般若寂照的本体直觉,既弥合了中观理论的内在悖论,也消解了中观思维的激进倾向。其实僧叡以“有”“无”概括中观的要旨,又表现出融合一切有部的理论倾向。

---

① 王先谦撰,沈啸寰点校《庄子集解》,中华书局,2012年,第85页。

（二）汲取一切有部，拓展印度中观思想的理论内涵

如果说僧叡“有无兼畅”乃引证庄子哲学，说明“有”“无”只是主观的觭见，一旦“虚实两冥，得失无际”，则一切皆空，即证悟诸法实相，那么昙影《中论序》则进一步改造玄学“有无”论，用来直接概括《中论》的思想特点：

> 其立意也，则无言不穷，无法不尽。然统其要归，则会通二谛，以真谛故无有，俗谛故无无。真故无有，则虽无而有；俗故无无，则虽有而无。虽有而无，则不累于有；虽无而有，则不滞于无。不滞于无，则断灭见息；不存于有，则常等冰消。寂此诸边，故名曰中。问答析微，所以为论，是作者之大意也。亦云中观……[1]

《中论》的要旨是会通真俗二谛，真谛说空，故“无有”；俗谛说有，故“无无”。然而，真谛说“无”，无即实相，是真如、法性，故虽无而有；俗谛说“有”，有即缘起，是假象、无自性，故虽有而无。一旦会通真俗二谛之理，就能够既不执着于“无”，也不执着于“有”。如此就不会产生存在与断灭的区别，也不会产生有常与无常的界限。寂灭两边，故称之“中”；辨析幽微，故称之“论”，亦谓之“中观”。

昙影所论有两点尚须辨析：第一，真俗二谛之分并非出自中观理论，而是《大毗婆沙论》的观点。按照《大毗婆沙论》卷七十七的说法，依有漏之世间知识所理解的事物本质，为世俗谛；依无漏之圣智所彻见的真实之理，为胜义谛。[2] 所以用真俗二谛解释《中论》，表现出鲜明的融合一切有部的理论倾向。第二，昙影开头即说“其立意也，则无言不穷，无法不尽”，就承认了“相”与“意”以及“意”和“法”的依存关系。昙影所说的真俗二谛，本来就偏离了《中论》不落两边的思想。《中论·因缘品》明确指出“能说是缘起，善灭诸戏论”，青目又

---

① 释僧祐著，苏晋仁、萧炼子点校《出三藏记集》卷六，中华书局，1995 年，第 402 页。

② 按：关于四谛与真俗二谛的关系，小乘各部派歧见纷纭，或以“苦”“集”为俗谛，“灭”“道”为真谛；或以“苦”“集”“灭”为俗谛，唯有“道”为真谛；或以四谛均为俗谛，唯有“空”“非我”为真谛。《大毗婆沙论》则主张四谛各具真俗二谛。

解释说:“若都毕竟空,云何分别有罪福报应等?如是则无世谛、第一义谛,取是空相而起贪著,于毕竟空中生种种过,龙树菩萨为是等故,造此中论。”①

昙影对于中观理论的偏离,不是误读,而是通过对一切有部理论的合理汲取,试图弥合中观理论的内在裂痕。这一点在昙影阐释《中论》的佛性论中表现尤其突出。其《中论序》又曰:

> 夫万化非无宗,而宗之者无相;虚宗非无契,而契之者无心。故至人以无心之妙慧,而契彼无相之虚宗。内外并冥,缘智俱寂,岂容名数于其间哉!但以悕玄之质,趣必有由,非名无以领数,非数无以拟宗,故遂设名而名之,立数而辩之。然则名数之生,生于累者,可以造极而非其极。苟曰非极,复何常之有耶!是故如来始逮真觉,应物接粗,启之以有,后为大乘,乃说空法,化适当时,所悟不二。②

“无相”并非不存在相,而是不执念相;“无心”并非没有心识,而是不执念心识。所以说,一切造化皆有生成的本原,这个本原却是无相;一切虚空皆是心相的契合,这种契合却是无心。圣人以无心而产生的微妙智慧,就契证于无相之相的虚空本原。内冥其识,外冥其相,缘起之相和照物之智俱已寂灭,就不可能有法数概念的存在。但是,知觉物的本体,必然有一定的思维路径,没有概念就无法领悟法数,没有法数也无法描述本原,所以施设概念而指称之,施设名数(法数)以辨别之。但是,一旦产生概念名数,即成理障;一成理障,所说的至极之理就不是真正的至极之境。既然所谓“至极之理”只是假说,而不是真正的至极之境,怎么可能有常存的法性!所以,唯有如来才能达到终极觉悟的境界,只是为了方便接物、顺应教化,才以说“有”方式启发众生,因此后来的大乘佛法就专以“空”说法。从教化众生上说,无论如来说“有”还是大乘说“空”,都是顺应当时的方便法门,所

---

① 舍尔巴茨基著,立人译《大乘佛学:佛教的涅槃概念》附录,中国社会科学出版社,1994年,第179页。

② 僧祐著,苏晋仁、萧炼子点校《出三藏记集》卷十一,中华书局,1995年,第401页。

悟之理并无二致。

昙影所论，强调四点：一是有相与无相、有识与无识、有宗与虚宗的有无互证的辩证关系；二是主体空性（无心）与对象空性（无相）的因果同体的辩证关系；三是名数概念与终极本体的对应与超越的辩证关系；四是如来真觉说“有”与大乘说“空”的沤和与般若的辩证关系。相对于《中论》而言，这四点既可以说是偏离，也可以说是引申。《中论·因缘品》开宗明义：“不生又不灭，不常亦不断。不一亦不异，不来亦不出。”一切法因为毕竟空，所以不生不灭，不一不异，非恒常非断灭，既无来也无去。而昙影所论皆立足于现象与本性的“有”“无”辩证关系，既包含玄学有无相生的哲学意蕴，又与上文所论的《毗婆沙论》二元存在论密切相关。

（三）贯通大乘小乘，弥合了印度中观思想的理论裂痕

中国佛教再度阐释法性，一方面借助禅学思想重新阐释小乘佛教之法性，另一方面又借助本土哲学重新阐释法性的要义。庐山慧远《阿毗昙心序》即以禅学思想重新阐释小乘佛教之法性：

> 发中之道，要有三焉：一谓显法相以明本，二谓定己性于自然，三谓心法之生，必俱游而同感。俱游必同于感，则照数会之相因。己性定于自然，则达至当之有极。法相显于真境，则知迷情之可反；心本明于三观，则睹玄路之可游。然后练神达思，水镜六府，洗心净慧，拟迹圣门。寻相因之数，即有以悟无；推至当之极，每动而入微矣。①

“阿毗昙”又称阿毗达磨，意即对法，即以无漏圣道的智慧相应地观照四谛（苦集灭道）之理，且相应地趋向涅槃之果。《阿毗昙心》即《阿毘昙心论》，简称《心论》，是小乘说一切有部的经典。慧远认为，此经之美发乎其中的途径概括有三：一是显现法相可以彰明智照之本，二是确立外物的自性生乎自然，三是心理现象的产生必然与心数俱游

① 慧远著，刘运好、李山岭义疏《庐山慧远集义疏》，凤凰出版社，2024 年，第 187—188 页。

而同感于一相。而心物俱游必同感于一相，则说明智照与法数交相聚合，互为因果；确立己性出乎自然，又说明一切自性在类别上完全相同，皆为至寂之性。显现法相于真境之中，众生则知抽身于世俗迷情；内心明了三种智慧（即法智、未知智及世俗等智），即可以见心之可游的灭谛境界。然后澡雪精神而使鉴明心空，如水照六腑，心灵澄澈而清净寂照，是则拟行于佛门之中矣。寻绎法数之互为因果，即可因有（现象）而悟无（性空）；寻绎至寂之性，则每每起心动念皆可入于微妙法门。

慧远所论，凸显三点：一是将“相”和“法相”作为一个整体，以自然之性为法相的本质属性；二是主体对法相的认知以“心法”之智照——心理现象的禅智寂照——为心理前提，所以要显其“真境”，明乎“心本”，就必须“水镜六府，洗心净慧”，这就揭示了主体性空与观物空性的因果互生的关系；三是肯定现象之于本体、思维之于认知的不可或缺的意义。当然，慧远所论“法性”并未直接涉及《中论》，而是阐释《阿毘昙心论》所论之“法性”；他是否深受《中论》影响，也遽难判断，因为《阿毘昙心》译出于东晋太元十六年（391），《中论》译出于后秦弘始十一年（409）。然而，慧远此文与《法性论》（残句）所论“法性”，在内涵上有所不同，且《阿毘昙心》亦属于小乘一切有部的经典，故附带论述如上。

中国佛教和印度佛教对于中观思想论述的差异性，决定二者具有不同的诗学意义。因此，研究佛教中观思想的诗学意义，既可以从印度佛教上论述其理论悖论的原生性诗学意义，也可以从中国佛教上论述其二度阐释的再生性诗学意义。

三、理论悖论的原生性诗学

其实，中观的立场并非完全的虚无主义，其理论悖论的关键点在于：中观认为执着“二有”（我有法有）是迷，执着“二空”（我空法空）也是迷。只有在层层破执、层层超越中，使思想不停留在某一种胶着的状态才能趋近诸法实相。这与“超以象外，得其环中”（司空图《二十四诗品·雄浑》)的哲学内涵差近。尤其值得注意的是,《中论》既说“空无实体”,才能“缘起生相”,又说“空是缘起”,不能“派生万物”,这一理论悖论恰恰为两种诗性思维及其文本生成,提供了的合理阐释。我们将龙树中观理论所蕴含的诗学意义称为原生性诗学。

中观理论所说的“法性”,引入诗学领域,既可指自我的“己性”,也可指物境的“物性”;所论的缘起与空、空与缘起所构成的循环相生的关系,也正昭示了文本与诗境生成的复杂关系。具体论之,可分两层。

(一)从“己性”上说,“空无实体”,才能缘起生相,本身就是一个诗学生成的命题

在审美发生上,文学创作首先必须“虚伫神素,脱然畦封,黄唐在独,落落玄宗”(《二十四诗品·高古》),超越喧嚣、超越物我,复归于远古先民的本然之性,即可进入澡雪精神的静观状态,直觉大道之要旨。整个审美过程是在“窅然空宗”的寥廓虚空之中,浸透着“畸人乘真”(《高古》)的充盈精神;在“不著死灰”的泊然若死之后,勃然而兴“生气远出”(《精神》)的生命升华;最后在“唯性所宅”的自然适性之中,进入“真取弗羁”(《疏野》)的精神自由状态。

简单地说,经过虚静→静观的心理过程,获得虚空→充盈的生命境界,从而在当下的经验世界中获得超越经验世界之“永恒”,这既是哲学上空性与本体的关系,也是诗学上空性与审美的关系。《庄子·天道》所描述的“天乐”生成正蕴涵这一生命的也是审美的境界。

> 明于天,通于圣,六通四辟于帝王之德者,其自为也,昧然无不静者矣。圣人之静也,非曰静也善,故静也;万物无足以铙心者,故静也。……圣人之心静乎!天地之鉴也,万物之镜也,夫虚静恬淡寂漠无为者,天地之平而道德之至,故帝王圣人休焉。休则虚,虚则实,实则伦矣。虚则静,静则动,动则得矣。……静而圣,动而王,无为也而尊,朴素而天下莫能与之争美。夫明白于天地之德者,此之谓大本大宗,与天和者也;所以均调天下,与人和者也。与人和者,谓

之人乐；与天和者，谓之天乐。[1]

“天乐”乃圣人之所制，所以庄子将重点放在论述圣人心性上。圣人的特点是明鉴天道无为，畅达圣心虚静，通于六合，顺乎四时，应物自为，心游玄冥，动而静寂。如成玄英疏所云：“夫圣人之所以虚静者，直形同槁木，心若死灰，亦不知静之故静也。”“妙体二仪非有，万境皆空，是以参变同尘而无喧挠，非由饬励而得静也。”唯因圣人顺乎自然而心静，故能智照天地万物，无不周遍。其虚静、恬淡、寂漠、无为，如天地之平正，乃道德之至极，却又心无执念，自然而至。息虑休心，是乃虚空，虚空则契合于真实之理——自然之道。由虚入静，因静而动，藉动而得道。淳朴素质，无为虚静，实乃万物之根本，天下莫可与之争美。天地无为，是其宗本，冥然合乎自然之道，即“与天和者也”。上合自然，即为“天乐”——和谐天地自然的天籁之音。其审美特点是：“齑万物而不为戾，泽及万世而不为仁，长于上古而不为寿，覆载天地刻雕众形而不为巧，此之谓天乐。”[2]也就是说，即使万物破碎亦不违其性，恩泽万世却不私其爱，不生不灭而无有寿夭，天覆地载、造化万物而得乎自然、顺乎物性。

这又有五点值得注意：从心性上说，所谓虚静、恬淡、寂漠、无为，是有性而空性，唯其性空，才可证得天地之“大本大宗”——本体之道。从认知上说，主体心静，所认知的“天地之鉴，万物之镜”，皆是有相而无相——虚空之相，唯其相空，即心无执念。从思维方式上说，所谓“圣人休焉。休则虚，虚则实，实则伦”，即主体在断灭执念之后，直觉真实，直证自然之理，这说明审美的过程是一个由“有我”进入“无我”的过程，也是一个主体不断客观化的过程。从意义生成上说，存在一个“虚则静，静则动，动则得”的心理变化轨迹，“虚则静”是意象生成的前提，“静则动”是意象生成的过程，“动则得”是意义直觉的生成。从审美境界上说，“静而圣，动而王，无为也而尊，朴素而天下莫能与之争美”，标志着审美境界的生成，唯有由“静”而“动”，由

① 郭庆藩撰，王孝鱼点校《庄子集释》，中华书局，2012 年，第 462—463 页。

② 郭庆藩撰，王孝鱼点校《庄子集释》，中华书局，2012 年，第 467 页。

"为"而无为的圣人之性，才能达到"天下莫能与之争"的朴素之美。由此可见，由有我而至"我空"、由有相而至"法空"（相空），正是天乐生成的审美主体（圣人）的基本特点。后一个问题——审美境界的生成，也正是"空是缘起"的诗学意义。

（二）从"物境"上说，"空是缘起"，不能"派生万物"，也是对审美境界的一种描述

一切诗学所描写的物境乃至所形成的境界，都是一个开放而又自足的整体。即便一首短诗也是如此，如陶渊明《归园田居》其三："种豆南山下，草盛豆苗稀。晨兴理荒秽，带月荷锄归。道狭草木长，夕露沾我衣。衣沾不足惜，但使愿无违。"从叙事上说，前二句交代田园劳作的原因，后四句描述田园劳作的过程，从因到果，构成一个自足整体；从时空上说，在"晨兴""带月"及一"理"一"归"中，既有完整的时间段落，也有完整的空间转换，这也构成了一个自足的整体。然而，从抒情上说，诗人何以不惜"夕露沾我衣"，"但使愿无违"之"愿"是什么，显然给读者留下无限想象的空间。这个无限想象的空间就诗境所显现的"开放性"。

唯因文本在结构上是自足的整体，不可"派生万物"，否则即为画蛇添足；在抒情上具有"开放性"，读者可以因空缘起，增殖审美价值，故能历久弥新。波兰现象学美学家罗曼·英加登把文学作品的这种现象概括"图式化结构"和"不定点"：

> 文学性作品，尤其是文学的艺术作品，是一个图式化结构。至少它的某些层次，尤其是客观层次，包括一系列"不定点"。凡是不可能说（在作品句子的基础上）某个对象或客观情境是否具有某个特征的地方，我们就发现存在这样的不定点。……不定点的作用对抒情诗有很大的重要性。诗歌越是纯粹抒情的，对文本中明确陈述的东西的实际就越小（大致说来）；大部分东西都没有说出。[1]

---

① 罗曼·英加登著，陈燕谷、晓未译《对文学的艺术作品的认识》，中国文联出版社，1988年，第51页。

“图式化结构”的存在，决定了作品是一个自足的整体；一系列“不定点”的存在，又决定了作品具有开放的审美属性。抒情小诗因为其“开放”的属性，使诗学境界成为一个可以反复玩味、多元解读的审美存在。如卞之琳《断章》：“你站在桥上看风景，看风景人在楼上看你。明月装饰了你的窗子，你装饰了别人的梦。”就主体与世界的关系而言，你是世界中的主体，也是世界中的客体，所以你既是“看风景”者、观赏装饰窗上“明月”者——风景的观赏主体；又是别人“楼上看你”的一道风景、装饰“别人的梦”的对象——风景的构成对象。在这个世界上，自我呈现的刹那之间，也正是主体消失的片刻之时，其中浸透着庄周梦蝶式的人生迷惘。就主体与他人的关系而言，无论你在桥上“看风景”，还是你在观赏装饰在窗上的“明月”，都是一个孤独的存在，而“看风景人”和“别人的梦”则可能是趋于无限的存在。在隐含着的一与多的对比中，又浸透着“薄衾孤枕，梦回人静”（宋惠洪《青玉案》）式的惆怅。正是在清晰的意象中，包含着诸多“不定点”的诗人意绪，使诗意难以确证，却又韵味悠长。

在叙事性作品中，如果作家采用开放性的叙事系统，那么即使是自足的叙事也仍然具有“开放”的特点。文本一旦进入文学消费之中，就失去了作家的主体性而成为读者的品味对象，除非为了批评的需要，一般读者很少关注“作品见证作者的本质和主体性”，“主体在创造中寻求并且获得本质性”[①]，而是更多地关注自己的阅读感受，以至于在西方当代批评中发出“作者已死”的偏激之论，提倡创作上的“零度写作”。这种阅读的主体性，决定了文本的开放性。犹如佛陀怜悯众生的苦难人生，而众生则享受情色肉欲的欢乐，主体永远决定着观照世界的方式。然而，唯因文本是一个“开放”的系统，才构成生生不息的艺术魅力。但是，作者的抒情毕竟具有片段的完整性，构成一种“格式塔”。《断章》中瞬时的人生感悟，我们虽无法明确地说明，却也能触摸诗人刹那的心跳。这种存在于文本中的格式塔规定了读

① 柳鸣九编选《萨特研究》，中国社会科学出版社，1983 年，第 4 页。

者的思维方向，可能是精骛八极，但又绝非天马行空。作品的本体意义也正是在作者与意象选择、读者与文本对话中获得圆满呈现。

种种复杂的文本生成途径、存在形态，使我们在阅读《中论》时，因为其理论悖论所产生的种种疑窦，正巧成为解读诗学文本的一把钥匙——诗歌文本从象到意的生成，是缘起生空；从意到境的生成，又是空生缘起。缘起—空—缘起，构成一种循环相生的关系，这是诗学生成的状态，也是诗学境界的状态。

四、二度阐释的再生性诗学

我们论证缘起—空—缘起，构成象—境及境—象之间循环相生的关系。然而，这种关系并非中观理论本身所具有的诗学意义，而是由中观理论悖论所派生的诗学意义。这种派生的诗学意义乃由对中观理论的二度解读所产生，我们把这种由二度解读所派生的诗学意义，称之为再生性诗学意义。再生性诗学意义由两种类型构成：一是由中国佛教高僧对中观理论的再度解读所产生的诗学意义；二是由佛典读者对中观理论的悖论解读所产生的诗学意义。下文先简要论述中国佛教与印度佛教在中观理论上的差异性，然后再论这两类再生性诗学意义。

（一）中国佛教与印度佛教在中观理论上的差异性

虽然“以中为名者，昭其实也”，是中国义学高僧对中观理论的共识，但是每一位高僧的具体解读并不相同。如上文所论，僧叡《中论序》《十二门论序》圆融庄子哲学，昙影《中论序》汲取一切有部《毗婆沙论》，慧远《阿毘昙心序》则以《阿毘昙心》观点贯通大小乘佛学。三者所涉及的核心观点与中观学派都有不小的差距。中观学派的理论宗旨是“毕竟空”，其“空性”理论则是其关注的焦点。

实际上，中国佛教和中观学派所言之空、空性也有不小的差别。“中观学派视空、空性为离开人们思维和语言的直觉世界的真实本质，这就是排除思维、拒绝语言的人为差别，用以凸现世界本相、本性、本质的本体之学。中观学派所讲的空、空性是标示世界本质的哲学范畴，是有其特定内涵和丰富意蕴的，并不是通常讲的‘无’。中观学派说的空、空性不是无本体、非本体；而是即本质，即本体。”[①]通过上文诸家序言即可看出，中国高僧论述中观理论，始终以儒家的“中庸”之道为基本思维方式，以庄学的“相对主义”为基本理论原则，以存在与超越为二元观照视点，为了避免印度佛教中观理论的绝对、激进的理论倾向，特别注意有相与无相、语言与意义、思维与本质、己性与至极、俗谛与真谛的超越、圆融的辩证关系。

因此中国佛教论空、空性，并不否定现象存在，而是以“有无兼畅，事无不尽”，凸显“法相”之有相与无相的属性，强调“缘起性空”的无相对于有相的超越；并不否定语言表达功能，反而以“其立意也，则无言不穷，无法不尽”，凸显语言的表达功能，强调“筌我兼忘”“丧咨询于朝彻”的意义对于语言的超越；并不否定思维存在，而是以“心法”之名数与本质的关系，凸现“俱游而同感”“照数会之相因”，强调本质对于名数的超越；并不否定本性的存在，而是以“己性定于自然，则达至当之有极”，凸显“己性”之自然与至极的关系，强调至寂、真境对于“己性”的超越；并不否定俗谛的意义，而是以“统其要归，则会通二谛”，凸显“不累于有”“不滞于无”的证悟本体的心理超越。因此，中国佛教所论的空、空性，本质上是“非有非非有、非无非非无”；相与空、性与空、心与空等等，都是不一不二的相待圆融的关系。这种“中庸”的思维方式，圆融的理论态度，博览约取，在弥合印度中观理论裂痕的同时，也建构了具有民族特色的法性理论。也使这种对印度中观理论解读具有再生性诗学意义。

（二）中国佛教对印度中观理论解读所具有的再生性的诗学意义

这主要表现在两个方面：就研究范围而言，主要集中在上文所引的三位高僧的序言中；就涉及对象而言，主要集中在上述五个方面的超越、圆融的辩证关系。

---

① 方立天《中国佛教哲学要义》下册，中国人民大学出版社，2005 年，第 727—728 页。

从审美过程上说，审美必然经历一个从有相到无相，再到有相无相圆融一体的过程。昙影《中论序》所谓“万化非无宗，而宗之者无相”，“宗”就是指万物生成本原——从佛教上说，就是“缘起”；“无相”并非说没有相，而是指“缘起”之象——从心理学上说，就是思维表象；所谓“虚宗非无契，而契之者无心”，“契”指心所契合之理，“无心”指不思而得，即直觉本质。所以，昙影在这里既揭示了审美发生伊始，从有相到无相瞬间生成与变化；也揭示了表象生成之后，主体直觉本质的心理特点。即“以无心之妙慧，而契彼无相之虚宗”。这种妙慧玄宗的过程中，既“无相”亦“无心”，纯任直觉，不借助任何名数、概念。僧叡《中论序》所论“夷有无，一道俗”“涉中途，泯二际”的心理特点，既是佛教哲学超越缘起之象而“有无兼畅”、超越世俗之见而“筌我兼忘”、超越执着之念而“虚实两冥”的认知升华，也是审美由知觉现象至超越现象，由本质认知至直达本体，以及由执着人生至超越人生的心理升华。

从审美思维上说，心与象相即不离，直观与直觉相即不离，但是随着理性的沁入，概念以“意”的形式融入象中，即形成意象。慧远所谓“心法之生，必俱游而同感”，就是在心与象游的过程中所产生的直观性知觉。但是这种知觉虽是瞬时产生，却非一次性完成，“俱游必同于感，则照数会之相因”，是在二元互动、循环往复中不断深化。这同美学所论的心与物游而“感兴”的思维规律，有着显明的同质性。在审美过程中，虽然具体事物对于心的活动具有客观的规定性，心与物游也具有同步的生命律动，但是心对物色之美的感受，对物象之境的体悟，是在“数会之相因”的过程中才能完成。事实上，慧远所说的从“显法相”到“定己性”，再到“心法之生”，既是文本意象的生成逻辑，也是文本表达的思维逻辑。

从审美表达上说，语言是直接的载体，无论是描摹物象或是直写情志，都存在着语言与意义的二元关系问题。昙影《中论序》所谓“非数无以拟宗，故遂设名而召之”，即深刻揭示了这种二元关系。由直觉本质进入到“研阅以穷照，驯致以绎辞”（《文心雕龙·神思》）的思维阶段时，理性渗透于思维之中，在主体意志力（理性）的作用下，思维作定向运动，不仅语言概念（名数）与思维表象构成内在的对应联系，而且直觉的本质也借助相应的概念（名数）表达出来，此即“非数无以拟宗，故遂设名而召之”的诗学意蕴。在文学构思中，表象与概念、概念与本质的逻辑关联，即形成“前文本意象”。而僧叡《中论序》所谓“使惑趣之徒，望玄指而一变”“令玄悟之宾，丧咨询于朝彻”，既是佛教哲学超越语言之相，在“筌忘存乎遗寄”的过程中，进入“始可以几乎实矣”的境界，也是诗学审美借助语言张力，超越语言而获得言外之意，且最终进入具有终极意义的本体诗学境界。

从审美认知上说，在审美活动中，“己性”决定认知的向度，“至极”决定认知的高度。“己性”，或指人之体性，或指物之体性；“至极”，或指至极之理，或指至极之境。慧远《阿毘昙心序》所谓“显法相以明本”“定己性于自然”，内所显之法相彰明智照之本，外明了事物自性生乎自然；“己性定于自然，则达至当之有极”，一旦明了物性生乎自然，也就达到至寂的境界。这又说明：在审美认知活动中，主体心性与自然物性具有双向互生性——“己性”决定对自然物性的认知向度，物性又彰显主体的心性特点；这种自然叠合的“己性”与“至极”也具有双向互生性，主体心性决定“至极”之理的认知高度，“至极”的认知高度也彰显主体心性的特点。此外，僧叡所论“旷照”之“大觉”与“隘心”之“小智”的对立统一，既是佛教哲学上芟除枝蔓芜杂而“忘功于造化”、直觉本质而“理极于虚位”的观照方式，也是审美荡涤世俗之累、心止一境的观照方式，实际上也包含着己性与至极之间的认知关系。

从本体诗学上说，佛教所说的“俗谛”和“真谛”，也就是哲学与诗学所说的本质与本体的关系。慧远所说“显法相以明本”，即以现象彰显本体。既包含物象与意义，也包含现象与本质的关系；“法相显于真境，则知迷情之可反”，则揭示了真理境界与主观认知的逆向互动的关系——唯有从“迷情”复归于真境，才能显现本体的存在。上文所论昙影《中论序》所涉及的“前文本意象”已经形成表象与概念、概念与本质的关联，但是尚未达到至极的境界，只有超越了这种关联，复归于“以无心之妙慧，而契彼无相之虚宗”，进入一种有相而无相、有心而无心、有宗而无宗的虚空状态时，在佛教上进入“所悟不二”的“真觉”境界，在审美上构成了“内外并冥”的虚空境界，这才真正进入至极的境界。这个境界正是诗学的本体境界。

如果从中国诗歌及诗论（包括画论）上解读，中观学派的理论悖论，从诗性思维上，恰恰具有特殊的诗学意义。中观学派的理论，一方面，“空无实体”是审美生成的契机（缘起），自然物象与生命意识的契合是一切审美发生的契机，由“兴”所生成的一系列诗学范畴如“兴感”“理感”“玄感”，无不如此。即以“兴”为例，如《诗经·关雎》，如果没有“关关雎鸠，在河之洲”的自然现象对青春的唤醒，就不可能发生“窈窕淑女，君子好逑”的爱情追求。另一方面，“法性空无”阐释的理论悖论，恰恰蕴涵着两种特殊的诗学意义。审美的深化正得益于缘起生空、空生缘起的循环相生的关系。或由经验世界进入审美心境，缘起生空；或由审美心境激活经验世界，因空缘起。如下两例：

> 与可画竹时，见竹不见人。岂独不见人，嗒然遗其身。其身与竹化，无穷出清新。庄周世无有，谁知此凝神。（宋苏轼《书晁补之所藏与可画竹》之一）
>
> 文与可画竹，胸有成竹；郑板桥画竹，胸无成竹。浓淡疏密，短长肥瘦，自尔成局，其神理具足也。（清郑燮《题画·竹》）①

文与可画竹，胸有成竹，一旦进入画境，嗒然忘我，凝神一境，复由凝神一境而达到“其身与竹化，无穷出清新”的艺术境界；郑板桥画竹，胸无成竹，一旦进入画境，用笔浓淡、结构疏密、造型长短肥瘦，皆随手画来，无不自成格局，神理具足。文与可画竹是“缘起生空”，郑板桥画竹是“空生缘起”。在艺术创造的过程中，二者又无不蕴涵着心境之空与缘起生象的循环相生的关系。

---

① 周积寅《中国画论辑要》，江苏美术出版社，1985 年，第 70、77 页。

此外，在审美不断深化的过程中，这种循环相生也可能表现在“缘起”的不断叠加。《关雎》对荇菜的“流之”“采之”“芼之”的对象描述，正是表现出“缘起”不断叠加的心理现象。每一次缘起生象都与后文的爱情发展进程构成互为因果的条件关系。同样，在苏轼《送参寥师》中，如果没有“剑头唯一吷，焦谷无新颖”的修炼工夫，就难以进入“空且静”的状态。唯有“空且静”，才出现“静故了群动，空故纳万境”的灵动状态。艺术的辩证法又是以哲学辩证法为“先验知识结构”。

概括言之，虽然对于“空无自性”的阐释，印度佛学与中国佛学有所不同，而且印度佛学又存在明显的理论悖论，但是在艺术哲学上，这种悖论及其不同点则为中国诗学理论的多元生成提供了不同的路径。简单地说，佛教关于法性有无的分歧所形成的理论上的悖论与圆融，作为一种诗性思维却具有饱满的诗学意义。从“我有”到“我空”是意象形成的表征；从“我空”到“法有”是境界形成的表征。唐宋以降，中国诗学展现出与魏晋诗学不同的理论形态，也正是与佛教勃兴和流派分化有密切关系。

（安徽师范大学中国诗学研究中心）

排律的起源及其诗体生成考论*

徐婉琦

内容摘要：排律诗体自梁陈初兴，唐代渐盛，到元明定名，明清辨体，历时千余载，经文人的创作实践、编选批评和理论阐释，经历了从自然生成，到自觉立类，再到理性反思，漫长而复杂的发展过程。初唐以来即可见基本合律的排律作品，盛唐的排律创作已经成熟，但“排律”名称尚未出现。元代杨士弘编《唐音》，选目分卷首用“排律”诗名，准确定位了其“铺陈始终，排比声韵”的形式特点和审美内涵。明代高棅因其体例增补，成《唐诗品汇》，排律之名自此相沿成习。同时亦与“长律”“长韵”并用。排律一体至明朝发展得更为完善，“排律”名称已经普遍使用。主要体现为：一是明代诗体划分更为细致，诗题、诗话分类中多将“排律”作为固定的诗体概念使用，与四韵律诗相区别。二是大量分体诗歌选本及试律诗选本应运而生，且选家分体编排时往往会单列排律一体。明代孙鑛的《排律辨体》、清代牟钦元的《唐诗五言

* 基金项目：国家社会科学基金重大项目“东亚词学文献整理与研究”（项目编号：20&ZD275）；国家社科基金重点项目“唐宋韵文东亚接受文献缉考与研究”（项目编号：20AZW008）。

排律》等，则专选排律。三是明清诗话评论著作更有意识区别诗体，讨论诗歌体裁性质与创作规则时，注重比较排律与其他诗体的特质及写作技巧。在分辨排律一体独特性的过程中，也同时揭示了其创作方式、方法的特殊价值。相比于其他诗体，排律自生成到定名立体，再到诗法诠释的历时性轨迹跨越千载而自成体系，其流变史反映出古代诗歌体式应时发生并不断演变开新的自觉性、复杂性和丰富性，呈现出中国古代文体史规律性的发展特点。

关键词：排律；体式；定名；定体；诗体演变

An Examination and Argument for the Origins of Pai Lv and Their Stylistic Generation

Xu Wanqi

Abstract: The stylistic form of the Pai Lv (Long Rhythmic Composition) has undergone a long and complex process from its generation to the establishment of its name. It early rised in the Liang and Chen Dynasties, gradually flourished in the Tang Dynasty, followed by the continuous development of the metrical style, but the definition of the format and the name of the process is not synchronized. Since the early Tang Dynasty, the basic long rhythmic compositions can be seen, and in the Sheng Tang Dynasty, long rhythmic compositions have matured, but the name "Pai Lv" has not yet appeared. In the Yuan Dynasty, Yang Shihong compiled *Tang Yin* and used the name "Pai Lv" for the first time when arranging the catalog, and in the Ming Dynasty, Gao Bing added to it according to his style and wrote *Tang Poetry Pin Hui*, and

the name of "Pai Lv" has become a custom since then. At the same time, it is also used in conjunction with names such as "Chang Lv" and "Chang Yun". This style of poetry was more perfected in the Ming Dynasty, and the name "Pai Lv" was commonly used. The main manifestations are: First, in the Ming Dynasty, poetry is divided into more detailed, poetry's title, poetry criticism in the classification of the "Pai Lv" as a fixed concept of poetry, as distinct from the traditional four rhymes of poems. Secondly, a large number of split poetry anthology emerged, and the selectors often single out "Pai Lv" as a whole when arranging split poems. For example, Sun Kuang's *Pai Lv Discussion of Style* in the Ming Dynasty and Mou Qinyuan's *Pentameter Pai Lv in Tang Poetry* in the Qing Dynasty were specifically included in the Pai Lv Style. With the return of the imperial examination poetry test system, the specialized test poetry (also belongs to Pai Lv) anthology also came into being in the Qing Dynasty. Thirdly, the poetic commentaries of the Ming and Qing dynasties were more conscious of the distinction between poetic genres, and when discussing the nature of poetic genres and the rules of creation, they paid attention to the comparison of the qualities and creative skills of Pai Lv and other poetic genres. In the process of distinguishing the uniqueness of Pai Lv, the special value of its creative methods and approaches is also revealed at the same time.
Keywords: Pai Lv; format; establishment of the name; establishment of genre rules; poetic style evolution

排律诗体于梁陈初兴，唐代渐盛，发展路径大体与律诗同步，但名称确立则要推至元代以后。自初唐以降的三百年间，排律体制虽已历经体制构建、创作成熟繁荣乃至逐渐式微的轨迹，形成完整的文体内生周期。然对其体制的规则厘定和批评反思，却迟滞于数百年后，构成诗史演进中的独特现象。目前学界普遍将排律立体与定名时间错位的问题视为普通的文学史常识，尚未见有关此一体式完整生成过程的系统化梳理和阐释，相关研究探讨诗体流变时大多将排律视为律诗的分支[①]，论述普遍集中在文献和诗话理论层面[②]。而自此体初成，到其被正式命名及获得独立体裁内涵前后历时近千年，相比于中国古代文学其他体裁，排律的形成和演变过程之漫长复杂，值得特别的关注和考论。

一、排律生成的诗体演进背景

魏晋六朝时期，文人的声律自觉意识逐渐明确。陆机将诗文音声比之绘画五色，提出"音声之迭代，若五色之相宣"[③]，较早注意到文学作品韵律高低起伏的错落之妙；其后沈约、刘勰等以"浮声切响""飞沉叠响"等概念强调诗歌字、句、联之间声调高低轻重强弱变换、相互照应的调和之美，突出明显的节奏感，对诗歌声律发展起到引领作用。以沈约、谢朓、王融为代表的文人群体致力以"平上去入"四声制韵，"五字之中，音韵悉异；两句之内，角徵不同，不可增减"[④]，创"永明体"诗新声。隋朝刘善经著《四声指归》总结齐梁声律，标举平声，排比平仄格式，解释声病；元兢《诗髓脑》将诗律声病做系统化阐释，在论述过程中首次将"上去入"三声与平声对分[⑤]，在四声基础上体现平仄二分的声调二元论观念，为律诗创制与定型奠定了重要基础。

为保持诗歌两联之间音韵调和稳定，六朝至初唐时期文人探索诗句平仄声韵、诗律声病的同时，亦不断致力于联句、篇章的规范和完善。上官仪提出"双声对""叠韵对"等，将声律与对偶结合；元兢提出"换头""护腰""相承"三种调声术，重视每句第二字的音韵，轮转终

---

① 如李飞跃《中国古典诗歌平仄律的形成与嬗变》(《中国社会科学》2015 年第 3 期)、《重审唐代应试诗的格律特征与历史定位》(《山东社会科学》2023 年第 9 期)、叶汝骏《唐代五律艺术流变研究》(上海师范大学博士学位论文，2018 年)。

② 如沈文凡《百韵五言长律嬗变考述》(《社会科学战线》2004 年第 2 期)、《"长律""排律"名称之文献缉考》(《东北师范大学学报(哲学社会科学版)》2009 年第 6 期)；郑佳琳《五言排律在诗学理论上的阐述过程及命名原理探析》(《文艺理论研究》2022 年第 2 期)。

③ 陆机著，张少康集释《文赋集释》，上海古籍出版社，1984 年，第 94 页。

④ 李延寿《南史》，中华书局，1975 年，第 1195 页。

⑤ 遍照金刚著，卢盛江校考《文镜秘府论汇考汇校》，中华书局，2006 年，第 165 页。

篇，并将一首诗作为一个整体，突破一句一联的局限，为近体诗粘、对法则之确立提供启示。元兢的诗歌声律理论规范了诗篇各句间的平仄协调、起承构架、粘对联缀，促使诗歌逐渐向“词合宫商，又复流美”[①]的正体律诗演进。在声律理论指引下，初唐名家普遍重视格律，诗作合律度颇高[②]。王绩《野望》被杨慎评为“王杨卢骆之滥觞，陈杜沈宋之先鞭”[③]，杜审言《和晋陵陆丞早春游望》被胡应麟誉为“初唐五言律第一”[④]。胡震亨曾称赞王杨卢骆五律气骨意境绝佳，为“律家正始”[⑤]，充分肯定了初唐四杰对五言律诗风格意境的引领作用。在声律自觉意识普及的时代背景下，宫廷诗人沈佺期、宋之问在创作中精严地运用平仄、粘对、押韵，由句及联，由联及篇，并使之成为具有规范意义的作诗法则，引领了诗坛风尚。二人诗作音韵精严，稳顺声势，浮切不差，所谓“五言至沈宋始可称律”[⑥]，“沈宋体”被后世公认为律诗定体的标志。

音声格律不断发展的社会文化背景催生了排律诗体萌芽。神龙政变后，中宗李显继位，其钟情游宴，多与群臣唱和。七言律诗及排律因体式精严，铺张富丽，兼具音韵美与形式美而更适合诗人逞才使气，铺写华丽场景，此时得以不断发展。初唐比较规范的排律创作已有近二百篇，篇幅较长者如杜审言《和李大夫嗣真奉使存抚河东》（四十韵）、崔融《和梁王众传张光禄是王子晋后身》（十韵）、杨炯《和刘长史答十九兄》（二十五韵）、《久戍边城有怀京邑》（三十八韵）等，都基本符合声律规则，且作者能够较熟练地运用粘对、换头等技巧提升艺

---

① 元兢《诗髓脑》，见张伯伟编《全唐五代诗格汇考》，江苏古籍出版社，2002年，第115页。

② 据李飞跃统计，王绩56首五言诗近半数合律；杜审言28首五言诗仅1首失粘；李峤五言四韵诗及五绝146首几乎全部合律；杨炯五言四韵诗均合律。（见《中国古典诗歌平仄律的形成与嬗变》，《中国社会科学》2015年第3期）

③ 杨慎著，王大厚笺证《升庵诗话新笺证》，中华书局，2008年，第351页。

④ 胡应麟《诗薮》，中华书局，1962年，第66页。

⑤ 胡震亨《唐音癸签》，上海古籍出版社，1981年，第44页。

⑥ 王世贞著，罗仲鼎校注《艺苑卮言校注》，齐鲁书社，1992年，第160页。

术品质。创作方式上，篇幅既长，则将四韵律诗中首、颔、颈、尾四联予以铺排放大，起句如杜审言“六位乾坤动，三微历数迁”(《和李大夫嗣真奉使存抚河东》)，骆宾王“二庭归望断，万里客心愁”(《夕次蒲类津》)，卢照邻“地道巴陵北，天山弱水东”(《西使兼送孟学士南游》)，以数字、地理方位等对举，铺写景物细致有序，却雄浑有气魄，不做小家语。具体书写中更佳句频出，如“三川宿雨霁，四月晚花芳”(杜审言《赠崔融二十韵》)，“人寻鹤洲返，月逐虎溪回”(苏味道《和武三思于天中寺寻复礼上人之作》)，“ 五龙金作友，一子玉为人”(杨炯《和刘长史答十九兄》)等精妍隽秀，篇幅的增加赋予作者更多的雕琢空间，呈现出排律诗体特有的典重庄严，金声玉振。

盛唐以来，五七言律诗及排律作品相比于初唐明显增多，在内容、形式、声韵技巧等方面都有较大开拓。集大成者杜甫的创作兼备众体，且为排律体式率先垂范，导夫先路，在诗法技巧、体式变化、情感功能境界等方面均有开拓之功。其正中有变，变而能化，律诗创作不仅被视为古近体诗的分水岭，排律作品亦为后代公认之冠冕。相比于初唐排律的板滞、顿滞之拙，杜甫排律的篇章结构开阖纵横，铺陈排宕；炼句用韵平中见奇，履险如平；情感境界博大深厚，真挚平实；诗法体式打通古律界限，为百韵排律创体开先，为七言排律提升诗艺品格。杜甫之前，几乎没有百韵长篇排律创作，七言排律亦少见。杜甫的百韵排律《秋日夔府咏怀奉寄郑监李宾客之芳一百韵》、七言排律《清明二首》等作品都流传广远，不仅从诗法、诗格、诗艺各方面为后代排律创作立乎范式，亦促成排律一体在盛唐走向成熟。浦起龙“千言、数百长律，自杜而开，古今圣手无两”[①]；钱良择“百韵律诗少陵创之”[②]，赞扬其百韵长篇排律的创制之举；沈德潜“七言长律，少陵开出”[③]，胡震亨“七言排律，创自老杜”[④]，肯定其七言排律的辟

---

① 浦起龙《读杜心解》，中华书局，1961年，第11页。

② 钱良择《唐音审体》，见王夫之等《清诗话》，上海古籍出版社，1978年，第783页。

③ 沈德潜著，王宏林笺注《说诗晬语笺注》，人民文学出版社，2013年，第248页。

④ 胡震亨《唐音癸签》，上海古籍出版社，1981年，第23页。

路之功；高棅《唐诗品汇》更将杜甫列为排律诗体的唯一“大家”，且明言“排律之盛，至少陵而极”①。

至中晚唐，律诗创作数量、质量均较此前有较大突破。一度成为诗坛的流行体式，“阅者多喜律体，不喜古体”②。此时出现了如《中兴间气集》《御览诗》《极玄集》等专门编选近体律诗作品的诗歌选集，开元年间音韵学家孙愐在隋朝《切韵》一书基础上撰成《唐韵》(原书已佚)，为唐人作诗格律提供了较统一的标准。中晚唐诗人在格律上求偏求怪，一来体现出此时诗人已然能够纯熟驾驭声律技巧，并力图创新；二来反映出平仄声律、诗格于此时逐步完成定型，近体诗获得了“体式”的独立性。殷璠“开元十五年后，声律风骨始备矣”③；高棅“诗至开元天宝间，神秀声律粲然大备”④等，肯定了中唐以来近体诗声律技法和风格气韵均已形成了一定的体制规模。但就排律诗体来讲，晚唐的创作较前期多有衰颓之势。像李商隐《送千牛李将军赴阙五十韵》、李洞《观水墨障子》《对棋》、陆龟蒙《奉和袭美古杉三十韵》等，虽语皆核实，字尽精湛，也饶有诗味，却少见初盛唐时期排律雄浑巍峨的大气象。胡应麟谓：“唐大历后，五七言律尚可接翅开元，惟排律大不竞。钱刘以降，篇什虽盛，气骨顿衰，景象既殊，音节亦寡。韩白诸公，虽才力雄赡，渐流外道矣。”⑤在肯定律诗发展的基础上，特别指出此一时期排律之风骨气象不逮前朝，盖因晚唐诗坛崇尚澹净清空之风与排律形成之初的宏阔气韵不相符合。

唐代虽无排律之名，亦未见针对此体的相关论述，但比照声律的成熟过程，可知其发展流变大致与律诗同步，从初唐至晚唐的三百年

---

① 高棅著，汪宗尼校订，葛景春、胡永杰点校《唐诗品汇》，中华书局，2015 年，第 2372 页。

② 赵翼著，霍松林、胡主佑校点《瓯北诗话》，人民文学出版社，1963 年，第 137 页。

③ 殷璠《河岳英灵集》，见傅璇琮《唐人选唐诗新编》，陕西人民教育出版社，1996 年，第 107 页。

④ 高棅著，汪宗尼校订，葛景春、胡永杰点校《唐诗品汇》，中华书局，2015 年，第 133 页。

⑤ 胡应麟《诗薮·内编卷四》，上海古籍出版社，1979 年，第 78 页。

间已呈现出萌芽——发展——成熟——衰变的完整发展过程。但对这个过程的反思以及对排律一体名称的厘定、体式规则的辨析则又相隔了数百年，这在诗歌史上是比较特别的现象。排律定体定名后，明清诗家追溯源头、勾勒其生成背景时，说法均较一致。高棅谓："排律之作，其源自颜、谢诸人。古诗之变，首尾排句联对精密；陈梁以还，俪句尤切；唐兴始专此体，与古诗差别。"[①]清晰地梳理了排律的起源及发展过程。认为排律由古诗变体而来，在注重骈句对仗技巧的基础上不断追求声韵和内容的典丽高华。其后徐师曾、沈德潜等对排律诗体溯源，均遵循高棅说法，肯定了诗歌声律不断成熟对排律诗体发展的催生和促进作用。

二、排律称名的逐步趋同与统一

排律诗的立体与定名不是同步完成的。初唐以来，不少诗人已逐渐创作出平仄粘对完全合律的排律作品，但并未赋予体式特定的称名。诗题一般直接根据诗作内容拟定，或是在题中标以"某题 N 韵"，尚不能从诗题层面直接明确区分诗体。如张说《奉和圣制过晋阳宫应制》为一首十二韵排律；崔日用《奉和圣制送张说巡边》为一首十韵排律，此类诗题概括了作品主题但未标示诗体及韵数；陈子昂《南山家园林木交映盛夏五月幽然清凉独坐思远率成十韵》为一首十韵排律；杜甫《寄李十四员外布十二韵》为一首十二韵排律，此类诗题概括了作品主要内容并于题中标明韵数，以示与四韵律诗及普通短篇之别。

唐人虽未将排律诗独立命名，但已有较为明确的意识将排律与其他诗体区分开来，于诗题、诗序、书信中提及时往往会有特指。如元稹在《上令狐相公诗启》中介绍白居易诗才，谓其"雅能诗，就中爱驱驾文字，穷极声韵"[②]，重点提及白氏所作"千言或五百言律诗"，即

① 高棅著，汪宗尼校订，葛景春、胡永杰点校《唐诗品汇》，中华书局，2015 年，第 2371 页。

② 刘昫《旧唐书》"元稹传"，中华书局，1975 年，第 4332 页。

特指其长篇百韵排律而言；杜牧《樊川文集》第四卷卷首总目中署“长韵四首，律诗七十一首”，将集中《为人题赠》(二首)及《和野人殷潜之题筹笔驿十四韵》《往年随故府吴兴公夜泊芜湖口今赴官西去再宿芜湖感旧伤怀因成十六韵》四首排律诗署名“长韵”，区别于其他四韵律诗。再如韦庄《和郑拾遗秋日感事一百韵》、齐己《荆渚病中因思匡庐遂成三百字寄梁先辈》等于诗题中标示韵数或作品字数，元稹《答姨兄胡灵之见寄五十韵》序云“适白翰林又以百韵见贻”[①]，李敬方《题黄山汤院》序云“再往黄山浴汤，题四百字”[②]，吴融《和睦州卢中丞题茅堂十韵》诗“琼瑶一百字，千古见清机”等篇幅较长的排律，则往往在诗题、诗序或诗句中以“百韵”“千言”“N 百字”做强调，但仍与长篇古诗类似。后代诗歌选本中亦偶见长篇诗作古律混淆者，需加以区别。如杜甫《自京赴奉先县咏怀五百字》、陆龟蒙《奉和袭美酬前进士崔潞盛制见寄因赠至一百四十言》等则为长篇古诗，特举字数以示篇幅之长。早期排律与古诗体式的相关界定与描述大体相似，主要区别是后者诗题、诗序、诗句中较少以“韵数”记。

宋人对排律诗的命名基本承袭唐人，诗歌题目大体遵循“事件＋篇制(几言几韵)＋写作目的”的方式。如李纲《畤老修撰见示七峰吟因成七言十韵律诗以叙别》、朱长文《仲春上丁知府……辄成五言律诗二十韵叙谢》等，诗题较长，且写作缘由、情绪心境等前因后果都交代得比较详细，可等同视为诗前小序。其他诗题较短者，若为排律，作者亦往往会在诗前另置小序描述诗歌篇制及韵数。另有如葛胜仲《十二月二十三日立春……偶成律诗纪事》、程俱《谒蔡开府……作律诗一首》等直接以“律诗”指称排律，未作具体区分；刘克庄《进读唐鉴御章谢恩唐律一首二十韵》、李洪《偶成律句十四韵》等则以“唐律”“律句”指称排律。一方面看来，“排律”一体虽然在唐代已经成熟，且佳作频出，但在唐宋人视野中尚未将其独立成体，亦无规范的统一称

① 周相录校注《元稹集校注》，上海古籍出版社，2011 年，第 326 页。

② 彭定求等编《全唐诗》卷五〇八，中华书局，1960 年，第 5775 页。

名。另一方面，诗人在诗题、诗序中特别标明篇制韵数的做法又体现出唐宋文人已有意识对近体长篇区别待之。

至元代杨士弘编《唐音》，按时间脉络以“始音”“正音”“遗响”分体选编唐人诗作，于“唐诗正音卷之三·五言律诗”后另录“五言排律附”，收沈佺期、唐玄宗、王维、孟浩然、李颀、刘长卿、王建、张籍等人的排律诗十余首；于“唐诗正音卷之四·七言律诗”后另录“七言排律附”，收王建七言排律一首，“排律”之名于此首次出现，且在选本中被单独立体。元代李存《唐人五言排律选》则首次以排律一体做专体选本，意味着“排律”名称自此已然可以作为一种固定诗体形式的独立指称了。其后，明代高棅因《唐音》体例增补，编《唐诗品汇》，专设五言排律十一卷并长篇排律一卷，共收录诗人 243 人，五言排律 556 首及长篇五排 8 首；于七言律诗九卷后另附收崔融、僧清江、王建、温庭筠四人七言排律 4 首。此书排律选目众多，影响广泛，以至“排律”之名自此相沿成习，渐成为四韵以上律诗的特有称名。

随着高棅称名排律的普遍共识，有关其命名的合理性自此不断被讨论。宋邦绥言高棅不解声病，斥其以长诗为排律是“无识妄作”①，钱良择批评排律之名“益为不典”②，吴乔认为古人排比声律之言与高棅所言非同一概念，直接指出其所言排律之“排”字“大害于诗”③。这些批评之声注意到排律诗体逞学炫才、堆砌辞藻、破坏诗性的缺点，恰证明了其称名已然有别于普通律诗，体现出当时文人对排律诗体命名指称的关注。明清时，诗歌作品、选本、诗话评论等言及长篇律诗，较多直以“排律”称之，至此，“排律”之名成为四韵以上律诗比较常规的称名方式。排律之“排”字不仅准确描述了诗体篇长韵多的外在特点，亦呼应了五言律诗发展过程中从修辞重叠到“俪句尤切”的形式风尚——即“铺陈排比”。而从内在原理看，此命名将“排

---

① 冯舒、冯班《二冯先生评阅才调集》，《四库全书存目丛书》集部第 288 册，齐鲁书社，1997 年，第 1641 页。

② 钱良择《唐音审体》，见王夫之等《清诗话》，上海古籍出版社，1978 年，第 783 页。

③ 郭绍虞编选，富寿荪点校《清诗话续编》，上海古籍出版社，1983 年，第 493 页。

律”从“律诗”体制中独立指称，又巧妙区别了永明以来四韵律诗首、颔、颈、尾四联起承转合与排律体“铺陈终始，排比声韵”的不同篇制特点，被普遍接受并沿用。

另需辨析者，自宋代以来即多有以“长韵”“长律”指代排律者，此概念当与七言律诗相区别。吴乔谈论排律命名云“排律之名，始于《品汇》。唐人名长律，宋人谓之长韵律”[1]，但考唐人文献，未见此用法。关于“长律”的概念，自宋代以来一般有两种所指：其一是相比于五言律诗而言的七言律诗，如宋代赵孟坚《康不领此诗又有许梅谷者仍求再赋长律》、明代张昱《伏承员外……辄成长律四章少寓饯忱南阳乃贤上》、清代吴昌绶《莫君楚生……得长律三首韵酬之》等，与此相对的“短律”则大多指向五言律诗，如明代边贡《家豢鹦鹉……赋短律二篇》、皇甫涍《余与民则别……述短律二首》等；其二则以“长律”指称排律，如元代张仲深《赠致元长律二十二韵》为一首二十二韵五言排律，明代李昱《应用中税副摄麻城县擒贼有功为赋长律十韵》为一首十韵排律，明代王祎《王季阱奉命征吴谋武于江浙还赋长律以赠》为一首十韵排律等。杨万里《诚斋诗话》划分诗体时列“五言长韵律诗”即指排律而言，与集中“长韵古诗”相区别，并注意到其褒颂功德的功能和典雅重大的艺术品质[2]。

明清诗话称名排律诗体时，用“排律”“长律”“长韵”均较普遍。如谈论诗歌创作方法时，胡应麟言“作排律，先熟读宋、骆、沈、杜诸篇”[3]，张谦宜言“排律之有应制应试，又自一派”[4]等，称名“排律”；评价唐代排律艺术技巧时，钱良择言“初唐诸家长律诗，对偶或不甚整齐”[5]，陈仅言“熟玩唐贤诸长律，道在斯矣”[6]等，称名“长律”。相较

---

① 郭绍虞编选，富寿荪点校《清诗话续编》，上海古籍出版社，1983 年，第 532 页。

② “褒颂功德五言长韵律诗，最要典雅重大。”(杨万里《诚斋诗话》，见丁福保辑《清诗话》，上海古籍出版社，1978 年，第 138 页)。

③ 胡应麟《诗薮·内编卷四》，上海古籍出版社，1979 年，第 76 页。

④ 郭绍虞编选，富寿荪点校《清诗话续编》，上海古籍出版社，1983 年，第 806 页。

⑤ 钱良择《唐音审体》，见王夫之等《清诗话》，上海古籍出版社，1978 年，第 782 页。

⑥ 郭绍虞编选，富寿荪点校《清诗话续编》，上海古籍出版社，1983 年，第 2118 页。

而言，明清称“长律”者多倾向七言排律，与五言排律相区别。如冒春荣云“七言长律，少陵开出”①，王楷苏云“七言长律……唐人作者甚少”②；或以“长律”指称篇幅较长、韵数较多的排律，如傅若金云“长篇长律，则转处或有再转、三转方合者”③，张镃云“老杜歌行与长韵律诗，后人莫及”④。相比“长韵”和“长律”，“排律”之名自诞生起就被用来指称四韵以上的律诗，是向来比较通行的说法，并逐渐流行。在定名过程中，“长律”“长韵”等概念被用来指代排律同时亦可指代七律或长古，需结合具体语境加以辨别。从诗歌史角度看，对排律诗体称名由模糊至清晰，由多元到统一的历程反映了古代文人对诗歌艺术形式及审美功能的体认逐渐深入。

三、排律体式的明辨与诗法具化

虽然排律之名至元代以后才出现并逐渐普及，排律诗体则是在唐代律诗成熟完善的过程中就已经获得了相对独立的地位。前举唐人诸排律创作在诗序、诗题中标明韵数等做法已反映出唐人有意识将排律区别于其他诗体，但对此一体式特征的具体定义和阐释则至明代才逐步完善。中国古典文学自其生成以来就孕育了较为明确的“辨体”理念。东汉王充《论衡》“章有体以成篇”，指出字句联章当有体，此时“体”的含义主要指向文章架构。曹丕《典论·论文》明确区分了奏议、书论、铭诔、诗赋四科八体各具代表性的风格特征。其后陆机《文赋》、挚虞《文章流别论》等细化曹丕“四科八体”说，辞理惬当，为世所重。六朝时期，刘勰《文心雕龙》前半自“明诗”至“书记”细分 20 种文体，提出创作、品味作品的“三准”“六观”等原则，居首要者均为“位体”，即作品的体制安排。论及作诗取法、论文叙笔均首先强调“端正体制”的重要性。隋唐时期，辨体理念不断发展，促使排律孕

① 郭绍虞编选，富寿荪点校《清诗话续编》，上海古籍出版社，1983 年，第 1512 页。
② 张寅彭主编《清诗话三编》，上海古籍出版社，2015 年，第 1843 页。
③ 傅若金《诗法正论》，见傅若金《傅与砺诗文集》，文渊阁《四库全书》本。
④ 张镃《诗学规范》，见吴文治主编《宋诗话全编》，凤凰出版社，2006 年，第 7524 页。

育之初就已被纳入“分体”的范畴，区别于五七言四韵律诗。刘善经“凡词人之作也，先看文之大体”[①]，徐夤“凡为诗者，先须识体格”[②]等继承刘勰的“文体论”，将“辨体”视为创作的首要步骤。皎然《诗式》提出“辨体有一十九字”[③]，认为体有所长，各归功一字，则把文章“体制”与风格内容相结合，拓展了唐代诗文辨体观的视野。由宋至明，文人辨体意识再度深化，黄庭坚、吕本中、陈师道、张戒、朱熹等大家都相继反复肯定和强调“文体为先”的观念。元代祝尧“宋时名公于文章必辨体，此诚古今的论”[④]，指出辨体思想已成为宋代文人创作的先决观念，但对排律诗体的辨析尚未脱离唐人范畴。明清两季，诗人创作的分体意识愈发明晰，划分诗文体裁更为细致。排律的定体伴随此时其称名的独立，突破前代模糊的概念指向，完成了此一体式在概念、性质、法则等层面的固定和确立。

明清人成熟的辨体观体现在排律创作领域。其一，进一步细化区分诗体，排律自定名后即完全作为独立的体式类别概念被普遍化沿用。如吴讷《文章辨体》将诗歌分为古诗、连珠、律赋、排律、绝句、联句、杂体等；徐师增《文体明辨》取前者损益之，将与诗歌相关的文体细分为包括排律在内的25种。“排律”之名此时已作为固定的诗体概念被直接运用于明清人的诗歌题目中。如王九思《五言排律三十四韵赠大参陈子才》、郑汝璧《独太仆王公平蛮督传赋五言排律二十韵》、王世贞《堤帅左都督麻城刘公贻书慰存且有名香佳扇之贶七言排律二十四句志谢》、何白《寿中丞昆岩先生六十初度七言排律一百八韵》等，诗题明确以“排律”定位作品性质和体裁。可见排律诗体在明代诗坛的独立性特征。

其二，明清时期，分体选编诗歌之风大盛，诗歌选本、诗话评论著

① 遍照金刚著，卢盛江校考《文镜秘府论汇考汇校》，中华书局，2006年，第1450页。

② 神彧《诗格》，见张伯伟编《全唐五代诗格汇考》，江苏古籍出版社，2002年，第1440页。

③ 皎然著，李壮鹰校注《诗式校注》，人民文学出版社，2003年，第69页。

④ 祝尧《古赋辩体》，见王冠辑《赋话广聚》，北京图书馆出版社，2006年，第417页。

作分体编排时大多单列排律一体。据沈文凡缉考所见，明代唐诗选本收录唐代排律情况十分可观[①]。如徐缙《唐五十家诗集》收唐代诗人诗集 50 家，其中 30 余家诗集皆单录排律一体；吴勉学《盛唐诗汇》录十三卷，共 378 首排律，并按不同题材类型分类编排。其他如李攀龙《诗删》《唐诗广选》、紫霞洞天《增奇集》、周珽《删补唐诗选脉笺释会通评林》、张逊业《十二家唐诗》、施端教《唐诗韵汇》等均有“排律”一体诗歌选目。如明代孙鑛《排律辨体》、清代牟钦元《唐诗排律》等则专选排律，选篇之上夹以详细笺注，讨论体裁特色等，说明排律在当时已然普遍被视为独立稳定的诗歌体裁。应试律诗作为排律中的一种，以五韵六言为标准体式，随着清代“尊唐”理念兴盛、科举试诗制度回归，亦不断蓬勃发展，出现了如毛奇龄《唐人试帖》、朱琰《唐试律笺》、萧培元《思过斋试律诗钞》等专门的科举试律诗选本以及纪昀《唐人试律说》、梁章钜《试律丛话》等试律批评诗话，客观审视试律诗体定位，并立以诗歌法则加以规范。彭国忠谓其立足于唐人的试律评点，而又从人格、气格上提升和超越[②]，再度促进了排律体式的完善。近年来，彭国忠、蒋寅、潘务正、薛亚军等学者对由唐至清的科举试诗作品、创作背景及相关诗学理论加以整理、辨析和阐释[③]，不断推动排律诗史研究体系的丰富和建构。

其三，“选评”“选注”“笺校”类选本及诗话评论类著作增多，相比于前代立体、辨体意识更为明确，并着重对不同诗歌体裁做定性阐释，探讨不同诗体创作规则与方法。选家在细分体裁的基础上又多加以评注，不断推动排律诗学理论和创作的发展。“排律”诗体的体式规则正是在此一时期诗家的讨论中不断完善定型。如孙鑛《排律

---

① 沈文凡《排律文献学研究》，吉林人民出版社，2007 年，第 311—454 页。

② 彭国忠《〈唐人试律说〉：纪昀的试律诗学建构》，《文艺理论研究》2014 年第 5 期。

③ 如彭国忠《唐代试律诗》（黄山书社，2006 年）、蒋寅《科举试诗对清代诗学的影响》（《中国社会科学》2014 年第 10 期）、潘务正《林联桂〈见星庐馆阁诗话〉与乾嘉翰林院试律诗风》（《中国诗学研究（第十二辑）》，安徽师范大学出版社，2016 年）、薛亚军《唐代试律研究》（中国戏剧出版社，2010 年）等。

辨体》专论排律一体的发展历程、声律规则、体式特征及其与其他诗体关系等，见解独到。作者根据对仗、押韵、篇幅等规则将排律细分为三十二体①，虽显杂芜，却是作者针对排律一体用心梳理编排的结果。张谦宜以"排宕排阀"解释排律之名的含义及特点，谓"一物一事，必换意分层以尽其致"②，提倡长篇的层次感，并指出此体填砌典故，点缀浮艳的弱点。宋长白追溯排律因革，认为唐人排律承袭六朝骈俪宗尚而来，诗歌体式则"大约以六韵为准""其长者不过十数韵而止"③。冒春荣"五言排律以声调为上，先求平仄无讹"④论述排律声韵规则，并详细说明了每句间的平仄交替规则以避免失黏："总以句中第二句为纽，首句平，次句仄，三句次字用仄，四句次字又用平，五句次字又以平接。如此类推，可无失黏之虑"⑤，对排律作法的讨论已经颇为细致，反映出其诗体地位的不断提升。明清诗家在创作中不断完善、发扬排律诗体，在分体意识愈发明确的时代背景下，尤为注重其与其他诗体的联系与区别。李因培以"五排本五律增益"⑥阐述排律与四韵律诗的关系，将排律的源头追溯到南北朝时期，又注意到六朝以来的古体诗也同样研声炼字，层见叠出，除个别格律未谐处，已俨同排律。吴乔批判排律弊端的同时亦承认其与古诗关系密切："五排，即五古之流弊也。至庾子山，其体已成，五律从此而出。"⑦王士禛讨论长篇排律与短篇律诗作法的异同，指出二者章法统一，只是"短篇波澜少耳"⑧。顾亭鉴将排律与普通律诗、长篇古风合

① 书中原文为"凡排律之体三十一"，但其后罗列的实际诗体为32种。参见孙小力《从孙鑛〈排律辨体〉看晚明诗文总集的某些特点》，《甘肃社会科学》2009年第1期，第84—88页。

② 郭绍虞编选，富寿荪点校《清诗话续编》，上海古籍出版社，1983年，第806页。

③ 张寅彭主编《清诗话三编》，上海古籍出版社，2015年，第742页。

④⑤ 郭绍虞编选，富寿荪点校《清诗话续编》，上海古籍出版社，1983年，第1520页。

⑥ 李因培《唐诗观澜集》，清乾隆己卯(1759)江苏学署刻本。

⑦ 郭绍虞编选，富寿荪点校《清诗话续编》，上海古籍出版社，1983年，第512页。

⑧ 王士禛著，张宗柟纂集，戴鸿森校点《带经堂诗话》，人民文学出版社，1963年，第849页。

为一处比较，认为排律“对偶平仄与律诗同”，“起止炤应与长篇古风同”[①]，分别从诗歌格律和章法两个层面找到了其与律诗、长古的相似处。排律一体正是在明清之际诗论家关于起源流变、格律规则、创作技巧及其与其他诗体关系的讨论与阐释中不断获得了更为独立和系统化的诗体定位。

排律是诗歌艺术不断发展的产物，在诗歌声律逐步完善的过程中，近体律诗增加篇幅，铺陈排比，形成句法体式研炼精切的排律诗体。几经雕琢铺排形成的华美篇章相对于其他诗体更能彰显作者富澹的才情。典重的风格为其赋予了更合乎礼仪的社交功能，故多应用于科举试诗、干谒应制场合。对精严形式、工稳声律的追求相比于普通抒情表达来讲，势必更需要诗人用心巧思，故其发展的高峰期往往在时代承平之时，而在动乱之际，诗歌的思想性、抒情性相比于严整形式往往会更多受到关注。这也能解释排律自六朝至唐代兴起、发展而至晚唐未及命名就“大不竞”的原因。其称名相对于立体的滞后性亦与诗体特征密切相关。唐宋人将其视为律诗而未对体制作过多阐释，明清之季随着尊唐理念称盛及科举制度回归，诸家重新审视唐代诗体而始对排律定名、释名、定性，追溯源流，讨论体裁特质。大量诗话将排律作为完全独立的诗歌体式探讨其流变、章法、句法、用韵、创作技巧等，在此过程中，排律一体逐渐获得了区别于普通四韵律诗，相对固定的体式地位和更为系统性的诗法规则。相比其他诗体，排律自生成到定名立类再到诗法诠释这一漫长的历时性轨迹本身跨越唐、宋、元、明、清等而自成体系，反映出古代诗歌体式自身发生、演变的复杂性和丰富性，与时代风尚、文化思潮、语言变迁等密切相关，呈现出中国古代文体史规律性的发展特点。

（青岛大学文学与新闻传播学院）

① 顾亭鉴《诗法指南》，1916 年刊本，第 25—26 页。

杜甫“讥陶说”公案的还原考察*

张　月

内容摘要：杜甫《遣兴五首》中“陶潜避俗翁”引发的“讥陶说”争议，自宋代以来形成承认讥嘲、否定讥嘲以及“未察《责子》政治背景”三大主要观点。然而，整体考察《遣兴五首》的文本脉络，无论依据两种版本中的任一解读，皆可发现杜甫实以陶渊明自况，借此抒发理想与现实落差的幽深感慨，绝非讥嘲之意。杜甫评价陶渊明，并非出自单一的儒家或道家思想，而是融合儒家责任伦理与家族天师道传统的多维视角，既非全然批评，亦非盲目推崇，通过陶渊明的形象映射自身处于“出世”与“入世”两难抉择中的深刻反思。

关键词：陶渊明；杜甫；讥陶说；未达道；天师道

* 基金项目：四川省哲学社会科学重点研究基地中华诗歌研究院一般项目“杜甫‘讥陶说’研究”(2023ZHSGYJY - YB08)。

An Investigation on the Restoration of the Incident of Du Fu's Criticism of Tao Yuanming

Zhang Yue

Abstract: The phrase "Tao Qian, the recluse who shunned the vulgar" (陶潜避俗翁) in Du Fu's "Five Poems to Relieve Feelings"(《遣兴五首》) has sparked the controversy of the "Criticism of Tao Qian"(讥陶说) since the Song Dynasty. Three main interpretations have emerged: one affirming the notion of critique, another rejecting it, and a third emphasizing the lack of understanding regarding the political context of Tao Qian's "Reproaching My Sons"(《责子》). However, a comprehensive examination of the textual context of the "Five Poems to Relieve Feelings", based on either of the two existing versions, reveals that Du Fu uses Tao Yuanming(陶渊明) as a figure of self-reflection, expressing a profound lament over the gap between his ideals and reality, rather than mocking him. Du Fu's evaluation of Tao Yuanming is not rooted in a singular Confucian or Daoist framework but rather reflects a multidimensional perspective that integrates Confucian ethics of responsibility with the family tradition of the Celestial Masters Daoism. It is neither entirely critical nor blindly laudatory. Through the image of Tao Yuanming, Du Fu contemplates his own profound struggle between "withdrawal"(出世) and "engagement"(入世), offering a deep self-reflection on this existential dilemma.

Keywords: Tao Yuanming; Du Fu; took Tao as a joke; failure to reach the Tao; Celestial Masters Daoism

陶潜(365—427)的生平或有异说①,但在文学史上的经典地位却勿庸置疑:就其思想境界而言,陈寅恪评价其为"实乃吾国中古时代之大思想家"②;在诗艺层面,苏轼更是直言"独好渊明之诗","自曹、刘、鲍、谢、李、杜诸人,皆莫及也"③。然而纵观陶渊明接受史,我们可以清晰发现他如杜甫一般,在生前与生后一段时间内均声名不甚显④。至唐时,陶渊明田园闲适诗歌内容与饮酒高士身份形象成为时人效仿与推崇的两大主要方面,王、孟、韦、柳、李、杜或学陶或效陶或拟陶,陶渊明经典地位得到初步确立。至宋,苏轼始作大量和陶诗,并渐成风气;加之理学的发达,宋人更多从道学层面思考陶渊明人格思想的影响,自此"'慕陶'遂成为中国文化史上一个持续的文化现象"⑤。不过在陶渊明其人其诗经典化进程中,出现了一个似乎不太和谐的声音,即所谓杜甫"讥陶说"。如今重新审视这一公案,分辨纠正误读,有助于厘清其背后关涉的杜甫所言陶渊明"未达道"的真正本意及内涵。

---

① 关于陶渊明生平异说主要集中在其生卒年与字号两方面。首先是生卒年历来众说纷纭,因南朝梁沈约《宋书·隐逸传》记"潜元嘉四年卒,时年六十三"说出现最早且最为普遍,故本文取此说,即陶渊明生于兴宁三年(365),卒于元嘉四年(427)。其次是有关陶渊明字号问题。据《宋书·隐逸传》记载:"陶潜字渊明,或云渊明字元亮,寻阳柴桑人也。"(沈约《宋书》卷九十三,中华书局,1974年,第2286页)又《南史·隐逸传》:"陶潜字渊明,或云字深明,名元亮。"(李延寿《南史》卷七十五,中华书局,1975年,第1856页)可知,陶潜字有渊明、深明、元亮三说,对此,陈垣指出:"《南史》原文必与《宋书》同,但避讳改渊为深耳。后人校《南史》者不察,遂传写颠倒如此。"(参见陈垣《史讳举例》,中华书局,1962年,第33页)

② 陈寅恪《金明馆丛稿初编》,生活·读书·新知三联书店,2009年,第229页。

③ 王文诰辑注,孔凡礼点校《苏轼诗集》卷三五,中华书局,1982年,第1882页。

④ 如《宋书》《晋书》《南史》均将其列在《隐逸传》中,《南齐书·文学传》未有论及陶诗,皆因其诗歌创作与主流文风不符。直至萧统为其编纂《陶渊明集》并撰序才真正发现陶之价值,时萧统编纂《文选》广收汉魏齐梁作品,收录陶诗8题9首,另还收录江淹拟陶诗《陶征君潜田居》以及颜延之《陶征士诔》文。然此后刘勰《文心雕龙》并未专论陶渊明,钟嵘《诗品》虽视陶渊明"古今隐逸诗人之宗",但却将其列为中品。

⑤ 袁行霈《陶渊明:中国文化的一个符号》,《陶渊明研究》,山东人民出版社,2020年,第183页。

一、“讥陶说”原由检理

陶渊明《责子》诗曰：“白发被两鬓，肌肤不复实。虽有五男儿，总不好纸笔。阿舒已二八，懒惰固无匹。阿宣行志学，而不爱文术。雍端年十三，不识六与七。通子垂九龄，但觅梨与栗。天运苟如此，且进杯中物。”[①]据龚斌考证，此诗作于义熙六年庚戌(410)，此时距离陶渊明辞去彭泽令、归耕田园已五年有余。诗人描写了五子不好纸笔的学习状态，虽题名“责子”但实乃自遣。对于此诗的阐释，杜甫曾作《遣兴五首》(其三)：“陶潜避俗翁，未必能达道。观其著诗集，颇亦恨枯槁。达生岂是足，默识盖不早。有子贤与愚，何其挂怀抱。”[②]这首诗借用与陶渊明相关的多个典故，如陶渊明避俗求达道及其五子不好纸笔之事典，或陶渊明评价颜、荣二子“虽留身后名，一生亦枯槁”的语典等[③]，表达了对陶渊明思想层面的总体观照及自己对陶诗的理解。然而，后人却围绕杜诗“未必能达道”，生出杜甫“讥陶”一说，此诗也成为后人解读“讥陶说”的源头，造成了诗歌阐释的循环与误读。另外，于文人层面存在的杜甫“讥陶说”之外还有社会舆论对《责子》诗的不同见解，这反映在约北宋黄庭坚时代稍前，有“俗人”认为此诗传达了渊明因五子不肖而愁叹的情绪：“观渊明之诗，想见其人，岂弟慈祥戏谑可观也。俗人便谓渊明诸子皆不肖，而渊明愁叹见

---

① 陶潜著，龚斌校笺《陶渊明集校笺(修订本)》，上海古籍出版社，2011年，第279页。本文所引陶诗均出自此书，后不再出注。

② 杜甫著，仇兆鳌注《杜诗详注》，中华书局，1979年，第563页。本文所引杜诗均出自此书，后不再出注。

③ 陶渊明有《归园田居五首》(其一)诗：“少无适俗韵，性本爱丘山。”《饮酒二十首并序》(其十二)：“去去当奚道，世俗久相欺。”都表达了欲远离世俗、保持人之自然本性之意。又有《责子》诗：“白发被两鬓，肌肤不复实。虽有五男儿，总不好纸笔。”《命子》诗：“夙兴夜寐，愿尔斯才。尔之不才，亦已焉哉。”言及众儿非免于学。又有《饮酒二十首并序》(其十一)：“颜生称为仁，荣公言有道。……虽留身后名，一生亦枯槁。”指颜回、荣启期一生枯槁穷困。

于诗。”[①]俗人自然无法解读出杜甫是否讥陶这一深层含义，却从社会舆论话语侧面印证陶氏此诗歧见的存在与流行。此后，历代文人无论在阐释陶、杜诗歌及辨析二人关系等微观层面，抑或在论述陶渊明道学思想等宏观问题时，都难以绕开杜甫是否“讥陶”以及背后渊明“达道”与否这一话题。纵观前人所言，分为三派：

一，赞同“讥陶说”。此派言论可细分为两种。第一种看法如清吴见思、方东树诸人认为陶渊明未能达道故生讥陶之意。如清吴见思曰：“若达生之人，岂是足哉。盖因识见未为先机也。不然子之贤愚何足校，而殷殷置念乎？”[②]第二种看法承认杜甫讥陶，但否定陶渊明“未能达道”。如清邱嘉穗云：“杜子美嘲公此诗云：‘有子贤与愚，何其挂怀抱。’然必有父作子述，而后文王无忧。子之贤愚，虽圣人亦不得不挂怀抱也。……况其结语优游任运，亦未尝沾沾挂怀抱也。萧统序之曰：‘论怀抱，则旷而且真。’岂虚语哉！”[③]

二，否定“讥陶说”。历代对杜甫“讥陶说”持否定态度占据多数，尤其以宋人尤多。此派言论可别为四种，从不同角度论证杜甫此诗本意在于戏谑、自况或遣兴。第一，以杜诗本意在于戏谑。如宋叶寘《爱日斋丛抄》评论《命子》诗：“‘夙兴夜寐，愿尔斯才。尔之不才，亦已焉哉！’盖所谓阿舒者先长而名之，末语正近责子意，其成否则天也。此所以为渊明之达。……责子诗，聊洗人间誉子癖。少陵、东坡亦戏言之，非不知渊明也。’”[④]宋张縯直言“此固以文为戏耳”[⑤]。明

① 黄庭坚《书陶渊明责子诗后》，刘琳、李勇先、王蓉贵点校《黄庭坚全集》第二册，四川大学出版社，2001年，第655页。此语另有异文，杨伦《杜诗镜铨》引山谷语：“子美尝困于三川，为不知者诟病，以为拙于生理。又往往讥议宗文宗武失学，故寄之渊明以解嘲耳。俗人不领，便以为讥病渊明，所谓痴人前不得说梦也。”参见杜甫著，杨伦笺注《杜诗镜铨》，上海古籍出版社，1962年，第235页。

② 吴见思《杜诗论文》卷十二，清康熙十一年(1672)吴郡宝翰堂刊本，第5b页。

③ 邱嘉穗评注《东山草堂陶诗笺》卷三，《四库全书存目丛书》集部第3册，齐鲁书社，1997年，第253页。

④ 叶寘撰，孔凡礼点校《爱日斋丛抄》卷三，中华书局，2010年，第73—74页。

⑤ 李公焕辑注《笺注陶渊明集》卷之一，中国国家图书馆藏明刻本。

张自烈亦曰："此直笑谑耳。"[①]第二，以杜诗借陶以自嘲遣兴。如宋黄庭坚云："观渊明此诗，想见其人慈祥戏谑可观也。俗人便谓渊明诸子皆不慧，而渊明愁叹见于诗耳。……子美困顿于山川，盖为不知者诟病，以为拙于生事。又往往讥议宗文、宗武失学，故聊解嘲耳。其诗名曰《遣兴》，可解也。俗人便为讥病渊明，所谓痴人前不得说梦也。"[②]可见，在宋代由杜诗《遣兴五首》引发的关于杜甫"讥陶说"争议早已流传开来，黄庭坚指责世俗眼中的错误看法，同时也否定了大多数阐释者所持杜甫托渊明以解嘲的理解，认为此诗仅单纯抒发是时性情，不论陶诗或杜诗，都绝无讥嘲之意。南宋葛立方进一步引申黄庭坚的观点，又列举《遣兴》《忆幼子诗》《得家书》《元日示宗武》等诗，证明杜甫"于诸子钟情尤甚于渊明矣"[③]。其后，金赵秉文[④]，明游潜[⑤]、王嗣奭[⑥]，清浦起龙[⑦]、杨伦[⑧]、仇兆鳌[⑨]均认为杜甫此诗乃借陶自嘲自遣。第三，由反驳"枯槁"证明其"达道"。与前述两种主要从"有子贤愚"角度而生出的否定杜甫讥陶不同，宋人还将目光聚焦于"枯槁"与"道"二者关联，由反驳"枯槁"到否定其未达道。有以枯槁形容遭际，如宋黄彻《䂬溪诗话》[⑩]、辛弃疾《书渊明诗后》[⑪]；也有枯槁指代陶诗，如宋杨万里《读渊明诗》[⑫]认为陶诗平淡自然但并不枯槁。

---

① 张自烈辑《笺注陶渊明集》卷三，清宣统三年(1911)贵池刘氏刻本。

② 胡仔纂集，廖德明校点《苕溪渔隐丛话》前集，人民文学出版社，1962 年，第 17—18 页。

③ 葛立方《韵语阳秋》，上海古籍出版社，1984 年，第 127 页。

④ 赵秉文著，马振君整理《赵秉文集》，黑龙江大学出版社，2014 年，第 115 页。

⑤ 游潜《梦蕉诗话》，《四库全书存目丛书》集部第 416 册，齐鲁书社，1997 年，第 699—670 页。

⑥ 王嗣奭《杜臆》，上海古籍出版社，1983 年，第 85 页。

⑦ 浦起龙《读杜心解》，中华书局，1961 年，第 69 页。

⑧ 杜甫著，杨伦笺注《杜诗镜铨》，上海古籍出版社，1962 年，第 234 页。

⑨ 杜甫著，杨伦笺注《杜诗镜铨》，上海古籍出版社，1962 年，第 563 页。

⑩ 黄彻著，汤新详校注《䂬溪诗话》，人民文学出版社，1986 年，第 106 页。

⑪ 按，此诗第二句"此是东坡居士云"当为辛弃疾误将杜甫之论错冠以苏轼。参见邓广铭辑校《辛稼轩诗文钞存》，古典文学出版社，1957 年，第 75 页。

⑫ 杨万里《读渊明诗》，《诚斋集》卷二十二，上海商务印书馆《四部丛刊》影印宋刊本，第 206 页。

第四，从儒释道层面肯定陶渊明得道。此时“道”已被具象化，赋予了儒释道之内涵。如宋罗大经《鹤林玉露》引陶渊明《神释形影》《戊申岁六月中遇火》等诗，从道家“委顺养神”[①]思想到“废心用形”[②]的儒道互补论证了陶渊明之达道。明归有光《悠然亭记》[③]与《陶庵记》[④]分别从道儒二家肯定陶渊明之得道。宋葛立方《韵语阳秋》[⑤]则另辟蹊径，从佛教禅理探讨陶氏“达道”内涵，可谓开陶渊明受佛教思想一说之先河。

三，以陶诗比附时事：悼晋耻宋。中唐之后，面对国势衰颓之貌，时人开始重提《宋书》中陶渊明忠晋论调，如唐颜真卿《咏陶渊明》：“张良思报韩，龚胜耻事新。狙击不肯就，舍生悲缙绅。呜呼陶渊明，奕叶为晋臣。自以公相后，每怀宗国屯。题诗庚子岁，自谓羲皇人。”[⑥]至宋代陶渊明忠义说更是屡被提及，唐宋人谈及陶渊明“悼晋耻宋”，也多因其诗“自永初以来唯云甲子而已”[⑦]推测而来，然而清何焯却将《责子》诗曲意比附时事，云：“老夫耄矣，子又凡劣，北山愚公，竟何人哉？此《责子》所为作也。”[⑧]将“总不好纸笔”“天运苟如此”二句作“国亡主灭”[⑨]阐释，其言实则已与杜甫讥陶说无关，而将陶诗比附东晋政治，强作微言大义，实乃穿凿附会。

有关杜甫“讥陶说”之争，历代学者争论不休，观点纷呈[⑩]。然通

---

① 罗大经撰，王瑞来点校《鹤林玉露》，中华书局，1983 年，第 92 页。

② 罗大经撰，王瑞来点校《鹤林玉露》，中华书局，1983 年，第 134—135 页。

③ 归有光著，周本淳校点《震川先生集》，上海古籍出版社，1981 年，第 386 页。

④ 归有光著，周本淳校点《震川先生集》，上海古籍出版社，1981 年，第 426 页。

⑤ 葛立方《韵语阳秋》，上海古籍出版社，1984 年，第 149 页。

⑥ 彭定求编《全唐诗》，中华书局，1960 年，第 1583 页。

⑦ 沈约《宋书》，中华书局，1974 年，第 2289 页。

⑧ 何焯著，崔高维点校《义门读书记》，中华书局，1987 年，第 982 页。

⑨ 何焯著，崔高维点校《义门读书记》，中华书局，1987 年，《义门读书记》，第 982 页。

⑩ 与传统聚焦“有子贤与愚”为争论核心的“讥陶说”有别，郭沫若《李白与杜甫》另辟蹊径，认为陶渊明出于庸俗门第观念假冒尧之后人而见其“未必能达道”，为解读杜甫“讥陶说”提供了一个新的视角，但由于历史局限性所致，此观点有失偏驳，不足为据。参见郭沫若《李白与杜甫》，人民文学出版社，1972 年，第 153 页。

览相关文献可见，否认杜甫讥嘲陶渊明之说，并认为杜诗旨在借陶自况以抒发遣兴者，实为主流。然而，当前学界对此问题的讨论，尚存两点值得深入探讨：其一，“讥陶说”的生成与后世阐释背后，反映的不仅是对杜诗文本的分析，更折射出不同时代对陶渊明“得道”观念的差异化理解。例如在宋代，“讥陶说”多受驳斥，这与宋人对陶渊明的文化定位密切相关。宋代士人将陶渊明塑造为道家“真人”人格的典范①，视之为士大夫清高节操与精神气节的象征。以苏轼、黄庭坚为代表，宋代学者不仅全面肯定陶渊明的“得道”形象，更借此彰显儒道合一的文化理想。至清代，随着社会震荡，一些学者基于东晋乱世与清初处境之相类，开始重新解读陶渊明，以东晋士人精神寄托的角度比附陶氏，从而呈现出有别于宋人的时代特质。这种时代性解读，不仅影响了对杜甫诗意的诠释，也体现了诗学研究与思想史间的互动关联。其二，传统研究多着眼于文本中“有子贤愚”“人诗枯槁”与“得道与否”之因果逻辑，而对《遣兴五首》组诗整体诗旨关注不足。实则，这首组诗的整体性与内在结构，乃是解读杜甫诗意的核心所在。杜甫借陶自况，既非讥嘲陶渊明之人格与诗风，亦非对其盲目推崇，而是在组诗中融入对陶渊明人生价值与精神境界的复杂情感和深刻共鸣，通过对陶氏形象的借鉴与转化，实现诗人自身现实处境与理想追求的深层对话。

二、情感、内容与诗艺：杜诗《遣兴五首》之再阐释

关于杜甫《遣兴五首》组诗之具体诗目，历代注家也有分歧。作为杜诗祖本的宋本《杜工部集》将此组诗编次系于卷三，分别为“天用莫如龙”“地用莫如马”“陶潜避俗翁”“贺公雅吴语”“吾怜孟浩然”，皆五言八句古体。前又接续有两组亦题作《遣兴五首》的同题诗，一组为“蛰龙三冬卧”“昔者庞德公”“我今日夜忧”“蓬生非无根”“昔在洛阳时”，皆五言十句古体；一组为“朔风飘胡雁”“长陵锐头儿”“漆有用

① 参见黄炬《陶渊明经典化新论》，《社会科学论坛》2024年第6期，第208页。

而割”“猛虎凭其威”“朝逢富家葬”皆五言八句古体。宋赵次公《新定杜工部古诗近体诗先后并解》、宋郭知达《九家集注杜诗》、宋蔡梦弼《杜工部草堂诗笺》同二王本诗目，然而题名宋王十朋《王状元集百家注编年杜陵诗史》及《分门集注杜工部诗》、宋黄希黄鹤《黄氏补千家集注杜工部诗史》则将前两首替换为“蛰龙三冬卧”“昔者庞德公”，清人朱鹤龄、仇兆鳌、浦起龙、杨伦等杜注从《百家注》《黄氏补注》之编次与系年，将此诗置于“乾元二年秦州”，推翻了二王本编目，至此形成以“蛰龙三冬卧”“昔者庞德公”“陶潜避俗翁”“贺公雅吴语”“吾怜孟浩然”五首为固定诗目的新《遣兴五首》①。至于《百家注》缘何重新编排此组诗的诗目，必然有编纂者出于对新组诗五首怀人怀古题材认同的直观因素，比如《分门集注杜工部诗》就将新组诗置于“怀古”类。考虑到二王本《杜工部集》的权威性，我们不妨先就此本皆五言八句古体《遣兴五首》的整体来考察“陶潜避俗翁”一首的意蕴。第一首“天用莫如龙”，重点在“性命苟不存”一句，似潜在交待杜甫弃官的根本缘由在于担心性命不得存。第二首“地用莫如马”，重在末句“逍遥有能事”，渥洼天马远离世俗，则“不杂蹄啮间”，不会受到伤害，而

---

① 二王本原《遣兴五首》诗目分歧主要集中在“天用莫如龙”组诗与“蛰龙三冬卧”组诗，与“朔风飘胡雁”组诗五首无涉。遵从二王本原《遣兴五首》之编次者有三，赵次公将此组诗系年为“乾元二年秋七月弃官居秦州以后所作”，蔡梦弼系年为“天宝以来在东都及长安所作”，因郭知达《九家集注》为分体本，故不考虑其系年因素。然自题名王十朋的《百家注》始，有关此首组诗诗目出现歧见，《百家注》不载“蓬生非无根”“天用莫如龙”“地用莫如马”三诗，将“昔在洛阳时”单独拈出题为《遣兴》，系年天宝十五载与至德二载之间；又将“我今日夜忧”“干戈犹未定”组成《遣兴二首》系年秦州诗，置于新《遣兴五首》前，同为乾元二年秦州诗作。与《百家注》同时略晚的分门本《分门集注杜工部诗》与《百家注》编目相同，将新《遣兴五首》置于“怀古”类，“干戈犹未定”“我今日夜忧”置于“宗族”类，“昔在洛阳时”置于“述怀”类，另将“蓬生非无根”单置于“居室”类，“天用莫如龙”“地用莫如马”新编为《遣兴二首》置于“鸟兽虫鱼”类。《百家注》《草堂诗笺》本同用鲁訔编次，又据林继中考证，《百家注》《草堂诗笺》编次的真正渊源为《先后并解》（参见林继中《杜诗赵次公先后解辑校·前言》，上海古籍出版社，2012 年，第 11—12 页），质言之，三书编次本应相同，然《百家注》注意到此组诗的独特性，对其诗目与编次系年提出不同看法，以至改写了自二王本以来的原诗目形成了后世认可的新《遣兴五首》，从此点来看，《百家注》具有一定的学术价值，这也是对学界所谓《百家注》坊刻本价值不高固化印象的有力反证。

可以逍遥发展个人的“能事”。第四首“贺公雅吴语”，重在“爽气不可致”，表彰贺知章眼见朝廷混乱，乞归故乡，遂其清狂之素志。第五首“吾怜孟浩然”，重在“赋诗何必多”一句，赞其早早放弃仕宦追求，能够逍遥个人之能事。再看第三首“陶潜避俗翁”，重在“默识盖不早”一句，言及陶公“误落尘网中，一去三十年”之感慨，不如早早退离世俗纷争。杜甫“骑驴三十载，旅食京华春”所用即陶公“一去三十年”语，悟及于此，或可相信，杜言陶“未必能达道”“有子贤与愚，何其挂怀抱”，更多是惺惺相惜之意。由此观之，原组诗各首俱有中心句，主旨不尽相同，采用组诗或拆分等不同文本序列皆各有所据。

又若以“陶潜避俗翁，未必能达道”诗为关捩，将其纳入新《遣兴五首》整体观照，会发现新组诗中实则潜藏两条贯穿始终的脉络——杜甫于情感层面的辞官困居心态和思想层面的“达道”观念，这与新《遣兴五首》组诗的整体性暗合，惜此点不为当时注家所察觉，由此认识出发，将有助我们完成对“讥陶说”的辨析与纠误。

对于新组诗主旨，杨伦《杜诗镜铨》引张甄陶(惕庵)“五诗怀贤、思友、自嘲，寄托遥深”[①]之语，洵为的论。组诗以“昔时贤俊人，未遇犹视今”起兴，分别吟咏嵇康、庞德公、陶渊明、贺知章、孟浩然五人，叹其君臣不偶、怀才不遇，诗人显然借咏前人而自咏。组诗第一首“蛰龙三冬卧，老鹤万里心”，言嵇康与孔明并称“卧龙”贤士，但能如孔明遇知音得行所志者甚少，更多是遭时不偶而不得其死。这里杜甫主要通过强调“未遇者”嵇康们的遭遇表达自己“无能用”之自伤，吴见思“主未遇者言，嵇康主，孔明陪”[②]的判断可谓鞭辟入里。嵇康作为“竹林七贤”的代表人物，面对当时司马氏专权的政治局面，提出了“越名教而任自然”的主张，以“佯狂隐居”的手段作为对现实的反抗，其结局注定以悲剧告终。其二“昔者庞德公，未曾入州府”诗，杜甫紧接首章，为“嵇康们”指出一条进退出处之明路，言如不能如孔明

---

① 杜甫著，杨伦笺注《杜诗镜铨》，上海古籍出版社，1962年，第233页。

② 吴见思《杜诗论文》卷十二，清康熙十一年(1672)吴郡宝翰堂刊本，第5a页。

般遇合明君，那应当如庞德公守志退隐。庞公曾得荆州刺史刘表数延，不屈，后携妻子登鹿门山采药不反①。杜甫还在《昔游》中重申“庞公任本性，携子卧苍苔”，表达对庞公隐逸的推崇。再看其四“贺公雅吴语，在位常清狂”诗，追忆前辈贺知章，抒故交凋零之感。杜甫首句抓住贺知章“清狂”②这一突出特点，将其出处大节展现在读者眼前；又言：“知章骑马似乘船，眼花落井水底眠。”（《饮中八仙歌》）仰其流风之态。其五“吾怜孟浩然，裋褐即长夜”，抒发对孟浩然英年早逝、未能施展抱负的叹息。孟浩然隐居鹿门山，以诗自适，“年四十来游京师，应进士不第”，后署为张九龄从事，与之唱和，“不达而卒”③。可以说孟浩然虽一生布衣，但其致仕之心从未消减，其诗“只应守索寞，还掩故园扉”“欲济无舟楫，端居耻圣明”，字里行间都透出隐退的不得已、有志难伸的无奈与所愿不遂的泱泱。

现在我们再回看其三“陶潜避俗翁，未必能达道”诗，会发现“作诗首推陶谢，而人文并美，尤莫如陶”④的杜甫一改昔日对陶氏的正面态度，直接抛出自己对陶渊明的质疑，言其“未达道”之理由有三：一为“观其著诗集，颇亦恨枯槁”。这里杜甫化用陶诗“虽留身后名，一生亦枯槁”表穷困潦倒，由颜、荣二公潦倒生前引发对人生境遇坎壈的喟叹。二为“达生岂是足？默识盖不早”。“达生”语出《庄子·达生》：“达生之情者，不务生之所无以为。”⑤“默识”典出《论语·述而》：“子曰：‘默而识之，学而不厌，诲人不倦，何有于我哉。’”⑥此句包含老庄与孔孟之道，言陶渊明虽效仿庄子“达生”，学孔子“默而识之”之理，仍未能实现“达道”。这里还隐含了杜甫默认的由“达生”到“达

① 范晔撰，李贤等注《后汉书》，中华书局，1965年，第2776—2777页。

② 《旧唐书·贺知章传》曰：“知章性放旷，善谈笑。……晚年尤加纵诞，无复规检，自号四明狂客。”参见刘昫等《旧唐书》，中华书局，1975年，第5034页。

③ 刘昫等《旧唐书》，中华书局，1975年，第5050页。

④ 杜甫著，杨伦笺注《杜诗镜铨》，上海古籍出版社，1962年，第235页。

⑤ 郭象注，成玄英疏《庄子注疏》，中华书局，2011年，第341页。

⑥ 何晏集解，邢昺疏《论语注疏》，阮元校刻《十三经注疏》，中华书局，2009年，第5390页。

道”的理想思想路径。三为“有子贤与愚，何其挂怀抱”。即是对陶渊明《责子》诗的回应，言陶渊明如已达道，何须挂子“贤愚”于怀抱，也正是此句，引发了后世关于陶渊明是否达道的旷日持久的学术讨论。

通过以上梳理，我们首先将组诗贯穿审视，第一首起语托兴，盖自伤不得志；第二首自寓“无济时策”，言或只能退隐也；第三首以陶渊明自况而发遣兴之意；第四首叹贺公乃为达生者；第五首对孟浩然有才无命、物在人亡的自怜。可见组诗五首语气平和、情感真挚，举隐士的不同表自伤、自遣、自怜、自嘲之情，唯独不见出嘲讽他人之意。何况杜甫之“讽”，在杜诗中往往涉及三类，我们需区别看待：其一为真正讽刺，对象多为酷吏暴行、豪门贵族，如《石笋行》《李监宅二首》讽刺奸臣壅蔽与挟贵好华的王孙习气；其二是对圣上的讽喻规劝，如《前出塞》《后出塞》中因心系国家安危而对玄宗穷兵开边作讽刺语；其三为自讽、自嘲之意，如《北征》“杜陵有布衣，老大意转拙。许身一何愚，窃比稷与契”，就有类似情绪，无怪乎宇文所安曾言“杜甫的复杂陈述——结合了嘲讽、严肃及辛酸，反映了一种矛盾和深度，没有一位前此的诗人能够匹敌”[①]，是看到了杜甫对自我形象建构中的嘲讽与接受的矛盾性的。因此杜甫之“讽”是极少数针对他者，更何况是陶渊明这类人物。

其次，杜甫在诗歌艺术方面不乏对陶诗的习用与模仿。杜甫首提“陶谢手”一说，其《江上值水如海势聊短述》云：“为人性僻耽佳句，语不惊人死不休。……焉得思如陶谢手，令渠述作与同游。”这是杜甫对陶谢诗艺的痴迷表现，以陶谢并举取代六朝以来颜谢并举的传统诗学表达[②]。再是将陶谢诗比肩“风骚”。杜诗有“陶谢不枝梧，风骚共推激”语，认为陶谢二人诗风相近不排斥，“皆平澹有

① 宇文所安著，贾晋华译《盛唐诗》，生活·读书·新知三联书店，2014年，第226页。

② 在杜甫之前，李白曾于天宝二年(743)作《早夏于将军叔宅与诸昆季送傅八之江南序》云：“陶公愧田园之能，谢客惭山水之美。”指出陶渊明田园诗、谢灵运山水诗为最胜之特点。参见李白撰，安旗等笺注《李白全集编年笺注》，中华书局，2015年，第1817页。

思致”[1]，最能体现“风骚”格调与气韵。杜甫将陶谢二诗提高至与儒家诗学精神典范的《诗》《骚》地位，是对陶诗艺术风格和诗学精神的正确把握，对于陶渊明在诗歌史上地位的提高起到极大促进作用。

杜甫对陶渊明思想与人格的推崇，历来为文人学者所共识，此不赘述。将杜甫诗中的陶渊明形象置于唐代文化脉络下考察，可以发现其塑造与诗意表达紧密契合于当时社会对陶渊明的普遍认知。杜诗如“浊酒寻陶令，丹砂访葛洪”（《奉寄河南韦尹丈人》），“不作河西尉，凄凉为折腰”（《官定后戏赠》），“罢官亦由人，何事拘形役”（《立秋后题》），“如行武陵暮，欲问桃源宿”（《赤谷西崦人家》）等，皆将陶渊明作为摆脱仕宦束缚、归隐田园的高士典范，与唐人所崇尚的陶氏旷达任真之形象一脉相承[2]。可见，杜甫对陶渊明的态度不仅没有讥嘲之意，反而体现了高度的敬仰与自况意识。

由此观之，后世提出的“讥陶说”实与杜甫一贯的思想态度相悖。结合《遣兴五首》组诗的整体情感脉络，“讥陶说”不仅失之偏颇，且忽略了杜诗原本更深层次的意涵。杜甫辞官秦州后，生活困顿，其“致君尧舜上，再使风俗淳”的政治抱负无法实现，陷于人生失意与理想幻灭的困境之中。组诗五首正是他寄情遣兴，抒发不被重用的郁结与对“达道”问题的反思。尤其第三首借陶渊明自况，表达自身徘徊于“出世”与“入世”之间的困境，并以陶渊明虽近乎“达道”却难免牵

① 葛立方《韵语阳秋》，上海古籍出版社，1984 年，第 6 页。

② 围绕历代陶渊明接受史的不同变化，朱自清曾有简明扼要的总结：“历代论陶，大约六朝到北宋，多以为‘隐逸诗人之宗’，南宋以后，他的‘忠愤’的人格才扩大了。本来《宋书》本传已说他‘耻复屈身异代’等等。经了真德秀诸人重为品题，加上汤汉的注本，渊明的二元的人格才确立了。”（朱自清《陶诗的深度》，《朱自清全集》，江苏教育出版社，1988 年，第 6—7 页）随着两宋忠节观念的不断强化，与六朝至唐代以来陶渊明只作为隐逸典范的传统认识有别，陶氏“忠愤”人格得以被宋人特别是南渡之后的宋人发掘，自此，陶渊明被标签为“隐逸”与“耻事二姓”的二元人格。此外刘忠文《唐代陶渊明接受研究》、白振奎《陶渊明谢灵运诗歌比较研究》、戴建业《澄明之境 陶渊明新论》、钱志熙《陶渊明经纬》、李剑锋《陶渊明接受通史》、王征《明代陶诗接受与批评研究》都有谈及陶渊明在后世的接受史。

怀世俗的例证,作为自我安慰与精神寄托。那么值得追溯的是,杜甫为何未如宋人般将陶渊明视为“得道”典范,反而评其“未达道”。这一判断背后基于杜甫对“道”概念的重新诠释。

三、“达道”:天师道义与儒家思想的求同存异

“讥陶说”的背后实则关涉杜甫对“道”的理解。陶渊明哲学思想中很大部分源自老庄思想,杜甫亦是。“无为复朴,体性抱神,以游世俗之间者”①实乃圣人之道,如果依照老庄哲学,陶渊明可谓是体悟本性而遨游于世俗间,似乎已接近“达道”,那杜甫为何又会对陶渊明生出“未必能达道”般歧义丛生、模棱两可的话语,这就必须思考杜甫所追寻的“达道”真正内涵。杜甫作为儒家思想的实践者毋庸置疑,然其思想中呈现的儒释道合一的复杂性也是公允事实,因此《遣兴五首》中传达出的“达道”并非简单的来自儒家或者道家范畴,而是儒道背景融合下对圣人达道的追求。考之陶渊明,其思想以道家为主,又受到儒家传统礼教的影响,故陈寅恪以“新自然说”称之。二人思想上表现出来的儒道融合范式的相类,使杜甫用自身所理解的儒道汇通的“达道”标准考量陶渊明实属情理之中。

杜甫之“达道”思想其实有两个层面,一是来自道家“自然适性”的自我追求,一是儒家“圣人达道”观的哲学表达。首先我们看第一层面,杜甫其实是将陶渊明作为“自然适性”的代表。如“浊酒寻陶令,丹砂访葛洪”(《奉寄河南韦尹丈人》),“宽心应是酒,遣兴莫过诗。此意陶潜解,吾生后汝期”(《可惜》),“优游谢康乐,放浪陶彭泽。吾衰未自由,谢尔性有适”(《石柜阁》)的一再表白;杜甫其他诗作中多次提到对“自由”“自然”的渴求,如“出门无所待,徒步觉自由”(《晦日寻崔戢李封》),“常恐性坦率,失身为杯酒”(《将适吴楚留别章使君留后兼幕府诸公》),“我生性放诞,难欲逃自然。嗜酒爱风竹,卜居必林泉”(《寄题江外草堂》),都表达了杜甫想摆脱“此邦俯要冲,实恐人

---

① 郭象注,成玄英疏《庄子注疏》,中华书局,2011年,第237页。

事稠。应接非本性，登临未销忧”的困境，从而达到“适性”之自由境界。而杜甫之所以选择陶渊明作为“自然适性”的隐逸典范，盖源自二人家族都受到天师道传统之影响。

依《晋书》记载，“陶潜字元亮，大司马侃之曾孙也。祖茂，武昌太守”①，“陶侃字士行，本鄱阳人也。吴平，徙家庐江之寻阳”②，可知陶侃为寻阳陶氏一族，渊明乃其曾孙。又据陈寅恪考证，陶侃为南方溪族人③，而溪人多崇拜天师道，故陶氏家族素有天师道信仰传统④。在此陈氏此论基础上，我们可以进一步找到更多证据。证据一：寻阳陶侃一族与丹阳陶氏一族为同祖，皆信奉天师道。据宋邓名世《古今姓氏书辨证》云：“后世陶氏望出丹阳，晋太尉侃之曾祖同，始居焉。同生丹，吴扬武将军、柴桑侯，遂居其地。”⑤又据《隋书·经籍志》著录《陶氏家传》，引《北堂书钞》《太平御览》云：“又：‘陶侃迁太子中庶子，善谈论，尤明诗、易。’又：‘陶遽为龙阳长，杜绝请谒，计日受俸。’又：‘陶清为荆州刺史，旌显所知三十余人，皆当世异行。’《太平御览·职官部》：‘陶猷为右军长史，每当朝日，宿兴就路，辄先众僚。’并引《陶

---

① 房玄龄等《晋书》，中华书局，1974年，第1768页。

② 房玄龄等《晋书》，中华书局，1974年，第2460页。

③ 近代陈寅恪所言“溪族”乃《魏书·僭晋司马叡传》中所提“巴蜀蛮獠谿俚楚越”之“谿人”。陈寅恪在《〈魏书·司马叡传〉江东民族条释证及推论》中首倡陶侃及陶渊明出于溪族，后古直《陶侃及陶渊明是汉族还是溪族呢？——与陈寅恪教授商榷所谓江左名人如陶侃及渊明亦出于溪族的结论》对陈文予以驳斥，认为陶侃及渊明并非奚人，此后关于陶渊明种族争论引起学界广泛关注。

④ 在陈寅恪《〈魏书·司马叡传〉江东民族条释证及推论》中，陈氏指出：“陶侃后裔亦多天师道之名，如绰之、袭之、谦之等。又袭之、谦之父子名中共有‘之’字，如南齐溪人胡廉之、翼之、谐之三世祖孙父子之例，尤为特证。”考之，陶侃有十七子，侃子瞻字道真、真之孙绰之，侃子旗之孙袭之、曾孙谦之，六朝人最重家讳，而“之”“道”等字却在不避之列，当依陈氏所言。（参见陈寅恪《陈寅恪集·金明馆丛稿初编》，生活·读书·新知三联书店，2001年，第93页）又考《南史》卷四七《胡谐之传》：“以谐之家人语傒音不正，乃遣宫内四五人往谐之家教子女语。……谓谐之曰：‘柏年云，胡谐是何傒狗，无厌之求。’”故南齐溪人胡谐之祖孙三世：胡廉之，子翼之，孙谐之，三代之名俱系“之”字，故溪族人当为天师道信徒而不避天师道之名。（参见李延寿《南史》，中华书局，1975年，第1176—1177页）

⑤ 见王质等撰，许逸民校辑《陶渊明年谱》，中华书局，1986年，第61页。

氏家传》。"[①]可知丹阳陶氏与寻阳陶氏为同祖，丹阳陶氏一族有陶璜、陶濬、陶弘景[②]、陶猷等，均为道教信徒。明王士贞《陶氏五隐传》："想后潜之百余年而有弘景，弘景字通明，丹阳人也。"[③]王氏虽误将陶渊明与陶弘景列为同族，但也提供了寻阳陶氏与丹阳陶氏远祖同源的关系。证据二，陶氏家族有隐逸前例。陶渊明叔辈陶淡"淡幼孤，好导养之术，谓仙道可祈。年十五六，便服食绝谷，不婚娶"，"于长沙临湘山中结庐居之，养一白鹿以自偶。……终身不返，莫知所终"[④]。俨然一派隐逸高士行径。其从弟陶敬远亦信服道教，陶渊明《祭从弟敬远文》曰："遥遥帝乡，爰感奇心，绝粒委务，考槃山阴。""帝向"即仙向，"绝粒"即辟谷，均是道家修仙之术，不过陶渊明对此是有所批判的，他只是服膺道家追求自由、任性自得的一面。证据三，陶渊明外祖父孟嘉一派亦有亲近自然之意。孟嘉以清操知名，又与道教弟子往来密切，《晋故征西大将军张史孟府君传》云："高阳许询，有隽才，辞荣不仕，每纵心独往。"是说孟嘉与道士许询交往密切。又《晋书·桓温传》云："（温）又问：'听妓，丝不如竹，竹不如肉，何谓也？'嘉答曰：'渐近使之然。'"[⑤]《世说新语》引作"渐近自然"[⑥]，说明孟嘉也是标榜魏晋名教清谈之风气。另外孟嘉弟孟陋与陶淡、陶潜同列《晋

① 章宗源撰，王颂蔚批校，黄寿成点校《隋经籍志考证》，中华书局，2021年，第419页。

② 据日本学者小林正美考证，梁陶弘景为上清派（茅山派）道教，但由于梁代以降上清派被吸收进天师道中，上清派逐渐消退衰亡，至陶弘景死后，上清派瓦解并彻底消失，至唐，已无上清派、灵宝派、洞神派、高玄派等诸派，而仅有正一派（天师道），即唐代道教是天师道的出家道士和在家信徒所信奉的天师道的"道教"。（参见小林正美著，王皓月、李之美译《唐代的道教与天师道》，齐鲁书社，2013年，第9—47页）小林正美认为陶弘景信奉上清派而非天师道，此论可备一说。但其认为唐代道教皆为天师道道教这一观点无疑为杜甫追随李白寻仙问道之道当为天师道添一佐证。

③ 王世贞《陶氏五隐传》，《弇州山人续稿》卷七十七，中国国家图书馆藏明刻本，第18a页。

④ 房玄龄等《晋书》，中华书局，1974年，第2460页。

⑤ 房玄龄等《晋书》，中华书局，1974年，第2581页。

⑥ 刘义庆著，刘孝标注，余嘉锡笺疏，周祖谟、余淑宜、周士琦整理《世说新语笺疏》，《余嘉锡著作集》，中华书局，2007年，第474页。

书·隐逸》,“孤兴独往”[①]。证据四,陶渊明在诗文中更是多处蕴含道家道教思想,如《读山海经十三首》(其一)“泛览周王传,流观山海图”,所及《山海经》《穆天子传》二书本为道家秘传。再有《形影神·神释》“纵浪大化中,不喜亦不惧”,最为代表陶渊明思想精髓;《始作镇军参军经曲阿作》“聊且凭化迁,终返班生庐”也表达陶渊明纵浪大化的思想。因此陈寅恪提出陶渊明始终是天师教信徒,“为人实外儒而内道,舍释迦而宗天师者也”[②]。

考之杜甫,“杜甫的思想并不只是单纯的儒家正统观念,同时还受到包括释、道在内的各种思想的深刻影响,其中道教及道家的一些观念意识在其思想深处长期存在”[③],而这也是受到其家族中天师道信仰传统的潜移默化影响。杜甫继祖母范阳卢氏、母亲清河崔氏都是天师道世家[④],其时南北朝时期北方大族多信奉本土天师道,如崔宏、崔浩、李崇、李瑒、卢柔、卢思道等家族皆世代相承天师道传统,此可作为卢氏、崔氏家族信奉天师道之背景旁证。杜甫《唐故范阳太君卢氏墓志》对继祖母卢氏家族有记:“五代祖柔,隋吏部尚书容城侯。大父元懿,是渭南尉。父元哲,是庐州慎县丞。维天宝三载五月五日,故修文馆学士著作郎京兆杜府君讳某之继室,范阳县太君卢氏,卒于陈留郡之私第,春秋六十有九。”[⑤]史书对卢柔家族交代不详,然对同为范阳卢氏之显房卢玄、卢谌一族记载甚多,如《晋书·卢循传》:“司空从事中郎谌之曾孙也。……娶孙恩妹。及恩作乱,与循

---

① 房玄龄等《晋书》,中华书局,1974 年,第 2443 页。

② 陈寅恪《陈寅恪集·金明馆丛稿初编》,生活·读书·新知三联书店,2001 年,第 229 页。

③ 徐希平《杜甫与道家及道教关系再探讨——兼与钟来茵先生商榷》,《杜甫研究学刊》1999 年第 2 期,第 12 页。

④ 参见陈寅恪《天师道与滨海地域之关系》《崔浩与寇谦之》,《陈寅恪集·金明馆丛稿初编》,生活·读书·新知三联书店,2001 年,第 16—17,154—155 页。

⑤ 杜甫著,仇兆鳌注《杜诗详注》,中华书局,第 2232 页。另王新芳、孙微《杜甫家族中的道教信仰及相关杜诗新解》一文也指出“杜甫的道教思想还有第三种来源,即家庭”,可参看。见王新芳、孙微《杜甫家族中的道教信仰及相关杜诗新解》,《中国文学研究》2023 年第 1 期,第 33—41 页。

通谋。”[①]《三国志·卢毓传》:“元帝之初,(卢谌)累召为散骑中书侍郎,不得南赴。永和六年,卒于胡(胡)中,子孙过江。妖贼帅卢循,谌之曾孙。”[②]《晋书·孙恩传》:“孙恩字灵秀,琅邪人,孙秀之族也。世奉五斗米道。”[③]可据此管窥。且李延寿《北史·列传第十八》同列卢玄、卢柔、卢观、卢同、卢诞,虽四库馆臣讥其“以姓为类”的编次之法,但从侧面反映了“南史以王谢分支、北史亦以崔卢系派,故家世族,一例连书。览其姓名,则同为父子”[④]的史实,显然李延寿是将卢玄与卢柔作为同一世族看待。因此由上述材料互现可知:卢循与孙恩为姻亲,而孙恩信奉天师道,故卢谌一族亦属天师道世家当属无疑。对此陈寅恪曾提出“刘琨为赵王伦死党,卢谌既与之为姻戚,而伯祖钦又曾官琅邪,是其家世环境殊有奉天师道之可能。故因循妻为孙恩之妹,而疑卢氏亦五斗米世家。否则南朝士族婚嫁最重门第,以范阳卢氏之奕世高华,而连姻于妖寒之孙氏,其理殊不可解也”[⑤],可谓中的。而杜甫母亲清河崔氏在北朝时为第一盛门,家传信仰天师道派。《魏书·释老志》云:“崔浩独异其言,因师事之,受其法术。于是上疏,赞明其事曰:‘臣闻圣王受命,则有大应。……’世祖欣然,乃使谒者奉玉帛牲牢,祭嵩岳,迎致其余弟子在山中者。于是崇奉天师,显扬新法。”[⑥]又崔浩母为卢谌孙女,崔氏、卢氏、孙氏确为姻党,而南北朝作为“慎重婚姻”的时代,世族联姻时极为看重双方家族宗教信仰的一致性,因此受到外祖母范阳卢氏与母家清河崔氏的家族影响,杜甫诗作中常流露出道教痕迹[⑦],也就不足为奇了。

---

① 房玄龄等《晋书》,中华书局,1974年,第2634页。

② 陈寿撰,裴松之注,陈乃乾校点《三国志》,中华书局,1982年,第653页。

③ 房玄龄等《晋书》,中华书局,1974年,第2631页。

④ 永瑢等《四库全书总目》,中华书局,1965年,第409页。

⑤ 陈寅恪《陈寅恪集·金明馆丛稿初编》,生活·读书·新知三联书店,2001年,第12页。

⑥ 魏收《魏书》,中华书局,1974年,第3052页。

⑦ 比如杜诗中大量使用道家典故,据尹玉珊统计,杜甫使用《老子》《列子》《庄子》《苻子》四部道家子书的典故约有74个,彰显了杜甫对道家文献的熟稔以及对道家思想的认同。参见尹玉珊《杜甫与道家思想——以杜诗用典为中心》,《杜甫研究学刊》2021年第4期。

第二层面则是杜甫投射在陶渊明身上的“圣人达道”的哲学表达。实际上杜甫与陶渊明一般，都存在独立与依附之间的人格矛盾，反映在政治上便是“致君”与“受制于君”的矛盾，“士人在中国历史上发挥着极其重要的作用”，然而却不得不在“道与势”的矛盾中苦苦挣扎，“士人有道（文化学术），而统治者（君主）有势（政治权利）。士人的理想是以道指导势，或辅助势，所谓为王者师，为王者佐；而君主则要势制道，使士人为臣、为奴”[①]。这种无法调和的矛盾必然导致士人只能通过某种自洽方式来完成自我人格理想的实现，陶、杜就体现为进退出处的困境。陶渊明虽被后世视为“古今隐逸之宗”，其主要哲学思想也以道家为主，但实际他又受到儒家传统影响，这也造成他八年里先后五次出仕：任州祭酒、入桓玄军幕、任镇军参军、任建威参军与任彭泽县令。据袁行霈考证，陶渊明《庚子岁五月中从都还阻风于规林》二首、《辛丑岁七月赴假还江陵夜行涂口》等三首诗证明其于隆安二年（398）至隆安五年（401）投靠桓玄幕府[②]。其后元兴二年（403）桓玄篡晋，元兴三年（404）刘裕讨伐桓玄，号镇江将军，陶渊明入刘裕幕府，任镇军参军。义熙元年（405）陶渊明改任建威将军刘敬宣参军，八月再任彭泽县令。早年陶渊明志向远大，向往建功立业，“少时壮且厉，抚剑独行游”（《拟古九首》其八），“猛志逸四海，骞翮思远翥”（《杂诗十二首》其五），“少年罕人事，有好在六经”（《饮酒》其十六），更将“进德修业，如彼稷契”作为人生趋向，这些都是他人格思想中儒家思想的表现。然而经历了“清谣结心曲，人乖运见疏”（《赠羊长史并序》）与“语默自殊势，亦知当乖分”（《与殷晋安别并序》）的现实后，他最终选择了辞仕隐退之路，发出了“云无心以出岫，鸟倦飞而知返”（《归去来兮辞并序》）和“久在樊笼里，复得返自然”（《归园田居》其一）的真乐之语。再看杜甫，历玄、肃、代三朝，困守长安十年才得河西尉一职，后改任右卫率府胄曹参军。至德二载（757）五月拜左

① 缪钺《二千多年来中国士人的两个情结》，《中国文化》1991 年第 4 期，第 97 页。
② 参见袁行霈《陶渊明与晋宋之际的政治风云》，《陶渊明研究》，山东人民出版社，2020 年，第 72 页。

拾遗，乾元二年(759)七月弃官华州，杜甫经历了拜左拾遗、疏救房琯、获免三司推问、墨制放还、罢官拾遗到贬为华州司功参军等政治事件，这也为杜甫认清现实弃官埋下伏笔。从“会当凌绝顶，一览众山小”(《望岳》)，“何当击凡鸟，毛血洒平芜”(《画鹰》)，到“朝扣富儿门，暮随肥马尘”和“青冥却垂翅，蹭蹬无纵鳞”(《奉赠韦左丞丈二十二韵》)，是诗人心态由气势非凡向失意颓败的转变；从“致君尧舜上，再使风俗淳”(《奉赠韦左丞丈二十二韵》)到“耽酒须微禄，狂歌托圣朝”(《官定后戏赠》)，再到“生逢尧舜君，不忍便永诀”(《咏怀五百字》)是诗人政治理想触礁后的自我放逐却仍旧心怀朝廷的激愤之语。可以说陶、杜由“为官”到“辞官”，都是儒道思想带给诗人的必然结局，区别在于二人接受儒家道统程度的深浅：陶渊明最终是甘于隐遁而不悔的“出世”，是道家思想主导的结果；而杜甫却是未遁隐入道、至死仍心忧家国，是儒家思想主导的体现。与陶渊明不同，杜甫华州弃官并不等于归隐，更多是儒家政治理想落空的焦灼，他意识到陶渊明儒道思想中“贫富常交战”的交锋，以及“既淡然恬退又积极进取”[①]的人生态度，因此他借陶以自遣，为自己的矛盾寻找一个前代贤者范式——陶潜尚且未能忘怀达道，我亦不能做到。从这一层面自然就能理解杜甫《遣兴五首》中所表达的虽辞官却未真正获得归隐达道的痛苦。

其实在《遣兴五首》中杜甫已经给出了他所认为的“达生”者典范——贺知章。在杜甫看来，贺知章已然超越陶渊明而最为符合“达道”者的标准——入则兼济天下，出则隐逸高蹈。因为即使杜诗中提及隐士，如《洗兵马》“隐士休歌紫芝曲”，《收京三首》(其二)“羽翼怀商老，文思忆帝尧”，《昔游》“商山议得失，蜀主脱嫌猜”，其目的也非推举澹泊远举、超逸世利的隐士品格，而是希望隐士们辅佐君王，有益政治。由此考虑陶渊明，他即使“达生”却仍未“达道”，与杜甫心中

① 戴建业《洒落与忧勤——论陶渊明的生命境界及其文化底蕴》，《中国韵文学刊》1998年第1期。

真正达道之士并不吻合。可以说杜甫之“道”既非儒家所谓治国平天下的责任伦理,也非道家逍遥隐逸的纯粹超脱,而是融合了儒道思想与个人生命经验。杜甫对陶渊明的评价,不仅是对理想人格的思辨,也是对自身生命困境的反思,以求借助陶渊明的“未达道”来寻求精神层面的自我和解。这种复杂的思想结构不仅加深了杜诗的诗学价值,更揭示了唐代文化背景下儒道互渗的独特风貌。

结论

若将陶渊明仅视为因五子“总不好纸笔”而责子不孝,无疑是对其人格与思想的矮化。正如清代张廷玉所言:“渊明襟怀旷达,高出尘壒之表。大抵诸郎皆中人之姿,期望甚切,稍不满意,遂作贬词耳。况雍端年甫十三,通子方九龄,过庭之训尚浅,未可遽以不肖目之也。”[1]张氏点明陶诗中含藏了深沉的人伦悲悯,这种复杂情怀的生成与陶渊明思想根基中融会老庄道学与孔孟儒学密切相关,显示出其思想与人格的多层次性与矛盾性。杜甫以“未达道”评陶,非但无讥嘲之意,反而是基于儒家伦理责任与天师道传统的综合视角对陶氏思想矛盾性的深刻体认与诚挚评价。这一评价并非单纯的褒扬或批判,而是以陶渊明作为探讨“达道”可能性的思想契机。因此,还原“讥陶说”公案的真相,必须跳脱狭隘解读,将其置于杜甫诗歌的整体脉络与唐代儒道文化交融的思想背景中加以考察。这一阐释行动可为后人提供重新理解陶渊明及杜甫的多维视角。

(《杜甫研究学刊》编辑部;四川大学中国俗文化研究所)

---

① 张廷玉撰,江小角、杨怀志点校《张廷玉全集》,安徽大学出版社,2015年,第370页。

雅俗之间

——社会文化语境下的明中叶苏州诗学趋向

殷星欢

内容摘要：明中叶苏州诗学与主流诗歌宗尚不同，其取法白居易、苏轼、陆游诗之趋向，与地域社会文化密切相关。以往研究多强调苏州诗学“市民性”，关注由雅入俗的单向变化，忽略苏州诗学中避俗求雅的一面。苏州士人在世风变化下书写劝世诗歌，虽有意以俚俗语言迎合受众，却在价值观层面保留精英立场。博学教养传统下的苏州士人在诗歌中关注“文雅”意象，借鉴宋诗表达文雅生活趣味；有别于普通大众的精英收藏行为，进一步推动宋诗在苏州士人中传播。此外，苏州士人在物质文化繁荣条件下发展出充满雅俗文化互动张力的“市隐”观念，其影响及以作诗为乐趣的价值定位，形成“不经意”之创作态度、“天真自然”之审美追求。明中叶苏州士人之诗学趋向是在与社会文化互动过程中，汲取特定文学史资源而形成的。

关键词：明中叶；苏州诗学；雅俗；博学；市隐

Between Elegance and Vulgarity: The Trends of Suzhou Poetics in the Mid-Ming Period within the Social and Cultural Context

Yin Xinghuan

Abstract: In contrast to the poetic mainstream, the literati of Suzhou in the mid-Ming period, exhibited trends towards emulating the poetic styles of Bai Juyi(白居易), Su Shi(苏轼) and Lu You(陆游). These trends were closely intertwined with the regional social and cultural milieu. In response to the changing social climate, Suzhou literati created satirical poems in colloquial language that was understandable to the masses, while maintaining their elite moral values. Certain poetry of Suzhou literati even acquired a commercial dimension within the flourishing realm of art and calligraphy markets. The literati of Suzhou, grappling with cultural anxieties in the midst of burgeoning popular culture, cultivated a culture of erudition, focusing on "elegant" poetic imagery to distinguish themselves from the nouveau riche. In this atmosphere of erudition culture, a thriving community of connoisseurship and collection had promoted the spread of Song poetry texts and the writing of Song-style poetry. Additionally, under the conditions of material-cultural prosperity, Suzhou literati espoused the concept of urban-seclusion(市隐) replete with tensions arising from interactions between elite and popular cultures. This concept influenced the positioning of poetry centered on the enjoyment derived from creative expression, fostering an attitude of spontaneous creativity and a natural aesthetic perspective. Consequently, the poetry of Suzhou during the mid-Ming period adopted the smooth and fluent styles typical of Bai Juyi, Su Shi, and Lu You. The Suzhou poetics of the mid-Ming period emerged as a result of the interaction between social and cultural dynamics, as Suzhou literati actively sought to adapt their literary expressions to the contemporary context by actively drawing from specific resources of literary history.

Keywords: the mid-Ming period; Suzhou poetics; elegance and vulgarity; erudition; urban-seclusion

明代苏州文艺之士辈出，经过明初政治压力下的暂时消歇，于明中叶成化（1465—1487）始，苏州文化逐渐复苏，至嘉靖（1522—1566）时期约百年间，众多布衣、官员形成一个诗学观念相近之群体。以往学界研究已注意到，明中叶苏州诗歌出现取法白居易、苏轼、陆游诗这一颇异时流之趋向①，归纳出平易通俗、直抒胸臆等审美特点，以之为“晚明先声”②。

本文试图进一步探讨，明中叶苏州诗学何以异于时流？取法白、苏、陆诗与明中叶苏州社会文化有何关联？已有研究通过创作者多重身份、诗画社交属性对个案做出解释③，然而同地士人群体诗学观念近似，需置于更广泛地域背景中加以理解。以往研究多强调明中叶苏州诗学“市民性”，关注由雅入俗、由精英向大众文化的单向变化④，而忽略苏州诗学中避俗求雅的一面。实际上，苏州诗学趋向在明中叶该地区特定社会文化中形成，带有雅俗文化互动印记。本文将探讨苏州城市商业、博学教养、书画收藏、市隐观念等社会文化因素，如何影响苏州士人诗歌语言、主题、意象等表达方式，乃至对待诗

---

① 左东岭、孙学堂、雍繁星《中国诗歌通史·明代卷》，人民文学出版社，2012年，第482页。

② Kang-I Sun. *The Cambridge History of Chinese Literature Volume II: From 1375*. Cambridge University Press, 2010, p. 39. 黄卓越《明中后期文学思想研究》，北京大学出版社，2005年，第121页。

③ 汤志波《论沈周的交际身份与诗学宗尚》，《苏州大学学报（哲学社会科学版）》2022年第5期，第174—176页。

④ 吉川幸次郎著，李庆等译《宋元明诗概说》，中州古籍出版社，1999年，第244—246页。徐楠《明成化至正德间苏州诗人研究》，社会科学文献出版社，2010年，第155—156页。

歌之价值定位、创作态度、审美观念。

一、苏州诗学趋向之定义

在探讨明中叶苏州诗学趋向与苏州社会文化关联之前，首先要对此趋向作一界定。元末明初以来朝野诸人普遍推尊盛唐，如王祎、贝琼、林鸿、高棅、刘绩、叶子奇、刘崧等人菲薄中唐以后诗歌，尤其是宋诗。[①] 白居易、苏轼、陆游诸人的诗歌接受在明初以来处于低谷期。如白居易诗在高棅《唐诗品汇》中数量、地位远逊盛唐诸家，在《唐诗正声》中甚至一首未录。[②] 苏轼诗明初以来毁誉参半，至晚明关注度始高，明前中期仍显冷落。[③] 陆游诗接受境况更为惨淡，杨循吉弘治十年（1497）感慨三百年来陆诗仅重刻一次，“是何寥寥知赏之难也”[④]。

在此背景下，明中叶苏州诗歌出现由唐入宋，取法白居易、苏轼、陆游诗之趋向。较早的典型个案是沈周，祝允明评其诗：“国朝诗人，其始如刘崧、林鸿辈以至四杰、十才而来斑斑然可知也，有不以宗唐而胜与……公壮岁之作，纯唐格也，后更自不足，卒老于宋。”[⑤]文征明称沈周：“其诗初学唐人，雅意白傅，既而师眉山为长句，已又为放翁近律，所拟莫不合作。”[⑥]

此处参考黄卓越所作苏州士人代际区分[⑦]，以沈周等为明中叶苏

---

① 陈国球《明代复古派唐诗论研究》，北京大学出版社，2007 年，第 3,22—23 页。

② 谭春蓉《明代唐诗选本对白居易诗的接受反差及其原因》，《内江师范学院学报》2021 年第 5 期，第 52—53 页。

③ 吕娜《明代诗话中的苏轼接受研究》，陕西师范大学硕士学位论文，2019 年，第 13—14 页。

④ 杨循吉《松筹堂集》，《顾鼎臣集　杨循吉集》，上海古籍出版社，2013 年，第 611 页。

⑤ 祝允明《祝允明集》，上海古籍出版社，2016 年，第 417—418 页。

⑥ 文征明著，周道振辑校《文征明集（增订本）》，上海古籍出版社，2016 年，第 583 页。

⑦ 黄卓越《明中后期文学思想研究》，北京大学出版社，2005 年，第 85—86 页。

州第一代士人。同辈中，吴宽以师法苏轼知名[①]。第二代士人中，文征明自称“我少年学诗，从陆放翁入门”[②]，王世贞称其诗“出入柳柳州、白香山、苏端明诸公”[③]。唐寅诗被祝允明评为“初喜秾丽、既又仿白氏”[④]，俞弁称“唐解元寅诗，多类白乐天”[⑤]。王涣“诗宗白傅、晚喜陆放翁、范石湖”[⑥]。第三代士人中，文伯仁“师法白太傅”[⑦]。还有直接被描述为取法苏州前辈或同辈者，如陈淳“写生全学石田(沈周)，诗亦仿之”[⑧]，陆治诗“与道复(陈淳)同流”[⑨]。

以上专就苏州士人创作评价而言。至于直接表露对白居易、苏轼、陆游诗欣赏的，第一代士人中，吴宽自称“我爱涪翁与放翁”[⑩]。王鏊评白居易诗：“格调虽不甚高，而工于模写人情物态，悲欢穷泰，吐出胸臆，如在目前，吾于乐天有取焉。”[⑪]

第二代士人中，都穆称：“欧、梅、苏、黄、二陈至石湖、放翁诸公，其诗视唐未可便谓之过，然真无愧色者也。”[⑫]杨循吉称：“放翁为南渡诗人大家……在李、杜、苏、黄而下，故有定论。”[⑬]文征明称徐祯卿早

---

① 永瑢等《四库全书总目》卷一七一，中华书局，2017年，第1493页。

② 何良俊《四友斋丛说》卷一〇，中华书局，2007年，第237页。

③ 王世贞《弇州四部稿》卷八三，《影印文渊阁四库全书》第1280册，台湾商务印书馆，1986年，第370页。

④ 祝允明《祝允明集》，上海古籍出版社，2016年，第306页。

⑤ 俞弁《山樵暇语》卷二，《四库全书存目丛书》子部第152册，齐鲁书社，1995年，第12页。

⑥ 文征明著，周道振辑校《文征明集(增订本)》，上海古籍出版社，2016年，第688页。

⑦ 顾沅《吴郡名贤图传赞》卷八，《中国古代地方人物传记汇编》第28册，北京燕山出版社，2008年，第384页。

⑧ 朱彝尊《明诗综》卷五〇，中华书局，2007年，第5册，第2496页。

⑨ 朱彝尊《明诗综》卷五〇，中华书局，2007年，第5册，第2497页。

⑩ 吴宽《匏翁家藏集》卷五，《四库提要著录丛书》集部第268册，北京出版社，2011年，第57页。

⑪ 王鏊《震泽长语》卷下，《王鏊集》，上海古籍出版社，2013年，第582页。

⑫ 丁福保辑《历代诗话续编》，中华书局，2014年，第1344页。

⑬ 《顾鼎臣集　杨循吉集》，上海古籍出版社，2013年，第610—611页。

年“独喜刘宾客、白太傅”[①]。

第三代士人中，俞弁称：“白乐天诗善用俚语，近乎人情物理……李西涯《诗话》云：‘乐天赋诗，用老妪解，故失之粗俗’……殆无是理也。”又称：“沈启南周诗学陆放翁，故造语粗浅，亦多佳句。”[②]文彭称：“放翁以诗名重天下……为中兴大家。”[③]以上评论皆出自苏州士人，且评论者之间关系密切。可见苏州士人持有一些相近似之诗学观念。

明中叶苏州诗学趋向不仅异于主流风尚，从地域文学传统看，亦有明显变化。元末明初以来吴地之诗大致可分两派。一派是华丽艳体诗，主要受杨维桢影响，如杨基诗“颇沿元季秾纤之习”[④]。徐庸诗“长于香奁”，编选艳诗《湖海耆英集》[⑤]。刘溥诗“初拟西昆，晚益奇纵”[⑥]。刘昌诗“不脱元人旧染”[⑦]。另一派是冲淡山水诗，如倪瓒“诗有陶、韦风致”[⑧]。张简诗“澹雅有陶、韦风”[⑨]。王绂“所作古诗类韦、柳”[⑩]。陈汝言“精于山水诗”[⑪]。刘珏诗专法唐人，吴宽以韦、柳拟之[⑫]。无论艳体诗还是山水诗，明初吴地诗歌风格都和明中叶取法白

① 文征明著，周道振辑校《文征明集（增订本）》，上海古籍出版社，2016 年，第 1219 页。

② 俞弁《山樵暇语》卷一，《四库全书存目丛书》子部第 152 册，齐鲁书社，1995 年，第 6—7 页。

③ 郁逢庆《续书画题跋记》卷三，《影印文渊阁四库全书》第 816 册，台湾商务印书馆，1986 年，第 811 页。

④ 永瑢等《四库全书总目》卷一六九，中华书局，2017 年，第 1472 页。

⑤ 钱谦益《列朝诗集小传》乙集，上海古籍出版社，1983 年，第 223 页。

⑥ 钱谦益《列朝诗集小传》乙集，上海古籍出版社，1983 年，第 210 页。

⑦ 朱彝尊《明诗综》卷二四，中华书局，2007 年，第 3 册，第 1016 页。

⑧ 张照、梁诗正等《石渠宝笈》卷六，《影印文渊阁四库全书》第 824 册，台湾商务印书馆，1986 年，第 182 页。

⑨ 朱彝尊《明诗综》卷七，中华书局，2007 年，第 1 册，第 233 页。

⑩ 朱彝尊《明诗综》卷一九，中华书局，2007 年，第 2 册，第 824 页。

⑪ 朱彝尊《明诗综》卷一四，中华书局，2007 年，第 2 册，第 585 页。

⑫ 吴宽《匏翁家藏集》卷四四，《四库提要著录丛书》集部第 268 册，北京出版社，2011 年，第 274—275 页。

居易、苏轼、陆游之趋向有所不同。

通过以上对比，可见明中叶苏州诗学取法白居易、苏轼、陆游诗为颇异于时流以及自身地域传统之新趋向。当然，白、苏、陆诗并非苏州士人全部取法途径。如朱彝尊称沈周诗“不专仿一家，中晚唐、南北宋，靡所不学”[①]。唐寅“诗少法初唐”[②]，祝允明诗“效齐梁月露之体”[③]，蔡羽诗“求出魏晋之上”[④]，王宠取法盛唐[⑤]。尽管本文所界定之明中叶百年间，苏州数代士人诗学宗尚复杂多样，但此前白、苏、陆诗从未在兼收并蓄背景中成为焦点。因此，虽然取法白、苏、陆诗之趋向只构成明中叶苏州诗学的一个面向，不同个体介入程度也有所不同，但正是这一面向使得明中叶苏州诗学区别于主流，有着较高的辨识度。下文从苏州商业氛围、博学教养、书画收藏、市隐心态等社会文化视角，观察其与苏州诗学趋向之互动。

二、多重视角下的苏州诗歌“俚俗”

明中叶苏州诗歌之所以和白居易联系，一定程度在于语言“俚俗”。尽管“俚俗”诗在苏州诗歌中占比不多，却是后世批评焦点。如王世贞称沈周诗“如老农老圃，无非实际，但多俚词”[⑥]，似来自敖陶孙评“白乐天如山东父老课农桑，事事言言皆着实”[⑦]。王世贞又称唐寅诗如“乞儿唱莲花乐”[⑧]。朱彝尊称杨循吉诗“俚近”[⑨]。

事实上苏州士人对“俚俗”缺点很有自觉意识。沈周评：“白乐天

---

① 朱彝尊《明诗综》卷三〇，中华书局，2007 年，第 3 册，第 1304 页。

② 唐寅著，周道振、张月尊辑校《唐寅集》附录四，上海古籍出版社，2013 年，第 607 页。

③ 文征明著，周道振辑校《文征明集（增订本）》附录，上海古籍出版社，2016 年，第 1140 页。

④ 文征明著，周道振辑校《文征明集（增订本）》，上海古籍出版社，2016 年，第 705 页。

⑤ 文征明著，周道振辑校《文征明集（增订本）》，上海古籍出版社，2016 年，第 685 页。

⑥ 丁福保辑《历代诗话续编》，中华书局，2014 年，第 1033 页。

⑦ 王应麟编撰，武秀成、赵庶洋校证《玉海艺文校证》卷二五，凤凰出版社，2013 年，第 1237 页。

⑧ 丁福保辑《历代诗话续编》，中华书局，2014 年，第 1033—1034 页。

⑨ 朱彝尊《明诗综》卷二五，中华书局，2007 年，第 3 册，第 1282 页。

《感兴》……理趣固足，辞伤近而少宛雅。”[①]陈淳自称“偶占俚句惭高格”[②]。然苏州士人难掩对“俚俗”之欣赏，王鏊称：“格调虽不甚高，而工于模写人情物态……吾于乐天有取焉。”[③]俞弁谓沈周诗“造语粗浅，亦多佳句”[④]。顾元庆称唐寅“晚年作诗，专用俚语，而意愈新”[⑤]。

过往学者理解苏州诗歌“俚俗”，多从创作者身份世俗化、抒情个人化角度理解。吉川幸次郎认为沈周“是个纯粹的市民”，将祝允明、唐寅、文征明视作“市民才子”，专注文学、艺术创作和个人情感表达[⑥]。孙康宜、徐楠亦强调“市民化”之个人情感[⑦]。

作为主导倾向，个人情感表达确为苏州诗歌重要特质。不过个人化书写并非“俚俗”诗之全部。其中“俚俗”程度较高之诗，恰非单纯个人抒情之作，而是带有“公共”色彩的记录风俗之作。如沈周成化十五年(1479)所作“《水乡孥子》十首，言鄙而俗，其意则深矣……为孥子者固无苦，为父母者固有爱，今者反是。因举孥子所历言之，则孥子之父之母，不言而可知已”[⑧]。沈周自称“言鄙而俗”，可见此诗有意选择“俚俗”语言：

> 水乡孥子无衣着，手脚皮皴要忍寒。见欠户佣三十贯，阿爹领去卖还官。
>
> 水乡孥子无牛放，卖不胜钱未有年。家里斗嗔闲索饭，

---

① 沈周著，汤志波点校《沈周集》，浙江人民美术出版社，2013 年，第 1469 页。

② 陈淳《陈白阳集》卷四，《四库全书存目丛书》集部第 146 册，齐鲁书社，1995 年，第 41 页。

③ 《王鏊集》，上海古籍出版社，2013 年，第 582 页。

④ 俞弁《山樵暇语》卷一，《四库全书存目丛书》子部第 152 册，齐鲁书社，1995 年，第 6 页。

⑤ 何文焕辑《历代诗话》，中华书局，2011 年，第 801 页。

⑥ 吉川幸次郎著，李庆等译《宋元明诗概说》，中州古籍出版社，1999 年，第 244—246 页。

⑦ Kang-I Sun. *The Cambridge History of Chinese Literature Volume II: From 1375*. Cambridge University Press, 2010, p. 38. 徐楠《漫兴精神——成化至正德间苏州诗人的创作观》，《文艺研究》2008 年第 8 期，第 72 页。

⑧ 沈周著，张修龄、韩星婴点校《沈周集》，上海古籍出版社，2013 年，第 137 页。

嫂来聒骂阿哥拳。

水乡孥子瘦坚坚，赶使能行便顾钱。饥饱趁人颠倒卧，也无娘惜与爹怜。[1]

“阿爹”“阿哥”“聒骂”“娘惜”“爹怜”皆为小说、戏曲等通俗文本中常用语而少见于诗文。如何理解此类“俚俗”之作？如果从“个人化”“世俗化”视角出发，似乎无法解释此诗的“公共”色彩，以及对“世俗”风气之批评。

一种思路是重新考虑“俚俗”作者身份。宫崎市定认为明中叶苏州有一特点为别处所无，即本地乡评由市隐和诸生把持，使苏州官员在乡里不敢为所欲为。市隐即住在苏州城中不进入官僚体系的士人，诸生指科举不顺之读书人。[2] 此后学者考察南宋以来士人阶层，多强调地方化转变。包弼德总结转变中“士”阶层内涵变化，认为文化愈发决定“士”之身份，而非出身大族或成为官员。[3] 这一点体现在明中叶苏州尤为明显。从正德《姑苏志》编纂成员结构可见市隐、诸生话语权不低[4]。

作为地方精英，明中叶苏州士人面对的是拥有200万人口[5]，农村衰落、贫富差距拉大的苏州[6]。变动风俗引起地方精英焦虑，即体现在“俚俗”诗中。如《水乡孥子》，沈周虽然提到官方重赋导致农村

---

① 沈周著，张修龄、韩星婴点校《沈周集》，上海古籍出版社，2013年，第137—138页。

② 宫崎市定《明代苏松地方的士大夫和民众》，《日本学者研究中国史论著选译·第六卷·明清》，中华书局，1992年，第231—238页。

③ Peter K. Bol. *This Culture of Ours: Intellectual Transitions in T'ang and Sung China*. Stanford University Press, 1992, pp. 33—34, 74.

④ 9位撰者中，有吴宽、王鏊、杜启3位乡居官员，浦应祥、祝允明2位举人，蔡羽、文征明2位诸生，朱存理、邢参2位市隐。范莉莉《明代方志书写中的权力关系——以正德〈姑苏志〉的修纂为中心》，《安徽大学学报（哲学社会科学版）》2015年第3期，第116页。

⑤ 林世远、王鏊《姑苏志》卷一四，《四库提要著录丛书》史部第211册，北京出版社，2011年，第323页。

⑥ 林达·约翰逊主编，成一农译《帝国晚期的江南城市》，上海人民出版社，2005年，第41页。

衰落，但更多描绘“爹娘”“哥嫂”苛待，将经济负担加给“孥子”，批评的是社会风俗。宣德八年(1433)起苏州赋税采用“折征例”，部分由米谷实物改用货币支付，意味着明中叶苏州经济活动已高度货币化①。沈周另一组“俚俗”诗《次韵天台陈勉卖痴呆八绝》也与商业社会密切相关：

东卖呆兮西卖痴，卖痴即是卖呆儿。卖来卖去无人买，我不担当与阿谁。

卖呆不行还卖痴，街头难遇吃亏儿。鲍金柳播千年事，今日痴呆更有谁。

初自谁边错买痴，被渠乖者赚呆儿。苏州城里人如海，难悔还他认得谁。②

“卖痴呆”本为苏州旧俗，除夕儿童绕街呼喊，欲卖掉呆气，讨得吉利③。然沈周思考焦点在于，当所有人都希望“卖痴呆”，不肯“吃亏”，有谁愿意“买痴呆”？恐怕只有“错买者”。而当“错买者”发现受骗，却于茫茫人海中认不出“卖家”，难以后悔。

类似思考缘于世态变化。正德《姑苏志》所载苏州风俗，商贩多凭欺诈在交易中获利：“市井多机巧……始与交易，必先出其最廉者，久扣之，然后得其真。最下者视最上者价相什百，而外饰殊不可辨。”④王鏊、祝允明、文征明等《姑苏志》编撰者明确将之列入地方“风俗”，可见“欺诈逐利”绝非偶然现象。当金钱不可逆转地影响社会风俗，商贩如此，官吏亦然。杨循吉“俚俗”诗云：“贫穷百姓真可怜，每每见官多被鞭。忍饥忍痛哭向天，公人更觅杖头钱。”⑤俚俗诗歌和方志书写关注点类似，弥漫着地方精英对社会风俗变动的焦虑。

---

① 森正夫著，伍跃等译《明代江南土地制度研究》江苏人民出版社，2014年，第211—220页。

② 沈周著，张修龄、韩星婴点校《沈周集》，上海古籍出版社，2013年，第176页。

③ 范成大著，富寿荪标校《范石湖集》卷三〇，上海古籍出版社，2015年，第409页。

④ 林世远、王鏊《姑苏志》卷一三，《四库提要著录丛书》史部第211册，北京出版社，2011年，第320页。

⑤ 《顾鼎臣集　杨循吉集》，上海古籍出版社，2013年，第447页。

观察金钱以外事物时，苏州士人延续了由世风机巧引发的“真”“伪”思考。如唐寅咏傀儡戏：“纸作衣裳线作觔，悲欢离合假成真。分明是个花光鬼，却在人前人弄人。”文征明《子弟诗》：“末郎旦女假为真，便说忠君与孝亲。脱却戏衣还本相，里头不是外头人。”余永麟称以上二诗“足以警世”。[①] 这与沈周所谓“言鄙而俗，其意则深矣”，都是站在保守立场对世道风俗之批评，其诗有意采用“俚语”语言，价值观却和世俗保持距离。

另一些情况下，“俚俗”诗歌带有商品属性的“公共”色彩。明中叶苏州书画市场勃兴，苏州士人直接或间接参与书画交易者不在少数，书画为带有商品属性的诗歌提供了载体。诗歌文本形态随时代而改变，但一些依附书法载体的诗歌为还原创作情境提供了线索。如唐寅《默坐自省歌》：

> 焚香默坐自省己，口里喃喃道心里。心中有甚陷人谋，口中有甚欺心语。为人能把口应心，孝悌忠信从此始。其余小德或出入，焉能磨涅吾行止。头插花枝手把杯，听罢歌童看舞女。食色性也古人言，今人乃以之为耻。及至心中与口中，多少欺人灭天理。阴为不善阳掩之，则何益矣徒劳耳。请坐试听吾语汝，凡人有生必有死。死见阎公面不红，才是堂堂好男子。[②]

此诗固不乏其个性色彩，然需注意，它或许是可被多次制作的商品。中国嘉德2009年春季拍卖出现一幅纵94厘米、宽47厘米的唐寅行书《焚香默坐歌》立轴[③]，与《默坐自省歌》同为一诗。比较各家刻本与唐寅行书文本，标题、正文几乎每一句都有异文[④]，不似传抄校刻偶

---

① 余永麟《北窗琐语》，《四库全书存目丛书》子部第240册，齐鲁书社，1995年，第402页。

② 唐寅著，周道振、张月尊辑校《唐寅集》，上海古籍出版社，2013年，第24页。

③ https://www.cguardian.com/auctions/item—detail? categoryId＝644&itemCode＝1242。

④ 嘉德拍卖唐寅诗文本与各版本文本差异参见：周道振、张月尊辑校《唐寅集》，上海古籍出版社，2013年，第24页。

误。合理解释是，唐寅写过一些类似书法文本，以尺寸来看，它们原本为挂壁装饰而创作，流传后产生不同文本来源，各家刻本依据不同来源产生大量异文。

类似情况并非孤例，一些书画题跋著录也能提供线索。唐寅另一首"俚俗"诗，郁逢庆看到的书轴叫《漫兴》[①]，吴湖帆看到的叫《人生七十歌》[②]，即刻本中的《一世歌》[③]。顾复也看到一幅此诗书轴："叹世诗，行书如拳，白纸挂幅，乃'人生七十古来少'。"[④]可知其书每字有拳头般大小，亦为大幅装饰挂轴。纷繁歧出的文本差异再次表明，各家刻本可能依据唐寅写就的不同书法文本[⑤]。当诗歌被多次写成书法装饰品，唐寅又参与书画交易[⑥]，推测其带有"商品"属性就不为过分。无论其受众为知识阶层、商人或其他阶层，《默坐自省歌》《一世歌》的例子暗示当时有许多人接受这类诗歌，包括欣赏"俚俗"语言，认可带有说教意味、宣扬及时行乐、又强调有所节制的价值观。

无论世态变化引发的"风俗焦虑"诗，还是带有"商品"色彩的劝世诗，很可能是苏州士人考虑传播受众后，有意采取"俚俗"语言创作的。沈周自称"咏歌聊耳存闾巷"[⑦]，顾璘称唐寅诗"托兴歌谣，殉情体物，务谐里耳"[⑧]，王世贞评价唐寅"格谐俚俗，冀托于风人之指"[⑨]，都

---

① 郁逢庆《书画题跋记》卷一二，《影印文渊阁四库全书》第816册，台湾商务印书馆，1986年，第763—764页。

② 吴湖帆著，梁颖编校《吴湖帆文稿》，中国美术学院出版社，2004年，第231页。

③ 唐寅著，周道振、张月尊辑校《唐寅集》，上海古籍出版社，2013年，第23页。

④ 顾复《平生壮观》卷五，《续修四库全书》第1065册，上海古籍出版社，2002年，第319页。

⑤ 各版本文本差异参见：周道振、张月尊辑校《唐寅集》，上海古籍出版社，2013年，第23页。

⑥ James Cahill. *The Painters' Practice: How Artists Lived and Worked in Traditional China*. Columbia University Press, 1996, p. 67.

⑦ 沈周著，张修龄、韩星婴点校《沈周集》，上海古籍出版社，2013年，第700页。

⑧ 唐寅著，周道振、张月尊辑校《唐寅集》附录二，上海古籍出版社，2013年，第551页。

⑨ 唐寅著，周道振、张月尊辑校《唐寅集》附录二，上海古籍出版社，2013年，第557页。

暗示“俚俗”自觉意识和世情风俗之联系。在此语境下，再来理解王鏊为何欣赏“工于模写人情物态”的白居易诗，俞弁为何称赞“白乐天诗，善用俚语，近乎人情物理”，可以认为这是明中叶苏州士人面对新变世风的“人情物态”，对历史资源的主动挪用。

三、“文雅”博学教养下的诗学趋向

对苏州“市民诗人”说法形成挑战的另一视角，恰源于吉川幸次郎自己。他对明代复古派“市民性”有一评价：使文学简易化，把宋代以后文学为背景的繁琐知识教养全部抛掉。[①] 而明中叶苏州诗歌重要特质之一，恰在于“简易”对立面——繁琐博学教养。以下将讨论明中叶苏州士人特有之“博学”传统作为一种社会身份象征，如何影响诗歌对意象、主题的关注，及其与苏州诗学趋向之关联。

苏州士人博学知识结构在明中叶颇为独特，包括经史、诗文、天文、地理、医卜、释老等文献知识，书法、绘画、鉴赏等技艺。[②] 尤其与同时其他博学群体相区别的是，苏州士人之博学兴趣不限于文本知识，而是从书画、古玩等实物收藏延及日常生活用品，尤其关注充满文雅趣味之笔、墨、纸、砚、琴、棋、茶、漆器等器物，对产地、工艺十分讲究。如沈周熟悉纸张质地，曾以“澄心堂纸”为据鉴定书画。[③] 其《石田杂记》记载酿酒法、笼罩漆方、描锡方等工艺。[④] 文征明熟稔复杂精细的制墨工艺，批评说：“今之制者，动以数千，呜呼！是尚得为墨乎?”[⑤]正德《姑苏志》所载“土产”中不乏“笺”“兔毫笔”“扇骨”等文

---

① 吉川幸次郎著，章培恒译《李梦阳的一个侧面——古文辞的平民性》，《文艺理论研究》1982年第2期，第109页。

② 简锦松《明代文学批评研究》，台湾学生书局，1989年，第142—155页。

③ 沈周著，张修龄、韩星婴点校《沈周集》，上海古籍出版社，2013年，第1084页。

④ 沈周著，张修龄、韩星婴点校《沈周集》，上海古籍出版社，2013年，第998页。

⑤ 文征明著，周道振辑校《文征明集(增订本)》，上海古籍出版社，2016年，第1246页。

雅之物，“裱褙”“漆作”“锡作”“铜作”等工艺亦为苏州特色。[①] 明中叶以降，此种物质文化开始在江南乃至更广泛的地区和群体中蔓延，不过晚明、清初人依旧认为，苏州为物质文化传播中心。[②]

苏州博学传统特重物质文化，对诗歌直接影响，即“文雅”意象愈发密集。所谓“文雅”意象，指与士人日常书斋生活用品有关之物象，而非自然物象。[③] 沈周诗如“已拂壁尘留草圣，更因香炷事桐君”“月下古编开棐几，雨中高竹映茅斋”“落手诗惊碧云句，隔囊茶透紫茸香”“闲翻酒券供临帖，静借牙筹记读书”[④]；文征明诗如“矮榻熏炉消茗碗，小窗棋局转桐荫”“醉供帖子吟春草，闲卜流年候烛花”“紫晕凝芝春见跋，绛痕消蜡夜敲棋”“幽人相对无余事，啜罢茶瓯再鼓琴”[⑤]，皆反复出现茶、几、诗、书、画、琴、棋等意象。其他祝允明、陈淳等人之诗亦有类似书写[⑥]。

“文雅”意象自宋人苏轼、黄庭坚诗中渐兴[⑦]，至陆游诗中尤多。钱钟书说陆游靠“闲适细腻”打动读者，即指“重帘不卷留香久，古砚微凹聚墨多”这类诗句[⑧]。而苏州诗歌被视为取法陆游诗，一定程度即缘于此。如李日华称：“文衡山先生诗有极似陆放翁者，如煮茶句云‘竹

---

① 林世远、王鏊《姑苏志》卷一四，《四库提要著录丛书》史部第 211 册，北京出版社，2011 年，第 334—336 页。

② 范金民《明清社会经济与江南地域文化》，中西书局，2019 年，第 361—362，384 页。

③ 本文所谓“文雅”意象，可涵括于陈植锷所谓与“自然意象”相对的“人生意象”，见陈植锷《诗歌意象论》，中国社会科学出版社，1990 年，第 132 页。

④ 沈周著，张修龄、韩星婴点校《沈周集》，上海古籍出版社，2013 年，第 120、130、154、174 页。

⑤ 文征明著，周道振辑校《文征明集（增订本）》，上海古籍出版社，2016 年，第 144、871、994、1117 页。

⑥ 祝允明《祝允明集》，上海古籍出版社，2016 年，第 108、123 页。陈淳《陈白阳集》卷四，《四库全书存目丛书》集部第 146 册，齐鲁书社，1995 年，第 44—45 页。

⑦ 周裕锴《诗可以群：略谈元佑体诗歌的交际性》，《社会科学研究》2001 年第 5 期，第 134 页。

⑧ 钱钟书《宋诗选注》，生活·读书·新知三联书店，2013 年，第 270 页。

符调水沙泉活，瓦鼎烧松翠鬣香'。"[①]一些诗句甚至明显化用陆游诗，如文征明"方床睡起茶烟细，矮纸诗成小草斜""有竹庄中春咏雨，玉兰花底昼分茶"[②]，即源自陆游"矮纸斜行闲作草，晴窗细乳戏分茶"[③]。

需要进一步探讨的是，元末以来吴地就有收藏、雅集风气，何以明中叶以前苏州乃至吴地诗歌未对"文雅"意象特别关注？此问题关乎"文雅"意象在诗中的意义。吉川幸次郎首先提出宋诗"日常化"概念[④]，朱刚提到宋诗"日常化"后试图通过幽默、夸张等方式超越"日常"[⑤]。苏州诗歌将日常"文雅化"亦可置于这一语境中理解。

明中叶苏州士人文化中，日常"文雅化"不仅关乎文学表达，还有更深层文化内涵。上文提到，由文化决定"士人"身份，苏州比其他地区更为明显[⑥]。一些苏州士人和仕途几乎绝缘，何以体现"士人"身份？正是包括物质文化在内的博学教养，一定程度上象征社会区隔。特别当明中叶苏州商业繁荣，商人、手工业者等城市阶层也有能力消费物质文化，"士""市民"比以往更难区别时，只有通过博学教养提高门槛。回头再看文征明感叹"今之制者，动以数千，呜呼！是尚得为墨乎！"苏州士人对器物质地、产地、工艺如此关注，即体现区分雅俗、象征"士人"身份之博学教养[⑦]。对"文雅"意象特别关注，以诗歌表达

---

① 李日华《六研斋二笔》卷二，《影印文渊阁四库全书》第867册，台湾商务印书馆，1986年，第591页。

② 文征明著，周道振辑校《文征明集（增订本）》，上海古籍出版社，2016年，第144、873页。

③ 陆游著，钱仲联校注《剑南诗稿》卷一七，上海古籍出版社，1985年，第1347—1348页。

④ 吉川幸次郎著，李庆等译《宋元明诗概说》，中州古籍出版社，1999年，第14页。

⑤ 朱刚《"日常化"的意义及局限——以欧阳修为中心》，《文学遗产》2013年第2期，第52页。

⑥ 如王昌伟在观察明中叶南北士人文化差异时提到，官员身份在苏州没有被特别强调。见：Chang Woei Ong. *Li Mengyang, the North-South Divide, and Literati Learning in Ming China*. Harvard University Press, 2016, p. 59.

⑦ 物质文化的博学教养发展至晚明苏州更为极致，关于文征明曾孙文震亨《长物志》中辨别生活物品雅、俗的社会意义，参见：Craig Clunas. *Superfluous Things: Material Culture and Social Status in Early Modern China*. Polity Press, 1991, pp. 75—91.

吟诗、临帖、赏画、收藏、品茗、下棋、鼓琴等文雅日常生活，同为苏州士人博学教养之组成部分。

“收藏”亦为明中叶苏州博学教养之重要部分。随着“士”阶层内涵变化，苏州士人收藏观念亦发生变化。元末吴地已出现多位知名藏家，但交流藏品记载不多。[①] 明中叶苏州士人更乐于和友人一起观赏藏品，发展出类似“共享”观念。[②] 何以产生此种变化？明中叶以前收藏之风尚未普及，收藏行为本身即象征“士人”身份。但随着苏州收藏之风向下渗透，至明中叶收藏行为本身已无法象征文化资本，重要的是收藏何物，真伪如何，趣味如何，何以体现雅俗。沈周提到“云林先生（倪瓒）戏墨，在江东人家以有无为清俗”[③]。若秘不示人则无法展现品位，须交流品题，形成有鉴赏品位之“士人”群体，以区别于一般收藏行为。如朱存理所记：“松之下所过客，远自西郭至者，曰杨君谦（循吉）、曰祝希哲（允明）……今吾与客之所谈者又不过品砚、借书、鉴画之事而已，幸无俗子来溷我。”[④]

新的收藏观念影响至宋诗作为一种资源介入苏州士人生活之方式。首先，藏品流通加速，苏州士人寓目藏品数量极大提升[⑤]，其中包括以宋人书法为载体之宋诗文本。如沈周、吴宽、文征明亲见苏轼、陈与义、陆游、文天祥等人诗帖[⑥]。苏州士人于书籍文献之外多一层

---

① 元人更常见的是雅集上共同题咏一件现场完成的书画，见黄朋《吴门具眼：明代苏州书画鉴藏》，上海书画出版社，2015 年，第 14—15 页。

② 庄明《白石：沈周与明代成化、弘治年间苏州的艺术及文化》，中国美术学院博士学位论文，2020 年，第 48—49 页。

③ 郁逢庆《书画题跋记》卷一，《影印文渊阁四库全书》第 816 册，台湾商务印书馆，1986 年，第 593 页。

④ 朱存理《楼居杂著》，《影印文渊阁四库全书》第 1251 册，台湾商务印书馆，1986 年，第 604—605 页。

⑤ 以题跋为例，李东阳《怀麓堂集》有 40 多篇，已不少，但相比吴宽《匏翁家藏集》270 多篇，《文征明集》160 多篇仍逊色。

⑥ 张照、梁诗正等《石渠宝笈》卷二九，《影印文渊阁四库全书》第 824 册，台湾商务印书馆，1986 年，第 217 页。吴宽《匏翁家藏集》卷四九、五〇，《四库提要著录丛书》集部第 268 册，北京出版社，2011 年，第 306、309 页。文征明著，周道振辑校《文征明集（增订本）》，上海古籍出版社，2016 年，第 550、1287、1349、1303 页。

途径接触宋诗，且书法文本有时包含抄刻本所不具备之信息，如都穆通过观赏友人所藏苏轼书法真迹辑得 5 首佚诗，是明代较早留意搜集苏轼佚诗者[①]。

其次，与阅读书籍文献不同，新观念下的藏品鉴赏互动，加强以苏轼为代表的宋诗趣味在苏州士人间流动。以次韵苏轼《清虚堂诗》为例，李杰邀吴宽观赏苏轼清虚堂诗帖，吴宽立刻次韵苏诗[②]。到后发现并非真迹，仅为刻本，吴宽又次韵调侃，并用"空肠啖尽元修菜，渴吻煎彻庭坚茶"这类苏轼友人之典感谢主人款待[③]。隔日李杰又以沈周画索题，吴宽意犹未尽，仍次韵苏诗[④]。沈周原不在场，后徐舜乐持吴宽诗帖与沈周共赏，沈周亦加入次韵[⑤]。至成化十五年(1479)吴宽服阕还京，沈周再以象征苏轼、王巩友谊之清虚堂诗韵，与老友惜别[⑥]。此后沈周用清虚堂韵似乎成为习惯[⑦]，并影响及沈钟、陈璚等人[⑧]。此例中吴宽次韵因李杰邀其观赏苏轼诗帖、沈周绘画而发，沈周次韵因观赏吴宽诗帖而发，收藏互动助推苏轼诗歌介入苏州士人交游生活，痕迹宛然。有时收藏互动助推苏轼诗歌次韵传播，所涉时间、场景相当持久而广泛。如沈周以所藏《林逋手札二帖》邀请陈颀、吴宽、张璞、李东阳、程敏政等人鉴赏并次韵苏轼《书林逋诗后》诗，鉴赏场景从书斋延伸至山林、寺院，空间跨越苏州、松江与北京，前后持续 17 年[⑨]。凭借官员苏轼推崇隐士林逋这一隐喻，沈周也在

---

① 曾枣庄《"操觚之士鲜不习苏公文"——论明代的苏轼诗文选评本》，《中国文化研究》2001 年第 3 辑，第 212 页。

②③④ 吴宽《匏翁家藏集》卷一〇，《四库提要著录丛书》集部第 268 册，北京出版社，2011 年，第 84 页。

⑤ 沈周著，张修龄、韩星婴点校《沈周集》，上海古籍出版社，2013 年，第 88 页。

⑥ 沈周著，张修龄、韩星婴点校《沈周集》，上海古籍出版社，2013 年，第 102 页。

⑦ 沈周著，张修龄、韩星婴点校《沈周集》，上海古籍出版社，2013 年，第 88、656、679 页。

⑧ 钱谦益撰集，许逸民等点校《列朝诗集》丙集卷八，中华书局，2007 年，第 3294—3295 页。

⑨ 陈正宏《沈周年谱》，复旦大学出版社，1993 年，第 132、149、229 页。吴宽《匏翁家藏集》卷五，《四库提要著录丛书》集部第 268 册，北京出版社，2011 年，第 59 页。沈周著，张修龄、韩星婴点校《沈周集》，上海古籍出版社，2013 年，第 446 页。

鉴赏次韵活动中通过吴宽、李东阳等人的帮助积累文化声誉，巩固其作为地方文化精英的“士人”身份。

从博学教养之物质文化切入，可见苏州诗歌注重宋以来日常“文雅”意象，与其社会身份、阶层自我表达密切相关。而博学教养之收藏观念变化，带来鉴赏互动及次韵行为，有助苏州士人以宋人典故、主题在社交中进行情感互动、积累文化声誉。在此文化语境中，苏州士人自然而然借助以苏轼为代表的宋诗资源作为文学表现方式，表达当下感受。

四、“诗”在文雅生活中的“定位”

明中叶苏州诗歌偏于个人文雅生活表达，除了包括上文所涉临帖、赏画、鉴古、品茗等，吟诗本身也是文雅生活的一部分。此前很少有研究探讨“诗”在苏州士人文雅生活中处于何种“位置”。讨论这一问题有助于理解苏州士人诗歌创作观念，及其如何影响创作方式、审美观念，形成苏州诗学趋向。

讨论之前，先需俯瞰苏州士人群体大致人生追求，以便更好找到诗歌“定位”。黄仁宇认为，即便至晚明，科举仕宦对于有抱负的精英来说仍是唯一出路。① 这是整体层面概括，具体至不同时段苏州士人，既有与此背离之观念，亦可感到“科举仕宦”不可抗拒之影响。吴地士人无论于元末优游林下，抑或在明初翦除豪强压力下佯狂避祸，其隐逸都带有政治色彩。永乐间苏州部分士人政治态度有所变化，陆续步入仕途。尽管苏州隐逸传统并未中断，但政治色彩逐渐淡化。至明中叶苏州城市繁荣，该地区士人形成一种新的“市隐”观念并付诸实践。从沈周成化十年(1474)所作《市隐》诗可见“市隐”包括：享受居于城市，与仕途保持距离，过着赏画、读书等文化生活。② 同时苏

① Frederick W. Mote, Denis Twitchett. *The Cambridge History of China*, *Volume 7*, *The Ming Dynasty*, *1368—1644*, *Part* Ⅰ. Cambridge University Press, 1998, p. 546.

② 沈周著，张修龄、韩星婴点校《沈周集》，上海古籍出版社，2013年，第131页。

州士人多有类似"市隐"观念。[1] 与带有政治色彩的"有道则见，无道则隐"相反，"市隐"成为追求文雅生活的主动选择，只有生活在太平盛世、文化繁荣的城市中且足够富裕，才能满足此种追求。

苏州文化中的"市隐"观念本身就充满雅俗互动的张力。从较长时段看，"市隐"观念为"士"阶层地方化在明中叶发展之产物。"市隐"之"市"意味着"士"阶层身份逐渐下移至地方市井层面，无疑是精英群体的一种世俗化。然而"市隐"之"隐"又意味着该群体力图与"市民"保持距离，通过文雅生活方式维持"士"这一层社会身份。

大约与"市隐"观念形成同时，苏州科举走出明初低迷。从天顺八年(1464)甲申科会试开始，苏州士子每科进士及第人数常年维持在 10 人以上，成化、弘治间共计 14 科会试，产生 216 名进士。[2] 苏州地方精英完全放弃科举者越来越少，但"市隐"作为一种文化心态持续存在，其代表的闲适文雅、与政治保持距离之态度，非但为隐士、科举不第者所有，于高官或短暂出仕者亦有体现。如王鏊称吴宽"于权势荣利，则退避如畏热，在翰林时，于所居之东治园亭，杂莳花木，退朝执一卷日哦其中……若不知有官者"[3]，其记录吴宽、徐源等苏州官员在京同乡雅集亦有类似描述[4]。明中叶苏州官员年轻致仕者亦不少，如杨循吉二十七岁进士及第，三十二岁致仕。[5] 陆师道，二十八岁进士及第，随即"以母老乞归，时年未三十也"，从文征明学画。[6] 王谷祥，二十九岁进士及第，选翰林院庶吉士，数年后致仕[7]，从文征明学

① 严迪昌《"市隐"心态与明清吴中文化士族》，《苏州大学学报(哲学社会科学版)》1991 年第 1 期，第 85—86 页。

② 苏州进士数据统计参见简锦松《明代文学批评研究》，台湾学生书局，1989 年，第 110—111 页。

③ 《王鏊集》，上海古籍出版社，2013 年，第 310 页。

④ 《王鏊集》，上海古籍出版社，2013 年，第 190 页。

⑤ 《顾鼎臣集　杨循吉集》，上海古籍出版社，2013 年，第 540 页。

⑥ 文震孟《姑苏名贤小纪》卷下，《历代状元著作辑刊》第 27 册，北京燕山出版社，2021 年，第 381 页。

⑦ 皇甫汸《皇甫司勋集》卷五六，《四库提要著录丛书》集部第 354 册，北京出版社，2011 年，第 367 页。

画。其他如刘珏“甫艾即致政归”[①]，陈颀“中岁遂致仕”[②]者尚多。宦海风波中虽每一个案原因不同，但苏州士人集中出现类似现象，不得不谓之共同心态。苏州士人多向往扎根地方的文雅生活，如唐寅所说“明窗铺笔砚，烂饭饱藜藿……天下方太平，乡里免漂泊”，“此生甘分老吴阊，万卷图书一草堂”[③]。

以文雅闲适为相对理想境界，苏州士人尤重生活趣味。无论读书、绘画、收藏，皆强调乐在其中。如杨循吉自述读书体验：“当怒读则喜，当病读则痊……岂待开卷看，抚弄亦欣然。”[④]文征明自述作画：“时从笔墨间，涂抹聊尔耳。亦知不疗饥，性癖殊事此。有如鱼吹沫，不自知所以。”[⑤]朱存理为书斋取名“欣赏轩”，多数情况下他并不拥有藏品，而是愉快地欣赏友人分享的书画古玩，享受过程本身之乐趣[⑥]。

在注重趣味的苏州文雅生活中，诗歌非止用以表达生活趣味，作诗过程本身就是一种乐趣。如沈周《一年惜一年效乐天体》宣扬及时行乐，“日日逍遥山水间，浅酌在唇诗在笔”[⑦]。吴宽于所居东园“日哦其中，每良辰佳节为具召客，分题联句为乐”[⑧]。杨循吉称朱存理诗“一吟一咏，用以自适”[⑨]。关于朱存理一则逸事颇为典型：

> 野航与主人晚酌罢，主人入内，适月上，野航得句云“万事不如杯在手，一年几见月当头”，喜极，发狂大叫，抠扉呼

① 文震孟《姑苏名贤小纪》卷上，《历代状元著作辑刊》第26册，北京燕山出版社，2021年，第361页。

② 钱谦益《列朝诗集小传》丙集，上海古籍出版社，1983年，第293页。

③ 唐寅著，周道振、张月尊辑校《唐寅集》，上海古籍出版社，2013年，第15、80页。

④ 朱彝尊《明诗综》卷二五，中华书局，2007年，第3册，第1282页。

⑤ 文征明著，周道振辑校《文征明集（增订本）》，上海古籍出版社，2016年，第7页。

⑥ 庄明《白石：沈周与明代成化、弘治年间苏州的艺术及文化》，中国美术学院博士学位论文，2020年，第42—43页。

⑦ 沈周著，张修龄、韩星婴点校《沈周集》，上海古籍出版社，2013年，第64页。

⑧ 《王鏊集》，上海古籍出版社，2013年，第310页。

⑨ 朱存理《野航诗稿》，《影印文渊阁四库全书》第1251册，台湾商务印书馆，1986年，第614页。

主人起，咏此二句，主人亦大加击节，取酒更酌，至兴尽而罢。[①]

野航朱存理与主人王锜皆为市隐。不仅诗句宣扬及时行乐，作诗过程本身就是行乐。创作完整好诗这一结果还在其次，最重要的是享受过程。将诗歌置于苏州文化中观察，其与读书、书画、收藏等其他嗜好类似，同为文雅生活趣味之一种。

苏州士人偏向“以诗为趣”之价值定位，明显影响创作及审美观念，最突出特点是，不喜苦吟，欣赏“不经意”“不计工拙”“直写胸臆”的创作态度。文征明评沈周诗“不经意写出，意象俱新，可谓绝妙，一经改削，便不能佳”[②]。朱存理诗“或应亲友之求，或写胸臆”[③]。蒋廷贵“为古诗文，卒然满，略不经意”[④]。唐寅诗“晚益自放，不计工拙”[⑤]。王涣“顷刻数百言，操笔立就，曾不经意”[⑥]。张献翼评文彭、文嘉“二公之为诗也……或语取畅心，不由雕饰，或占惟信口，奚假深湛……殆无意求工”[⑦]。“不经意”“不计工拙”都强调不必刻意追求结果，“写胸臆”“语取畅心”则注重创作中的抒发过程。[⑧]

诗歌在苏州文化中的价值定位既与书画类似，同为文雅生活趣味之一种，其创作态度、审美观念亦相趋近。如王世贞跋沈周画“不

---

① 何良俊《四友斋丛说》卷二六，中华书局，2007 年，第 236 页。

② 何良俊《四友斋丛说》卷二六，中华书局，2007 年，第 236—237 页。

③ 朱存理《野航诗稿》，《影印文渊阁四库全书》第 1251 册，台湾商务印书馆，1986 年，第 614 页。

④ 吴宽《匏翁家藏集》卷七一，《四库提要著录丛书》集部第 268 册，北京出版社，2011 年，第 451 页。

⑤ 钱谦益《列朝诗集小传》丙集，上海古籍出版社，1983 年，第 298 页。

⑥ 文征明著，周道振辑校《文征明集（增订本）》，上海古籍出版社，2016 年，第 668 页。

⑦ 文肇祉辑《文氏家藏诗集》，《北京图书馆古籍珍本丛刊》第 115 册，北京图书馆出版社，1990 年，第 310 页。

⑧ 汤志波通过对比沈周诗稿本、刻本、题画文本异文，注意到沈周在诗集刊刻前对不少作品进行修改。参见汤志波《铸炼诗名：论沈周的诗歌修改与成效》，中国古代文学理论学会第二届青年学者论坛会议论文。然而这一修改行为距离初次诗歌创作已有时间间隔，与“不经意”写出的直抒过程并不矛盾。

经意处亦自可人”[①]，跋祝允明书法“希哲太不经意，然姿态各自溢出”[②]。“不经意”偏于创作者之态度，自接受者而言，所获则为“天然之趣”，如王世懋评文征明、陈淳画兰“虽草草都不经意，而天真烂然”[③]，胡应麟题陈淳画“用笔草草，不经意而天真烂漫”[④]。苏州诗歌评论亦然，如钱谦益谓沈周诗“才情风发，天真烂漫”[⑤]。四库馆臣称沈周诗“挥洒淋漓，自写天趣”[⑥]。又如徐燉评唐寅“诗虽不甚雅驯，而一段天然之趣，自不可及”[⑦]。其他评论苏州士人单篇诗句“直写性情”“大有天趣”者尚多[⑧]。“不经意”“直写性情”之创作态度自然导向平易流畅之诗歌语言风格。杨循吉称：“予观诗不以格律体裁为论，惟求能直吐胸怀，实淑景象，读之可以谕，妇人小子皆晓所谓者，斯定为好诗。”[⑨]此论点出了创作态度“直吐胸怀”和诗歌语言通俗流畅之关联。故苏州诗歌取法之白、苏、陆诗，在同时人看来，在中唐、宋诗中偏于平易流畅一路，如俞弁评唐寅诗“晚岁平易疏畅，盖学元白”[⑩]。李东阳称“陆务观学白乐天，更觉直率”“苏子瞻才甚高……独其诗伤

---

① 王世贞《弇州四部稿》卷一三八，《影印文渊阁四库全书》第 1281 册，台湾商务印书馆，1986 年，第 274 页。

② 王世贞《弇州四部稿》卷一三二，《影印文渊阁四库全书》第 1281 册，台湾商务印书馆，1986 年，第 197 页。

③ 王世懋《王奉常集》卷五一，《四库全书存目丛书》集部第 133 册，齐鲁书社，1995 年，第 723 页。

④ 胡应麟《少室山房集》卷一九〇，《丛书集成续编》第 146 册，上海书店出版社，1990 年，第 611 页。

⑤ 钱谦益《牧斋初学集》卷四〇，上海古籍出版社，2018 年，第 1076 页。

⑥ 永瑢等《四库全书总目》卷一七〇，中华书局，2017 年，第 1489 页。

⑦ 唐寅著，周道振、张月尊辑校《唐寅集》附录四，上海古籍出版社，2013 年，第 615 页。

⑧ 陆楫《蒹葭堂稿》卷六，《续修四库全书》第 1354 册，上海古籍出版社，2002 年，第 643 页。唐寅著，周道振、张月尊辑校《唐寅集》附录四，上海古籍出版社，2013 年，第 610 页。

⑨ 《顾鼎臣集　杨循吉集》，上海古籍出版社，2013 年，第 516 页。

⑩ 唐寅著，周道振、张月尊辑校《唐寅集》附录四，上海古籍出版社，2013 年，第 606 页。

于快直”[1]。苏州诗歌在评论者看来,优点固为“天真自然”,缺点即直白显豁,乏含蓄之致。

弘治间复古派兴起,与苏州诗学在取法对象、创作方式、审美观念等层面皆形成鲜明对比。苏州诗学取法中唐、宋诗,而“李梦阳、何景明倡言复古……诗自中唐而下,一切吐弃”[2]。苏州诗学强调“不经意”“直写性情”之创作态度,而李梦阳特重锻炼以求格调,“其(郑作)为诗,才敏兴速,援笔辄成……空同子每抑之曰,不精不取。郑生乃即兀坐沉思,炼句证体,亦往往入格”[3]。宋代以来,语言详尽、表意直白被目为“格卑”[4],复古派最忌格调卑弱,苏州士人并非不知“格卑”,却仍欣赏并热衷于创作“格卑”之诗。复古派认为苏州诗歌格调不高,与其创作快速、不费精力有关,如李日华称:“中原七子辈谈诗,谓启南本富诗才,而以题画取办仓猝,故遂入别调。”[5]实际苏州士人非不能投入精力,而是主动强调“不经意”“直抒胸臆”之创作方式。

苏州诗学与复古派根本差异在于对诗歌价值定位不同。复古派赋予诗文一种独特文化责任,期望通过表达真情之真诗,融洽社会、裨益治道,落脚点仍偏于实用层面。[6] 至如绘画则无补治道,故李梦阳直斥“乃知图写小人艺,工意工似皆虚名”[7]。而苏州诗学取法白、苏、陆诗之趋向,实与苏州士人文化观念中,视诗歌与书法、绘画类似,偏于自适,以趣味为依归之价值定位相关。

---

① 丁福保辑《历代诗话续编》,中华书局,2014年,第1386、1389页。

② 张廷玉等《明史》卷二八五,中华书局,1974年,第24册,第7307页。

③ 李梦阳著,郝润华校笺《李梦阳集校笺》,中华书局,2019年,第1683页。

④ 谢琰《论宋代诗学中的“格卑”观念》,《文学遗产》2010年第4期,第56页。

⑤ 李日华《六研斋二笔》卷四,《影印文渊阁四库全书》第867册,台湾商务印书馆,1986年,第650页。

⑥ Chang Woei Ong. *Li Mengyang, the North-South Divide, and Literati Learning in Ming China*. Harvard University Press, 2016, pp. 310, 320.

⑦ 李梦阳著,郝润华校笺《李梦阳集校笺》,中华书局,2019年,第618页。

五、结语

以上分别探讨与明中叶苏州诗学趋向相关之社会文化如何影响至诗歌语言、意象、诗学观念层面。苏州诗学取法白、苏、陆诗之趋向，并非简单重复前代诗歌传统，而是在苏州城市繁荣、商业发达、博学教养、书画收藏、市隐心态等社会文化氛围下，为适应当下文学表达，对历史资源的一种主动汲取。“俚俗”或“文雅”背后都有特定社会文化语境，影响及诗歌语言、意象、主题，乃至对待诗歌之价值定位、创作态度、审美观念。

从雅俗文化互动视角观察，过往研究多强调明中叶苏州诗学“市民性”，关注由雅入俗、由精英向大众文化的单向变化。而实际精英文化与大众文化存在复杂互动①。苏州诗歌有意采取俚俗语言书写社会风俗，甚而在书画市场兴盛下衍生出商品属性，可谓由雅趋俗之变化。然世态风俗、大众文化让苏州士人感到社会身份焦虑，于诗中与世俗价值观保持距离，并以博学教养为基础在诗中表达吟诗、临帖、赏画、收藏之文雅生活，象征“士人”身份，可谓避俗求雅之努力。在充满雅俗互动张力之“市隐”观念主导的文雅生活中，苏州诗学形成“以诗为趣”之价值定位、“不经意”之创作态度、“天真自然”之审美观念。以往学者多关注苏州诗学“直写性情”，以之为晚明先声，强调其趋俗一面。实际苏州诗学还有趋“雅”一面，如万历间钱允治即以“博学”教养之苏州诗学传统，批评务求简易之“公安”诗学②。明中叶苏州诗学趋向，是特定场域下文学与社会文化互动中形成。

（上海师范大学人文学院）

① 关于明中叶苏州雅俗文化复杂互动在绘画中之体现，见石守谦《从风格到画意——反思中国美术史》，台北石头出版股份有限公司，2010 年，第 266—268 页。

② 钱允治《石田先生集序》，参见沈周著，张修龄、韩星婴点校《沈周集》，上海古籍出版社，2013 年，第 771—772 页。

融汇“四唐”：论晚明江南诗学对唐诗取径的拓宽

田　明

内容摘要：对盛唐诗歌审美特征的崇尚和推崇，是明代诗学的主流。到了晚明，这一宗法趣尚发生了改变。在隆庆、万历之际，复古派诗人将取法典范逐渐拓展到了中晚唐，并注意到了杜甫诗歌与大历诗风的特殊性；万历中期以后，在公安派和馆阁文人等群体的带动下，中晚唐诗风一度兴盛；在晚明各类唐诗选本中，原先不被重视的中晚唐诗歌文献也日益被搜集、整理。这些选本编选内容、体例上的种种变化，侧面反映了“四唐”典范被平等看待的趋势。到了清初，以“初、盛、中、晚”建构、划分唐诗史的论说话语模式受到了广泛的质疑和批评。这种质疑和批评，追溯起源，与晚明以来诗学家对唐诗审美路径的不断拓宽，存在密切关联。

关键词：晚明诗学；明代唐诗学；“四唐”；江南诗学

Integrating the "Four Tang Modes": The Expansion of the Aesthetic Path of Tang Poetry in the Late Ming Jiangnan Poetics

Tian Ming

Abstract: The reverence and admiration for the aesthetic characteristics of Tang poetry was the mainstream of Ming Dynasty poetics. In the late Ming Dynasty, there was a change in the taste of this patriarchal tradition. During the period of Longqing and Wanli, retro poets gradually expanded the scope of taking legal codes to the mid to late Tang Dynasty, and noticed the particularity of Du Fu's poetry and Dali's poetic style. After the mid Wanli period, the poetic style of the prosperous Tang Dynasty gradually ceased to be mainstream. Driven by groups such as the Gong'an Literature and the Pavilion Literature, the poetic style of the mid to late Tang Dynasty flourished. In the selection of late Ming and Tang poetry, the previously neglected literature on mid to late Tang poetry is increasingly being collected and organized. The various changes in the content and style of the selection reflect the trend of treating the "Four Tang" models equally. In the early Qing Dynasty, the discourse model of constructing and dividing the history of Tang poetry based on "early, prosperous, middle, and late" was more widely questioned and criticized. This kind of questioning and criticism, tracing its origins, is closely related to the continuous expansion of the aesthetic path of Tang poetry by poets since the late Ming Dynasty.

Keywords: Late Ming Poetics; Ming Dynasty Tang Poetics; "Four Tang" mode; Jiangnan Poetics

明人对唐诗学的建立和完善有着重要影响，在唐诗史的建构、唐诗文本的凝定、唐诗的经典化等方面均有斐然成就。大致而言，明人对唐诗的接受，经历了从明初划定“四唐”（即以初唐、盛唐、中唐、晚唐的模式划定唐诗史的叙述方式），弘、正年间开始的“诗必盛唐”潮流，到晚明以来中晚唐诗歌共同流行的面貌。[①] 如果我们集中于隆庆以后江南一带的士人眼中的唐诗典范选择，则又可见一些更加细微的变动方向。在清初类似“瞎盛唐诗”一类的讥讽出现之前，晚明江南一带的复古派诗人已经开始逐渐意识到了一味师法盛唐诗歌的某些弊端，并将唐诗取径范围逐渐扩展到了初唐以及中晚唐。在清初，对“四唐”的划分法则已经遭到了不少诗论家的反驳甚至讥笑，“四唐”典范从不同方面，走向了融合。本文主要以晚明江南一带的诗学为主要考察对象，对这一文化现象的特征及其背后的成因、影响进行论述。

一、隆庆、万历之际“诗必盛唐”说的隐退趋势

“四唐”说在明代唐诗学中影响深远。南宋末年，严羽在《沧浪诗话》中将唐诗史分为唐初、盛唐、大历、元和、晚唐五种体式，初步奠定了“四唐”说的基础。宋末元初，方回在《瀛奎律髓》中提到了“盛唐”“中唐”和“晚唐”，“四唐”说在当时已略具雏形。元人杨士弘编选《唐音》，正式为唐诗标出初、盛、中、晚四个名目。明初，宋濂、贝琼、苏伯衡等人皆延续了这一划分思路。高棅《唐诗品汇》在前人基础上，将“四唐”说扩展成一个完整的体系，自此，“四分法”得到了确立。[②] 正是在将唐诗四分的基础上，李梦阳、何景明、李攀龙等明中叶的复古派诗人，才以“诗必盛唐”为尚，将“盛唐”诗歌作为正宗的取法对象。其间虽有像薛蕙、高叔嗣、皇甫兄弟等诗人对中唐诗歌亦有所取法，但只是作为一种运动高潮之后的余波出现，而非复古运动中的主流思想。

到了隆庆、万历之际，在一般江南文人言说语境下，他们也大多

① 参见孙春青《明代唐诗学》，上海古籍出版社，2007年，第5—7页。

② 参见陈伯海主编《唐诗学文献集粹》（下），上海古籍出版社，2016年，第582页。

赞成诗学盛唐。浙东文人孙鑛(1543—1613)在与友人余寅的书信中,曾简单概述明初至隆庆诗文风尚的游移状况:

我朝诗成、弘以前,大约沿宋元气习,虽格卑语近,然道情事亦真率可喜。自空同倡为盛唐、汉魏之说,大历以下悉捐弃,天下靡然从之。此最是正路,无可议者。然天下事但入正路即难,即作人亦如此,久之觉束缚不堪,则逃而之初唐,已又进之六朝。在嘉靖中最盛。然此路终隘而不弘。近遂有舍去近体,但狙汉魏之论,然有言之者,鲜行之者。则以此一路枯淡,且说物情不尽耳。①

在这里,孙鑛是站在复古诗学的立场,认为李梦阳之"大历以下悉捐弃"的态度"最是正路,无可议者",而其他流派的取法典范都存在着各种问题,因而也就旋起旋灭,热闹喧嚣一时后,很快又归于寂静。应该说,孙鑛的观察是合理的。当时的诗坛实际状况也正如其所描述的,一般诗人多以宗法汉魏、盛唐自我标榜。嘉兴诗人李培曾描述此一阶段"山人"的行为道:"方内山人,罨罨驰两都,游公卿门,不乏作家。人人自谓吾汉魏,吾六朝,吾初盛唐,即晚唐且不屑唇颊。然举皆设粉黛,顶冠服,效夷光颦,拟叔敖令,只令人籧篨绝倒耳。"②"山人"群体最富于灵敏的嗅觉,他们对诗坛风尚的流行,自然要比一般文人来得敏感。出于追逐风气的需要,他们往往会在公开场合表示自己的诗学取向是合乎其时主流方向的。他们宁可宣称自己学六朝,也不肯承认学习中晚唐诗,可见其时中晚唐诗很难构成对"盛唐"诗歌的全面挑战。

但在隆、万之际,"诗必盛唐"的口号式宣传实际上已经有一种悄然松动、隐退的趋势。如松江诗坛上,另一位颇具影响力的复古派文人冯时可表面上也在追逐时尚,他在《雨航杂录》中写道:"初盛唐之

---

① 孙鑛《月峰先生居业次编》卷三《与余君房论文书》,《四库禁毁书丛刊》第126册,北京出版社,1997年,第202页。

② 李培《水西全集》卷九《五柳赓歌序(代屠长卿作)》,沈乃文主编《明别集丛刊》第四辑第15册,黄山书社,2016年,第477页。

诗，真情多而巧思寡，神足气完，而色泽不屑屑也。晚唐意工词纤，气力弥复不振矣。春鸟秋蛩，节变音迁，人乘代运，孰能知其然哉？"[①]可是，他在为张之象《唐诗类苑》所作序文中，认为，初、盛、中、晚是"朝阳暮霞，春卉寒英，咸各有致"，不能"植本而捐枝，举首而遗尾"。[②] 而从创作来看，冯时可的诗歌中清冷衰惫，类似他自己所谓的"气力弥复不振"的晚唐式作品并不少见，而他诗集中那些类似初盛唐诗的作品，反倒陷入了千篇一律、摹拟蹈袭的弊病中去。可见，由于时代风运的变化等因素，无论后代诗人对盛唐诗怎样倍加推崇，也不一定能真正创作出那样具备雄浑气格的诗歌来。因此，在隆、万之际的复古派诗人群体中，盛唐以后的若干诗歌范式，也在逐渐进入其宗法视野中来。

（一）复古派诗人对中晚唐诗的学习

在晚明复古派诗人中，较早拓宽取法典范路径的，正是领袖王世贞。王世贞晚年对中晚唐诗显得愈发宽容和圆通。嘉靖年间，上海人张之象编选《唐诗类苑》，杭州卓明卿得之，并切割出其中的初、盛唐部分出版，邀请王世贞为其作序。王世贞在序言中说："澂甫（卓明卿）既以大历之半割之，其余者若元和会昌为中，中可录也，会昌而降为晚，晚可采也。不然，吾惧操觚者之有后言也。"[③]认为中晚唐诗也一样应该采辑进来，反映了此时他较为融通的诗学思想。此外，晚年的王世贞对白居易诗歌也颇为欣赏，在其作《归弃多暇读白香山长庆集恍然有感》一诗中写道："偶诵《长庆集》，因展四部编。才情焉能拟，俱为俗耳传。公应容我后，我当让公先。"[④]在长篇歌行体诗中，王

---

① 冯时可《雨航杂录》卷上，《冯元成选集》卷六十七，《四库禁毁书丛刊补编》第 63 册，北京出版社，2005 年，第 688 页。

② 冯时可《冯元成选集》卷十三，《四库禁毁书丛刊补编》第 61 册，北京出版社，2005 年，第 433 页。

③ 王世贞《弇州山人四部续稿》卷五三《唐诗类苑序》，沈乃文主编《明别集丛刊》第三辑第 37 册，黄山书社，2016 年，第 70 页。

④ 转引自魏宏远《王世贞晚年文学思想研究》，复旦大学博士学位论文 2008 年。有关王世贞晚年诗歌与白居易的关系，该文第五章有较为详细的论述，在此不加赘述。

世贞甚至还多有学习卢仝、李贺的地方，胡应麟曾称赞他："《弇州四部稿》古诗枚、李、曹、刘、阮、谢、鲍、庾，以及青莲工部，靡所不有，亦鲜所不合。歌行自青莲、工部，以至高、岑、王、李、玉川、长吉，近献吉、仲默，诸体毕备，每效一体，宛出其人，时或过之。"[①]这些都可见其学习、宗法对象之广博。晚明江南复古派群体在创作上，也不完全斤斤于盛唐之前。如王世贞称赞华善述的诗歌"翩翩霞举，其于五七古言，有康乐、长吉之致，绝句仿佛青莲。"[②]称赞华善继的诗歌："大较五言古似韦苏州，而时时上之，七言古似高达夫，五言律似常建、郎士元，七言律似李颀，绝句在大历、长庆中，未易才也。"[③]对他们能够学习大历、长庆、李贺等，口吻都是偏向赞赏的。在他们的诗集中，效"长庆体""元和体"的作品也不少，如张凤翼《雨深戏效长庆体和文长公寿承》、沈明臣《水云游效元白体》等诗作都是典例。

（二）杜甫与"大历"诗风：两个独特的师法典范

隆万年间"诗必盛唐"口号的隐退趋势，还表现在另一种较为隐秘的典范融合上。复古派诗人逐渐认识到，所谓"初盛中晚"的"四唐"模式划分，未必完全符合唐诗的发展实际状况，因而所谓的"盛唐"诗人，有时可能已兆中晚之先声，有些所谓的"中唐"诗人，作品中未必没有盛唐格调。王世懋的一段话就是这种意见的代表：

> 唐律由初而盛，由盛而中，由中而晚。时代声调故，自必不可同。然亦有初而逗盛，盛而逗中，中而逗晚者，何则？逗者变之渐也。非逗故无由变。如诗之有变风、变雅，便是离骚远祖。子美七言律之有拗体，其犹变风变雅乎？唐律之由盛而中，极是盛衰之介。然王维、钱起实相倡酬，子美全集，半是大历以后，其间逗漏，实有可言。聊指一二，如右

---

① 胡应麟《诗薮》续编卷二，上海古籍出版社，1979年，第353页。

② 王世贞《弇州山人四部续稿》卷四十六《华仲达诗选序》，沈乃文主编《明别集丛刊》第三辑第36册，黄山书社，2016年，第613页。

③ 王世贞《弇州山人四部续稿》卷五三《华孟达诗选序》，沈乃文主编《明别集丛刊》第三辑第37册，黄山书社，2016年，第68页。

丞《明到衡山》篇、嘉州函谷磻豀句，隐隐钱、刘、卢、李间矣。至于大历十才子，其间岂无盛唐之句？盖声气犹未相隔也。学者固当严于格调，然必谓盛唐人无一语落中，中唐人无一语入盛，则亦固哉其言诗矣。①

王世懋在这里指出，以“四唐”强行划分唐诗史，势必会遮蔽某些诗人的独特性。因此，对一些经典作家的宗法和学习，很有可能导向的反而是另一种时代的诗风，对那些风格多变的大家和复杂多样的时代而言，尤其如此。其中最具有代表性的就是两个比较独特的典范：杜甫诗歌和“大历”诗风。

在整个中国诗歌史上，杜甫可以算是具有承上启下地位的集大成式诗人，也是中国古代诗歌史由“中古”走向“近古”的标杆性诗人。他的诗歌，集魏晋六朝以来诗歌艺术之大成，同时又为后世创造了无数法门，宋代江西诗派更是奉其为师法之“祖”。王世懋所谓“子美全集，半是大历以后，其间逗漏，实有可言”的判断，隐约指出了杜诗本身的这种复杂性。杜甫的诗歌在许多方面并不像盛唐诗，尤其夔州以后诗作，其忠君爱国的思想主题、沉郁顿挫的艺术手法、一波三折的表达方式，更接近中唐以至宋诗的气质。在明代，将杜甫作为诗歌典范的复古派诗人不在少数，尤其是李梦阳，他对杜诗怀有浓重的情结，对杜甫的学习、摹拟甚至已经成为他身上的一种标签。但是李梦阳对杜甫的学习，一般止步于那些雄浑壮丽之作，对杜集中那些近乎宋诗格调的作品不甚措意。到了隆庆以后，杜诗本身的复杂性逐渐为复古派文人所关注。诗论家胡应麟首先指出，杜甫诗作与盛唐诗存在较为明显的差异。他在《诗薮》中谈道：“李才高气逸而调雄，杜体大思精而格浑。超出唐人而不离唐人者，李也；不尽唐调而兼得唐调者，杜也。……盛唐一味秀丽雄浑。杜则精粗、巨细、巧拙、新陈、险易、浅深、浓淡、肥瘦，靡不毕具，参其格调，实与盛唐大别。其能会

① 王世懋《艺圃撷余》，吴文治主编《明诗话全编》，江苏古籍出版社，1997年，第4827页。

萃前人在此，滥觞后世亦在此。”①并从“字法”“句法”“篇法”等角度，详细辨析了杜甫与盛唐诸家的区别：

老杜字法之化者，如“吴楚东南坼，乾坤日夜浮”，“碧知湖外草，红见海东云”，坼、浮、知、见四字，皆盛唐所无也。然读者但见其闳大，而不觉新奇。又如“孤嶂秦碑在，荒城鲁殿余”，“古墙犹竹色，虚阁自松声”，四字意极精深，词极易简，前人思虑不及，后学沾溉无穷，真化不可为矣。句法之化者，“无风云出塞，不夜月临关”，“露从今夜白，月是故乡明”，“江山有巴蜀，栋宇自齐梁”，“近泪无干土，低空有断云”之类，错综震荡，不可端倪，而天造地设，尽谢斧凿。篇法之化者，《春望》《洞房》《江汉》《遣兴》等作，意格皆与盛唐大异，日用不知，细味自别。②

许学夷对杜甫也有类似的看法。他认为，同处于盛唐时期的杜甫诗也表现出不同于盛唐诸公“兴趣”的诗歌风格，而是“以意为主，以独造为宗”：

或问：“子美五、七言律，较盛唐诸公何如？”曰：“盛唐诸公，惟在兴趣，故体多浑圆，语多活泼。若子美则以意为主，以独造为宗，故体多严整，语多沉着耳。此各自为胜，未可以优劣论也。”③

许学夷认为盛唐诗歌的特点是“惟在兴趣”，“主兴不主意”，从而“体多浑圆，语多活泼”。而杜甫写诗“以意为主，以独造为宗”，在体式层面比较“严整”，有对词句进行审慎排布的用意，在语言层面偏向一种“沉着”的风格，都体现了杜甫对诗歌艺术的独造、创新意识。他认为二者“各自为胜”，显然是将杜甫的律诗风格排除在“盛唐诸公”之外了。此外，在明清之际，宗法杜诗，还有另一层含义，那就是学习宋

① 胡应麟《诗薮》内编卷四，上海古籍出版社，1979年，第70页。

② 胡应麟《诗薮》内编五，上海古籍出版社，1979年，第90页。

③ 许学夷撰，杜维沫校点《诗源辩体》卷十九，人民文学出版社，1987年，第214页。

诗。杜甫的句法等很多并不是“盛唐”的，表面上推崇杜甫，很有可能是学习宋诗的一种言说策略。[①]“诗法少陵”，有时也意味着其诗歌中可能含有宋诗的因素，这都是杜甫诗歌本身的复杂性所在。

另一个非常独特的典范是大历诗风。在复古派诗人的语境中，对他人诗作的赞誉一般使用诸如“开元、大历之间”或“大历以上”一类的套语，这种习见的模式通常把大历诗风作为一个时间下限，有意无意间进行模糊化处理。需要指出的是，理论上的模糊处理不代表创作上的忽视，复古派诗人对大历诗风学习、借鉴的地方并不少。因为大历诗风所代表的那种圆熟、优美、安静，很多时候是契合明代诗人的心境的。以刘长卿为例，他是大历诗人中非常典型的一位。刘长卿的特殊之处，在于一方面他与杜甫是同代人，从时间维度来看，他应该算作盛唐诗人；可另一方面，他的诗歌风格又不符合明人心目中以气象格调见长的盛唐风格，于是有诗论家把他算作中唐诗人之首。“纯熟圆滑正是刘长卿诗的基本特征。结体安稳，造语安贴，……象河滩上被流水磨光的鹅卵石，圆滑光洁，糙手的感觉没有了，但纹理奇异、棱角分明的个性特征也随之丧失了。”因而后世“许多言必称李杜的名流，骨子里却是效法刘长卿的”[②]。

在晚明复古派诗人中，这种对大历诗人的摹拟也比较常见。晚明复古派对唐诗的学习，已经不完全一味崇尚那些格调高古之作，不少诗人尤多衰飒之气的作品，对秋雨、秋夜、溪水等更宁静安适的景物情有独钟，与大历代表的中唐诗风不谋而合。因而大历作为一种独特的师法范式，被广泛学习和接纳。并且，从理论言说的角度来看，隆、万年间的复古派诗人已经有公然以大历诗风夸赞对方的。如梅守箕在《何茂倩诗序》中说：“若茂倩其真诗人乎，貌若沉言，讷讷不出口，而所著称则丽矣，美矣，清且新矣，置之大历

① 关于学习杜诗中有可能存在的唐、宋之别，可参考李思涯《论明代复古派对杜诗的态度》，《文学遗产》2010年第3期。

② 蒋寅《刘长卿与唐诗范式的演变》，《文学评论》1994年第1期。

诸才子间，当与之唱。”[1]胡应麟为其乡后进诗人黄说仲的诗集作序时，赞赏道：“今总萃其生平诗歌，为什亡虑千数计，为卷亡虑十数计，左提右挈，大都得之世叔为多，选体之夷旷雍容，长短句之轻新婉达，合作置《鹿门》《辋川》《嘉州》集，夐不易辨。五七言律绝，亭亭独上，百尺无枝，朗抱冲襟，汛洗尘俗。清者大历，旨者元和，淳者咸通，质者长庆，司空、皇甫、姚、郑复生。”[2]也就是说，他并不认为学习中晚唐诗是一种损坏名誉的做法。在胡应麟这里，大历、元和、咸通、长庆，都是可以接受的诗风。从以上现象可见，在隆、万之际，“诗必盛唐”的口号，在一定程度上已然逐渐悄然走向隐退。

二、万历中期以后中晚唐诗风的兴起

在隆、万年间，“诗必盛唐”还仅仅是一个悄然隐退的趋势。此时复古派诗风依然盛行天下，摹拟汉魏、盛唐依然是诗坛主流，多数诗人也人云亦云地赞同“诗必盛唐”的口号。然而，在万历中期之后，这种“诗必盛唐”的审美范式已经逐渐为许多人所公开厌弃，如郭正域在万历三十年(1602)为《四唐汇诗》所作序中说：“今浮慕盛唐，递相沿袭，竟成书抄，致昧真常，全无实际，不能薄依，复罕润泽。凡于实境实事，概不能言，而虚声浮气，以为妙悟。夸毗之子，凌厉为豪；庸琐之俦，空谈为妙，而诗道远矣。”[3]即较为明显地表示了自已的感受。而原先被排斥于正宗的学诗路径之外中、晚唐诗，反倒渐渐成为人们追捧的对象。

清人贺裳较早观察到并总结出这一现象。他说：

> 嘉、隆以前，谈诗者视中晚，几如汉高帝之视夜郎、滇、

---

① 梅守箕《梅季豹居诸二集》卷九《何茂倩诗序》，沈乃文主编《明别集丛刊》第四辑第60册，黄山书社，2016年，第608页。

② 胡应麟《少室山房类稿》卷八二《黄说仲诗草序》，沈乃文主编《明别集丛刊》第四辑第36册，黄山书社，2016年，第177页。

③ 郭正域《四唐汇诗序》，陈伯海、李定广编著《唐诗总集纂要》，上海古籍出版社，2016年，第405页。

> 夷，度外置之；万历末年，一时推服，又几于尉佗魋结，箕踞以见陆生，问与高帝孰贤？又如幽州张直方母谓其下曰："天下有贵于我子者乎？"一则忽之过卑，一则尊之过盛，总非造凌云台秤，能令轻重不淆也。①

贺裳观察到，从万历后期开始，原先被诗坛所鄙夷的中晚唐诗忽然成为流行的典范，态度转移之迅捷和极端，令人感慨。事实上，万历以后这种中晚唐诗风的流行，并非出于偶然。除了上文所述，隆、万之际复古派诗人已经对中晚唐诗风逐渐接受之外，从万历中期开始，江南诗坛就不乏明确取法中晚唐诗的潮流。姚希孟曾回忆道："自余所睹记，业几变矣。祢琅琊而祖北地，则以秦汉、开元、大历为宗；标新拔异者，跳而入于汤临川、袁公安，则以香山、眉山，与玉台、锦囊、西昆诸体为宗。"②姚希孟生于万历七年(1579)，他大致勾勒出自己记事以后(万历中后期)，诗坛几次主流范式的变化：宗法李梦阳和王世贞一派的，以秦汉古诗、盛唐诗歌、大历诗风为典范；宗法汤显祖和袁宏道一派的，以白居易、李商隐、西昆体、苏轼为典范。姚希孟的亲身回忆，为我们提供了其时诗坛风潮变向的生动描述。

晚明江南诗坛提倡中晚唐诗的群体，主要有如下四者：

一是复古派内部。如前所论，复古派对中晚唐诗的接受，自隆万之际就已经开始。"从屠隆、胡应麟到许学夷，格调论唐诗学在理论上不断走向解体。"③到了万历中后期，这种趋势愈发明显。如王世贞晚年所定交"四十子"之一的邹迪光(1550—1626)对于万历初年诗坛流行的"仅津津于少陵、青莲、献吉、仲默、元美、于鳞六人"之习气，很不以为然。他的诗歌取径丰富，在《调象庵稿》的自序中，说："于古诗

---

① 贺裳《载酒园诗话·唐宋诗话缘起》，郭绍虞主编《清诗话续编》，上海古籍出版社，1983年，第399页。

② 姚希孟《响玉集》卷七《钘园集序》，沈乃文主编《明别集丛刊》第五辑第33册，黄山书社，2016年，第385页。

③ 陈伯海《唐诗学史稿》，上海古籍出版社，2004年，第534—537页。

学广微、嗣宗、子建、颜年、灵运；于律学延清、必简、摩诘；于长歌学子安、青莲、长吉；于文学两司马、三闾大夫、漆园、郑圃之属，将以掇群英，涵万有。”①他对中晚唐诗也颇有措意，冯时可称赞邹迪光：“彦吉饫汉魏为常餐，享三唐为家帚，宿而鲜之，澄而莹之，超津阀而自上，吹橐龠而无穷。”②已经习惯以“三唐”并称来评价其诗作。邹迪光在《于惠生冶城草序》中也提及：“惠生经生耳，而志在千秋，所为诗，必字仿义山，句模长吉，穷极状态，而通其神情。非义山、长吉而出之不以屑也。居恒谓唐有三李，义山浓深，长吉奇丽，造微拔异，横绝一时，青莲仅翩翩者耳。两人吾衣珠在焉。袭而珍之，不落人手。故惠生诗出，而人人喜好，曰此义山，此长吉也。即惠生亦自喜好之，甚曰吾义山，吾长吉也。”③可见对李贺、李商隐等诗歌的学习，在当时已非邹迪光的独好，而是一种风气。

二是公安派文人。公安派文人公开反对复古派“诗必盛唐”的口号，以“真我”“性灵”论诗，而不以时代界限划分，因而中晚唐包括宋元诗歌也一样成为他们取法的对象。袁宏道认为：“唯夫代有升降，而法不相沿，各极其变，各穷其趣，所以可贵，原不可以优劣论也。”认为每个时代的诗皆有可贵之处，不可以断然评判孰好孰坏。对“初盛中晚”的“四唐”划分模式，也是反对的：“大抵物真则贵，真则我面不能同君面，而况古人之面貌乎？唐自有诗也，不必《选》体也；初、盛、中、晚自有诗也，不必初、盛也；李、杜、王、岑、钱、刘，下迨元、白、卢、郑，各自有诗，不必李、杜也。赵宋亦然，陈、欧、苏、黄诸人，有一字袭唐者乎？又有一字相袭者乎？至其不能为唐，殆是气运使然。”④他将

① 邹迪光《调象庵稿》自序，《四库全书存目丛书》集部第159册，齐鲁书社，1997年，第423页。

② 邹迪光《郁仪楼集》冯时可序，《四库全书存目丛书》集部第158册，齐鲁书社，1997年，第436页。

③ 邹迪光《始青阁稿》卷十二《于惠生冶城草序》，《四库禁毁书丛刊》第103册，北京出版社，1997年，第291页。

④ 袁宏道撰，钱伯城点校《袁宏道集笺校》卷六《丘长孺》，上海古籍出版社，2018年，第304页。

复古派不甚关注的中晚唐和宋诗也列入自己的论述范围。当然，公安派文人对中晚唐诗的赞赏是出于一种对诗坛沉迷于复古的逆反姿态，是对诗人主体"性灵"发抒的尊重，与复古派之提倡中晚唐诗以拓宽诗法的门径相异。

三是部分馆阁文人。从王锡爵开始，馆阁文臣群体就对一味宗法盛唐的做法有所反思。王锡爵指出："初唐必盛，盛唐不能不晚，则变始之力与沿下之趋异耶？抑有使之者不尽在声诗间邪？……椠人墨士，卑大历以后弗取，亦往往矫厉太过，失其中行。"[①]对"卑大历以后弗取"的决绝姿态有所反思。尤其在袁宗道、焦竑、陶望龄等"性灵"派文人进入馆阁之后，这种风头更加难以遏制。他们站在对七子批判和逆反的立场来提倡中晚唐以及宋诗。如焦竑就非常推崇杜甫和白居易，同时也喜卢仝和司空图。《焦氏笔乘》卷二云："晚唐诗人，予最喜玉川子及司空表圣二人，人品甚高，不为势利所汩没，故其诗能不涉世俗蹊径。"[②]在《刻白氏长庆集钞序》中又说："余少读尧夫先生《击壤集》，甚爱之，意其蝉蜕诗人之群，创为一格。久之，览乐天《长庆集》，始知其词格所从出，虽其胸怀透脱，与夫笔端变化，不可方物，而权舆概可见矣。乐天见地故高又博综内典，时有独悟，宜其自运于手，不为词家谿径所束缚如此。近世宗尚子美，往往卑其音节不复数。第肤革稍近，而神情邈若燕越，非但不知乐天，亦非所以学杜也。"[③]对白居易诗歌的提倡，并不意味着要效法其篇章字句，而是取其"自运于手，不为词家谿径所束缚"，某种意义上代表一种对复古派诗风的反抗态度。其弟子陈懿典在《郭张虚诗稿序》中说："然而风雅之流，往往随气运而人莫能主。三百篇中，已开秦风，其变不能不至，楚骚之深于怨也。汉魏变骚而盛者也，六朝变汉魏而衰者也，唐初盛

---

① 王锡爵《王文肃公全集》卷一《唐诗会选序》，《四库全书存目丛书》第 136 册，齐鲁书社，1997 年，第 197—198 页。

② 焦竑撰，李剑雄点校《焦氏笔乘》卷三，上海古籍出版社，1986 年，第 105 页。

③ 焦竑撰，李剑雄点校《澹园集》卷十五《刻白氏长庆集钞序》，中华书局，1999 年，第 146 页。

而诗律乃称大全，然有初盛不能不渐降于中晚，有中晚不能不渐降于宋元，虽以欧苏诸君子，而不能一望于唐，则气运为之也。然而各出于性情则一也。故宋元与唐之中晚，未尝不与初盛六朝汉魏并传。"[①]他虽然还是在坚持诗歌随气运代降的观点，可是已经转移到了更正确的"性情"上，而以"性情"这种最让人无可置疑的话语方式论诗，也是一种明末清初不同流派对诗歌范式更替采取的普遍言说策略。

四是一些纯粹从审美情趣的角度，以一种欣赏辞章优美的角度提倡中晚唐诗的诗人。如王彦泓、杨肇祉等。杨肇祉编《唐诗艳逸品》，自序即称："品唐诗者，类以初、盛、晚三变为定品。三变之品，时也，非品也。作诗者不一人，诸品具标；品诗者不一人，只眼各别。有如俎豆一陈，水陆毕备，满前珍错，下箸为难。余椎鲁无能，不解风人之旨，而晴窗静几，讽咏唐诗，于《名媛》《香奁》《观妓》《名花》诸篇，偶有所得。非独钟情于佳人佚女、丽草疏花，以唐诗之艳逸者，首此四种。……若谓'艳逸'非所以品唐诗，余甘之矣。"[②]这种喜好，并非完全是一种复古的态度，而只是单纯从美学角度出发去欣赏晚唐诗歌的优美辞采，反映了晚明士人一种纵情自适的心态，同时也助推了中晚唐诗风的流行。

天启以后，复古派的势头已经不像隆、万之际风行天下。在经历公安派、竟陵派等文学流派的攻讦之后，复古派对盛唐的追慕已经不是格调高古的代名词，反而是流于另外一种"俗"的表现。与此相对应的，中晚唐诗反而正在成为人们青睐的对象。如姚希孟在为一部新刻的《中晚唐名家集》作序时称：

> 中晚之以诗名不胜数，而诸家其最艳者，若更与杜牧《樊川》、许浑《丁卯》、韦庄《浣花》诸集。汇而成书，以视丽情才调，诸选零落未备者，不更快人意耶？夫诸家之诗，标

---

① 陈懿典《陈学士先生初集》卷二《郭张虚诗稿序》，《四库禁毁书丛刊》第78册，北京出版社，1997年，第668页。

② 陈伯海、李定广编著《唐诗总集纂要》，上海古籍出版社，2016年，第437页。

鲜撷秀，遂使抵掌初盛者，自觉伧父可厌。然其纠绸旖旎之思，屼崒巉削之骨，蕖郁兰茝之香，灼烁芙蕖之色，孰非探阴何之髓，扬鲍谢之澜，欢闻懊侬，曾抒幽恨，关山陇水，共写离愁者乎？①

天启、崇祯年间，中晚唐诗风大盛，鼓吹中晚唐诗的群体主要包括虞山诗派、云间诗派、竟陵派等。张健先生指出，在明末清初的诗坛上，有过一股晚唐诗热，主要分为四类："一派是不得志的诗人，生活上不免放浪，其诗学没有受到儒家诗学的束缚，故而诗学晚唐艳体，此一派诗人的代表是王次回；另一派诗人是云间、西泠派，他们在格调上复古，但在色彩上有取晚唐诗的华艳，像西泠诗人中的沈谦、毛先舒等都有曾学习晚唐；第三派是虞山派，以二冯为中心包括吴乔等人对晚唐诗的肯定与提倡；第四派是以所谓'国朝诗人'为中心的一派，像早期的王士祯等人。"②例如虞山二冯，诗学"温李"，"常熟多诗人，大抵师法中晚。冯定远表章《才调集》，寝食以之，尤工为艳词。"③再如云间陈子龙说："夫中、晚之诗，凡郊庙典则，赠答雍容，每芜弱平衍，不敢望初、盛之藩，若事关幽怨，体涉艳轻，或工于摹境，徽实巧切，或荒于措思，设境新诡；要能使人欣然以慕，慨然以悲，惟其意存刻露，与古人温厚之旨或殊，至其比兴之志，岂有间然哉。方之以《三百篇》：《关雎》之与《车舝》，同为思美人也，《汝坟》之与《小戎》，同为念君子也。虽《风》有正变，词有微显，然情以感寄而深，义以连类而见。如楚谣汉制，代有殊音，又何疑乎？"④从描写刻画之传神，表情达意之深婉的角度肯定了中晚唐诗。除了以上诸人，复社文人中也有不少宗法中晚唐的，如朱隗

① 姚希孟《响玉集》卷七《合刻中晚名家集序》，沈乃文主编《明别集丛刊》第五辑第33册，黄山书社，2016年，第377页。

② 张健《清代诗学研究》，北京大学出版社，1999年，第198—199页。

③ 佚名《国朝诗话》卷二，郭绍虞主编《清诗话续编》，上海古籍出版社，1983年，第1720页。

④ 陈子龙《安雅堂稿》卷三《沈友夔诗稿序》，王英志校注《陈子龙全集》，人民文学出版社，2010年，第1079页。

"诗宗中晚唐，人称为徐祯卿、唐寅之流亚"，吕云"诗师卢仝、李贺，为张溥称许"①，等等，诸如此类，都反映了中晚唐诗在明末的盛行情况。

三、唐诗选本中的"四唐"典范融合趋势

中晚唐诗风的兴起，并不意味着这些诗人主张用一种典范来取代另一种典范。他们对中晚唐诗风提倡的本意，是汲取多家，而不以时代为简单的界限，这就促成了"四唐"界限之间的融合。晚明江南诗人的论诗话语中，对"四唐"差异性强调的声音越来越微弱，相反，到了明清易代之际，以"四唐"划分唐诗史的做法受到了不少批评。"四唐"之间的界限愈发走向模糊与融合。除了在艺术上对中晚唐诗风的偏好喜爱之外，唐诗总集的编纂模式也在随时代风尚而变化。原先不被重视的中晚唐诗歌文献也日益被搜集、整理，这种唐诗选本的编选情况，就是侧面反映这种现象的一个很好例证。我们以晚明江南一带刊刻、流行的唐诗选本为例，来说明"四唐"典范在这些唐诗选本中的融合趋势。

明代是唐诗学繁荣的关键时期。对唐诗的研究、整理成为一时潮流。据汪道昆转述卓明卿之语："治唐诗者众矣。或取节，或举纯，或区分，或类聚，或辨体，或审音。其书不啻五车，各有所当。乃今分类为苑，总总林林，古人先得我心，则类聚之属也。铢权寸度，不已锐乎。吾惧其将为馂余，吾惧其将为猎殿，盖其偭也。"②可见明人治唐诗学的热情之高，成果之丰富。在这些研究中，以选本的方式对唐诗进行采辑、整理、汇编以及点评，并通过对唐诗的选评，来传达自己的诗学思想，构建自己心目中的唐诗史，是明代学者颇为流行的做法。在明代，最流行、影响力最大的唐诗选本，无过于高棅《唐诗品汇》和李

---

① 二者皆见吴山嘉《复社姓氏传略》卷二《南直・苏州府》，《海王邨古籍丛刊》，中国书店影印本，1990 年。

② 汪道昆撰，胡益民、余国庆点校《太函集》卷二十三《唐诗类苑序》，黄山书社，2004 年，第 497 页。

攀龙《唐诗选》。晚明文人多有将其相提并论者，如唐汝询自言其选诗初衷曰："选唐诗者，无虑数十种，而正法眼藏，无逾高、李。然高之《正声》，体格綦正而稍入于卑，李之《诗选》，风骨綦高而微伤于刻。"①他正是出于对这两部唐诗选本不足的认识，故而要自己动手编选一部《唐诗解》。可以从侧面看出这两部唐诗选本的影响。

高棅《唐诗品汇》采取了以"四唐"模式划分唐诗史的做法，李攀龙《唐诗选》标举盛唐诗风。这在明代前中期的唐诗选本中是比较流行的做法。可是，这一特征在晚明唐诗选本中，却逐渐消失了。相较于前中期，晚明唐诗选本呈现出"四唐"典范融合的趋势。正如清人阮葵生所言："杨伯谦《唐音》一选，推尊盛唐，颇为时论所归。至高廷礼因之作《品汇》，取裁宏富，陈义甚高。但犹阈于沧浪初、盛、中、晚之界。李沧溟为《诗选》，钟伯敬为《诗归》，一则蹒跚，一则唯杀。他若韩濂之《历代类选》，徐伯鲁之《诗体明辨》，又有《丽情集》《芦中集》《唐诗杂录》，益自桧无讥已。厥后曹能始《唐诗统签》，多能包举众有，而惜其为未竟之书。"②他提到了相对于明初《唐诗品汇》等各种标举盛唐的唐诗选本而言，晚明各类唐诗选本日渐有了一种"包举众有"的趋势。明代后期比较有影响力的唐诗总集有：臧懋循编《唐诗所》，唐汝询编《唐诗解》，曹学佺编《石仓历代诗选·唐诗选》，黄克缵、卫一凤编《全唐风雅》，梅鼎祚编《唐乐苑》，张之象编《唐诗类苑》，陆时雍编《唐诗镜》，胡震亨编《唐音统签》，等等。当代有学者统计，自万历至崇祯年间，所能探索、钩稽出的各类唐诗选本足有一百七十部之多。③ 相对于明初和明中叶，晚明江南一带流行的唐诗选本在编选上出现了两个较为明显的变化：

一是在求"全"的心理下，不少唐诗选本中的中晚唐诗歌的比例

---

① 唐汝询《唐诗解》凡例，《四库全书存目丛书》集部第 369 册，齐鲁书社，1997 年，第 538 页。

② 阮葵生撰，李保民校点《茶余客话》卷十一，上海古籍出版社，2012 年，第 261 页。

③ 金生奎《明代唐诗选本研究》第一章"唐诗选本叙录"，合肥工业大学出版社，2007 年，第 31—53 页。

增加。一些选家开始重新审视四唐诗歌，出现了一批专以中、晚唐诗成选的选本，如朱之蕃《中唐十二家诗集》《晚唐十二家诗集》、刘云份《中晚唐诗》、龚贤《中晚唐诗纪》、陆汴《广唐十二家》等。此外，在各类求“全”的唐诗选本中，中晚唐诗的比例也在不断增加。如黄克缵编《全唐风雅》，该书“将唐诗分为初、中、晚三期，以中期为唐诗高峰和菁华，故选中唐诗倍于初、晚，这是明代后期由重初盛向重中晚转向的诗学背景的反映，是对长期盛行的所谓‘盛唐’诗学的公然颠覆，颇值得注意”[①]。再如曹学佺自序《唐诗选》，“自唐六家诗而至近代之《诗删》《诗归》，皆偏师特至，自成队伍；高氏《品汇》独得其大全。予之选亦惟仿其全者而已矣”[②]。这些都反映了编者求“全”的心理。

之所以产生这样的心理，与抢救唐诗文献的意识也有一定关系。随着时间的推移，唐诗文献的散佚愈加严重。迨至晚明，已经难以一睹全貌。胡应麟在《唐诗名氏补亡序》中说道：

> 唐诗之盛，无虑千家，流传至宋，半已亡逸，度南而后，诸家所畜，仅三百余。盖五百之中，又逸其半矣。今世传百家唐诗，十二大家，二十六名家，益以单行别刻，才百数十而已。余夙嗜艺文，至于拮据唐业，颇极苦心。购募残编、钞誊秘录之外，凡散见诸书，附载群集，稍堪卷轴，靡不穷搜，总之不盈三百之数。[③]

可见，即便是胡应麟这样的藏书大家竭力抢救、搜求，也不能一睹唐诗全貌。因而万历以后，唐诗文献的整理愈趋于求“全”。崇古贱今是一种固有的文化习惯和心态，当中晚唐也变得稀少珍贵时，那些曾经被忽视的诗歌也逐渐得到重视，因而这种汇聚一代文献的求全意

---

① 陈伯海、李定广编著《唐诗总集纂要》，上海古籍出版社，2016年，第432页。

② 曹学佺自序《唐诗选》，陈伯海、李定广编著《唐诗总集纂要》，上海古籍出版社，2016年，第462页。

③ 胡应麟《少室山房类稿》卷八三《唐诗名氏补亡序》，沈乃文主编《明别集丛刊》第四辑第36册，黄山书社，2016年，第191页。

识，客观上推动了中晚唐诗日益被重视。

二是编纂体例变化。实用分体分类逐渐取代"四唐"分割模式，成为唐诗选本的热门编排方式。晚明出现了大量出现不以"初、盛、中、晚"，而是以其他若干编选体例作为划分标准的唐诗选本。

有以主题划分编排体例的。如吴勉学编《四唐汇诗》。吴勉学，明徽州府歙县人，字肖愚，晚明徽州出版家。他的编纂体例是"人则世次，体则类分，类分之中，又即其题，使各为类"①。他说自己"按题综汇，必于其伦"，并详细说明："如鼓吹、横吹、相和、清商、舞曲、琴曲、杂曲、近代曲、杂歌谣诸题，则署曰'乐府'；如朝会、省直、封禅、军旅、狩猎、制科诸题，则署曰'典礼'；如悲生事轗轲，惊岁月流迈及怀乡、爱国、进爵、左迁诸题，则署曰'志感'；如赐赠、呈献、简寄、酬答诸题，则署曰'赠答'；如祖饯、睽离诸题，则署曰'送别'；如巡幸、扈从、奉使、迁谪、从戍、羁栖诸题，则署曰'行迈'；如行旅燕游所经故都、战场、陵墓，吊古感旧诸题，则署'古迹'；如公讌、酣燕、临幸、扈从、寻访、过谒诸题，则署曰'燕游'；如园林、物色、河山、花虫草木、典籍、什物诸题，则署曰'题咏'；如哀伤、吊挽诸题，则署曰'悲悼'。使其事同者工拙易露，情一者浅深迥别，庶几操觚之士临池器使，固不必卷搜人阅而左右逢源矣。"②虽冠以"四唐"，然而却不再采用"初、盛、中、晚"的编排体例。

有按诗体划分的。如《唐诗四体》，无锡名士安绍芳为之作序："古今谭艺者，诗率称唐人最。大都各妙綦组，人协宫商，自开堂奥，不相沿袭。虽高卑殊调，苍素异趣，时有先后，气有盛衰，要泽于性于情，斯其工也。乃今摹古者，字栉句比，亦步亦趋，叔敖之优孟尔。令速肖，亦鹰化为鸠乎？而其下者拾一时名家咳唾之余，割裂饾饤，以为雄长。语及唐人，率不能举其凡。噫，昔人谓不为唐诗者，乃能为唐诗，然岂其捃摭今人者？顾独能超轶古人乎，盖托言舍筏，而竟失穷源，抑

① 陈伯海、李定广编著《唐诗总集纂要》，上海古籍出版社，2016 年，第 406 页。

② 陈伯海、李定广编著《唐诗总集纂要》，上海古籍出版社，2016 年，第 406—407 页。

于唐诸家，概乎未之寓目也，其何有于藻鉴。”[1]该书选“近体五七言律绝若干首”，放弃了以“四唐”模式分类的体例，安绍芳对此颇为赞赏，称他“不为唐诗，而真能为唐诗。真能为唐，斯真能选唐者”[2]。

有以作者类型划分的。如张之象《唐诗类苑》，全书共录一千余家诗近万首。《四库全书总目》说：“意取博收，不复简择，故不免失之冗滥。”[3]指出了其“博收”的特点。他的编排体例是比较独特的，全书参照了类书的编排方法，以类系诗，为求备类，妍媸不择。先分三十九部，各部再分为若干小类，小类中再分小类，将唐诗按照类书的方式来编排，采取“帝王”“僧侣”等24个门类，而不是采用“初、盛、中、晚”的“四唐”划分模式。[4]

在这种“求全”的思维下，诗论家对“四唐”之间的界限多能持一种圆融、开放的态度，不再独取盛唐诗歌的高华壮丽，而是能够欣赏其他类型诗歌之美。在晚明，我们时常能看到“融汇三唐（四唐）”一类的评语。如复社领袖张溥，就被评为“诗皆三唐风格”。[5] 这种现象，在一定程度上说明了“四唐”典范，正在逐渐受到平等看待的趋势。

四、余论

入清以后，在遗民诗人的世界中，划分“四唐”的论诗模式直接受到了剧烈的抨击。如反对七子诗风最为激烈的虞山诗派，就故意对这种论诗模式进行批评甚至于攻击。钱谦益对唐诗“初、盛、中、晚”的划分标准表示不满，批评十分激烈：“世之论唐诗者，必曰初、盛、中、晚，老师竖儒，递相传述。揆厥所由，盖创于宋季之严羽，而成于

①② 安绍芳《唐诗四体序》，沈乃文主编《明别集丛刊》第四辑第17册，黄山书社，2016年，第615页。

③ 永瑢等《四库全书总目》，中华书局，1965年，第1752页。

④ 关于《唐诗类苑》，学界研究较多，可参考：杨波《〈唐诗类苑〉研究》，河南大学博士学位论文，2008年。

⑤ 邹漪《启祯野乘》，转引自陈田《明诗纪事》辛签卷二十二，上海古籍出版社，1993年，第3320页。

国初之高棅，承伪踵谬，三百年于此矣。”[①]对严羽初创“四唐”划分模式的批判，可谓十分严厉。吴乔在《围炉诗话》中说：“或问曰：‘初盛中晚之界如何？’答曰：‘商、周、鲁之诗，同在《颂》，文王、厉王之诗，同在《大雅》，闵、管、蔡、之《常棣》与刺幽王之《旻》《宛》同在《小雅》，述后稷、公刘之《豳风》与刺卫宣、郑庄之篇同在《国风》，不分时世，惟夫意之无邪，词之温柔敦厚而已。如是以论唐诗，则初、盛、中、晚，宋人皮毛之见耳。不惟唐人选唐诗，不分人之前后，即宋、元人所选，亦不定也。’”[②]他在赞美韩偓的《惜花》诗后，说：“此诗使子美见之，亦当心服。诗可以初盛中晚为定界乎？”[③]明末毛晋汲古阁编《唐人六集》《唐人四集》《唐人八家诗》，将李商隐、罗隐、杜荀鹤、韩偓等复古派作家绝不屑于称道的诗歌范式，作为一种独立的审美对象专门编选出来。他还曾编《三唐人文集》，应该说，“三唐”在虞山诗学中，已然逐渐成为一个整体。

清初诗坛的其他诗人，也有许多类似的表达。如余怀认为：“唐以诗取士，三百年山川英秀之气，递有所钟。而强作解事者，又分初、盛、中、晚。自我观之，初、盛岂无枯累之什，中、晚亦着浑瀹之篇。要其格调高卑，因人以定，匪因时也。冯北海纪辑唐诗，只存初、盛，不及中、晚，尤属梼昧，难与言诗。”[④]余怀这段话，作于甲申国变之际，当时融汇四唐的趋势已经不可阻挡。黄周星在《唐诗快自序》中也说：“唐之一代，垂三百祀。不能有今日而无明日，有今年而无明年。初、盛、中、晚者，以言乎世代之先后可耳。岂可以此定诗人之高下哉。犹之乎春、夏、秋、冬之序也。四序之中，各有良辰美景，亦各有风雨

---

① 钱谦益著，钱仲联标校《牧斋有学集》卷十五《唐诗英华序》，上海古籍出版社，1996年，第707页。

② 吴乔《围炉诗话》卷三，郭绍虞主编《清诗话续编》，上海古籍出版社，1983年，第551页。

③ 吴乔《围炉诗话》卷一，郭绍虞主编《清诗话续编》，上海古籍出版社，1983年，第496页。

④ 余怀著，李金堂编校《余怀集》卷五《明月庵稿》，上海古籍出版社，2011年，第38页。

炎凝。不得谓夏劣于春，冬劣于秋也。况冬后又复为春，安得谓明春遂劣于今冬耶。”[①]他指出初、盛、中、晚诗各有精彩之处，不必偏好盛唐。钱钟书先生在《谈艺录》“诗分唐宋”条中亦引此言，并赞其“笔舌恣肆可喜”。[②] 这些或激烈，或持平的表达，多是出于对明代诗学推尊盛唐的一种特定反拨。因此在这种诗学氛围下，以“初、盛、中、晚”的四唐模式建构、划分唐诗史，同时独尊盛唐的论说话语模式，在清初受到了广泛的质疑和批评，并成为清初诗学得以重新建构的基础之一。追溯起源，晚明以来诗学家对“四唐”审美典范的不断拓宽，显然与这一现象存在不可忽视的密切关联。

（华南师范大学文学院）

① 黄周星《唐诗快自序》，陈伯海、李定广编著《唐诗总集纂要》，上海古籍出版社，2016 年，第 558 页。

② 钱钟书《谈艺录》，生活 · 读书 · 新知三联书店，2019 年，第 3 页。

回归本体，弥合矛盾，以类相从*

——闺秀诗话创作的三个维度

张丽华

内容摘要：作为典型的类型诗话，闺秀诗话在三个维度上突出地表现出与一般诗话迥异的特点。就内容而言，以存人记事而非阐发理论见长，在明清诗话以论诗为主的风潮中独树一帜，体现出向诗话本体回归、持守诗话“话”之本色的倾向；对女性诗人遵循慈、孝、贞、义等要求的事迹记载尤多，道德评价突出，隐含着诗话纂著者欲弥合女性价值评定中诗才与节德之间矛盾的意图。从体例来看，条目编排既有分则而列，又有以人立目；序次既随笔漫录，又偶见规则，无序中见有序，面中有点、以类相从两种方式尤显独特又颇为合理。虽为笔记漫谈但创作者写作态度大多自觉而严肃，辑录抄纂之作多于原创作品，创作队伍中女性占比明显高于其他诗话，也是闺秀诗话的特征。

关键词：突出特点；记事性；道德评价；以人立目；以类相从

* 本文为内蒙古哲学社会科学项目(2022NDC179)阶段性成果。

Returning to the Essence, Bridging the Contradiction, and Categorizing by Type: Three Dimensions of Guixiu Shihua

Zhang Lihua

Abstract: As a representative of categorical poetic criticism, Guixiu Shihua (Literati women's poetic discourse) demonstrates saliently divergent characteristics from general poetry discourse across three dimensions. In terms of content, Guixiu Shihua distinguishes itself by prioritizing biographical documentation and narrative chronicling over theoretical exposition. This approach diverges saliently from the dominant Ming-Qing Shihua tradition that focused primarily on poetic criticism, thereby signaling a deliberate return to the essence of Shihua — steadfastly preserving its foundational "discursive" character (hua 话) as conversational literary commentary. Guixiu Shihua extensively documents female poets' adherence to Confucian feminine virtues — benevolence, filial piety, chastity, and righteousness — foregrounding ethico-critical discourse. This emphasis implicitly reflects the compilers' intent to bridge the contradiction between poetic talent and moral integrity in evaluating women's cultural value, thereby reconciling literary achievement with patriarchal virtue paradigms in late imperial China. In terms of textual organization, Guixiu Shihua adopts a hybrid structure: its entries eschew rigid categorical divisions yet incorporate biographical categorization; their sequencing oscillates between casual jottings and sporadic systematization, where apparent randomness belies an underlying order. Two approaches stand out as both distinctive and logically cohesive: macro-microcosmic integration, which interweaves broad themes with granular case studies, and taxonomy-driven organization, reflecting a dialectical balance of flexibility and structural intentionality. Though categorized as literary miscellanies, Guixiu Shihua

exhibits deliberate authorial consciousness and serious discursive engagement, with its textual production predominantly characterized by compilation-driven nature rather than theoretical innovation. Notably, it stands apart from other poetic discourse traditions through two defining features: a significantly higher proportion of female contributors — contrasting sharply with the predominantly male compilers of mainstream poetic criticism — and its taxonomy-driven organizational logic that paradoxically balances casual anecdotalism with structural intentionality.
Keywords: prominent features; chronicle-oriented nature; moral evaluation; person-centric classification; categorizing by type

诗话是中国传统诗学批评开展的重要形式，在由宋至清几近千年的发展演进中，已形成一些突出的特点，如随意性较强的创作态度，男性几乎“一统天下”的创作队伍构成，分条而列的体例特点，“论诗及辞”对“论诗及事”内容的逐步超越等等。明代后期至民国年间，诗话领域产生了一批系统记载、评论中国古代女性诗人及其创作的专著和报刊文章，是为闺秀诗话专论。在庞大的诗话群体中，闺秀诗话是极为“另类”的存在，具有突出的“个性化”特点：从创作内容来看，表现出向早期诗话的回归，且有突出的道德评判倾向；体例上亦自具特色。另外，闺秀诗话中辑录抄纂之作占比较大，虽为笔记漫谈但创作者的写作态度大多自觉而严肃，创作队伍中女性占比明显高于其他诗话。

一、突出的记事性——回归诗话体之根本：闺秀诗话创作维度之一

闺秀诗话主要记载女性诗人的生平轶事与诗歌创作，以女性作家群体为特定的表现对象，内容一般包括诗人生平、主要事迹或诗本事、诗歌作品与评论，与大部分诗话主要录诗、论诗兼及诗本事有所差异。闺秀诗话在内容上突出的特点是，在清代以论诗为主的诗话

创作风潮中，依然保持诗话“话”之本色，重存人记事而不重评诗；对女性诗人遵循传统的慈、孝、贞、义等道德要求的事迹记载尤多，注重对女性文人的道德评价。

（一）“论诗及事”“论诗及辞”与诗话之“话”

诗话一体，或认为出自钟嵘之《诗品》，或以为本于孟棨之《本事诗》[①]，“但是严格地讲，又只能以欧阳修的《六一诗话》为最早的著作”[②]。《六一诗话》是欧阳修晚年致仕退居汝阴而集诗坛趣闻以资闲谈的产物，作品以记诗事为主，又随事生说，于叙事中不经意间展露一些诗学观念，可见诗话作品从产生之初即具灵活性、随意性又“体兼说部”[③]的特点。关于诗话内容的分类，常见观点出自清代学者章学诚的《文史通义》：

> 诗话之源，本于钟嵘《诗品》。然考之经传，如云：“为此诗者，其知道乎？”又云：“未之思也，何远之有？”此论诗而及事也。又如“吉甫作诵，穆如清风，其诗孔硕，其风肆好”，此论诗而及辞也。事有是非，辞有工拙，触类旁通，启发实多。[④]

章学诚将诗话分为“论诗而及事”与“论诗而及辞”两类，此后学者在论及诗话内容时，多从这一角度出发。刘德重、张寅彭在《诗话概说》中进一步阐释称：

> 所谓“论诗及事”，是指对诗人诗事的记述，重在资料性；所谓“论诗及辞”，是指对诗人诗作的研究，重在理论性。近人罗根泽在他的《中国文学批评史》中也说：“诗话有两种作用，一为记事，一为评诗。记事贵实事求是，评诗贵阐发诗理；前者为客观之记述，后者乃主观之意见。”他所说的两

---

① 可参阅肖砚凌《诗话新论——对诗话研究中存疑之处的探讨》，《四川师范大学学报（社会科学版）》2012 年第 2 期。

② 王夫之等《清诗话》，上海古籍出版社，1999 年，第 1 页。

③ 纪昀等《四库全书总目》，中华书局，1965 年，第 1779 页。

④ 章学诚著，叶瑛校注《文史通义校注》，中华书局，2004 年，第 559 页。

种作用，正与章学诚所说的两大类相应。不过这两者之间，也没有绝对的界限。正如郭绍虞所说："诗话中间，则论诗可以及辞，也可以及事；而且更可以辞中及事、事中及辞。"(《宋诗话辑佚序》)[①]

论者征引了罗根泽、郭绍虞等学者的观点，与章学诚观点合观可知，古今学者在对诗话的内容特征与作用的认识上基本达成了共识：就内容而言，诗话有"论诗及事"即以记事为主者，有"论诗及辞"即以评诗为主者，二者又并非截然分开，常常事中有评、评中及事。然而，不少学者认为，诗话在后世发展过程中的总体趋势是论诗的比重越来越大，记事的成分越来越少。郭绍虞先生在《〈清诗话〉序言》中对此已有论述：

我觉得宋人诗话虽是"以资闲谈"为主，但自《岁寒堂诗话》《白石道人说诗》及《沧浪诗话》以后，诗话之体转向严肃，所以明人诗话多文学批评之作，清人诗话则于论文谈艺之外，更是当时学者比较严肃的读书札记。[②]

仅就以"诗话"为名者而论，张戒《岁寒堂诗话》以评诗为主；严羽《沧浪诗话》有诗辨、诗体、诗法、诗评，并及考证，独无诗事[③]；明代著名的诗话如李东阳《麓堂诗话》也偏于论诗而非记事，对明代诗坛影响极大；至清代以"诗话"名篇而不及诗事者更多，如王夫之《姜斋诗话》、徐增《而庵诗话》、薛雪《一瓢诗话》、吴乔《围炉诗话》等，可谓俯拾皆是。

从辨体角度来看，"诗话"之"话"与"话本"之"话"义同，"'诗话'之'话'，也是'故事'之意，与唐宋'说话'之'话'同义。所谓'诗话'，

---

① 刘德重、张寅彭《诗话概说》，中华书局，1990 年，第 2—3 页。

② 王夫之等《清诗话》，上海古籍出版社，1999 年，第 3 页。

③ 《沧浪诗话》作者是否为严羽素有争议。据学者张健考证，《沧浪诗话》为严羽再传弟子元人黄清老汇集，详见张健《〈沧浪诗话〉非严羽所编——〈沧浪诗话〉成书问题考辨》，《北京大学学报(哲学社会科学版)》1999 年第 4 期。

就是诗之‘话’，即诗歌的故事”[①]。《四库全书总目》也指出诗话“体兼说部”[②]的基本特性。因此，诗话“必须是诗之‘话’与‘论’的有机结合，是诗本事与诗论的统一。一则‘诗话’是闲谈随笔，谈诗歌的故事，故名之曰‘话’；二则‘诗话’又是论诗的，是‘论诗及事’与‘论诗及辞’的契合无垠，属于中国古代诗歌评论的一种专著形式”[③]。明清时代，阐释诗歌理论的诗话作品越来越多，诗话之“话”的色彩渐被忽视，记事性弱化，评论性则越来越强，以致后来在明清诗学的批评话语中，论者往往将诗话与诗论甚至诗法混为一谈，而忽略了“记述关于诗之事以供闲谈乃是诗话最主要的特征”[④]的一面。

（二）**存人记事，话多论少，保持诗话“话”之本色**

在诗话因复杂之发展而离最初面貌渐行渐远的明清两代，闺秀诗话虽然创作动机已不再是早期诗话的“以资闲谈”，但在体制和内容上却体现出向诗话本体回归的倾向，即注重存人记事，话多而论少，以“论诗及事”为主，保持了诗话“话”之本色，以保存资料而非阐发理论见长。从结构上来看，现存闺秀诗话的内容一般由三部分构成：诗人小传与轶事，诗歌作品，论诗话语；有些诗话则仅记事与录诗，且多详于记事而略于录诗，诗评则或有或无并无定制；还有些诗话仅记诗事，诗歌亦不录。

明代江盈科的《闺秀诗评》记事、录诗、点评三者合一，开闺秀诗话基本体制之先河。如其“元氏”一则：

> 元遗山之妹，女冠也。张平章欲娶之，微探所向，见此诗，不敢出言。
>
> 《补天花板》：补天手段暂铺张，不许纤尘落画堂。寄语新来双燕子，移巢别处觅雕梁。

---

① 蔡镇楚《诗话学》，湖南教育出版社，1990 年，第 21 页。

② 纪昀等《四库全书总目》，中华书局，1965 年，第 1779 页。

③ 蔡镇楚《诗话学》，湖南教育出版社，1990 年，第 29 页。

④ 详见左东岭《“话内”与“话外”——明代诗话范围的界定与研究路径》，《文学遗产》2016 年第 3 期。

评云：清贞之意，因物触发，足令观者起敬。[①]

江盈科的《闺秀诗评》记事、录诗、评论的笔墨较为均衡，总体来说内容是比较简单的，但已明显体现出诗话注重记载诗人生平、诗歌创作本事的特点。

明末清初陈维崧的《妇人集》则记事性因素大增，如其记宗元鼎母：

宗梅岑(元鼎)母陈夫人，郡丞九室公女，有妇德，兼工文咏。然唱随外不以示人，每有所作，梅岑欲受而录之，辄不许，恐言之出于壶也。临终，取平生所作尽焚之，故不传一字。梅岑每言及此，痛手泽之不存，犹叹慕者久之。王吏部为予言如此。[②]

此则仅记宗元鼎母亲有诗歌创作才能而又不欲诗名传于外，完全是记事性的诗"话"，录诗、评诗内容并无。

当然，后世闺秀诗话中这样的条目也不多，最常见的还是以存人、记事、录诗为主，内容结构模式如下：

林炊琼，字楘香，许濂侧室。初入门，不甚通文墨，余妹蓉函力课督之，遂渐知诗。《咏明妃》云："蛾眉多少老深宫，知已由来是画工。青史留名非薄命，琵琶何用怨东风。"《咏木兰》云："十载辛勤在战场，功成唱凯面君王。儿家也解浮名薄，但愿明驼返故乡。"皆颇能自出手眼。[③]

林氏，陈道枚妻。知《内则》，通《孝经》，女红针黹，无不精工。夫卒孀守，颇知韵语。有《咏燕》句"今日殷勤培旧垒，他年犹愿得同归"。历节四十年，老而无子，里党哀之。[④]

---

① 江盈科《闺秀诗评》，蔡镇楚主编《中国诗话珍本丛书》第 12 册，北京图书馆出版社，2004 年，第 799 页。

② 陈维崧《妇人集》，王英志主编《清代闺秀诗话丛刊》，凤凰出版社，2010 年，第 15 页。

③ 梁章钜《闽川闺秀诗话》卷四，王英志主编《清代闺秀诗话丛刊》，凤凰出版社，2010 年，第 250 页。

④ 丁芸《闽川闺秀诗话续编》卷三，王英志主编《清代闺秀诗话丛刊》，凤凰出版社，2010 年，第 305 页。

丹徒包佩芬女史，性聪颖，好读书，尤爱吟咏。《秋日病中》一律云："萧瑟重阳信，寒生薄暮中。病多尝试药，体弱不禁风。人意和诗瘦，乡书遗雁通。倦看秋色老，枫叶抱霜红。"思意清淡，是能以性灵为主者。①

大部分闺秀诗话专著与民国报刊诗话具体条目的写作框架均如上例所示，因为诗话本身具有漫话随笔的性质，所以不同的作品之间也会因写作者的个人好尚而略有差异，如陈维崧《妇人集》、棣华园主人《闺秀诗评》、施淑仪《清代闺阁诗人征略》更侧重于记事，王蕴章《然脂余韵》与雷瑨、雷瑊兄弟《闺秀诗话》较其他诗话录诗为多，沈善宝《名媛诗话》记事与录诗兼重。但总体来说，特重记事是闺秀诗话突出的内容特征。

就记事而言，闺秀诗话所记一般为女性诗人的基本信息（包括姓名、字、号与籍贯，出身、婚配及作品存毁、文集刊刻等情况）与关乎才华品性（如文艺才能，贞孝节义之性）等的逸闻轶事或诗歌本事。就所选诗歌而言，或为女性诗人仅存之作，或为有典型诗事背景的诗歌，或为其代表性诗作，既有摘句也有整首甚或整组收录的情况。就论诗话语而言，闺秀诗话中几乎见不到成段的诗歌理论表述，多是对诗歌的风格特征、情感基调、艺术感染力等作只言片语的感悟式点评。正如郭绍虞所说："诗话之体原同随笔一样，论事则泛述闻见，论辞则杂举隽语，不过没有说部之荒诞，与笔记之冗杂而已。"②

不重录诗，故诗话区别于诗歌总集；不以评论为主，所以诗话才与诗法、诗论等著作有了分界。突出的记事性，正是诗话区别于其他诗学批评文献最主要的特点。因明清时代很多诗文总集中前面往往也有诗人小传，诗后也会附加一些评论，从部件构成上来看似乎与大部分闺秀诗话一致，所以当前明清女性文学研究中常见到以总集为诗话、以诗话为总集的误判，如以汪端《明三十家诗选》为诗话作为论

① 雷瑨、雷瑊《闺秀诗话》卷十四，王英志主编《清代闺秀诗话丛刊》，凤凰出版社，2010年，第1280页。

② 郭绍虞《宋诗话辑佚·序》，中华书局，1980年，第2页。

述清代中叶妇女诗话繁荣特征的基本材料，以《闺秀正始集》为闺秀诗话之代表作，以闺秀诗话所录之诗来谈研究总集才应涉及的选录标准等，显然，建立在这样的文献基础上的研究结论是无法令人信服的。把握好总集、诗论与诗话各自的属性，根据每部作品的根本特点正确确定其文献性质，是研究工作开展的前提。

（三）以记事为主的闺秀诗话不是诗话发展到高级阶段后的退化或退步，而是在传统诗话发展出现异变时回归早期诗话本体、依然保持诗话本色的一种类型

学者蔡镇楚曾将诗话作了狭义与广义的区分，并将诗话的发展分为初级、高级两个阶段，认为欧阳修《六一诗话》等“初期的诗话大都属于狭义的诗话”，“创作目的在于‘以资闲谈’，创作重心在于‘记事’，这是诗话发展的初级阶段”；而“诗话之体经历了‘闲谈’‘记事’的初级阶段，在不断的创作实践中，终于以新的面貌、新的姿态步入了诗话发展的高级阶段——广义的诗话。诗话创作不再以‘资闲谈’为目的，诗话的内容不再局限于‘记事’，诗话的重心从诗的故事转到诗论，从说部转为诗评，从诗本事转向诗学、文艺论与美学论了”。“由狭义的诗话向广义的诗话的历史演变，乃是质的飞跃，是诗话之体逐步发展、成熟、完善的标志，是诗话创作上的一场具有积极意义的重大变革。”[①]将诗话超越记事性向理论性的转变视为一场具有积极意义的重大变革，并认为以记事为主的诗话是诗话发展初级阶段的产物，以论诗为主的诗话是诗话发展高级阶段的产物，褒贬之意显而易见。

诚然，在诗话的发展过程中，确实出现了早期以记事性作品为主、后期特别是清代受朴学之风等因素的影响诗话中论诗色彩越来越浓的趋势，由此也导致了诗话与诗论界限的混淆。但是，事物发展由初级到高级阶段，应是一个历时性的前进上升的过程。若以“论诗及事”和“论诗及辞”的内容不同作为评判诗话初级与高级阶段的标

① 蔡镇楚《中国诗话史》，湖南文艺出版社，1988年，第5—6页。

准,那么,闺秀诗话以突出的记事性集中出现在诗话繁荣的清代,包括一些记事性强的综合性诗话在清代也不少见,显然是不符合事物发展逻辑的。事实上,当我们返归诗话体进行追源时就会认识到,“诗话当然可以论诗与评诗,但必须以记述诗坛逸事掌故为主,纯粹的论诗与评诗则属其他类别的诗学文献”①。这样来看,因具有明显的记事性超越理论性的特征,闺秀诗话恰恰是诗话体中最不失本色的类型之一,最能体现诗话区别于其他文献类型的独特性。以记事为主的闺秀诗话不是诗话发展到高级阶段后的退化或退步,而是在传统诗话发展出现异变时回归早期诗话本体、依然保持诗话本色的一种类型。近些年,随着对清代诗话文献考索的逐步推进,清代诗话的总体面貌已大体可见。学者蒋寅指出:“嘉、道诗学整体上却有一个醒目的倾向,在某种意义上也可以视为清代诗学的转型,即诗学开始重视纪录性而淡化了理论与评论色彩……以记录性为主的地域诗话和同人诗话成了诗话主流。‘以诗存人’或‘以人存诗’成为诗话编纂的主要动机,记录轶事和标榜风流取代论才较艺而成为诗话的主要内容。”②清代乾隆、嘉庆朝以后才真正兴盛的闺秀诗话,亦是这股大潮中的主要支流,它与地域等类型诗话一起,成为反拨明代与清代前期诗话创作风尚的中坚力量。

二、注重道德评判——弥合诗才与节德之矛盾:闺秀诗话创作维度之二

当我们翻阅闺秀诗话时,一个强烈的直观感受就是,在闺秀诗话专著中,除张倩《名媛诗话》、棣华园主人《闺秀诗评》与金燕《香奁诗话》等极少数作品外,其他的闺秀诗话都有注重对女性诗人道德品行进行评价的倾向;即便到民国时期,虽然妇女解放运动轰轰烈烈,但推扬女子遵守传统妇德规范的作品依然存在,如许慕西《苍崖室诗

① 左东岭《“话内”与“话外”——明代诗话范围的界定与研究路径》,《文学遗产》2016年第3期。

② 蒋寅《清代诗学史》第一卷,中国社会科学出版社,2012年,第57页。

话》与徐枕亚《冰壶寒韵》。大多闺秀诗话都载录了大量的女子孝慈节烈之事，极力表彰女子遵守传统旧道德的行为。

中国古代的女学注重对女子的教育，但教育的核心内容是“四德”，教育目标是培养能侍奉父母公婆、治家教子、顺从并忠于夫婿的女性。清代李晚芳在《女学言行纂》中提出女学四道：“曰事父母之道，曰事舅姑之道，曰事夫子之道，曰教子女之道。”[①]能够完成这些使命的女性，在传统的价值评价体系中才能被认可、被接纳。虽然晚明已涌起个性解放思潮，清代中叶又有性灵风气对个体生命价值的肯定，甚而至近代有轰轰烈烈的妇女解放运动，但是由明代至民国几百年的历史中，对于女性在道德上孝、慈、贞的要求并没有明显松弛。闺秀诗话的记事性内容中，记录、表彰孝妇、慈母、节妇、烈妇的笔墨非常之多，即可为一证。

闺秀诗话记载了大量兼具节妇或烈妇身份的女性文人，“以烈终”“以节终”等语常出现在对女诗人的介绍中。如梁章钜《闽川闺秀诗话》录节妇 18 人，烈妇 4 人，占全书所录人数的五分之一强；丁芸《闽川闺秀诗话续编》更是大量引用《福建通志》等方志中的材料，记烈妇 25 人，节妇 16 人，几近全书人数的三分之一。这些数字足以令人目触心惊。两部诗话都详细记录了女性的贞烈之事：

> 王德威妻权氏，未行，夫得喑疾，兼患瘫痪。使辞婚，氏曰：“事夫，妇职也，焉有贰？”乃归，别居治药饵。三年而夫亡，矢志抚嗣子。及五旬将殁，忽微吟云：“结发为夫妇，三年失所天。五旬犹处子，且订后生缘。”[②]

> 王巧姐，闽县人，许嫁陈氏子，未归，以烈终。《福建通志》云：巧姐自经时，其父母于其怀中检得“愿合葬陈家”数字。夫客东洋溺死，父母秘其事。初疑而不敢决也，已而有欲委禽者，则曰：“吾死已晚矣。”素能诗，又善画。乃揽镜自

---

① 李晚芳《女学言行纂・总论》，清乾隆五十二年(1787)顺德梁氏刻本。

② 梁章钜《闽川闺秀诗话》卷一，王英志主编《清代闺秀诗话丛刊》，凤凰出版社，2010年，第 199 页。

绘其影，留诗于上云："数载深愁血泪输，早知形影逐时枯。伤心未识陈郎面，难画人间举案图。"①

闽县翁卿材妻郑氏，夫卒，氏绝水浆，甦而复生，乃为夫立嗣。毕，恸哭投缳，死于夫柩之旁。有自悼诗。②

这类记载在其他诗话如沈善宝《名媛诗话》，雷瑨、雷瑊《闺秀诗话》，施淑仪《清代闺阁诗人征略》等作中，虽然比例没有上述两作多，但也不鲜见。

民国年间，报刊所载闺秀诗话中仍有为旧道德呐喊者：

刘夫人姓毛氏，字钰龙，侍御凤韶女也。适刘庄襄公荫孙守蒙为室。嫁十一载而守蒙病殁，忍死事姑。居小楼中，誓不逾阈，父病剧呼之，终不归。③

有毛贞烈者，吾邑农家女，许字严。以母丧，童养于严。未几，严氏子病瘵，其姑送女归。子没，姑嘱媒氏归其名，赴焉，女知之，号恸奔丧，抱栗主成服。既葬，遂不食死。一时里中俞养浩、沈石友均赋诗扬之。④

吾乡有黄烈妇氏沈，知书，工画兰，归黄思承。思承病疫死，烈妇有遗腹。既生乃男，于是始从容殉焉。呜呼！其知大体者矣。⑤

湘乡毛芷香，生于皖，因归桐城汪楷。方楷与弟尧臣首唱革命，数往来湘鄂间，每困乏，芷香则尽其积以助。继而楷、尧臣被逮长沙，芷香恨所事无成，不忍见夫死，乃仰药自

---

① 梁章钜《闽川闺秀诗话》卷一，王英志主编《清代闺秀诗话丛刊》，凤凰出版社，2010年，第199页。

② 丁芸《闽川闺秀诗话续编》卷一，王英志主编《清代闺秀诗话丛刊》，凤凰出版社，2010年，第285页。

③ 许慕西《苍崖室诗话》，载《家庭杂志》(上海)1915年第1卷第1期，第8页。

④ 常熟庞松柏著，内史程灵芬注《今妇人集》，载《妇女杂志》1915年第1卷第2号，第4页。

⑤ 常熟庞松柏著，内史程灵芬注《今妇人集》，载《妇女杂志》1915年第1卷第3号，第5页。

尽。死前三日生一女，亦自弃绝。民国元年，从祀女烈士祠。[1]

为恪守忠贞之节，父病剧呼而不至，弃绝新生儿女而赴死为烈妇，这些有悖人情常理的做法，正折射出封建道德观对女子的毒害之深；而"赋诗扬之""其知大体者""从祀女烈士祠"等记载与评价，显然又传达出诗话作者以及时人对女子这些做法的赞誉，可见传统礼教观念根植之深。

贞烈之外，传统道德对女性的主要要求还有孝。除记载女子侍养父母姑舅等事，闺秀诗话还常常对女子"刲股疗疾"的孝行予以表彰：

(蔡如珍)性至孝，尝刲股疗姑疾，夫病亦如之。[2]

(蔡梅魁)姑疾，亟医药罔效，妇剪肉烧香，割股以进，疾遂瘳。[3]

(泾县包孟仪)温恭贤孝，有古淑媛风。当舅姑疾，亟时刲股和药以进。夫疾，又割臂以疗，不令人知。[4]

(兰陵程梅雪)性至孝，父疾，亟刲股和药以进，卒以此致疾而殁。[5]

以刲股剪肉、和药以进的孝心为医病的良方，竟有因此而殒命者，可哀可叹！更可哀痛者，闺秀诗话记录这些行为明显有揄扬之意，无疑又会在文化传播中加重对女性身心的戕害！这些诗话的作者思想之局限与落后于此可见一斑矣。

此外，闺秀诗话还有对慈母的表彰，特别是毕沅母亲之通达明大

---

① 常熟庞松柏著，内史程灵芬注《今妇人集》，载《妇女杂志》1915年第1卷第3号，第6页。

②③ 丁芸《闽川闺秀诗话续编》卷一，王英志主编《清代闺秀诗话丛刊》，凤凰出版社，2010年，第280页。

④ 沈善宝《名媛诗话》卷九，王英志主编《清代闺秀诗话丛刊》，凤凰出版社，2010年，第501页。

⑤ 沈善宝《名媛诗话》卷九，王英志主编《清代闺秀诗话丛刊》，凤凰出版社，2010年，第504页。

义，多次出现在各部闺秀诗话之中，姑举一例：

国朝闺秀能诗词者多，而学术之渊纯，当以娄东毕太夫人为第一。夫人姓张氏，名藻，字子湘，秋帆制府母也。夫人虽在闺阁，而通达政体，训词深厚，粹然儒者之言，不减颜家庭诰也。清高宗赐“经训克家”四字以褒之。①

另外，很多闺秀诗话作者对女子的英勇或义行等赞赏不已，如《闽川闺秀诗话》表彰遭逢家难、主持大计的林瑛佩（卷一），《名媛诗话》记舍己为家的桂林张义姑、全州蒋莲姑（卷二），而为父复仇的毕著更是被沈善宝《名媛诗话》及雷瑨、雷瑊《闺秀诗话》等诸多诗话褒扬。

严格来讲，我们现在能看到的大多闺秀诗话都产生在近代前后，虽然闺秀诗话记载的是生活于不同时代的女性的境况遭际，但是大多诗话著者在辑录材料时对人物与事件是有筛选取舍的，如许慕西《苍崖室诗话》共计 7 则，多记清人事，但首条却选入明代毛玉钰贞女事，显然体现了作者对女性的道德要求。不难看出，即便是到了近代，或出于维护传统旧道德的目的，或不愿冒天下之大不韪落人口实，或是意欲破除“女子无才便是德”之俗见、弥合女性文学才能与节德之间的矛盾以改变社会群体认知，闺秀诗话的男、女两性创作者依然在诗话作品中表达着女子应以道德品行为重的价值观念。父母儿女之爱与夫妇之爱原本本乎天性，但是，在闺秀诗话的记载中，我们却看到女性所背负的沉重的道德枷锁，常常促使她们以一种极端的方式来达到社会的要求，很多做法甚至是泯灭人性的。而诗话的编者极力表彰贞女、烈妇节烈之事，大肆搜罗此类女子自明心志之作，无疑又会成为一种对女性的变相引导，这是不可取的。

记事而外，诗话作者的这种道德评价倾向也必然影响到选诗和评诗。如《闽川闺秀诗话》选入许太淑人《冬夜仿古》诗，评曰：“先资政公谓集中佳作颇多，当以此诗为上乘，盖孝思所流露，自与凡响不同。”②又

① 仰厂《闺秀诗话》，载《叒社丛刊》1917 年第 4 期《杂俎》，第 9 页。

② 梁章钜《闽川闺秀诗话》卷三，王英志主编《清代闺秀诗话丛刊》，凤凰出版社，2010 年，第 225 页。

选入郑嗣音《病中侍母话旧》诗，称“孝友之情，自不可没”[①]。显然都将道德评判置于美学评价之上。《名媛诗话》的作者沈善宝，从其人生行迹与文学活动来看，已经可以算得上是那个时代能在相当大程度上挣脱传统枷锁的进步女性了，但是，《名媛诗话》因“足以彰贞节而白讹传，有关世道人心匪浅”而选入孟仲齐《吊鹦鹉冢诗并序》[②]，“广东阳山李氏”条则以李氏“集中如《妇诫》《训婢》诸作，皆可为闺中格言，今并录之”[③]，将毫无形象美与情感美可言、完全偏离诗歌本质特征的长篇训诫选入诗话之中。可见，受时代观念所限，不少诗话作者仍秉持道德评价至上的标准选诗、评诗，故选入一些足以阐扬贞孝节义、有关世道人心而艺术水平不高、思想性也不强的作品，这是我们在使用诗话材料时需格外注意的。

三、以人立目与以类相从——独特的编排体例：闺秀诗话创作维度之三

就形式而言，“诗话体的主要特点是：随笔漫录，分则札记，笔调轻松活泼，文风亲切平易，娓娓叙谈，可长可短，通常一则就是相对独立的一段，前后既不需要衔接连贯，也没有一定的排列次序。总之，它在形式上是极其灵便的”[④]。诗话产生之初，是近于随笔的一种文体，体制最为灵活，创作有较大的随意性，因此其编撰体例也较为多样。在体例上，闺秀诗话与一般诗话既有某些共性，又具有一定的特异性：从序次上看，既随笔漫录，又有一定的次序；从编排方式上看，既有分则而列，又有以人立目。

① 梁章钜《闽川闺秀诗话》卷四，王英志主编《清代闺秀诗话丛刊》，凤凰出版社，2010年，第248页。

② 沈善宝《名媛诗话》卷二，王英志主编《清代闺秀诗话丛刊》，凤凰出版社，2010年，第369页。

③ 沈善宝《名媛诗话》卷三，王英志主编《清代闺秀诗话丛刊》，凤凰出版社，2010年，第388页。

④ 刘德重、张寅彭《诗话概说》，中华书局，1990年，第4—5页。

（一）以人立目与分则而列：多样化的条目分别方式

宋代以来的综合性诗话，多是逐条而列，不见细目，有的会以数字置条目之前以排序，篇幅长的会分卷，从欧阳修《六一诗话》与杨万里《诚斋诗话》到明清时代绝大多数诗话都是如此。闺秀诗话的一大部分作品也继承了这一传统，如陈维崧《妇人集》、张倩《名媛诗话》、沈善宝《名媛诗话》、棣华园主人《闺秀诗评》、孙兆溎《闺秀录》、陈芸《小黛轩论诗诗》、王蕴章《然脂余韵》、苕溪生《闺秀诗话》等均是分则逐条而列，民国以后的报刊诗话绝大多数也都使用这一编排方式。

与一般诗话作品相较，闺秀诗话更具特色的条目分别方式是以人立目，江盈科《闺秀诗评》、梁章钜《闽川闺秀诗话》、王偁《名媛韵事》、丁芸《闽川闺秀诗话续编》、施淑仪《清代闺阁诗人征略》、金燕《香奁诗话》及报刊诗话中程嘉秀《镜台螺屑》等作品均属此类。"以人立目"在传统诗话中也有先例，如署名宋尤袤《全唐诗话》[①]及清代孙涛《全唐诗话续编》均是以唐代诗人之名立目的，再如清代康熙年间贺裳所著《载酒园诗话·又编》亦以人立目分论唐代诗人。以人立目的方式一般出现在断代诗话中，但并不多见。相对而言，闺秀诗话中以人立目的作品占比要大得多。其中，明代江盈科《闺秀诗评》因录人较少，以人立目更便于操作；两部辑录体诗话《闽川闺秀诗话续编》《清代闺阁诗人征略》比较典型地采用了以人立目的方式，与其纂修方式关系较大；《闽川闺秀诗话》等闽地的地域诗话亦以人立目，突显了以诗存人的目的；《香奁诗话》选择性地收录35名闺秀、18名青楼女子、8名女尼女冠，故也以人立目。另有雷瑨、雷瑊《闺秀诗话》及雷瑨《青楼诗话》，正文中分则而列不立目，但正文之前的目录中分卷后又有依人而列的细目，是比较独特的一种。民国报刊闺秀诗话基本都是分则而列的，目前仅见程嘉秀《镜台螺屑》采用以人立目的方式。总体来讲，与其他类诗话相比，闺秀诗话较多地采用了以人立

---

① 《全唐诗话》的作者历来存有争议，可参看：过雨辰《〈全唐诗话〉作者考》，《江南大学学报(人文社会科学版)》2018年第3期。

目的编排方式，更加清晰地显现女诗人之名，究其原因，应该与诗话较强的“存人”目的有关。另外，这种编排方式很可能也受到了明清以来诗歌总集特别是闺秀诗歌总集以人立目体例的影响，体现出闺秀诗话写作与闺秀总集编纂之间的互动。当然，在内容组织上，以人立目会受到一定制约，不像分则而列的条目有较大的自由表述空间，这可能也是《名媛诗话》等记述女性群体诗学活动较多的作品不采用此方式的原因。另，传统诗话中还有“主题概括”式立目，如《岁寒堂诗话》之卷下（列“陈拾遗故居”“山寺”“戏为六绝句”“哀王孙”等条目）、贺裳《载酒园诗话》卷一（列“改古人诗”“集句”“诗魔”“疑误”等条目）等，体例不见于闺秀诗话。

（二）以类相从：无序中见有序的序次方式

叙述自由，笔调轻松，前后内容无须连贯，条目排列不讲章法次序，是诗话的常貌，体现了其漫话式随笔的特性。既不按时代排序，也不按主题分类而列，杂乱无章，正是大多数闺秀诗话序次的突出特点。闺秀诗话中条目随意编排、序次毫无规律的作品最多，特别是民国时期的诗话，多随意杂抄，序次凌乱，几无章法可言。如王蕴章《然脂余韵》多论清代特别是晚近以来的女性，但卷三忽然出现一则记元代杨铁崖弟子曹妙清的诗话；白沙张啸尘、萧山叶国英同著的《锦心绣口录》收自唐至民国的诗人，宋、元、明、清及当代人皆有，并不排序。闺秀诗话这种序次无序的特点，显然与大部分诗话作品是一致的。因为闺秀诗话往往不记诗人生卒年，加之序次无章，很多女性文人的生平甚至是生活时代从诗话材料中都无法获知，也难以考证。这种杂乱的记载必然在一定程度上削弱闺秀诗话的使用价值，也为后人的研究工作带来诸多不便。

与一般诗话不同的是，不少闺秀诗话的序次又有一定的章法可寻，体现出无序中见有序的编排特点。目前可见的早期的两部闺秀诗话——江盈科《闺秀诗评》与陈维崧《妇人集》，虽然序次也存有问题，如江氏将杨慎（1488—1559）之妻置于太仓陆震（1464—1519）母亲茅氏之前，显然在时间上是前后颠倒，但基本是按所收人物生活时代的先后而列的。这两部作品记载诗人较少，逐一查找排列较容易实现。此后，沈善宝《名媛诗话》先列由明入清的女性，之后亦大体依时间由前及后而列，最后列当代诗人，也有一定的规律可循。施淑仪《清代闺阁诗人征略》汲取前代闺秀诗话之长，亦以时代先后列序。在闺秀诗话有序的排列方式中，除依时而列之外，面中有点、以类相从两种方式特别值得一提。

所谓"面中有点"是指在诗话整体散漫的叙述之中，会于某处集中介绍某类对象，比较典型的是梁章钜《闽川闺秀诗话》。诗话计四卷，综记闽地明代以来的女性诗人，总体上散乱排列，但在卷二处集中记载了建安郑方坤一门九女及其他家族女性的创作情况，卷三又以整卷详记梁章钜家族女性的文学活动，而这两大家族的闺秀诗歌创作又是闽地女性文学的核心，作者采用面中有点的方式集中介绍，对于同类材料汇集与重点内容呈现大有裨益。再如王偁《名媛韵事》，古今诗人兼收且杂乱混排，但又于卷二末尾集中地记载了作者身边女性文人的诗事，无序中又见有序。

闺秀诗话大多是一则记一人或一事，但有不少作品都采用了以类相从、同类相及的方式来进行条目排序，这是闺秀诗话极具特色的编排方法。陈维崧《妇人集》已开始将具有相似点的人物连缀在一起编排，如开篇 4 则均记明末宫廷中人，继而将陈圆圆、临淮老伎、寇白门、柳如是等青楼女子连缀在一起，复将女子题壁诗相聚而编。沈善宝《名媛诗话》更是运用以类相从编排方法的典范作品。诗话中女性或以籍贯类从，或以家族成员与姻亲类从，或因诗人地位身份、人生际遇相同类从，或因同具有孝义品性相从，或因同里、同地相从，或以诗歌题材、体制与风格特点等类从，或将同一诗社的成员连续编排。如将"遇乱同，贞烈同，而诗体又同"[①]的益阳郭纯贞与四川富顺刘氏编入一则，柴贞仪、朱道珠、钱云仪、林亚清、顾长任、冯娴、张槎云等

① 沈善宝《名媛诗话》卷一，王英志主编《清代闺秀诗话丛刊》，凤凰出版社，2010 年，第 354 页。

同里女子数则前后相连(《名媛诗话》卷一),澧州雷半吟等16名女性作"十六章清词络绎,故并录之"[①]合为一则,云南蒙自胡蒨桃、广西崇善李筠仙、甘肃靖边潘玥、哈密赵明霞等因"皆生长极边,而诗才清卓,不易多觏"[②]故合录之……可以看到,沈善宝大量且极为娴熟、灵活地运用了以类相从的编排方式,诗话中各种形式的"类从"编排可谓俯拾皆是。此后,雷瑨、雷瑊《闺秀诗话》及施淑仪《清代闺阁诗人征略》等作在面对数量庞大的作家群时,都采用了以类相从的方式进行编纂。施淑仪还把这一方法写入《凡例》:"是编略依时代为次,或母女姑媳相从,或以诗派相近及同社、同门者为类,不拘一例,阅者谅之。"[③]民国时期的报刊闺秀诗话中,也有学习这种科学的编纂方法的,如缃叶《绿蘼阁诗话》中连录俪琴女史与琴仙女史的题壁诗,左芙江与妹冰如姐妹相连,袁慧姬与王仙婉同里相连。但总体来说,"以类相从"方法的运用,还是以沈善宝《名媛诗话》成就最高。这一编撰方法,有利于将一些具有相同身份或特征的作家、相同性质或特点的作品连缀在一起,由此串联起许多零散的材料,特别是材料比较多且庞杂时,可以有效节省笔墨,既保证了内容的全部载入,又多而不乱,且便于形成主题式内容表现,是一种颇为合理的编纂方法,对于类型化研究以及其他诗话的编撰均有积极意义。

除上述三个维度的特点之外,闺秀诗话在创作方式、创作态度、作家构成上也与大多诗话不同,姑略述如下。其一,辑录抄纂之作占比较大,是闺秀诗话在创作方式上与其他诗话的显著不同。现存20种闺秀诗话专著中,《闺阁诗话》《节录随园诗话(闺阁)》《闽川闺秀诗话续编》《历代闽川闺秀诗话》《清代闺阁诗人征略》都是典型的辑录

---

① 沈善宝《名媛诗话》卷三,王英志主编《清代闺秀诗话丛刊》,凤凰出版社,2010年,第387页。

② 沈善宝《名媛诗话》卷三,王英志主编《清代闺秀诗话丛刊》,凤凰出版社,2010年,第395页。

③ 施淑仪《清代闺阁诗人征略》,王英志主编《清代闺秀诗话丛刊》,凤凰出版社,2010年,第1698页。

体闺秀诗话，另如雷瑨、雷瑊《闺秀诗话》及雷瑨《青楼诗话》、苕溪生《闺秀诗话》，还有近代以来大量报刊诗话等多抄撮他书而成，撰著、编撰类作品如《名媛诗话》《闽川闺秀诗话》等也往往会从方志、总集、别集等中取材。总体而言，闺秀诗话中仅有少量完全由作家独纂的作品，原创性不高。这一方面与诗话之作往往随意抄纂成书的习气有关，也和闺秀诗话重在记事录诗传人的资料性特点有关。其二，闺秀诗话的创作者大多具有高度自觉的创作态度，为女性文学张目、为女性文人留名的强烈意愿，是绝大多数闺秀诗话创作的内驱力，这与某些类型诗话如地域诗话相似，但与一般诗话自由随意的创作态度显然不同。如果说明代江盈科作《闺秀诗评》乃是因“生平喜读闺秀诗，然苦易忘”，故“摘取佳者数首，各为品题”①，其创作还处于自发状态、创作活动带有一定偶然性的话，那么，此后较重要的闺秀诗话的创作态度都是高度自觉的。如道光年间女诗人张倩深深不满于闺秀诗话仅附骥于男性诗话之后未得独立行世、女性文学才华不得及时被表彰而矢志作《名媛诗话》；沈善宝也是因为认识到女性能诗不易、诗作声名流传更为不易，而南宋以来各家诗话中虽载闺秀诗却多搜采简略，女作家熊澹仙虽著《澹仙诗话》，但载闺秀诗亦少，为使弥足珍贵的女性诗歌留存于世故作《名媛诗话》。男性作家王蕴章也声明作《然脂余韵》“意在扬榷群言”“庶闺阁清芬，得以旁绍远流”②。雷瑨、雷瑊兄弟之所以作《闺秀诗话》，“徒以自古迄今，名媛淑女之谐吟咏、工声律者，咸思以呕心镂肝之词，托诸好事文人，载其一二惬心语，以供知音者之流连吟赏。使名篇佳什，零落散佚，无人焉为之悉心搜辑，勒成一书，恐不及数十载，文词锦绣，荡为云烟，而姓氏且不留于人口”③。雷氏兄弟深恐女性作家之作不传于世，故主动搜集整

① 蔡镇楚主编《中国诗话珍本丛书》第12册，北京图书馆出版社，2004年，第787页。

② 王蕴章《然脂余韵·凡例》，王英志主编《清代闺秀诗话丛刊》，凤凰出版社，2010年，第627页。

③ 雷瑨、雷瑊《闺秀诗话·自序》，王英志主编《清代闺秀诗话丛刊》，凤凰出版社，2010年，第872页。

理以广其传。因此，相对来讲，闺秀诗话作品特别是专著，虽然亦是散话，但大多质量较高。其三，从作家队伍构成来看，闺秀诗话女性作者占比较大。清代闺秀诗话可考的近30部专著中，出于女性之手的有10余部；目前可确考的40余种民国报刊闺秀诗话，虽然不少署笔名或佚名，但可知的女性作者也在10位以上。虽然闺秀诗话的创作中女性作家数量未超过男性，但是，女性在闺秀诗话作家总数中的占比，显然已经大大超越其他文献类型中女性作家的占比。这说明，一方面清代以来女性对于女性文学的传播有较自觉的意识，她们热切关注女性自我价值实现的途径，希望借文学成就为女性的价值寻找依托；另一方面，很多女性更钟情于诗话一体，也因诗话体制轻灵，与女性气质相合，且诗话具有较大的随意性与灵活性：篇幅可长可短，叙述较为自由，能直接传达自己的想法和观念。女性对闺秀诗话写作的积极参与，既促进了女性文学的传播，又为其他女性树立了榜样，鼓励着更多女性参与到文学写作与编纂中来。

（内蒙古师范大学文学院）

清中期杜诗注本的文本转型与价值重估

耿建龙

内容摘要：明末清初杜诗学经历了一个名家名作迭出的辉煌时期，而当这股学术风潮绵延至清乾隆、嘉庆年间，注本的整体风貌却与前一阶段产生了很大的不同。从杜诗学自身演进过程来看，清中期杜诗注本的转型是阐释动机的转向、注杜学术心态的变化、注本编纂风格的改变等多种因素综合作用的结果。在此过程中，社会意识与政治文化的发展、杜甫形象的重新构建起到了关键作用，而阅读群体自身知识趣味和文化需求的影响亦不可忽视。清中期杜诗注本的形态呈现既是高峰之后的餍足，也是消化、删存前代学术成果的必然过程。从清代杜诗注释学整体脉络和注本多重价值的视角来看，清中期杜诗笺注文献在完成清前期注本的初步“经典化”、丰富杜集诗学文化内涵等方面仍具有着重要价值。

关键词：杜甫；清代杜诗学；诗歌注释学；杜诗注本

The Scholarly Transformation and Value Reassessment of the Interpretive Annotations on Du Fu's Poems in the Mid-Qing Dynasty

Geng Jianlong

Abstract: During the late Ming and early Qing Dynasties, the study of Du Fu's poetry experienced a glorious era with a succession of renowned scholars and their outstanding works. However, when this academic trend persisted into the reigns of Emperor Qianlong and Emperor Jiaqing of the Qing Dynasty, the overall outlook of the annotations underwent substantial alterations compared to the previous stage. From the perspective of the inherent evolution of Du Fu studies, the academic transformation of Du Fu's poetry annotations in the Mid-Qing Dynasty was the outcome of the combined effects of shifts in interpretive motivations, changes in the academic mentality of annotators, and modifications in the compilation styles of annotations. During this process, the development of social consciousness and political culture, along with the reconfiguration of Du Fu's image, played a critical role, while the influence of the reading community's own intellectual interests and cultural demands could not be disregarded. The manifestation of Du Fu's poetry annotations in the Mid-Qing Dynasty was both a sign of satiation following the peak and an inevitable process of digesting and preserving the academic achievements of the preceding generations. From the viewpoint of the overall context of Du Fu's poetry annotation studies in the Qing Dynasty and the multiple values of the annotations, the literature of Du Fu's poetry annotations in the Mid-Qing Dynasty still holds considerable significance in completing the initial "canonization" of the annotations from the early Qing Dynasty and enriching the cultural connotations of Du Fu's poetry collection.

Keywords：Du Fu；Du Poetics in Qing Dynasty；poetic exegesis；notes on Du Fu's poems

明末清初是宋代之后杜诗学史上第二个高峰阶段。从明末到清前期的顺治、康熙、雍正三朝杜诗笺注之风空前高涨，涌现出了金圣叹《杜诗解》、钱谦益《钱注杜诗》、朱鹤龄《杜工部诗集辑注》、黄生《杜诗说》、仇兆鳌《杜诗详注》、浦起龙《读杜心解》等一大批影响深远，在今天仍被奉为研究者必读的重要著作。然而到了清代中期乾隆、嘉庆年间，虽然对杜甫诗歌的研读、批评仍保持积极态势，产生的相关文献在数量上依旧可观[①]，但杜诗的笺注却出现一种平庸化的面貌：学术新见减少，征引前作比重增加，大型集注本数量减少，仅有张甄陶《杜诗集评》、江浩然《杜诗集说》、杨伦《杜诗镜铨》等数种。当代学者中，洪业《杜诗引得序》最早对这一学术现象进行概述："（雍正年间）此后注《杜》之风杀矣。""嘉庆以后，注《杜》而善者，更无闻焉。"[②]之后的清代杜诗学史著作大多承袭了这一说法，学界对清代杜诗文献的研究也呈现出重清前期、轻中后期的趋势。

这些现象不禁引起读者与学人的思考，一部文学经典的笺注为何由繁盛走向了衰退？其背后原因是传统学术方式不再满足时代需求，还是人为实践出现了窒碍？前人的相关研究在解释明末清初杜

① 据孙微《清代杜诗学文献考（增订本）》（上海古籍出版社，2019 年）中所列数目统计：顺治、康熙、雍正三朝的 91 年间，已知的杜诗学文献超过 240 种；从乾隆到嘉庆朝的 85 年间，已知的杜诗文献数量合计也有 130 余种。

② 洪业《洪业论学集》，中华书局，1981 年，第 346 页。当前学界将明末清初杜诗学高峰期的终结也普遍确定在雍正年间，如孙微《杜诗学通史·清代编》中所说："始于顺治朝的杜诗学高潮，至雍正末才基本结束。"（上海古籍出版社，2023 年，第 47 页）刘重喜《明末清初杜诗学研究》认为："以明崇祯七年（1634）卢世㴶（1588—1720）《杜诗胥抄》刊刻成书，到清雍正三年（1725）浦起龙（1679—?）完成《读杜心解》为限——这将近 100 年的时间是杜诗学史上最为鼎盛的一个阶段。"（中华书局，2013 年，第 2 页）张学芬《明末清初杜诗评点研究》将含有杜诗评语的注解本也纳入了考察范围，认为："嘉靖初年至雍正末年基本客观揭示出了杜诗评点主要衍变之过程，清中后期杜诗评点大致在此阶段上发展。"（山东大学博士学位论文，2022 年，"绪论"第 2 页）

诗学鼎盛期的时代背景方面着力颇多[①]，而对清中期的学风转变、文本转型关注较少。本文在学界已有认识的基础上尝试打破时代与著作的壁垒，从杜诗注释学内在演进轨迹出发[②]，逐次展开清代前中期杜诗笺注在阐释旨趣、注释理念和编纂方式等方面产生的相关问题和曲折变化，在回答该问题的基础上，对清中期杜诗注本的价值意义进行反思与阐释。

一、政治文化发展与阐释动机的转向

阐释动机从诉说时代隐忧转向满足学诗、科举等文化实用需求，导致学术意味消减。“求事物变迁之迹而明其因果”，清中期杜诗笺注的学术转型是与明清易代之际相比较而言的，其最根本的原因是社会政治文化转型和国家意识形态的确立，清中期杜诗注本在阐释旨趣与诉求上都发生了深刻的变化。清初社会动荡激发了时人对乱世中如何存身立命的思考，文化身份的重新选择带来了心灵的痛苦，而新政权的高压统治又使得文人士大夫的思想表达受到约束。这时杜甫饱经丧乱的人生遭遇能在很大程度上唤起阅读者的共鸣，素有“诗史”之称的杜甫诗歌也因其纪实功能和深沉寄托自然引发了特别的关注。因此，这一时期对杜甫诗歌的大规模重新笺注实际早已超越了文学艺术的层面。人们试图通过对古典的重新解读来表达对现实人间的关怀，更重要的是笺注者借助杜诗来标榜气节、倾吐心声，进行精神世界的维护，以达到“移人

---

① 参见简恩定《清初杜诗学研究》第一章“清初杜诗学的文学背景”，台北文史哲出版社，1986年，第1—20页。孙微《杜诗学通史·清代编》第二章第一、二节“清初杜诗学兴盛的原因分析”，上海古籍出版社，2023年，第47—88页。刘重喜《明末清初杜诗学研究·导论》，中华书局，2013年，第1—20页。

② 本文所称的“杜诗注释学”，即：“从杜诗本意出发，衡量研究历代注者注释的观点、方法、手段等内容，并总结其经验和教训，也就逐渐构成杜诗注释学的基本内容。”（《杜诗学文献研究论稿》，河北大学出版社，2009年，第135页）文中“清中期”所指时段依据《杜诗学通史·清代编》中对清代杜诗学发展阶段的划分，包括乾隆、嘉庆两朝，共85年的时间。

性情、有功风教”[①]的目的，带有“以注为著”的意味。如《杜工部诗集辑注》的注者朱鹤龄，最开始笺注杜诗就是有感于诗中记述杜甫奔赴行在、肃宗收复两京诸事迹，以此寄寓期盼明主中兴的愿望。在《传家质言》中朱鹤龄自述：“当变革时，惟手录杜诗过日，每兴感灵武回辕之举，故为之笺解，遂至终帙。”[②]受此精神鼓舞，编纂者往往朝夕不辍，数十载沉浸其中，付出极大的心力，注本的质量也相应得到保障。

到清代中期，国家政权日益稳固，士人心态也悄然发生转变。遗民情怀与反抗情绪从人们心中退却，经史之学承担了为知识分子提供思想资源的主要角色，以杜诗来补裨世道、疗愈人心的需求则逐渐消解。同时伴随杜诗接受更趋普遍，杜诗注本的编纂与刊刻要满足诗法入门、书塾蒙课、科举应试等文化市场的需求，日用性和功利性色彩凸显，注释水平的精深已经不再成为最高追求。乾隆朝诗学大家沈德潜在其《杜诗偶评》中称：

> 杜诗无可选，亦不借评，取杜诗而选之、而评之，凡以考一己所得之浅深，而亦为学诗者道以从入之方也。窃见往时读杜诸家，贪多者矜奥博，事必泛引，语必捃摭，甚或伪造典故，以实其说；而一二钩奇喜新之士，意主穿凿，辞务支离，即寻常景物，亦必牵涉讽刺、附会忠孝，而诗人之天趣亡焉。又其甚者，强题就法，刻舟求剑，一绳以后代制义之律，而少陵之穷三才、毋万象者，遽变为兔园村夫子矣。嗟夫！学诗者，前望古人，方无所凭借，忽得诸家之说以横踞于其中，不有日读杜诗而去杜日远者耶？黄鲁直云：“予于杜诗，欲随欣然会意处笺以数语。”元裕之云：“读杜诗当如九方皋相马，得天机于灭没存亡之间。”此真得杜之神解者也。予

---

① 李继白《望古斋集》卷十《顾修远杜诗注序》，《四库未收书辑刊》第五辑第28册，北京出版社，2000年，第698页。

② 朱鹤龄《愚庵小集》，上海古籍出版社，1979年，第769页。

少喜杜诗，而未能即通其义，尝虚心顺理，密咏恬吟以求之，不逞泛滥，不蹈凿空，尤不敢束缚驰骤。惟于情境偶会傍通证入处，随手笺释，日月既久，渐次贯穿。[1]

鉴于前人贪多矜博、穿凿附会、强以时文之法论诗等弊病，沈氏选评杜诗旨在“为学诗者道以从入之方”，认为如果“诸家之说横踞其中”造成了读诗的障碍，则易收“日读杜诗而去杜日远者”之效。因此他提倡笺释以诗为核心，不能以注害诗，在体例上使用批注、评点和圈点相结合的模式，将注释放到了次要的辅助位置。

这一时期科举考试政策的变革也对杜诗笺注发挥了重要作用，相当数量为了适应科举考试、带有应试诗选本意味的杜诗注本被编写出版。《清史稿·选举三》记载：“（乾隆）二十二年，诏剔旧习，求实效，移经文于二场，罢论、表、判，增五言八韵律诗。”[2]“减判增诗”这项举措使律体成就极高的杜诗成为科举的宠儿。孟国栋在《科考之助：清代杜诗接受的特殊形态》一文中指出：“各省乡试诗题得句出自杜诗者多达76道，远超其他典籍。试律诗主要围绕得句展开刻画、敷写，数量众多的诗题均出自杜诗，势必要求士子们从解题、诗法及具体写作上都围绕杜诗展开。”[3]特别是收录722首杜诗的《御选唐宋诗醇》成为科举“考试大纲”以后，考官日益追求命题的合理性，山长和考生更是追求应考的实用性，多从备考的角度阅读和理解杜诗[4]。使得以学术钻研为目的的笺注本日益减少，代之而起的儿童启蒙、书院讲义和试帖诗集等性质的注本逐渐增多。

在科举制度改革仅两年后的乾隆二十四年（1759），江西宜黄凤冈书院山长刘肇虞便出版了《杜工部五言排律诗句解》以作讲义之

---

① 沈德潜《杜诗偶评·自序》，清乾隆十二年（1747）潘承松赋闲草堂初刻本。

② 赵尔巽等《清史稿》，中华书局，1977年，第3153页。

③ 孟国栋《科考之助：清代杜诗接受的特殊形态》，《文学评论》2021年第4期，第57页。

④ 参见孟国栋、陈圣争《从选本到教材：〈唐宋诗醇〉的经典化之旅》，《浙江大学学报（人文社会科学版）》2022年第7期，第138—148页。

用。他在自序中称："近制取士，八比外，兼试以诗。乡会试五言八韵，科岁试五言六韵，嗣后士子不能终身不涉目于诗者，其势然也。则必即兹一体中求其至焉者，心摹力追，为转磐石于千仞之举，而岂可于试帖中求区区升斗之活耶？将舍杜奚从也？"[①]同样是乾隆二十四年，何化南、朱煜合编《杜诗选读》作为家塾读本，该书以《杜诗详注》为基础，汇合钱谦益、王嗣奭、黄生等前人旧注删繁就简而成："间有删略，并不著某云，从简便也。至议论高卓，动观体要者，仍于本注下另标'某氏曰'，以示胥钞之意。"[②]目的在于为"同学辈指为简尽详明"[③]，编写方便，亦不以深难为能事。另如乾隆五十五年(1790)周作渊选编《杜诗约选五律串解》，其意图在于"登诸前辈之笺释，用自揣摩，兼为家课计"[④]，并且表明"非欲传世也"。[⑤] 该书选录杜诗 133 首，按作年先后排列。每诗书眉中加字词笺注，正文后进行诗意串解，最后征引前人有关诗法的评述。如《重题郑氏东亭》：

翠微，山气之轻缥也。

此天宝三载在东都作也。言亭甚华美，可谓"华亭"。又建于山中，如入于山色翠微之中，当秋日映照，如见清晖摇乱于亭。此诗得力全在际。其亭枕山，有崩石斜欹乎山树。其亭瞰水，有清涟曳动其水衣。水中有紫鳞，但见紫鳞冲岸而跃；树间有苍隼，复睹苍隼护巢而归。华亭之佳境如此。及游罢晚归而寻征路，唯有残云傍马身而飘飞也。

顾宸云：此诗得力处，全在诗腰数实字，能使全首改观。着一"欹"字，如见巉岩参错；着一"曳"字，宛然藻荇交横。曰"冲岸"，则跳突排涌，惟恐堕岸；曰"护巢"，则疾飞急

---

① 刘肇虞《杜工部五言排律诗句解·自序》，清乾隆二十四年(1759)刻本。
② 何化南、朱煜《杜诗选读·凡例》，清乾隆二十四年(1759)逸园刻本。
③ 何化南、朱煜《杜诗选读·弁言》，清乾隆二十四年(1759)逸园刻本。
④ 周作渊《杜诗约选五律串解·自序》，清乾隆五十五年(1790)文鸟堂刻本。
⑤ 周作渊《杜诗约选五律串解·许亦鲁序》，清乾隆五十五年(1790)文鸟堂刻本。

赴，惟恐失巢。并鱼鸟精神，俱为写出，此诗家炼字法也。[①]

讲解简洁明晰，在当时就有了“诚益馆课”的评价。此类选本强调实践性，目的在于提供作品范例，让学子熟悉律诗声律，揣摩出可供模仿的形式技巧，对文本中的注释问题则缺乏深入讨论的兴趣。编纂的方式又多为“合旧注共为一解，中而别为一书也”[②]，对时效性的追逐自然超过了对学术水准的要求，其质量也自然无法与清初的注杜佳作相比。

二、杜甫形象建构与注释心态的变化

杜甫形象的重新建构使注释心态由积极进取趋向因循固化，造成了解释空间受限。钱穆论述时代与学术之关系言：“变乱之际，学尚创辟。其时学者，内本于性格之激荡，外感于时势之需要，常能从自性自格创辟一种新学问，走上一条新路径，以救时代之穷乏。而对于前人学术成规，往往有所不守。”[③]由于清初杜诗注释具有独特的社会意义，当人们怀着重新阐释的期待检视宋明注本时，往往对前人成说产生诸多不满，如钱谦益在《朱氏杜诗辑注序》中指斥：

自昔笺注之陋，莫甚于杜诗。伪注假事，如鬼凭人；剽义窜辞，如虫食木。而又连缀岁月，割剥字句，支离覆逆，交距旁午，如郑印、黄鹤之流，向有略例破斥，亦趣举一二而已。今人视宋，学益落，智益粗，影明隙见，熏染于严仪、刘会孟之邪论，其病屡传而滋甚。人各仞其所解以为杜诗，而杜诗之真面目盘回于洄渊漩洑，不能自出。[④]

这种不满在实践中催生了一系列对前人解释框架与已有成说的突破，以求建立自己的价值判断，极富学术野心。清初学者在对杜甫身

---

① 周作渊《杜诗约选五律串解》上卷，清乾隆五十五年(1790)文鸟堂刻本。该诗所引“顾宸云”，实际为顾宸《辟疆园杜诗注解》所录毕忠吉(字致中)评语。

② 刘肇虞《杜工部五言排律诗句解·自序》，清乾隆二十四年(1759)刻本。

③ 钱穆《文化与教育》，九州出版社，2014年，第89页。

④ 朱鹤龄辑注，韩成武等点校《杜工部诗集辑注》，中华书局，2024年，第1页。

份和诗歌优劣的评判上也有着多样化的认识，如钱澄之在《陈二如杜意序》中回应“每饭不忘君”说：“世之誉杜者，徒以其语不忘君，有合于风雅之旨，遂以为有唐诗人来一人而已。吾谓诗本性情，无情不可以为诗。凡感物造端，眷怀君父，一情至之人能之，不独子美为然。”[①]对于杜诗艺术，钱澄之认为有其优长和短板，并非无可挑剔：“夫子美之诗，则元微之所为‘尽得古人之体势，兼皆人之所独专’。然吾以为其奇在气力绝人，而不在乎区区词义之间也。如以辞而已，集中有句涩而意尽者，有调苦而韵凑者，有使事错误者，有出词鄙俚者，有失占者，有失韵者，有复韵者，其弊至多。唯是其气力浑沦磅礴，足以笼罩一切，遂使人不敢细议其弊。”[②]在笺注理念上，他反思宋人奉之太过，“谓其弊处正佳，从而效之；又为穿凿注解之，以讳其弊”[③]，警惕偏离文本之外的过度解读。

至清中期，由于杜甫诗歌本身积淀的诗教属性，在政治和文学话语的共同参与下杜甫与杜诗逐渐被建构为带有神圣光环的儒家道德典范。刘重喜《康熙御书杜诗对清初杜诗学的影响》从康熙书写杜诗这一现象入手，阐发背后的诗学影响：“在看到康熙喜书杜诗的同时，也应该看到‘吟咏性情’之外，他更是将诗歌作为文化政策和政治教化的工具，以‘诗教’和‘忠君’为政治目的，从内廷到外廷，从赏赐到刻石传播，从而对社会知识阶层产生了广泛和深刻的影响，不断催生出以‘忠君’思想立意的杜诗学著作。”[④]康熙时期的重要注家仇兆鳌就表明其注释精神为“据孔孟之论诗者以解杜”[⑤]。乾隆皇帝更是有

---

① 钱澄之《田间文集》卷十三，《续修四库全书》集部第1401册，上海古籍出版社，2002年，第151页。

② 钱澄之《田间文集》卷十三，《续修四库全书》集部第1401册，上海古籍出版社，2002年，第151—152页。

③ 钱澄之《田间文集》卷十三，《续修四库全书》集部第1401册，上海古籍出版社，2002年，第152页。

④ 刘重喜《康熙御书杜诗对清初杜诗学的影响》，《南京大学学报(哲学·人文科学·社会科学)》2019年第3期，第109页。

⑤ 杜甫著，仇兆鳌注《杜诗详注·原序》，中华书局，2015年，第2页。

意提倡将杜诗阐释与儒家意识形态紧密贴合，如《御选唐宋诗醇》中标举杜诗曰，“原本忠孝，得性情之正，良足承《三百篇》坠绪”[1]，表达了明确的官方诗学立场。与此同时，提倡“格调说”的沈德潜执掌诗坛、推尊杜甫也是重扬杜诗温柔敦厚艺术精神和伦理价值的重要原因。沈德潜秉诗教之旨以论杜，认为：“圣人言诗，自兴观群怨，归本于事父事君。少陵身际乱离，负薪拾橡，而忠爱之意，惓惓不忘，得圣人之旨矣。”[2]

官方层面的引导对杜诗学发展具有双重效果，良性的一面是确立了杜诗在集部之学之中的较高地位，而恶性的一面则是限制了杜诗的解释空间，奉扬“忠君爱国”的价值理念，几成这一时期注解杜诗的普遍论调。以乾隆五十七年(1792)刊行的杨伦《杜诗镜铨》为例，该书批评了前人解读杜甫诗中语含刺讥的说法，甚至征引原则上都体现着强烈的倾向性：“诗教主于温柔敦厚，况杜公一饭不忘，忠诚出于天性。后人好以臆度，遂乃动涉刺讥，深文周内，几陷子美为轻薄人，于诗教大有关系，如是者概从刊削。”[3]在自缚手脚的前提下，当杨伦试图指出杜诗某些短处时，只好先小心解释：“少陵诗昔人比之周、孔制作，后世莫能拟议。乃好为攻杜者，章摘句摭，俨然师资，是亦妄人也已矣。然间有拙句累句，不害其为大家，偶然指出，惟恐误学者之祈向耳。”[4]在古代诗学史上，“崇杜”“尊杜”一直是历代批评家对杜甫的主流态度，但也不乏“贬杜”“非杜”等反省批判的论调提供着别样的参考。当作家和作品被赋予了不容置疑的伦理化品格，解释的空间逐步压缩，注家的立场渐趋同一，对杜诗的理解自然也不可避免地走向了苍白和单调。

当杜甫的道德形象固化之后，加之在诗法学习和科举应试等方

---

① 爱新觉罗・弘历主编《御选唐宋诗醇》卷九，清光绪七年(1881)浙江书局重刻内务府本。

② 沈德潜编《唐诗别裁集》卷二，中华书局，1975年，第29页。

③ 杜甫著，杨伦笺注《杜诗镜铨・凡例》，上海古籍出版社，1980年，第13页。

④ 杜甫著，杨伦笺注《杜诗镜铨・凡例》，上海古籍出版社，1980年，第16页。

面前人取得的丰硕成果已经足以满足当时需要，清中期学者对杜甫诗歌的笺注便产生了一种餍足的心态：与其更新旧注，不如在继承前人的基础上释回增美。潘承松在《杜诗偶评·凡例》中就标榜："本中圈点，专取其精神团结处，评释专标其段落分明、用意微远及与史书印证处。若句栉字比，有钱蒙叟、朱愚庵、张迩可、仇沧柱诸公本在。"①此外，由于前代的大家之作已经能够满足杜诗研读的基本需求，新注本的产生就面临了更高的门槛和更大的压力。例如清初对杜诗版本的确定，使后来者失去了重新校勘的动力，只需"从各本参考，择其善者从之"即可。对部分较为熟烂的传统命题，后来的注杜者也不愿进行重复讨论，如沈德潜及格调派羽翼虽强调使用忠爱、诗教等观念批评杜诗，但在《杜诗偶评》中也标明："若夫'诗史'之称、'诗圣'之目、'一饭不忘君心'事，前人论之已详，不复称述云。"②在不断接力完善的过程中，餍足的心态使得杜诗注释没有能顺时达变，反而在内容和方法等方面表现出一种因循的疲态，当后来者闪转腾挪的空间渐趋萎缩，也更难作出新的成绩。

三、注本编纂风格的因时而变

编纂风格从广采博取到依赖若干前作为主，追求注释的简明化，限制了新说的出现。清初文人之间存在着浓厚的杜诗研读风气，品评杜诗、研讨杜注成为雅集和交游的重要内容。有相当多的学者以笺注杜诗为能事，长年累月编著杜注，时间往往持续数十年，如钱谦益与朱鹤龄两行其书的竞争状态，就被认为有力推动了杜诗学的发展："注《杜》之争，乃钱、朱二人之不幸，而《杜》集之幸也。考证之学，事以辨而愈明，理以争而愈准。"③同时在文人学者间的联动讨论下，还产生了特殊的"合注"形式，即由一人完成注释的主体部分，其他人以评阅的形式参与其事，将自己的学识和意见融入书中。以刊行于

① 沈德潜《杜诗偶评·凡例》，清乾隆十二年(1747)潘承松赋闲草堂初刻本。

② 沈德潜《杜诗偶评·自序》，清乾隆十二年(1747)潘承松赋闲草堂初刻本。

③ 洪业《洪业论学集》，中华书局，1981年，第334页。

康熙二年(1663)的《辟疆园杜诗注解》为例,该书由无锡藏书家顾宸注解,亲友黄家舒、黄文焕等人参与稿本的评阅,最后一同刊刻[①]。评语主要分为以下三种类型:其一,评注杜诗,接续顾注进行延伸讨论。其二,点出顾宸注解的精妙处,提示读者留心此节,如《人日》注后王士禛评:"此诗前四句起,后四句又于各四句中自相起伏。首二句承五言来,次联即承首联,第三联又唤起结联也。人不知次联正是谈笑相看,三联'佩剑''匣琴'乃公之行色,故从来梦梦,得修远解出,为之叫绝。少陵诗多不可解处,经修远(顾宸字)而意义无不呈露,起伏、段落、字句无不钩剔而出,省后人无限思力。"[②]其三,反驳顾注,别抒己见,如《宿江边阁》中顾宸认为诗中忧思的源头为蜀中动乱,秦松龄评:"当年安史虽平,吐蕃时入,节镇抗命,战伐纷纭。乾坤未正,触事伤心,亦不必专指蜀事也。"[③]纠正了顾宸的说法。顾宸在定稿刊行时,将这些或提点、或商榷的不同声音保留下来,使得整部书在顾宸与评阅者之间、注解与评语之间、不同的解释之间,构成了一种多重层面的"对话",给读者理解杜诗提供了更多的思考空间和认知选择。在顾宸之外,吴瞻泰《杜诗提要》、陈醇儒《书巢笺注杜工部七言律诗》、朱瀚《杜诗七言律解意》等康熙时期的杜诗注本都延揽了学界同仁进行校对评阅,朱鹤龄《杜工部诗集辑注》卷前"参定"人数更是多达四十余位。众声交汇的学术氛围不仅有效提高了注释的水平,使研杜成果更加及时地融入注本中,从而直接推动了清初杜诗研究的发展;另一方面也成为当时文人群体以杜诗为兴趣导向,以家族、师承、地域为纽带,进行交游的文字见证,具有了社会学的意义。

清代中期的注本在体量和编撰时间上则有了明显的减少,编纂

---

① 《辟疆园杜诗注解》在每卷首页署评阅者的籍贯、姓名、字号,每卷参评者署名和评语实际出现范围并不严格对应,还有些参评者的姓名并未在卷前明确标出,如为顾注撰写了《序言》的严沆及其子严方贻,就有十余首诗中出现了两人评语。

② 顾宸《辟疆园杜诗注解》七律卷五,清康熙二年(1663)吴门书林刊本。

③ 顾宸《辟疆园杜诗注解》五律卷八,清康熙二年(1663)吴门书林刊本。秦松龄(1637—1714),字汉石,又字次椒,号留仙,江苏无锡人,顾宸同乡,顺治十二年(1655)进士。

方式上更加依赖前作。随着阐释旨趣的转移和前期丰硕成果的积累，清中期的杜诗注本演化出了以一种或数种前人著作为主体、剪裁诸家进行选择删增的便利方式，并且大规模流行。这一方式的优缺点都十分明显，优点在于成书更加简便高效，也相对降低对笺注者学术能力的要求；弊端就在于注本中发明新说较少，以搜集取舍的劳作代替了相当一部分本当源出自我的思考。如嘉庆八年(1803)刊刻许宝善《杜诗注释》，该书在编撰上主要使用了张远《杜诗会粹》和浦起龙《读杜心解》两书："纪年、叙次悉照浦本，其分类出则并之；段落悉照张本，其遗漏处则补之。采两先生之所长，而略参鄙意。"[①]在《凡例》中就开宗明义是剪裁诸家而成。对于最能代表清中期杜诗注释学成就规模的大型集评集注本，《杜诗学通史·清代编》中也指出："多系由仇本增删而成，如江浩然《杜诗集说》、张甄陶《杜诗详注集成》等书皆是如此，均可归之于'仇注系统'。屋下架屋，气象自然难免局促。"[②]

从阅读体验来看，清中期的杜诗注释者也逐渐意识到清前期大体量集注本的弊端。注本最根本功能是为阅读文本服务，校勘固定了文本形态，笺注限定了文本含义，解读和品评又影响了读者对诗意内涵的理解和阅读经验的形成。读者在阅读时接受的不仅是原作品，更是渗透着注解者意识的具体认知。道光年间，施鸿保撰写《读杜诗说》一书纠论仇兆鳌《杜诗详注》的失误之处，其著书起因就是在阅读仇注时感到：

> 初读之，觉援引繁博，考证详晰，胜于前所见钱、朱两家。读之既久，乃觉穿凿附会，冗赘处甚多。且分章画句，务仿朱子注《诗经》之例。裁配虽匀，而浑灏流转之气转致扞格；训释字句，又多儱侗不晰语，诗意并为之晦。[③]

仇兆鳌在钱谦益、朱鹤龄等前代名家的基础上，广征博引，注释文字

① 许宝善《杜诗注释·自序》，清嘉庆八年(1803)自怡轩刻本。
② 孙微《杜诗学通史·清代编》，上海古籍出版社，2023年，第397页。
③ 施鸿保著，张慧剑校《读杜诗说》，上海古籍出版社，1983年，第1页。

冗赘,使“诗意并为之晦”。用注释八股文的方法分析注释杜诗,把诗歌分成若干段落,也割裂了诗歌的整体性,让阅读者有滞涩之感。注释的本来目的是引导读者去了解时代语境与文本内涵,但如果实际效果是使得读者淹没在纷繁的阐说文字中,大体量注释的实用性就容易受到质疑。因此,清代中期的杜集编纂者有意追求注释的简约和篇幅的缩减,如《杜诗镜铨》的编者杨伦认为:“窃谓昔之杜诗,乱于伪注;今之杜诗,汩于谬解。多有诗义本明,因解而晦。”[①]“至近时仇注,月露风云,一一俱烦疏解,尤为可笑。兹所采各注,或典故必须疏证,或足发明言外之意,否则俱从芟汰。其易晓者,亦不复赘词。”[②]针对仇注的弊端,强调在征引时前说时要增强注家学术判断和留心选择。虽然在考证与解意上仍是权衡前人说法,未有太多新见,但“因精简得要,平正通达,故是书在清代诸重要注杜本中流播最广。清刻本有六种,民国以后有十多种”[③]。说明了简明风格在传播上确实有优胜之处,符合了当时的时代需求。

能够佐证该观点的现象是与注本的消极表现相对应,清中期的诗话、笔记体杜诗文献在数量和质量上相较清前期都有所提升,体现出了专论化的倾向。较为著名的有乔亿《杜诗义法》、夏力恕《读杜笔记》、翁方纲《杜诗附记》、周春《杜诗双声叠韵谱括略》、万俊《杜诗说肤》等。洪业将此类文献的产生背景概括为:“窃谓钱、朱、卢、黄、仇、浦之后,欲更以注解考证多取胜者,亦难矣。况乾隆中叶以后,钱氏之书,法所厉禁,纵曾读其书,而不敢征引,故杨、许辈皆不曾举谦益之名。处此局势之下,纵于读《杜》兴趣浓厚,而欲有所称述,只可转而作诗话、笔记之属耳。”[④]其实杜诗研读者将精力投入到注本以外的其他形式,除了考证上难以出新的原因外,诗话、笔记不必校勘版本,摆脱了笺注字词典故的负担,出版成本更低,在撰写和阅读上更为灵

① 杜甫著,杨伦笺注《杜诗镜铨·凡例》,上海古籍出版社,1980年,第8页。

② 杜甫著,杨伦笺注《杜诗镜铨·凡例》,上海古籍出版社,1980年,第11页。

③ 孙微《杜诗学通史·清代编》,上海古籍出版社,2023年,第403页。

④ 洪业《洪业论学集》,中华书局,1981年,第346页。

活便利的特点也不容忽视。如夏力恕先在乾隆十四年(1749)撰写完成了杜诗全集注本《杜诗增注》二十卷、附末一卷,后又于乾隆十九年(1754)编定了《读杜笔记》。后者从前者中选录了六十四首杜诗,将原书注疏与笺意的体例改变为独立成篇的形式阐发对史事世情的议论。如《大云寺赞公房》篇:

> 少陵忠义性成,而未免佞佛,坡公亦未免违道以干,而又示人以吾之无所不能也。大抵两公忧患所乘,易致牵引,又才名震世,故此曹引而尊之,以壮其色。然则两公反堕此曹坑堑耳。天下奇才,宰相不能有之,反资空门奇货,世变可知矣。赞公与少陵最厚,厥后亦遭谴谪。夫以学佛而寄姓名于九达之衢,福诚大矣,祸亦不免。然则气数之命,佛且难逃,儒者不能脱然于义命,乃欲栖空门以自效,利害且迷,况义理乎?世有读两公之诗者,师其所当师,而戒其所可戒焉可也。[①]

夏力恕自道此书目的在"书付儿辈,风尘偃息之暇,略悉梗概,斯亦穷理论世之一助云尔"[②]。既然重在借杜诗阐发议论,笔记体《读杜笔记》的阅读效果自然优于二十余卷的《杜诗增注》。

四、清中期杜诗注本的意义反思与价值重估

从上文论述可知,由于清中期笺注自身存在的问题,加之与清前期繁盛期相比产生的起伏落差,清中期的杜诗注释成果在以往的学术史描述中往往处于一个次要和略显负面的尴尬位置。如刘重喜《明末清初杜诗学研究》所说,虽然在乾隆朝也出现了几部较为重要的杜诗注本,"但彼时研杜之风确实已经逐渐衰歇了"[③]。这种评价固然和清中期杜诗注本在诗歌解释上的实际成绩相关,但如果把视野放置到更广的文化空间来考察,清代中期杜诗注本也有自己独特的

---

① 夏力恕《漻农遗书》第七《读杜笔记》,清乾隆十九年(1754)刻本。

② 夏力恕《漻农遗书》第七《读杜笔记·自识》,清乾隆十九年(1754)刻本。

③ 刘重喜《明末清初杜诗学研究》,中华书局,2013年,第8页。

历史意义与学术价值。

第一，从清代杜诗学发展的整体趋势来看，清中期杜诗注释学裹足不前的原因有来自前作“影响的焦虑”，但也是消化前代庞大学术成果的一种必然结果。张隆溪提及：“尽管阐释学作为一种理论是从德国哲学传统中发展出来的，我们却确乎可以把中国文化传统说成是一种阐释学传统，因为它有一个漫长的、始终围绕着一套经典文本发展起来的诠释性传统，以及建立在大量品评之上的财富。”①这种诠释学传统具有稳定的学术惯性，除了围绕固定原典出发，诠释成果内部还形成了跨越时间的血脉联系。历代杜诗注本在动态地接续传承中，使各种对原典和相关问题的不同解释在注本中聚积、层累，并以集注集解集评的形式形成了一个个小的观念合集。相似的观点在注本间相对稳定地传递与演绎，使其中所蕴含诗学批评与思想观念的吉光片羽有了被整合研究的可能。清代中期注本虽然创造力和思想锐度减弱，但是在略显惰性地因袭中，对传统时代产生数量最多的研杜成果进行了征引辩驳和反思比较，对其中的观点进行着选择和删汰，从而逐渐突出了清前期价值最高、最有影响的一批重要注本，承接和归纳了此时期杜诗学的若干重要问题，甚至也固定下了一些经典性的文本解释与学术认知。这些正是清中期杜诗注释学的历史使命与独特价值。

一部诠释文本的产生、流通最终走向经典化过程，大致要依赖三个重要因素的促成：一是评价体系的确认，二是方法与成果的袭承，三是阅读者的广泛使用。通过寻踪清中期文人阅读的杜集种类、新编杜集序跋文献中的相关信息，尤其是编纂新注本时对参考本的选择可以发现：清代最具代表性的钱谦益《钱注杜诗》、朱鹤龄《杜工部诗集辑注》、仇兆鳌《杜诗详注》等几部注本，在清代中期就已经在学者的评价中逐渐确立了其学术地位，并且形成共识，一直延续到了近现代学界。以仇兆鳌《杜诗详注》为例，雍正年间浦起龙称述前代杜

---

① 张隆溪《道与逻各斯》，江苏教育出版社，2006年，第6页。

注时就提出："凡注例之三：曰古事、曰古语，曰时事。古事、古语，自鲁訔、王洙、师氏、梦弼之徒，援据亦略备矣。其谬者，牧斋、长孺驳正特多。近时仇本搜罗更富，集中节采，大率本此三书。"[①]已经将仇注与重要宋注以及"钱笺""朱注"两部清初的典范之作并立。至乾隆年间仇注声价更隆，评价亦更为繁复多样，张汝霖曰："仇注解无剩义，力辩诸家错谬，使读者知所指归，直与杜诗冠古而绝今矣。"[②]江壎曰："朱氏《辑注》、仇氏《详注》二书先后行世，操觚家圭臬奉之。"[③]边连宝称："略短撷长，大费披拣，惟仇氏详注，虽所取太博，时或短于抉择，然不可谓非集大成之书也。"[④]可以看出，从康熙朝后期仇注诞生到乾隆朝的几十年间，后世注家在使用比较中，一方面不断从中汲取养分，另一方面将《杜诗详注》的特色与弊端进行着分析归纳，共同确立了该书的历史地位。

第二，清代中期杜诗注本是丰富传统诗学文化的重要文献。清中期杜诗注本虽然在整体成就上弱于清初，但由于更加普及型的诠释需求，在编纂目的上呈现出了更加复杂的面貌。尤其是盛元珍《兰山课业约编・杜诗约编》，孙人龙《杜工部诗选初学读本》，何化南、朱煜合编《杜诗选读》，徐文弼《杜律蒙求》，刘肇虞《杜工部五言排律诗句解》，周作渊《杜诗约选五律串解》等儿童启蒙、书院讲义和试帖诗集性质的注本，对于考察清代唐诗启蒙、书院教育、科举考试等社会文化问题皆有意义。一部被奉为"诗家六经"的杜诗如何走向了更广阔的文化空间，在日常应用中呈现出怎样的复杂形态，这也是在杜甫诗歌的经典化过程中值得思考的问题。

这一情况也提示我们在进行清代中期杜诗文献的整理研究与价值判定时，一定要重视编纂者的身份，区分不同文献的体性特点，究竟是着眼于指点创作的诗家之注，还是以杜诗发挥学养为目的的学

---

① 浦起龙《读杜心解・发凡》，中华书局，1978 年，第 6 页。

② 张汝霖《杜诗金针・序》，成都杜甫草堂博物馆藏清乾隆九年（1744）张氏写本。

③ 江浩然《杜诗集说・例言》，清乾隆四十三年（1778）嘉兴江氏惇裕堂刻本。

④ 边连宝《杜律启蒙・凡例》，清乾隆四十二年（1777）初刻本。

人之注，如《杜诗学通史·清代编》指出，清代注家“从各自的角度出发，以自己的专门之学介入杜甫研究，如以经学、史学、理学、小学、时文批点等多种方法运用到杜诗学中，故促进了清代杜诗研究的专门化、细致化”[1]。当前学界对一部杜诗注本优劣的评判往往先从学术考证的角度，以文本信息和创作背景的外部还原为基础，以综合众说、文献丰备为能事。这种求实倾向确保了对注本基本学术规范性的判定，而另一方面，有时却容易遮蔽了书中对社会文化信息的承载和情感伦理的构建。因此，需要尽量避免使用单一的视角去透视所有杜诗注本文献，关注文本生成过程中呈现的多重样态，进行文学与历史发展、社会思想等语境的融通，而非仅满足于对已有的学术认识进行材料补充与验证。

综上所述，清前期高峰之后，阐释动机的转向、注杜学术心态的变化、注本编写风格的改变等因素共同造成了清代中期杜诗笺注的复杂面貌。通过对清代杜诗注释学发展脉络和注本价值的辩证把握，可以看到清中期杜诗注本在考察清前期注本的初步经典化、挖掘杜集文献丰富内涵等方面具着有独特的资源价值。虽然乾隆、嘉庆时期考据学大兴，但杜诗文本的笺注考证仍没能突破明末清初的已有规模，反而呈现出滞后的面貌。由此也可以看出清代杜诗注本的多元化特点，它既是时人学术发展的载体，同时也是精神需求的投射以及文化教育、科举应试等现实功用的产物，有其自身的发展逻辑，与时代学风相呼应，但却并不完全同步。

（山东大学儒学高等研究院）

① 孙微《杜诗学通史·清代编》，上海古籍出版社，2023年，第14页。

穆尔察·成书《多岁堂古诗存》诗学观念谫论

李佳艺

内容摘要：清人穆尔察·成书在《多岁堂古诗存》中以选评的方式展现了自己的诗学观念。他秉持“一代之诗，即一代之风雅颂”的诗史观，区别于明、清古诗选本惯常的“诗之格以代降”的诗史观。在创作方面，成书认为诗歌应当以情为本，情为首位，“情至文生”。面对前人留下的宝贵创作经验，成书主张“低首古人”而“出没变化”。学习前人不在于模仿前作之“形貌”，而在于师法前人的创作技巧、创作体会而有所创新。

关键词：《多岁堂古诗存》；诗史观；创作观；模拟观

A Brief Discussion on the Poetic Thoughts in Murza Chengshu's *Selected Poems of the Pre-Tang Dynasty of Duosuitang*

Li Jiayi

Abstract: The Qing scholar Murza Chengshu, in his work *Selected Poems of the Pre-Tang Dynasty of Duosuitang*, proposes a historiographical perspective of poetry that posits "the poetry of each era constitutes its own Airs, Odes, and Hymns". This view stands in contrast to the prevailing poetic historiography found in Ming and Qing selected poems of the Pre-Tang, which often adhered to the notion of "stylistic degeneration across dynasties". In terms of poetic composition, Murza Chengshu argues that poetry should be grounded in emotion as its foundational principle and primary focus, asserting that "when qing reaches its zenith, literary expression naturally emerges". Confronted with the invaluable creative legacy of earlier generations, Murza Chengshu advocates "bowing humbly to the ancients" while simultaneously "embracing transformation and innovation".

Keywords: *Selected Poems of the Pre-Tang Dynasty of Duosuitang*; views on the history of poetry; perspectives on poetic composition; attitude toward literary emulation

穆尔察·成书(1760—1821),字倬云,号误庵,满洲镶白旗人,清乾隆四十九年(1784)进士,清末重臣穆尔察·铁良的高祖。其于乾隆四十六年(1781)着手选评了唐前诗选《多岁堂古诗存》。在《多岁堂古诗存·序》中,成书批评以往古诗选本"执一律以绳之","以己意求诗"而不能"以诗求诗",故成书认为选诗当"唯其佳者而选"。成书诗选的诗评尤密,有诸多"读诗"痕迹。诗评作为诗选重要组成部分,体现出选家怎样的诗学观念？诸如选家如何看待上古至隋的诗歌流变？选家持怎样的诗歌创作观？诗选为读者揭示了怎样的师法路径？对以上问题进行回答，分析提炼《多岁堂古诗存》的诗学观念，有助于进一步揭示其诗学价值及诗学史意义。

一、"一代之诗，即一代之风雅颂"的诗史观

刘勰在《文心雕龙·时序》中说"时运交移，质文代变，古今情理，如可言乎"[①]，论述了文学与时代的关系。与刘勰约略同时的沈约也在《宋书·谢灵运传论》中梳理了自屈原、宋玉以来的诗歌代变。无论是诗体内部还是文学本身，文学作品的内容、风貌随时代的发展而发展是不争的事实。元代虞集曰："一代之兴，必有一代之绝艺足称于后世者。汉之文章，唐之律诗，宋之道学，国朝之今乐府，亦开于气数音律之盛。"[②]清焦循则曰："夫一代有一代之所胜，舍其所胜，以就其所不胜，皆寄人篱下者耳。"[③]耐人寻味的是，与焦循生卒年几乎同时的成书聚焦于诗体内部，表达了"一代之诗，即一代之风雅颂"的诗史观，极富文学史意义。《多岁堂古诗存序》曰：

> 夫黄虞以前者无论已。《三百篇》，诗之祖也。汉魏诗人，去古未远，其学之也宜易。而无一人似者，晋、宋、齐、梁、陈、隋犹是也。风气日移，性情日易，故形于歌咏者亦日变。而不知朴者变而艳，质者变而文，平淡者变而绚烂，质直者变而离奇。此其人非递相师承而祖述者乎？而各不相侔如此，盖有莫知其然而然者。而选家乃欲执一律以绳之，则将使六朝必同于汉魏，汉魏必同于《三百篇》而后可也。如是而言诗，一《三百篇》足矣。三代以下之诗，何为而作，

---

① 刘勰著，范文澜注《文心雕龙注》，人民文学出版社，1958 年，第 671 页。

② 孔克齐撰，高林广、曹慧民、王一格校笺《至正直记校笺》，上海古籍出版社，2022 年，第 271 页。引者按：据该书校记，"开"应做"关"。

③ 焦循《易余籥录》，《焦循全集》第 11 册，广陵书社，2016 年，第 5514 页。

又何为而选哉？[1]

《三百篇》堪为诗之鼻祖，无可争议。但“风气日移，性情日易”，晋宋乃至陈隋间的诗作无论内容还是风格较《三百篇》均发生了诸多变化，这是创作者向前代学习而又有所创新的自然结果，因此论诗者也应自觉检视不同时代的诗风差异。然而明清以来的诗论家面对“诗歌代变”这一客观现象，多认为“诗之格以代降”。比如明初高棅谈及五言诗的发展变化曰：“五言之兴，源于汉，注于魏，汪洋乎两晋，混浊乎梁陈，大雅之音几于不振。”[2]胡应麟“《三百篇》降而《骚》，《骚》降而汉，汉降而魏，魏降而六朝，六朝降而三唐，诗之格以代降也”的说法在明代颇为典型。[3] 到了清代，顾炎武撰有《诗体代降》一文；许学夷《诗源辩体》认为古诗以汉魏为正，至梁陈而尽亡；沈德潜《古诗源》认为“风骚既息，汉人代兴，五言为标准矣”，“诗至于宋，体制渐变，声色大开”，“萧梁之代，风格日卑”，“诗至于陈，专工琢句，古诗一线绝矣”。[4] 诗歌风貌代有变迁，诗论家对此有基本共识。就古诗而言，明清两代的诗论家往往将《诗三百》视之为古诗的典范形态，而与之体貌差异极大的晋宋乃至梁陈诗作常被视作去古太远、格调不高的诗作。作为古诗选本，对于后代的、“衰落”的诗作只能少选或不选。陆时雍《古诗镜》论各体诗的一段话很能代表明清古诗选家的基本心态，其曰：“然诗五言而体直，七言而意放，雕镂至于六代，而古道荡然。故六义远而事类繁，四韵谐而声气隔。古亡于汉，汉亡于六朝，

---

① 本文所引《多岁堂古诗存》均据河南大学图书馆藏清道光十一年(1831)刻本，后文引用随文标注卷数，不再单独出注。

② 高棅编纂，汪宗尼校订，葛景春、胡永杰点校《唐诗品汇》，中华书局，2015年，第129页。

③ 胡应麟《诗薮》，上海古籍出版社，1979年，第1页。

④ 顾炎武《诗体代降》曰：“《三百篇》之不能不降而《楚辞》，《楚辞》不能不降而汉、魏，汉、魏之不能不降而六朝，六朝之不能不降而唐也，势也。”(详见《日知录》卷二十一)许学夷《诗源辩体》曰：“古诗以汉魏为正，太康、元嘉、永明为变，至梁陈而古诗尽亡。”(详见《诗源辩体》卷一)沈德潜之论详见《古诗源·例言》，《古诗源》卷十四评阴铿《开善寺》曰：“诗至于陈，专工琢句，古诗一线绝矣。”

六朝亡于唐，唐亡不可复振。”[①]陆时雍的观点在明清古诗选家中颇具代表性，所谓“风雅遗意”正是选家心中古诗的终极追求。

成书反对“诗格代降”的诗史观，其曰：“如是而言诗，一《三百篇》足矣。三代以下之诗，何为而作，又何为而选哉？”他认为“一代之诗，即一代之风雅颂”，“汉魏有汉魏之佳者，六朝有六朝之佳者”（《序》），赋予汉魏、六朝诗作与《诗三百》同等的诗学地位。在《多岁堂古诗存》中，一个常见的诗学现象是，面对风貌代有变迁的唐前诗作，成书论之时“不持一律”，对不同时代、不同诗风的诗作有不同的审美标准。成书也常以风雅论诗，如其评张衡《同声歌》曰“深情厚道，婉而多风”（卷二上），称赞曹植诗“风雅当家，诗人本色”（卷三），评司马彪《杂诗》为“比兴深婉”（卷四）。但风雅本色或风雅遗意并非成书论诗的唯一要求。

成书以“古”论汉魏诗作，其曰“意古调古，是汉人本色，亦是汉人绝调”（卷二上），“浑脱古厚，自是汉人之言”（《例言》），“语皆隽刻，而气仍苍古，此汉魏与六朝之辨”（卷三）。成书之“古”大抵有两方面的意涵，一是指汉魏诗作语言不事雕琢却质素有力。如其评曹植《赠白马王彪》七章“鸱枭鸣衡轭，豺狼当路衢。苍蝇间白黑，谗巧反亲疏”曰：“直下四喻，是汉魏人家法。”（卷三）曹植以鸱枭衡轭、豺狼当路喻指小人当道的社会险境，浅近易懂；而善用浅近直观的譬喻以表达作者的思想感情，也正是汉魏诗作的擅长处。二是指汉魏诗作呈现出的古朴、劲健的气度，而“气骨”正是汉魏诗作与六朝诗作的根本区别所在。苏李诗是否为托名、伪作，始终是学术史上聚讼纷纭的一大难题，然而成书如是论苏李诗，其曰：“苏李为五言之始，河梁赠别，古人每疑为赝，然其浑脱古厚，自是汉人之言。”（《例言》）又曰苏武诗“不能指其佳处，然自是汉人手笔，骨高”（卷二上）。在成书看来，“浑脱古厚”“骨高”恰是汉诗呈现出的普遍气质。魏诗与汉诗气韵相类，成书品评曹魏诗人曰：“魏一代诗人，曹氏父子尽之，后起而卓绝者，唯

---

① 陆时雍选评，任文京、赵东岚点校《诗镜》，河北大学出版社，2010年，第2页。

阮嗣宗耳。邺中七子，亦风骨不凡，但较之数公，未免有大小巫之辨。”(《例言》)同样以骨力劲健为曹魏诗人的评价标准。

成书以“清”论两晋诗，其曰“清隽是晋人本色”(卷四)。如其评张华诗为“清健”，评殷仲文《南州桓公九井作》为“清紧”，评支遁《咏禅思道人》曰“清娇”。(卷四)晋诗何以为“清”，大抵成书认为两晋诗之气骨虽较汉魏为弱，但仍有其胜擅之处。其评傅玄《杂诗》曰：“此等诗犹近汉魏，其骨格似苏李，其气息则似《十九首》，在晋人中，殊不易构也。”(卷四)评陆机诗曰“骨气亦不甚卑弱”(卷四)，均承认两晋诗气骨稍弱。与此同时，成书也肯定了晋诗在写作技法上的突破，其“清隽”之“隽”即强调晋诗擅长炉锤文字、刻画景色。如其评李颙《涉湖》曰“刻削生新，晋人创调”，评潘岳《哀诗》“漼如叶落树，邈若雨绝天”二句为“如此写哀，可谓惊才绝艳”，评陶渊明《庚戌岁九月中于西田获早稻》“山中饶霜露，风气亦先寒”为“此为轻新之句”。(卷四)

又如成书认为“齐梁以绮丽为宗”(卷六)。他评萧纲《从军行》曰：“典则详备，气象堂皇，绮丽为文人，歌行又能如此，却不可测。”评江淹《拟休上人怨别》“露彩方泛艳，月华始徘徊。宝书为君掩，瑶瑟讵能开。相思巫山树，怅望阳云台”等句为“数句情思甚长，又佐以华丽，诚善于摹拟”。评吴均《边城将》曰：“前半壮丽，后半雄浑。”评施荣泰《杂诗》“罗裙数十重，犹轻一蝉翼。不言縠袖轻，专叹风多力”数句为“止夸容色，原无可多写，从旁面着笔，反画出许多娇丽”。(卷六)齐梁人善写绮丽之作，较《三百篇》晚出，诗风迥异于汉魏诗之“古”、两晋诗作之“清”。然成书认为“诗至齐梁，原汉魏三唐一大转关处”(卷五)，认为绮丽的齐梁诗作不是“诗格之降”，而是“诗中不可少之境”，其曰：“细腻纤丽，亦诗中不可少之境。唐人香奁诗，不能出其蹊径，况后人乎？”(《例言》)虽然齐梁诗作绮丽华靡，但尚能予唐人以滋养，这说明诗作风格间本无优劣高下的区别。

“诗格代降”的诗史观落实在古诗选本中，往往演变成了古诗合《三百篇》则为高，不合则贬斥之。比如王夫之《古诗评选》曰：“齐、梁以降，士习浮淫，诗之可传者既不多得。”[①]张玉榖《古诗赏析》曰：“唐虞三代，虽有五言，非正体也。汉之苏、李、《十九首》，始堪典则。嗣后作者踵兴，各有佳制，然风会递殊。迨至南朝之梁以降，北朝之周、齐时，第工琢句，格平气靡，古意漓矣。”[②]张氏对与《诗》、汉魏诗作风貌迥异的南北朝之诗评价不高，认为其“几无诗”“格平气靡”。但成书能自觉检视不同时代的诗风差异，如其曰“梁人杂曲辞，短小精悍，较之晋宋，又是一种色泽，风气所趋，大率如此”，“隋大业中诸谣，似诗似曲，妙有含蕴，其不及汉人之厚者，风气使然也”（《例言》），认识到“风气所趋”，诗歌风貌必然会发生变化。在此基础上，成书以动态的、发展的眼光审视唐前各代的诗歌风貌，用不同的审美范畴来品评不同时代的诗作，认为“一代之诗，即一代之风雅颂”，“汉魏有汉魏之佳者，六朝有六朝之佳者”，这正是《多岁堂古诗存》异于其他明清古诗选本之所在，也是成书“一代之诗，即一代之风雅颂”之诗史观的优长所在。

二、“情至文生，章妥句适”的诗歌创作观

四库馆臣评李攀龙《古今诗删》道：“盖自李梦阳倡不读唐以后书之说，前后七子率以此论相尚。攀龙是选，犹是志也……然则文章派别，不主一途，但可以工拙为程，未容以时代为限。”[③]一方面，四库馆臣认为文学流派众多，不能仅以某种单一的维度论之，是以他们批评前后七子仅以时间维度来论诗；另一方面，四库馆臣认为“工拙”是评价文学艺术成就的重要尺度。的确，诗论家对诗歌“工”“拙”的偏好，能折射出诗论家对诗歌形式与内容、技巧与情感间关系的理解。《多岁堂古诗存》尤多论“工拙”之语，展示出成书对相关诗学问题的理性

① 王夫之评选，李中华、李利民校点《古诗评选》，上海古籍出版社，2011 年，第 69 页。

② 张玉穀著，许逸民点校《古诗赏析》，上海古籍出版社，2000 年，第 1 页。

③ 永瑢等《古今诗删提要》，《景印文渊阁四库全书》第 1382 册，台湾商务印书馆，1983 年，第 1 页。

思考。

（一）工拙之间，工亦可佳

在诗选《序》中，成书即对诗之工拙问题展开了探讨，其曰："总而计之，有工而佳者，有拙而佳者，有不见其工拙而亦无不佳者，则亦有工而不佳者，拙而不佳者，不见其工拙而亦究未尝佳者。"成书此论展现出他对"工拙"辩证的态度，"工"意指诗歌构思工巧、语言炉锤，而"拙"则意指诗作不饰雕琢、天然成趣。成书认为，工拙与否，不是诗作优劣的决定性因素；工拙之间，均有佳作出现。就文学审美论，中国传统文学崇尚自然而反对雕琢，对那些辞藻华丽的诗人往往评价不高。比如明清古诗选本常因颜延之诗"错彩镂金"而评价不高，陆时雍《古诗镜》认为："延之雕缋满肠，荆棘满手，以故意致虽密，神韵不生。"[①]张玉穀《古诗赏析》评颜延之《北使洛》曰："颜诗此种，尚不致过于雕琢，有伤自然。"[②]成书则敢于做翻案文章，其曰：

> 选家每以镂金错采语，多所顾虑，不知芙蓉出水固佳，岂镂金错采便不许佳耶？读者亦惟取其佳者读之，奚以人言为恤哉？（卷五）

成书认为，诗歌语言之"镂金错采"或"芙蓉出水"不是诗艺成就的决定性因素。他将"镂金错采"视作颜诗的特点、优点，其曰："延年诗力厚思深，吐属华赡，错采镂金，正其得力处，何反以为病耶？然亦足见古人之志矣。"（卷五）可见成书不反对诗作之"工"。结合前文探讨的成书诗史观，可以说成书认为诗歌趋于工巧、炉锤，是诗歌发展的必然结果。

成书评曹植《公宴诗》曰："工稳流利，如今应制诗，体裁固自应尔。至其琢句处每似康乐，当亦由康乐惯学之耳。"（卷三）成书此评，指出了文学影响中的"逆向"现象，即看似是结构精巧、语言精工的曹植公宴诗中有谢灵运诗作的"影子"，实际上是谢诗从曹诗中习得了

---

① 陆时雍选评，任文京、赵东岚点校《诗镜》，河北大学出版社，2010 年，第 113 页。

② 张玉穀著，许逸民点校《古诗赏析》，上海古籍出版社，2000 年，第 350 页。

工稳流利、语言华美，成书揭示了大谢对陈思王诗法工整的自觉继承。成书总评大谢诗作：“康乐诗气极和平，语极浑雅，虽古藻缤纷，而不见炉锤痕迹，故使读者流连往复，止赏其翰墨之工，莫测其经营之苦。”（卷五）指出谢诗整体气韵平和，语言浑厚雅致，运用极多古雅的辞藻但隐去了雕琢的痕迹，让读者沉浸其中。可见成书绝不反对诗作工巧。

成书诗选经常会夸赞诗作诗句语言工整，雕琢华美。如其评潘尼《迎大驾》曰：“炼句工稳，吐词华赡，已是六朝佳丽。”（卷四）评刘峻《登郁洲山望海》：“写海未免小样，然琢句工整，自蔚然可观。”（卷六）陈后主诗作工巧华美，但思想旨趣往往不高，许多诗评家、政治家将其诗与其亡国史事联系起来，对其人其诗予以贬斥；然成书能不因人废诗，肯定陈后主诗作语言流美。他评后主《上巳宴丽晖殿各赋一字十韵》曰：“极工整，极凝练，词致却能流美，允属合作。”（卷七）可见成书不刻意追求诗作风格的朴拙。

（二）情至文生，有情有文

成书对“工拙”的考量指向了他对诗歌创作中情感本体与艺术表现的辩证思考，他认为“情至文生”，“有情有文，诗家正则”。其评曹植《赠白马王彪》：

> 顿挫沉郁，情至文生。陈思集中，亦不多见。老杜五言古，得其精神，遂能雄视百代，况其他乎。（卷三）

子建此诗，在其所有作品中都堪称佳作，这是因为此诗情感深沉、郁结，是诗人有感而发之作；老杜之五古继承了子建诗歌的情感浓度，故能“雄视百代”。成书认为情感真挚能够催生出优秀的文辞，“情至”是诗歌创作的不二法门。成书评谢灵运《庐陵王墓下作》：

> 有叹惋，有数说，有涕泣，有放声长号，层层写出，情至文生，平日丽典新声，绝不涉笔。（卷五）

谢诗擅长用典、辞藻华美，但或许是由于情感的强烈涌动，谢灵运舍弃了平时常用的华丽技巧，转而采用质朴平实的表达方式，由浅入深地写出了情感的递进：从叹惋到涕泣再到放声长号，感人至深。显然，情感能使诗人从惯常的写作路径中有所突围。成书评潘岳《悼亡诗》："恍惚迷离，传出一派至诚心性，所谓不知文生于情，情生于文者。"（卷四）看似发问，实是强调潘诗情感浓度之高、之厚能够让人忘却语言文字这一物质外壳。并且成书在吴均《答柳恽》一诗中对此问题进行了回答，其曰："文生于情，不必别求神奇，自令人读之心醉。"（卷六）成书认为诗歌创作情感抒发是首位的，这样即使诗歌语言表达不甚突出，也能感动读者。

关于诗歌情感与文采间的关系，成书认为"章妥句适，有情有文，诗家正则"（卷六），即既有情感内核以引发读者共鸣，又具有一定文采。成书评价吴均《赠杜容成》："不必尽遵古人体格，而情文兼至，自令人读之意满。"（卷六）肯定吴均此诗情文兼至，达至艺术上的完满——既有句法结构上的灵动自由，又有感情上的真挚——对时光易逝的感慨。再比如其评徐陵《乌栖曲》道："有音韵，有色泽，情与文兼擅其胜。"（卷七）

成书主张情文兼擅，在《多岁堂古诗存》中为沈约辩护，对沈约诗作具有独特定位，其总评沈约诗：

> 休文诗称心抒写，时与古会，非一意敦章啄句也，《诗品》止举其工丽，妒口无稽，殊非定论。（卷六）

成书认为沈约诗自然抒发感受，而不是一味追求雕琢字句，钟嵘《诗品》仅提及沈诗之工丽，忽略了沈诗中的情感深度，不能算是定论。成书肯定沈氏诗歌工丽，如其评沈氏《游钟山诗应西阳王教》"诗凡五章，皆极工整"，并认为"发地多奇岭"一章"尤挥洒如意"，评曰："确有叠嶂层峦，起伏隐现之概，绝不假草木云物等字，从旁烘染，中锋笔也。"指出其诗在语言技巧上的翻新。评《游沈道士馆》诗曰："前半立论不磨，而用笔轻灵，足为下文作反衬。后半就题描写，妙在不甚认真，是行文当行处。"强调其诗作工巧但有限度。并且成书着意发抉了沈诗中的"情"。他认为沈氏《为邻人有怀不至》一诗"真情入化"，《六忆诗》"心情体段全副写出"。成书对沈氏《别范安成》高度评价，其曰："追思一层，当下一层，日后一层，不必有奇思奥义，自令人反复不厌，是真诗情，是真诗品。”（卷六）指出沈氏此作精炼却充满深情，能够打动读者。可以说成书抉发了沈约诗作的深层价值：以工巧见长，但在形式创新中坚守了情感本真。

（三）情溢于词，自成佳什

关于诗歌创作中的“情”“文”关系，成书以情文兼至为最佳；如若诗能言情，即使不甚文饰，也堪称佳作。

《多岁堂古诗存》评鲍令晖《代葛沙门妻郭小玉作二首（其二）》：“情真则语不妨直，实则情真而语自不直。”（卷五）展示出成书对情、文顺序的思考：诗作真情流露，自然不需要过分修饰的辞藻；并且情感真挚、深沉或许会驱使作者采用更周详的表达方式。成书评刘琨《扶风歌》：“苍苍莽莽，一气直达，即此便不可及，更不必问其字句工拙。”（卷四）评吴均《酬闻人侍郎别诗》：“缠绵悱恻，情溢于词，不计工拙，自成佳什。”（卷六）均是强调诗歌情感真挚会使诗歌具有感染力，使得诗情超越诗语的限度。而当诗歌情感浓度能够感染读者时，诗作技法工拙均在其次，正如成书评陈琳《饮马长城窟行》诗曰“使读者动心，便是妙手”（卷三）。

《多岁堂古诗存》以诗情重于诗语之例俯拾皆是。如成书评傅玄《豫章行苦相篇》曰：“语语入情，不必有深思妙想，而自不可弃。”（卷四）评斛律金《敕勒歌》曰：“能传大漠穷荒、杳无畔岸之景，气雄神王，迥非敦章琢句之儒所能望其肩背，始知刻意求工者，虽工有迹，惟无意求工者，乃真工耳。”（卷七）评王胄《别周记室》曰：“一气舒卷，极缠绵悱恻之致，词清韵逸，绝世文情。”（卷八）以上诗作，均是能将诗人之情跃然于纸上者，成书予以高度评价。

成书对诗歌情感与技巧间的关系有周密的思考。第一，诗歌的工巧与否，不是诗歌优劣的决定性因素，“工”亦有佳作产生。第二，关于诗歌创作过程，成书认为情至则文生，是以情文兼至，则堪为诗作典范。第三，在诗歌创作中，情感充沛能够成就佳作，诗作情感的浓度、厚度往往能超越诗歌形式的限制而打动读者，因此诗歌情文兼至为最佳，但绝不能因辞害意。关于诗歌创作，成书始终以“情”为本。

三、“低首古人”至“出没变化”的学诗路径

面对丰富的古诗资源，如何接受、扬弃前辈的文学遗产，如何利用、超越既有的文学经验，是每一位诗论家所必须思考的问题。模拟，作为一种向前人师法的重要途径，在诗人创作的初级阶段，可以帮助诗人快速掌握“诗家语”的生成机制，因而模拟也是文学创作的一种重要形式。在《多岁堂古诗存》中，成书对“拟诗”和“模拟”予以足够的重视，展示出成书对学诗方法、路径的关注与思考。

（一）刻意求似，则殊乏独造

江淹擅拟，堪为定论。但成书认为江淹拟而似之者却不多。其曰：“江文通长于拟古，其拟之而似者，独《陶征君》一首耳。”（《例言》）这是何故？诗选总评江淹诗：“文通诗笔工整，殊乏独造，特时有清新之句耳。至《杂拟》诸什，是其所长。然佳者亦不多见，今择□数首，以见一斑，不能多也。”（卷六）一方面，成书肯定江淹诗作“诗笔工整”，“时有清新之句”，在语言上有可观之处；另一方面，成书认为江淹诗作“殊乏独造”。《多岁堂古诗存》取江淹《杂体诗》仅三首，评之曰：“《杂体》凡三十首，皆刻意求似。中惟《拟陶》一首，最得其神。《拟殷仲文》及《休上人》二首，笔力亦足相副，故并存之。余可不录也。”（卷六）成书认为江淹拟诗大多仅追求与原作形式上的肖似，故取其中笔力健拔者，以示读者文通擅拟。江淹另有《效阮公诗》，成书选录二首，评之曰：“诗凡十五首，虽皆有意，却多平衍，此二首颇有气势，存之。”（卷六）成书认为，虽然《效阮公》是江淹着意之作，寄寓一定的主题、意图，但整体上“多平衍”。所谓“平衍”，一是指江淹追求与原作形式上的肖似，而致使拟作语言表达缺乏张力和变化；二是指江淹拟作情感表达的平淡，阮籍《咏怀诗》以隐晦曲折的方式表达了诗人内心丰富矛盾的情感，而江淹的拟作可能并未充分捕捉到原作情感的复杂性，导致拟作情感表达单一。

成书认为模拟“不在形貌之相近”，其评《户铭》曰：“痛快言之，未尝非铭之神味，后人率以短小简炼拟之，以为工于求似，不知真文章

自有真体段，不在形貌之相近也。”（卷一）简短有力、不假雕琢是铭文的文体特点；而如若只是学得铭文形制之短，而不学习铭文内在的思想深度，则徒得“形貌之近”。“真体段”与“形貌相近”的审美分野体现出成书反对浮浅地模仿原作的形式。再比如，成书批评韦孟《讽谏诗》：“韦孟诗句句规拟《三百》，非不酷似，顾所谓诗者何在乎？”（卷二上）也是强调模拟不能仅模仿原作之形。

成书激烈批评仅“更易数字”的模拟方式。其曰：“《相逢行》为乐府一体，文辞古丽可观，晋宋以后，人拟一篇，不过更易数字，便觉恶滥可厌，并原文亦不耐观矣。一概从删，独存始作。”（《例言》）成书认为，“更易数字”的模拟方式，是一种创作上的惰性。他夸赞《善哉行》原作“恍惚奇谲，自开灵境”，而李白拟作“但于字句间转换耳，不能变其格律也”（卷二下），可见即便才大如李太白，若仅是在原作字句上翻花样，那么也不能称为佳作。要之，成书认为模拟不宜模仿乃至复刻原作的“形貌”之相，模拟“刻意求似”是一种创作惰性。

（二）善拟古者，须自出手眼

如何模拟才能得原作之“真体段”？成书评曹丕《艳歌何尝行》曰：“此章却不让武帝。中间语意亦是从《相逢行》《东门行》诸乐府摹拟，但能运化，便自不同耳，此可为拟古者法。”（卷三）成书提出了“模拟”与“运化”的辩证关系：即诗人可以通过模拟这一创作手段体味前人的创作经验，但模拟的最终着眼点在“运化”，即灵活运用、有所变化。成书反复强调，模拟须创新。他评傅玄《饮马长城窟行》道：“全于闪耀变动处入情，视蔡、陈二公作又异，如此拟古，方不落古人窠臼。”（卷四）认为傅诗体现出“入情”的深度转向：蔡邕同题之作以“梦见在我旁，忽觉在他乡”的梦境寄托相思，情感迂回含蓄；陈琳则以“饮马长城窟，水寒伤马骨”的物理苦难为核心；而傅玄则转向战争的心理创伤，“白骨不覆藏，原野何萧条”以惨烈实景激发共情。因而，效法前作又不落入窠臼的根本途径在于，在模仿中融入新视角、新元素。成书评庾信《拟咏怀》：“古厚处不及前人，而词之高华，意之新警，则前人所未备。故善拟古者，必须自出手眼，使描头画角，谓之学步则可，谓之拟不可也。”（卷七）虽然庾信拟诗在风骨气韵上未能超越原作，但其在辞藻、意境上均有创新，亦可算“善拟古者”。可见成书认为模拟的深层规律在于出新。

此外，成书还举例以示读者：诗歌学问广大，不怕拟不出新。比如“夜”和“忧”相互催生，《古诗十九首》之《明月何皎皎》即写道“忧愁不能寐，揽衣起徘徊”，《孟冬寒气至》亦云“愁多知夜长，仰观众星列”，此二句诗似乎已将愁、夜关系言说充分，令后人难以翻出新意。而鲍照《拟古》则写出“念此忧如何，夜长忧更多”，之后萧纲在《拟沈隐侯夜夜曲》中又写出“但问愁多少，便知夜短长”二句。是以成书品评道：

> 汉人有“愁多知夜长”句，宋人便翻出“夜长愁更多”语，词不异而意迥别。此又以“愁”字同“夜”字较量，意更不同。人每言诗已被古人作尽，后人可不必更作，不知一语之微，尚引伸不尽，况天地间景物之繁，人情之隐，千变万化，不可端倪。古人焉能一一道尽，竟令后人无从置喙乎？亦果于自弃也已。（卷六评萧纲“但问愁多少，便知夜短长”）

成书对后出之鲍照、萧纲诗作给予高度评价。同为言夜与愁，《十九首》“愁多知夜长”将愁绪与夜晚的长度联系起来；而鲍诗则重在表达愁与夜的循环：因为忧虑而觉得夜长，而夜长又加重了忧虑，更强调愁绪与时间的相互作用；萧诗则提出愁与夜的量化关系：愁越多，夜就越长，带有一定的哲理意味。成书强调，天地万物、人情世貌变化无穷，前人诗作不可能涵盖一切，后人也不应自我放弃，后人细心体会，在诗作中广泛融入新元素，总能有所发明。

（三）低首古人，成一家之言

模拟是文人习诗之阶，被模仿的诗作也通常是诗学史上的经典，因而模仿这一创作方式本身也构成了对作品经典性的建构。成书对模拟的关注，指向了这样一个诗学问题，即成书如何看待业已成为经典的唐前诗作，又希望从唐前诗作中得到什么。

首先，成书遴选唐前诗作的首要目的是“以供披吟”，即满足自身体味、讽咏的需要。其次，在《序》中，成书对唐人善于向前人学习予以极高评价。其曰："唐以诗取士，专集行世者，不下数百家。高者取法于汉魏，卑者亦摘藻于齐梁。一时豪杰之士，若李，若杜，若韩，亦莫不有生平得力之处，时出之以示人，而人亦不以为病。此皆由天资卓荦，不安故常，故能出没变化于古人中，以自成一家之言。"成书认为，唐人诗艺取得高超成就的原因在于，唐人善于向前人学习，善于从前人创作中汲取有益自身的文化因子，并"出没变化于古人中"，最终达至"自成一家之言"的境界。这也是成书面对丰富的古诗资源和前人创作经验所希望采取的态度。

尽管成书认为江淹拟诗刻意求似而殊乏独造，但其《效阮公诗》"措语皆古厚，不似齐梁人手笔，昔人责其不能自立，固无可辞，然能低首古人，亦远胜于东涂西抹者矣"（卷六）。江淹拟诗亦步亦趋，几乎未能树立起自己的创作风格，于此，文通自己很难推脱；但是成书肯定江淹能通过模拟向前人学习，也比那些东涂西抹（随意创作）的诗人强很多。成书对鲍照、庾信拟诗的高度评价也可说明成书不排斥模拟，只不过他反对模拟原作之"形貌"。

成书注重学习前人的优秀技法和创作体会。其评孙万寿《东归在路率尔成咏》"学宦两无成，归心自不平"二句曰"起笔突兀，是唐初诸公，极力摹拟者"（卷八），点出其开门见山、直抒胸臆的开篇方法；评谢混《游西池》"悟彼蟋蟀唱，信此劳者歌"二句曰"句法跌宕跳脱，在彼此两字，此非康乐所能"（卷四），揭示谢混转换意脉的写作技巧；评王容《大堤女》"入花花不见，穿柳柳阴碎"二句曰"许多情景，以烘染得之"（卷七），指出王氏用景致来烘托女儿神态。诗选中诸如此类揭示技法之评比比皆是。并且成书注重揭示前人如何从古诗中得力。比如评吴均《主人池前鹤》曰："咏物必有寓意，见以为寓意之一法，实则咏物之一法也，否则竭力刻画，虽有佳句，仅成诗谜，有何好处？杜工部咏物诸什本此。"（卷六）指出寓意是咏物诗之一法，杜甫之咏物诗学此。又如成书评沈君攸《羽觞飞上苑》曰："措语工稳，着色鲜妍，雕琢之文，却能运以流利之笔，初唐卢、骆诸公七古，大约祖此，非创调也。”（卷六）指出初唐七言诗作大抵受六朝七言诗之沾溉。

成书对模拟和拟诗的关注揭示了如下学诗路径，即“低首古人”而“出没变化于古人”。模拟作为文人习诗之阶自无不可，但模拟不能仅仿原作“形貌”，而是要在习得前人创作技巧、创作经验的基础上融入自身新视角、新体会而有所“运化”，成书反复强调诗歌创作应当创新。

余论：《多岁堂古诗存》的文学史意义

以上从三个方面讨论了《多岁堂古诗存》所蕴含的诗学观念。就诗史观而言，成书“一代之诗，即一代之风雅颂”的诗史观区别于“诗之格以代降”的诗史观。虽然六朝诗作与《诗三百》、汉魏诗作风貌迥异，但这是时移世易、诗体创新的必然结果，不能简单地以“诗格代降”视之。与成书同时的纪昀也认为，时代风气对诗歌风貌有重要影响，而诗歌风貌本不具有高下、轩轾之分，其曰，“惟诗亦然：两汉之诗，缘事抒情而已；至魏，而宴游之篇作；至晋、宋，而游览之什盛。故刘彦和谓‘庄老告退，山水方兹’也。然其时门户未分，但一时自为一风气，一人自出一机轴耳。”①在具体评点中，成书以不同的审美范畴来品评不同时代的诗歌作品。《多岁堂古诗存》呈现出的诗史观有两个方面的贡献：第一，承认六朝诗作具有与《诗三百》、汉魏诗作同等的诗学地位，扩大了读者的师法范围。第二，尽管成书此论聚焦于诗体内部，但反映了清人对诗体发展流变、文学发展流变的认识，为王国维、胡适等学者进一步提出“一代有一代之文学”的命题做出了相应的理论积累。

成书以“情”为诗歌创作之本，区别于以“诗教”为中心的创作观。成书所言之情，甚至不必是“雅正”之情。比如晋人《子夜歌》、齐梁人《读曲歌》多表达江南女子的爱情，成书认为：“《子夜》《读曲》诸歌，唯

---

① 纪昀《田侯松岩诗序》，刘金柱、杨钧主编《纪晓岚全集》第二卷，大象出版社，2019年，第363页。

晋宋人作者最妙。儿女痴情，言之略尽。汉魏以前，无此笔段。齐梁以后，欲效之而不能，绝调也。”（《例言》）而《古诗源》则认为它们“雅音既远，郑卫杂兴，君子弗尚也”①。要之成书在选诗时，“诗教”仍是官方主流的论诗话语。为了彰显社会文治表征，清宗室采用编选总集等手段不断强调文学应秉承儒家传统，追求风雅气象。乾隆三十八年（1773）开始的《四库全书》纂修工作，无疑是清帝国文治的顶峰。清高宗明确强调要以“诗教”为标准去取作品，其云：“朕辑《四库全书》，当采诗文之有关世道人心者。若此等诗句，岂可以体近香奁，概行采录？所有《美人八咏》诗，著即行撤出。至此外各种诗集内，有似此者，亦著该总裁督同总校等详细检查，一并撤去，以示朕厘正诗体、崇尚雅醇之至意。”②乾隆帝强调诗文须有关世道人心，《美人八咏》等诗作因“体近香奁”无关风教而被勒令“撤去”，显示出乾隆以诗教为中心的诗学立场。成书身为八旗子弟，两次参加举业，必然十分熟知官方文艺思想，但他却主张迥异于帝王的文艺观念——以情为本，显示出一种反叛精神。

成书选诗、论诗无疑是为了学诗，但是他反复强调学诗应能有所创新，“低首古人”是为了“出没变化于古人”，而不是复刻古人之“形貌”。成书对诗歌创新的强调，或许有对明人模拟之弊的反思。反感明人作诗模拟太过，乃至亦步亦趋，沦于古人窠臼，是清人的一般性认识。比如叶燮《原诗》曰：“惟有明末造，诸称诗者专以依傍临摹为事，不能得古人之兴会神理，句剽字窃，依样葫芦。如小儿学语，徒有喔咿，声音虽似，都无成说，令人哕而却走耳。”③正如蒋寅在《清代诗学史》中所说的：“明人的拟古在清初简直像过街老鼠，大有人人喊打之势。这股风气影响深远，非唯波及顺、康、雍三朝的诗歌创作，也左

---

① 沈德潜《古诗源》，中华书局，1963 年，第 3 页。

② 《清高宗纯皇帝实录》卷一一四四，《清实录》第 23 册，中华书局，1986 年，第 335—336 页。

③ 叶燮著，蒋寅笺注《原诗笺注》，上海古籍出版社，2014 年，第 82 页。

右了以后诗论家对历代诗歌的看法。”[①]

无论是诗史观，抑或是创作观、模拟观，成书均有比较独特的见解，然而为何成书其人及其诗选《多岁堂古诗存》均声名不显呢？据成书《多岁堂诗集》，其于乾隆四十六年（1781）着手选诗，乾隆四十九年（1784）年考中进士，而后候补户部，开启其仕宦生涯。“乃所至，独持大体，勿事苛细，堂堂正正，不激不随，即政事而经世之文章实著焉。”[②]或许正是因为成书之后的人生功业在政事而不在诗文，才致其文学上的声名不显。明晰《多岁堂古诗存》所蕴含的诗学观念，揭示其诗学史地位和意义，有助于学界进一步了解《多岁堂古诗存》的价值。

（武汉大学文学院）

---

① 蒋寅《清代诗学史（第一卷）》，中国社会科学出版社，2012年，第80页。

② 参见穆尔察·成书《多岁堂诗集》，《续修四库全书》第1483册，上海古籍出版社，2002年。

诗文评经典化建构与研究进境

——论许印芳《诗法萃编》编纂体例的意义

叶 蕾

内容摘要：《诗法萃编》是一部选录与评论兼备的诗文评汇编，为晚清许印芳主讲云南经正书院期间撰著的教学讲义。许氏以辑录历代文论的纂辑方式，创设了集选、序、跋、注于一体的文论选本体例，开展对诗文评文献的二次批评，其批评方法包含推源溯流、实证研究与横向相较，折射出无征不信的考据精神与平正公允的批评观念。编者以新的编纂方式，激活目录、序跋与自注等副文本，构建以古为宗、贯通古今的诗文评经典序列，试图沟通诗学与文章学理论，以指导应试写作。许著的编刊意味着传统诗文评研究走向深化与成熟，由此可以探赜传统诗文评学科在清末民初学术论域的具体走向，从传统著述体例的角度照见中国特色文论话语与批评范式。

关键词：许印芳；《诗法萃编》；诗文评；编纂体例；学术史

The Classicalization Construction and Research Advancement of Poetry and Prose Criticism — On the Significance of the Editing Style of Xu Yinfang's *The Compilation of Poetics*

Ye Lei

Abstract: *The Compilation of Poetics* is a compilation of selected and criticized poetry and prose. It is a teaching handout written by Xu Yinfang during his lecture at Yunnan Jingzheng Academy in the late Qing Dynasty. By compiling the literary theories of the past dynasties, Xu created a literary theory anthology that integrates selection, preface, postscript and notes, and carries out the second criticism on the literature of poetry criticism. His criticism methods include derivation and tracing, empirical research and horizontal comparison, reflecting the spirit of textual research without evidence and the concept of fair and just criticism. With the new compilation method, the editor activated the auxiliary text such as catalogue, preface, postscript, and self-notes, and constructed the classical sequence of poetry and prose criticism based on ancient and modern, trying to communicate the theory of poetry and prose to guide the exam-taking writing. The publication of Xu's book means that the study of traditional poetry criticism is deepening and maturing, so we can explore the specific trend of traditional poetry criticism in the academic field of the late Qing Dynasty and the Republic of China, and see the discourse and criticism paradigm of Chinese characteristics from the perspective of traditional writing styles.

Keyword: Xu Yinfang; *The Compilation of Poetics*; poetry and prose criticism; codification style; academic history

清代乾隆年间官方纂修的《四库全书总目》已为诗文评研究作出

集大成的贡献，迨至晚清，诗文评研究的传统范式仍在延续。五四以后，西学东渐之风披及中国古典学术，传统诗文评学科逐渐向现代学术形态的中国文学批评史转型。当前学界在回顾中国文学批评史研究历程时，多以20世纪初叶黄侃《文心雕龙札记》、陈钟凡《中国文学批评史》等著作为现代学科起点，着力于现代学术语境下的学科研究史梳理。相较而言，关于晚清民初诗文评学的传统形态研究总体显得薄弱。实际上，彼时诗文评学的传统研究范式一方面蕴含了中国文论特质、葆有本土治学精神，另一方面它处于学科转型之关捩，是中国文学批评史学的重要面向。其中，许印芳《诗法萃编》便印证着清代诗文评研究走向深化与成熟，可为探析清末民初诗文评学术范式研究提供有益参考。

许印芳(1832—1901)，字茚山(一字麟篆)，号五塘，云南石屏人。曾任云南昆阳学正，永善教谕，昭通、大理教授，授五华书院监院、经正书院山长，编撰了《诗法萃编》《诗谱详说》《律髓辑要》《五塘诗草》《五塘杂俎》等著述。《新纂云南通志·许印芳传》载云："许印芳履躬清素，文艺赡博。辑佚缀遗，表显耆旧，滇南文风，赖以不堕。"①弟子秦光玉《许茚山先生传》云："先生一生精力，多尽瘁于诗。而其教人也，则不拘拘一格，有教以经学史学者，有教以诗学古文学者，且谓识时务为俊杰。"②可见许印芳平生心力倾注于编撰诗文评著作、纂修乡邦文献以及教导书院后学三方面。

目前，学界已关注到许印芳的《诗法萃编》《律髓辑要》《滇诗重光集》等诗学编著，重点阐释许印芳的诗学观念。如杨开达、张文勋、沈清华、田金霞、冯浩等学者围绕许氏撰述，讨论其诗学渊源与文学接受，发明其崇诗教、主创变、求真实的诗学思想。然现有的研究总体上重在论述许氏的诗学理论，大多忽视了许印芳在诗文评研究方面的创获，尚未能深度挖掘许氏对古代诗文评研究

---

① 龙云、周钟岳等纂《新纂云南通志》，云南通志馆，1949年，第15页。

② 方树梅纂辑，李春龙等点校《滇南碑传集》，云南民族出版社，2003年，第744页。

的贡献。蒋寅曾在《清诗话考》中肯定许印芳《诗法萃编》编纂古代文论资料的前驱之功，受此启发，本文基于清代诗文评学科发展的背景，结合许印芳《诗法萃编》的编选意旨及著者的诗文观念，分析许著的撰述体例与纂辑内容，研讨《诗法萃编》之于古代诗文评研究史的意义。

一、别开生面：《诗法萃编》的编纂体例与撰述意旨

《诗法萃编》是许印芳为教授书院后学选录的历代诗文理论编著，收入先秦迄于明清的诗论、文章论及兼谈诗文理论资料，其中《诗》论三种（附录一种）、魏晋六朝文论九种、唐代文论十六种（附录十二种）、宋代文论八种（附录五种）、明代文论五种（附录三种）、清代文论八种。《诗法萃编·自序》云："不佞今纂是编，采撷菁英，溯源《诗序》，次录汉魏六朝论文之篇，于诗有关会者，次录钟氏《诗品》，递及唐宋前明以至我朝之诗话，择尤荟萃，凡十余种。"①由序言可知，《诗法萃编》所辑诗文评的次序是编者精心安排的结果，并非随意堆垛。许著体例可以追溯到流行于元明两代的诗法、诗话丛书，时至清中后期，汇辑诗话丛书的风气依然骎盛不衰。从编纂体例与撰述意图来看，《诗法萃编》融合目录、解题、序跋、夹注，成为编录古代文论选本的特殊体式，可谓后出转精，结撰有法，有所创见。

《诗法萃编》不仅是辑录古人文论的资料汇编，它还以匠心独运的编排方式与论述充分的序跋，对诗文评作经典阐释与理论批评。许著整饬了从先秦至于清代的诗文理论统序，自选目各部（篇）诗文理论的次序与数量考察，许印芳有意识地借由《诗法萃编》来建构诗文评经典序列，凝定一个上溯《诗经序》、下探本朝沈德潜诗论的诗文评发展架构。《诗经序》《诗序辨》《诗传序》被置于书中卷首，对此，许印芳《诗法萃编》卷一指出："齐梁以来，始有诗话。而先哲《诗序》乃

---

① 许印芳《诗法萃编》，《丛书集成续编》本，台北新文丰出版公司，1988 年，第 227 页。

诗话之本源。”[①]说明许氏对古代文论经典的设想是以儒家诗论为宗旨与典范的。

至于许印芳将《诗》论置于诗文评序列之首的原因，可从两方面厘析：先从许印芳的诗学倾向看，他将《诗经》作为诗歌写作的终极师法典范，屡次回归《诗经》本源来展开后代诗歌的批评。许印芳尊崇《诗经》的诗学宗旨与首选《诗》论之间便是体与用的关系，二者桴鼓相应、互为表里。从许印芳所选《诗》论的思想内涵来看。许氏选录《诗经序》是为了强调儒家诗教观在传统诗文评中所占据的权威地位，自不待言。除此之外，其辑录朱熹《诗》论的选政思想是值得注意的。回顾朱熹《诗》论的批评史，清代汉学家攻讦其说；现代学者傅斯年则基于文学的立场，高度评价朱熹的《诗经集传》《诗序辩》[②]；当代学者张辉认为朱熹《诗集传序》是《诗》解释传统从政治解释转向文学解释的标志[③]。结合朱说的历代评价与《诗法萃编》跋文，许印芳之所以选录朱说，首先是出于对清代官方程朱理学的遵从与阐扬，然而总体疏离于《四库全书总目》对《诗集序》的指摘。其次，许氏择取宋代的诗说《诗集传序》进入选目前列，将其置于魏晋文论之前，这既是假借朱说的意涵来表明自己回归文学本位的编选宗旨，借由朱熹《诗集传》打破汉儒《诗》说诗的拘囿，强调文学阐释与文学评论的自主空间。再次，这种选政发挥了确立批评标准的功用，喻示着许氏将对各部(篇)诗文评论著进行以文学为本位的批评。

继而是魏晋六朝文论的选录，该时期所录文论皆为正编，其所录正编数量超过其他时段，可见编著的重心所在。许印芳先取《典论·论文》《与吴质书》等四种泛论诗文的篇目，略过文论名篇《文赋》，继而择录《宋书·谢灵运传论》《答陆厥问声韵书》《南齐书·文学传论》

① 许印芳《诗法萃编》，《丛书集成续编》本，台北新文丰出版公司，1988 年，第 231 页。

② 傅斯年《宋朱熹的〈诗集传序〉和〈诗序辩〉》，刘文勇编校《晚清民国中国古典文论研究文献集成》，巴蜀书社，2020 年，第 164 页。

③ 张辉《朱熹〈诗集传序〉论说》，《文艺理论研究》2013 年第 2 期。

《文心雕龙》《诗品》五种论说，以序跋、夹注的方式以评鉴诗文评资料。唐代文论选取了《乐府古题要解》《杼山诗式》《与元稹论文书》三种为正编，辑录诗论之外，许氏还选编了韩愈、李德裕、施肩吾的文论凡四篇。就此，许著的选政已超越明清以来诗法、诗话丛书的体例，意在编刊一部兼备诗文理论的通代文论选本。宋代文论有《沧浪诗话》《白石道人诗说》《臞庵诗评》三种正编，皆为南宋诗话，而北宋《六一诗话》《冷斋夜话》则归入附录"宋人杂说"。明代文论仅选《谈艺录》《艺圃撷余》两种为正编，与其他朝代相比，明代收录数量偏少。清代论著有《带经堂诗话》《燃灯纪闻》《师友诗传录》《古夫于亭诗问》《声调谱》《谈龙录》《诗学纂闻》《说诗晬语》八种，从数目看，清代诗文评为历代之最，且皆为正编，可见其对肯定清代诗文评成就。从著者看，许氏试图凝定以王士禛、赵执信、汪师韩、沈德潜四人为清代文论的中坚与典范，尤其是以王士禛为中心的诗论场域。

除了辑录文论材料，《诗法萃编》还运用序言、跋文、自注探讨诗文评的优劣得失、理论命题、体制形式等问题，创设集选、序、跋、注于一体的文论批评体例，对历代诗文理论开展二次批评式的研究。具体而言，许印芳主要在各部(篇)文论后的跋文集中展开评述。例如，许氏在跋文中评价朱熹《诗传序》道："书既成，自为序文，只论诗学，不言传注得失，手法绝高。其发挥诗教本义，与学诗指趣，淳意高文，与大序波澜莫二。"[①]他评价《沧浪诗话》道："诗话之作，宋人最夥。后学奉为圭臬者，群推沧浪严氏书。严氏辨诗明晰，诗评师法，大较的当。胪列诗体，考证事实，亦较详核。"[②]表彰《臞庵诗评》道："六朝来评诗撰语，辄用譬喻，盖仿袁昂书评而为之。松雪斋最劣，敖臞庵最优。"[③]再如，许

① 许印芳《诗法萃编》，《丛书集成续编》本，台北新文丰出版公司，1988 年，第 238 页。

② 许印芳《诗法萃编》，《丛书集成续编》本，台北新文丰出版公司，1988 年，第 346 页。

③ 许印芳《诗法萃编》，《丛书集成续编》本，台北新文丰出版公司，1988 年，第 352 页。

印芳继续深入阐述所选诗文评论著的理论命题。《〈二十四诗品〉跋》将二十四诗品分为“诗家品格”与“诗家功用”两类，再从诗兴所发、落笔书写、形成家数三个创作环节厘析“诗家功用”的具体实践。许氏所言是结合写作经验、富有创见的阐说，此说也得到当今学者的关注。

蒋寅指出：“诗话、序跋、评点，举凡一切具有价值判断意义的批评形式都会在不同程度上推动经典化，但最终的结果总是体现于选本。选本不仅以直观的形式标定了诗人的分量、品第和代表作，其入选之作更直接影响到一般读者的阅读，对整个社会的接受意向产生决定性的塑造。”①该观点移用于《诗法萃编》同样富有发覆意味，作为具有先驱之功的古代诗文评论著选本，《诗法萃编》采取中国古代文学批评重要的方式——选本，并在前人诗话丛书体例之上创设新的编纂义例，在辑录历代文论资料过程中，制造出目录、序言、跋文与自注等副文本，发挥副文本对正文本的阐释功能，激活正文本与副文本之间的互动融合，传递出编者对古代文论的批评意识与研究理念，试图借由讲义的文本形态构建通代型诗文评序列，推进传统诗文评的经典化过程，在客观上开掘了诗文评学科研究的深度。

若要透过具象化的编纂体例去寻绎《诗法萃编》编纂宗旨，还须回到许著的生产场域之中。昆明经正书院始建于清光绪十七年(1891)，专授经古之学。普津《续选经正书院课艺序》载：“云南经正书院，亦既建设有年所矣，其课士宗旨别于他书院之教法，大底以诗古文辞相摩濯，盖犹愈于锢溺制举之俗学者。”②除开谀辞之嫌，由此可见，虽然同为举业型书院，然而相较其他一般书院耽溺八股时文授受，经正书院则有意加强学子经诂、词章之学。许印芳在经正书院主讲凡六年，其讲授旨趣莫不与书院精神同符合契。其间，许印芳用以

① 蒋寅《古典诗歌传统最后的整体重塑——沈德潜历代诗选的诗学史意义》，《求索》2016年第8期。

② 鲁小俊《清代书院课艺总集叙录》下册，武汉大学出版社，2015年，第673—674页。

指导后学的讲义《诗法萃编》刊印于1895年，其写作动机是供书院教学之用，对撰著的定位是一部讲授学诗经验的讲义，将书院举业学子作为目标读者群体。结合编纂背景与著述本身，可以发现，《诗法萃编》的编选意图是富有深意的。

许印芳曾指出学诗与知道密不可分，发挥诗教本义："后之学者，舍道无以为诗。于道苟无所知，于诗即无所解。纵解讴吟，发乎性情，必不能止乎礼义。"[①]据此观点，或可推测《诗法萃编》不选陆机《文赋》的缘由：许印芳在《诗法萃编》屡次表明对纪昀及其诗学的服膺，站在同一尊崇儒家诗学立场的许印芳，他基本认同了纪昀对陆机《文赋》"诗缘情而绮靡"观点的批判，便以不取《文赋》表明以诗教为尊的立场。在《诗法萃编》卷末，许印芳以沈德潜《说诗晬语》为殿军收束全书，此举亦有深意。沈德潜是继王渔洋之后的清代诗坛盟主，标举"温柔敦厚"诗教观，作为整合古典诗学的正宗，沈德潜持论正与许印芳上溯诗三百、下迄本朝的诗论观相契合。因此，借由儒家诗学的经典论著《说诗晬语》，将正文本的思想内涵转化为编者的批评意图，反映出许印芳宗仰儒家诗学的编选理念。其次，许印芳还基于儒家诗教观，预设该书的理想读者所能到达的境界："学者诚能迩孝远忠，厚培诗本，枕经胙史，深养诗源，因取是编，习之察之，熟之复之，渐进顿悟，化裁变通。"[②]

明清诗论家在开展诗歌批评、辑录文论时会流露出宗《经》意识，这是寻常现象。如费经虞的诗话汇编《雅伦》，其《自序》云："声音之道，上通于天；《赓歌》遗文，载在《尚书》；《雅》《颂》篇什，录采三代。不求其源，何以知所自始？故序源本为书首。"[③]而《诗法萃编》编著意旨的特别之处在于，著者有意识地在诗学讲义中融通诗文之理，其

① 许印芳《诗法萃编》，《丛书集成续编》本，台北新文丰出版公司，1988年，第329页。

② 许印芳《诗法萃编》，《丛书集成续编》本，台北新文丰出版公司，1988年，第227页。

③ 费经虞《雅伦》，周维德集校《全明诗话》，齐鲁书社，2005年，第4438页。

《序》便开宗明义，将诗文创作理路相提并论，“诗文高妙之境，迥出绳墨蹊径之外”，“故知诗文不可泥乎法之迹”①，这种理念不仅见于序言，还以选目的方式进以彰显，许印芳选录韩愈、李德裕、施肩吾的文章学文论，从诗话丛书的惯例来看，许氏所选无疑有“破体”之憾。然而这类选政并非许印芳无心之失，却是有意为之。例如，许印芳跋唐人论古文篇章云：“以上四条，虽论古文，义通诗法。盖文字根柢在经史，而立德又立言之大本。”②跋明人诗话云：“诗文斩尽枝叶，直起直收是老法。亦有用总冒之笔，领起全局者，文如《尚书》(《胤征》《伊训》《周官》《洛诰》)诸篇，诗如《卷阿》《板》《荡》《崧高》《烝民》诸篇。其首节首章，或总叙事由，或总挈大义，或高踞题巅，或远溯题源，要皆紧扣题位，一丝不溢。”③说明许氏编纂诗论讲义的目的，不拘于在诗论中检讨诗学问题，而更求向上一路，萃取可与诗法相通的文章学文论，举出诗歌章法与文章章法达成同构的例证，将融合诗文之道的意图贯注于跋文书写，沟通诗学与文章学理论。与清代书院教育制度的文化场域相联系，这种沟通诗文理论意图的根源还是为了适应考生举业的现实需求，八股文与试律诗皆为当时科举考试重要内容，二者在依题演绎、形式对称及文法布局方面具有相通之处④。概观之，《诗法萃编》作为教授书院学子的讲义，其编著宗旨仍以举业为核心，萃取富有创作指导意义的文论，满足应试写作需求为要义展开纂修活动。

二、承中有变：《诗法萃编》的诗文评批评方法与研究精神

在《诗法萃编》以前，《四库全书总目》作为古代诗文评研究的集

① 许印芳《诗法萃编》，《丛书集成续编》本，台北新文丰出版公司，1988 年，第 227 页。

② 许印芳《诗法萃编》，《丛书集成续编》本，台北新文丰出版公司，1988 年，第 318 页。

③ 许印芳《诗法萃编》，《丛书集成续编》本，台北新文丰出版公司，1988 年，第 421 页。

④ 陈圣争《清代科场诗文的共通性探论》，《文艺理论研究》2023 年第 5 期。

大成者，其所蕴含的诗文评研究理路包括目录分类、源流考辨、文献辑佚、作者考论、史实辩证、著作批评等方面，基本奠定了传统诗文评研究范式。继《总目》之后，许印芳编录的《诗法萃编》反映了清代诗论家继续开展诗文评批评与研究。至于诗话汇编呈现的研究理路与批评意识，侯体健指出："某种意义上甚至可以说辑录汇编是我国传统文学批评理论品格的独特生成路径之一，彰显了一种本土文化性格。"[①]结合《诗法萃编》的编纂体例，可以认为古代文论汇编是传统诗文评研究形式之一，其著述体例中涵括了编者的撰著意图与批评理念，它与现代著作形态的中国文学批评史，共同成为探讨古代诗文批评史的研究路径。而《诗法萃编》等传统文论汇编，或更能昭示古代诗文评研究理路的本土文化特征。基于此，本节将分析《诗法萃编》的诗文评批评方法及其研究精神，探讨其在清代特定学术风气影响下的治学精神。

综合《诗法萃编》的编纂实绩，其诗文评批评方法主要表现为以下三类：

其一，推源溯流法。这是将诗文理论放在古代文论发展过程之中，叙说源流关系，裁判得失。张伯伟认为"推源溯流"法是"批评家在考察一个时代的作家、作品时，将他们放在历史发展的前后联系，亦即文学传统中予以衡量、评价"[②]，这里不妨借鉴张伯伟对一种古代文学批评方法的定义，以更好地说明问题。结合《诗法萃编》的跋语，《〈典论·论文〉跋》认为曹丕《论文》中"文以气为主"是"千古不易之论"[③]，然许氏不止评议其论见，还能结合文论的承继关系，指出唐代韩愈《答李翊书》、宋代苏辙《上枢密韩太尉书》对曹丕文论的推衍："论文贵养气，其说益精。"[④]又如，许印芳在《宋书·谢灵运传论》《答

① 侯体健《辑录汇编：文话理论品格的一种生成路径》，《光明日报》2022年12月26日，第13版。

② 张伯伟《中国古代文学批评方法研究》，中华书局，2023年，第121—122页。

③④ 许印芳《诗法萃编》，《丛书集成续编》本，台北新文丰出版公司，1988年，第239页。

陆厥问声韵书》两篇跋文中表达反对沈约将声律推为论诗宗旨，指出“声韵非立言之所急”[①]，许氏并不流于泛泛而谈，又在《〈鹤林玉露〉跋》中细致地考述了古今用韵的变迁与历代诗韵学之崖略，以夯实其说。许氏不局限在散点式选录与评点有关诗歌声律的论说，而是将其置于南朝至清代的音韵学史历程，议论得失：

诗讲声调，始于沈约。前此诗人，未有不晓宫商音律者，特未尝专意研究耳。休文附和周颙，专讲四声八病，及浮声切响诸法，遂肇律诗之体。遵其说者，古变为律，泛滥及于陈隋，古意浸亡。唐人别之为今体，而古体仍用汉魏晋人旧调，诗道复归于正。由是古今体界画森严，无人不讲声调。自唐迄明，知诗者以成法转相授受，闭门造车，出门合辙，诗之工拙或不同，其声调则无不同。然未尝见有著为谱者，或有之而不传耳。著谱传世，始于我朝赵秋谷宫赞。秋谷得谱于渔洋，而渔洋不言所自，且戒勿妄传人。秋谷出而公之于世，意甚善也。而每偏执一隅之见，未汇其全。又或但讲常法，不知通变。谱虽有三，实多疏略。予刻是书，辄加小注，以匡其谬。又尝博考古来诗家声调，别著《诗谱详说》，教导初学，愿与同志，共斟酌之。[②]

许印芳在这篇《〈声调谱〉跋》中整体地回顾诗歌声律学，从南朝沈约、周颙“四声八病”说、唐人分讲古今诗体以及此后的声律之学。许氏认为清以前未有诗谱传世，直到赵执信《声调谱》面世。接着，许印芳既指出《声调谱》的缺憾，又说明自己在赵《谱》基础上的研究成果《诗谱详说》，以指导后学。总的来看，该跋文以讲义文体来阐说声律论史，夹叙夹议，然而许氏不仅仅是评述声律论渊源的文学批评家，止步于“追源溯流”式的解说。他还在声律方面有专门之学，著有《诗谱

① 许印芳《诗法萃编》，《丛书集成续编》本，台北新文丰出版公司，1988 年，第 245 页。

② 许印芳《诗法萃编》，《丛书集成续编》本，台北新文丰出版公司，1988 年，第 505—506 页。

详说》，以诗文评著者身份，与其他文论家共同参与到诗文评发展史当中。

其二，实证研究法。清代朴学治学方法是“无证不信”，梁启超《清代学术概论》总结道：“清儒之治学，纯用归纳法，纯用科学精神。”[①]清代文论家受此影响颇深，在从事研究时，他们擅于举出同类或相关的文学事例作罗列比较，弱化主观臆断的成分，力求归纳出富有说服力的结论。这也是许印芳在《诗法萃编》常用的研究方法，如其《〈文心雕龙·比兴〉跋》围绕“赋、比、兴”的艺术特征展开细腻的考述：

> 比兴为诗家奥境。诗之赋篇，每不及比兴之善。同一刺淫乱也，以分章言，《新台》前章，赋而寡味，末章用比，乃入佳境。以全篇言，《溱洧》《桑中》，语嫌亵露，《匏有苦叶》，蕴藉深婉，妙全在比。同一送别也，《燕燕》之兴，情深韵远，读者感涕，《渭阳》之赋，较之则平钝矣。同一思君子也，《风雨》之兴，情景交融，笔意纡曲，《遵大路》之赋，较之则浅直矣。同一怀人也，《褰裳》赋而鄙陋，《东门之墠》赋而坦率，《蒹葭》《白驹》，合赋比兴而浑化之，酝酿而出，绵邈深厚，遂为怀人绝调。[②]

许氏通过列举数条《诗》的例证，在同一主题各篇、同一篇各章之间，从诗歌审美趣味比较“赋”与“比兴”的高低，举证有据，条理清晰。接着，许印芳从“比兴”与“赋”的比较，再分说“比”与“兴”，厘析诸种诗歌表现手法在篇章结构、艺术美感方面的不同功用。刘勰以“宗经”意识为统摄的“比兴”诗论后，许印芳从“比兴”与“赋”之比、“比”与“兴”之比两个层面深入论证，以细致、详赡的诗例对“比兴”作出更富有文学性的阐释，言之有据，鞭辟入里，借助例证以说明在开篇提出的“比兴为诗家奥境，诗之赋篇，每不及比兴之善”的核心论点。可

---

① 梁启超著，俞国林校《清代学术概论》，中华书局，2020年，第106页。

② 许印芳《诗法萃编》，《丛书集成续编》本，台北新文丰出版公司，1988年，第266页。

知，许印芳善于运用副文本形态对正文本内容作出批评，其言说策略是基于原作论见继续阐说，其论证过程包括：响应或批驳他人观点，再从若干维度提出分论点，附以诸条实证，对自我论见加以支撑。再如，杨慎在《升庵诗话》批评元结有好奇之病，许氏对此持反对意见，从元结的生平事迹、历来评论、诗学思想、诗歌创作等视角征引材料，归纳为"但见其好古，未见其好奇"①的结论，引据详洽，论证周密。许氏还赞同杨慎有关"五言起句之妙"的看法，在杨慎所列例句之后，着眼于"熔铸二语，领起全局"，"兴会淋漓，四句六句，一气涌出"②两种诗歌结构功能，举出近百条诗例，征引广博，涵盖汉魏两晋诗、南北朝诗以及初、盛、中唐诗，以此充分说明五言诗起句的妙处所在。

其三，横向相较法。这是指以某种诗文评为论述中心，围绕概念命题、话语方式、论者水平等要素，将其与其他同类文论横向比较。如文章"守"与"变"的命题，许印芳在《〈沧浪诗话〉跋》将严羽以盛唐为法之说，与萧子显"若无新变，不能代雄"，李德裕"文章譬诸日月，终古常见而光景常新"，宋祁"文章必自名一家，而后可以传不朽"③三种言说比勘，以指责严羽拘守唐格、不知参变。《诗法萃编》从比较视野来评说诗文评的体制问题：

> 六朝来评诗撰语，辄用譬喻，盖仿袁昂书评而为之。松雪斋最劣，敖腥庵最优……敖氏特示标准，导启后学。评语杂糅，如满屋散钱，首尾贯之以绳，意旨昭然若揭。近代王元美《艺苑卮言》、洪稚存《北江诗话》，虽负重名，所拟诗评，亦病烦碎，不及敖氏之简贵。元美谓敖氏评语"爽俊而稳

① 许印芳《诗法萃编》，《丛书集成续编》本，台北新文丰出版公司，1988年，第401页。

② 许印芳《诗法萃编》，《丛书集成续编》本，台北新文丰出版公司，1988年，第403页。

③ 许印芳《诗法萃编》，《丛书集成续编》本，台北新文丰出版公司，1988年，第347—348页。

妥，惟稍为宋人曲笔耳”。①

于此，许印芳起首探讨了诗话体制的话语方式及其渊源，认为六朝时诗论家借鉴了南朝梁袁昂《古今书评》的批评话语，移用譬喻之法从事诗歌批评。接着，许著从话语表达、文本结构、中心意旨三方面，以敖陶孙《臞庵诗评》为中心，将其与赵孟頫、王世贞、洪亮吉的诗文评论著横向比对，尤其是与王世贞《艺苑卮言》、洪亮吉《北江诗话》这些颇获好评的诗话比较之后，更能彰显出《臞庵诗评》的独到之处。诗文评作者论诗水平之高下，也是《诗法萃编》跋文时常讨论的话题。许氏以比较的眼光审视诗论家，这既能更好地完成经典解读，同时也流露出批评主体的诗学立场与文学观念。如《〈古夫于亭诗问〉跋》："惟谓东坡律诗不可学，是乃乖僻之见。乾隆以来论诗最公允者，首推纪晓岚先生。其评点前人诗文集，多所发明。东坡诗集亦有批本。集中五七律诗佳篇不少，尽可奉为师法。学者取纪批苏诗读之，自能分别弃取。而渔洋之说不足为据矣。"②此处就苏轼的律诗可学与不可学的问题展开阐说，许印芳不认同王渔洋答门人道东坡律诗不可学的看法，称引纪昀评点《苏文忠公诗集》，认为纪批苏诗能够成为诗学范本，裨益学者。批评主体在比勘诸家观点的背后，往往隐含主体本身的批评取向。许氏在此先比较王士禛与纪昀两者所见，并表现出赞成后者的倾向。而这也正是许印芳诗学思想的特征之一，即对纪昀诗论的积极阐扬，如其评价称"我朝纪晓岚先生《律髓刊误》，持论最公亦最确，可据为断案"③。

浸淫于清代乾嘉学风，《四库全书总目》诗文评提要已趋于追求细腻严谨的考辨工夫与平和公允的立论态度，这种诗文评研究精神

① 许印芳《诗法萃编》，《丛书集成续编》本，台北新文丰出版公司，1988年，第352—353页。

② 许印芳《诗法萃编》，《丛书集成续编》本，台北新文丰出版公司，1988年，第490页。

③ 许印芳《诗法萃编》，《丛书集成续编》本，台北新文丰出版公司，1988年，第442页。

深刻影响了清中叶以至于晚清的诗文评学科发展。晚清许印芳对包括《总目》诗文评提要在内的清代正统文学思想的积极接受，与《诗法萃编》的跋文书写远离了印象式、零碎化的评点风格，这二者之间具有相当程度的关联。进一步来看，许著显示出了重视实证的考据精神与褒贬互见的批评思想。

一是注重实证的考据精神。作为一部适应科举考试的书院讲义，《诗法萃编》的讲授风格与论证思路，势必会接受清代官方意识形态、当时治学风气及著者文学思想的影响。《诗法萃编·序》落款为"光绪十有九年癸巳秋八月石屏许印芳麟篆自序于滇会经正书院之朴学斋"[①]。有清一代朴学昌盛，其治学方法与治学精神披及清代各门学问，降至晚清，许多旧体诗话著者仍谨守传统朴学的研治理路，"虽然考据学的全盛期已过，但他们仍遵循持守乾嘉之风，以征实为尚"[②]，许印芳书斋以"朴学"命名，可由此窥见他推崇"实事求是，无征不信"的朴学之风。而这种追求立论有据的治学精神，深刻地渗透于《诗法萃编》的诗文评研究理路中。许印芳开展诗文评批评时，常以史学眼光考察历代文学经验与理论的嬗变，绾合诸多实证事例，进以得出具有说服力的判断。比如，《〈诗品〉跋》指出《诗品》的缺陷："于汉京作者略而不详，自序所录止于五言，而无一语及于乐府。"[③]在提出该论断之前，许印芳举出诸多实例，细致地考察了乐府诗源流，摆出多道例证以描摹汉代诗歌史历程，说明乐府诗在古典诗歌史地位举足轻重。许氏《〈诗赋赞〉跋》讨论"知道非诗，诗未为奇"命题时，点明论点"诗之奇者不离乎道"[④]，继而追溯中国古典诗歌的创作传统，

---

① 许印芳《诗法萃编》，《丛书集成续编》本，台北新文丰出版公司，1988年，第228页。

② 张红《清代朴学与中国诗学方法的转变》，《湖南大学学报（社会科学版）》2014年第1期。

③ 许印芳《诗法萃编》，《丛书集成续编》本，台北新文丰出版公司，1988年，第283页。

④ 许印芳《诗法萃编》，《丛书集成续编》本，台北新文丰出版公司，1988年，第329页。

佐以《诗经》“奇”与“道”兼备的诗例来论证诗之“奇”的合法性。无独有偶，许氏也举出许多《诗经》、李白、杜甫、韩愈的诗歌作品为证据，用以批驳严羽《沧浪诗话》“夫诗有别材，非关书也；诗有别趣，非关理也”①的诗学论见。

二是褒贬互见的批评思想。许印芳平允的批评态度还贯注于其诗文评研究，即围绕文论命题、论著整体等方面，展开褒扬与指摘并存的文学批评。如其对《诗品》的批评，许印芳先举例说明钟著遗漏汉京作者，继而又肯定《诗品》：“钟氏于魏晋以下诗流，可谓择之精而语之详矣。褒贬群材，语多切实，撰著之工，名宿推许。”②许氏此种辩证的言说正体现其实事求是、力求平正的批评理念。又如，他先高度评价《杼山诗式》论诗皆中窾会，但本于评诗应不偏不倚的批评标准，又认为《诗式》过于推尊谢灵运诗地位，有偏私之嫌，或失公允：“以乃祖康乐公为诗中日月，未免阿其所好，揄扬太过耳。”③许印芳在褒扬吴兢《乐府古题要解》“颇为典核”④之后，指出吴兢在追溯古题渊源时误引后出作品，许氏对此指瑕道：“岂非数典而忘其祖乎！”⑤从《诗法萃编》的跋文中体现出许印芳的平实公允、就事论事的诗文评批评精神。

本文所谓“承中有变”，是指《诗法萃编》对于传统诗文评研究类型的承继与创变。古代诗文评学术研究以古典目录、单篇（部）论著、笺释校注、笔记杂钞等研究形态为基本载体。就传统方式的研究类型而言，主要呈现为以下四种：其一，片言隽语式批评，此类型较早

---

① 严羽著，张健校笺《沧浪诗话》，上海古籍出版社，2022年，第129页。

② 许印芳《诗法萃编》，《丛书集成续编》本，台北新文丰出版公司，1988年，第283页。

③ 许印芳《诗法萃编》，《丛书集成续编》本，台北新文丰出版公司，1988年，第309页。

④ 许印芳《诗法萃编》，《丛书集成续编》本，台北新文丰出版公司，1988年，第302页。

⑤ 许印芳《诗法萃编》，《丛书集成续编》本，台北新文丰出版公司，1988年，第303页。

可上溯至《文心雕龙》评议《文赋》论语，成书型的诗文评著作中附着于论著本身的序跋题词、凡例自注等文本，常常散落着对诗文评的批评意见。其二，古典书目的著录，如《隋书·经籍志》将《文心雕龙》归入"总集"类目。若历时地考察古典目录学对诗文评文献的著录情况，有裨于探赜传统诗文评学科萌生与发展的具体过程。其三，专论式批评。如《四库全书总目》诗文评提要对诗文评论著展开相对充分的文献考辨与理论阐释。其四，资料汇编型研究。编者主要为了迎合读者的写作需求，辑录相关诗学、文章学理论，以指导应制文写作，如顾龙振《诗学指南》、姚椿《论文别录》等文论资料汇编。

整体而言，《诗法萃编》的诗文评研究融合了片言隽语式批评、专论式批评与资料汇编型三种类型，承接前人的研究方法与视角之上实现创变。首先，许著赓续与突破了古代文论的编纂传统。随着宋代以来文论话语与著作的愈加丰富，诗文评专辑的编刊也因之骎盛，晚清许印芳所编《诗法萃编》便延续了前代文学理论丛编的传统体例，将其诗文评批评意旨与研究理念渗入编纂过程，试图创设性地构建一个贯通古今的诗文评经典序列，反映自我诗文评研究观念。其次，许印芳拓展了诗文评研究的论说空间。翻阅前人的诗话丛书凡例、序跋等文本，偶见编者评议特定的文学批评资料，但多为三言两语的评论，碍于相对有限的言说空间，针对诗文评的大篇幅专门性阐述有所欠缺。其中，编撰者在序言中论述较充分的是王启原的《谈艺珠丛》(1885)，其《序》论及梁代以降诗学批评资料的沿革与得失："盖自梁刘勰有《明诗》之篇，钟嵘品诗遂详派别，唐人好言类格，而表圣之品独能入微。宋之诗涉议，宗白石、沧浪，知求兴象；明则自麓堂而后，皆知以抉别法微为归。"[①]然而，相较而言，许印芳更有效地发挥《诗法萃编》序跋文体的言说功能，将序言、跋文灵活地嵌入各部(篇)文论的前后位置，方便以专论式的篇幅展开文论批评，为诗文评研究创造了更为广阔的论说空间。

① 王启原《谈艺珠丛》，清光绪十一年(1885)长沙玉尺山房刊本，第4页。

三、向上一路：《诗法萃编》对传统诗文评研究的意义

相较于集部中的其他类目，诗文评学科正式独立的时间较晚，迟至《四库全书总目》才以官方立场对其展开专门化的评述与研究，在此以后的诗文评研究便在《总目》的深刻影响下继续演进。问世于晚清的《诗法萃编》，其文学批评立场和研究理路可以说与《总目》一脉相承，又显出其超越与精进之处，试从文体批评理论的沟通、诗文评论著序列的建构与学科研究理念的深化三方面探讨之：

首先，《诗法萃编》的编纂反映了清代诗话汇编的进境，促进诗学与文章学理论得以汇通与互鉴。古人很早地意识到诗体与其他文体互参的文学现象[①]，如宋人黄庭坚就曾从诗文创作层面提出"以文为诗""以诗为文"等命题。但从理论层面抽绎诗学与文章学论说之间的融合汇通，再以之指导写作，这就要求诗文评资料孳乳日繁后方可达成。宋代以降，更为常见的编纂体例是分别辑录诗学资料、文章学资料的样式，诗话汇编如胡仔《苕溪渔隐丛话》、魏庆之《诗人玉屑》以及何文焕《历代诗话》、丁福保《历代诗话续编》；文话汇编则有王正德《余师录》、姚椿《论文别录》、吴荫培《文略》等文论编著。其实在《诗法萃编》之前，宋代吴子良《荆溪林下偶谈》、清代蒋澜《艺苑名言》等书已兼采诗文评和说部文献，编纂内容便涵括诗学与文章学论著；也有编者注意到诗与文章在创作方面的沟通，如蒋澜《艺苑名言·序》云："诗与文一也，凡欲学为古今文者，必取古今名人评论，沉潜参玩，融贯于心，方知所以相题、命意、布格、措辞、炼字之法。惟诗亦然。"[②]然而仍存在一些局限：就汇编型文论的体制来说，它们还未能阐明诗文创作理论的互通，多对诗文评资料作"述而不作"的罗列。若要强调诗学与文章学的自觉互鉴，则有待后来者才得以实现。

① 参见蒋寅《中国古代文体互参中"以高行卑"的体位定势》，《中国社会科学》2008年第5期。

② 蒋澜《艺苑名言》，清乾隆四十年(1775)怀谷轩刊本，第1页。

至于晚清许印芳的《诗法萃编》，它虽题名为“诗法”，然其所选不同于游艺《诗法入门》等教授作诗技法的资料汇编，许著囊括诗论、诗格、诗评、诗话以至于文章论等文学批评样式，这反映出许印芳相对泛化的诗学理念，提倡诗学批评与文章学批评相互参涉。究其根因，这是源自古人论文所谓“文章”的观念，涵盖了诗、文、赋等文体，不拘于个别文类而呈现为相对宽泛的文章的概念。该观念折射在编纂实践上，则体现为汇辑前代包括诗学在内的文学批评资料，自诗学理论的总集上升至贯通古今的诗文理论选本，进一步而言，这促进了清代汇辑型诗话文体与中国古代文论选两种编纂体例的融通。

第二，《诗法萃编》以书院讲义的文体形态，创建以古为宗的诗文评经典序列。许印芳在编纂《诗法萃编》过程中操持富有独创意义的“选政”，其选录策略是对特定诗文评论著的次序作升格与降位。从广义的范围来说，许印芳《诗法萃编》以诗文评论著为正文本为前提，充分调动副文本的批评功能，以完成对诗文评之再批评活动，这突破了前人著录诗文评的习套，有意凝定一部以古为尚、贯通古今的诗文评论著选本。而在不少清代官私书目的诗文评著录中，《文心雕龙》《诗品》常常是位列前茅，这可以视为清代目录学对诗文评经典的共向选择。然而许著选目与清代目录所择有较大出入，试以传统诗文评集大成之作《四库全书总目》[1]与《诗法萃编》相较，或能窥见许著之于诗文评经典化的贡献。

《四库全书总目》的诗文评类大致按作品成书的先后，选录 64 部著作为正目、85 部著作为存目，仅收录勒为成书的诗文评著作，而不取单篇诗评、文评。其一，从选目选汰来比较，《诗法萃编》选录了《诗经序》《诗序辨》《诗传序》《典论 · 论文》《与吴质书》《与杨德祖书》《南宋书 · 谢灵运传论》《答陆厥问声韵书》《南齐书 · 文学传论》等单篇文论，而这些单行传世的诗文评文献，却被《总目》诗文评类囿于体制

---

① 参见吴承学《论〈四库全书总目〉在诗文评研究史上的贡献》，《文学评论》1998 年第 6 期。

规范而排除在外，尽管它们在中国古代文学批评史的地位极高、影响极大。由此可见，许氏所选更契合诗文评学科发展实际，其选目所昭示的古代文学批评史历程也更为充盈与完备。其二，从选录次序比较。许著将《〈诗〉序》置于选篇首位，既强调了《诗》论对中国古典诗文评具有原发性的影响，“古典写作观念最具代表性见解当推《毛诗大序》”①，也透露出许印芳“以古为宗”的批评立场。其三，自选目正次来看。许著将《总目》正目所著的《本事诗》《六一诗话》《藏海诗话》《怀麓堂诗话》《艺圃撷余》分别置于附录“唐人杂说”“宋人杂说”“明人杂说”；又将《总目》著于存目的《乐府古题要解》《诗式》置于唐人文论的正编。二者在选目与选次的出入，反映出许印芳对代表官方立场的《四库全书总目》诗文评类序列的改造与重塑。除了书目著录，其他诗学资料汇编也表现出“无序性”，如蒋澜在《艺苑名言》记云：“诸书随阅随录，不尽拘世次。”②卢衍仁辑《古今诗话选隽》被评为“然采录与编次均较随意，漫无条理”③综合诸书选目，《诗法萃编》的择取与删汰有其批评宗旨所在，对诗文评论著经典品位是精心经营的，其旨归在于塑造以古为范、沟通诗文进而指导写作的诗文评汇编典范。

第三，《诗法萃编》显现出传统诗文评研究的赓续与演进，具体展现为专门化、整体性的诗文评研究理路，折射在传统诗文评学科研究面临转型之际，清代朴学范式影响下的治学结晶。就专门化而言，“资料的收集整理，是现代学科赖以发展的基础。现代形态的中国古代文论研究，首先要面对的是如何从浩如烟海的历史资料中整理出较为明确的发展轨迹”④。许印芳主讲经正书院期间，于1895年刊印《诗法萃编》，以编著历代文论资料的方式指导应试写作，运用序跋、自注等副文本从事诗文评理论的批评。他对古代文论资料的收集、

① 参见柳春蕊《关于古代文论选与古文论研究的反思》，《云梦学刊》2010年第3期。

② 蒋澜《艺苑名言》，清乾隆四十年(1775)怀谷轩刊本，第2页。

③ 蒋寅《清诗话考》，中华书局，2005年，第407页。

④ 参见董学文、戴晓华《文论讲疏的现代奠基之作——姚永朴的〈国文学〉》，《中南大学学报(社会科学版)》2006年第6期。

厘析与发明促进了诗文评研究的深入，是古代文论研究在晚清阶段走向专门化的表现，呈现出前现代学科体系的研究趋向。就整体性而言，《诗法萃编》对前人论文要言作了历时性的序列编排与共时性的横向比较，综合地梳理古代文论自先秦两汉至清代中期论域的总体脉络。自文论研究的言说方式观之，与传统隐喻式、象喻式的批评话语表达相区别，《诗法萃编》运用考证型、归纳型言说形态，后者更具有清代朴学"无证不信"的治学精神。同时，许印芳在《诗法萃编》解读诗文评经典时，表现出裁判公允、褒贬并存的批评特征。从接近归纳型言说方式与趋于客观理性的研究理路，不妨说其诗文评研究是清代整体学术理路作用下结出的研究成果，这与中国古代文学批评史学科进入现代学术体系后的发展图景相参看，如"花开两朵，各表一枝"。两者虽各师各法，但确有不谋而合之处。

许印芳离世两年后，光绪二十九年(1903)《奏定大学堂章程》颁布。该章程制定了"中国文学门"下属科目，包括文学研究法、历代文章流别、古人论文要言、周秦至今文章名家等主课。桐城派后劲姚永朴《国文学》、黄侃《文心雕龙札记》等讲义的编纂，既是在此章程影响下的古代文论研究成果，也是传统诗文评学面对现代学科制度与学术论域作出自我调整的结果。20世纪20年代以降，中国文学批评史作为一门学科正式确立且迅速发展，许文雨《文论讲疏》、程千帆《文论要诠》、郭绍虞《中国历代文论选》诸书致力于搜集、选录及阐释古代文论资料，以传统治学理路与现代学术视野相结合来考察古代诗文评源流，基本属于现代形态的古代文论研究。而在姚永朴、黄侃、许文雨、程千帆、郭绍虞等学人的编著面世之前，许印芳《诗法萃编》就以选录与批评古代文论的研究形态，映现了传统诗文评学科在晚清时期的深入发展，从传统著述体例角度照见中国特色文论话语与批评范式。

（华南师范大学文学院）

“秀水范式”与“差序格局”：论清代总集别撰诗话的体例生成与空间分布*

李清华

内容摘要：总集与诗话是两种性质不同的著作种类，在《诗经》、元好问《中州集》、方回《瀛奎律髓》、朱彝尊《明诗综》等总集中，二者分别呈现为诗/序、诗/传、诗/评、诗/话等四种对应关系。作为总集别撰诗话的代表作，《静志居诗话》的独创性体例在诗话命名、位置、功能、写作方式等方面具有范式意义，或可就朱氏籍贯称之“秀水范式”，成为后世效仿的对象，并在地域、断代、朋旧以及僧、道、域外等总集中得到广泛应用。总集别撰诗话形成了多达四十余种的专题门类，大致形成了以秀水梅里为中心，进而泛及嘉兴府、浙江省，辐射江苏、福建、广东、京畿等地，甚至东渡日本，空间分布整体呈现“差序格局”。基于诗话本位视角，总集别撰诗话与总集相辅相成，又相对独立，呈现出因与总集相关而又有别于传统诗话的功能

* 本文为全国高校古籍整理重点研究项目“清代总集寄生诗话丛编”（教古字[2019]039号）、国家社科基金重大项目“清诗话全编”（项目号：12&ZD160）阶段性成果。

表达。梳理总集与诗话的交流互动关系，廓清其整体面貌和分布格局，在借鉴前人辑录《静志居诗话》《蒲褐山房诗话》的既有经验上加以系统整理，有助于开拓清代诗话的研究领域，使其更为深入地参与清代诗学的理论架构中来。

关键词：秀水范式；差序格局；总集别撰诗话；体例生成；空间分布

Xiushui Paradigm and Diversity-orderly Structure：The Research on Style Generation and Geographical Distribution of Notes on Poets and Poetry Written in Poetry Collection

Li Qinghua

Abstract：As two types of work with different properties，poetry collection and notes on poets and poetry present four corresponding relationships，mainly containing poetry-preface in *Shi Jing*（《诗经》），poetry-biography in Yuan Hao-wen's *Zhong Zhou Ji*（《中州集》），poetry-review in Fang Hui's *Ying Kui Lv Sui*（《瀛奎律髓》），poetry-notes in Zhu Yi-zun's *Ming Shi Zong*（《明诗综》）. As the masterpiece and original work of notes on poets and poetry written in poetry collection，*Jing Zhi Ju Shi Hua*（《静志居诗话》）has typical significance in terms of Naming convention and position，as well as function and writing style. Considering the native place of Zhu Yizun，it can be called "Xiushui paradigm". It is so celebrated to be a mock object，and widely used in various poetry collections，including regional，chronological and extraterritorial collection，as well as poetry collection of poetry mates，monk，Taoist. Include of more than forty works，it centered around Meili（梅里）in Xiushui county, extending to Jiaxing, to Zhejiang province, further to Jiangsu province, Fujian province, Guangdong province, capital city and its environs, even as far away as Japan. As a whole, it is so-called "diversity-orderly structure". Based on the view of notes on poets and poetry, the notes written in poetry collection not only has relative independence, but also closely related to poetry collection. In view of this, its function is clearly different from traditional notes on poets and poetry. Based on the existing experience in sorting out *Jing Zhi Ju Shi Hua* and *Pu He Shan Fang Shi Hua*(《蒲褐山房诗话》), clearing up the relationship of communication and interaction between poetry collection and notes on poets and poetry, being familiar with the overall appearance and geographical distribution of notes on poets and poetry written in poetry collection, which is useful to expand the field of notes on poets and poetry of Qing Dynasty, helpful for notes on poets and poetry written in poetry collection to take a part of construction of poetry in the Qing Dynasty.

Keywords: Xiushui paradigm; diversity-orderly structure; notes on poets and poetry written in poetry collection; style generation; geographical distribution

继丁福保《清诗话》、郭绍虞《续编》后，张寅彭师先有《三编》之辑，今有《全编》之役。近年来《全编》顺康雍、乾隆、嘉庆、道光等四期陆续刊布，即将全面而系统地呈现清代诗话的整体面貌。值得注意的是，清代诗话具有鲜明的专门化倾向，故《全编》有内外之分，外编有断代、地域、诗法之别。这种依据诗话内容的分门别类，学界早已关注，郭绍虞《清诗话·前言》已述及，蒋寅先生《清诗话考》也设有断代、专人、闺秀、郡邑等专目。

此外，清代诗话尚有一个并不少见但少受关注的特殊门类，即总集别撰诗话，或谓总集附载诗话。蒋寅先生亦曾论及云："清代的诗选更有一个独创性的体例，就是在诗人小传后更附以诗话。"[①]这种基

---

① 蒋寅《论清代诗文集的类型、特征及文献价值》，《河北师范大学学报（哲学社会科学版）》2004 年第 1 期，第 66 页。

于文本存在形态的诗话门类，创体于朱彝尊《静志居诗话》，是清人总集编选模式、诗话撰述方式的创新，后世多效仿其体例，成为清代诗话中的异卉奇葩。关于总集别撰诗话的讨论，既有研究多从总集研究的视角出发，着重强调诗话作为总集附件的附属功能和附骥地位，较少从诗话本位视角进行专门考察、整理与研究。此类诗话丰富的文学、历史文献资料，特殊的文本存在形态，多样化、创新性的功能呈现，不仅承载了个人经验、时代记忆、地方历史和知识，还可从中窥探清人的“诗话”认知和史传意识。鉴于目前相关研究寥寥，实有必要辨析总集、诗话二者间的多样化交互关系，廓清总体面貌，并对其基本范式、功能意义和后世影响作较为系统的考察研究。

一、同源两脉：总集、诗话的交互关系

总集与诗话本是性质截然不同的著作种类。总集以录诗、选诗为主，或网罗散佚，或删汰繁芜，至宋始出谈理一派，兼具理论批评的性质。而诗话晚出，创制于北宋欧阳修《六一诗话》，司马光续之，本是长短不拘、谈诗论艺的随笔散记，至明、清逐渐泛化为囊括诗评、诗法、诗话，包含诗人小传、主客图、论诗诗、声调谱、点将录等多种新形式的广义概念。

无论总集还是诗话，其源似都可追溯至《诗经》。《诗经》是中国文学史最早的诗歌总集。溯源语境下的“诗话”，也往往溯至孔、孟、子夏等论《诗》片段及《诗》序。秦大士《龙性堂诗话序》云：“‘思无邪’，孔子之诗话也。‘不以文害辞，不以辞害志’，孟子之诗话也。”[①]姜曾《三家诗话序》云：“吴札观乐，不废美讥；子夏序诗，并论哀乐，即诗话之滥觞也。”[②]曾燠《静志居诗话序》云：“夫诗话何昉乎？孟子之论《小弁》《凯风》与《云汉》之诗，盖诗话之祖也。”[③]钟骏声《养自

---

① 郭绍虞编选，富寿荪校点《清诗话续编》第二册，上海古籍出版社，2016 年，第 891 页。

② 郭绍虞编选，富寿荪校点《清诗话续编》第四册，上海古籍出版社，2016 年，第 1819 页。

③ 朱彝尊著，姚祖恩编，黄君坦校点《静志居诗话》，人民文学出版社，1990 年，序第 2 页。

然斋诗话》自序云："诗话权舆于《小序》，滥觞于《韩诗外传》，其名则始于宋。"①《诗经》十五国风分地论诗，故序地域诗话者也多承袭此说，如刘星炜《全闽诗话序》、汪沆《榕城诗话序》。以上诸家论说，虽不无援经自重之意，却隐隐牵连出总集与诗话的同源关系。

再至唐及宋、金时期，总集因附载诗人传记，又与诗话有所牵涉。钱琦《莆风清籁集序》云："昔唐人选诗，若殷璠、高仲武之类，尝略缀品评，传其警句。至金元好问撰《中州集》，则事迹灿然明白，后人谓之诗史。"②总集之有小传，似以晚唐姚合《极玄集》为最早，《四库全书总目》提要云："二十一人之中，惟僧灵一、法振、皎然、清江四人不著始末，祖咏不著其字，畅'当'字下作一方空，盖原本有而传写佚阙。其余则凡字及爵里与登科之年，一一详载。……总集之兼具小传，实自此始，亦足以资考证也。"③陈尚君先生认为《极玄集》"各家小传，绝非出自姚合所记，而是南宋以后人在将该书析为二卷时，采撷当时能够见到之各家传记资料，剪辑而成"④。因此，其创体之功有待商榷。南宋曾慥编《宋百家诗选》，虽有小传，然选诗质量不高，后世影响不大。及至元好问《中州集》面世，诗人小传内容丰富，字号爵里、科举仕宦、交游著述、诗歌品评、逸闻轶事等无不兼具，为后世总集编纂的典型范式，乃总集之有诗人传记最具代表性的著作。后世有将小传辑录单行者，如卢世漼《钞书杂序·中州集》云："元遗山《中州集》每人有一小序，余乃钞其序，定为一册，熟复展玩，深服遗山为史家老手。且胸中有如许事，直借文章泄其突兀，盖谢康乐、庾开府一流人。不意金源有此瑰宝，安得其全集读之？"⑤有清一朝，辑总集小传而传者尚有数种，如钱陆灿辑《列朝诗集小传》、卢见曾辑《渔洋感旧集小

---

① 钟骏声《养自然斋诗话》，清同治十三年(1874)刊巾箱本，自序。

② 郑王臣《莆风清籁集》，清光绪二十六年(1900)重印乾隆三十七年(1772)刻本，钱琦序。

③ 永瑢等《四库全书总目》，中华书局，1965年，第1689页。

④ 参见傅璇琮主编《唐才子传校笺》第五册"姚合"陈尚君补考，中华书局，1995年，第304页。

⑤ 卢世漼《尊水园集略》，清顺治十七年(1660)卢孝余增修本，卷七叶16a。

传》、伊福讷辑《白山诗钞诗人小传》、李登云辑郑方坤《国朝名家诗钞小传》等。

又至于元，方回自序《瀛奎律髓》云“所选，诗格也；所注，诗话也”[①]，又将“选”和“注”分别定性为“诗格”和“诗话”，明确揭示总集与诗话基于存在形态而呈现的功能差异，具体为总集和诗评的模式。后世亦有将总集评语辑出单行而为诗话者，如方东树读王士禛《古诗选》、姚鼐《今体诗钞》等书评语，辑为《昭昧詹言》。今人陆林、王卓华辑邓汉仪《诗观》评语，冠以《慎墨堂诗话》刊行，也是沿袭此种思路的做法。

总集中的总论、凡例，也有单行而名诗话者，如王士禛《五七言古诗选》凡例，王晫、张潮冠以《渔洋诗话》收入《檀几丛书》二集；徐增《说唐诗》卷首《与同学论诗》，张潮冠名《而庵诗话》收入《昭代丛书》。

以上所述情形皆总集附件脱离本体而成诗话者，本无诗话其书其名，实另由本人或后世辑录冠以“诗话”行世。与之不同，朱彝尊《明诗综》别撰《静志居诗话》，因诗话出于总集编选者之手，且又专门独立冠名，宣示诗话撰写别具意图，故其独立性相较于以上数种情形更为凸显，因而在单独辑录的操作实践中更具有可行性和合理性。

基于不同时代的代表性著作，总集与诗话的多元互动关系在《诗经》、元好问《中州集》、方回《瀛奎律髓》、朱彝尊《明诗综》等四个关键节点上，呈现出诗/序、诗/传、诗/评、诗/话等四种类型的对应关系。而朱彝尊《静志居诗话》的破茧而出，进一步突破了“总集＋小传”的结构模式，别出心裁地确立诗话与总集相关而又疏离于总集的文本定位。

此外，鉴于对诗话的宽泛认识，抑或诗话创作的轻松心态，清人诗话又有近似总集的特殊情形，可视为总集与诗话关系的另一面向，在此略作说明。正如张麟年《一虱室诗话》所云：“近人好作诗话，往

① 方回选评，李庆甲集评校点《瀛奎律髓汇评》，上海古籍出版社，2020年，序第1页。

往诗多多许，话少少许。取长篇大简堆叠其中，首尾加几句诗话套语，而诗话能事毕矣。果诗话耶？乃诗录也，话何有焉？"[①]张氏从诗话创作的角度批评清代部分诗话重"诗"轻"话"，借诗话之名，行总集之实，致其性质近似总集的不良风气。总集、诗话在录诗功能上固有交集，但鉴于体例有别，当有所偏重。盖诗话亦可录诗，且又不必如总集编选那般体例严谨，可随己意行之，故流为弊病，为学者所诋讥。

二、秀水范式：朱彝尊《静志居诗话》的典范意义

朱彝尊《明诗综》是清人辑录明诗的代表著作之一。钱大昕《题朱竹垞明诗综草稿》四绝句其一云："长芦太史七十六，慧庆手钞百卷诗。比似遗山才更大，瑶华南北总无遗。"[②]钱氏将朱彝尊与元好问相较，自是认识到《明诗综》于《中州集》在体制上有渊源关系，价值、地位有足可媲美之处。朱氏进一步突破《中州集》体例，别撰《静志居诗话》附入，别树一帜，自张一军。卢见曾《国朝山左诗钞》凡例第二款着重赞许了朱氏做法："选诗有传，始于殷璠，详于元遗山《中州集》，钱宗伯《列朝诗选》又加详焉。牧翁以诗存史，意自有在。窃谓《明诗综》前详爵里，后系诗话，于选诗体制为宜。"[③]朱彝尊于总集中另辟"诗话"，使得诗选、诗话各有偏重，各司其职，相互独立而又相辅相成，达成诗录与诗话和谐共存的状态。因朱彝尊隶籍秀水，而作为创体之作的《静志居诗话》尤具范式意义，影响深远，故可就其籍贯称为"秀水范式"。

（一）独署专名，别是一书

《明诗综》兼有诗选和诗话两部分，集名"明诗综"，诗话则署"静志居"，诗话别具专名，凸显诗话别是一书的客观形态和主观意图，故曾燠《静志居诗话序》有"书名分类，并仍其旧，亦竹垞先生之

---

① 张麟年《一虱室诗话》，清光绪三十三年(1907)刊本，卷一叶1a。

② 钱大昕《潜研堂诗续集》，清嘉庆十一年(1806)刻本，卷十叶12b。

③ 卢见曾《国朝山左诗钞》，清乾隆雅雨堂刻本，凡例第二。

志乎”[①]云云。这也是摒弃已有研究视诗话为总集附件的认识，将诗话与总集置于并列位置的根本依据，大致可谓名正言顺。卢文弨《抱经堂文集》卷六《静志居诗话序》云：“秀水朱竹垞氏辑《明诗综》百卷，薙前人之丛猥而正其讹者也，其载诸家论说详矣。至其所自为说，则目曰《静志居诗话》，意其必有成书，然未之见也。余谓古今诗人小传尝有钞出别行者，朱氏《诗话》似亦当尔。”[②]卢氏自意《静志居诗话》已有成书，指出诗话单独辑录的正当性，从侧面进一步深化了诗话别是一书的认识，显示出对总集别撰诗话的特别关注，也验证了诗话辑录单行的必要性和可行性。

朱彝尊及其《明诗综》声名卓著，但部头颇大，其理论价值在一定程度上有所削弱、稀释，甚至是遮蔽。若要彰显朱氏之说，则去其诗而存其话的“瘦身”就显得尤为必要。后世多人的辑录实践，也一再证实这一点。有据可考者，有金俊明《明诗综诗话》（卷数不详）、江谞《明诗综诗话》（五卷）、卢文弨《静志居诗话》（二十二卷）、周中孚《静志居诗话》（二十二卷）及姚祖恩《静志居诗话》（二十四卷）等五种，以姚氏辑本最善，流传最广，影响最大，为今世通行之本。各家辑本卷数不同，编辑策略、卷目分置自然也略有差异，但最直观的差异无疑体现在诗话命名形式上，或可从中揣摩各家对诗话独立属性的不同认识。

从题名来看，金俊明、江谞《明诗综诗话》虽从辑录实践上认可其单辑必要性，但忽略了诗话别是一书的撰写意图，略有“名不正”之嫌。当然，也可能是因朱彝尊诗话的命名方式而导致误解，以至与卢氏、周氏命名不同。这种误解在清代较为常见，如王士禛《感旧集》、陶元藻《全浙诗话》、邓显鹤《沅湘耆旧集》、震钧《国朝书人辑略》等在征引时都标识《明诗综诗话》，就足以说明这一点。周中孚作为辑录

---

① 朱彝尊著，姚祖恩编，黄君坦校点《静志居诗话》，人民文学出版社，1990年，序第2页。

② 卢文弨《抱经堂文集》，清乾隆六十年（1795）刻本，卷六叶4b。

践行者，其在《郑堂札记》也曾专门拈出这一错误认识，并予以批判，云：

> 凡《诗综》附载诗话于每卷首条，冠以“静志居”字样，已后只称“诗话”，自首卷以讫末卷，无不皆然。嘉兴李道腓与其族弟集编次《梅会诗选》，凡明季国初诸家见录于《诗综》而有诗话者，尽行采入，遇有标明“静志居”者，则称《静志居诗话》，只称“诗话”者，则称《明诗综诗话》，可谓观书眼如豆。①

《静志居诗话》的题名方式看起来似有缺陷，但在后世仍有效仿，屡见不鲜。于梅里有许灿《梅里诗辑》之《晦堂诗话》、沈爱莲《续梅里诗辑》之《远香诗话》，于闻湖有孟彬《闻湖诗钞》之《赋鱼诗话》、李王猷《闻湖诗续钞》之《耘庵诗话》、李道悠《闻湖诗三钞》《竹里诗萃》之《求有益斋诗话》等，明显承袭、固守乡里前贤定式。除梅里、闻湖诸集外，其他总集多采用每条诗话冠其全名的方式，避免了因命名方式而导致误读的尴尬。此外，《(乾隆)娄县志》、王昶《湖海诗传》及《(光绪)金山县志》《(光绪)青浦县志》《蒲溪小志》等征引“小长芦诗话”多处，皆不出《静志居诗话》范围，盖征引不规范而形成的又一别称。

（二）诗话位置与内容、功能

大体而言，诗话所系无非总集所录之人、所选之诗、所分之类，故《静志居诗话》的条目主要分布在三个位置，即诗人小传之后、所评诗作之后和所列类目之首，关系着诗话的内容和书写策略，在具体功用上也存在明显差异。按照出现频率排列主次，分述如下。

1. 诗人小传之后。元好问《中州集》、钱谦益《列朝诗集》诗人传记篇幅较长，虽未独立冠名，亦可视作诗话之体。然《明诗综》传记分为三部分，即小传、辑评和诗话。小传简略，详其字号爵里、科举仕宦、卒年谥号、诗文著述等简略信息；后辅之前人论断，兼采众说；末自撰文字即为诗话，可视为小传、辑评之补充。三者可谓层次分明。

① 周中孚《郑堂札记》卷二，中华书局，1985 年，第 14 页。

“诗话”析出于小传，是朱彝尊作为评论家、博雅学者而职非史官对自撰文字的自觉定位。

诗话多与诗人直接相关，考其家世支派，赞其高才硕学，述其师承交游，记载嘉言懿行，表彰孝行善举，摘录佳联隽句，论评诗格宗尚，详于艺文著述及其流传情状，采录逸闻轶事；又涉其父兄子孙，或姓名相同、事迹相似、品格相类者，录诗纪事，连及而论。总之，内容庞杂琐细，即钟廷瑛所谓：“诗话者，记本事，寓评品，赏名篇，标隽句；耆宿说法，时度金针，名流排调，亦征善谑；或有参考故实，辨正缪误：皆攻诗者不废也。”[①]此类情况最为普遍，约十之八九，实不必举例详加说明。

惟《明诗综》卷一（上）专录明朝皇帝诗，无论辑评还是《静志居诗话》皆附于诗作末首之后，实是朱氏表示尊崇敬重的处理方式。郑王臣《莆风清籁集》所录先祖唐“郑露”、宋“郑伯玉”、高祖“郑锜”、祖父“郑亮光”、祖母“陈勤”等；黄协埙《海曲诗钞三集》于业师“吴恩藻”“张文虎”二人，皆不缀诗话而出以识语、按语，形式不同，其意则一也。

2. 所评诗作之后。诗话系于诗作之后，多与诗直接相关，或发明诗题，或探讨诗句，考证、阐释诗歌涉及的人物、事物、名物等；或采录同题、同类诗作以较优劣，或援引他书以校文字，内容简略不一。所释诗中名物如“十四楼”“七里溪别墅”“浮远堂”“显灵宫”“首善书院”“屠坟”“戈船”“郑女冢”“晏常侍祠”“杜康庙”“慧因寺”等数十条。又如卷六张孟兼《漫兴》一条，朱氏考诗题“漫兴”当源于杜甫《漫与》，杨维桢误作《漫兴》，张孟兼首沿其误，遂撰诗话纠其谬。又卷十一蓝仁《赋网巾》，述明网巾之制。此种情形，亦较常见。

此类诗话条目与诗紧密相关，若录诗话而略其诗，则不免割裂，不知所云。故姚祖恩编辑《静志居诗话》或录其题、录其诗于诗话之

① 钟廷瑛《全宋诗话》，中国国家图书馆藏京师图书馆传抄本，清嘉庆二十二年（1817）自序。

前，或录诗于按语中而置之诗话之后，便宜从事，繁简得当，可谓考虑周全。

3. 所列类目卷首。《明诗综》自卷八十三始，分列“乐章”“宫掖”“宗潢”“闺门”“中涓”“外臣”“羽士”“释子”“女冠·尼”“土司”“属国”“无名子”“杂流”“妓女”“神鬼”“杂谣歌辞”等十六门类。其中“闺门”“中涓”“女冠”“土司”“属国”（包括高丽、朝鲜、安南）“杂流”“妓女”“杂谣歌辞”各卷卷首皆撰诗话一则，述其历史源流、设目缘由和意旨，以及收录情况等，作为总集分类的附加说明。如卷八十六“闺门”卷首历数明代总集之有妇人诗者，针对“青黄杂糅，真赝交错”的问题，以“稍纠群书之纰缪”为旨趣。卷八十七“中涓”，首述内书堂之设，又述其规模，再述所得未广。再如卷九十四“土司”，于明颇具有代表性。梳理“土司”“六蛮”之名、“四司”官吏之设立及其变迁，以及黔之宋氏、滇之木氏之有文雅者，以明声教远矣。又如“属国”之高丽，称述高丽文教之盛，表彰牧斋发潜之功，立订异同、补疏漏之意。又以李芳远袭位之后诸陪臣别立“朝鲜”，尤见设目分类之审慎。“杂流”“妓女”“杂谣歌辞”各条皆是此类书写策略。

朱彝尊《明诗综》自序云：“或因诗而存其人，或因人而存其诗，间缀以诗话，述其本事，期不失作者之旨。”[①]“述其本事”是诗话的主要内容。《四库全书总目》卷一九〇云：“里贯之下，各备载诸家评论，而以所作《静志居诗话》分附于后。……其所评品，亦颇持平，于旧人私憎私爱之谈，往往多所匡正。”[②]“旧人私憎私爱之谈”实指钱谦益《列朝诗集》小传而言，曾燠序《静志居诗话》“所以正钱牧斋之谬”亦可为证。综合看来，无论是关乎诗人的生平事迹、艺文著述，还是诗歌本事、诗体源流，抑或是考证地方名物，匡正前人旧说，其中都较多含有“史”的元素，故赵慎畛《静志居诗话》序以“诗话亦史”概括其价值。如果诗话溯源至《诗经》略有不稽，援经自重，那“诗话亦史”的评价庶

① 朱彝尊选编《明诗综》，中华书局，2007 年，序第 1 页。

② 永瑢等《四库全书总目》，中华书局，1965 年，第 1730—1731 页。

几合乎朱彝尊编纂《明诗综》、撰写《静志居诗话》的旨趣、情实，一定程度上改变了以往诗话同于说部的性质评判，提升了诗话的品格定位。

三、通权达变：总集别撰诗话的新变

以《静志居诗话》作为典型范式，后世在效仿实践中既有承袭，于具体形式、内容和功能等方面又略有权变，以适应总集编纂时出现的具体情况。上文所述在命名形式上的变化，即其一也。而呈现的诗话新功能，多与总集编选有直接而重要的关系。

（一）总集与诗话的数量对应关系

通常情况下，总集和诗话呈现为一一对应关系，即一部总集撰有一部诗话，但在具体总集中也有一些特殊情况。

1. 一部总集附载两部诗话。如沈爱莲《续梅里诗辑》有沈爱莲《远香诗话》、李富孙《香沚诗话》。朱绪曾《〈续梅里诗辑〉序》云："余既梓许晦堂《梅里诗辑》，沈君远香又以别本诗辑至，为李芗沚广文所藏，眉间有阮文达公笔，则辑《两浙輶轩录》时所选择者。后有芗沚所续辑，凡十六家。"[①]《续梅里诗辑》卷一"李宗淮"朱绪曾按语又云："李香沚所续自墨巢以下止十六家，未分时代先后。今沈远香重为编辑，此十六家题《香沚诗话》以别之。"[②]可见，《续梅里诗辑》乃沈爱莲主持编纂，中有李富孙所辑十六家，沈氏未敢掠美，故题《香沚诗话》加以区别，盖寓表彰搜讨之功。又如《香山诗略》附黄绍昌《秋琴馆诗话》、刘熽芬《小苏斋诗话》，《东莞诗录》附苏泽民《祖坡吟馆摭谈》、张其淦《吟芷居诗话》，《剡川诗钞续编》附孙锵《砚舫诗话》、江五民《艮园诗话》，也是此种情况。不同编纂者对所录诗人、诗作各有文字论述，故以诗话命名的形式解决具体文本的著作权问题。

2. 两部总集附载同名诗话。王昶《湖海诗传》《青浦诗传》是王

---

① 沈爱莲《续梅里诗辑》，清道光三十年(1850)嘉兴县斋刊本，朱绪曾序。
② 沈爱莲《续梅里诗辑》，清道光三十年(1850)嘉兴县斋刊本，卷一叶 3b。

昶主持编纂的两部性质不同的总集，其中皆有所撰《蒲褐山房诗话》。《闻湖诗三钞》与《竹里诗萃》皆为李道悠编辑，二书分属两地，其中所撰诗话皆名《求有益斋诗话》。陈诗编辑《庐州诗苑》和《皖雅初集》，皆附入所撰《尊瓠室诗话》。

此外，尚有总集别撰诗话与作者所撰他书同名者，即同名异书情况，在此也略作介绍。乾隆间释名一有《田衣诗话》一卷，刻入《田衣诗钞》，篇幅短小，多论同时人诗；所选《国朝禅林诗品》另有《田衣生诗话》二十余条，历述康熙至乾隆间僧人僧诗。二书虽有四条互有异同，然志趣悬殊，自不待言。又如刘存仁《屺云楼诗话》，有清闽侯林氏刊本六卷，论诗主教化，评古论今；所选《笃旧集》附同名诗话八十四则，不以论诗为要，专以纪事为主，述其交游，抚今追昔，内容迥异前者。陈诗《庐州诗苑》《皖雅初集》附有《尊瓠室诗话》，陈衍《近代诗钞》撰有《石遗室诗话》，同时亦有同名诗话别本刊行。

（二）诗话功能的扩展

总集编选，体例森严，选人选诗范围以及编选方式方法都有凡例加以说明。然施之以法，揆之于情，偶有超出原则之外的特殊情况。诗话内容多与总集编选的具体操作相关，就特殊的选人选诗情况作针对性的说明，既能辅助凡例，补其未尽详致之处，又能使得具体操作突破既定原则，显示出诗话的包容性和灵活性。

1. 补充总集选诗原则。选诗过程中，或有未惬心之处，或篇幅太长，或有标榜之嫌，故有所删改、避嫌，则撰诗话予以解释。杨廷撰《一经堂诗话》论及选诗文字处理方式云："撰是集内凡以鄙见窜易及删节者，不复标明原诗云何，沿《历下》《云间》选例也。"[①]许灿《梅里诗辑》顾仲清《周笃谷挽诗》长篇一泻千里，水到渠成，撰诗话对原文篇幅过长而删节四百字的情况略作说明。又如李道悠《竹里诗萃》之《求有益斋诗话》一条云："叔未先生《画者》《耆旧》等作，凡卅余首。

① 杨廷撰《五山耆旧前集》，清道光四年（1824）一经堂刊本，卷二叶 6b。

今其人有诗入集，可不藉他人以传者则不录，非故为去取也。”[1]也是对于录与不录情况的补充解释。相近似的情况，如刘彬华《玉壶山房诗话》“方绳武”条云：“集中赠余之作颇多，语皆过誉，余甚愧焉。兹择其兼示同人者录存一篇，以志一时乐群之雅，其余概从阙如。”[2]此类未可殚述，举此数条，以见一斑。

2. 补充总集选人原则。此种情况多例不得选而选的破例说明。史梦兰《永平诗存》卷二十四“高顺贞”诗话一条云：“卷中袁布衣及德华（即高顺贞），皆系见存之人。因吾乡布衣、闺媛诗甚少，恐失此不刊，积久淹没，故先破例收之。”[3]《续编》卷四中一条又云：“予刻《永平诗存》，例皆盖棺论定之人。诗意感慨低徊，若以不得入选为憾者。今选刻《续编》，余已年将耄耋，而启藩亦逾大董，爰亟摘录廿余首附刊卷尾。”[4]李道悠《闻湖诗三钞》卷五“屈茂垣”后附诗话一条，谓江苏盛泽郑熙，馆屈茂垣家八年，屈氏寄其遗稿《绿晓庄诗草》嘱选集中。然此集例不选寓公，故于诗话中选诗数首，以存其人，以慰其友。又如李道悠《三钞》卷一末据《卜氏家谱》载卜洪、卜年，虽为秀水卜氏后裔，因未确定籍贯而不加收录予以说明。此是对于不确定情况的附加说明。

3. 记载总集编选经历，追述诗作搜访情况。潘衍桐《缉雅堂诗话》最为明显，对参与《两浙輶轩续录》采诗诸人特为拈出，多所赞许。如孙锡智仍孙树礼“采诗之役，校订编辑，勤密可喜”，许梿幼子溎祥“今海昌诸诗，皆所手辑，至为详审”，严逊孙“采诗之役，搜讨不倦”，许光清子壬伯“此次编诗，为余搜采至一千余家，其勤至是”，丁申“采诗之事，裨我实多”等等。更为详细者如“应宝时”条云：“此次金华、绍兴二郡采诗甚富，曾无几时，竟尔不救。犹忆去年，君曾过访此君亭外，寒绿径侧，琴话履綦，尚可彷佛。怆今惟

① 李道悠《竹里诗萃》，清光绪乙未（1895）蒋十咏庐刊本，卷九叶 8a。

② 刘彬华《岭南群雅》，清嘉庆十八年（1813）玉壶山房刊本，初集三“方绳武”叶 1a。

③ 史梦兰选辑，石向骞等点校《永平诗存》，吉林大学出版社，2011 年，第 468 页。

④ 史梦兰选辑，石向骞等点校《永平诗存》，吉林大学出版社，2011 年，第 568 页。

昔，情何能任？”[①]此类编诗人员的记载，虽只言片语，亦借此流传后世，亦是存人之旨。

四、“差序格局”：总集别撰诗话的空间分布

编纂《明诗综》外，朱彝尊亦曾有编纂乡诗的愿望，尝谓“予少日欲编辑槜李先民诗”[②]，朱绪曾《〈续梅里诗辑〉序》“里人恭敬桑梓，以成竹垞太史之志”[③]是也。在朱彝尊及其《明诗综》盛名影响之下，总集别撰诗话大致形成了以秀水梅里为中心，泛及嘉兴府、浙江省，辐射江苏、福建、广东、京畿等地，甚至东渡日本的多向空间分布格局，在地域、断代、朋旧以及僧、道、域外等总集中得到较为广泛的应用，出现了一大批同类型诗话著作，呈现出“差序格局”的传播模式。尤其是嘉兴秀水及其毗邻地区，出现了许灿、沈爱莲、胡昌基、冯登府，及孟彬、李王猷、李道悠、吴嗣广、曹宗载等人诗话之作，最为繁盛。

清代总集数量既多，庋藏分散，诗话又多为总集所掩，故不为人所知而未见著录者，或著录于待访书目者尚夥。王兵《清代诗歌选本中的选家诗话》[④]就总集别撰诗话的价值略有论述，但仅列举常见诗话十余种，样本不可谓多，未能全面呈现其大致面貌。就笔者目前所见，总计 47 种，其中如《静志居诗话》《蒲褐山房诗话》《缉雅堂诗话》《晚晴簃诗话》《锦天山房诗话》等数种，皆有辑本刊行；如《注韩居诗话》《石遗室诗话》《漱芳斋诗话》《止园诗话》等，其总集已有点校本行世，其余 30 余种多未经编辑整理，其中不乏稿本、钞本以及珍罕刊本，颇具文献价值。参照蒋寅先生《清诗话考》，其中寓目者 8 种，待访诗话 6 种，未见著录者 28 种，尤可知遮蔽深矣。兹制《清代总集别

---

① 潘衍桐编纂，夏勇、熊湘整理《两浙輶轩续录》第 11 册，浙江古籍出版社，2014 年，第 3011 页。

② 朱彝尊著，姚祖恩编，黄君坦校点《静志居诗话》，人民文学出版社，1990 年，第 175 页。

③ 沈爱莲《续梅里诗辑》，清道光三十年(1850)嘉兴县斋刊本，朱绪曾序。

④ 详参王兵《清代诗歌选本中的选家诗话》，《中国社会科学报》2022 年 2 月 7 日。

撰诗话书目表》如下，揭示其性质类型，勾勒其整体面貌，略述作者、总集以及版本、藏所等信息，以俾阅者参考。

表一　清代总集别撰诗话书目表

分类		诗　话	总　集	撰　者	备　注
断代		静志居诗话	明诗综	朱彝尊	姚祖恩辑本
		岩门诗话	国朝诗因	查岐昌	国图藏稿本附十数纸
		蒲褐山房诗话	湖海诗传/青浦诗传	王　昶	周维德辑本
		寄心盦诗话	国朝正雅集	符葆森	另有清余念祖辑本
		晚晴簃诗话	晚晴簃诗汇	徐世昌	傅卜棠编校
		石遗室诗话	近代诗钞	陈　衍	《石遗室诗话》今本所无
地域	浙江	晦堂诗话	梅里诗辑	许　灿	道光三十年(1850)嘉兴县斋刊本，《香沚诗话》仅十余则
		远香诗话	续梅里诗辑	沈爱莲	
		香沚诗话	续梅里诗辑	李富孙	
		石濑山房诗话	续檇李诗系	胡昌基	宣统刻本
		勺园诗话	清芬集	冯登府	道光七年(1827)勺园刻本
		赋鱼诗话	闻湖诗钞	孟　彬	咸丰四年(1854)刻本
		耘庵诗话	闻湖诗续钞	李王猷	光绪癸巳(1893)重刊本
		求有益斋诗话	闻湖诗三钞	李道悠	光绪癸巳(1893)重刊本
			竹里诗萃	李道悠	光绪乙未(1895)蒋十咏庐刊本

续 表

<table>
<tr><th colspan="2">分类</th><th>诗 话</th><th>总 集</th><th>撰 者</th><th>备 注</th></tr>
<tr><td rowspan="19">地域</td><td rowspan="7">浙江</td><td>樵石诗话</td><td>硖川诗略</td><td>吴嗣广</td><td>《诗略》散佚，见曹宗载《诗钞》</td></tr>
<tr><td>紫硖文献录</td><td>硖川诗钞</td><td>曹宗载</td><td>光绪双山讲舍刊本</td></tr>
<tr><td>缉雅堂诗话</td><td>两浙輶轩续录、补遗</td><td>潘衍桐</td><td>有清刊本，略有异同</td></tr>
<tr><td>艮园诗话</td><td rowspan="2">剡川诗钞续编</td><td>江五民</td><td rowspan="2">民国间排印本</td></tr>
<tr><td>砚舫诗话</td><td>孙 锵</td></tr>
<tr><td>觳斋诗话</td><td>瑞安诗征</td><td>宋慈裒</td><td rowspan="2">皆见温州图书馆藏稿本</td></tr>
<tr><td>薏园诗话</td><td>乐清诗征</td><td>高 谊</td></tr>
<tr><td rowspan="4">福建</td><td>兰陔诗话</td><td>莆风清籁集</td><td>郑王臣</td><td>乾隆刻光绪重印本</td></tr>
<tr><td>注韩居诗话</td><td>国朝全闽诗录初</td><td>郑 杰</td><td>光绪注韩居重刊本</td></tr>
<tr><td>退庵诗话</td><td>乾嘉全闽诗传</td><td>梁章钜</td><td>国家图书馆藏稿本</td></tr>
<tr><td>柳湄诗传</td><td>全闽明诗传</td><td>郭柏沧</td><td>光绪郭氏沁泉山馆刻本</td></tr>
<tr><td rowspan="6">江苏</td><td>漱芳斋诗话</td><td>国朝松江诗钞</td><td>姜兆翀</td><td>嘉庆敬和堂刊本</td></tr>
<tr><td>一经堂诗话</td><td>五山耆旧前集/今集初刊</td><td>杨廷撰</td><td>道光一经堂刊本</td></tr>
<tr><td>墨香居诗话</td><td>海曲诗钞/补编</td><td>冯金伯</td><td rowspan="2">国光书局民国七年(1918)印本</td></tr>
<tr><td>畹香留梦室诗话</td><td>海曲诗钞三集</td><td>黄协埙</td></tr>
<tr><td>游道堂诗话</td><td>白田风雅</td><td>朱 彬</td><td>光绪金陵书局刻本</td></tr>
<tr><td>弇榆山房笔谭</td><td>朐海诗存/二集</td><td>许乔林</td><td>道光间刻本</td></tr>
</table>

续表

分类		诗话	总集	撰者	备注
地域	广东	玉壶山房诗话	岭南群雅	刘彬华	嘉庆玉壶山房刻本
		茶村诗话	楚庭耆旧遗诗	伍崇曜	道光南海伍氏刻本
		秋琴馆诗话	香山诗略	黄绍昌	民国二十六年(1937)印本
		小苏斋诗话		刘熽芬	
		祖坡吟馆摭谈	东莞诗录	苏泽民	民国十年(1921)刊本
		吟芷居诗话		张其淦	
	畿辅	红豆树馆诗话	国朝畿辅诗传	陶樑	道光红豆树馆刻本
		止园诗话	永平诗存	史梦兰	同治《止园丛书》本
	安徽	尊瓠室诗话	庐州诗苑/皖雅初集	陈诗	民国间排印本
朋旧		蕢洲馆诗话	旧雨集/补编	周郁滨	附词话
		屺云楼诗话	笃旧集	刘存仁	作者另刊行同名诗话
		楮山诗话	今诗所见集选	黄承增	嘉庆寄鸥闲坊刊本
佛道		田衣生诗话	国朝禅林诗品	释名一	中国社科院图书馆藏刊本，另著《田衣诗话》一卷
		小瀛洲仙馆诗话	道家诗纪	张谦	上海图书馆藏残稿本
域外		东瀛诗纪	东瀛诗选	俞樾	刊入《春在堂全集》
		锦天山房诗话	熙朝诗荟	友野瑍	见马歌东《日本诗话二十种》

除上表所列书目外，尚有数种可依据相关文献记载，知其实属总集别撰诗话一类。戴璐《吴兴诗话》已有刊本，张廷枚《姚江诗存》刊本罕见，其余则人往风微，仅存蛛丝马迹，未知其书尚存世间否。

1. 戴璐《吴兴诗话》。据戴璐自序"方知沈编修觎翁先生向有《湖州诗摭》一百八十卷"，"至国朝诗，原选讫于康熙中，八十年来，诗家麻列，拟应续应增，悉仿竹垞因诗存人、因人存诗之旨，凡缙绅、韦布、名贤、宦迹、闺秀、方外已得二百家，尚欲广搜博采，俾免挂漏。按诸选本，俱系小传、诗话而仿行之，先成十六卷"[①]云云，知其为总集别撰诗话之一种，先总集而成书。然总集未见，又因其单行，故特为拈出，以明其体例性质。

2. 梁章钜《退庵诗话》(另一种)。谢章铤《全闽明诗钞第二次稿本书后》有："芷邻中丞《东南峤外诗钞》，予所见至宋而止。近又见其《明诗钞》五十卷，体例与前书同，胪列一切，殿以《退庵诗话》，钩稽旧籍，编摩不苟，犹是考据家实事求是之遗则。然《诗话》未见专书，拟辑录各卷为一篇。"[②]然《退庵诗话》非仅附于《乾嘉全闽诗传》，还附载于《明诗钞》，名虽同而内容固然不同，实是两种。

3. 张廷枚"诗话"。诗话其名不详，据邵晋涵《南江文钞》卷六《国朝姚江诗存序》云："吾友张君罗山，世居余姚，诵法先民，而性耽风雅。录本朝余姚诗人诗，搜采幽微，稽其爵系而载之，缀以诗话，编为十二卷。"[③]是书有乾隆三十八年(1773)宝墨斋刊本，另有钞本《续编》十二卷，仅存五卷，皆藏余姚市文物保护管理所，有待异日查验。

4. 霍尊彝《姚江诗话》。《南江文钞》卷六《霍尊彝遗诗序》云："余姚茂才霍尊彝维瓒，雅好表章古人，手辑县中先正诗，自六朝至元明，又缀其遗言轶事为《姚江诗话》。"[④]钟骏声《养自然斋诗话》卷五所

---

① 戴璐《吴兴诗话》，民国五年(1916)刘承干嘉业堂刊《吴兴丛书》本，清嘉庆元年(1796)自序。

② 谢章铤著，陈庆元主编《谢章铤集》，吉林文史出版社，2009年，第154页。

③ 邵晋涵《南江文钞》，清道光十二年(1832)刻本，卷六叶17a。

④ 邵晋涵《南江文钞》，清道光十二年(1832)刻本，卷六叶22a。

述亦同。

5. 查虞昌《同宗诗话》。张諴《梅花诗话》稿本著录查虞昌有《同宗诗话》。查虞昌，字凤喈，号明甫，一号梧冈，浙江海宁人。编辑有《查氏同宗诗钞》，其书未见，诗话或附其中。

余论

有无必要将总集别撰诗话辑录出来，是否具有合理性和可行性？诗话脱离总集后是否还具有生机和活力？《静志居诗话》《蒲褐山房诗话》《缉雅堂诗话》以及近年《晚晴簃诗话》的辑录实践和问世后的备受欢迎，已然正面回应了上述疑问。总集别撰诗话的价值何在呢？综观所见此类诗话数十种，编撰者多非卓越诗论家，即有诗评，也是只言片语，言简意赅。即使是声名远播的《静志居诗话》，与传统的“诗评”“诗法”类著作也不可同日而语。究其实，其价值更多体现在“史”的层面。诗话创体于身兼诗家和史家的欧阳修，而朱彝尊身份也相当，所撰诗话自然隐含撰者史家叙事的主题。由宋至清，无论是司马光的“记事一也”，还是赵慎畛“补正史之未备”“诗话，亦史也”，又或是章学诚“诗话通于史部”等论断，都对这一点表现出认同的态度。

周郁滨《旧雨集》《补编》之《黄洲馆诗话》，其意即自序所谓“读其诗以忆其人，忆其人以读其诗”，故总集所录皆唱和酬赠之作，而诗话所述多朋旧诗友交游过往，从“我”的视角回忆当时情事，间有评人、评诗，抒发己见。刘存仁《笃旧集》之《屺云楼诗话》亦是此类，叙述见闻，记录入选始末，而其“旧”非仅师友，又有介师友投寄而嘱选者。此类诗话盖古人之“朋友圈”和“回忆录”，或可谓“个人之史”。

朱彝尊《静志居诗话》、王昶《蒲褐山房诗话》、符葆森《寄心庵诗话》、陈衍《石遗室诗话》之属，记载断代或特定时代的诗人传记；如许灿《晦堂诗话》、梁章钜《退庵诗话》、陶樑《红豆树馆诗话》之类，记载特定时间、空间维度下的诗人诗事，都是撰者梳理“史”的体现。至于郭柏苍《柳湄诗传》，名实相副，旁征博引，考讹订误，直是史家考据之法。史潜藏于诗话芜杂的表象之下，又表现在真实的文字之中，其间或有不甚严谨、不甚严肃、不甚客观的弊端，或有标榜之习、阙漏之讥，或未完稿而过于简略，但仍能大致呈现某一时代、某一地方的诗学史面貌，这是不容忽视、抹杀的。

（洛阳师范学院文学院）

郭嵩焘的“循理”思想及其诗学观念*

蒋明恩

内容摘要：纵观郭嵩焘一生之思想学术，无论是处理洋务，经世济民，还是修身自立，“循理”二字贯彻始终。郭氏所构建的“循理”思想是调和汉宋、贯通经史后的产物，具有极丰富的内涵，且有着成己成物的理想诉求。总的来说，是以积诚为循理之本，崇礼为循理之用，并在体与用之间，贯穿以知、仁、勇三者为行道之资。郭嵩焘的这一学术思想与其诗学观之间有着深刻的沟通和思维链接。如他强调圣人制礼作乐以化于民，由是将诗歌与政教相勾连；又立足于诚，而主张诗歌当有我之性情学问。此外，郭氏还从“时为大”的角度，指出诗歌当穷其变而绝于俗。正因如此，郭氏诗学立足湘乡派而又能跳脱出来，呈现出一种新的诗学面貌，而这对传统诗学的近代转型具有特殊的意义。

关键词：郭嵩焘；循理；诗学观念；湘乡派

* 基金项目：安徽省高校哲学社会科学研究重点项目“桐城派理学文论研究”（项目标号：2023AH050014）。

Guo Songtao's Philosophy of "Xunli" and His Poetic Concepts

Jiang Ming'en

Abstract: Throughout Guo Songtao's intellectual and scholarly life, the principle of "adherence to principle"(循理, xunli) permeated all aspects of his endeavors—whether in managing foreign affairs, governing for the welfare of the people, or cultivating personal integrity. The philosophy of "adherence to principle" that Guo constructed emerged as a synthesis of Han Learning and Song Learning, integrating classical and historical scholarship. It embodies profound depth, aspiring toward both self-cultivation and the betterment of the world. At its core, this philosophy prioritizes the accumulation of sincerity (cheng) as the foundation of "adherence to principle" and venerates ritual propriety(li) as its practical application. Between its essence (ti) and function (yong), Guo interweaves wisdom, benevolence, and courage as the vital resources for enacting the Dao. Guo's scholarly thought shares a profound conceptual and intellectual connection with his poetics. For instance, he emphasizes the sage's creation of rituals and music to civilize the people, thereby intertwining poetry with political and moral education. Rooted in sincerity, he advocates that poetry must express the author's personal temperament and erudition. Furthermore, from the perspective of "adapting to the times", Guo argues that poetry should explore its transformations and transcend vulgar conventions. Consequently, while grounded in the Xiangxiang School of poetics, Guo's theory transcends its confines, presenting a novel poetic vision that holds unique significance for the modern transformation of traditional Chinese poetics.

Keywords: Guo Songtao; adherence to principle(xunli); poetic concepts; Xiangxiang School

乾嘉以降，汉学大有没落之势，程朱理学则被再次抬升，并赋予整厉风俗、挽救人心世运之责。其中，以曾国藩为中心的湖湘理学经世派异军突起，力破余地，几乎以掌舵者之态掀起晚清理学复兴思潮。相较于同时期其他理学群体的保守与偏执，湖湘理学经世派呈现出更加开放、涵容与求实的气质，这主要体现在对汉宋之争、礼理之辨、体用关系等问题的处理上。郭嵩焘作为湖湘理学经世派的先锋人物，他对湖湘理学精神有着较为完整的践行，同时又具有建构意识，如他拈出“循理”二字，来调和汉宋、整合礼理、辨析体用、贯通经史，从而达到修身经世的目的。郭嵩焘的“循理”思想虽立足于湖湘理学，但又带有一定拓展性，尤其是最大限度发挥“时为大”的观念，让他能跳出时代之囿，成为“清醒看世界第一人”。郭氏的这一学术理路在其诗学思想中得到了较好呈现，因为其诗学实践是以《诗经》学为指导，而其治《诗》又以理学为手段。当然更为重要的是，郭嵩焘诗学与其学术思想之间构成了内外互动、双向循环的体系，因此诗歌也便成了他抒发性情、表达理想诉求的最好方式。职是之故，郭嵩焘的诗学呈现出与曾、刘诸人所不尽相同的风貌，已然有跳出湘乡派而有独张一军的气象①。可以说，厘清郭嵩焘的诗学观念与其循理思想之关系②，不仅能够深入了解郭嵩焘诗学之生成逻辑与理论特色，还

① 钱仲联主编《中国近代文学大系·第4集·第14卷·诗词集一》，上海书店出版社，1991年，第4页。

② 目前对郭嵩焘的研究主要集中在其政治事功方面，而围绕其学术思想与诗学之关系则讨论较少，其中具有代表性的成果，有易定军《试论郭嵩焘诗学主张的理学实学特征》（华南师范大学硕士学位论文，2005年）、王志华《郭嵩焘的学术情怀与文学心态》（南京大学硕士学位论文，2013年）、郭明浩《郭嵩焘诗经学经学思想经世品格表微》（载《诗文论的审美嬗变与价值取向（古代文学理论研究第五十辑）》，华东师范大学出版社，2020年）等。但易文虽指出郭嵩焘诗学主张深受湖湘理学实学思想影响，却未能阐释清楚二者之间内在互动关系，也没关注到郭氏理学的独特之处；王文则将此二者分开来谈，只就郭嵩焘文学而谈其文学，始终没有进一步指出郭氏的理学思想对其诗学观念的指导性作用；郭文由郭嵩焘诗经学人手来讨论其学术与诗学，具有一定启发意义，但由于切入点局限，未能对该议题作出全面系统性分析。由此可见，郭嵩焘的“循理”思想与其诗学之关系，仍有继续讨论的必要。

能够见微知著，为研究晚清复杂多变的文学发展趋势提供一个可供参考的且具有一定代表性的生动样本。

一、郭嵩焘“循理”思想的多重内涵

台湾学者陆宝千说：“凡一家思想，自其形成之过程而言，有先具一基本观念，而后逐渐发展者。有先具若干个别观念，而后融为一高级观念者。”①由此，他认为郭嵩焘的思想是由“循理”一基本观念发展而来，因而当属于前者。其所言大致不虚，然对此问题似仍有进一步讨论的空间。现尝试结合郭嵩焘的学术背景及人生经历，对其“循理”思想进行分析讨论。

郭嵩焘在办理洋务之初，便以“循理”二字作为其洋务思想的指导核心。因此在涉外问题上，郭氏好言理与势、本与末，认为绝不能凭血气逞一时之勇，使得国计民生受累无穷，而需要“衡之以理，审之以天下之大势”②，如此才能达于情、晓于事、通乎变。他对一些传统士大夫持“夷夏大防”，以西人之坚船利炮为末技，而耻向西人学习，或发虚憍无本之议论，或动辄言战，未能“理势并审，体用兼全”③深感不满，并由此得出“天下之大患在士大夫之无识”④的结论。除洋务之外，郭嵩焘还有着更高的用世理想。他与曾国藩、罗泽南、刘蓉等人既以道学相砥砺，又主张经世务实，并将道德实践与政治事功相结合，以达到成己成物的人生境界。而这正如杨念群所言：“他们并非仅仅通过道德教化的传播方式确立自身权威，而是尤喜把道德真谛兑现于事功治术之中，以体现其践履角色的意义。”⑤当然从内圣到外王的转换并非易事，它涉及道统对治统的干预，因此如何结合现实构

① 陆宝千《清代思想史》，华东师范大学出版社，2009年，第373页。

② 郭嵩焘著，杨坚点校《郭嵩焘诗文集》，岳麓书社，1984年，第147页。

③ 曾国藩《海疆要缺择员署理折》，《曾国藩全集·奏稿之十二》，岳麓书社，2018年，第43页。

④ 郭嵩焘著，杨坚点校《郭嵩焘诗文集》，岳麓书社，1984年，第144页。

⑤ 杨念群《儒学地域化的近代形态——三大知识群体互动的比较研究》，生活·读书·新知三联书店，1997年，第974页。

建更加完整、系统、权威、适用的道德体系成为他们的首要任务。郭嵩焘的“循理”思想正含有一种“把内在德性追求转化为外在行动力量”[①]的价值期许，所以他在追求事功的过程中，不断对其“循理”思想进行更新、扩容，乃至改造，以应对复杂多变的治世要求。因此在讨论郭嵩焘“循理”思想时，不能只将它单纯视作一种基本观念，还应当关注到它有一个不断融合其他理念从而呈现出更高级形态的变化过程。具体来说，郭嵩焘的“循理”思想是以积诚为循理之本，以崇礼为循理之用，并在体与用之间，又贯穿以知、仁、勇三者为行道之资。现对其“循理”思想的多重内涵进行详细分析。

首先，以积诚为循理之本。郭嵩焘的“循理”思想是以“积诚”为首要前提，也正是通过“诚”来实现其“循理”思想由内向外的转换。因此郭氏称：“积诚以循乎自然之节，为时措之宜，则几于化矣。”[②]那么何为“诚”？“诚”又何以具有这般作用呢？《中庸》第二十五章云：

> 诚者，自成也，而道自道也。诚者，物之终始，不诚无物，是故君子诚之为贵。诚者，非自成己而已也，所以成物也。成己，仁也；成物，知也。性之德也，合外内之道也，故时措之宜也。[③]

由《中庸》的这段话可知，“诚”在儒家思想体系中具有极高的地位，它是就心而言的，是性之实体，又是勾连内外，成己成物的主要动力来源。因此朱熹在注解这一段话时，直接将理与诚相联系，他说道：“天下之物，皆实理之所为，故必得是理，然后有是物。所得之理既尽，则是物亦尽而无有矣。人之心一有不实，则虽有所为亦如无有，而君子必以诚为贵也。”[④]周敦颐也说：“诚者，圣人之本。”[⑤]“诚者，实理而无

① 范广欣《以经术为治术——晚清湖南理学家的经世思想》，南京大学出版社，2016年，第196页。

② 郭嵩焘著，杨坚点校《郭嵩焘诗文集》，岳麓书社，1984年，第25页。

③ 王文锦译解《礼记译解》，中华书局，2007年，第791页。

④ 朱熹著，朱杰人、严佐之等编《朱子全书·中庸章句》第6册，上海古籍出版社、安徽教育出版社，2010年，第51页。

⑤ 周敦颐撰，徐洪兴导读《周子通书》，上海古籍出版社，2000年，第31页。

安之谓。天所赋、物所受之正理也。”[1]正因如此，郭嵩焘将“诚”视作体道之极、循理之本，他说道：“诚者，非自成己而已也，所以成物也。圣贤只是以成物为心，所以能尽己性，即能尽人之性。”[2]“不诚无物，一切推行无本。”[3]在郭嵩焘看来，“诚”乃联动天地万事万物之关键，只有立于“诚”，才能依于理，如此方可循理以度势，由势而得其几。所以郭氏始终强调积诚，由积诚而至诚，由至诚而“可以前知”[4]，最终达天人契合之域，合内外之道，得成己成物之功。

其次，以崇礼为循理之用。《中庸》第二十章云：“诚者，天之道也；诚之者，人之道也。”[5]诚者，唯有圣人能达之，非人人所能及，那么普通人又如何能达到至诚，从而穷理尽性呢？《中庸》给出答案是“择善而固执”。对此郭嵩焘认为，所择之善即圣人所制之礼，因此他说道：“圣人至诚无息，制之为礼，以纲纪乎人伦，而使人由之以复其性。君子于是有崇礼之功。《中庸》一书，大端言礼之精意，所以裁其过，辅其不及，以复其性之善而归于中。”[6]圣人之礼即人之道，圣人正是通过制礼作乐，来教人以明诚、以存心、以养性、以达乎中道。所以郭氏认为：“《礼》者，征实之书，天下万世人事之所从出，得其意而万事理。”[7]但需要注意的是，在郭嵩焘看来，礼并不只是为修身之用，它还是诚的外显、理的具化、事功的最后归结。[8] 因此他在讨论成己与成物关系时，对朱熹忽视圣人成物之功流露出不满，他说道：

> 成己成物，皆圣人性分内事，故曰合内外之道。成己成物皆所以自成也，然成己有成己之功，成物有成物之功，条

---

① 周敦颐撰，徐洪兴导读《周子通书》，上海古籍出版社，2000年，第31页。

② 郭嵩焘《郭嵩焘日记》卷一，湖南人民出版社，1983年，第347页。

③ 郭嵩焘《郭嵩焘日记》卷一，湖南人民出版社，1983年，第105页。

④ 王文锦译解《礼记译解》，中华书局，2007年，第791页。

⑤ 王文锦译解《礼记译解》，中华书局，2007年，第789页。

⑥ 郭嵩焘撰，梁小进主编《郭嵩焘全集》第二册，岳麓书社，2012年，第813页。

⑦ 郭嵩焘著，杨坚点校《郭嵩焘诗文集》，岳麓书社，1984年，第23页。

⑧ 范广欣《以经术为治术——晚清湖南理学家的经世思想》，南京大学出版社，2016年，第205页。

理秩序随事而具。时措之宜者，于此措之己而宜，于此措之物而宜也。盖必有礼而为之节文，而后措则正而施则行，诚之行乎仁、知，而措之宜者，礼为之也。[①]

郭氏认为由成己到成物，之所以"时措之宜"，是因为礼为之节文，而圣人之礼不违时、顺乎理、当乎心，导人以正，且具有完整清晰的实践途径。他还将诚与礼对等起来，指出二者之间是"一体两面，互为表里的关系，礼不是对人性的束缚，而是使内心的人伦仁义充分展现出来的客观化的管道"[②]。可以说，也正是礼的征实性，才使得高悬着的道德理念，不至于堕入空无。正因如此，郭嵩焘远追"三代之礼"，并指出"惟在通乎古今之故而得其损益之宜，乃能敦厚其心以崇礼"[③]。只有崇礼才能将循理之得用于实践，从而真正解决现实问题。郭嵩焘的一些洋务思想、教育思想，以及经济、政治思想等，之所以具有超越时代的远见，正是本于此。

第三，知、仁、勇三者为行道之资。郭嵩焘认为，积诚与崇礼是体与用的关系，但二者之间的内在转换仍需要异质的介入，而知、仁、勇三达德正具备这一功能。那么知、仁、勇三者何以能归结到诚？又何以能关涉到礼呢？对此，郭嵩焘解释道：

中庸以知、仁、勇为纲，以诚字为归宿，知、仁、勇是发用工夫，诚字是本。始终离一诚字，不得知、仁、勇之极功，惟其诚也，所以为诚，亦即在知、仁、勇上显出。择善者择此而已，固执者执此而已。……择善固执者，求诚之方，诚者体道之撰，知、仁、勇三者则存诚之实也，诚所以为知、仁、勇之府也。[④]

他指出知、仁、勇三者是以诚为根本而生发出来，也是诚的具体呈现，

① 郭嵩焘撰，梁小进主编《郭嵩焘全集》第二册，岳麓书社，2012年，第810页。

② 范广欣《以经术为治术——晚清湖南理学家的经世思想》，南京大学出版社，2016年，第207页。

③ 郭嵩焘撰，梁小进主编《郭嵩焘全集》第二册，岳麓书社，2012年，第815页。

④ 郭嵩焘撰，梁小进主编《郭嵩焘全集》第二册，岳麓书社，2012年，第804页。

不仅是内在德性，还具有强烈的实践品格。由此，他又对知、仁、勇三者的道德与实践内容进行了具体解释：

> 知、仁、勇三者，各有知、行之别。如求明理，即知中之知；求胜私，即仁中之知；求养气，即勇中之和。行字更是显易：据理以行，知也；秉公以处，仁也；以全力任之，勇也。[①]

他认为知可以明理，由明理而能据理而行，所以能不惑；仁的作用在于去私欲，以增强对理的坚守，从而便能够以公正之心处事接物，所以能不忧；勇则可以涵养浩然正气，不受外物影响，从而积极进取，敢于担当，所以能遇事不惧。此外，郭氏还认为此三者为一整体，相生相息，无轻重缓急之分。所以他对朱熹偏重于知与仁，而忽视“勇”深感不满：“知、仁之发用处便是勇。三者缺一不可，岂可薄视一勇字？”[②]正因为知、仁、勇三者本身就具有由本及用的特质，所以郭嵩焘将其视为成己成物的重要凭借，也视作由诚及礼、由礼返诚的重要媒介。因此他在《中庸章句质疑序》中说道：

> 圣人开物成务，所谓过化存神者，非有异术也。知足以知之，仁足以裕之，勇足以行之，而积诚以循乎自然之节，为时措之宜，则几化矣。故夫知、仁、勇，所以为行道之资也。[③]

郭氏指出圣人成物之功在于制礼作乐，由礼乐而能得君臣、父子、夫妇、昆弟、朋友之五达道，由五达道而能得知、仁、勇三达德，由三达德而最终能积诚、至诚，从而循理无碍，为时措之宜。

综合来说，郭嵩焘的“循理”思想本就具有由成己而至成物的理想诉求，且将关键点落在成物上。他将自己的循理思想建立在《中庸》“积诚”的基础上，又落实于“崇礼”，并且如画龙点睛一般，将知、仁、勇三者勾连住“诚”与“礼”，从而使得其循理思想具有完整、系统、权威、适用的特点。此外，值得关注的是，郭氏所构建的这一套理论体系不仅为他的政治事功提供了强大的理论支撑，也对其诗学思想

---

① 郭嵩焘撰，梁小进主编《郭嵩焘全集》第二册，岳麓书社，2012年，第797页。
② 郭嵩焘撰，梁小进主编《郭嵩焘全集》第二册，岳麓书社，2012年，第779页。
③ 郭嵩焘撰，梁小进主编《郭嵩焘全集》第二册，岳麓书社，2012年，第763页。

产生了重要影响。

二、垂经世之大用：诗与政教通

对传统士大夫来说，儒家之“经”承载着的是先王治世之道，不可作文字观，因此它“不同于迂儒案头的装点和口中的炫耀，它是用来‘经世务’的‘经济策’，是‘恒久之至道，不刊之鸿教’，是经常可秉以治天下者也”[①]。而自汉儒以经解《诗》，并将《诗》抬升至经的地位，于是诗与政教相挂钩的儒家诗教观便建立起来。如郑玄《诗谱序》中便说：

> 文、武之德，光熙前绪，以集大命于厥身，遂为天下父母，使民有政有居。其时诗，《风》有《周南》《召南》之属，《雅》有《鹿鸣》《文王》之属。及成王，周公致太平，制礼作乐，而有颂声兴焉，盛之至也。[②]

这里将《诗》与文、武、周公之治相联系起来，以《诗》美文、武、周公之德政。且“《诗》之所至，礼亦至焉。礼之所至，乐亦至焉”[③]，《诗》由圣人制礼作乐中流出，同样有着法先王治世之道，教化于民的功能和作用。正如《诗大序》中云：

> 至于王道衰，礼义废，政教失，国异政，家殊俗，而变风变雅作矣。国史明乎得失之迹，伤人伦之废，哀刑政之苛，吟咏情性，以风其上，达于事变而怀其旧俗者也。故变风发乎性情，止乎礼义。[④]

当礼崩乐坏、政教衰弛之际，诗则变风变雅，发挥出史的作用，以讽谏上，以风化下，以察于事变，以归于圣人之礼。如孟子所言“王者之迹

---

① 萧华荣《中国诗学思想史》，华东师范大学出版社，1996 年，第 32 页。

② 毛公传，郑玄笺，孔颖达等正义《毛诗正义》，《十三经注疏》之三，上海古籍出版社，1990 年，第 4 页。

③ 王文锦译解《礼记译解》，中华书局，2007 年，第 749 页。

④ 毛公传，郑玄笺，孔颖达等正义《毛诗正义》，《十三经注疏》之三，上海古籍出版社，1990 年，第 18—19 页。

熄而《诗》亡，《诗》亡然后《春秋》作”[①]，《诗》与《春秋》皆记史，且都含圣人经世之道。

汉儒以经解《诗》，又以《诗》通政教的诗学观，受到了清人的广泛关注，如清人多有“以三百五篇当谏书”[②]的说法。郭嵩焘作为晚清重要的理学经世派人物，也明显受到了汉儒诗学观的影响。郭氏尤其重视诗歌正人心、化风俗、兴国运、振朝纲的政治教化功能，他在诗学实践中所流露出的经世精神与其崇礼思想多相契合。如为了凸显出“诗与政教通”这一命题，他在《毛诗余义》自序中说道：“盖《诗》之用广矣，其于盛衰兴废得失之原，征之人事，准之世变，其词婉，其义深。夫子盖删而述之，以垂经世之大用。”[③]郭氏这里直接以诗上接圣人之礼乐，并将诗提升至圣人经世之大用的高度。对此，他又在《玩灵集遗诗》序中加以详细阐述：

> 皇古以前文无传，传者独古歌谣，犹可推见其世以知其治。是以文字之原，肇始于诗。《周官》以乐德、乐语教国子，兴导讽诵，诗之节也。盖自周世文盛之时，莅身课政，以诗为衡，美恶贞淫，于是见焉，而因以为法戒，则诗者，为学始终条理之事也。由汉以来，学士大夫下至委巷草野，莫不能诗。世愈变，文愈焕，而辞愈滥，得之性情之挚者盖少，通知古今治乱之原以措之事，抑又少焉。然则诗教愈昌，而所以名诗之旨，或将愈远而愈晦矣乎？……夫苟知诗之旨，则康成氏所云源流清浊之所处，风化气泽之所及，一依于诗。讫于异世，诵而闻者犹辨知之。妍媸得失之在身，形之为咏歌，沿之为兴革。谓诗与政之有歧分焉，非知诗者也。[④]

郭氏认为先王制礼作乐，以敦化人心风俗、治理天下，而诗歌正是由

---

① 焦循撰，沈文倬点校《孟子正义》，中华书局，2015年，第617页。

② 注：如阎若璩《九曜笔记》卷二“经术条”、冯景《送万季野先生之京序》、阮葵生《茶语客话·九经字数》、魏源《默觚上·学篇九》、皮锡瑞《经学历史》等皆有如此说法。

③ 郭嵩焘著，杨坚点校《郭嵩焘诗文集》，岳麓书社，1984年，第124页。

④ 郭嵩焘著，杨坚点校《郭嵩焘诗文集》，岳麓书社，1984年，第56页。

礼乐中来，是先王莅身课政，以导人心风俗的重要手段，所以他称“诗者，为学始终条理之事”。这里的“条理之事”与王夫之所说的“《诗》谓之则”[1]同理，皆是指合于圣人所制之礼乐的内容与原则。另外，郭嵩焘还指出：“然则《诗》之义，上通于政教而下尽人事之变，酌其行之宜而劝惩立焉，极其言之文而情伪通焉，盖非徒敷文玩辞理性情而已。”[2]可见郭氏这里明显已经跳出了宋学的畛域，不再只关注于诗歌情与理的矛盾，而是与汉学相接应，更看重诗的政教功能。他认为诗歌不只是为抒情说理之用，乃承接圣人经纶天下之礼，因而关乎政教风化、国计民生。正因如此，他批评唐宋以来为诗者多将诗与政教分割开，不知诗教，不明诗旨，只追求巧辞丽句，既不能得性情之正，又不能通古今之变。但郭嵩焘也围绕“诗通于政教”这一命题，确立了部分唐宋典范诗人。如他指出：“有唐诗人如杜甫、元结、白居易，用其忠国爱民之心，经纬物变，牢笼百态，犹有《诗》教之遗焉。”[3]杜甫自不待言，郭氏对其推崇备至，他在《杜诗心会序》中说道：“唐杜甫氏出，指事类情，推陈始末，天下利病得失，生民之休戚，亲故之离合，身世之荣悴悲欣，言之必达其志，虑之必穷其变，然后诗之蕴乃旁推交通，曲尽而无遗。”[4]而元稹、白居易诸人皆以诗歌书写时代、讽谏当时，且诗歌里皆含有着政治理想。其中，白居易还指出“上不以诗补察时政，下不以歌泄导人情，乃至于谄成之风动，救失之道缺，于时六义始刓矣”[5]的主张，这与儒家的政教立场完全吻合，自然会得到郭嵩焘的认可。

那么诗如何能通于政教呢？郭嵩焘指出：“明夫兴与观之义，诗之通于政也。”[6]所谓“兴”是指“感发志意”[7]，即通过诗歌来调动读者

---

① 郭嵩焘《郭嵩焘日记》卷一，湖南人民出版社，1983 年，第 383 页。

② 郭嵩焘著，杨坚点校《郭嵩焘诗文集》，岳麓书社，1984 年，第 63 页。

③ 郭嵩焘著，杨坚点校《郭嵩焘诗文集》，岳麓书社，1984 年，第 65—66 页。

④ 郭嵩焘著，杨坚点校《郭嵩焘诗文集》，岳麓书社，1984 年，第 41 页。

⑤ 白居易著，顾学颉校点《白居易集》，中华书局，1999 年，第 960—961 页。

⑥ 郭嵩焘《郭嵩焘日记》卷二，湖南人民出版社，1983 年，第 696 页。

⑦ 朱熹著，朱杰人、严佐之等编《朱子全书·论语集注》第 6 册，上海古籍出版社、安徽教育出版社，2010 年，第 221 页。

的情感认同，从而达到教化人心，归于礼仪的作用。所谓“观”是指“考见得失”①，即通过诗歌来考察风俗，了解民情、补察政治得失。因此，郭氏在解读《诗经》时，尤为注重《诗》的“兴”“观”功能。如他在同治五年日记中解读《民劳》五章，便是通过诗歌来探求国家治乱之道。

> 《民劳》五章，惟以无纵诡随为义。自古天下之乱，未有不成于诡随者也。而其目有五：始于无良，原其心也；成于罔极，著其用也；终于丑厉，暴其名也，乌乎，尽之矣！而于次章斥之曰惽怓，于卒章斥之曰缱绻。诗人类天下之情以知致乱之由。国之将亡，其政必嚣。惽怓者，发言盈廷，劫持人主而惽然莫知其故也，明之末造以之。小人深固盘结若相嬗然，反复沈锢，无能一发其覆，斯所谓缱绻也，宋之末造以之。而惽怓著其事，缱绻又终推究其心。凡此者，皆所谓诡随也。能知惽怓之同为诡随，可以语政，可以语道矣。②

郭嵩焘认为天下动乱之由，皆因诡随者使然，宋明之末即如此，而所谓“诡随”，即“不顾是非而妄随人也”③。郭氏指出诡随之人多是内无德行、自私好利、狡诈虚荣、作恶多端之辈，正是因为他们的存在，导致朝纲紊乱、社会动荡、民不聊生，而《民劳》一诗正是意识到了这一点，所以反复申说。郭氏对该诗的解读也有着影射当局的用意，当时朝廷里有一批保守势力抵制西学，主张与洋人开战，而对郭嵩焘等洋务派则嗤之以鼻，极尽诋毁。因此，郭氏在日记里对他们展开了严厉批评：“七八百年，尽士大夫之心相率趋于愚妄，而莫知其所以然。”“西洋之局，非复金、元之旧，而相与祖述南宋诸儒之议论，以劫持朝廷，流极败坏，至于今日而不悟。”④指出他们不明局势，目光短浅，愚

---

① 朱熹著，朱杰人、严佐之等编《朱子全书·论语集注》第6册，上海古籍出版社、安徽教育出版社，2010年，第221页。

② 郭嵩焘《郭嵩焘日记》卷二，湖南人民出版社，1983年，第376页。

③ 朱熹著，朱杰人、严佐之等编《朱子全书·诗集传》第1册，上海古籍出版社、安徽教育出版社，2010年，第689页

④ 郭嵩焘《郭嵩焘日记》卷三，湖南人民出版社，1983年，第375—376页。

味至极。另外，郭氏还通过解《诗》来说明诗歌的道德教化作用，如他在《琴源山房遗诗序》中云：

> 闻诸康成郑氏之言曰：《伐木》废则朋友缺，《南山有台》废则为国之基坠，《谷风》之诗作而天下俗薄，朋友道绝焉。诗教之盛衰，系于朋友其尤巨哉！至于《桑柔》而世益降，词益危。推究其极，曰："朋友以谮，不胥以谷。"……《沔水》之言曰："我友敬矣，谗言其兴。"谗言者，无实之言也。君子失敬而谗言作，朋友之道苦，《诗》之教微矣。末世贤者，处朋友之交，闻此亦知愧矣。吾读《诗》，求盛衰理乱之原，深有悟余朋友之义，抑亦《诗》教之大者也。[①]

朋友为五伦之一，朋友之交当以信义为先，若朋友之间不能以礼相待，相互失敬，那么"以友辅仁"将会成为一句空话，而最终将会导致谗言兴起、怨谤丛生，继而社会风气也会跟着变坏。郭嵩焘正是由此悟出《诗》中含有盛衰理乱之原，而诗教的盛衰与朋友之道关系尤为密切。因此需要从礼的角度来维护好朋友之道，从而使社会风气逐渐向好的方面转变。

由是观之，郭嵩焘讨论诗与政教的关系正是立足于礼学。他继承汉儒诗学观，而将《诗》视为圣人礼乐之一端，因此尤为强调诗歌的政治教化功能。此外，郭氏"诗与政教通"的命题不仅展现在诗学思想中，于其诗歌创作实践亦有体现。如他所创作的诗歌多关涉国计民生，表现出强烈的经世致用精神，还有部分诗歌抒写家庭、友朋之间的人伦情怀，彰显出伦理教化功能。除以上讨论诗与政教之关系外，郭嵩焘还探究诗歌的本原问题，主张诗歌当追求有我之性情学问。

三、立诚在先：诗当有我性情学问

诗歌具有政教功能，是属于诗之用的范畴，那么诗之本是什么

① 郭嵩焘著，杨坚点校《郭嵩焘诗文集》，岳麓书社，1984年，第58—59页。

呢？《尚书·尧典》云："诗言志"，闻一多先生认为这里的"志与诗原来是一个字"，但用"诗言志"或"诗以言志"时，"志"则专指"怀抱"。① 而《诗大序》云："诗者，志之所之也，在心为志，发言为诗，情动于中而形于言。"②这里认为诗本于情志（即性情），在心未发曰志，感发曰情，以言语表达出来就是诗，显然《诗大序》已将情志用礼义加以规范了。之后的朱熹又吸纳了《诗大序》论诗之旨，只是将规范的标准由"礼义"换成了"理"。如他论诗时说道：

> 或有问于余曰："诗何为而作也？"余应之曰："人生而静，天之性也；感于物而动，性之欲也。夫既有欲矣，则不能无思；既有思矣，则不能无言；既有言矣，则言之所不能尽，而发于咨嗟咏叹之余者，必有自然之音响节奏而不能已焉。此诗之所以作也。"③

朱熹以心统性情，心之未发是性，心之已发为情，情即性之欲。既然有欲，自然有求，既然有求，自然有思想活动，有了思想活动，需要通过言语表达出来，于是发而为诗。他认为诗是自性情中流出，如天理流行一般自然而然，而天理的善性自然会使性之欲得以节制，从而使得诗歌所发之性情呈现出"和"的状态。朱熹理学性情论对后世影响很大，因而"在普遍接受理学基本思理的语境中，理之于性情的先在设定乃是无须言说的当然之则"④。

郭嵩焘对诗歌与性情之关系的讨论，既有取汉儒之说，又有吸纳朱熹的理学性情论。因此，他多在儒家诗教观里讨论性情。如他在《剑水诗抄序》中说道："盖凡心意所发，涵濡浸溉，原本德义，循乎道之序而极乎言之文，则《诗》义备矣。"⑤这里心意所发即指情，而涵濡

① 朱自清《诗言志辨》，北京古籍出版社，1956 年，第 2 页。

② 毛公传，郑玄笺，孔颖达等正义《毛诗正义》，《十三经注疏》之三，上海古籍出版社，1990 年，第 15 页。

③ 朱熹著，朱杰人、严佐之等编《朱子全书·诗集传序》第 1 册，上海古籍出版社、安徽教育出版社，2010 年，第 350 页。

④ 易闻晓《中国诗法学》，商务印书馆，2017 年，第 31 页。

⑤ 郭嵩焘著，杨坚点校《郭嵩焘诗文集》，岳麓书社，1984 年，第 63 页。

浸溉即约情归性，从而发为诗便循乎理而达于辞。他在日记中又援引王夫之“循情定性”论而说道：“诗达情，达情者，无匿情者也。情者，性之端也，故循情可以定性。”[①]在郭氏看来，性即心之诚，情即性之发动，性与情为一体两面、相辅相成的关系。因此循情而约之，则可以达到反身而诚、心性澄明的状态，如此自然能得性情之正。可见郭嵩焘所强调的性情，并非一己之私情，而是具有理的制约，所以表现出来即为“温柔平和”。正因如此，他在《梦因阁诗集序》中云：

> 吾友王太常之言曰：“凡人心感物而动，凝而为天地，淆而为事物，荡而为忧乐哀思，敛而为性情文章，议论有不能宣者，惟诗能通之。”其言伟矣。然非博览古今之事变，周知民物之情伪，以自理其性情，而纳之温厚和平，则诗之为道，人皆得托焉以宣其郁，而流极于泛滥淫泆，而风教以微。[②]

郭氏之友王太常认为人心随物而发动，它的本体是天地之理，而散见于事物之中，表现为忧乐哀思之情，后又以诗歌文章而宣泄出来。对此，郭氏深表认同，但他又指出性情不是随意而发，当先以学问识力来自理其性情，并将性情归于温厚平和，如此以歌诗发之，便“不至于流极于泛滥淫泆”而有伤风化。故而他对袁枚以“性灵”论诗不以为意，并规劝好友赵振卿勿入随园网罗。可见，郭嵩焘的性情论正建立在儒家温柔敦厚的诗教观基础之上。

但值得注意的是，郭嵩焘的性情论在强调“定性”的同时，也对“情”的独立性给予了肯定。如他在《杜诗心会序》中说道：“自古诗人托物起兴，皆意有所郁结，不得发摅，而托之诗歌以写其缠绵哀怨之旨。”[③]内心郁结即指情感的堆积，郭氏这里强调“意有所郁结”，自然是对“情”有所重视。又如在《陈文泉诗集序》中他说道：“抑又思古诗人之作，尝发于伤时闵乱，悲忧怨郁，无聊不平，有所不通，一决于

---

① 郭嵩焘《郭嵩焘日记》卷二，湖南人民出版社，1983年，第26页。

② 郭嵩焘著，杨坚点校《郭嵩焘诗文集》，岳麓书社，1984年，第47页。

③ 郭嵩焘著，杨坚点校《郭嵩焘诗文集》，岳麓书社，1984年，第41页。

诗。”[1]可见郭氏在肯定“情”的独立性上，明显吸纳了司马迁“发愤著书”、韩愈“不平则鸣”以及欧阳修“诗穷而后工”的思想，所以他才会提出“新词攀屈宋，发愤而为诗”[2]。那么郭氏如此重视发郁结之情，是否与其约情归性矛盾呢？其实并不矛盾。因为“约情归性”本身并不排斥情，只是怕情堕入欲中，因此加以制约。郭嵩焘将情与欲分得很清晰，如他抄录王夫之《诗广传》“诗达情，非达欲”[3]句，并称之为“语之精者”。且郭氏强调的“情”并非私情，而是与黄宗羲所说的“万古之性情”相似，因此他说：“诗人危急之词，且欲以喜怒刑赏还之人主，而冀其一当焉，其词哀，其心苦。”[4]可见他是将诗情与政教相联系的，所以才认为诗穷而后工，并非人穷，而是指时穷。而且他还说：“天下者，从情之积也。两人相与而情顺，足以治天下国家矣。圣人制礼缘人情，制律亦缘人情。”[5]正因如此，郭氏认为“诗内原于性情，外通于政事”[6]。又在日记中记：“士君子处今之世，当以挽回气数为己任，而先不能自治其性情，何由起世道人心之沉锢？”[7]可知在郭氏看来，诗歌的政教之用是以内在性情为基础的，性情不治则外用不达。

那么何以治性情呢？郭嵩焘认为，自理性情大抵有两条途径，即积诚与学问。所谓积诚即是使诗歌所展现之情当乎理，理顺则自然情顺，情顺则真诚不伪。因此，郭氏在《坚白斋遗集序》中说道：

闻之《易》曰：“修辞立其诚。”非特辞之修而应以诚也，忠信之积，立诚在先，而傅之辞以究其指归，校其分寸毫厘，

---

① 郭嵩焘著，杨坚点校《郭嵩焘诗文集》，岳麓书社，1984年，第46页。

② 王晓天、胥亚主编《郭嵩焘与近代中国对外开放》，岳麓书社，2000年，第496页。（注：《郭嵩焘诗文集》中有“新词摩屈宋”句，而无“新词攀屈宋，发愤而为诗”，当为付家芬先生总结，因可证本文观点，故引用。）

③ 王夫之《诗广传》，《船山全书》第三册，岳麓书社，2011年，第325页。

④ 郭嵩焘《郭嵩焘日记》卷一，湖南人民出版社，1983年，第536页。

⑤ 郭嵩焘《郭嵩焘日记》卷一，湖南人民出版社，1983年，第162页。

⑥ 郭嵩焘著，杨坚点校《郭嵩焘诗文集》，岳麓书社，1984年，第56页。

⑦ 郭嵩焘《郭嵩焘日记》卷一，湖南人民出版社，1983年，第349页。

以明人事之得失及古今制度损益、人才高下，准诸圣人之经，以求当于吾心所得之理，循乎道之序，以应乎事之宜。古之云修辞，如是而已。①

郭氏在这里对“修辞立诚”进行了一番新的解读。他认为“诚”不是因为辞修而立，而是积诚在先，心中存诚，然后可通过辞来探求。若心中无诚，则辞之情伪，而所发“皆是浮动之气”。② 辞为显，诚为隐，中间为情，因此可以通过修辞以达情，再由情而达诚。能修辞立诚而后能当乎理、应乎事，如此自然诗歌能呈现出真我性情。另外，他又在评彭晓航诗时云“言事必洞烛其原，而行之以诚笃”③，“其诗，古文积之数十年，郁其光以待泄者，固亦天道人事自然之符哉！”④郭氏认为彭晓航之诗乃积诚之功，积诚则天道人事了然于胸，发之为诗自然有不可遏之气存焉。积诚之外，郭嵩焘还尤为注重学问对性情的助推作用。因此他在日记里记云：“诗文当使人一望便知，其中有我性情学问，丝毫假借不得。”⑤需要说明的是，郭氏这里所指的学问与钻研故纸堆有很大区别，他说的学问可以理解为“识”。那什么是“识”呢？郭氏指出：“凡仁与勇生于识，故三达德以知为先。”⑥识即知，知则能明乎情、势、理而得几，因此具备了“识”便能明于理道而晓于情事，故而他强调“君子立身处世，以识为本”⑦。郭氏对有识之诗尤为赞赏，如他在《夜谈追录序》中云：

先生于诗，穷极渊微，偶有论断，必求通古人之辞而达之意，证之以理，较其得失，析其毫厘，多人所未发者，而皆其心领神会之余，洒然有以自得，不一求著于人，非所心许

① 郭嵩焘著，杨坚点校《郭嵩焘诗文集》，岳麓书社，1984年，第70页。
② 郭嵩焘《郭嵩焘日记》卷一，湖南人民出版社，1983年，第346页。
③ 郭嵩焘著，杨坚点校《郭嵩焘诗文集》，岳麓书社，1984年，第46页。
④ 郭嵩焘著，杨坚点校《郭嵩焘诗文集》，岳麓书社，1984年，第47页。
⑤ 郭嵩焘《郭嵩焘日记》卷一，湖南人民出版社，1983年，第171页。
⑥ 郭嵩焘著，杨坚点校《郭嵩焘诗文集》，岳麓书社，1984年，第145页。
⑦ 郭嵩焘著，杨坚点校《郭嵩焘诗文集》，岳麓书社，1984年，第149页。

而笃好者莫得而闻也。[①]

郭氏认为李舜卿学问深厚，颇具识见，能通古人之辞而达其意，并以理加以辩证，分析其利害得失，因而自然能洒然自得，展现出真我性情。那么学问如何获取呢？郭嵩焘认为可读书以广识，阅历以广见。故而郭氏云："盖凡阅历有得之言，其出之口必亲切有余味，而非其心确有所见，则语虽辩，必不能悉中窾要，一穷诘之，而游移立见。"[②]他又在《剑水诗抄序》称赏周渭臣之诗皆阅历所得："日取古人诗读之，循章析义，校其音节格律，遇山水名胜，辄一发摅。既久，益工。秦陇故边险，旷览古今形胜，益发其沉雄激越之气。于是诗愈多，名亦愈盛。"[③]可知郭嵩焘跟同时代的诸多经世诗人一样，"十分重视'阅历'，认为'阅历即学问'，历览'山川风物之变'便是诗料"[④]。

郭嵩焘的性情论在其诗歌创作中亦有体现。如《大行皇帝挽词》四首，诗句之间具见诗人之真性情，因此林昌彝评论云："忠诚恻怛，至性充周，丹忱如见矣"[⑤]。又如《岁暮寄唐治》一诗，全篇洋洋洒洒六百余言，讨论身心家国，展现出郭嵩焘之真性情学问，故林昌彝评云："寄托遥深、绵挚之情如见矣。"[⑥]再如《展江中丞故居感赋六首》前两首云：

行役艰难际，凄凉哭寝门。山川余寂历，旖旎尽飞翻。落日青林屋，孤云老树村。乱离仍靡定，洒泪问乾坤。

向日声名大，清时寇乱深。风云孤泪落，江海一星沉。异域蛟龙匣，凄风桧柏林。史臣千载笔，牢落故园心。[⑦]

此两首诗意味幽深，笔法简当，字句之间洋溢出郭嵩焘与江忠源之间

---

① 郭嵩焘著，杨坚点校《郭嵩焘诗文集》，岳麓书社，1984 年，第 43 页。

② 郭嵩焘《郭嵩焘日记》卷一，湖南人民出版社，1983 年，第 526 页。

③ 郭嵩焘著，杨坚点校《郭嵩焘诗文集》，岳麓书社，1984 年，第 62—63 页。

④ 萧华荣《中国诗学思想史》，华东师范大学出版社，1996 年，第 308 页。

⑤⑥ 林昌彝著，王镇远、林虞生标点《林昌彝诗文集》，上海古籍出版社，2012 年，第 286 页。

⑦ 郭嵩焘著，杨坚点校《郭嵩焘诗文集》，岳麓书社，1984 年，第 676 页。

的深情厚谊，因而林昌彝评云："师友渊源，交情气谊之深如见矣。"[①]

如上所述，郭嵩焘是在儒家诗教观里面讨论诗歌性情的，因此他论性情始终围绕礼或者理而展开。故而他强调诗歌当先通过积诚和学问来自理性情，如此才能"引情而达之于理，而后足以自立"[②]。当然郭氏所说的自立，还需要加之以去俗为手段。

四、以去俗为宗：诗归于能自树立

郭嵩焘在日记中曾说道："生平论文及立身、行政之义，专以去俗为宗。"[③]可见"去俗"是他立身处世、谈学论文的一大准则。而考究郭氏所谓"去俗"可知，此正是由其循理思想衍生而来。郭嵩焘一直强调："时者，一代之典章，互有因革，不相袭。生乎今之世，反古之道，则与时违矣，故时为大。"[④]他认为理为万变不离之宗，但用之于礼则当不违于时、当乎人心，如此则是顺乎天理。但现实是，谈经国大业者，志于古而不能戾于今，"能尽古今之变，而不能审量当时事势"[⑤]，因此不免流于俗。故郭嵩焘称"士敝于俗学久矣，其所习务外为美观，而检治其身与心无有也。其所为学，役聪明驰骋文字之间，而通知古今治乱之源与民物所以相维系，无有也。"[⑥]郭氏这里所指的"俗"与何绍基所强调的"俗"意思相近，即指"同流合污，胸无是非，或逐时好，或傍古人，是之谓俗"[⑦]，所以郭氏称"贞老衡文之法与鄙人所见略同"[⑧]。正因如此，郭氏尤为强调去俗，他指出：

---

① 林昌彝著，王镇远、林虞生标点《林昌彝诗文集》，上海古籍出版社，2012 年，第 286 页。

② 郭嵩焘《郭嵩焘日记》卷一，湖南人民出版社，1983 年，第 473 页。

③ 郭嵩焘《郭嵩焘日记》卷一，湖南人民出版社，1983 年，第 383 页。

④ 郭嵩焘撰，梁小进主编《郭嵩焘全集》第三册，岳麓书社，2012 年，第 277 页。

⑤ 陆宝千《清代思想史》，华东师范大学出版社，2009 年，第 397 页。

⑥ 郭嵩焘著，杨坚点校《郭嵩焘诗文集》，岳麓书社，1984 年，第 256 页。

⑦ 何绍基撰，龙震球、何书置点校《何绍基诗文集》第二册，岳麓书社，2008 年，第 695 页。

⑧ 郭嵩焘《郭嵩焘日记》卷四，湖南人民出版社，1983 年，第 578 页。

大抵世俗之见不除，便一无是处。所以圣贤务在远俗。及其措而行之，范围不过，曲成不遗，乃以转移一世之风气。唐虞之于变，文王之诚和，必先有多少变革不安俗处。圣人气魄大，运量神，故是不觉。①

郭氏认为世俗之见，乃穿窬之心，若不除去，则于道有碍。因此，古之圣贤为远俗而无所不用其极。即便是圣贤，他们在改变世俗成见，转移时代风气的时候也难免会遇到来自流俗的压力，只不过普通人无圣人之气魄和怀抱，所以无法体会圣贤之用心。

那么作为圣贤之后的人，如何去"俗"呢？对此，郭嵩焘指出可以通过尽道以化俗。如他在《送李申甫方伯西归序》中对道与俗进行了详细阐释，他说：

同乎俗者违乎道，由乎道者忤乎俗，古今类然也。夫使其道不容于天下，憔悴枯槁，终老牖下，而其心泰然有余，舍俗以从道可也。而或事任所集，名望所归，百姓环而待治，趋走之吏数百千人，刑赏出其喜怒，舒敛由其操舍，以道则格而不入，以俗则荡而无归，是果何从哉？古之君子求尽乎道者，尽乎理之宜焉而已。宜于己，弗宜于人，非道也。张乖崖讽寇平仲以"不学无术"。术者，路也，左焉右焉而皆有以自达者也。极天下之艰难险阻以求其通，察人心之曲折纠纷以尽其变，行乎刚毅而自遂其刚毅焉，行乎廉让而自遂其廉让焉。君子惟得乎此，是以其道用之而不穷，而介焉不与俗相混。②

郭氏认为道与俗是相对立的两方，流俗乱道，道则与流俗相忤。作为有德无位之人，若其道不能见容于世，那么舍俗而安贫乐道，也算成己。如他称冯树堂"卓然不惑于流俗，孤行一意"③即此类。若是身居高位、众望所归之人，于道不入，又与俗不合，那么则需要尽道以得理

① 郭嵩焘《郭嵩焘日记》卷一，湖南人民出版社，1983年，第55页。

② 郭嵩焘著，杨坚点校《郭嵩焘诗文集》，岳麓书社，1984年，第277页。

③ 郭嵩焘著，杨坚点校《郭嵩焘诗文集》，岳麓书社，1984年，第267页。

之宜。所谓理宜，不仅是宜于己，也须宜于人。但宜己宜人并非易事，尤其是宜人，需要具备卓绝的识见，刚毅、廉让的品行，付出巨大的努力，只有这样才能尽乎道，绝于俗，而后得全。在郭嵩焘看来，曾国藩正是尽道化俗之伟人，“公始为翰林，穷极程朱性道之蕴，博考名物，熟精礼典，以为圣人经世宰物，纲维万事，无他，礼而已矣。浇风可使之醇，敝俗可使之兴，而其精微具存于古圣贤之文章”[1]。他指出曾国藩正是通过求古圣贤之道，而得古圣人治世去俗之术。

基于“去俗”思想，郭嵩焘在论诗文时尤为强调诗文的变化创新以及典雅。首先，强调诗歌当能变化创新。这正是郭嵩焘不违时、不固守，讲求“日新以为功”[2]思想的体现。郭氏强调诗歌当反映时代，发挥实用，故而需要不断变化创新，以应乎时。因此他极推崇杜甫诗“义例之精，变化之妙”[3]，又转引吴称三之言曰：

> 韩氏愈之文，李白、杜甫之诗，实始尽变古人之体制，而以才自放。继此数百年能者六七人耳，皆以才自放而极尽体制之变者也。其余才性之所近，依类以求合焉。皆足以取名于时。而其久而益光者，必其能自变化者也。故其成有大小，其才力之所极有难易，要归于能自树立，不苟同于人。[4]

郭嵩焘对吴称三这段话激赏有加。在他看来，李白、杜甫、韩愈诸人之所以诗文成就巨大，正在于他们不拘于古、不流于俗，敢于自放以求创新变化。但古往今来具有这般才力与识力的诗人却并不多，大多数诗人往往被俗见所囿，能通而不能变化，因而真正能以自立的诗人必然能穷通变化。同时代诗人中，郭氏肯定魏源能“务出己意，耻蹈袭前人”[5]，并对其山水诗能穷极变化而大加赞赏：

---

① 郭嵩焘著，杨坚点校《郭嵩焘诗文集》，岳麓书社，1984年，第385页。

② 郭嵩焘《郭嵩焘日记》卷一，湖南人民出版社，1983年，第554页。

③ 郭嵩焘著，杨坚点校《郭嵩焘诗文集》，岳麓书社，1984年，第41页。

④ 郭嵩焘著，杨坚点校《郭嵩焘诗文集》，岳麓书社，1984年，第516—517页。

⑤ 郭嵩焘著，杨坚点校《郭嵩焘诗文集》，岳麓书社，1984年，第43页。

> 游山诗山水草木之奇厉，云烟之变幻，滃然喷起于纸上，奇情诡趣，奔赴交会。盖先生之心，平视唐宋以来作者，负才以与之角，将以极古今文字之变，自发其嵚崟历落之气。每有所作，奇古峭厉，倏忽变化，不可端倪。[①]

他认为魏源的山水诗，将山水草木的自然动态都表达出来了，跃然于纸上，因而呈现出变化无穷，使人捉摸不定的奇伟风格。他又于文后加以总结云："天地生才无穷，而文章之变日新月盛，非有古人所能限者。此亦以见斯文之广大，而豪杰伟人出于其间，随所得之大小浅深，树立桀桀，以自殊异。诗可以观，其谓是矣。"[②]由此可见，郭氏对诗文变化创新，以求自立的重视。此外，郭氏还称赏江忠源"文章意趣自足以达其才而尽其变"[③]。他又告诫赵君靖为诗不能有所限，当"尝致精以尽其变，侵寻渐渍以研其几，而后可以诣深造微，从容自得"[④]。故而郭嵩焘自己在诗歌创作中，也力主去俗而重视变化创新。他的诗歌多因时而作，即事而发，不拘门户，不泥于古，因而能戛戛独造，变化万端。如他称自己的诗"忧时心识反骚意，悯乱诗成变雅声"[⑤]，又述自己的志向"梦寐契周孔，讵足拯时危。绝俗耻苟同，徒为世诟訾"[⑥]，而正因与流俗不合最终落得"自抱孤怀片月沉"[⑦]的境况。

再有，郭嵩焘还强调诗文"典雅"以拒俗。郭氏所注重的"典雅"，"典"即指学有根柢，"雅"是指歌诗发性情之正。胸有典则可辨俗，情归雅则可化俗，典雅具备则可去俗。正因如此，郭氏对典雅的诗文十分推崇，如他称赏张少衡"治他《经》，亦多取旧说，融会贯通，而立论详赡典雅，自尽其意，故世尤高先生之文章"[⑧]。张少衡博通经史掌

---

① 郭嵩焘著，杨坚点校《郭嵩焘诗文集》，岳麓书社，1984 年，第 43 页。
② 郭嵩焘著，杨坚点校《郭嵩焘诗文集》，岳麓书社，1984 年，第 44 页。
③ 郭嵩焘著，杨坚点校《郭嵩焘诗文集》，岳麓书社，1984 年，第 37 页。
④ 郭嵩焘著，杨坚点校《郭嵩焘诗文集》，岳麓书社，1984 年，第 73 页。
⑤ 郭嵩焘著，杨坚点校《郭嵩焘诗文集》，岳麓书社，1984 年，第 693 页。
⑥ 郭嵩焘著，杨坚点校《郭嵩焘诗文集》，岳麓书社，1984 年，第 764 页。
⑦ 郭嵩焘著，杨坚点校《郭嵩焘诗文集》，岳麓书社，1984 年，第 755 页。
⑧ 郭嵩焘著，杨坚点校《郭嵩焘诗文集》，岳麓书社，1984 年，第 406 页。

故，识见卓特，情赡学富，发为诗文自然典雅可诵。其又在《一鹤山房诗钞序》中评赵振卿："少致力元、白，后稍及子瞻、放翁，未尝故为高远，其绝远流俗艳薄之为，一轨于正。"[①]他对赵振卿能舍弃旧有之俗作，而一归于典雅正实甚表赞许。此外，郭氏评周锡溥"书味盎然，平澹安愉，志和而音雅"[②]，评杨玉川"貌和而心夷，气温而词雅"[③]，还在《汪氏遗书序》中评"自梅坡先生以逮上湖先生，生当极盛之时，优游愉夷，歌咏升平，志和而音雅"[④]。他认为这些歌诗情正而理顺，因而表现出来自然音和调雅。再结合郭嵩焘自身的诗歌创作可发现，他也一直在践行"典雅"这一标准。他的诗歌贯通经史，多用典故，呈现出宏博雅致之风，如《除夜寄怀曾伯涵兄刘孟容兄》《再和会合诗奉答刘孟容兄》《哭萧韶》《与邓上舍绎》诸诗。又其诗亦追求声律，推敲字句呈现出音和调雅的风貌，如其《山行杂诗》恬淡幽适，气象不凡，故林昌彝评云："襟怀婉雅、朗朗如也。"[⑤]

结语

当我们从整体上对郭嵩焘的诗学观念进行考察时会发现，他的诗学观与其循理思想之间有着相当密切的关联性。可以说，郭嵩焘的诗学是其循理思想的表征。正因如此，郭嵩焘的诗学与其循理思想一样，立足于传统而又具有向现代延伸的韧性，呈现出新旧杂糅的样态，具有转型期的特质。一方面，他的诗学根基在中国传统儒家诗学话语体系之中，如鼓吹诗歌的政教功能，以及执着维护儒家"温柔敦厚"的诗教观。尽管他将这些传统的诗学话语具化，并指出了有效实现路径，但在原理上并无多少创见。另一方面，他的诗学又具有挣

① 郭嵩焘著，杨坚点校《郭嵩焘诗文集》，岳麓书社，1984年，第59页。

② 郭嵩焘著，杨坚点校《郭嵩焘诗文集》，岳麓书社，1984年，第51页。

③ 郭嵩焘著，杨坚点校《郭嵩焘诗文集》，岳麓书社，1984年，第271页。

④ 郭嵩焘著，杨坚点校《郭嵩焘诗文集》，岳麓书社，1984年，第54页。

⑤ 林昌彝著，王镇远、林虞生标点《林昌彝诗文集》，上海古籍出版社，2012年，第286页。

脱传统的张力，欲求跳出古人拘囿，展现出更加开放、涵容、求实、创新的近代气息，如他讲求“日新以为功”，致力于诗歌因时而作与成自家面目。他在创作实践中也的确是以自己的主体感性生命为基调，抒发着曾、刘、罗等湘乡派诗人所未有的“孤寒”与“独鸣”。郭嵩焘的这种诗学探索对后起的同光体诗学产生了重要影响，尤其是其中求真、求新、求实的诗学祈向以及遗世独立的“孤寒”境界。如郭氏弟子陈三立，作为同光体领袖诗人，他的诗便“崇真尚实”“恶俗恶熟”且表现出跨越传统的“骨重神寒”美学特色。虽然以今天的眼光来看，郭嵩焘的诗学似乎仍未能与他的眼界一般开出更新境界与风气，但是若回到历史场位会发现，时代的变迁是渐进式和选择式，况且直至如今，当我们再来面对新旧问题时，好像仍然无法做出更好的决策。

（安徽大学古籍整理办公室）

论近代南社的宗宋诗学*

李建江

内容摘要：南社唐宋诗之争是近代文学批评史的重要事件，然而学界津津于事件始末的梳理，对宗宋派观点的剖析明显缺乏系统性。从诗话来看，宗宋派深化“宋出于唐”“善学唐者唯宋”两种诗学观念，形成了“宋不必不如唐”的诗史演进观。他们不满明七子的“腔调门面”工夫，标举“简斋本领”，重视诗歌的自我创新。作为同光体分支，南社宗宋派“不专宗盛唐”，但对盛唐风神亦表钦赏，更给予宗唐派的精神偶像——龚自珍独立的阐释维度。同时，他们也表现出对魏晋六朝诗风的主动追求，与“三关说”正相契合。宗宋派整体显示出较为理性的评价尺度和开阔的诗学视野。唐宋诗之争对南社影响巨大，但在同光体诸大家中并未引起特别注意。内外冷热之别，令人重思这场争论的意义所在。

关键词：南社；诗话；宗宋诗学；诗歌批评

* 本文系国家社科基金重大项目“南社文献集成与研究”(项目编号：16ZDA183)阶段性成果。

An Inquiry into the Song-Oriented Poetics of the Nanshe in Modern Times

Li Jian-jiang

Abstract: The debate between the Tang-style and Song-style poetry in the Nanshe is an important event in the history of modern literary criticism. However, the academic community is more interested in sorting out the ins and outs of the event, and there is a clear lack of systematic analysis of the viewpoints of the Song-advocating school. Judging from the Shihua, the Song-advocating school deepened two poetics concepts, namely "the Song-style poetry originated from the Tang-style poetry" and "only the Song-style poetry is good at learning from the Tang-style poetry", and formed a view of the evolution of poetry history that "the Song-style poetry is not necessarily inferior to the Tang-style poetry". They were dissatisfied with the "superficial style and appearance" efforts of the Seven Masters of the Ming Dynasty, praised the "abilities of Jianzhai", and emphasized the self innovation of poetry. As a branch of the Tongguang School, the Song-advocating faction within the Nanshe Society did not solely venerate the High Tang Dynasty. However, they also highly admired the aesthetic charm of the High Tang and, moreover, provided an independent dimension of interpretation for Gong Zizhen, the spiritual idol of the Tang-advocating faction. At the same time, they actively pursued the poetic style of the Wei, Jin, and Six Dynasties, which was in line with the "Three-Barrier Theory". As a whole, the Song-advocating faction demonstrated a relatively rational evaluation standard and a broad vision of poetics. The debate between the Tang-style and Song-style poetry had a huge impact on the Nanshe Society, but did not attract special attention among the masters of the Tongguang Style. The difference in the degree of attention both inside and outside makes people rethink the significance of this debate.

Keywords: Nanshe; Shihua; the Song-Oriented Poetics; poetry criticism

南社唐宋诗之争不仅是南社史的重大事件，也是中国传统诗学内部最后一次较为“隆重”的理论争辩。关于事件的始末，学界已然梳理得十分细致，但对论战双方，尤其是对被柳亚子作为“反面教材”的宗宋派诗学观点的研究，则明显缺乏系统性地审视。南社宗宋派成员主要有黄晦闻、诸宗元、胡先骕、傅熊湘、胡朴安、林庚白、成舍我、陈仲陶、姚鹓雏、闻野鹤、朱鸳雏、李澄宇等，大都通过撰辑诗话，来表达自身的诗学观点和批评旨趣。目前，学界对姚鹓雏和林庚白的诗话研究较多①，但实言之，这些研究在一定程度上大都是独立式的，还未能对宗宋派作整体观照。至于其他宗宋派的诗话，相关研究更加不足②。从诗话来看，与以柳亚子、王大觉为代表的宗唐派严分唐宋界限，以盛唐为审美极则，论诗纠结于诗人的政治身份，势有咄咄而往往流于空疏不同，南社宗宋派的唐宋诗观较为豁达，对诗学理论的阐发和诗歌技法的探索也较为深入，展示出开阔的诗学视野，是民国宗宋诗学体系建构不可忽略的力量，具有重要的诗学价值。

---

① 相关研究文献，研究姚鹓雏者主要有付洁《南社姚鹓雏诗话探究》（《济南职业学院学报》2022年第4期）、张文婷《姚鹓雏诗歌研究》（山东大学硕士学位论文，2019年）、刘熠《姚鹓雏初论》（上海外国语大学硕士学位论文，2018年）、白坚《简论南社诗人姚鹓雏的诗论和诗作》（《南京理工大学学报（社会科学版）》2008年第4期），高平《南社诗学研究》、李德强《近代报刊诗话研究 1870—1919》亦作重点论述。研究林庚白者，主要有江晓辉《林庚白的“矛盾”诗学及其意境论的时代意义》（《中国韵文学刊》2022年第1期）、林怡《一代诗豪南社健将林庚白其诗其人》（《福建论坛》2015年第11期）、金翔《略论林庚白与同光体》（《南京理工大学学报（社会科学版）》2009年第1期）、庞承强《林庚白对宋诗派理论的反思与改造及其古典诗歌创作观》（《南京理工大学学报（社会科学版）》2002年第6期）。

② 目前研究傅熊湘者，有张宁《傅熊湘〈钝安脞录〉与湖湘诗学谱系之建构》（《枣庄学院学报》2019年第4期）、郝丽秀《南社湖湘巨子傅尃研究》（山东大学硕士学位论文，2011年）。研究闻野鹤者，有沈雨洁《闻宥文学研究》（上海大学硕士学位论文，2021年）。

一、“宋不必不如唐”：宗宋诗话的诗史演进观

南社宗唐派以盛唐诗歌截断诗史，詈责同光体诗歌是末世衰音，荼毒诗道，自然会引起宗宋派的不满与反驳。在宗宋派看来，从唐诗到宋诗，有着清晰可辨的诗学承续脉络。基于对此脉络的体认，他们深化了“宋出于唐”和“善学唐者唯宋”两大诗学命题。“宋出于唐”基本是历代宗宋者的诗学共识，而“善学唐者唯宋”则是清初诗人黄宗羲提出的重要诗学判断。黄宗羲《姜山启彭山诗稿序》云：

> 天下皆知宗唐诗，余以为善学唐者唯宋。顾唐诗之体不一：白体、昆体、晚唐体。白体，如李文正、徐常侍兄弟、王元之、王汉谋；昆体，则杨、刘之西昆出于义山，二宋、张乖崖、钱僖公、丁崖州其亚也；晚唐体，则九僧、寇莱公、鲁三交、林和靖、魏仲先父子、潘逍遥、赵清献之辈凡数十家，至叶水心、四灵而大振。少陵体，则黄双井专尚之，流而为豫章诗派，乃宋诗之渊薮，号为独盛。欧、梅得体于太白、昌黎；王半山、杨诚斋得体于唐绝。晚唐之中，出于自然，不落纤巧凡近者，即王辋川、孟襄阳之体也。虽咸酸嗜好之不同，要必心游万仞，沥液群言，上下于数千年间，始成其为一家之学。故曰：善学唐者唯宋。①

这段话应从两个方面加以理解。首先是“学”。宋人面对唐诗的艺术高峰，在经历过短暂的创作焦虑后，开始正视唐诗的辉煌成就，并坦然接受唐人的影响，吸收他们的艺术经验，逐步从既有的诗歌审美范式中开出“白体”“昆体”“晚唐体”“少陵体”“半山体”“诚斋体”等诗体类型。欧阳修、苏轼等一代大家更深得唐人沾溉。其次是“善学”。即以唐诗为参照，而非以唐诗为目的。经过宋初诗人的创作尝试，人们对于复制“唐诗”的焦灼渴望渐趋平息，意识到希图以全面模拟的方式臻至诗歌妙境的设想注定是失败的。所以他们勇于突破重复唐

① 陈乃乾编《黄梨洲文集》，中华书局，1959年，第351—352页。

诗的思维困境，有意避开圆熟的诗歌风格，开掘杜甫、韩愈、柳宗元等人的诗中已经萌生却未得到充分发展的风格质素，“在唐诗的千仞高峰面前拓出了一条曲径通幽的崭新道路”[1]，即纳唐神而塑宋骨，取唐音而奏宋声，不仅开辟出全新的诗歌境界，建立了“别一种审美类型”[2]，也使得宋诗在整体上呈现出包容性特征。前述诸诗体虽脱自唐人，但能熔铸各家，自成风貌的原因即在此。

通过强调“善学唐者唯宋”，黄宗羲“试图消除人们执着唐宋的论调，而合宋唐为一”[3]，不必将两者截然分开，甚至是对立起来。这种诗学认知被南社宗宋派继承下来，姚鹓雏《桐风萝月馆随笔》云：

> 分唐界宋，但可为说诗者明其嬗变之迹耳。若夫学诗，则不当泥之。晚唐、北宋，无论自温、李以至杨、刘，息息相通，即梅、欧、苏、黄渐变而独辟蹊途矣。然溯其津逮所自，不外李、杜、韩三家。由此以上薄风骚，谓其取法乎上则有之，谓其舍唐而自立可乎？窃谓诗道内涵，不外情、理、事、物四者。才有偏胜，各从其所至。善抒情者，未必能持论；工体物者，未必能铺叙。此以人言也。后代之视前，不能无变以济其穷而已。《易》云：“穷则变，变则通。”唐人尚风华，重含蕴，至宋而易以清峭刻露，渐与文合辙，所谓以文为诗也，故持论说理为胜，而抒情之辞易伤于尽。至于避熟就生，以僻涩代秾重，以镌刻代浑穆，皆时代嬗演必然之现象，后之治宋诗者，亦决不能束唐贤于高阁。尤于杜、韩、柳三家，今之言宋诗者，无不尊之为渊源所自出也，则乌有所谓祖宋祧唐者哉！[4]

他从诗歌发展史的角度出发，指出“分唐界宋”的本意在于阐明诗史的“嬗变之迹”，而不是对诗歌本身作出各种形式或性质方面的规定。

---

① 庄严、章铸《中国诗歌美学史》，吉林大学出版社，1994年，第177页。

② 庄严、章铸《中国诗歌美学史》，吉林大学出版社，1994年，第175页。

③ 王英志《清代唐宋诗之争流变史》，人民文学出版社，2012年，第70页。

④ 姚鹓雏《姚鹓雏文集·杂著卷》下册，上海古籍出版社，2012年，第868—869页。

后代诗人受到前代诗人的影响无可避免，不可能自欺欺人地无视历代积累的诗歌创作经验，正所谓“任何一个时代的诗人，都不是被动地被传统所推动，而必然是主动地去接受并创造性地发展传统，最终以其特定的主体精神使传统的某一方面被特别光大”①。可以说，每个自成一家的诗人身上都承载着厚重的诗史积淀，都闪烁着前代优秀诗人的影子。严分唐宋，不涉疆界，在实际创作中是根本不可能的。有些诗人的诗学观念貌似较为僵化固执，守唐宋界限甚严甚明，但其创作实践仍会体现出对前代诗歌艺术的融通互贯。因为情、理、事、物无别，则其感触、体悟必有相通之处。所不同者，在于感触的角度、体悟的层次，以及由此呈现出的诗歌境界。宋诗之所以强调独立的审美特质，一方面是诗歌史发展和诗人创作理想的内在驱动，另一方面也是宋代文化建设的需要。从文学与政治的关系来看，新朝要确立新的文化统治，必然汲汲于塑造出崭新的文化品格以区别于前朝。“宋代文士以其强烈的文化意识，充分发挥自己的文学才能，主动承担起继承、改造、创新、传播民族文化之责任”②，诗歌革新作为文学革新的“重头戏”，呈现出与政权建立、巩固几乎亦步亦趋的显著特征。而诗歌革新一定是在诗史基础上的革新，它只可能承续着已有诗脉向前发展或另辟蹊径，而无法完全舍弃既有诗歌传统重新开始。闻野鹤《怬簃诗话》云：“山谷学杜，永叔学韩，宛陵学东野，荆公学杜，东坡则出入诸家之间。此外，皋羽学昌谷，山民学晚唐，故知宋世名家，无一不出自唐贤。”③这与姚鹓雏《宋诗讲习记》所言，“庐陵、荆公咸宗韩、杜，而半山骏发高亢，独开一宗。坡公兼容并包，海涵地负，而天才英荡，后无来者。山谷直接义山，宛陵仿佛东野。南渡而后，承宛陵者简斋，其极至于四灵。承东坡者剑南，而傍溢于韩、杜。若诚斋、石湖、白石诸君，咸能自树”④，是一致的。他们都明确指出宋诗

① 韩经太《宋代诗歌史论》，吉林教育出版社，1995年，第2页。

② 崔际银《文化构建与宋代文士及文学》，天津古籍出版社，2011年，第10页。

③ 闻宥《怬簃诗话》，《野鹤零墨》卷三，清华书局，1918年，第3页。

④ 姚鹓雏《姚鹓雏文集·杂著卷》下册，上海古籍出版社，2012年，第861页。

大家梅尧臣、欧阳修、苏轼、王安石、黄庭坚、陈师道、杨万里、范成大、姜夔、谢翱等，都是从唐人那里开出独特的诗歌风格，继而自成一家，以宋溯唐的诗学轨迹是清晰的。

林庚白亦称“宋人诗皆自唐贤变化而来”①，但他较二人更进一步，直接将唐、宋诗相提并举。《丽白楼诗话》云：“唐、宋两代诗，先后媲美，无所轩轾。以言其工，突过汉魏，直接三百篇。何者？其意境固已极前此之世变与人事，而诗之才力又足以发其变，所谓柏梁体，所谓建安七子，不若是也。”②在他看来，唐、宋仅为时代之别，论诗歌则都自成体系，具有超越前代的审美品质，堪称双峰并峙。这无疑极大地提高了宋诗的诗歌史地位。所谓能“直接”作为儒家诗教最高理想的“三百篇”之言，此处可暂时不论；“突过汉魏”，甚至能力抗建安七子，则是迥异于宗唐派的诗学话语。因为“汉魏风骨”“建安风力”向来是宗唐派标榜的美学典范，不涉宋派藩篱。平心而论，这几句话当然不无夸大之处。林庚白之所以作出这一诗学判断，一是因为他对汉魏诗歌不满，汉魏非其所认为的诗学高地。他说：“建安七子虽遭逢丧乱，其人物大都委靡颓废，徒知标榜豪放与清高，开六朝亹亹之风。中华民族性之不振，魏晋之诗亦有以毒之也。”③认为以建安七子为代表的魏晋诗人过于重视个性和个体生命感受，对战乱频仍的社会图景表现相对不足，缺乏深沉凝重的社会情感。其诗歌凸显自我而家国天下的济世情怀淡薄，感性有余而击楫高歌的血性之气不足，因此被批为有“委靡颓废”之相。二是因为他将宋诗作为历代诗歌的集大成之作，认为宋诗能包揽汉魏诗歌精粹，汉魏由此被降下一阶。其《孑楼诗词话》云：“宋诗类能深入，盖什七以汉、魏、初唐为骨干，而浸淫于六朝、中、晚，故宋代诸大家诗，可谓集诗之大成者矣。”④《丽白楼诗话》亦云：“宋人中才思较富而气力横绝者，能接杜、

① 林庚白《丽白楼诗话》，《丽白楼自选诗》，开明书店，1946 年，第 106 页。
② 林庚白《丽白楼诗话》，《丽白楼自选诗》，开明书店，1946 年，第 104—105 页。
③ 林庚白《丽白楼诗话》，《丽白楼自选诗》，开明书店，1946 年，第 105 页。
④ 林庚白《孑楼诗词话》，《晨报》1933 年 7 月 12 日。

韩之骨，如荆公、山谷、后山、诚斋、放翁皆然；简斋、宛陵，则前者袭杜、韩之皮，而后者刺取王、孟、韦、柳之骨。之数子亦间参陶、谢，此又不可不知也。”①认为宋诗融汇前代诗歌艺术，以汉魏、初唐、杜、韩为诗骨，以六朝和中晚唐为体肤，建立起新的诗歌美学。而对于“诗愈古则愈工”的泥古之论，他称：“宋必不如唐，唐必不如汉、魏、六朝，而三百篇、《离骚》莫敢议其一字者。吁，何其陋且固欤！”直接指出“宋不必不如唐”，将宋诗直接抬升至至少与唐诗地位同等齐观的位置。这样的诗学论断蕴含着对诗歌创新精神的强烈推崇。

“宋不必不如唐”是对前人“宋出于唐”和“善学唐者唯宋”两种诗学观念的深化，它一方面确认了宋诗独立的审美典范价值，另一方面也赋予南社宗宋派与宗唐派激烈论战的底气和勇气。基于这种唐宋诗歌嬗变观，南社完成了对宗宋诗学的整体架构。

二、七子工夫与简斋本领：宗宋诗话的崇新意识

因为推崇创新精神，故而宗宋派对于一味复古而丧失诗歌真我精神的现象极为不满。这在很大程度上是因为宋诗本质上就是以唐诗为基础，吸取历代诗歌精华发展而来，宗宋派大家得其神髓，注重在理论建构中的自我创新。基于此种诗学自觉，在近代唐宋诗之争的背景下，深为宗唐派所推崇的明七子遂成为宗宋派的集矢之的。

林庚白评马君武诗，谓其《重到蒲芦塞》《劳登谷寄柳人权》《劳登谷独居》等诗“皆有唐音”，而为众人所赏的“甘以清流蒙党祸，耻于亡国作文豪”“百字题碑纪恩爱，十年去国共艰虞”等句则“仅与明七子相仿佛”。② 这四句诗辞气有慷慨之貌，抒情却过浅过直，的确很难说有激荡人心的力量。以明七子作比，其中透露出的不屑态度是毋庸讳言的。成舍我谓“明七子极力学盛唐，而神味绝不相似。盖彼辈法古，专在腔调字面上用工夫，至于神味若何，则绝不之计”③，以至所作

① 林庚白《丽白楼诗话》，《丽白楼自选诗》，开明书店，1946年，第106—107页。

② 林庚白《孑楼诗词话》，《晨报》1933年11月14日。

③ 舍我《艺文屑》，《民国日报》1917年3月3日。

诗歌“块然一物，毫无生趣，譬诸木偶，其状未尝不肖，而精神全失，终不足以名人”，而王世贞、李攀龙等人“居然以此自矜，是亦嫫母效颦之类”。[1] 他认为明七子学唐局限于对唐人“腔调字面”，也就是对声调的安排、字词的调遣，以及由此呈现的风格的模拟，缺少内在情韵的流动，无法真正实现对“盛唐气象”的移植。神味的失落，使得他们的诗歌终究止于邯郸学步，无法开辟出崭新的境界。周芷畦亦称“南宋陈简斋，以‘客子光阴诗卷里，杏花消息雨声中’二句，传诵古今，然二语铺排门面，已开明七子之风”[2]，将“铺排门面”作为明七子的风格标识，充满轻蔑之态。明七子已然如此，那以明七子为典范的宗唐派诗歌自然就被他整体贬下一格。在宗宋派看来，这些诗歌不仅未得盛唐真意，甚至也不比宋诗精华，以此足可见宗宋派对明七子诗歌拘于“拟议”而缺少自我变化的批评态度。实言之，诗人学诗之初不可能避免对前人“腔调字面”的研习，但学古是为了最终成就自我的“新”，而非全方位的复刻古人。这是诗人应该明了的复古初心，也是批评者衡量诗歌优劣的价值尺度。

与批判七子专用力于腔调字面不同，宗宋派拈出“简斋本领”，以示诗学正途。如上所引，周芷畦不喜陈简斋“客子光阴诗卷里，杏花消息雨声中”二句，实言之，此两句仅具辞面工夫，相较其“潮平天尽落，涧断海横通”，“等闲生白发，耐久是青灯”，“催成客里须春酒，老却梅花是晓风”，“岸边天影随潮入，楼上春云带雨来”诸句意境之深隽开阔，确实清丽有余而气骨不显，因此周氏说“简斋本领，全不在此”。[3] 那什么是“简斋本领”呢？从周芷畦所言来看，“简斋本领”肯定有别于明七子的门面工夫。这并不是说诗歌的“门面”不重要，而是要注意“门面”不能仅止于“铺排”，要让诗歌的修辞、声韵、意象整体和谐，形成精神团聚的浑成气象。姚鹓雏《赭玉尺楼诗话》标举陈与义“秋入无声句，山连欲雨寒”一联，称其“突过诸人”，“能以少许胜

① 舍我《艺文屑》，《民国日报》1917 年 1 月 5 日。

②③ 周芷畦《妙员轩诗话》，《民国日报》1918 年 3 月 3 日。

多许”[①]，甚至许为“南宋名句第一”[②]，就是着眼于该句锻炼精妙，设想新颖，意脉连贯。同时，诗人也要主动摆落前人门面“影响的焦虑”，努力发掘个体的独立特质，不傍他人，自开户牖。闻野鹤《惆簃诗话》谓：“东坡诗境，全是一‘势’字；山谷诗境，全是一‘硬’字；后山诗境，全是一‘深’字；简斋诗境，全是一‘整’字。”[③]所提及的四位宋诗大家中，黄庭坚、陈师道身列“苏门四君子”，与陈与义同为江西诗派“三宗”；陈与义又以苏、黄、陈为师。尽管他们之间有着密切的诗学联系，但彼此在诗歌境界上并不全然步趋，而是各具自家面目。这是“简斋本领”最重要的内涵，进一步体现出宗宋派对诗歌创新品质的重视。

宗宋派对“七子工夫”和“简斋本领”的不同态度，是否表明他们对以七子为典范的宗唐派有不恕之苛呢？当然不是，有两方面可作证据。一是他们对南社宗唐派，尤其是极力诋斥宗宋派的柳亚子、王大觉、吴虞的诗歌亦表赞赏。林庚白《孑楼诗词话》评柳亚子诗“雄浑高亢”，可与屈大均、陈恭尹、顾炎武诸人相抗手，所录如《题秋石遗象》“乱世经纶钩党狱，漫天烽火髑髅杯”，《报载共产军占长沙》“张皇赤帜开新国，狼藉青磷殉旧朝”，《答长公》“中年哀乐都成梦，痛饮醇醪别有肠”等句，书生意气纵横，逸兴遄飞，“并皆豪放”。[④] 姚鹓雏《赭玉尺楼诗话》称二十岁的王大觉“才气飙举，诗文有奇气，而格律高严，似出老宿”，其诗有胆气，不止“后起之秀”，“直当推倒吾辈”。所录《月夜渡淀河歌》中如“我行原不惮宵征，挂起蒲帆十幅轻。三千世界放光明，卅六里路飘然行”，“洗盏更酌倒玉瓶，豪饮不让吸川鲸。隔浦遥闻渔歌声，忽然引起沧浪情”等句，襟怀疏朗，风姿潇洒，令人生光风霁月之想，评曰“足与两当轩、瓶水斋相颉颃”。[⑤] “两当轩”指

① 姚鹓雏《赭玉尺楼诗话》，《民国日报》1917 年 9 月 6 日。

② 姚鹓雏《赭玉尺楼诗话》，《民国日报》1917 年 9 月 13 日。

③ 闻宥《惆簃诗话》，《野鹤零墨》卷三，清华书局，1918 年，第 3 页。

④ 林庚白《孑楼诗词话》，《晨报》1933 年 9 月 29 日。

⑤ 湘君《赭玉尺楼诗话》，《民国日报》1916 年 3 月 8 日。

黄仲则，"瓶水斋"指舒位，两人是清诗大家，诗皆有唐风。姚鹓雏又谓吴虞"诗宗中晚唐，论诗不主西江"，其《秋水集》"清超绵丽，尽脱恒蹊"，七绝如《同裴铁侠游青羊肆看花》"风韵悠然"，《书文山集后》《游草堂作示碧秀》《重至鸥舫》"皆神韵独绝之作"。[①] 这些都说明宗宋派非苛责之辈，即使面对着对宗宋派羞辱挞伐的激进宗唐派，依旧秉持着较为理性的评价尺度，体现出宽阔的诗学视野。

二是他们也批评宋诗。姚鹓雏就指出苏轼诗"有极潦倒语、粗犷语、慓率语"[②]，有明显的粗率之病；而陆游、元好问则又过于重视"语语精工，篇篇完善"[③]，遂成求全之执。尤其是陆游，与白居易相似，"皆患作诗太多，故意境时有重复处"[④]，徒遗平淡之讥。周芷畦评高吹万诗"刻意摹宋，有时苦涩似宛陵，轻率似石湖"[⑤]，将"苦涩""轻率"作为梅尧臣、范成大这两位大诗人的不免之疵；又谓"半山虽僻，而画舫楼台，性灵发见；宛陵虽苦，而山花春鸟，风趣横生"[⑥]，虽以性灵、风趣为王安石、梅尧臣回护，但实际也承认二人有险僻、枯涩之失。可见，宗宋派对于诗歌创作的评价标准不因宗派而废弃，也进一步证明他们反对学古亦步亦趋，格外重视融百家之诗而铸自我之格的创新意识。

整体而言，腔调字面固然是诗歌内蕴情致的载体，宗宋派，尤其是江西诗派的宗尚者也向来格外重视此种工夫的锻炼，但宗宋派的高明之处，在于他们从不耽溺于对前人腔调字面的模仿，而是更加重视在前人基础上进行自我塑造。"七子工夫"与"简斋本领"，作为一组对立的诗学理念，既是对宗宋派创新意识的体现，也为"宋不必不如唐"的诗史观提供了又一注脚。

---

① 鹓雏《赭玉尺楼诗话》，《民国日报》1916 年 12 月 19 日。
② 姚鹓雏《赭玉尺楼诗话》，《民国日报》1917 年 9 月 1 日。
③④ 姚鹓雏《赭玉尺楼诗话》，《民国日报》1917 年 9 月 2 日。
⑤ 周芷畦《妙员轩诗话》，《民国日报》1918 年 1 月 12 日。
⑥ 周芷畦《妙员轩诗话》，《民国日报》1918 年 4 月 10 日。

三、中晚之外：宗宋诗话的多元图景

宗宋诗学导源中晚唐，是学界共识。但在中晚外，南社宗宋诗话展示出更为多元的诗学图景。本质上说，南社宗宋派是近代同光体的一大分支，认同同光体“不专宗盛唐”的主张，但这并不意味着他们就会有意忽略盛唐诗风的强大影响。相反，他们与宗唐派一样，对盛唐诗风持有颂美心态。例如，周芷畦评李晦庵诗“格调苍老，大有盛唐口吻”[①]；林庚白谓章行严诗“颇似高达夫”[②]，严复《寿曾伯厚》两律“可与盛唐诸贤颉颃”[③]；姚鹓雏评于右任诗“如飞仙剑客，穿月排云；又如幽燕老将，急装缚袴”[④]，着眼处皆在诗歌所具备的盛唐风神。

而论及盛唐风神，李杜是无法绕过的话题。成舍我《艺文屑》谓李白诗“晓月出天山，苍茫云海间。长风千万里，吹渡玉门关”四句“气势涵宏”，即使“后人呕心吐血，总难及其万一”，钦赞之情溢于言表，称清代诗人中“惟黄仲则所作，庶几近之”。只是黄诗虽能模拟太白气势，但因生活贫苦，始终缺少一种高华气度，成舍我遂有“有烟火气，且多穷愁语，不如太白之超脱”之评。[⑤] 而对于李杜优劣论，成舍我直言“李以神胜，杜以气胜，各有千古，未易轻为轩轾”，认为“李杜之诗相埒，吾侪后学择一而事之则可，妄为轻重则不可”。例如宋人欧阳修崇李，王安石尚杜，两人作为宋诗派的主要宗法对象，“其见解竟差池至是，将从谁之说乎?”[⑥]其实，宗宋者一旦陷入李杜优劣的比较漩涡，就会主动形成偏师欧、王一方的门户之见，进而造就宋诗派理论建构的内在困境。成舍我对此点有着深入的认识，所以才不屑祢祧李杜之说。除成舍我，李澄宇《未晚楼诗话》称方荣秉“诗主盛

---

① 周芷畦《妙员轩诗话》，《民国日报》1918 年 9 月 10 日。

② 林庚白《孑楼诗词话》，《晨报》1933 年 7 月 13 日。

③ 林庚白《孑楼诗词话》，《晨报》1933 年 8 月 7 日。

④ 姚鹓雏《赭玉尺楼诗话》，《民国日报》1917 年 9 月 17 日。

⑤ 舍我《艺文屑》，《民国日报》1917 年 2 月 24 日。

⑥ 舍我《艺文屑》，《民国日报》1917 年 2 月 22 日。

唐,谓少陵运逸气韵律之中,振符采骨格之外”[①]。方氏对杜诗的欣赏,集中于其盛唐风采而非中唐体格,与宗宋派的关注点明显不同,但李澄宇依然对其诗学观点表示认可。

龚自珍是被柳亚子等宗唐派极力推重的诗歌偶像,宗宋派对他亦有自身的阐释维度。首先,宗宋派同样推崇龚自珍诗风,并未将其排出诗法体系之外。例如闻野鹤《惆簃诗话》谓“龚定盦诗,气象最发皇,天骥奔腾,莫可捉搦”[②],赞叹龚自珍诗歌阔大昂扬的气象和纵横恣意的气势。姚鹓雏《止观室诗话》谓高天梅于诗“无所不览,即无所不效,终与定庵为近”,所著《未济庐诗》“藻彩飞逸,词致骀宕”,其《元旦》《旧除夕感赋》《结客》诸诗“高亢浩落”[③],品格与龚自珍相似。其次,宗宋派认为陈三立最近龚自珍。朱鸳雏《平诗》称:“惟散原有似定庵处。”[④]如果从诗歌的创新性来说,陈三立诗风奇崛,在语言修辞和意象构造方面展现出丰富的陌生化层次,的确与龚自珍“敢开风气”的诗歌创作精神相通。况且,陈三立也确实曾以龚自珍为师,创作了大量模拟《己亥杂诗》风格的诗歌,如《题美人对镜图》《王木斋过谈海上旧游》之类。但实言之,这些诗歌基本创作于其早年,后来他便转入韩孟诗派、江西诗派一路,并由此路而诗境渐臻纯青,成为同光体赣派的扛鼎之人。宗宋派朱鸳雏在了然这一情况的前提下,依旧指出陈三立“有似定庵处”,其意大概有二。一是揭明宗法龚自珍非宗唐派的专利,晚清民国以来的旧体诗创作大多皆受其滋养;二是暗示陈三立前期诗作在其整个创作历程中是被自我否定的,其诗坛地位和诗史影响的获得主要凭借宗派特色鲜明的后期创作,定庵之迹不是他的高明之处。但就是此不甚高明之处,偏偏当得起惟似之语。这就破开了“龚自珍”身上的崇拜迷雾,摘除了宗唐派极力营造的偶像光环。

---

① 岳阳李澄宇洞庭《未晚楼诗话》,《汉口新闻报》1932年3月25日。

② 闻宥《惆簃诗话》,《野鹤零墨》卷三,清华书局,1918年,第9页。

③ 鹓雏《止观室诗话》,《江东杂志》1914年第2期。

④ 鸳雏《平诗》,《民国日报》1917年7月9日。

最后，宗宋派不满近代学龚之失。朱鸳雏就批评道："近来言新派者，便欲依托定庵。不知定庵淹通九流，何等渊博，窈呻殊吟，皆出至情。世间既无定庵之高学，又无定庵之奇情，而自谓能步趋者，我哑然笑之矣。"①所谓"言新派者"，确切地说就是指南社宗唐派。宗唐派自领羽琌法嗣，但在宗宋派看来，却一无其学，二无其情，徒袭其貌。"情"是古今诗学的公共因素，"学"则是宗宋者刻意标榜的宗派标志。朱鸳雏强调"定庵之高学"，用意在于以"学"作为宗唐、宗宋两派对龚自珍诗学认知有异的关节。龚自珍学问渊深是事实，但宗唐派未积其学而学其诗，宜其不得三昧。这也从侧面进一步证明陈三立与龚诗在诗学根柢上确实相似。成舍我亦称："自龚定庵出，而好高骛远之徒爱其字句艰僻，可以欺人，遂竞相摹倣，自成风气，以致断析乖离，坏乱而不可纪。流弊至今，其风愈烈。高者且谓将由此以窥典谟，下者亦以为法出前人，非我作古，而蛇神牛鬼之文，莫不自比于定庵矣。"②将批判点聚焦于学龚者"字句艰僻"之病。"字句艰僻"本是南社宗唐派指斥宗宋派"以学问为诗"的集火之处，却被成舍我用来责备以宗唐派为主力的学龚群体，很难说没有"以子之矛攻子之盾"之意。同时也证明"字句艰僻"是学古末流的诗歌通病，不能被视作宗宋派的独有之弊。成舍我进一步认为，造成此种情况的根源在于龚自珍本身就有"好奇之病"，学龚者徒知模仿字面以求近似，以至误入诗道歧途。如果说朱鸳雏破除了对龚自珍的偶像迷信，那么成舍我之言则告诉诗坛，龚自珍本身亦不是所谓的"完美体"。那些拜龚成执、迷失正道的妄学之流，其诗其论毋庸理会。

此外，南社宗宋派大都对魏晋六朝诗风表示赞赏，这与前述林庚白的态度不同。例如，周芷畦《妙员轩诗话》评宁海诗人舒岳祥《采阆风集》"五古直通魏晋"③，其《瞩物》诗嗟生叹死，与魏晋心绪一脉通

---

① 鸳雏《平诗》，《民国日报》1917年7月9日。

② 舍我《艺文屑》，《民国日报》1917年2月28日。

③ 周芷畦《妙员轩诗话》，《民国日报》1917年12月15日。

传；评中南山人李因笃《受祺堂集》“五古直通曹子建”[①]，其诗句如“青青杨柳枝，娟娟碧水流。年少彼姝子，采桑行道周”，“顾见双鸳鸯，联翩恣夷犹。含睇抒微怨，寘筐倚中洲”等，确有曹植之风，整体透出一种温润的质感；又评云间张孝镆《余斋诗钞》“古风颇有鲍谢之遗”[②]，其《出门》二首颇见规模六朝之处。再如闻野鹤《怬簃诗话》录林寒碧《铸夫味生雨樵诸君子召谯读书馆楼背山面湖极饶草树之盛》《篮舆长行数里草径裹湖花簧入岫》《五月十二日薄晓泛湖憩北亭凝感有纪》三诗，评曰“缒幽凿险，直入大谢之室，唐柳子厚亦无以加也”[③]，其中“朝云凝不散，夏羽矫还轻。涟漪扬轻飔，嘉树当列屏。玫瑰溢芳气，素馨送微酲”，“午阴郁无喧，蒸日时漏明。峰出朝霞散，泉迷乱香生。草径往无际，篮舆疑未行。绯花淫滴滴，翠篠垂盈盈”，“涧曲越潜响，桥回满空翠。须臾光景开，弥觉山水腻。素雾破参差，新日出明媚”数句，色彩鲜妍，画面幽美，设辞华而不靡、丽而不妖，可谓能得谢灵运诗笔之妙。又如姚鹓雏《赭玉尺楼诗话》评黄冈邓辅纶《白香亭诗》《和陶》“规规六朝”，与汉魏六朝派柱石王闿运相比，“壬秋入鲍、谢，深秀有余；弥之独似陶，间作雄健语，骎骎入杜堂奥”；又评其《鸿雁篇》《北上别弟》《和陶贫士》诸诗“真至浑沦，百世以下效陶者，当无上之”。[④] 可见其诗以陶渊明为宗，下接杜甫，有刚健之气。

南社宗宋派对魏晋六朝诗歌风格的亲近，除汲取历代诗歌艺术经验的主观因素驱动，还受到晚清以来宋诗派理论的影响。宋诗派大家陈衍创“三元说”，以诗歌创作隆盛的开元、元和、元祐为诗道关键，而之所以将代表宋代诗风的元祐与盛唐开元、中唐元和并列，其意旨在提升宋诗地位。沈曾植则较陈衍再上一步，倡“三关说”，以元祐、元和、元嘉为诗学枢纽，力求从元祐诗风上推元和，进而探波以元嘉为代表的魏晋六朝诗风，指出诗学向上之道。这就将魏晋六朝诗

---

① 周芷畦《妙员轩诗话》，《民国日报》1918 年 5 月 30 日。
② 周芷畦《妙员轩诗话》，《民国日报》1918 年 9 月 10 日。
③ 闻宥《怬簃诗话》，《野鹤零墨》卷三，清华书局，1918 年，第 27 页。
④ 湘君《赭玉尺楼诗话》，《民国日报》1916 年 2 月 8 日。

歌纳入宋诗派的创作镜鉴范畴内，也正契合了同光体“不专宗盛唐”的诗学追求。近代同光体三大家中，郑海藏学诗从魏晋六朝切入，姚鹓雏谓其“始治大谢，浸淫柳州”①，因而诗风有时颇近六代。南社宗宋派作为同光体的同调，亲近魏晋六朝诗风自有其理。

余论

南社宗宋派诗话作者以宋为宗，上通历代，诗学态度包容，诗学视野广阔，诗学眼光通透，既不自困前朝，又不自缚于当世，以自我批判和自我审视的革新精神，不断追求更为崇高的诗歌境界。有趣的是，备受宗唐派集火詈责的郑孝胥、陈三立两位同光体大家对这场唐宋诗之争并未有过于特别的关注，即使当时陈三立就在论争的主战场——上海，相当于亲历“烽火”。只有郑孝胥在日记中提及一笔，谓“上海有南社者，以论诗不合。社长曰柳弃疾，字亚子，逐其友朱鹓雏。众皆不平，成舍我以书斥柳。又有王无为《与太素论诗》一书，言柳贬陈、郑之诗，乃不知诗也”，“南社社友登报，举高吹万者为社长；柳弃疾以逐朱玺、成舍我事被放”，此外再无他语。虽展现出一副“冷漠”态度，但也说明他已经注意到这场以同光体诗人出处与诗作为中心展开的激烈论争。至若沈曾植、梁众异、黄秋岳、李拔可等同光体派中人则几乎未见有所意见。造成这一现象的原因，笔者据日记所载推断，一者或在于陈三立、郑孝胥作为诗坛耆宿前辈，对南社年轻一辈的争论缺乏兴趣，认为社中宗唐一派的攻讦之论无甚新意，所谓“不知诗也”，无力动摇宋诗派的磅礴根基；二者则或在他们看来，这场争论是南社内部之事，诗学之争的表层之下，很可能隐藏着社内权力争夺的本质，外人不与焉。

社团内部的火热与外部的冷清形成的悬殊对比，令人不得不反思这场论争的意义何在。对于南社来说，它加剧了内部分裂，造成了久久不化的个人恩怨，是导致社团解体的直接原因；而对于整个近代

① 宛若《止观室诗话》，《江东杂志》1914 年第 1 期。

诗坛来说，它推动了宗唐、宗宋诗学理论建构的完善。同时，它也是古典文学史上最后一次唐宋诗之争。自此之后，旧体诗迎来自己的落日余晖，逐步走下文学权力中心，让位于现代新诗，传统诗论也随之定型，转为学术研究的对象。

（山西大学文学院）

《草堂诗余续集》及其编者考论*

岳淑珍

内容摘要：《草堂诗余续集》的编者为毗陵长湖外史徐常吉。徐氏万历十一年(1583)中进士，授中书舍人，选南户科给事；其为官廉洁自律，为民请命，弹劾不法，为国献计；喜饮酒，不设城府。性好学，手不释卷，多蓄书籍，纂著等身。他沿袭宋《草堂诗余》的选词传统，同时受明顾从敬《类编草堂诗余》编纂体例的影响，编辑《草堂诗余续集》，成为明代纂刻《草堂诗余》小丛书不可分割的重要组成部分。

关键词：《草堂诗余续集》；徐常吉；廉洁自律；纂著等身；编纂体例

* 本为国家社科基金项目“历代《草堂诗余》的纂刻及其词学影响研究”(21BZW013)阶段性成果。

Researching and Discussing on *The Sequel of Cao Tang Shi Yu* and Its Editor

Yue Shuzhen

Abstract: The editor of *The Sequel of Cao Tang Shi Yu* is Xu Changji, who served as the Wai Shi of Changhu in Piling, a position responsible for recording and conveying government orders. Xu passed the imperial examination in the Ming Dynasty in 1583, became metropolitan graduate and was awarded the position of Zhongshu She Ren. He was chosen as Ji Shi in the Ministry of Finance in Nanjing. Xu is integrity and self-discipline. He pleaded for the people, impeached things that did not conform to the law, and offered his own plans for the development of the country. He likes drinking alcohol. He treated others simply without scheming. He loves learning, reading, collecting and writing books. He was very prolific. Following the tradition for selecting Ci in the *Cao Tang Shi Yu* in the Song Dynasty, and influenced by stylistic rules and layout of *Category compilation of Cao Tang Shi Yu* written by Gu Congjing in the Ming Dynasty, Xu edited *The Sequel of the Cao Tang Shi Yu*. This book became an integral part of the series of books called *Cao Tang Shi Yu* in the Ming Dynasty.

Keywords: *The Sequel of Cao Tang Shi Yu*; Xu Changji; integrity and self-discipline; prolific; stylistic rules and layout

《镌古香岑批点草堂诗余四集》，明末沈际飞选评。《正集》六卷，《续集》二卷，《别集》四卷，《新集》五卷，凡十七卷。[①]《正集》据顾从敬《类编草堂诗余》编定，《续集》据昆陵长湖外史《草堂诗余续集》辑入，《别集》为沈氏选编；《新集》据钱允治《国朝诗余》改编。[②] 其《正集》

---

① 本文据中国国家图书馆藏明末南城翁少麓刻本。

② 沈际飞《草堂诗余四集》卷首“凡例”，明末南城翁少麓刻本。

《别集》《新集》的编者毫无疑问，而《续集》的原编者很少为学者关注[①]，多数研究者在提到《草堂诗余续集》时不涉及作者；有学者认为《续集》为陈仁锡、钱允治、陈继儒合编[②]，还有学者认为《续集》为沈际飞所编[③]。关于《续集》的编纂情况学界亦很少论及。因此《草堂诗余续集》的编者与其编纂情况皆有进一步考证研讨的必要。

一、昆陵长湖外史其人

焦竑(1540—1620)《国史经籍志》卷四下“小说类”著录《谐史》四卷，作者注为“徐常吉”。[④] 黄虞稷(1629—1691)《千顷堂书目》卷十二“小说类”亦著录“徐常吉《谐史》四卷”。[⑤] 三衢石泉舒其才刻本《新刊谐史》卷首有撰于万历七年(1579)八月的《谐史引》，题“昆陵长湖外史徐常吉撰”。[⑥] 明陈邦俊编纂有《广谐史》，卷首亦有《谐史引》，题“昆陵长湖外史徐常吉撰”。[⑦] 关于《谐史》，“现惟见明舒其才石泉堂刊本署《新刊谐史》，题徐世范辑，六卷。世范其人未详”，“当为徐常吉原作四卷，世范广为六卷”。[⑧]《四库全书总目提要》“小说类存目二”《〈谐史集〉四卷提要》云：“是书成于万历乙未(1589)，取徐常吉《谐史》、贾三近《滑稽耀编》删削补缀。”《广谐史提要》云：“明陈邦俊编。邦俊字良卿，秀水人。先是，徐常吉尝采录唐、宋以来以物为传者七十余篇，汇而录之，名曰《谐史》。邦俊因复为增补得二百四十余首。”[⑨]综合目录著录与《四库全书总目提要》内容可知，《谐史》一书

① 参阅张仲谋《明代词学通论》，中华书局，2013年，第460—463页。

② 黄传星《晚明作家陈仁锡行年考》，《古籍研究(总第66卷)》，凤凰出版社，2017年，第228页。

③ 邓子勉《明词话全编》，凤凰出版社，2012年，第5311页。

④ 焦竑《国史经籍志》，明万历刊本。

⑤ 黄虞稷《千顷堂书目》，上海古籍出版社，2001年，第339页。

⑥ 徐士范《新刊谐史》，明三衢舒其才石泉堂刊本。

⑦ 陈邦俊《广谐史》卷首，明万历四十三年(1615)刻本。

⑧ 石昌瑜《中国古代小说总目·文言卷》，山西教育出版社，2004年，，第530页。

⑨ 纪昀等《四库全书总目提要》，河北人民出版社，2000年，第3718页。

为“昆陵长湖外史徐常吉撰”。钱允治《合刻类编笺释草堂诗余序》云：“先刻《草堂诗余》，无如云间顾汝所家藏宋本为佳，继坊间有分类注释本，又有昆陵长湖外史《续集》本，咸鬻于书肆。”①由此可以判定，“昆陵长湖外史”即为徐常吉，亦可知钱允治、陈仁锡在编纂《草堂诗余》合集时，徐常吉的《草堂诗余续集》已经在坊间流传一段时间了。那么，徐常吉为何许人？

徐常吉，《明史》无传，《万历十一年进士登科录》简洁地记载其生平情况：“贯直隶常州府武进县，民籍。直隶上海县学教谕。治《诗经》。字士彰，行二，年三十九，三月二十七日生。曾祖昱，寿官；祖泰。父岳。母潘氏。永感下。兄宾。弟逢吉。娶梁氏。应天府乡试第三十七名，会试第一百八十名。”②由此可知，徐常吉为常州武进人，生于嘉靖二十三年(1544)三月二十七日，字士彰，万历十一年(1583)四十岁考中进士，当时父母皆已谢世。考中进士前曾任上海县学教谕。③ 关于徐常吉的生平记载较为详细者为明代毛宪撰、吴亮增补的《毗陵人品记》，其中卷十记载曰：“徐常吉，字士彰，武进人，家贫，藉馆谷养母。嘉靖甲子(1564)举于乡，绝迹干请，贫益甚，署教上海。癸未(1583)成进士，授中书舍人，选南户科给事，管湖册。号称脂膏之地，不一染指。第令诸胥录书数百卷，而已平生下帷攻苦，寤寐《诗》《书》。薪水之余，辄以攻镌刻。所著有《四书原旨》《诗翼说》《遗经四解》《六经类雅》等书。性喜饮，与知己相对，陶然乃已，不设城府，乡人子弟多从之游，时有启发，称儆弦先生。官止浙江佥事。”④由

---

① 顾从敬、钱允治辑，钱允治、陈仁锡笺释《类选笺释草堂诗余》《类选笺释续草堂诗余》《类编笺释国朝诗余》，明万历四十二年(1614)刻本。《类编笺释国朝诗余》卷后有《合刻笺释草堂诗余序》。

② 范延明主编，毛晓阳点校《天一阁藏明代科举录选刊登科录》下册，宁波出版社，2016年，第618页。

③ 张廷玉等《明史·官职四》：“儒学。府，教授一人，从九品，训导四人。州，学正一人，训导三人。县，教谕一人，训导二人。教授、学正、教谕，掌教诲所属生员，训导佐之。”中华书局，2000年，第1234页。

④ 毛宪撰，吴亮增补《昆陵人品记》十卷，明万历刊本。

此又可知道，徐常吉举进士前，曾经教授私塾，“馆谷”指塾师之收入，徐常吉以此养母，可见其孝心。考中举人后，“绝迹干请”，从不贿赂达官贵族，因此“贫益甚”。万历三年(1575)，徐常吉在教谕上海时，建有三友轩，并撰《三友轩记》以记之。[①] 考中进士后，授官中书舍人，任南京户科给事中一职，掌管湖册。南京被认为是“脂膏之地”，而徐常吉“不一染指”，清正廉洁。公事之余，徐常吉往往使属下“录书”，以致“数百卷”，而自己闭门苦读，遂悟《诗》《书》之学；还常常用薪水自己镌刻书籍，所著亦甚丰。徐常吉性喜饮酒，尤其是“与知己相对，陶然乃已”，不设城府，坦诚相见，乡人子弟多从之游，时人称其为“儆弦先生”，官至浙江佥事。

清代《(光绪)武进阳湖县志・人物志》记载其生平事迹亦颇详，并增加了一些为官细节：“徐常吉，字士彰，弱冠能文。嘉靖四十三年(1564)举人，授上海县教谕。万历十一年(1583)进士，除中书舍人，迁南京户科给事中。户科，故摄后湖黄册，所入不赀，常吉皭然不染。会岁旱，疏请减江南赋税之半，巡抚李某已论死，常吉廉其冤，力救得释。提学房寰贪墨不法，劾罢之。东厂太监张鲸以罪黜，复召，常吉言鲸随退随进，为国大忧，不报。在留都章凡数十上，皆国家大计。寻迁浙江按察佥事，未抵任，卒。”[②]由此还可知道，徐常吉在南京户科给事中任上，不仅廉洁自律，而且还为民请命，弹劾不法，为国献计。时逢岁旱，他上疏请朝廷减少一半江南赋税；巡抚李某本已经论死，而他访查其冤情，并“力救得释”。提学房寰“大开贿赂之门”，徐常吉上疏力陈其罪过，强烈请求皇帝下诏罢斥之。[③] 太监张鲸“帝倚任之”，“招权受赇”，经过朝臣多次弹劾，终于万历十八年(1590)罢东厂职务，但不久又被皇帝召入宫中，徐常吉与其他大臣“言益力”，极力

① 《(崇祯)松江府志》卷二十四，明崇祯三年(1630)刻本。

② 《(光绪)武进阳湖县志》卷二十一，清光绪五年(1879)刻本。

③ 又见徐常吉《徐常吉劾房寰疏》，李锦全、陈宪猷点校《海瑞集》，海南出版社，2003年，第891—894页。

反对"复诏鲸人"。[1] 可以说,在官位不高的给事中任上,徐常吉为民为国,竭尽全力。

《(崇祯)松江府志》卷三十三记载:"(徐常吉)文章制义冠冕三吴,久困公车,老而益励。署上海县学事,以师道自任,训课士子,身为操觚,品题月旦,大惬舆情,凡月试首名,最利场屋。数十年以来,无不验者,自常吉始也,登万历癸未进士,逾乡举已二十年矣。"[2]指出徐常吉"文章制义冠冕三吴",而用了二十年时间才进士及第,但他不灰心丧气,执着追求。在任上海县教谕期间,谨遵师道,在认真授课的情况下,每月亲自为士子出题考试,数十年来,凡月试首名者,往往考中进士。可以说,徐常吉为上海县的人才培养做出了自己的贡献。

《(万历)常州府志》对徐常吉生平事迹的记载与《(光绪)武进阳湖县志·人物志》基本一致,但载其乡试中举时间颇为不同:"(徐常吉)年三十有七始举于乡,屡上春官不第,乃受上海县学博,师道大振。年五十有六而登进士第,授中书舍人,拜南京户科给事中。"[3]《(光绪)武进阳湖县志·人物志》所载徐常吉进士及第时间与《万历十一年进士登科录》相同。徐常吉在《事词类奇叙语》中自云:"及岁癸未(万历十一年),得通仕籍。"[4]因此,《(万历)常州府志》所载当误。

明焦竑《庄子翼八卷庄子阙误一卷附录一卷》在卷首《庄子翼采摭书目》之《荆川释略》下注:"明唐中丞唐顺之著,门人徐常吉士彰刻之以传。"[5]可知,徐常吉为明代中期著名文人唐顺之的门生。

由上所引文献分析得知,徐常吉生于嘉靖二十三年(1544)三月二十七日,嘉靖甲子(1564)举于乡,万历十一年(1583)进士,万历十八年(1590)以后辞世。其为官廉洁自律,为民请命,弹劾不法,为国献计;喜饮酒,不设城府。"乡人子弟多从之游",并且在学问方面多

---

① 张廷玉等《明史》,中华书局,2000年,第5224—5225页。

② 《(崇祯)松江府志》卷三十三,明崇祯三年(1630)刻本。

③ 《(万历)常州府志》卷十三,明万历四十六年(1618)刻本。

④ 徐常吉《事词类奇》卷首,明万历周曰校刊本。

⑤ 焦竑《庄子翼八卷庄子阙误三卷附录一卷》,文渊阁《四库全书》本。

受其启发。为“嘉靖八才子”之一唐顺之的门生。

二、徐常吉著述及纂刻活动

徐常吉“性好学，多蓄书籍，公余手不释卷。所著尤多。”《(光绪)武进阳湖县志·艺文志》著录徐常吉著作有《毛诗翼说》五卷佚，《四书原旨》佚，《六经类雅》五卷佚，《六经类聚》四卷存，《遗经四解》四卷佚，《六壬释义》一卷佚，《诸家要旨》二卷佚，《事词类奇》三十卷存，《谐史》四卷存，《诗家要选》《古文选》《唐诗选》并佚。① 黄虞稷《千顷堂书目》著录其著作有《易解》《禹贡解》(卷一)，《遗经四解》四卷(卷三)，《诸家要旨》二卷、《谐史》四卷(卷十二)，《六壬释义》一卷(卷十三)，《古今医家经论汇编》五卷(卷十四)，《事词类奇》三十卷(卷十五)，《杜七言律注》二卷(卷三十二)②，可谓著作等身。

徐常吉的《毛诗翼说》虽然散佚，但从现存明代各家征引其论诗之语可知，他在《诗经》文学研究方面取得了较大成就，“品味着《诗经》作为诗的真正意义”，“欣赏诗中的妙境”，在《诗》学研究的转向上起到了非常重要的作用。③

在类书编纂史上，徐常吉也占有一席之地，《六经类聚》《事词类奇》为其编纂的类书代表，《六经类聚》“以六经之语分类为十八门，以被时文剽剟之用”④，为科举考试之必备书籍。《事词类奇》“为类二十有四。其序次，先经后子史、以及仙释之属，分门辑事，依类选词”⑤，所采皆经史百家中奇语。《钦定续文献通考》著录：“《事词类奇》三十卷。”案语云：“《类奇》为类二十有四，吴人陆伯元为之注，类聚凡十八门。内有陶元良续增者。”⑥由此可知，《事词类奇》不仅有人作注，而

---

① 《(光绪)武进阳湖县志》卷十九、二十八，清光绪五年(1879)刊本。

② 黄虞稷《千顷堂书目》，文渊阁《四库全书》本。

③ 刘毓庆《从朱熹到徐常吉——〈诗经〉文学研究探寻》，《西北师大学报(社会科学版)》2001 年第 2 期。

④⑤ 纪昀《四库全书总目提要》，河北人民出版社，2000 年，第 3524 页。

⑥ 嵇璜等《钦定续文献通考》卷一八七，清光绪八年(1882)浙江书局刻本

且有人续增,可见其影响之大。徐常吉在《事词类奇叙语》中曰:“余生而颛蒙,无他好,独嗜文典。年十五六,即手录经史,晨夕不辍,兀兀穷年,日无虚晷,宵则篝灯诵读,或漏下四十刻不寝。然性好忘,过目辄不能记忆。尝欲类叙一书,以为备忘之资。时方事举业,不能以隙驹余暇为掇拾计,遂中止。及为博士,海上尚有背水之思,又无以探宛委之藏。及岁癸未,得通仕籍,在散局乃思竟前志。时京邸无书,假书于许座师及孙太史所,穷搜博讨,手不停披,凡三更寒暑,纂为一编,名之曰《事词类奇》。”[①]可见,《事词类奇》三十卷为徐常吉考中进士后所著,也可以说是其科举考试的心得之作。徐常吉科考之路走了二十年,关于时文的写作方法亦有自己的见解,《古今图书集成·理学汇编文学典》收录其文章《徐常吉论文》[②],其对八股文的“破承”“首二比”“三四比”“五六比”“七八比”等写作方法有精到的论述。

徐常吉还是一位刻书家,曾刻其师唐顺之《庄子南华真经批点》[③]。焦竑《庄子翼八卷庄子阙误一卷附录一卷》在卷首《庄子翼采摭书目》之《荆川释略》书名下小注曰:“明唐中丞顺之著,门人徐常吉士彰刻之以传。士彰《解》附。”[④]可知,徐常吉还刻有其师唐顺之对《庄子》笺释的著作《荆川释略》,不仅如此,徐常吉所著《庄子解》亦附于此著后,唐顺之对徐常吉的影响可见一斑。

由上所引文献分析得知,徐常吉主要著述多为解经之作,对《诗经》的鉴赏有独到之处;类书的编纂主要围绕科举考试而为,对时文写作方法亦有一家之见;在诗文的选编方面也有一定的贡献;不仅编选杜甫七言律诗,还为之作注;在其师唐顺之的影响下,撰《庄子解》。可以说徐常吉是明代后期较有实力的学问家与

---

① 徐常吉《事词类奇》卷首,明万历周曰校刊本。

② 蒋廷锡等编《古今图书集成》第637册《理学汇编·文学典》第180卷,中华书局影印本,1934年。

③ 方勇、陆永品《庄子诠评》,巴蜀书社,2007年,第1204页。

④ 焦竑《庄子翼八卷庄子阙误三卷附录一卷》,文渊阁《四库全书》本。

刻书家。

三、《草堂诗余续集》的编纂与流传

沈际飞在《草堂诗余四集·发凡》"分袠"中指出："《正集》裁自顾汝所手，此道当家，不容轻为去取，其附见诸词并麟次其中。《续集》视顾选，尤精约，悉仍其旧。"[①]由此可见，《续集》按照顾从敬《类选草堂诗余》依小令、中调、长调分调排列的体例，只是所选词作规模小了，笔者统计，其收录了67位词人的233首词作，相较而言，可谓"精约"。可以说《草堂诗余续集》是《正集》的一个缩小版。《续集》收词亦然沿袭了宋《草堂诗余》的选词传统，即选北宋词人词作较多，南宋相对较少。其中除选无名氏词14首、明人杨基词11首外，选入前十位的词人如下：欧阳修25首，苏轼21首，秦观18首，李煜11首，黄庭坚8首，朱希真8首，晏叔原7首，辛弃疾7首，贺方回6首，程正伯6首。显然，《草堂诗余续集》的选词取向沿袭了《草堂诗余正集》的选词特点。

《草堂诗余续集》选词还有一个特点，即选入小令较多，中长调较少，尤其是长调极少。选入的233首词中，小令有39调，词作160首，占选取词作的三分之二；中调有13调，词作34首；长调有17调，词作27首。《续集》选小令较多，中长调较少，与明人喜欢创作短调的好尚趣味有关；而按照小令、中调、长调的分调排列体例，与宋本《草堂诗余》的分类体例不同，明显是受顾从敬《类编草堂诗余》编纂体例的影响。

徐常吉并非词人，翻检《全明词》与《全明词补编》，其词不在其中。推测徐常吉编纂《草堂诗余续集》的原因可能有三：一是"圆梦"。由徐常吉纂著考可知，他曾经编纂了《诗家要选》《古文选》《唐诗选》，如果再编纂一部词选就可以实现诗、文、词各有选本。二是受业师唐顺之的影响。明张东川刻本《类选草堂诗余》卷端题曰"唐顺

① 沈际飞《镌古香岑批点草堂诗余四集》卷首，明末南城翁少麓刻本。

之解注，田一隽辑本”[1]。明詹圣学刻本《重刻类编草堂诗余评林》卷端题曰“翰林院荆川唐顺之解注，翰林院钟台田一隽精选，翰林院九我李廷机批评”[2]。由此可知，唐顺之不仅笺注《草堂诗余》，而且笺注本还有一定的影响，初刻本流行四年后就有重刻本。唐顺之撰有对《庄子》笺释的著作《荆川释略》，徐常吉遂著《庄子解》附其后，由此推测，徐常吉有可能是在唐顺之笺注《草堂诗余》的启发与影响下，编纂了《草堂诗余续集》。三是《草堂诗余》在明代尤其是在中后期的广泛传播。也正因此，他没有把此集命名为《宋词选》或《唐宋词选》而为《草堂诗余续编》，其传播效果也进一步证明他命名此选的眼光。因为他所编选的《诗家要选》《古文选》《唐诗选》“并佚”，唯独《草堂诗余续集》因被收入钱允治、陈仁锡编纂的《草堂诗余三集》以及沈际飞评点的《草堂诗余四集》而流传下来，如果不是命名为《草堂诗余续集》而收入这两个《草堂诗余》小丛书中，其流传至今的概率应该较小。

考察明代目录著录即知其流传情况。赵用贤(1535—1596)《赵定宇书目》著录有“《草堂诗余续》四本”[3]，赵琦美(1563—1624)《脉望馆书目》“荒字号”附著录有“《续草堂诗余》一本”[4]，《玄览斋书目》“诗余”类著录有《续草堂诗余》[5]，徐𤊹《徐氏家藏书目》(编成于 1602 年)卷五著录“《续草堂诗余》二卷”[6]，皆可表明，《草堂诗余续集》在明代一度流传较广。由徐常吉生平考证可知，他与目录学家赵用贤为同时期人，也就是说《草堂诗余续集》一经编定，即被收录到《赵定宇书目》中；赵琦美继承其父藏书，编著《脉望馆书目》，但其与《赵定宇书目》所收《草堂诗余续编》版本不同，其父著录为四本，他著录为一本。《徐氏家藏书目》所著录二卷，与沈际飞收录在《草堂诗余续集》中的

---

① 田一隽辑《类编草堂诗余》，明万历十二年(1584)张东川刻本。
② 田一隽精选《重刻类编草堂诗余》，明万历十六年(1588)詹圣学刻本。
③ 冯惠民、李健等《明代书目题跋丛刊》，书目文献出版社，1993 年，第 1580 页。
④ 冯惠民、李健等《明代书目题跋丛刊》，书目文献出版社，1993 年，第 1395 页。
⑤ 冯惠民、李健等《明代书目题跋丛刊》，书目文献出版社，1993 年，第 1550 页。
⑥ 冯惠民、李健等《明代书目题跋丛刊》，书目文献出版社，1993 年，第 1741 页。

卷数相同。可见，当时《草堂诗余续集》还有不同版本在流传。《草堂诗余续集》卷首有黄河清序文，有云："《草堂诗余》何元朗氏序而行之矣，又有《续诗余》者，编自长湖外史氏，而张次君重校刻于茂苑。"[①]可知，《草堂诗余四集》所用版本为张次君重校本。但是据笔者涉猎所及，《草堂诗余续编》所有单行本皆没有流传至今，若非被钱允治与沈际飞所辑的《草堂诗余》小丛书所收，今天可能难以见到。

徐常吉并非词人，而是学问家与刻书家，其所辑《草堂诗余续集》是明代所刻《草堂诗余》小丛书的有机组成部分，因而，了解《草堂诗余续集》纂者身份与其体例、选词特点，有助于研究《草堂诗余》在明代的纂刻与传播情况，进而更深入地阐释明代词学的发展与经典词选《草堂诗余》的关系。

（河南大学文学院，中华文学史料整理与研究中心/词学研究中心）

① 沈际飞《草堂诗余四集·续集》卷首，明末南城翁少麓刻本。

男师女弟子：嘉道女性词人的自我发展与词学创作*

罗浩春

内容摘要：嘉道间，女性主动求教男师的热情达到高潮。相较于女弟子诗歌发展，女弟子词的成就受男师的文化权利、传统文化中男女地位差异、主流文学对非主流文学发展的压制等多方面影响而被遮蔽。实际情况是，女弟子往往能突破门墙局限，以女性本色作词。在填词态度、词作内容、作品风格上等方面有异其师，甚至取得超越男师的成就，自成一家。

关键词：随园；碧城；女弟子；归懋仪；吴藻

* 基金项目：江苏省研究生科研创新计划研究项目（项目编号：KYCX22_3425）。

Male Teachers and Female Disciples: Self-Development and Ci Creation of Female Ci Writers in the Jiaqing-Daoguang Period

Luo Haochun

Abstract: In the Jiaqing-Daoguang period, the enthusiasm of women to actively seek advice from male teachers reaches its climax. Compared with the development of female disciples' poetry, the achievement of female disciples' ci was overshadowed by the cultural rights of male teachers, the difference in the status of men and women in traditional culture, and the suppression of mainstream literature on the development of non-mainstream literature. The reality is that female disciples always can break through the limitations of the discipline from teachers and write lyrics with the female nature. They show obvious differences in ci composition attitude, ci composition content, and work style, making achievements beyond male teachers, and even striking out a new line for oneself.

Keywords: Sui Yuan; Bi Cheng; female disciples; Gui Maoyi; Wu Zao

清代女性渴求知识的表现之一便是慕师。归懋仪转益多师，与李廷敬、袁枚、潘奕隽等男性皆有师生关系；张襄师陈文述、齐彦槐；陈秀生受业于陈文述、潘奕隽。吴藻不仅在同时代中拜陈文述为师，而且在异代中寻求老师，自称招魂弟子。① 纵观这些女弟子创作可以发现，她们在师门传统习作之外的其他文体创作上也颇有成就。虽

① 吴藻《乔影》："我想灵均，神归天上，名落人间，更有个招魂弟子，泪洒江南。"见郑振铎《清人杂剧二集》，民国二十三年(1934)影印本。

有学者关注到女性拜师对创作的影响①,但门墙之外的文体创作及成就则不被师门文化研究者所关注,因此以随园、碧城女弟子为典型,女弟子词与男师之间的词学理论异同、词体创作差异、女弟子词的建树以及女弟子词较男师创作的突破,这些问题均未得到重视。②

一、被遮蔽的随园、碧城女弟子词

嘉道以降,论者多谈随园、碧城女弟子之诗,但无人论女弟子词之成就。范锴云:"自易安后,千百年来芳媛之集,间得一二残阕,卒未有与易安别树一帜者。又尝慨惜近时随园女弟子诗选不及词,老友陈云伯明府诗名海内,及门女弟子盛于随园,亦未闻有诗余之辑。"③其实随园、碧城女弟子用力于词者尤多且词学成就显著。

现存袁枚女弟子作词情况:汪玉轸《宜秋小院词》,存词 11 首;吴琼仙《写韵楼诗集》存词 5 首;席佩兰《长真阁诗余》一卷,存词 17 首;归懋仪《听雪词》一卷,存词 34 首;屈秉筠《韫玉楼词钞》一卷,存词 60 首;张绚霄存词 5 首;廖云锦存词 3 首;张玉珍《晚香居词》二卷,存词 116 首;杭州孙云凤《湘筠馆词》二卷,存词 95 首;孙云鹤《听雨楼词》二卷,存词 123 首;徐裕馨《兰蕴诗草》存词 68 首;王倩《洞箫楼词钞》一卷,存词 43 首;马翠燕存词 1 首;蒋宛仪存词 1 首。现存陈文述女弟子作词情况:许淑慧《瘦吟词》一卷,存词 25;吴藻《花帘词》《香南雪北词》《香南雪北庐词》各一卷,存词 345 首;陈秀生存词 1 首;曹佩英存词 3 首;沈善宝《鸿雪楼词》一卷,存词 58 首;张襄《织云仙馆词》,存词 4 首。④

---

① 参见段继红、高剑华《清代才女结社拜师风气及女性意识的觉醒》,《天津师范大学学报(社会科学版)》2008 年第 3 期。

② 陈军《随园女弟子词研究》(首都师范大学硕士论文,2013 年)较早关注女弟子词,重点研究随园女弟子的人员构成、女弟子的文学意识、文学活动、代表词人的具体研究等。本文则重点研究女弟子与男师在词学理论与词体创作中的差异,在比较中揭示女弟子融会贯通的能力与活跃的思想。

③ 范锴《芝润山房词稿序》,见丁采芝《芝润山房诗词草》,清道光十一年(1831)刻本。

④ 女弟子现存词数量据《全清词·雍乾卷》《全清词·嘉道卷》统计。

就填词成就而言，王昶云孙云凤及孙云鹤词："取法南宋，风韵萧然。"[①]况周颐云席佩兰词："《长真阁诗余》，虽仅十七阕，就其佳构言之，在闺秀词中，却近于上乘。"[②]诸以敦云归懋仪词："别有《诗余》一册，雕琼缕玉，玉田之意度超远，梅溪之奇秀清逸，殆兼之矣。"[③]《续修四库全书总目提要》云："王倩之词，导源北宋，不事淫靡冶荡之音，不求工于一字一句之间，而风格娟秀，颇具慧思。"[④]钱泳云吴藻词："长短调俱绝妙，实今之李易安也。"[⑤]

随园、碧城女弟子在填词创作方面表现出群体性的特征。这种特征具体表现在女弟子之间、女弟子与非随园、碧城门墙的女性之间以及女弟子与男性文人间。首先，女弟子之间：如吴藻与张襄，吴藻词集中有《金缕曲》"题张云裳锦槎轩诗集"，《浪淘沙》"吴门返棹，云裳妹欲送不果，寄此留别"，《贺新凉》"寄怀云裳妹，叠前题锦槎轩稿韵"，《忆江南》"寄怀云裳妹"八首等；吴藻与沈善宝，吴藻词集中有《鹊桥仙》"沈湘佩女士属题红白梅花卷子图，图亦女士所作"，沈善宝亦有《满江红》"题吴蘋香夫人《花帘词稿》"；吴藻与归懋仪，吴藻《花帘词》词集中有《百字令》"读《绣余续草》，题寄归佩珊夫人"等。其次，女弟子与非随园、碧城门墙的女性之间：如归懋仪与冯玉芬，归懋仪有《望江南》"和玉芬"四首，又有《菩萨蛮》"和玉芬"及《凤凰台上忆吹箫》"和玉芬中秋夜寄怀韵"二首；归懋仪与顾翎，归懋仪《高阳台》"题绿梅影楼填词图，倚顾羽素自题原调并和韵"；吴藻与顾春，顾太清有《金缕曲》"题《花帘词》寄吴蘋香女士，用本集韵"；吴藻与汪端，吴藻词集中有《清平乐》"汪小韫世嫂属题红梨白燕写生便面"，《南楼令》"寄怀汪小韫世嫂吴中"，《长相思》"重三日有怀云裳、小韫"

① 王昶《三姝媚》，《春融堂集》卷二十八，清嘉庆十二年(1807)塾南刻本。

② 况周颐《玉栖述雅》，唐圭璋编《词话丛编》，中华书局，1986年，第4613页。

③ 赵厚均《归懋仪集》，人民文学出版社，2022年，第286页。

④ 柯劭忞等《续修四库全书总目提要》集部别集类《洞箫楼词一卷提要》，齐鲁书社，1996年，第35册第791页。

⑤ 钱泳《履园丛话》卷二十四，中华书局，1997年，第658页。

等；吴藻与李纫兰，吴藻词集中有《迈陂塘》"题李纫兰女史《生香馆遗集》"；另，吴藻晚年为闺秀名媛题集，如为汪蘅《红豆轩诗词》题序，为阮恩滦《慈晖馆诗词草》题词，为凌祉媛《翠螺阁诗词稿》作序等；沈善宝为张孟缇《淡菊轩初稿》作序等。再次，女弟子与男性文人：屈秉筠《韫玉楼词钞》有鲍印跋；张玉珍《晚香居词》有吴蔚光序；孙云凤《湘筠馆词》有郭麐序；吴藻《花帘词》有陈文述、魏谦升、赵庆熺题序；吴藻于赵庆熺离世后编订并题名《香销酒醒词集》，并有词《洞仙歌》"题赵秋舲《香销酒醒词集》"；屈秉筠、席蕊珠为吴蔚光词集《小湖田乐府》题辞等。

综上可知，女弟子虽随袁枚、陈文述学诗，却并非不擅于作词。甚至对于女性而言，学习填词较于作诗更为容易。赵仁基《绿梦轩遗词跋》云妻钱湘："年二十三，归于余，始学为词翰。授以汉魏六朝唐宋诸诗，口诵心解，无所留滞，先后熟读至二千余首。间尝自为之，思致清逸，惟边幅稍狭，未能纵笔所如。顾独喜填词，为之一年，所诣远出诗上，今所存者是也。"[①]填词并不比作诗容易，许多文人在填词方面表现并不出色。范锴云："词为乐府遗音。……其制腔造谱，播诸弦管，协於歌喉。而同时倡和之调，读其句读短长、音韵高下，莫不绳尺森然，实有不可移易者。……余少时酷嗜填词，知其难而妄欲锐进，每制一词，必讽诵四三，数日而就，尚未得石帚、玉田蹊径。"[②]因此，女弟子在学诗外，对词体探索的努力与取得的词学成就是不容忽视的。然而，就上述情况来看，女弟子词并非无人唱和与表彰，但于当时为何出现词集淹没不宣和"未闻有诗余之辑"的情况呢？

首先，词体被老师袁枚、陈文述视为"小道"。袁枚并未直接阐明词为"小道"的观点，然其以毕生心力创作诗歌的实践，则是"诗尊词卑""诗大词小"的明证。陈文述在《紫鸾笙谱序》中，对自己的词学观

---

① 赵仁基《绿梦轩遗词跋》，冯乾编校《清词序跋汇编》第 2 册，凤凰出版社，2013 年，第 865 页。

② 范锴《芝润山房词稿序》，见丁采芝《芝润山房诗词草》，清道光十一年(1831)刻本。

点进行了明确地表达："词虽小道，抒写怀抱，倡导湮郁，言情最婉，感人最深，非他诗文可及也。"[①]小道之词自然不受过多关注，更何况二师本人皆不擅于填词。袁枚抵触词律，反对为规矩束缚，云："余不耐学词，嫌其必依谱而填故也。"[②]陈文述也称自己非作词方面的专家。[③] 因此，师之专长从某种程度上对门墙内的全面发展起到一定的限制作用。

其次，女性词人受文翰非妇职，秘不示人的思想禁锢。汪坦、汪兆曾《绿月楼词跋》云："先母尝言：'文翰非妇职，雅不欲以此示人。'今展是篇，灯影机声，音容宛在。愧予昆季不肖，不能立身扬名，以报母德。恐过此以往，零落散失，益以重不肖之罪。谨录以付梓，俾世之见其词者，知其遇，而先母之苦行，或因此而得彰。"[④]董思诚题《淡菊轩诗词》云："暇日手稿本命之曰：'吾（张孟缇）初不欲以此名，且闺阁之笔不宜轻示人，虽间有酬咏之作，终不愿人知。子为我录之，以存泥爪，毋为外人道也。'思诚受而录竟，不敢言，心折而已。"[⑤]清代女性诗歌创作得益于袁枚、陈文述的大力标举而繁盛，反观女性词发展虽有部分文人揄扬，终不成气候。加之传统妇教以事人为妇人本职，故而女性作词少且无意留存。

再次，社会主流文化主导文学发展走向。清代社会对女性文学的接受主要集中于诗歌文体，这从当时对女性诗词集的刊刻情况见出一二。现存清代女性词选专集和词话主要有：周铭《林下词选》成书于康熙九年（1670）；归淑芬等四人编撰的《古今名媛百花诗余》刊

---

① 陈文述《紫鸾笙谱》，清道光十一年（1831）刻本。

② 袁枚《随园诗话》卷十一，王英志主编《袁枚全集新编》第 9 册，浙江古籍出版社，2015 年，第 414 页。

③ 陈文述《紫鸾笙谱序》云："谓余词虽非专家，然在全稿中自是一种文字，劝为付梓。"陈文述《紫鸾笙谱》，清道光十一年（1831）刻本。

④ 汪坦、汪兆曾《绿月楼词跋》，冯乾编校《清词序跋汇编》第 4 册，凤凰出版社，2013 年，第 1655 页。

⑤ 董思诚《淡菊轩诗词题跋》，见张缙英《淡菊轩初稿》，清道光庚子（1840）十二月宛邻书屋刻本。

刻于康熙二十三年(1684);钱岳及徐树敏的《众香词》刊刻于康熙二十九年(1690);清光绪二十一年至二十二年(1895—1896)刊印徐乃昌《小檀栾室汇刻闺秀词》;清宣统元年(1909)始刻《闺秀词钞》及所附《补遗》;雷瑨、雷瑊的《闺秀词话》成书于清末民初。现存清代女性诗总集主要有:乾隆五年(1740),沈祖禹刊刻《吴江沈氏诗集录》十二卷;乾隆五十年(1785),汪启淑编撰闺秀诗集《撷芳集》八十卷;嘉庆元年丙辰(1796),袁枚有《随园女弟子诗选》;嘉庆初,许夔臣选辑女性诗歌总集《国朝闺秀香咳集》;嘉庆二年(1797),蒋机秀刊刻《国朝名媛诗绣针》;道光十一年(1831),恽珠刊刻《国朝闺秀正始集》;道光二十四年(1844),蔡殿齐编刊《国朝闺阁诗钞》,合有百家,各家诗至少十首以上,多至百余首等。无论是从女性诗词总集的数量还是总集中篇目数量都能看出,女性诗歌受男性文人的关注更多。就清代词学发展路径来看,相较于清初及清晚期文人对女性词选的刊刻情况,清中叶女性词的发展似乎颇为暗淡,这一方面或是由于此时期女性词选的遗失,另一方面女性词人创作思想与当时词坛主流思想不合也是重要原因。

综上可知,随园、碧城女弟子不乏优秀词作,被忽视的现实显示了男性在文坛中的绝对影响力、传统文化中男女地位差异,也反映出主流文学对非主流文学发展的压制。

二、男师的多元化与女弟子词发展的求同存异

我国师承的起源由来已久,《尚书·泰誓上》云:"天佑下民,作之君,作之师。"孔安国注:"言天佑助下民,为立君以政之,为立师以教之。"①《周礼·师氏》注云:"师,教人以道者之称也。"②男女师的性别、身份、教学任务向来不同。传道、授业、解惑主要是男师教育男弟子的任务;女之师以女性担任,曰"女师",曰"姆",曰"娶"等,主要教

① 孔安国传,孔颖达疏《尚书正义》卷第十一,北京大学出版社,2000年,第323页。
② 郑玄注,贾公彦疏《周礼注疏》,上海古籍出版社,1990年,第209页。

以事人之事，明闺门之礼。[1] 与男子拜师学艺目的不同，女子求教男师则以识字明礼、培养雅兴为主要任务，具体表现为读书、识字、学算等。内言不出于阃，女子不被要求学习学问道德。

若将求教男师视为女性自我发展和文化发展的表现，则有两点尤其值得关注，即以家族男性为师和以非亲属关系的男性为师。前者包括父女、夫妻、同气关系，尤其是身处家学深厚、生活环境优渥的女性更容易受家族男性成员影响。加之女性活动范围受限，家族男性成为女性学习和求教的主要对象。若女性拜非亲属关系的男性为师，这一行为虽不为社会主流所接纳，但也最能展现女性求识的主动性。面对不同男性群体的文化输入，女性并不总是处于被动的接受状态，而是表现出有所择取的吸收与运用。

女性在向内和向外两个不同方向寻求学习机会时，后者思想较之前者显然更为开放，但女性在向家族男性学习创作时的表现并非亦步亦趋，在填词方面表现尤其明显。如阳湖四英即使出身于常州词派门墙，肯定并学习家学[2]，有与词坛名流交善的绝好机会，但她们却不在常州词派词人中寻求认可，更没有在文坛中与男性一较高下的抱负。四英坚守以持家治事为第一职责，遵循传统文化对女性的要求，闺阁思想浓厚。就词而言，常州词派家法并不能概括四英词作的全部特色，也不是主要特色。四英看重词作中的性情因素，如孟缇评论苏穆（周济妾）《储素楼词》为“千古英雄得奇女，好凭绝调寄深情”[3]。沈善宝《淡菊轩初稿》序中云孟缇：“盖以芬芳悱恻之怀，写离合悲欢之境。性灵结撰，根孝弟以立言；意匠经营，茹古今而达意。”[4]张若绮

① 甄岳刚《中国古代教师称谓考》，《北京师范学院学报（社会科学版）》1989年第4期。

② 张缙英《淡菊轩初稿》卷四《题周保绪姬人伫素楼词稿》云：“此事吾家有正声，千秋词苑辟榛荆。传书我愧中郎女，卅载耽吟苦未成。”且有小注：“先府君著《词选》二卷，识者多宗之。”可见张缙英对常州词派词论的熟悉与肯定。

③ 张缙英《淡菊轩初稿》卷四《题周保绪姬人伫素楼词稿》，清道光庚子（1840）十二月宛邻书屋刻本。

④ 沈善宝《淡菊轩初稿序》，见张缙英《淡菊轩初稿》，清道光庚子（1840）十二月宛邻书屋刻本。

“笔情深婉”[①]。四英将重女性性情表现的思想带入论词与词的创作之中，这与常州初期词论“道贤人君子幽约怨诽不能自言之情”及“感慨盛衰”的词教观存在背离。常州词派词人周济妾苏穆，《续修四库全书总目提要》评其《储素楼词》：“穆之词学，自有本源。集中多清婉之作，不似济词之深美。”[②]另外，吴尚熹随父历经北京、陕西、福建、广东、湖南、广西、江西各地，虽然胚胎家学并受其父“苟为国家生死以”的抱负和“德政”影响，有恨不是男儿身的思想，但其词依旧被认为是“以轻灵胜者”[③]。

在向外求教男师宿儒的过程中，由于男师与女弟子之间的受教过程并不严格以及男女性别的差异，师生之间的传承关系并不严肃，这给予女性全面发展的机会和不受限于师承限制的自由空间，有利于女性突破男师擅长领域，在不同文体中展露出超越老师的才华。就随园、碧城女弟子填词的活跃性与取得的成就而言，还很大程度得益于诗学理论性灵说与女性作词抒写性情的传统的一致。在诗学理论与词体实践相符合的情况下，随园和碧城仙馆成为女弟子词创作的重要空间。袁枚不耐学词，然爱人有佳作，其欣赏的词是“于减字偷声之外，发想抒灵；即寻腔按板之中，寓言肆意”[④]。这与女弟子对词体审美的认知是一致的。然要做到“发想抒灵”“寓言肆意”并非易事。袁枚不擅作词，其女弟子在词体创作方面却屡创佳作。

袁枚女弟子词的特性主要表现在女性词柔婉清丽的本色书写。受以“卑弱”的传统文化影响，柔、婉、清、丽等女性特性也渗透于女性

---

① 沈善宝《名媛诗话》，王英志主编《清代闺秀诗话丛刊》，凤凰出版社，2010 年，第 484 页。

② 柯劭忞等《续修四库全书总目提要》集部别集类《储素楼词一卷提要》，齐鲁书社，1996 年，第 13 册第 683 页。

③ 况周颐《玉栖述雅》“吴小荷词”条，唐圭璋编《词话丛编》，中华书局，1986 年，第 4610 页。

④ 袁枚《零散集外文》，王英志主编《袁枚全集新编》第 17 册，浙江古籍出版社，2015 年，第 41 页。

创作之中。况周颐云“轻灵为闺阁词本色”①。归懋仪在为闺秀陆蕙《得珠楼筝语》的题词中云：“曩读《花间》《草堂》诸集，颇多名媛之作，而李清照尤为词家之选。今获此卷，虽所着不多，要皆丁当清逸，悱恻芬芳，缘情绮靡，不伤乎雅。婉娈多姿之外，仍有幽闲贞静之风。……读此辄不禁焉之肠回，如复见《花间》《草堂》时；《漱玉》一集，不得专美于前矣。”②归氏对其词中“清”“情”“雅”“幽闲贞静”等要素给予高度评价，而这无一不是女性作词的主要特色。就归氏自己词集来看，也是本着保持女性创作本色的心态作词。其词《凤凰台上忆吹箫》“题葬花图”最能见出其女性本色，词人虽写葬花，实是表现自我命运之悲，借花写己，既表现缘情而不伤乎雅的女性的温婉特质，又显示女性清醒的自我薄命意识。沈善宝《名媛诗话续集上》：“佩珊词情致缠绵。”③类似以花喻己的，还有王倩《金缕曲》“花影”和《金缕曲》“花魂”二首及席佩兰《苏幕遮》“送春，寄子潇”等。女性才高福薄的现实处境和清醒的自我意识也促使女性对知音的深切渴望，这在主动拜师学艺的女性词人词中尤为突出。归懋仪在诗歌文体创作中寻觅互为欣赏的知音，在词体创作中也表现出珍惜知己的积极态度。其词《沁园春》“题画”流露寻觅“知音”之意：“知音。最惜惺惺。算侥幸三生风聚萍。”④《金缕曲》“新凉”云：“愁来窗下翻残稿。感知音、般般怜惜，同心同调。”⑤其游览山水时也不忘借典故表现知音难觅的感慨，如：“问江妃、为卿来者，赏音千古能几。”⑥ 自古同心知己难得，而闺阁女子更不易遇，因此无人赏识的失意在词中表现得

---

① 况周颐《玉栖述雅》“吴小荷词”条，唐圭璋编《词话丛编》，中华书局，1986 年，第 4609 页。

② 陆蕙《玉燕巢双声合刻》，清道光七年(1827)刻本。

③ 沈善宝《名媛诗话》，王英志主编《清代闺秀诗话丛刊》，凤凰出版社，2010 年，第 582 页。

④ 归懋仪《听雪词》，徐乃昌《小檀栾室汇刻闺秀词》，清光绪二十四年(1897)南陵徐氏刊本。

⑤⑥ 归懋仪《听雪词》，徐乃昌《小檀栾室汇刻闺秀词》，清光绪二十四年(1897)南陵徐氏刊本。

更为普遍。席佩兰《霜天晓角》“赋素心兰”云：“花岂为、要知音。”①王倩《高阳台》：“为问同心，只有湘兰。”②封建文化对女性的束缚使得才女对精神交流的要求较一般女性更加紧迫。

不可否认，女弟子词在抒情方面的表现可圈可点，然填词之要还在于声律。这种“因声以度词，审调以节唱，句度长短之数，声韵平上之差，莫不由之准度”③的要求，女弟子词尚不能达到。故而《续修四库全书总目提要》云王倩词：“惟词本声音之妙，故声调格律皆与诗不同，而王倩之词，虽亦能守律，然勉成之体，终嫌其格格不入，不是当行家语，其佳者亦所谓著腔子唱好诗而已。”④

嘉道女弟子求师的迫切以及求同存异的学习态度，很大程度上消解了男外女内、男主女从的空间局限和性别对立，这是女性自我意识的张扬。至吴藻处，女弟子人格精神的发展和词体创作水准更推进一步。

三、嘉道女弟子词的“破道”与自成一家

破道表现为两个方面：一是破除女性对男师执着的钦慕之道。归懋仪等人在袁枚谢世之后，又主动推尊陈文述为宗匠，并将其才名与袁枚对等，扩大陈文述在女性群体中的影响力⑤，可见男师的存在给予女性创作方面的精神力量。女性不断从外界寻找肯定，将理想

---

① 席佩兰《长真阁诗余》，徐乃昌《小檀栾室汇刻闺秀词》，清光绪二十四年（1897）南陵徐氏刊本。

② 王倩《洞箫楼词钞》，徐乃昌《小檀栾室汇刻闺秀词》，清光绪二十四年（1897）南陵徐氏刊本。

③ 元稹《元氏长庆集》卷二十三《乐府古题序》，上海古籍出版社，1994年，第118页。

④ 柯劭忞等《续修四库全书总目提要》集部别集类《洞箫楼词一卷提要》，齐鲁书社，1996年，第35册第791页。

⑤ 在袁枚逝世之后，女性主动推尊陈文述为文坛宗匠，对文坛风尚的发展起到影响，“及来江左，句曲骆佩香、华亭廖织云、上海归佩珊、虞山席道华、屈宛仙、季兰韵、兰陵顾羽素、吴兴潘冰蟾、钱塘孙碧梧、苕玉咸以君宗匠。……自瑟婵仲兰先后受业，而江左女士皈依者益众”。

中的老师、知己形象投射于某些有才华的男性身上，从而得到心灵的寄托。这种女弟子对男师的钦慕实则反映了传统文化中女性需要对男性依附、屈从的教育延伸，是女性卑弱地位的表现。然而就良好的师生关系而言，应该是"弟子不必不如师，师不必贤于弟子"。这种破除对男师依附心理的表现，以吴藻最为突出。陈文述评其："前生名士，今生美人。"[①]"不图弱质，足步芳徽。"[②]吴藻在《乔影》戏曲中将自己描绘成掌握自己命运的风流名士，外貌上"玉树临风，明珠在侧，修眉长爪，乌帽青衫，画得好洒落"，内在有"幻化由天，主持在我"[③]的清狂傲骨。传统闺阁教育中卑顺的女子形象在吴藻笔下被颠覆。她将自我塑造成理想中的男性形象，将女性向外寻求的依靠思想转变为向内寻求的自强精神，改变弱质的传统。归懋仪云其："乌帽青衫灯影里，争看不栉一书生。"[④]赞扬其才华与男性相当。魏谦升云："往时厉樊榭征君、吴谷人祭酒先后居是地，词亦同出一源，自祭酒之亡也，或虑坛坫无人，词学中绝，不谓继起者乃在闺阁之间。吴蘋香女士亦居城东，幼而好学，长则肆力于词。……进士方工词，自谓不如女士之专且久。然则论词于城东，进士而外，继厉、吴而起者，非女士谁属哉！"[⑤]充分肯定吴藻词的成就，抬高其在男性中的地位。张襄《金缕曲》云："如此才华闺中少，胜书生、十载亲灯火。"[⑥]张深亦云："多少男儿兼粉黛，可能无愧画中人。"[⑦]吴藻的个性、才华和魅力不为男师和传统文化所掩盖。

二是突破男师的词学观点。袁枚、陈文述虽不谙倚声，却有自己的词学认识和主张。袁枚《箨仙词稿跋》云："词家以周柳为正宗，以

---

① 陈文述《碧城仙馆女弟子诗题词》，陈文述《碧城仙馆女弟子诗》，民国四年(1915)西泠印社聚珍版刊本。

② 陈文述《花帘词序》，见吴藻《花帘词》，清道光十年(1830)刻本。

③ 吴藻《乔影》，见郑振铎《清人杂剧二集》，民国二十三年(1934)影印本。

④ 归懋仪《绣余续草》卷四，清道光十二年(1832)刻本。

⑤ 魏谦升《花帘词序》，见吴藻《花帘词》，清道光十年(1830)刻本。

⑥ 张襄《乔影题辞》，见郑振铎《清人杂剧二集》，民国二十三年(1934)影印本。

⑦ 张深《乔影题辞》，见郑振铎《清人杂剧二集》，民国二十三年(1934)影印本。

苏辛为变调。"[①]陈文述在《紫鸾笙谱序》中，对自己的词学观点进行了概括性叙述：

> 词虽小道，抒写怀抱，宣导湮郁，言情最婉，感人最深，非他诗文可及也。太白仙才，首娴兹体。梨园按谱，桂殿吹笙。秦楼汉阙，乐府遗音。有《离骚》之古怨焉。金荃继躅，雅擅艳才。团酥握雪，不仅玉钗双鬓矣。五代以来，倚声渐盛。李氏二主，造语尤工。细雨玉笙，东风罗幕。南唐清怨，其北宋先声欤？苏黄秦柳，词坛代兴。长公豪迈，远胜涪翁琴趣。露华倒影，亦终逊山抹微云耳。南宋姜张并称。白石老仙才高律细，《暗香》《疏影》不减《山中白云》。草窗、梦窗咸擅妙丽。顾余独赏《甲乙丙丁稿》，谓七宝楼台拆下始成片段。张三影、何四远未尝不以才语擅胜场也。元初诸人尚守旧派，嗣是词变为曲，古调渐希。有明一代，尤多穿凿，词无专家。国朝薰琴雅管，叠播元音。词学一门实胜前代。[②]

由这段话可知：其一，与嘉道浙派和常州词派词学理论主张不同，陈文述将词视为小道；其二，与常州词派言意主张不同，主张词以抒情为本质；其三，标举宋词，列举北宋词人苏轼、黄庭坚、秦观、柳永、张先、何籀，南宋词人姜夔、张炎、周密、吴文英，从各词家风格偏尚来看，陈氏重清空醇雅而轻豪放。他在《题〈花影楼词〉》中也明确表明这一观点："毕竟浅斟低唱好，莫将秦柳换苏辛。"[③]这点与袁枚词学思想基本一致，都不看重以苏辛为代表豪放词风。其四，陈文述认为词与音律紧密相连，非专求工于词句。作为陈文述的女弟子们是否也具有与老师一样的词学思想呢？

就词学理论而言，嘉道女性词人并没有明确的理论意识。以陈

---

① 袁枚《箨仙词稿跋》，冯乾编校《清词序跋汇编》第2册，凤凰出版社，2013年，第559页。

② 陈文述《紫鸾笙谱》二卷，清道光十一年(1831)刻本。

③ 陈文述《颐道堂诗选》卷二十六，《清代诗文集汇编》第504册，上海古籍出版社，2010年，第478页。

文述与女弟子吴藻对填词的认识而言，陈氏在词的词体地位、词史脉络、词的风格等方面都明确提出自己的见解，而吴藻虽为填词方面的专家，但没有明确周全的理论阐述，无建构统序的意识。前者受诗学思维影响而更显得理性，后者根据女性情感丰富的特性以及承续传统闺阁词人抒情路径而专注感性。这种理性思维的欠缺对女性填词而言，有利有弊。就好的方面来说，在嘉道词派争立的时代，女性词保持了词学抒情的本貌，既不从属于任何词派，也不在词体地位的高低比较中作意与律、意与情、直白与含蓄等方面的优劣区别。顾宪融云："蘋香词不脱浙派科臼。"[①]胡云翼《中国词史略》认为吴藻"颇受厉鹗之影响，而以温婉之女性风度出之，趣味为之一新。……为清代女词家中第一人"[②]。以清空词境作为划分女性词人属派的依据或过于简单，"清"历来是女性词的本色，不因浙派的存在而产生。女性词主要表现在直抒个人内心情感，创作实践接近性灵说理论，与浙派词学理论存在明显差异。[③]

吴藻虽在理论方面并无阐释，但从其与男师陈文述在填词态度、词作思想、词体风格的创作实绩上或可窥得两人词学思想的差异。这主要表现在以下几方面：

首先，肆力于长短句与自是一种文字的区别。吴藻在填词方面表现出积极的创作态度，这首先表现为填词占据其文学创作的主要精力。吴藻先后编订词集《花帘词》《香南雪北词》，晚年又刊行诗词合集《香南雪北庐集》。词作约三百四十余首，数量占文学创作总量的绝大部分。其次，就其词学成就而言，其处女作即成名作，出语不凡。梁绍壬云："吴蘋香女史初好读词曲，或劝之曰：'何不自作。'遂

---

① 顾宪融《填词门径》，中央书店，1936年，第115页。

② 胡云翼《中国词史略》，中国书籍出版社，2019年，第171页。

③ 曹明升先生认为，性灵词的创作群体以中下层文人和闺秀词人为主体，也有上层文人的参与。在比较性灵说与浙派词学理论时，从言情内涵、情与律之主次先后、创作实践的字斟句酌与直抒性情三方面的不同指出两者的明显差异。曹明升《清代词学中的性灵说——一种"非主流"词学理论的生存状态与词史错位》，《文学遗产》2022年第5期。

援笔赋《浪淘沙》一阕……。轻圆柔脆，脱口如生，一时湖上名流，传诵殆遍，自后遂肆力长短句，不二年著《花帘词》一卷，逼真漱玉遗音。”[①]再次，吴藻词突破闺阁文学狭隘的抒写范围，深入思考女性的悲剧处境，展现了立体的女性形象。在寄怀张襄的《忆江南》中展现豪情快意；在赠送歌妓的《洞仙歌》中塑造清狂形象；在自白的《浣溪沙》中披露自己的“十年心事”；在思考女性压迫的《金缕曲》中表现愤懑忧愁等。从约于十九岁作《浪淘沙》到晚年的诗词合刊《香南雪北庐集》，填词不仅贯穿于吴藻的创作生涯，也是其不朽思想的结晶。吴载功云读吴词的感受：“读之，觉灵均香草之思，犹在人间，而得之闺阁，尤为千古绝调。”[②]词体在吴藻创作生涯中占据的时间颇久，产生的影响颇大，且词人在词体中灌注的思想颇深。

相较于女弟子吴藻在填词方面所用之心力，陈文述则有所偏失。嘉庆六年(1801)，陈文述进京应春闱，在京师结识杨芸、李佩金，始从两女士学填词。斯时，陈文述于诗歌创作，已声名显著，有“陈团扇”之称。嘉庆十年(1805)，陈文述刊刻了《碧城仙馆诗钞》八卷；约于嘉庆二十一年(1816)至二十二年(1817)，刊刻《颐道堂诗选》十四卷，又于次年完成增刻《颐道堂诗外集》；约于嘉庆二十四年(1819)刊刻完成《颐道堂文钞》；又于道光三年(1823)完成《秣陵集》六卷等，这些诗文集皆是在其词集《紫鸾笙谱》(于 1831 年刊刻)刊刻之前完成。这些诗歌实践也印证了其“词为小道”的思想。

其次，仙佛主题中的娱情自适与自我救赎。陈文述热衷仙佛之道，“学佛之后继以学仙，由性学而通命学，颇有所得”[③]。嘉庆十三年(1808)，陈文述改官江左，词人历经名场宦海之巉岩险巇，词作多流露无为自适思想，大量描写仙隐主题。如其中有《瑶台聚八仙》二首，《法驾导引》五首，又有《法驾导引》“自题碧城仙梦图”十六首等。《紫鸾笙谱序》中云：“名之曰《紫鸾笙谱》，仿《滨洲渔笛谱》《月底修箫谱》

---

① 梁绍壬《两般秋雨庵随笔》卷二，新疆人民出版社，1995 年，第 130 页。
② 吴载功《乔影跋》，见郑振铎《清人杂剧二集》，民国二十三年(1934)影印本。
③ 陈文述《西泠仙咏》，清道光七年(1827)西湖怀仙阁刻本。

例也。嗟乎！十年蓟北，廿载江南。宦海鸥闲，名场骥老。息华鬘之慧炬，增霜鬓以劳薪。近更处处关山，年年羁旅。苔枝缀玉，访白石于梅子山头；林雨霏香，吊红粉于桃花祠畔。笙寒水皱，则婵嫒之采真也；钏动花飞，则维摩之妙悟也。……后有作者，或忆我于巫云湘月、湖渌山翠间也。”[①]在佛理方面，陈氏以女性为知己，张云璈《西泠闺咏序》云：“从古婵娟都同佛理，由来金粉总杂仙心。”[②]但女性皈依佛道，向来有对自我命运悲剧的不解、无奈与挣扎的现实背景。如关锳云：“相逢各有因缘在。算人生、才能妨命，病愁何怪。只惜聪明长自误，身世漂流文海。况愁里、朱颜易改。不见花间双蝴蝶，但多情、即是升仙碍。知我者，定能解。”[③]吴藻云：“自古清才妨浓福，毕竟聪明误了。岂忏向、空王不早。我试问天天语我，说仙娥、偶谪红尘道。”[④]因此，比较陈词在仙佛主题中的娱情自适与女性词的自我救赎，可见出词作风格与内容的差异。

再次，风格的多元与单一。如前所述，陈氏认为词适用于浅斟低唱的场合，是用以抒情娱性的文体。吴藻词中如《金缕曲》《洞仙歌》等则展现了女性对传统思想束缚的反抗和寻求独立的意识。这种由顺从到反抗，由依附到自立的女性形象的改变，以及对广大女性不幸处境的深沉思考，使得词作必然不会被清空婉约的单一风格所涵盖。其不仅在《浣溪沙》中悲痛自己“十年心事”“欲哭强笑”的经历，还为其他女性的不幸遭遇发出沉痛的感叹，如在《金缕曲》“题王兰佩女士《静好楼遗集》”，《金缕曲》“题张云裳女士《锦槎轩诗集》”，《百字令》“读《绣余续草》题寄归佩珊夫人”等词中，词人或是深思女性才高命薄的原因，或是怜悯他人不幸的处境，展现对身处水深火热的广大女性的悲悯之情与对现实的思考。通过对比吴藻与陈文述为

---

① 陈文述《紫鸾笙谱》，清道光十一年(1831)刻本。

② 陈文述《西泠闺咏》，清光绪十三年(1887)西泠翠螺阁刻本。

③ 关锳《梦影楼词》，徐乃昌《小檀栾室汇刻闺秀词》，清光绪二十四年(1897)南陵徐氏刊本。

④ 吴藻《金缕曲》，见《花帘词》，清道光十年(1830)刻本。

李纫兰《生香馆遗集》的题词，可看出两人对待女性及女性作品的态度差异：

袅香丝、文心一缕，缠绵幽绪难理。落花庭院春将老，多少冷吟闲倚。愁不已、问早向、莲台忏得聪明未。华年有几。渐结损红蘅，歌残秋雁，界面泪如洗。　伤心事，除却兰姨琼姊。眼前谁复知己。瑶清旧侣和烟散，亲舍白云无际。仙去矣。剩一串骊珠，怕逐天风起。碧空苕递。莫追忆前尘，才完小劫，珍重玉京里。（吴藻《迈陂塘》"题李纫兰女史《生香馆遗集》"）①

天香更国色。玉貌仙才并第一。新咏篇篇清逸。似凉月幽琴，清湘怨瑟。裁红晕碧。看细书、簪花妙格。余香在，乌丝几幅，珍重墨痕湿。　兰室。东风帘额。曾亲见、倾城倾国。宫花香晕四壁。有玉尺量笺，冰瓯浣笔。帐珠帘影寂。更翦灯、摩挲永夕。沉吟久，花间清韵，一卷断肠集。（陈文述《霓裳中序第一》"题晨兰《生香馆词》后"）②

吴词从友人不幸的处境出发，宛然如对其人，为其才高福薄的命运感到惋惜，将人世看作劫难，在"珍重"的祈愿中，表现怀人情感的沉重和沉痛；陈文述则从李纫兰词集角度，赞叹词之清逸，并在下阕以观赏的视角描写女性容貌和所处环境。相较而言，吴词更显思想的深刻和情感的自然、真诚，陈词则秉持男性立场在女性才与貌的一般描写中，形成千首一律的门面语，无法打动人心。这种以观赏角度描写女性容貌与身材的词作，还表现在陈氏的《八宝妆》"咏内家妆"，《河渎神》"桃花夫人祠"，《水晶帘》"赠玉嫣"，《凤凰台上忆吹箫》"秦淮感旧"等词中。关锳《评花仙馆词序》云："何造物独悭我辈，岂女子不宜有才乎？今夫贵贱随人，蛾眉最苦。……牛衣身世，早知薄命如斯；鸡肋文章，毕竟收场奚似。此所以读夫人词而又不自觉悲从

① 吴藻《花帘词》，清道光十年(1830)刻本。
② 陈文述《紫鸾笙谱》，清道光十一年(1831)刻本。

中来也。"[①]以女性视角观女性，更能见出女性生存的本真状态。虽然吴藻最终不能明白女性不幸的来源和找到解决问题的途径，而归咎于佛道因缘，但是其对女性处境的深切思考与对不公的呐喊，在词作中展现了一种豪壮悲郁的风格。[②]

后人常将吴藻比附李清照、朱淑真[③]，从思想角度而言，吴藻词与李清照词、朱淑真词都真实反映女性生存的处境，以及她们不甘于卑顺教育的意气；她们所写之愁不仅仅是闺阁之闲愁，更重要的是对因性别带来的不幸命运的悲愁。就情韵兼胜的词学成就而言，吴藻不仅能在词中表现出真性情，也因其"妙解宫商，精通音律"[④]，故而词能"韵味悠长，持律不苟"[⑤]。因此，从这两个方面来说，吴藻在词史上的地位不容忽视。正如《续修四库全书总目提要》评吴藻云："清代女子为词者，藻亦可以成一家矣。"[⑥]

结论

通过考察女弟子的词学创作情况及其在师门中的存在状态，可以发现男师的存在虽然促进了女性文学的发展，但在某种程度上，也会造成遮蔽女弟子成就的不利影响；女弟子虽积极求师，但对师学非模仿形迹、亦步亦趋，师门传统之外的文体创作更显示女弟子融会贯通的能力与活跃的思想。对此，我们再作以下几点总结：第一，研究某一门墙内的文学传统，除了明确师与弟子的主要创作文体与成就，对其他文体的创作与其在门墙内的发展情况应作全面考察。若师门传统之外的文体创作成就显著，需要思考这种文体创作与师门传统

---

① 关锳《评花仙馆词序》，冯乾编校《清词序跋汇编》第3册，凤凰出版社，2013年，第1185—1186页。

② 邓红梅《女性词史》，山东教育出版社，2000年，第441页。

③ 徐珂云吴藻："《花帘词》一卷，逼真《漱玉》遗音。"雷瑨、雷瑊评吴藻："今之李易安也。"马叙伦评："所著《花帘词》《香南雪北词》，亦《断肠》嗣响也。"

④ 陈文述《花帘词序》，见吴藻《花帘词》，清道光十年(1830)刻本。

⑤⑥ 柯劭忞等《续修四库全书总目提要》集部别集类《花帘词一卷提要》，齐鲁书社，1996年，第13册第633页。

创作理论与实践之间的异同；第二，在男师与女弟子的关系中，女弟子创作经历了知遇、变通到超越的发展过程，推动了清代女性文学的发展。所以，研究女性文学要注意女性文学对男性所构建的主流文化的融汇以及自我发展。第三，清中期，女性词发展的整体速度较于诗的发展缓慢，这与缺少男性的大力揄扬且自身不符合当时词学主流思想有关。所以，研究女性文学的发展不仅应从文本出发，还应考虑其依存的社会发展、词学主流发展等外围因素。总之，我们应多角度考察女性文学和女性思想的发展。

（扬州大学文学院）

论俞平伯的诗词注释与文学批评*

曾智聪

内容摘要：俞平伯于1926年为重印本《人间词话》写的序曾提出文学批评必须："一在能体会，二在能超脱。必须身居局中，局中人知甘苦；又须身处局外，局外人有公论。"这段文字揭橥了俞平伯强调创作与批评互通的文学批评原则，这是他一生秉持的治学理念。前贤学者多关注俞平伯"局外人"（读者）的身份及相关著作（《读诗札记》《读词偶得》《清真词释》等），却较少留心俞平伯"局中人"（作者）的身份，从而忽略了俞平伯对作者、作品、读者三者关系的看法。俞平伯有一部罕被论及的著作《词课示例》，这是俞平伯于1928—1930年之间教授清华大学词课的内容，他以夫子自道的方式注释自己词作来教导学生作词，书中的俞平伯既是作者也是读者，两种身份的置换让他的注释文字流露独特的批评视角，展现出一种重视读者诠释与想象的文学创作与批评观念。本

* 本文的部分工作由中国香港特别行政区研究资助局拨款资助，项目名称："民国时期（1911—1949）词籍注释研究"，编号：UGC/FDS16/H18/19。

文由此出发并旁及俞平伯其他诗词注释及文学研究，再结合对其治学经历的考掘，以期发明与析论俞平伯诗词注释中的批评原理及其思想来源。本文认为俞平伯对作者、文本、读者三方关系有深刻思考，其诗词注释表达了一种包容多义解读，重视读者诠释的文学批评观念。

关键词：俞平伯；文学批评；民国词学；诗词注释；境界说

Studies On Yu Pingbo's Annotations of Poetry and Ci and His Literary Criticism

Zeng Zhi-cong

Abstract: In 1926, Yu Pingbo wrote a preface for the reprint of "*rénjiān cíhuà*"(《人间词话》), in which he proposed that literary criticism must: " yī zài néng tǐ huì, èr zài néng chāo tuō. bì xū shēn jū jú zhōng, jú zhōng rén zhī gān kǔ"(一在能体会，二在能超脱。必须身居局中，局中人知甘苦；又须身处局外，局外人有公论). This passage highlights Yu Pingbo's emphasis on the interconnectedness of creation and criticism, a principle he adhered to throughout his scholarly life. Many earlier scholars focused on Yu Pingbo's role as an "outsider"(reader) and his related works such as "*dúshī zhājì*"(《读诗札记》), "*dúcí ǒudé*"(《读词偶得》), "*qīngzhēn císhì*"(《清真词释》), but paid less attention to his role as an "insider" (author), thus overlooking his views on the relationship between the author, the work, and the reader. Yu Pingbo has a lesser-known work titled "cíkè shìlì"(《词课示例》), which contains the content of his Ci poetry classes taught at Tsinghua University between 1928 and 1930. In this work, he broke with tradition by using his own Ci compositions to teach students, explaining them in a way that blended his roles as both

author and reader. This dual perspective allowed his annotations to reveal a unique critical viewpoint, showcasing a literary creation and criticism concept that values reader interpretation and imagination. This article starts from this point and also examines Yu Pingbo's other poetry and Ci annotations and literary research, combined with an exploration of his scholarly experiences, aiming to uncover and analyze the critical principles and intellectual sources in Yu Pingbo's poetry and Ci annotations. The article argues that Yu Pingbo had profound thoughts on the relationship between the author, the text, and the reader, and that his annotations express a literary criticism concept that embraces multiple interpretations and values reader interpretation.
Keywords: Yu Pingbo; literary criticism; ci studies in the Republican China; poetry and Ci annotations; theory of realms

一、引言

俞平伯(1900—1990)在1920年代至1930年代曾撰写一系列赏析与注释古典诗词的文章,如《读诗札记》《读词偶得》《清真词释》等。这些诗词注释侧重于文本解读,理论性不强,多只被视为"赏识"或"点评"之作。加上,在以现代文学为主导的20世纪初期,古典文学注释多被视为推广传统文化的工具书,学术界对之关注较少,以致其重要性与意义被低估了。注释虽是一种实事求是的工作,但注释者具有双重身份,既是文本的解释与接受者,同时也要将其所理解的文本旨意解释给笺注本的读者,所以也是讯息的传递者。[①] 在接受与传递信息的过程中,笺注者或受到其本来的学术观点,或当代学术文化氛围等不同因素影响,注释或已渗入己见,偏离原有实事求是的宗旨,让注释变成一种诠释与建构的行为。特别是以婉约为正宗的词体,由于词人抒情多不直接,注释者在训诂字词或解释名物以外,很

① 杜敏《论典籍注释的传意性》,《北京大学学报(哲学社会科学版)》2005年第4期,第137—141页。

多时还需依靠个人诠释来说明作品中的幽隐情感。结果,原本旨在探求作者本意、考订词作本事的注释或会变成表达文学思想的文本。俞平伯的诗词注释便存在一套独特的文学批评观念,展现出一种近于现代阐释学的重视读者、包容多义的观点,意义超出了诗词鉴赏与评点的范畴而"涉及文艺批评的全局"。① 本文细读俞平伯几种诗词注释及其他文学研究著述,结合对其治学经历考掘,尝试析论俞平伯诗词注释中的批评原理及其思想来源。

二、"局中人知甘苦":俞平伯词的自我解释

俞平伯于1926年为重印本《人间词话》写的序说:"作为文艺批评,一在能体会,二在能超脱。必须身居局中,局中人知甘苦;又须身处局外,局外人有公论。此书论诗人之素养,以为'入乎其内,故能写之;出乎其外,故能观之'。吾于论文艺批评亦云然。"②这段文字强调创作与批评互通的观念,构成俞平伯文学批评的基础原则③,可谓俞平伯一生秉持的理念,他在不同时期、谈及各类文体时也提出过近似看法:

> 《清真词释·序》(1948):"论文词之'作'与'解说',其过程恰好相反。"④
>
> 《漫谈〈孔雀东南飞〉》(1950):"创作跟批评,其过程实

① 邓绍基《浅谈俞平伯先生的词论著作》:"俞先生从二十年代初就提倡、坚持词学批评中的主体认识,实际上相似于现在人们常说的西方现代阐释学批评,也即尊重读者对作品的多义理解,并由这种理解构成的审美境界。……俞先生的关于词的批评见解,已经越出了词学范围,涉及文艺批评的全局。"《文学遗产》1998年第4期,第114页。

② 俞平伯《重印人间词话·序》,《俞平伯全集》第2卷,花山文艺出版社,1997年,第101页。

③ 邓绍基《浅谈俞平伯先生的词论著作》:"王氏这段话本是谈'诗人对宇宙人生'的关系,俞先生却是从评论者与被评论对象的关系来作阐发的,所以他后来形成了词学批评也是文艺鉴赏中的'由外向内'说。俞先生的'由外向内'说是同他的文艺创作的'由内及外'说紧密联系在一起的,这样也就使他的词学本体批评更加显得丰富和严密。"《文学遗产》1998年第4期,第114页。

④ 俞平伯《读词偶得　清真词释》,人民文学出版社,2000年,第72页。

在是颠倒的。”[①]

《略谈诗词的欣赏》(1979):“概括地看,创作的过程由内及外,诵习的过程由外而内,恰好相似,只是颠倒过来。”[②]

《关于治学问和做文章》(1985)曾说:“研究诗词的人最好自己也写一写诗词,做不好没关系,但还是要会做,才能体会到其中一些甘苦。”[③]

然而,前贤学者多关注俞平伯“局外人”(读者)的身份及相关著作(《读诗札记》《读词偶得》《清真词释》等),却较少关注俞平伯“局中人”(作者)的身份,因此亦鲜有论及俞平伯对创作与批评;作者、作品、读者三者关系等看法。其实,要了解俞平伯如何以“局中人”(作者)身份看待文学创作,或可以《词课示例》为起点。《词课示例》是俞平伯于1928—1930年之间在清华大学的授课内容,载十四首俞平伯词作并附其自释[④],他通过注释自己词作来教导学生作词与评词。这种夫子自道的形式在中国文学史上甚为罕见,俞平伯尝自嘲:“诗词自注尚不可,况自释乎!明知不登大雅之堂,不入高人之耳,聊复为之,窃自附于知其不可而为之之义焉。”[⑤]

《词课示例》其中六首词连同“前言”最初刊载于1930年12月20日出版的《清华周刊》,“引言”标示的写作日期为1930年10月1日。[⑥] 俞平伯友人读到《词课示例》后称善,于是邀请俞平伯为《中学生》杂志撰写说词文章向大众教导读词之法,这便成为后来的《读词

---

① 俞平伯《漫谈〈孔雀东南飞〉古诗的技巧》,《俞平伯全集》第3卷,花山文艺出版社,1997年,第274页。

② 俞平伯《略谈诗词的欣赏》,《文学评论》1979年第5期,第9—10页。

③ 俞平伯《关于治学问和做文章》,《俞平伯全集》第2卷,花山文艺出版社,1997年,第812页。

④ 俞平伯十四首词作为:《菩萨蛮》《蝶恋花》《菩萨蛮》《玲珑四犯》《蝶恋花》及《浣溪沙》八首(和梦窗韵)、《霜花腴》。这些词作属俞平伯鲜见的早期词作。

⑤ 俞平伯《词课示例》,《俞平伯全集》第4卷,花山文艺出版社,1997年,第373页。以下引用此书只在文中随文夹注页码。

⑥ 内容后经改正后重刊于1931年出版的《清华周刊》第34卷10期,第58—59页。

偶得》[1],《读词偶得》于1931—1934年的《中学生》与《人间世》等杂志连载。首篇《读词偶得》文末标示的写作日期为1931年4月19日,即写于《词课示例·前言》后六个月。[2]《读词偶得》于1934年11月率先结集出版。至1936年,《词课示例》才被收录于散文集《燕郊集》。可见,《词课示例》与《读词偶得》原属姊妹篇,《词课示例》虽出版在后,但写作在前,是俞平伯词作注释的开端。《词课示例》初刊于《清华周刊》(并非《清华学报》)这类并非严肃性学术研究刊物,而文章性质又与当时讲究考证的古典文学研究学风不同,没有引起足够关注。[3] 即使《词课示例》后来被收入《燕郊集》,但这散文集兼有抒情、议论、考证、序跋等不同性质文章,亦罕被视为学术研究。其实,《词课示例》对俞平伯词学别具意义,此书不但直接引致后来著名的《读词偶得》出版,其性质也十分独特。俞平伯在《词课示例》中既是作者也是读者,两种身份的置换让他的注释文字流露一种独特视角。若将之与俞平伯其他诗词注释及文学研究比较对读,更可发现各者之间能互相发明,背后存在一套融会传统文论与西方思想的文学批评观念,具有重要时代意义。[4]

跟传统诗文注释不同,俞平伯在《词课示例》中既没有训诂字词音义或解释典章制度,也不是以作者权威来解释托意,而是通过解说自己修改字词的经过与原因,剖析创作心路历程,借此教授学生作词。首先,俞平伯注释自己词作时多从字词讲起,阐释改易字词的原因及其与情意的关系,先看其自释《菩萨蛮》,词云:

---

① 俞平伯说:"年来做了一件'低能'的事,教人作词。……于是在清华大学有'词课示例'之作。本人不堪为人所见,乃住在上海的故人读而善之,且促我为本志(《中学生》)亦撰一说词的文章。……总之,是从'词课示例'引来的葛藤。"《读词偶得 清真词释》,人民文学出版社,2000年,第3页。

② 俞平伯《读词偶得》,《中学生》1931年16期,第155—161页。

③ 季剑青《北平的大学教育与文学生产:1928—1937》,北京大学出版社,2011年,第22页。

④ 本文旨在探讨俞平伯1920年代至1940年代的文学批评观念及其渊源,1980年代出版的《唐宋词选释》非本文主要研究范围。

好天良夜秋如水，明灯一觉黄昏睡。睡醒见伊么，更深梦也多。　　夜天都是雪，零乱成双蝶。闲院午阴迟。衾寒许枕知。（第 374 页）

此词是怀人之作，俞平伯讲改字的涉及三句，例如他讲上片结句原作“更深喜梦多”，原意指现实中情人未归，词中主角以为“更深梦多，相见之机遇亦较多”（第 374 页）。但后来俞平伯觉得词意“拙甚”而改为“更深梦也多”，借此含蓄地表达一种矛盾心情，他解释说：“醒后之见尚按不断，更何论于梦中之见哉。”（第 374 页）此外，下片“夜天都是雪，零乱成双蝶”，这两句是上片“黄昏一觉”的内容，写飘雪幻化成的双蝶寄托怀人思念。俞平伯指“零乱成双蝶”中“乱”一字原作“落”，但“零落”一词略带凄惨，会把全词情意改变了，他解释：“‘好天’一句，清嘉之景化为无憀；‘明灯’一句，闲适之事易为困踬；‘睡醒’两句惝怳之味转成凄绝矣。与结尾亦不融惬，读者审之。”（第 374 页）可见，俞平伯讲究字词并非追求雕琢辞藻，而是认为即使一字一词也会牵动全篇情意。俞平伯特别强调“读者审之”，借此提醒学生将来从“读者”身份换成“作者”时也要注意不同字词所传递的阅读感受。再看俞平伯的《浣溪沙》“和梦窗韵”八首其一：

莫把归迟诉断鸿，故园即在小桥东。暮天回合已重重。　　疲马生尘寒日里，乌篷扳橹月明中。又拼残岁付春风。（第 377 页）

此词作于年末十二月，言思乡。俞平伯在《词课示例》解释了“即”“生”“拼”等字用法，例如“疲马生尘”句，俞平伯自释：“‘生’字曾经数易，‘扬’尘则似骏马，‘随’尘则尘在马前。”（第 377 页）最后他选用“生”字配合“疲马”形象，可见词人心急回乡，不理会马匹已精疲力竭仍不停策骑，俞平伯更强调借此“生”“疲”二字“两两比照乡思已见”（第 377 页），亦可见其在选用字词时也考虑到读者的不同观感。

《词课示例》中的俞平伯具双重身份，既是作者也是读者，但他没有以作者权威身份来解说词意，反而多站于读者（学生）的角度，通过解释改易字词的原因，阐释由此带来的不同阅读感受以教导学生作词，这与中国传统文学教育不同，俞平伯尝言："据说良工是向不示人以璞的，然我非良工，则示人以璞，殆亦无妨。自来选家选好不选歹，实在有点偏枯。好坏只是刃的两面，这个道理老子看得顶明白。"（第379页）这透露了俞平伯重视读者阐释的立场。

除了讲改字之外，《词课示例》在分析章法脉络时也表现出一种重视读者的立场，试看俞平伯对《玲珑四犯》（支拄晴空）的注释，词云：

> 支拄晴空，淡树色轻飏，金翠零乱。飒合萧森，如画冷红愁颤。枯坐念我无憀，共旧迹旧情都换。倚暮天、约略年时，深巷夕曛还暖。　货郎挑担迎门看，叩圆钲、卖糖声软。灯前怕读欧阳赋，凄绝垂髫心远。尘梦有忆温馨，乳燕春来频见。怎凤城秋早，归思迥，难排遣。（第375—376页）

这首词讲怀缅儿时，抒发物是人非之叹。上片描写词人秋日闲坐公园古柏树旁并想起儿时居住的深巷；下片开首忆记童年时黄昏深巷经常出现的糖果叫卖声。俞平伯注释"货郎挑担迎门看"句云："原作'门前'，则无小儿嬉跃之态。此处过片径直与上片衔接，不复稍断。"（第376页）俞平伯把"门前"改为"门看"，增强动态也渲染了情感。至于"卖糖声"则是他孩童时期的美好回忆，可是现在物是人非，如今再次听闻只会触景生情，俞平伯注释"灯前怕读欧阳赋，凄绝垂髫心远"句云："'欧阳赋'暗绾上文，货郎之惊闺，糖挑之钲，皆声也。"（第376页）由卖糖声与读书声连系上下文带出思乡之情。其实俞平伯讲究章法脉络也是从读者角度出发，他认为章法是读者把握词作情感变化的关键。相较于近体诗，词体的篇幅较长且有分片，致使其章法与结构具更多变化，俞平伯对这种词体特质有深刻认知。在他最早发表的词学论文《葺芷缭衡室札记——宋词赏析》（1924）已提及："我觉得宋人作词佳处，在'细''密'。……凡词境宛如蕉心，层层剥进，又层层翻出，谓之'细'；篇无赘句，句无赘字，调格词意相当相对，如天成然不假斧削，谓之‘密’。”[①]因此，他在《词课示例》中着重解释文词呼应、上下两片连系等，旨在让读者了解词作的“细密”情感。再看《菩萨蛮》(匆匆梳裹匆匆洗)：

匆匆梳裹匆匆洗，回廊半霎回眸里。灯火画堂云，隔帘芳酒温。　　沉冥西去月，不见花飞雪，风露湿闲阶。知谁寻燕钗。(第375页)

此词是俞平伯梦中得“灯火画堂云，隔帘芳酒温”一句后续写，主题讲孤单隔膜。上片写女子等待情郎未眠，看见画堂中有人共尝温酒而感只影形单；下片由室内转换到室外，场景虽变但延续“帘隔”之意，俞平伯解释：“宕开。词断意连，成法也。”(第375页)承接上片的孤单失落，下片先写月色西沉不见落花，俞平伯解释：“落花可惜，夜中不见花落而花仍落岂不尤可惜？……词中说到月落则如何如何，偏不说月未落怎么样，却多了一层。”(第375页)结尾“风露湿闲阶”一句与上片呼应，俞平伯自释：“明点‘闲’字与‘匆匆’对，暗点‘冷’字与‘温’对。”(第375页)俞平伯对章法的解释不只为引领读者深入了解此词层层的“细密”情感，当时他正教授学生写词，换言之，他同时也在提醒学生(读者)在写作时(作者)时传递情意的关键处。

表面上看，《词课示例》所讲的炼字及章法都常见于传统词话，似乎无甚新意。然而，这些词法背后实透露了重要的批评观念，俞平伯《词课示例·序》说：“夫昔贤往矣，心事幽微，强作解人，毋乃好事。偶写拙作一二略附解释，以供初学隅反之资，亦野芹之贡耳。”(第373页)他剖析创作心路历程并非为词作提供权威解释，而是考虑教学需要，提醒今天的读者(学生)将来成为作者时应当注意阅读感受。这种独特的教学理念出于他相信创作与赏析是一体两面，俞平伯主张多理解创作心理有利于赏析批评，相反掌握赏析与批评之法也有助创作构思。这正是他多年所坚持的文学理念。

---

① 俞平伯《葺芷缭衡室札记——宋词赏析》，《俞平伯全集》第4卷，花山文艺出版社，1997年，第411页。

三、"局外人有公论"：俞平伯对"境界"的建构

俞平伯主张创作与赏析是一体两面，如果说《词课示例》是俞平伯从"局中人"的角度讲创作理论的代表；《读词偶得》与《清真词释》则是他从"局外人"身份谈文学批评的代表。若将《词课示例》与《读词偶得》及《清真词释》三种书籍比较对读，不难发现"境界"是三种书中共通的创作与品评标准。

对于以"境"论诗词，俞平伯应不陌生，其父亲俞陛云（1868—1950）所著《诗境浅说》便以"境"教授子孙读书，书中主要赏析唐诗。"境界"虽然是中国传统诗学的文学批评术语，但却一向没有明确定义，并成为一个被建构的"话语"（discourse）。较为人所知且影响深远的是王国维于《人间词话》提出的"境界说"，他把西方美学观念寄植其中，赋以"境界"现代定义。[①] 其实，俞平伯对"境界"也进行了新的诠释与建构，并以此作为《词课示例》《读词偶得》及《清真词释》中的批评"话语"。俞平伯与《人间词话》渊源不浅，《人间词话》因为俞平伯的校点及再版而流行[②]，而俞平伯的词学批评其实也受到《人间词话》影响。以下先简单回顾俞平伯《词课示例》出版前的主要词学经历。

俞平伯词学始于1916年读书北京大学时期，当时他在黄侃（1886—1935）指导下研读过周济（1781—1839）《词辨》，又从黄侃处借阅郑文焯（1856—1918）校刊的《清真词》，这对俞平伯后来词学影响深远。[③] 1920年，俞平伯在欧游的轮船上熟读张惠言（1761—1802）《词选》，并尝称："这好像对我以后做词说词很有

---

① 罗钢《传统的幻象：跨文化语境中的王国维诗学》，人民文学出版社，2017年，第260页。

② 彭玉平《俞平伯与〈人间词话〉的经典之路》，《学术研究》2008年第2期，第132—138页。

③ 俞平伯《清真词释·序》，《读词偶得　清真词释》，人民文学出版社，2000年，第69—70页。

帮助的。”[①]俞平伯《古槐书屋词》收录词作年份最早的便是写于欧游旅途上的《祝英台近》(1920 年 3 月 22 日红海舟中)。[②] 1924 年俞平伯发表了第一篇词学论文《葺芷缭衡室札记——宋词赏析》。1926 年俞平伯校点的《人间词话》出版，他熟读《人间词话》甚至曾计划将书中思想引申别为一书，俞平伯《重印人间词话・序》说：“其实书中所暗示的端绪，如引而申之，正可成一庞然巨帙，特其耐人寻味之力或顿减耳。……作者论词标举‘境界’，更辨词境有隔不隔之别……凡此等评衡论断之处，俱持平入妙，铢两悉称，良无间然。颇思得暇引申其义，却恐‘佛头着粪’，遂终于不为。”[③]在 1916 年至 1926 年这十年间，可谓俞平伯词学研习的奠基期。张惠言《词选》、周济《词辨》与王国维《人间词话》都对这段时期的俞平伯有深刻影响。虽然张惠言与周济同属常州词派，主张“寄托说”；而王国维则以“境界说”论词并曾批评张惠言之说“深文罗织”[④]，可是两派词学也共同关注词作诠释问题。[⑤] 常州词派的“寄托说”基于“意内言外”的原则，以诠释词人托意为目标；而王国维论述“古今之成大事业、大学问者”的三种“境界”时其实也是通过诠释欧阳修(1007—1072)、柳永(985—1053)与辛弃疾(1140—1207)三家词作而得来的一家之说，他甚至说：“遽以此意解释诸词，恐为欧、晏诸公不许也。”[⑥]这些词学诠释观念对俞平伯文学批评产生重要影响，并在他此后十年(1927—1936)的教学与研究之中得以进一步发挥与实践。俞平伯在 1928 年赴清华大学任

① 俞平伯《清真词释・序》：“民九欧游船上带了一本张惠言的《词选》，海天寂寥多闲，读得很熟，这好像对我以后做词说词很有帮助的。”《读词偶得 清真词释》，人民文学出版社，2000 年，第 71 页。

② 这首词见于《古槐书屋词》(1980 年香港书谱出版社再版)，属俞平伯于 1973 年补遗三首的第二首，标明写作年份。见《俞平伯全集》第 1 卷，花山文艺出版社，1997 年，第 647 页。

③ 俞平伯《重印人间词话・序》，《俞平伯全集》第 2 卷，花山文艺出版社，1997 年，第 101—102 页。

④ 王国维撰，彭玉平疏证《人间词话疏证》，中华书局，2011 年，第 276 页。

⑤ 李剑亮《宋词诠释学论稿》，人民文学出版社，2006 年，第 29，51—52 页。

⑥ 王国维撰，彭玉平疏证《人间词话疏证》，中华书局，2011 年，第 89 页。

教直至1937年,“词”是他教学与研究的专业范畴。在清华任教的头几年,俞平伯以创新的方法,通过注释自己所作来教授学生作词,其后他把相关词课内容以“词课示例”为题刊登于1930年12月出版的《清华周刊》。此后,由注释自己词作转而注释唐宋词作,并撰写了一系列“读词偶得”,载于1931—1934年间的《中学生》与《人间世》等杂志。《读词偶得》与《词课示例》先后出版,俞平伯借此实践与传播其文学批评观念。至于1948出版的《清真词释》也是在《读词偶得》的基础上修订而成,思想一脉相承。由此可见,1926年可谓俞平伯这二十年词学研究生涯的重要分水岭。俞平伯通过学习与反思常州词派与王国维的词学建立自己的词学批评观念,而《人间词话》中的“境界”更成为其在《词课示例》《读词偶得》及《清真词释》中重要的批评话语。

在《词课示例》中,俞平伯尝以“境界”或“隔”等观念注释自己词作,例如上文提及的《浣溪沙》“和梦窗韵”八首其一(莫把归迟诉断鸿),其友人曾评论此词“境界欠真切”,嫌此词偏重写实,情感未足真切动人。为此,俞平伯标举结句“又拼残岁付春风”并解释:“予却有敝帚之享。何则?不问明年能归去与否,今年这一年总是完了,‘拼’字固嫌略重,却非泛泛。”俞平伯认为“拼”一字带有较强烈情感,更能令读者联想词人过去一年生活的辛劳,成为思乡之情的脚注,借此反驳友人“境界欠真切”的评论。另外,《词课示例》注释《蝶恋花》(望眼连天愁雪拥)时更提及“境界”与“隔”。词云:

> 望眼连天愁雪拥。身到天涯,翻把三春送。闻道:“同衾还隔梦。世间只有情难懂。　　钿合香囊何处冢?一曲饧箫,谁见双飞凤。效得微情酬密宠。空怀也被明珠哄。”(第374页)

此词的主旨讲世间真情难求,即“同衾还隔梦。世间只有情难懂”之意。俞平伯解释:“隔是人间习见之境……以下申明此意。同衾乃人间至密之地而尚难于同梦,其他天不待言矣——况天涯乎。此种境界本不限于男女之间,特借此为说耳。”(第374页)文中的“隔”正是一种人与人之间的情感隔膜，即使同衾但仍异梦，说明真正的隔不是实际距离，而是情感的真诚交流。以上例子，俞平伯也从情之真切与否讲"隔"与"境界"，与王国维的想法一致。① 俞平伯不但注重自己词作的"境界"，也对学生有同样要求。当时词课的11首学生作品曾被俞平伯挑选出来并刊登在《清华中国文学会月刊》上，学生作者之一萧涤非（1907—1991）在词作前有"识语"提及他们的三个作词信条，其一便是："意境，求其秀香在骨，不专在字面做工夫。"②

至于《读词偶得》及《清真词释》有更多用"境界"论词的例子，且不时与"想象"相提并论，例如：注释温庭筠（约812—870）《菩萨蛮》（水精帘里颇黎枕）"水精帘里颇黎枕，暖香惹梦鸳鸯锦"句云，"以想象中最明净的境界起笔"③；又如注释史达祖（约1160—1210）《玉胡蝶》（晚雨未摧宫树）"隔苍烟。楚香罗袖，谁伴婵娟"句云，"真说伊人亦只用淡描，牵萝倚竹岑寂之境，想象见之矣"④；再如注释周邦彦（约1056—1123）《望江南》（游妓散）"芳草怀烟迷水曲，密云衔雨暗城西"句云，"原难释以口语，而径观本文，固最分明；若以'怀''迷'二字为不甚可解而易之，虽更近于白话，而其境界反令读者想象不出"⑤。总结上述数例可见，俞平伯认为有"境界"的词多指涉一种由景而生的阅读体验，而连系两者的便靠读者的想象参与。

俞平伯在《读词偶得》对李璟（916—961）《浣溪沙》（菡萏香销翠叶残）的注释可更具体了解他的"境界说"，他说："《人间词话》说首两

① 王国维："境非独谓景物也。感情亦人心中之一境界。故能写真景物，真感情者，谓之有境界。否则谓之无境界。"王国维撰，彭玉平疏证《人间词话疏证》，中华书局，2011年，第194页。

② 作者包括：萧涤非（4首）、余冠英（6首）、李振芬（1首）。萧涤非"识语"："第一，质朴——注重具体的描写，不尚空滑的虚套。第二，意境，求其秀香在骨，不专在字面做工夫。第三，便是努力说自己的话。"萧涤非等《词课选录》，《清华中国文学会月刊》1931年4月第1卷1期，第16—18页。

③ 俞平伯《读词偶得　清真词释》，人民文学出版社，2000年，第14页。

④ 俞平伯《读词偶得　清真词释》，人民文学出版社，2000年，第41页。

⑤ 俞平伯《读词偶得　清真词释》，人民文学出版社，2000年，第78页。

句：‘……大有众芳芜秽、美人迟暮之感，乃古今独赏其“细雨梦回……”故知解人正不易得。’王氏此言极有理解（虽其抑扬或有过当）。兹既已征引，便不必词费。荷衣零落，秋水空明，静安先生独标境界之说，故深有所会也。”[①]王国维对此词的赏析跟传统观点有两点不同：一、是欣赏的焦点，王国维舍弃“古今独赏”的“细远梦回鸡塞远，小楼吹彻玉生寒”名句，而独赏“菡萏香销翠叶残，西风愁起绿波间”；二、王国维进一步诠释这两句抒发了“众芳芜秽、美人迟暮之感”，以为李璟此词有政治隐喻。而俞平伯认为王国维之所以得出与传统不同的“独赏”是出于其“境界说”。按《浣溪沙》字词表面意思，词作原本写女子梦中想念远在塞外的情郎，便吹起玉笙以抒相思之情，她见到荷花凋谢而顾影自怜。然而，王国维缘何得出“众芳芜秽、美人迟暮”之结论？俞平伯评价王说“极有理解”与“深有所会”，理应也同意此说，虽云“既已征引，便不必词费”，但仍以八字“荷衣零落，秋水空明”总结“菡萏香销翠叶残，西风愁起绿波间”两句景色。俞平伯有意突出这两句精妙之处并非具体事物，而是其建构出来的一种“零落”与“空明”的“境界”。可见，俞平伯以为《人间词话》对此词之所以“深有所会”正是因为王国维对词作“境界”的一种想象。[②] 不过，从另一方面说，“众芳芜秽、美人迟暮”是否李璟本意？王国维《人间词话》没有回应，反而俞平伯则说：“今径释文本，不加评跋，见仁见知，读者审之。”[③]这反映了俞平伯所言的“境界”是一种包容多义的诠释批评。

通过想象来建构词中“境界”，进而由此诠释词中情意，是俞平伯词学批评的重要原理，也构成俞平伯词学批评与传统词论不同之处。韦庄（836—901）有五首《菩萨蛮》，张惠言从“寄托说”立论，认为这是

① 俞平伯《读词偶得　清真词释》，人民文学出版社，2000年，第28页。

② 叶嘉莹指王国维之所以认为李璟《浣溪沙》有“众芳芜秽、美人迟暮”意，也与其“境界说”重视联想，强调读者由作品中获得的“兴发感动”有关。叶嘉莹《唐宋词十七讲》，河北教育出版社，2001年，第113—130页。

③ 俞平伯《读词偶得　清真词释》，人民文学出版社，2000年，第29页。

韦庄相蜀后作，寄托了他对前唐的怀念。“寄托说”把词定义为“意内言外”，认为词作背后有可被寻绎的原意；又认为词体具备“缘情造端，兴于微言”的特质，而词人往往通过“风谣里巷男女哀乐”来隐藏“幽约怨悱不能自言”的托意。[①] 张惠言据此原则诠释韦庄几首《菩萨蛮》云，“盖留蜀后寄意之作”（第一首），“此词之作，其在相蜀乎”（第三首），“此章致思唐之意”（第五首）。[②] 然而，张惠言不但欠缺具体分析与推论，其解释亦只建基于“寄托说”单一原则，凡词中具有“风谣里巷男女哀乐”的内容便认为有政治寄托，并视之为词作背后原意。俞平伯的结论虽然跟张惠言相同，但其立论与分析进路其实并不一样。

俞平伯对这组词的注释最初见于1931年第20期的《中学生》杂志，但后来开明书店初版的《读词偶得》却在开首加了一句：“兹仍依张说立解，就文义而观其会通，辨其当否，在乎读者。”[③]与上文注释李璟词一样，俞平伯强调这只是他一家之言，取信与否在于读者，这种包容多元解释的立论正是其与张惠言“寄托说”的根本不同。而且，俞平伯的观点更是从细读词作而推论得出的。这几首《菩萨蛮》词是韦庄自述一向并无异议，关键是其作于何时。俞平伯认为首四首词的确表达了乡愁，但释词关键在最后一首，若连同第五首作“串讲”，前面的乡愁其实也可被理解为故国之思与国家兴亡之感。[④] 对于第五首词收结两句“凝恨对残晖，忆君君不知”，俞平伯释曰：“无限低回，谭评‘怨而不怒’，已得诗人之旨。此等境界，妙在丰神，妙在口

① 张惠言《词选·序》：“《传》曰：‘意内而言外谓之词。’其缘情造端，兴于微言，以相感动。极命风谣里巷男女哀乐，以道贤人君子幽约怨悱不能自言之情，低徊要眇，以喻其致。”张惠言《词选》，江西人民出版社，1984年，第5页。

② 张惠言《词选》，江西人民出版社，1984年，第22—23页。

③ 俞平伯《读词偶得》，《中学生》1931年第20期，第1页。

④ 俞平伯说：“以上列四章的讲释，读者或者觉得其词固佳，却有小题大做之嫌，岂狮子搏兔必用全力欤。其实端己此词，表面上看是故乡之思，骨子里说是故国之。……上边四章，一、二为一转折，三、四为一转折，全为此章而发。”《读词偶得　清真词释》，人民文学出版社，2000年，第24页。

角，一涉言诠便不甚好。”[①]从字面解说，这首词或是模拟女子口吻，对身处他乡的才子表达思念；或是身在他乡的才子设想故乡的女子想念自己时的景况。但俞平伯既指明这句有“境界”及“妙在丰神”，显然并非只按字面解释，而是通过想象来诠释词中境界。盖“凝恨对残晖”所建构之境引导俞平伯联想正在衰亡的晚唐政权，而身处蜀国的韦庄眼见故国将亡却无计可施，心中怨恨无法言表便只能“忆君君不知”，句中“君”是指唐朝君主。总之，俞平伯通过“串讲”细读词作文理、情意、境界而提出此词属韦庄晚年之作，他并没有把自己的诠释认定是韦庄原意，反而强调“辨其当否，在乎读者”，指出这只是他（读者）的一种诠释，而接受不同读者也可以有不同解读。

《词课示例》也强调读者想象诠释，回看《蝶恋花》（望眼连天愁雪拥），上文曾提及此词主旨讲人与人之间一种看似亲密但实际疏离的“境界”，俞平伯正是用“微示”的手法来彰显词旨，他说：“夫望眼则风雪连天，总以为天涯亦遍雪也。及身到天涯，非特不曾见甚么风雪，并三春亦将不见矣。隔是人间习见之境，以不便质实指出，只微示之耳。以为确指，则凿。”（第 374 页）所谓“微示”即指通过首三句的风雪景物引发读者联想、领略这种境界。除了风雪景物外，引发读者联想的还有下片的几个典故。俞平伯在散文《从王渔洋讲到杨贵妃的墓》（1933）提及此词，指此词下片用了杨贵妃、萧史弄玉、洛水之神、汉皋女郎等四个与“情人吃亏”有关典故，并曾引起读者以为此词写他情场失意，俞平伯却只说：“我以为诗词为用，贵在状普通言语难状之情，所以此篇的本恉恕不作释。”[②]可见，无论是上片的景色还是下片的典故，俞平伯旨在引起联想，读者借此明白此中“隔”的主旨还是有其他“误解”，也是可以包容与接受的。

“境界”作为俞平伯评论词作的话语，其内涵强调“联想”，是读者

---

① 俞平伯《读词偶得　清真词释》，人民文学出版社，2000 年，第 24—25 页。

② 俞平伯《从王渔洋讲到杨贵妃的墓》，《俞平伯全集》第 2 卷，花山文艺出版社，1997 年，第 282 页。

理解词作的关键手段。俞平伯为顾随《积木词》写的序(1936)尝提出“词想”一说,并深入讨论了词人、词作、读者三者之关系,是一篇很少被关注的词学论文。《积木词序》指出一般人不善掌握自己的情怀以致情思“飘泊”及“湮没”,惟词人能将之把握并转化成“词想”,他说:“未免有情,谁能遣此?温其如玉,其貌然也,风流可怀,是谓‘词想’。”[①]作者可借“径”或“曲”二途来表达“词想”,“径”就是直接表达词作表面事物之“真”;“曲”则指隐含深意之“美”,读者则通过“深思”或“浅尝”都可获得,俞平伯说:“不浅尝不得其真,不深思不得其美。真者,其本来之固然;美者,其引申假借之或然。”[②]俞平伯在这基础上进一步讨论作者、作品与读者之间关系,他认为词作或出于有意的“惨淡经营”或出于无意的“若有神助”[③],两者呈现不同面貌,他说:“其逸兴之遄飞也,其文如之,则如野云孤飞矣;其深情之摇荡也,其文又如之,则如绿波之摇荡矣。亦有意矣?亦无意矣?安其见可浅尝而不可深思乎?又安见其浅尝之之得多于深思之之得乎?安见其浅尝则是而深思者非乎?”[④]读者用浅尝或深思的方式其实都有所得着,因为一词不只是一意,而词意并非尽于作者。对于当时有论说云:“一意者一词,一词者一意,如花相对,如叶相当,凡志之所之,笔皆可往,而笔之所宣,意辄与合。”[⑤]俞平伯认为这只是“近世妄人之见”,且限制词意表达:“此盖已擅意尽于文,而文章之意尽于想也,不特为事之所无,并非理之所有,貌似明清,实难通晓。”[⑥]俞平伯在《积木词序》中深入阐释了其词学批评观,从“词想”讲起并由此探讨了词人、词作、读者三者之关系。

四、“浮想联翩”:俞平伯的诗学诠释

在俞平伯1930年代的诗词注释及论文中,无论其身份是“作者/局中人”还是“读者/局外人”,在讨论炼字、章法、境界等问题时都秉

① 俞平伯《积木词序》,《词学季刊》1936年3卷2期,第163页。

②③④⑤ 俞平伯《积木词序》,《词学季刊》1936年3卷2期,第164页。

⑥ 俞平伯《积木词序》,《词学季刊》1936年3卷2期,第164—165页。

持一种原则：包容多义，重视想象并借此作为解释作品及与作者沟通的途径。俞平伯在晚年仍然秉持这种观点，其《略谈诗词的欣赏》言："概括地看，创作的过程由内及外，诵习的过程由外而内，恰好相似，只是颠倒过来。但经过一往一复，却不一定回到原来的点上。因为作意并非单纯的，有本义与引申之别。本义者意在言中，引申者音寄弦外。读者宜先求本义而旁及其它。亦可自己引申，即浮想联翩与作者的感想不同，固无碍其为欣赏也。"[①]这篇文章作于1979年，观点涉及阅读接受理论与诠释学，在当时的学术背景下看来并不新奇。可是，追溯这种文学观念的源头，既如上文所言，已见于《词课示例》与《读词偶得》等注释实践；其实俞平伯早于1920年代初期已开始思考作者、作品、读者三者之间的关系，而且关涉对象也不限于词学。

1922年，俞平伯创作了一首名为《我与诗》的新诗："我在楼上写诗/写完了/不是我底了/读了一遍，三四遍后/我也不见了。"[②]这首诗以简练的文字讲述作者与作品三个阶段的关系：写作时、刚完成、完成后再覆读。他以为诗歌创作完成后便脱离作者而独立，其解释权也不属作者了。同年，俞平伯在《常识的文艺谈》提出以"善"和"美"作为文学创作的标准，同时也重视读者感受与参与，他说："无论作品怎样地至善，怎样地至美，读者淏然不动，便非我所谓文学。"[③]而俞平伯稍后所写的一系列"读诗札记"正是以这种批评原则重读《诗经》[④]，例如解释《卷耳》的一篇(1923)，俞平伯于开首明言摒弃传统旧诗说："这篇，前人异说极多，什么后妃、文王、贤人搅成一团糟，现在均置之不论。"[⑤]然后他通过分析诗歌字词而把此诗诠释为妇人思念征夫的民间恋歌。又如解《邶风·柏舟》(1927)时，俞平伯反对旧说以此诗

---

① 俞平伯《略谈诗词的欣赏》，《文学评论》1979年第5期，第9—10页。

② 俞平伯《我与诗》，《俞平伯全集》第1卷，花山文艺出版社，1997年，第172页。

③ 俞平伯《常识的文艺谈》，《俞平伯全集》第3卷，花山文艺出版社，1997年，第625页。

④ 这些作品后来于1934年结集为《读诗札记》，并由北平人文书店出版。

⑤ 俞平伯《读诗札记·周南·卷耳》，《俞平伯全集》第3卷，花山文艺出版社，1997年，第8页。

与卫公贤人有关，亦不认同诗歌是男子之言。他通过分析诗中的措辞语气与章法结构，指这首诗属女子不容于家人而表达忧思之作。[①] 值得留意，俞平伯借解释《谷风》(1928)伸论寻求作者本义的问题，讲法近于现代文学理论“误读”(misreading)观念，他说：“欣赏批评，横看可成岭，侧看可成峰，初不必处处吻合作者‘当时之感’，方得谓为健全的欣赏与批评也。申言之，我们读书的时候，误解是无时不存在的(微浅则不足为病)，却也不碍于我们的读书。若必待误解全消，真相毕露而后可读书，则往古来今，殆早绝读书之种子矣。作者之原意如何是一事，我们心中的作者之意如何又是一事。”[②]盖《诗经》历来解说纷纭，俞平伯自言其说也是一家之言，只要符合“首尾贯串，自圆其说，即为善说《诗》者”[③]。他重视读者诠释权的立场与其词学诠释一致。

俞平伯的《读诗札记》属诗学批评实践，虽偶发议论但始终不是理论性文字。到了1930年写成的《诗的神秘》，俞平伯对于作者、作品、读者三者关系已有具体而深入的论述。《诗的神秘》是俞平伯执教北京大学“诗选”科的引言[④]，被视为中国现代文学批评史的重要文献[⑤]。俞平伯在文中提出不少重要观点，且能与俞平伯诗词注释观念互相呼应。例如他肯定文学作品本身的独立性，探讨作者、作品、读者之间游离的关系说：“作品自身有一种拒绝任何说明、注疏、翻译的

---

① 俞平伯《读诗札记·邶风·柏舟》，《俞平伯全集》第3卷，花山文艺出版社，1997年，第41—43页。

②③ 俞平伯《读诗札记·谷风故训浅释》，《俞平伯全集》第3卷，花山文艺出版社，1997年，第57页。

④ 俞平伯《诗的神秘》说“这原是从前在北京大学授《诗选》的一个引论”。见《俞平伯全集》第2卷，花山文艺出版社，1997年，第227页。1931年9月19日俞平伯致周作人信提及当时正写作《诗的神秘》。见孙玉蓉《俞平伯年谱》，天津人民出版社，2001年，第141页。另据《国文学系课程指导书》，俞平伯在1930年至1931年的学期在北京大学任教“中国诗名著选”(附作文)。《北京大学日刊》1930年10月14日，第2页。

⑤ 解志熙《‘诗的新批评’之重温——陈越〈‘诗的新批评’在现代中国之建立〉序》，《汉语言文学研究》2015年第3期，第128页。

特性，以我所知，有时竟无法克制它。”[①]俞平伯十分重视读者的参与，他以为作品写好、出版只是完成了一半，还有待读者的欣赏与理解。[②] 此观点可谓与《我与诗》一脉相承，他甚至以为读者主动诠释能赋以作品新的生命：“读者的地位，完全不是旁观，不完全是被动。他时时给一件作品以新的生命——解释。”[③]读者之所以能赋予作品新生命是因为不同读者的不同个性与经历造就阅读差异，他说：“虽同是读者，而你我不同，所以那补成的半首当然各式各奇，差别得很小，不容注意的也有；差别得很大，不容不注意的也有。”[④]俞平伯认为读者不同的背景构成作品不同的诠释，认同读者在诠释作品时的介入及意义建构。文章最后，俞平伯更尝用“错综”总结作者与读者的复杂关系，他认为作者有自己的喜怒哀乐，与读者的情感“不尽同也非尽不同，……可通却也非尽可通。……作者写作以前对他人的作品是个读者，既作以后对自己的作品也是个读者；读者在未读以前也许也是个作者（也许不是），既读以后也可以算是个作者（理由见上）；这也是一种广大的错综”[⑤]。这种“错综”关系恰好呼应了其点校《人间词话》序中提出“局中人”与“局外人”的观点。

《诗的神秘》也提及“误解”的概念说：“离开了解，诗是不存在的，不离了解，则读者的重要并不亚于作者。依续成未完的诗这个观点说，不妨说误解也是正解。说得激烈一点，简直不妨说误解以外无正解，至少也可以说离开误解则得不着正解。”[⑥]这“误解”观点可视为《读诗札记》的延伸，而由此带出的包容多义诠释的原则正是俞平伯《词课示例》《读词偶得》《清真词释》等词作注释的理论基础。从建立理论到批评实践，俞平伯对作者、作品、读者三者关系都有深

---

① 俞平伯《诗的神秘》，《俞平伯全集》第2卷，花山文艺出版社，1997年，第229页。

② 俞平伯说：“一首诗写定刊行以后，实在只做了一大半，还有那一半等着咱们读者去补呢。”《诗的神秘》，《俞平伯全集》第2卷，花山文艺出版社，1997年，第247页。

③ 俞平伯《诗的神秘》，《俞平伯全集》第2卷，花山文艺出版社，1997年，第248页。

④ 俞平伯《诗的神秘》，《俞平伯全集》第2卷，花山文艺出版社，1997年，第247页。

⑤⑥ 俞平伯《诗的神秘》，《俞平伯全集》第2卷，花山文艺出版社，1997年，第249页。

刻思考，他强调作品的独立生命、重视读者诠释与意义建构、接受多义解读以至误读等，这些观点也跟1970年代至1980年代欧美流行的“读者反应批评”(Reader Response Criticism)有相近之处，不但在1930年或以前的中国文学界较为罕见，更遑论以此来注释古典诗词。

五、俞平伯文学批评思想型塑

从以上分析可见，俞平伯注释诗词背后实存在一套独特的文学批评观念，这些观念缘何而来？本文以为当中部分或与西方心理学有关。俞平伯在不同文章也曾明引或暗用西方心理学来谈论文艺。先看《诗的神秘》，此文分三部分，第二部用了颇长篇幅以弗洛伊德(Sigmund Freud，1856—1939)心理学理论来阐释作者、创作意图、诠释之间的关系。其实，俞平伯另一篇更早发表的《文学的游离与其独在》(1925)亦有类近观点，文章虽没直接引述心理学或弗洛伊德，但开首谈论作者如何捕捉创作欲念及欲念如何逃逸时，其中“心”与“物”角逐的观点恰如弗洛伊德讲人的意念如何游走于“无识”“前识”“意识”等不同阶段。[①] 还有上文提及的《读诗札记》中重视读者多元解读的观念，也见俞平伯运用心理学理论的端倪。《读诗札记》于1934年出版，书前有一篇序文，由两段文字组成，第一段是写于1930年12月的短文，开宗明义说明“札记本无序，亦不应有”。[②] 俞平伯于第二段便以一个梦境代序。这段梦境写于1933年，分“遇”及“释”两部分。[③] “遇”是梦境内容，俞平伯梦见因家有祭祀之事，长辈亲戚骆驿而至。俞平伯在梦中与W表叔商讨把《读诗札记》文稿卖给书局

① 俞平伯《文学凡游离与其独在》，《俞平伯全集》第2卷，花山文艺出版社，1997年，第4页。

② 俞平伯《读诗札记·自序》，《俞平伯全集》第3卷，花山文艺出版社，1997年，第5页。

③ 俞平伯《读诗札记·自序》，《俞平伯全集》第3卷，花山文艺出版社，1997年，第5—7页。

但遇阻滞。“释”的部分，俞平伯显然引用弗洛伊德“压迫为梦因”之说解说“遇”的梦境。这篇序文除了说明《读诗札记》的成书背景外，也可见俞平伯对弗洛伊德心理学的熟悉及应用。此上几个例子反映俞平伯早年的文学批评观念应与心理学有关系。

进一步追溯俞平伯年轻时的学习经历，可见他与西方心理学早有渊源。20 岁的俞平伯已接触心理学[①]，在 1920 年往欧洲留学的旅途上阅读不同的心理学书籍，其中一部是由美国教育心理学家爱德华·桑代克(Edward Thorndike，1874—1949)所撰并于 1905 年出版的 *Elements of Psychology*(《心理学要素》)，此书介绍心理学的不同理论。[②] 桑代克擅于通过动物实验研究人们的学习行为与心理，并由此提出著名理论“联结主义”(connectionism)。而《心理学要素》便有介绍跟“联结主义”相关的两种心理学概念“the law of association”与“the law of dissociation or analysis”。[③] 桑代克解释人们对抽象概念的理解由连结(association)而来，他举例说，孩子学习数字“5”的概念，便要给他展示相关事物，例如：五颗豌豆、五根棍子、五颗叶子；或要求他画五行、移动手臂五次、举起五根手指等。孩子通过联结这

① 俞平伯《杭、沪、苏、锡短程旅行日记》1920 年 10 月 2 日：“至伊文思购 The fundamentals of psychology(《心理学原理》)。《俞平伯全集》第 10 卷，花山文艺出版社，1997 年，第 176 页。

② 俞平伯《国外日记·甲集》1920 年 3 月 17 至 4 月 5 日，《俞平伯全集》第 10 卷，花山文艺出版社，1997 年，第 166—169 页。在阅读《心理学要素》前几天，俞平伯也曾“看 Experiments in Psychology 小册子”，《国外日记·甲集》1920 年 3 月 11 日，《俞平伯全集》第 10 卷，花山文艺出版社，1997 年，第 165 页。“Experiments in Psychology 小册子”未有注明作者，但桑代克心理学以通过动物实验研究行为与学习关系著名，尝于 1911 年出版 *Animal Intelligence: Experimental Studies*(《动物智能——实验研究》)，俞平伯阅读的书或与桑代克心理学有关。

③ 所谓“the law of association”与“the law of dissociation or analysis”两者是一体两面，且常用于分析问题，桑代克说：“The law of dissociation is really only one case of the law of association; it is the multitude of connections which serves to disconnect. ... This law is the basis of the capacity to reason, i. e., to think out the solutions of novel problems.” Edward L. Thorndike. *The Eements of Psychology*. New York: A. G. Seiler, 1905, p. 217.

些事物的关系便明白抽象的数理概念，因为概念非由单一事物而是由不同事物组合（associate）获得。同理，一个概念也可以解离（dissociate/analysis）在不同事物之上。桑代克再举例，假如老师要教授学生何谓（英语的）“被动句”，他会用上四个不同句例，“he is struck, they were accepted, you will be applauded, Grant was elected”，而不会把同一例句“I am satisfied”重复四次。四个不同例句是把一个概念解离（dissociate），但孩子会把四个例句的共通点联结（associate）起来。[①] 这种心理学原则与俞平伯注释词作时强调联想实异曲同工（详参上文析论俞平伯注释李璟与韦庄词），而且俞平伯在《读词偶得》注释李煜《相见欢》（林花谢了春红）时也直接应用过，他从上片描写的景物“春红”与“风雨”联想下片叙述的人事“胭脂”与“眼泪”，他说：“盖‘春红’二字已远为‘胭脂’作根，而‘匆匆’风雨，又处处关合‘泪’字。春红着雨，非胭脂泪欤？心理学者所谓联想也。”[②]

此外，中国传统词学思想也型塑了俞平伯的文学批评观。上文尝言，1920 年前后正是俞平伯词学思想形成的重要阶段，他自言受到张惠言《词选》与周济《词辨》影响颇深。事实上，张惠言与周济的“寄托说”都是关于词作意象与托意的“联想”，张惠言从词作中的“风谣里巷男女哀乐”这特定意象联想到“贤人君子幽约怨悱不能自言”的托意；周济所论“非寄托不入，专寄托不出”[③]，以为词人的情志解离在不同意象之中，故说：“一物一事，引而申之，触类多通。”[④] 因此，读者要留心辨识词中意象所引发的联想，情况好像窥视深渊中的鲂鱼或鲤鱼，他说：“万感横集，五中无主。读其篇者，临渊窥鱼，意为鲂鲤，中宵惊电，罔识东西。”[⑤] 常州词派“寄托说”的基础就是探讨读者

---

① Edward L. Thorndike. *The Eements of Psychology*. New York: A. G. Seiler, 1905, pp. 215 - 223.

② 俞平伯《读词偶得　清真词释》，人民文学出版社，2000 年，第 35 页。

③④⑤ 周济《宋四家词选目录序论》，《介存斋论词杂著》，人民文学出版社，1998 年，第 12 页。

对词作中意象及其所指涉托意的“关联”，只是常州词派把“联想”的结果局限于“贤人君子”的政治寄托，这虽然并非心理学中所讲的“联想”，但两者之间却有异曲同工之处。

六、小结及余论

俞平伯的诗词注释一般被视为鉴赏文字，其实在他分析文字与章法背后实体现了一套文学批评观念，这观念更贯穿其 1920 年代至 1930 年代的不同论著，各者之间互相呼应与发明，自成体系。俞平伯的《词课示例》是发现与理解这批评理论的关键，此书的意义不止于词作注释与作词教学，它是俞平伯实践与传播文学批评思想的重要文献；若将之与《读词偶得》及《清真词释》以至俞平伯其他论著并读，更能彰显俞平伯作为“局中人”与“局外人”的批评观念，并由此带出他对文学诠释及作者、读者、作品三者关系等问题的看法，有助全面体认俞平伯的文学批评思想。

此外，俞平伯通过注释文学作品来传递文学批评思想，也揭示了 20 世纪初年词学以至古典文学批评的重要转型。中国古代文学批评主要通过诗话、词话、选集、书信序跋等来表达，多给予人抽象、朦胧的印象。为呼应现代重视“科学”的精神，与配合古典诗词进入大学讲堂的教学需要，俞平伯在课堂教导学生作词与赏词时，既采用中国传统词学与王国维“境界说”等观念，又以西方心理学作为理解作者、读者、作品关系的理论，继而从字词、章法、境界等不同角度细读及注释诗词，建构出一种新的文学批评模式，并通过教育与出版传播，影响深远。后来浦江清（1904—1957）在抗战时期给《国文月刊》写了若干篇对李白（701—762）和温庭筠词的讲解文章，朱自清尝寄语：“圣陶、叔湘、千帆及其他诸友，均盛称你大著《词》的讲解之精，以为在平伯《偶得》之上。”[①]这种讲究分析的解释词作的方法，既补救了传统文学批评之不足也融会了现代思想文化，领导当时词学批评的

① 朱自清《朱自清全集》第 11 卷，江苏教育出版社，1998 年，第 150 页。

现代化转型。

最后，本文还想提供一些资料，望有助反思 1930 年代西方诗学与中国诗学发展的关系。美国学者艾弗·阿姆斯特朗·瑞恰慈(Richards Ivor Armstrong，1893—1979)在 1929 年来到北京任教清华大学。他是新批评学派的奠基者，把心理学理论用于文学批评，并于 1920 年代先后出版了《意义的意义》(1923)、《文学批评原理》(1924)、《科学与诗》(1925)与《实用批评》(1929)，相关学说遂在英美广泛流行。① 随瑞恰慈来到清华大学，这些思想也于 1930 年代中期开始在中国学界传播，更曾影响朱自清(1898—1948)与吴世昌(1908—1986)等人。② 虽然，俞平伯注释古典诗词时注重文本细节、接受读者多义诠释、关注作家、作品、读者三者关系等观点，都与瑞恰慈或新批评有相近之处；而俞平伯《读词偶得》与《清真词释》均于 1936 年以后出版，可是本文以为俞平伯的诗词注释未必受到瑞恰慈的新批评理论影响。俞平伯虽在 1928 年开始执教清华，但暂未见他与瑞恰慈曾有会面或论学。而从思想形成与理论发表的时间看来，俞平伯相关文学批评观念早见于 1922 年的新诗《我与诗》与散文《常识的文艺谈》，1923 年开始写的《读诗札记》已具相关观点雏形。到了 1928 年至 1930 年之间任教清华的《词课示例》更实践了相关观点。到了 1930 年的《诗的神秘》更对作者、作品与读者关系作出详尽的论述。可见俞平伯提出理论的时间与瑞恰慈相关著作出版的时间几乎重叠，若以瑞恰慈理论在中国的译介与传播的时序来说，则俞平伯相关论著甚至出版在前。朱自清受新批评理论启发而撰写的《诗多义举例》，开篇便引述俞平伯《诗的神秘》说："了解诗不是容易事，

---

① Nicholas Dames. *Physiology of the Novel: Neural Science and the Form of Victorian Fiction*. Oxford: Oxford University. Press, 2007, pp. 247 - 255. 雷纳·韦勒克著，杨自伍译《近代文学批评史》第 5 卷，上海译文出版社，2002 年，第 344—369 页。

② 孙玉石《中国现代解诗学的理论与实践》，北京大学出版社，2010 年，第 76—106 页；容新芳《I. A. 瑞恰慈与中国文化：中西方文化的对话及其影响》，商务印书馆，2012 年，第 170—172 页。

俞平伯先生在《诗的神秘》一文中说得很透彻。”[①]因此，俞平伯与瑞恰慈的文学思想确实有共通之处，但他们之间有否互为借鉴或交流？[②] 相关问题涉及中国近世文学批评的本源与外源的复杂问题，笔者将持续思考与研究。

（香港都会大学人文社会科学院）

① 朱自清《诗多义举例》，朱自清《朱自清说诗》，上海古籍出版社，1998 年，第 179 页。同采用新批评原理而写成的《古诗十九首释》，朱自清在写成之后也曾先向俞平伯求取意见，《朱自清日记》1935 年 4 月 29 日："晚访叶、俞。余示以《古诗十九首》之新评注。似新意无多。"《朱自清日记》，《朱自清全集》第 9 卷，江苏教育出版社，1998 年，第 356 页。

② 俞平伯与瑞恰慈有近似的文学观念或与他们同样具有心理学背景有关，近年有学者指出瑞恰慈的新批评思想，尤其文本细读法实渊源自美国心理学家爱德华·桑代克。Joshua Gang. "Behaviorism and the beginnings of close reading", *English Literary History*（*ELH*）, Spring Vol. 78, No. 1, 2011, pp. 1 - 25.

隶事之文与南朝文士的知识世界*

李傲寒

内容摘要：隶事之文是在一个主题下排列多个事典拼接缀合成篇的文本，主要产生于齐梁之后，在诗文等诸多文体中均有存在。它的出现与南朝时期崇尚知识之风密切相关，可以看作是文士间流行的隶事游戏在文学上的表现。隶事之文抛弃了托物言志的写作模式，文中列举的众多事典往往和类书多有重合，显示了集结知识以炫耀学识的写作旨趣。从隶事之文中可以探知出，在南朝文士看来，关于某一事物的知识主要由事典组成，而这些事典多出自文史典籍则显示了文史方面的知识在当时最受重视。这类文本所呈现的不是文士的个人情志，而是他们的知识世界。隶事之文中所体现的重视知识的传统在后世文学发展脉络中也有所延续。

关键词：南朝；隶事之文；事典；知识世界

---

* 本文系山东省社科规划研究青年项目“士族转型与南朝文学知识性特征研究”（项目编号：23DZWJ08）阶段性成果。

Lishizhiwen(隶事之文) and the Intellectual World of the Southern Dynasties Literati

Li Ao-han

Abstract: The Lishizhiwen(隶事之文) is a literary style composed of multiple allusions arranged under a theme, mainly produced after the Qi and Liang dynasties, and exists in many literary genres such as poetry and poetic prose. Its emergence is closely related to the trend of advocating knowledge during the Southern Dynasties, and can be seen as a literary expression of popular games Lishi(隶事) among literati. Lishizhiwen(隶事之文) abandoned the text pattern of conveying aspirations through the depiction of objects, and the numerous allusions listed around a theme often overlap with Encyclopedia(类书), demonstrating the writing purpose of gathering knowledge to show off their talents. It can be inferred from the Lishizhiwen(隶事之文) that in the eyes of Southern Dynasties literati, knowledge about a certain thing was mainly composed of allusions, and these allusions were mostly from literary and historical classics, indicating that knowledge in the field of literature and history was most valued at that time. This type of work presents not the personal emotions of literati, but their intellectual world. The tradition of valuing knowledge reflected in the Lishizhiwen(隶事之文) has also been continued in the development of later literature.

Keywords: Southern Dynasties; Lishizhiwen(隶事之文); Allusions; the intellectual world

诗文中隶事之习虽然源远已久①，然及至南朝，随着其使用范围的扩大和用典密度的提高，逐渐成为一种引人注目的文学现象。宋代张戒在《岁寒堂诗话》中已经注意到："诗以用事为博，始于颜光禄而极于杜子美。"②近世学者论及六朝文学，也常把善于隶事作为其重要特点。③ 这种写作习惯的形成，与南朝时期崇尚知识之风密不可分。④

前辈学者在讨论隶事之习对于南朝文学的影响时，大多是会着眼于隶事的表达效果⑤，然隶事对文体的拓展，亦可值得注意。这一时期，随着作为士人间游戏的"隶事"的流行，出现了围绕着某一主题、专以排列事典构成全篇的文体，这类文体既无关情志，亦无体物描摹，是纯粹的隶事之文，直观地体现了南朝文士对事典知识的重视。本文即以隶事之文为中心，探究其文本特征及其折射出的南朝文士知识世界的相关情况。

---

① 如李兆洛《骈体文钞》卷三评颜延之文时认为从陆机开始文章多用典故："隶事之富，始于士衡。织词之缛，始于延之，词事并繁，极于徐庾。"（《骈体文钞》，岳麓书社，1992年，第55页）骆鸿凯《文选学·读选导言》则认为隶事始于李斯："设喻隶事，始自李斯之上书，邹阳继之，俨成一种俪习，而骈体之经脉始有可寻，然尚未整句调、敷色采也。自王子渊出而骈始多，曹子建出而骈始工，陆士衡出而四六始昌，颜延年出而代语始繁，沈约、王融诸人声律论出，而用字始避拘忌，骈文之体于焉成立。"（《文选学》，中华书局，1989年，第310页）

② 丁福保辑《历代诗话续编》，中华书局，2006年，第452页。

③ 刘师培在《中国中古文学史讲义》中在论及宋齐梁陈文学时即言其特征之一为"矜言数典，以富博为长"。（上海古籍出版社，2000年，第96页）黄侃亦在《文心雕龙札记》中评述齐梁文学为"用事采言，尤观能事。其甚者，捃拾细事，争疏僻典，以一事不知为耻，以字有来历为高"。（中国人民大学出版社，2004年，第184页）

④ 胡宝国《知识至上的南朝学风》，《将无同——中古史研究论文集》，中华书局，2020年，第163—200页。

⑤ 如王运熙《中国中古文人认为作品最重要的艺术特征是什么》《〈文选〉所选论文的文学性》，《中古文论要义十讲》，复旦大学出版社，2004年，第1—21，22—37页；钟涛《六朝骈文形式及其文化意蕴》第三章第四节"隶事用典之剖析"，东方出版社，1997年；吴冠文、陈文彬《谢灵运诗歌的用典特色辨析》，《武汉大学学报（人文科学版）》2013年第4期，等等。

一、从隶事之戏到隶事之文：南朝文士事典知识的文学表达

在两晋儒学趋于衰微的背景下，因为缺少一个学术主流，故南朝文士倾向于把精力投入到了更深更广地开掘多个学术领域[①]。在这种文化环境中，"博学"是当时士人成名的必备因素之一：

> （刘穆之）少好《书》《传》，博览多通，为济阳江敳所知。（《宋书》卷四二《刘穆之传》）[②]
>
> （王）融少而神明警惠，博涉有文才。（《南齐书》卷四七《王融传》）[③]

在这种文化环境中，南朝文士多以记忆大量知识展现自己的博学[④]，而凭借记忆写出某一物相关事典的"隶事"游戏也在此时出现。此游戏起源于齐初的王俭，《南史》卷四九《王摛传》中曾云："尚书令王俭尝集才学之士，总校虚实，类物隶之，谓之隶事，自此始也。"[⑤]此后类似的活动经常出现，在各类社交场合中颇为流行：

> （王）俭在尚书省，出巾箱机案杂服饰，令学士隶事，事多者与之，人人各得一两物，（陆）澄后来，更出诸人所不知事复各数条，并夺物将去。（《南齐书》卷三九《陆澄传》）[⑥]
>
> （沈）约尝侍燕，值豫州献栗，径寸半，帝奇之，问曰："栗事多少？"与约各疏所忆，少帝三事。（《梁书》卷一三《沈约传》）[⑦]
>
> 会策锦被事，咸言已罄，帝试呼问（刘）峻，峻时贫悴冗散，忽请纸笔，疏十余事，坐客皆惊，帝不觉失色。（《南史》

---

① 何诗海《齐梁文人隶事的文化考察》，《文学遗产》2005年第4期。

② 沈约《宋书》，中华书局，1974年，第1303页。

③ 萧子良《南齐书》，中华书局，1972年，第817页。

④ 于溯《行走的书簏：中古时期的文献记忆与文献传播》，《文史哲》2020年第1期。

⑤ 李延寿《南史》，中华书局，1975年，第1213页。

⑥ 萧子良《南齐书》，中华书局，1972年，第685页。

⑦ 姚思廉《梁书》，中华书局，1973年，第343页。

卷四九《刘峻传》)[1]

可见南朝时期隶事之戏是文士展示自己富博知识的重要方式，隶事的具体形式就是列举特定一物的相关典故，列举典故多者获胜，即胡应麟在《少室山房笔丛》中所言："六代文人之学，有征事……征者共举一物，各疏见闻，多者为胜，如孝标对被、王摛夺簟之类是也。"[2]而从《南史》卷四九《王摛传》对当时活动规则的详细记述中可知，文士在隶事之戏中有时还要将多个事典组合成一篇文字：

> (王)俭尝使宾客隶事多者赏之，事皆穷，唯庐江何宪为胜，乃赏以五花簟、白团扇。坐簟执扇，容气甚自得。摛后至，俭以所隶示之，曰："卿能夺之乎?"摛操笔便成，文章既奥，辞亦华美，举坐击赏。摛乃命左右抽宪簟，手自掣取扇，登车而去。(《南史》卷四九《王摛传》)[3]

王摛不仅知识丰富，比其他宾客所知的事典更多，并且在列举事典成文时还可以做到"文章既奥，辞亦华美"，故能得到众人的称赏。在这次隶事活动中，王摛最终形成的文字，应该是一篇排列典故的文章。因此，隶事之戏有时并不仅是搜罗知识的活动，还有文学创作在其中产生。这些文学创作，即具备了隶事之文的特征，可以看作是隶事之文的雏形。

所谓隶事之文，就是由事典组成的文本，这种纯粹在一个主题下列举多个事典拼接缀合成篇的文本模式，在前代非常罕见。然齐梁之后，诸类文本中都产生了这种模式的作品。虽然在不同的文类中，其具体表现有所不同，然其本质都是事典的拼合。

在诗歌方面，这种排列事典的文本模式最初出现在永明时代流行的诸如宫殿名诗、州郡名诗、将军名诗、屋名诗等游戏文学中。及至梁陈，则有不少咏物诗都采用这种形式，如徐摛《咏笔诗》、萧绎《赋

---

① 李延寿《南史》，中华书局，1975年，第1219页。
② 胡应麟《少室山房笔丛》，上海书店出版社，2009年，第401页。
③ 李延寿《南史》，中华书局，1975年，第1213页。

得竹诗》、陈昭《赋得马诗》、江总《赋得咏琴诗》等都是如此。不同于魏晋之时的借物咏怀和宋齐之时的描摹物象，这些咏物诗只是罗列与该物相关的典故，如阴铿《侍宴赋得竹》：

夹池一丛竹，青翠不惊寒。叶酝宜城酒，皮裁薛县冠。湘川染别泪，衡岭拂仙坛。欲见葳蕤色，当来兔苑看。[①]

“叶酝”句出自张华《轻薄篇》：“苍梧竹叶清，宜城九酝醝。”[②]“薛县冠”用《史记·高祖本纪》之典：“高祖为亭长，乃以竹皮为冠，令求盗之薛治之，时时冠之”[③]“湘川”语出《博物志》云舜崩后二妃“以泪挥竹，竹尽斑。”[④]“衡岭”用《湘州记》：“邵陵高平县有文竹山，上有石床，四面绿竹扶疏，常随风委拂此床。”[⑤]“葳蕤”与“兔苑”则分别出自东方朔《七谏》[⑥]和枚乘《梁王兔园赋》[⑦]。几乎全篇都是围绕着“竹”列举事典。

在以拼合事典作为基本模式的赋中，其中最为著名的即是江淹的《恨赋》。许梿在《六朝文絜笺注》中说：“《恨》《别》二赋，乃文通创格。”[⑧]虽然因为可能存在的文本散佚情况，无法确认江淹是否为这一模式的开创者，但其应该是较早以这种模式作赋的文士。[⑨] 此赋中，江淹在“恨”这个主题下依次叙述了秦帝晏驾、赵王流徙、李陵降北、明妃出塞、冯衍罢归、嵇康遇害这六个事典，从不同的角度对“恨”进行描述。这种从数个角度展示一个主题，每个角度又自成体系的模式或许参照了“七体”。然“七体”中诸角度的展示，主要是依靠描绘

① 徐陵著，吴兆宜注，程琰删补，穆克宏点校《玉台新咏笺注》，中华书局，1985 年，第 377 页。

② 逯钦立辑校《先秦汉魏晋南北朝诗》，中华书局，1983 年，第 611 页。

③ 司马迁《史记》，中华书局，1982 年，第 346 页。

④ 张华撰，范宁校证《博物志校证》，中华书局，1980 年，第 93 页。

⑤ 欧阳询等编《艺文类聚》，上海古籍出版社，2013 年，第 2303 页。

⑥ 王逸章句，洪兴祖补注《楚辞章句补注》，岳麓书社，2013 年，第 237 页。

⑦ 欧阳询等编《艺文类聚》，上海古籍出版社，2013 年，第 1747 页。

⑧ 许梿《六朝文絜笺注》，中华书局，1962 年，第 12 页。

⑨ 西晋孙楚曾为《笑赋》，亦是以书写一种情绪为主题，然据其残篇推测，应为描摹“笑”的情形而非罗列与“笑”相关的典故，可见至少在西晋后期这种模式尚未形成。

而并非排列史事，与江淹以数个事典构成全篇的写作模式还是有一定区别的。江淹还有《泣赋》一篇，其中也有排列典故的部分，然较《恨赋》简练："若夫景公齐山，荆卿燕市，孟尝闻琴，马迁废史，少卿悼躬，夷甫伤子。皆泣绪如丝，讵能仰视。镜终古而若斯，况余辈情之所使哉！"[①]效仿《恨赋》模式的，还有萧纲的《悔赋》，其亦为列举数个与"悔"相关的事典组成全篇。

而在应用性质的文本中，亦有此类作品，如齐梁之际的谢物启。"启"这种文类本兴起于魏，在两晋之后使用颇多，既可以用来"陈政言事"，又可以用来"让爵谢恩"[②]，而在梁代之后，则主要用于谢恩，而谢赐物品，即是谢恩中较多的一种情况，故刘永济在《文心雕龙校释》中说："按启体至齐梁，作者尤夥，大抵用之东宫及诸王，所以谢赐赉也。"[③]"谢物启"在刘宋时即已出现，然刘宋至萧齐初期的"谢物启"普遍为直陈其事并谢恩，总体而言文风精炼，用事并不多，基本写作模式均为先言所赐何物，然后对物品进行描述，最后表达感谢：

> 赐臣供御金梁桥鞍，制作精巧，宜副龙驷。圣慈下逮，猥垂光锡。（刘义恭《谢金梁鞍启》）[④]
>
> 传诏宣敕，赐臣玉佩一具。制懋姬嬴，宝冠荆越。璇瑰镇曜，珩玦凝华。采贲蓬楹，响闻绳户。佩服载惊，心容交惕。（褚渊《谢赐佩启》）[⑤]

开始在"谢物启"中加入大量典故的，是永明诸文士，王融、谢朓、沈约等人的谢物启大多为罗列典故之作，如谢朓的《谢随王赐紫梨启》：

> 味出灵关之阴，旨珍玉津之滋。岂徒真定归美，大谷惭滋；将恐帝台妙棠，安期灵枣，不得孤擅玉盘，独甘仙席。虽

---

① 胡之骥汇注《江文通集汇注》，中华书局，1984年，第29页。

② 刘勰著，黄叔琳注，李详补注，杨明照校注拾遗《增订文心雕龙校注》，中华书局，2012年，第315页。

③ 刘永济《文心雕龙校释》，中华书局，2007年，第85页。

④ 徐坚《初学记》，中华书局，2004年，第679页。

⑤ 徐坚《初学记》，中华书局，2004年，第629页。

秦君传器，汉后推湌，望古可俦，于今何答？[①]

谢氏之启的写作顺序与前人比较相近，除了开头无列出所赐之物的环节外[②]，其他部件基本相同。与前人不同的地方在于，其文完全用事典替代了描绘的语词，广列和“果”有关的典故：其中灵关、玉津俱用左思《蜀都赋》之典。两地均在蜀中，大概是因为随王所赐之梨为蜀中所产。其次用《初学记》所载《广志》：“真定御梨，大若拳，甘若蜜，脆若凌，可消烦解餶。”[③]及潘岳《闲居赋》“张公大谷之梨，梁侯乌椑之柿”[④]两典，说明紫梨可媲美二果。然后用《山海经》《吕氏春秋》《汉书·郊祀志》中的典故说明其可以追步仙果。“秦君传器”与“汉后推湌”分别出自《史记·秦本纪》[⑤]与《史记·淮阴侯列传》[⑥]，均用来形容随王对自己的厚恩。这种完全用典故构成文章的情况，正如钟涛在《六朝骈文形式及其文化意蕴》中所说：“典故隐喻和象征的内容，就是作者要阐发的内容。这样一来，用典就不完全是一种修辞手法，而成为内容的直接表述方式。因此，也就成了文章的一种组织结构方式。”[⑦]

与隶事之戏相似，这些隶事之文也主要产生于社交场合中。排列事典的咏物诗有不少为从不同角度描写系列物品的五言八句体，这是一种典型的宴会唱和文体，在永明之后颇为流行。[⑧] 及至梁陈之后，这类咏物诗又多以“赋得”为名，“赋得”本身就含有侍宴赋诗的意味在其中，曹道衡、沈玉成在《南北朝文学史》中说：“‘赋得’是赋诗得

① 谢朓撰，曹融南校注《谢朓集校注》，中华书局，2019 年，第 65 页。

② 开头的缺失可能是文献在抄录中被省略的结果，因为在同一时代及后代的“谢物启”中，仍有点出所赐之物的部分，如下引庾肩吾《谢东宫赐宅启》即是如此。

③ 徐坚《初学记》，中华书局，2004 年，第 679 页。

④ 萧统编，李善注《文选》，上海古籍出版社，1986 年，第 704 页。

⑤ 司马迁《史记》，中华书局，1982 年，第 193 页。

⑥ 司马迁《史记》，中华书局，1982 年，第 2622 页。

⑦ 钟涛《六朝骈文形式及其文化意蕴》，东方出版社，1997 年，第 75 页。

⑧ 兴膳宏《五言八句体的成长与永明体诗人》，《东方丛刊》2001 年第 2 辑，广西师范大学出版社。

到某题的缩称。”[1]黄亚卓《汉魏六朝公宴诗研究》亦认为:“‘赋得’是‘分得’的意思,是集体创作场合的分题、分韵创作。”[2]而谢物启则普遍产生于文士与皇室、府主之间的礼赠酬答,也属于在社交场合中使用的文体。拼合典故之赋虽不乏私人化程度较高的作品,然在应制唱和中亦有出现,如王俭、谢朓均有《和萧子良高松赋》[3],其中多排列与“松”相关的典故。隶事以成文可以看作是士族文士在社交中体现学识和身份的一种“语言”[4],有区别品类的作用,这种以排列典故知识标榜文士身份的做法,甚至渗透到了日常口语中:

> 袁淑尝诣义康,义康问其年,答曰:“邓仲华拜衮之岁。”义康曰:“身不识也。”淑又曰:“陆机入洛之年。”(《南史》卷一三《彭城王义康传》)[5]

在一个主题下列举多个相关事典缀合成篇的隶事之文,实是以咏物为主的,可以视为是文人群体中流行的隶事游戏的书面化。因此隶事之文本身即带有一种游戏色彩。但这类写作并不仅仅是作为消遣的“余事”,其往往还具有集结展示知识的功能。

二、文章同书抄:隶事之文所展示的知识集结

隶事之习的盛行改变了文士的创作习惯,《诗品·中品·序》言自刘宋后期降至齐梁的写作风气为:

> 故大明、泰始中,文章殆同书抄。近任昉、王元长等,辞不贵奇,竞须新事。尔来作者,寖以成俗。遂乃句无虚语,

---

① 曹道衡、沈玉成《南北朝文学史》,人民文学出版社,1991年,第241页。

② 黄亚卓《汉魏六朝公宴诗研究》,华东师范大学出版社,2007年,第11页。

③ 徐坚《初学记》,中华书局,2004年,第687页。

④ 关于“语言”对“身份”的维系作用,可以参考约阿希姆·布姆克(Joachim Bumke)著,何珊、刘华新译《宫廷文化:中世纪盛期的文学与社会》,书中认为在中世纪的德意志宫廷中,贵族常常会在语言中点缀法语词汇,这种语言形式是他们的重要身份标志。(生活·读书·新知三联书店,2006年,第104—112页)

⑤ 李延寿《南史》,中华书局,1975年,第367页。

语无虚字，拘挛补纳，蠹文已甚。[①]

此虽是言隶事之弊，却同时也说明了当时所产生的诗文具有“书抄”的特征。在南朝时期，类书大量出现，其编纂方式即是抄录群书，如《南齐书·竟陵文宣王子良传》：“移居鸡笼山邸，集学士抄五经、百家，依《皇览》例为《四部要略》千卷。”[②]类书的出现在一定程度上打破了知识的边界，将诸部知识作为事典以“类”集结。这种新型知识载体和具有“书抄”特征的游戏、诗文具有相互促进的作用[③]，许多在隶事之戏中展露才华的文士往往也是类书的编者，如与武帝疏栗事的沈约曾编过《袖中记》《袖中略策》《珠丛》等类书，因策锦被事使得武帝失色的刘峻则因编纂了卷帙浩繁的《类苑》而再次引起武帝注意[④]。而以事典缀和成篇的隶事之文与类书之间的联系更为密切，如萧纲《赋枣诗》中排列的诸事，大多见于《艺文类聚》《初学记》等类书“枣”类目下，这些典籍虽然成书于唐代，但在事典的编选上往往对南朝时期的类书有所承袭[⑤]：

---

① 钟嵘著，曹旭集注《诗品集注》，上海古籍出版社，2011年，第228页

② 萧子良《南齐书》，中华书局，1972年，第698页。

③ 张仁青在《骈文学》(文史哲出版社，1984年)中说：“按隶事与类书乃互为因果，用典多，则类书必应运而生，类书多，则用典之风愈盛，作者不复以自铸新词为高，而以多用事典为博矣。”(第143页)

④ 李延寿《南史》，中华书局，1975年，第1220页。

⑤ 虽然齐梁之时的类书大多已散佚，但类书的编纂具有一定的延续性，后世编纂类书大多会将前代的类书作为参考，如北齐时期所编的《修文殿御览》是以《华林遍略》为蓝本(见《太平御览》卷六〇一《著书上》引《三国典略》)，隋炀帝时期所编纂的《长洲玉镜》亦是在《华林遍略》的基础上修订而成(见《续谈助》卷四《大业杂记》)。而《艺文类聚》和《初学记》的编纂亦是参考了前代类书。《艺文类聚序》中言：“以为前辈缀集。各杼其意……《皇览》《遍略》，直书其事。文义既殊，寻检难一，爰诏撰其事且文，弃其浮杂，删其冗长，金箱玉印，比类相从。”(第1—2页)可见其在事类编选上参考了《皇览》《华林遍略》等类书，而其引书排序亦参考了《华林遍略》，见付晨晨《〈艺文类聚〉から见た初期类书の性格》，《东洋学报》2019年第101卷第2号。《大唐新语》卷九载《初学记》编纂曰：“玄宗谓张说曰：‘儿子等欲学缀文，须检事及看文体。《御览》之辈，部帙既大，寻讨稍难。卿与诸学士撰集要事并要文，以类相从，务取省便。令儿子等易见成就也。’说与徐坚、韦述等编此进上，诏以《初学记》为名。”(第137页)可见其亦参考了《修文殿御览》等书。

浮华齐水丽，垂彩郑都奇。白英纷靡靡，紫实标离离。风摇羊角树，日映鸡心枝。谷城逾石蜜，蓬岳表仙仪。已闻安邑美，永茂玉门垂。①

“浮华齐水丽”为用《晏子》中齐景公与晏子论海中之枣事，此事见《艺文类聚》。“垂彩郑都奇”用《韩非子·外储说左上》言子产为政时，桃枣荫于街而莫有摘者。“白英”用傅玄《枣赋》“斐斐素华，离离朱实”②，此文见《初学记》。“羊角”用陆翙《邺中记》言石虎苑中有“羊角枣，亦三子一尺”③，此事并见《类聚》《初学》。“鸡心”出自郭义恭《广志》“枣有狗牙、鸡心、牛头、羊角、猕猴、细腰之名”④，此事见《初学》。“谷城”用《广志》“东郡谷城紫枣，长二寸”⑤，此事见《初学》。“蓬岳”则用《史记·孝武本纪》中少君言：“臣尝游海上，见安期生，食臣枣，大如瓜。安期生仙者，通蓬莱中。”⑥此事并见《类聚》《初学》。“安邑”则用《史记·货殖列传》“安邑千树枣”⑦，此事并见《类聚》《初学》。“玉门”出自《关令内传》“尹喜共老子西游，省太真、王母，共食玉门之枣，其实如瓶”⑧，此事见《类聚》。可见隶事之文中所列举的事典与类书中列举的事典是高度重合的。两者在事典的选取上具有相近的判断。

有些比较经典的事典会被隶事之文反复征引，这些事典也多为类书所载，如刘孝仪《为王仪同谢宅启》《为武陵王谢赐第启》，庾肩吾《谢东宫赐宅启》均用了《晏子》中所言晏子之宅湫隘嚣尘之事，此事亦见于《艺文类聚》“宅舍”条首⑨。再如沈炯《赋得为我弹清琴诗》，江总《赋得咏琴诗》《侍宴赋得起坐弹鸣琴诗》都用了楚樊妃作《烈女引》之典，此事亦见于《初学记》“琴”条后⑩。这些都说明了文士在撰写隶

①②④　徐坚《初学记》，中华书局，2004 年，第 677 页。
③⑤　石声汉《齐民要术今释》，中华书局，2009 年，第 327 页。
⑥　司马迁《史记》，中华书局，1982 年，第 455 页。
⑦　司马迁《史记》，中华书局，1982 年，第 3272 页。
⑧　熊明《汉魏六朝杂传集》，中华书局，2017 年，第 2132 页。
⑨　欧阳询等编《艺文类聚》，上海古籍出版社，2013 年，第 1719 页。
⑩　徐坚《初学记》，中华书局，2004 年，第 386 页。

事之文和编写类书的时候都对事典有所拣择——被反复征引的事典和被类书收录的事典一样，均是南朝文士认知中关于某一事物较为重要的知识。

隶事之文与类书在知识容纳上的相近折射出了其与后者一样具有集结知识的属性，而其由事典构成全篇的特征显示了南朝文士知识世界中重视事典的偏好，这种偏好在非隶事之文中也有体现，这些作品虽不像隶事之文那样以排列事典构成全篇，然其与前代的同类作品相比依然可以体现出事典在南朝知识领域中的突出地位：

> 其北则有阴林，其树楩楠豫章，桂椒木兰，檗离朱杨，樝梨梬栗，橘柚芬芳。（司马相如《子虚赋》）[1]

> 东海有白木之庙，西河有枯桑之社，北陆以杨叶为关，南陵以梅根作冶。小山则丛桂留人，扶风则长松系马。岂独城临细柳之上，塞落桃林之下。（庾信《枯树赋》）[2]

以上两例均出自赋中广列物类的段落，从两者的对比中可以明显看出，同样是带有虚构性质地广列奇树以展示和“树”有关的知识[3]，司马相如主要是以“字汇”的方式网罗与“树”相关的种类名词，而庾信则是在排列与“树”相关的事典。在以域外异物颂圣的辞赋中也存在类似的差异，汉晋之际的文士在描摹贡物时多描写其特征以突出奇异难得；而南朝文士则多列举与之相关的历史典故凸显其政治意义：

> 马脑，玉属也。出自西域，文理交错，有似马脑，故其方人因以名之。或以系颈，或以饰勒。（曹丕《马脑勒赋序》）[4]

---

① 萧统编，李善注《文选》，上海古籍出版社，1986年，第351页。

② 倪璠注，许逸民点校《庾子山集注》，中华书局，1980年，第50页。

③ 关于汉赋在描写方面的虚构属性，可参见左思在《三都赋序》中言《上林》《甘泉》《西都》《西京》诸赋：“假称珍怪，以为润色。若斯之类，匪啻于兹。考之果木，则生非其壤；校之神物，则出非其所。于辞则易为藻饰，于义则虚而无征。”（《文选》，上海古籍出版社，1986年，第173页）

④ 欧阳询等编《艺文类聚》，上海古籍出版社，2013年，第2153页。

《礼》称骊騵，《诗》诵骝骆。先景遗风之美，世所得闻；吐图腾光之异，有时而出。（张率《舞马赋序》）[①]

以记述异物特征为主要内容的异物志曾在汉晋之际盛极一时，这类地志与以域外异物颂圣的辞赋在文本上有密切的联系。[②] 然进入南朝之后，异物志的创作趋于衰落。[③] 异物志和类书这两类知识载体的消长，亦可看作知识变迁在文学文本之外的反映。

从以上两例中可以很明显地看出从汉代到南朝关于"物"的知识的变迁：汉晋之际关于"物"的知识主要基于广博的见闻，而南朝时期的则是多来自典籍中记述的事典。前者体现着对现有知识体系的拓展，而后者则体现着对历史知识的回溯与总结。

隶事之文和类书都可视为以"物"为单位的知识集结，两者在收录事典方面相近的特征显示出了南朝文士在一定程度上以事典为知识的倾向。与类书"夸衒于闻见"以标榜富博的编写旨趣相似[④]，这些完全以知识性为第一特征的写作，其写作目的亦在于展示学识，因此从其中不难窥探到文士知识世界的层次特点。

三、文史之事：隶事之文所显示的主流知识

隶事之文既然和类书一样具有集结知识的作用，那其中势必可以折射出南朝文化语境中知识构成的特点。彼得·伯克在《什么是知识史》中认为在每一个特定文化中，都是有知识秩序存在

---

① 姚思廉《梁书》，中华书局，1973年，第475—476页。

② 李傲寒《从〈马脑勒赋〉看魏晋时期的异物书写》，《中国典籍与文化论丛》2023年第1期。

③ 可参见郁冲聪《中古物产专志的产生与流变》（《中国历史地理论丛》2021年第3期）中对异物志产生年代的统计。

④ 关于南朝类书标榜富博的性质，可参见《南史》卷四九《刘峻传》："及峻《类苑》成，凡一百二十卷，帝即命诸学士撰《华林遍略》以高之。"（第1220页）唐人亦评价南北朝时期的类书："邺中则有《修文》之作，江左则有《寿光》之书，但夸衒于闻见，非垂谋于理本。"（韦处厚《进六经法言表》，王钦若等编纂《册府元龟》，凤凰出版社，2006年，第7002页）

的，知识秩序将知识划分为不同的层次，其中主流知识是最受社会精英关注的。[①] 隶事之文的写作者，绝大多数都属于文化精英，从其排列的事典中，亦可看出他们认知中的主流知识。

梁代之后的谢物启与前代相比，其中所用之典，与往往更贴近所谢之物本身，如谢朓在《谢随王赐紫梨启》中所使用的如"帝台妙棠""安期灵枣"这一类不属于所谢之物本身的典故在梁代以降的谢物启中很难看到了。此时谢物启的文本可以视作是十分纯粹的、关于某一物品事典知识的罗列，对于这些文本进行分析，可以更为近切地观察文士在应用知识方面的偏好：

> 酒泉之实，称于王赋；瓜州之味，记自张文。亦有太冲嗟其夏成，子建暘其寒熟。潘园曜白，孙井浮朱。并见重于昔时，而沾恩于兹日。（刘潜《谢始兴王赐柰启》）[②]
>
> 窃以汉锡五伦，寔云清吏；魏宠卫臻，用旌庸直。未如灵光轮奂，睢阳爽垲。北连城阙，有似甄侯之舍；东望市鄽，荣深豫章之圃。昔狼望未平，冠军辞宅；马池犹隔，雍丘让邸。臣惭霍曹远志，但识君命无违。再思庸陋，九殒非答。（萧绎《谢敕赐第启》）[③]

刘潜在《谢始兴王赐柰启》中罗列的与"柰"有关的一系列典故均是出自前代诗文："酒泉之实，称于王赋"出自王逸《荔枝赋》"酒泉白柰"[④]，"瓜州之味，记自张文"出自张载《诗》"三巴黄甘，瓜州素柰"[⑤]，"太冲嗟其夏成"出自左思《蜀都赋》"朱樱春熟，素柰夏成"[⑥]。"子建暘其寒熟"出自曹植《谢赐柰表》："柰以夏熟，今则冬至。物以非时为珍，恩以绝口为厚。"[⑦]"潘园曜白"出自潘岳《闲居赋》"三桃表

---

① 彼得·伯克著，章可译《什么是知识史》，北京大学出版社，2023 年，第 39—43 页。

②⑦ 欧阳询等编《艺文类聚》，上海古籍出版社，2013 年，第 2212 页。

③ 徐坚《初学记》，中华书局，2004 年，第 629 页。

④ 萧统编，李善注《文选》，上海古籍出版社，1986 年，第 182 页。

⑤ 徐坚《初学记》，中华书局，2004 年，第 673 页。

⑥ 萧统编，李善注《文选》，上海古籍出版社，1986 年，第 181—182 页。

樱胡之别，二柰曜丹白之色”[①]，“孙井浮朱”出自孙楚《井赋》“沈黄李，浮朱柰”[②]。

而萧绎在《谢敕赐第启》中罗列的与宅第相关的典故绝大多数出自史籍和文章。“汉锡五伦，寔云清吏”是用后汉第五伦立身清洁，致仕后章帝赐其宅事：“在位以贞白称，时人方之前朝贡禹……元和三年，赐策罢，以二千石奉终其身，加赐钱五十万，公宅一区。”[③]“魏宠卫臻，用旌庸直”是用曹魏时卫臻以其正直，致仕时亦被赐宅：“固乞逊位……赐宅一区，位特进，秩如三司。”[④]灵光是指鲁灵光殿，是景帝子恭王所立，王延寿有《鲁灵光殿赋》；睢阳则为景帝弟梁孝王的宫苑所在，《史记·梁孝王世家》：“孝王筑东苑，方三百余里。广睢阳城七十里。”[⑤]“有似甄侯之舍”是用魏明帝为外祖母筑馆于甄氏事[⑥]。“荣深豫章之圃”出自《韩非子·难二》：“景公过晏子曰：‘子宫小近市，请徙子家豫章之圃。’”[⑦]“狼望未平，冠军辞宅”出自《史记》卷一百一一《卫将军骠骑列传》武帝为霍去病治宅事。而“马池犹隔，雍丘让邸”出自曹植的《求自试表》，曹植在表中也曾提及霍事，其中“马池”当出自《华阳国志》卷四“章帝时蜀郡王阜为益州，治化尤异，神马四匹出滇池”[⑧]，用以代指蜀中。从以上二启中，不难发现其中所引前代诗文中的典故出自名作者尤多，《三都赋》《闲居赋》《鲁灵光殿赋》《求自试表》等均为《文选》所录，是当时人普遍推崇的经典之文。

隶事之文中所引典故出自史书者亦不少。江淹《恨赋》、萧纲《悔赋》中围绕着“恨”“悔”所举诸事都是出自《史记》《汉书》《后汉书》等史籍；梁陈之时，还出现了一类吟咏具体历史人物的诗歌，《艺文类

---

① 萧统编，李善注《文选》，上海古籍出版社，1986 年，第 704—705 页。
② 徐坚《初学记》，中华书局，2004 年，第 673 页。
③ 范晔《后汉书》，中华书局，1965 年，第 1402—1403 页。
④ 陈寿《三国志》，中华书局，1959 年，第 649 页。
⑤ 司马迁《史记》，中华书局，1982 年，第 2083 页。
⑥ 刘义庆撰，余嘉锡笺疏《世说新语笺疏》，中华书局，2007 年，第 86 页。
⑦ 王先慎《韩非子集解》，中华书局，1998 年，第 359 页。
⑧ 汪启明、赵静《华阳国志译注》，四川大学出版社，2007 年，第 153 页。

聚》卷五五集中收录了一组陈代文士所作的咏史诗，分别是张正见《赋得韩信诗》、刘删《赋得苏武诗》、祖孙登《赋得司马相如诗》。这些诗作并不会如前代的咏史诗那样表达自己对于历史的感悟，往往只是排列和这个人物相关的史事：

淮阴总汉兵，燕齐擅远声。沉沙拥急水，拔帜上危城。野有千金报，朝称三杰名。所悲云梦泽，空伤狡兔情。（张正见《赋得韩信诗》）①

这三首诗所引诸事均是对《史记》《汉书》中相关情节的复述，从中亦可看出南朝士人对《史》《汉》诸书的热衷，当时甚至沈攸之、吴喜等武将均"《史》《汉》事多所记忆"②，"涉猎《史》《汉》"③。其中《汉书》更是启蒙之书，不少士人自幼即精熟其内容：

云公五岁诵《论语》《毛诗》，九岁读《汉书》，略能记忆。（《梁书》卷五〇《陆云公传》）④

年十二，随叔父棱见沛国刘显，显问《汉书》十事，载随问应答，曾无疑滞。（《陈书》卷一八《韦载传》）⑤

从以上诸例中可以探知南朝时期文士热衷的主流知识的组成：这些隶事之文中所用的事典，绝大多数都出自《史》《汉》等史籍和当时人普遍推崇的经典名篇。当然，在不同类型的隶事之文中，所集中展示的知识也有所不同，如在齐梁释奠仪式上生成的释奠诗多用《尚书》《礼记》《论语》等儒家经典中的典故⑥；而在萧衍《游钟山大爱敬寺诗》、萧统《开善寺法会诗》、萧纲《往虎窟山寺诗》《游光宅寺诗应令诗》等游寺诗中则罗列了大量的佛典⑦。然而在多数士族社交场合中

---

① 欧阳询等编《艺文类聚》，上海古籍出版社，2013 年，第 1506 页。
② 李延寿《南史》，中华书局，1975 年，第 968 页。
③ 李延寿《南史》，中华书局，1975 年，第 1030 页。
④ 姚思廉《梁书》，中华书局，1973 年，第 724 页。
⑤ 姚思廉《陈书》，中华书局，1972 年，第 249 页。
⑥ 李易特《礼制"故事"思维与南朝释奠诗的文学程式》，《文学遗产》2024 年第 6 期。
⑦ 李傲寒《齐梁之际皇室参与下的讲经活动及文学书写》，《南京师范大学文学院学报》2021 年第 2 期。

产生的隶事之文，其所引之事仍以文史经典占主流，这即是南朝时期崇尚文史之风在文学创作上的体现。

文史之学在南朝逐渐具有了重要的地位。宋文帝建立“四馆”，已标志着史学和文学成为与经学、玄学并立的学问；及至刘宋中后期至萧齐初年，以文史之学为基础的写作成为士人最重要的能力之一，《南史》卷二二《王俭传》：“先是宋孝武好文章，天下悉以文采相尚，莫以专经为业。”[①]而社会学术主流，也开始向文史方向倾斜，即姚察在《梁书·江淹任昉传论》中所说：“二汉求贤，率先经术；近世取人，多由文史。”[②]以致当时人会以“文史”代指学问，甚至以“文史”代指藏书，从这些语言中，可以看出文史之学受重视的程度：

> 陈郡谢瞻才辩有风气，尝与兄弟群从造惠，谈论锋起，文史间发，惠时相酬应，言清理远，瞻等惭而退。（《宋书》卷五八《王惠传》）[③]
>
> 子恪尝谓所亲曰：“文史之事，诸弟备之矣，不烦吾复牵率，但退食自公，无过足矣。”（《梁书》卷三五《萧子恪传》）[④]
>
> 梁武敦悦诗书，下化其上，四境之内，家有文史。（《隋书》卷三二《经籍一》）[⑤]

从隶事之文所用的事典中可以看出文史之学在南朝的知识领域是最受推崇的。南朝文士确实每以此构建身份认同，无论是王俭因庾杲之“学涉文义”而目之为“我辈人”[⑥]，还是沈约因王筠能知赏《郊居赋》中的妙句而称其为“知音”[⑦]均是其例。在他们看来，是否具有文史方面丰富的知识储备，标志其是否具备文士的基本素养。因此，写作隶

---

① 李延寿《南史》，中华书局，1975年，第595页。

② 姚思廉《梁书》，中华书局，1973年，第258页。

③ 沈约《宋书》，中华书局，1974年，第907页。

④ 姚思廉《梁书》，中华书局，1973年，第509页。

⑤ 魏征等《隋书》，中华书局，1973年，第907页。

⑥ 萧子良《南齐书》，中华书局，1972年，第615页。

⑦ 姚思廉《梁书》，中华书局，1973年，第485页。

事之文以逞文史之才也可以看作是一种在群体中体现身份与教养的行为。

结语

南朝时期崇尚知识的风气促进了隶事之戏和隶事之文的盛行。作为一种列举多个事典拼接缀合成篇的文体，隶事之文可以看作是事典知识的集结。在隶事之文所呈现出的知识中，文史知识所占比例最高，可见其属于精英文士眼中的主流知识。隶事之文所展示的不是文士的个人情志，而是他们的知识世界。在南朝"性情渐隐"的文学发展脉络中，对博学的崇尚使得文学创作展示知识的功能被逐渐强化，不显性情、唯见知识的隶事之文的产生就是一个鲜明的例证。

在隶事之文趋于兴盛的南朝，亦有不少反对的声音，刘勰、钟嵘等人在讨论文采时，即将天才的重要性置于学问之前[①]。这种崇尚天才的风气到唐代之后得到了发扬，更为深入人心[②]，其影响在后世一直有所延续，如严羽之"夫诗有别才，非关书也"[③]，袁宏道之"独抒性灵，不拘格套"[④]，再到袁枚之"自《三百篇》至今日，凡诗之传者，都是性灵，不关堆垛"[⑤]均是如此。此说的基点，即是认为文学作品"发乎情"(《毛诗序》)，其中所呈现的是个人的情志，因此个人的天才性情较之学识修养更为重要；然而重视知识的文学观念也并未消退，在历代都不乏创作实践：在初唐类书文化盛行的背景下，以"初唐四杰"为代表的文士在骈文写作中用典极富，有时甚至完全以排列典故为文[⑥]；李商隐及深受李氏诗风影响的西昆体诗人亦多在诗中隶事，其

---

① 徐俪成《汉魏六朝文人身份的变迁》，上海人民出版社，2023年，第331—332页。
② 陆扬《清流文化与唐帝国》，北京大学出版社，2016年，第246页。
③ 郭绍虞《沧浪诗话校释》，人民文学出版社，1983年，第36页。
④ 袁宏道著，钱伯城校笺《袁宏道集校笺》，上海古籍出版社，1981年，第187页。
⑤ 王英志校点《随园诗话》，浙江古籍出版社，2015年，第158页。
⑥ 祝尚书《论初唐四杰骈文的"当时体"》，《文学遗产》2017年第5期，第39—50页。

咏史、咏物诸作更是多铺排与之相关的事典以成诗；宋太宗时博士吴淑进呈《事类赋》，以赋体的形式纠集事典，显示出了博学宏丽的审美趣味。及至明清两代，文士对《事类赋》多有增补，产生了《广事类赋》《续广事类赋》《事类赋补遗》等书。[①] 这种以文隶事的写作传统正是对文学作为知识载体的价值的肯定，它虽然不是古代文艺观念的主流，但却逐渐融汇到了对诗文的鉴赏中，如叶燮在《原诗》中强调写作须“才、识、胆、力四者交相为济”，而在这四者之中“要在先之以识”，而培养“识”的关键就是积累知识“诵读古人诗书”[②]；王国维虽然受叔本华、康德、席勒等人的影响推崇“天才”，但依然认为天才也需要“又须济之以学问”[③]才能成为文学家。这都体现出了传统文论中崇尚知识的一面。

（中国海洋大学文学与新闻传播学院）

① 许结《〈事类赋〉的前因与后续》，《古典文学知识》2020年第5期；张金铣、韩婷《〈事类赋〉与〈增补事类统编〉所见宋清博物观之演变》，《东北农业大学学报（社会科学版）》2016年第3期。

② 丁福保辑《清诗话》，中华书局，1963年，第584页。

③ 姜东赋、刘顺利选注《王国维文选》，百花文艺出版社，2006年，第105页。

碑志批评的理论体系

时鹏飞

内容摘要：作为文学史上曾经流行的叙事文类，碑志有着独特的文体结构和文学特色，长期的创作批评实践形成了发达且专门的批评体系，涉及素材、叙事、人物、语言等众多层面。近代以来，随着文体地位的衰落和文学价值被低估，碑志批评逐渐失准，经常不能被以适合文体自身的标准加以评判。立足碑志的文体特性，回顾和诠释传统碑志批评的主要方法路径，重建碑志批评的理论坐标，对于碑志文体的理论研究和实践批评都是有裨益的。

关键词：碑志；叙事；素材；文体；人物；修辞

Criticism System of Epitaph Literature

Shi Pengfei

Abstract: As a prevalent narrative genre in literary history, epitaph literature possesses distinctive literary structures and characteristics. Its longstanding compositional practices and critical traditions have cultivated a sophisticated criticism system encompassing material selection, narrative techniques, characterization, and linguistic expression. In the modern era, however, with its diminished literary status and persistent underestimation of its value, epitaph criticism has gradually lost its evaluative criteria. By reviewing traditional critical approaches to epitaph writing and reconstructing its criticism system, this study seeks to establish theoretical foundations for practical criticism of epitaph literature.

Keywords: epitaph literature; narration; materials; genre; characterization; linguistic expression

文体的历史是各个文体分别演进的历史，也是文体之间等级秩序调整的历史。以叙事文学而言，古代中国的叙事文类包括最早兴起的编年史，稍后兴起的史传、碑志和文言小说，以及最晚成熟的戏曲和通俗小说等，其中碑志的地位升降尤为显著。早期的碑志大多采用铺叙形容的手法，“以人为赋”[1]，叙事化程度不高。古文运动中，韩愈等人引入史传的叙事模式，完成了碑志的叙事化转型，极大提高了其文体地位，“韩愈以来，相承以碑志序记为文章家大典册”[2]，成为古文中的强势文体，“古文，文之大者；碑传墓志铭表，则又古文之大者”[3]。随后长期的创作批评实践逐渐形成了发达且专门的批评传统和理论体系。这种文体秩序一直延续到近代，随着西风东渐，戏曲、小说等文类跃升为“纯文学”，古文则被蒙上“杂文学”之名，碑志更因其实用性和应酬性，被视为“必在自然淘汰之列”的“文学废物”[4]，“更

① 章学诚著，仓修良编注《文史通义新编新注》外篇一《墓铭辨例》，商务印书馆，2017年，第489页。

② 叶适《习学记言序目》卷四九，中华书局，1977年，第733页。

③ 李长祥《天问阁集》卷四《与周伯衡书》，沈乃文主编《明别集丛刊》第五辑第87册，黄山书社，2015年，第563页。

④ 刘半侬《我之文学改良观》，《新青年》第3卷第3号，1917年5月。

不能称为文学了”[1]。从曾经的“文之大者”跌落到“文学废物”，碑志文学的创作成绩和理论遗产被严重低估。这种偏见近年来虽然得到纠正，但是长期理论认知的偏差带来实践批评的失准，碑志常常只被当成史料而不是文学来阅读——尽管其文本很大程度上是根据文学原则组织起来的；而进行文学批评时，又时常不自觉地逡用其他叙事文类的标准，未能“以适合文类自身的标准对文类加以评判”[2]，显得脱离实际创作情形。有鉴于此，本文旨在在突出碑志文体特性的前提下，回溯并诠释古典碑志批评的主要路径，重建碑志批评的理论坐标，同时探寻这一文体向近代转型失败的原因。

题目：被动的素材

对于经典叙事学来说，题材和情节是首屈一指的要素，“一切依赖于题材”[3]。亚里士多德就曾表示，“情节是悲剧的根本”[4]；长篇小说兴起以后，题材仍然是创作中的核心问题，“长篇小说作为一种庞大的文学结构应能引人入胜，这就对选题提出了要求”[5]。这一原则同样适用于碑志，古代文论家对此多有总结，常用“题目”这一术语指称题材问题，“题目是作书第一件事”[6]，“作文遇好题目，自易动人”[7]。对于小说与戏曲这样的叙事文类来说，在题材上作者享有双

① 北京大学中文系文学专门化1955级集体编著《中国文学史》第1册，人民文学出版社，1958年，第3页。

② 阿拉斯泰尔·福勒著，杨建国译《文学的类别：文类和模态理论导论》，南京大学出版社，2018年，第301页。

③ 艾伦·退特《作为知识的文学》，赵毅衡编选《“新批评”文集》，中国社会科学出版社，1988年，第129页。

④ 亚里士多德著，陈中梅译注《诗学》，商务印书馆，1996年，第65页。

⑤ 鲍里斯·托马舍夫斯基《主题》，维克托·什克洛夫斯基等著，方珊等译《俄国形式主义文论选》，生活·读书·新知三联书店，1989年，第200页。

⑥ 金圣叹《第五才子书施耐庵水浒传》卷三《读第五才子书法》，陆林辑校整理《金圣叹全集》第3册，凤凰出版社，2016年，第29页。

⑦ 吴德旋著，范先渊校点《初月楼古文绪论》（与刘大櫆《论文偶记》、林纾《春觉斋论文》合刊），人民文学出版社，1959年，第22页。

重的创作自由：(1) 选择题材的自由，"小说在选择主题和素材方面也必须是自由的"[①]；(2) 编制情节的自由。史传虽然不能虚构情节，但是至少可以选择题材。碑志的情况则截然不同，作者完全失去对题材的掌控，碑志通常是由丧家主动请托、作者被动接受，作者只有拒绝请求的权力，没有选择题材的自由，王世贞所谓"古人制文之权长在我，而仆制文之权多在人"[②]。这就使得作者处于非常被动的地位，叙事文学的成就十分倚重题材，事件情节本身足够奇特，文章便容易出彩，所谓"有好事迹，不患无好文章"[③]。作者遇到这样合适称手的"题目"，不啻获得很大的助力，故而文人有时自述文章借重于笔下的人物，"藉之以远其传"[④]，"借而不朽者也"[⑤]，并非全是出于客套，而是深知创作甘苦的经验之谈。好的题材与好的作者是相互成就的，全祖望就认为欧阳修的碑志是"赖一时人物以玉成之"，"盖当宋极盛之时，扬历真、仁、英、神四朝，一时名流皆极九等人表之最，而究公尽收之文字间"[⑥]。合适的题材遇上合适的作者，"奇人奇事，须有此奇文"[⑦]，是非常理想的创作情境。大致来说，碑志作者偏好的题目是事功显赫的政治人物和操行卓异的个性化人物，但是在这背后有着微妙的社会现实：官位高、名气大的文人很容易收到显要人物

---

① M. A. R. 哈比布著，阎嘉译《文学批评史：从柏拉图到现在》，南京大学出版社，2017 年，第 448 页。

② 王世贞《弇州山人续稿》卷二〇一《甘佥宪》，沈乃文主编《明别集丛刊》第三辑第 39 册，黄山书社，2015 年，第 403 页。

③ 张谦宜《絸斋论文》卷三，王水照主编《历代文话》第 4 册，复旦大学出版社，2007 年，第 3898 页。

④ 李开先《李中麓闲居集》卷九《怀朴康君传》，卜键笺校《李开先全集(修订本)》，上海古籍出版社，2014 年，第 858 页。

⑤ 王世贞《弇州山人续稿》卷一八五《汪司马》其四，沈乃文主编《明别集丛刊》第三辑第 39 册，黄山书社，2015 年，第 240 页。

⑥ 全祖望《鲒埼亭集》卷三一《梨洲先生思旧录序》，朱铸禹汇校集注《全祖望集汇校集注》，上海古籍出版社，2018 年，第 602 页。

⑦ 侯方域著，王树林校笺《侯方域全集校笺》卷一〇《郭老仆墓志铭》集评，人民文学出版社，2013 年，第 537 页。

后裔的请托，而名声不显、沉沦下僚的文人，无论文才如何出众，也罕有要人问津，很难获得称心的题目，汤显祖即云："其贋者，名位颇显，而家通都要区，卿相故家求文字者道便，其文事关国体，得以冠玉欺人。……弟既名位沮落，复住临、樊僻绝之路。问求文字者，多村翁寒儒小墓铭、时义序耳。"[①]作者无法掌控题材，只能被动等待题目上门，归有光的自述，不啻是这种心态的深切自白："少好《史》《汉》，未尝遇可以发吾意者。"[②]故而后人评价"作文需有好题，震川有文无题"[③]，即是着眼于此。这成为古文家一种常见的烦恼，"世之为古文者，每苦无大题目"[④]，每每见之于笔墨。

可以补充的是，从比较的视野来看，西方古典主义时期，叙事文学的作者同样偏好选择上流社会的人物作为书写对象，柏拉图就曾说过悲剧和喜剧"不能摹仿奴隶"，"不可以摹仿铁匠和其他手艺人，船夫，船长，或是这一类人"[⑤]，亚里士多德更明言"最好的悲剧都取材于少数几个家族的故事"[⑥]。这种观念统治文学史时间很久，成为古典主义的一条清规戒律，"古典主义的这个假定：在题材上存在着一种表示高贵的等级"[⑦]。直到浪漫主义兴起，宣称要"选择日常生活里的事件和情节，自始至终竭力采用人们真正使用的语言来加以叙述或描写"[⑧]，方才有所松动。碑志文学同样存在这种转向，特别是阳

---

① 汤显祖著，徐朔方笺校《汤显祖集全编》诗文卷四七《答张梦泽》，上海古籍出版社，2015年，第1925页。

② 归有光《震川先生集》卷七《与李浩卿书》，严佐之、谭帆、彭国忠主编《归有光全集》第5册，上海人民出版社，2015年，第155页。

③ 林纾《文微》，王水照主编《历代文话》第7册，复旦大学出版社，2007年，第6537页。

④ 唐仲冕《陶山文录》卷五《陶萸江文集序》，《清代诗文集汇编》第437册，上海古籍出版社，2010年，第482页。

⑤ 柏拉图著，朱光潜译《柏拉图文艺对话集》，商务印书馆，2013年，第51、52页。

⑥ 亚里士多德著，陈中梅译注《诗学》，商务印书馆，1996年，第98页。

⑦ 雷内·韦勒克著，张今言译《批评的概念·文学研究中的现实主义概念》，中国美术学院出版社，1999年，第243页。

⑧ 渥兹渥斯《〈抒情歌谣集〉序言》，刘若端编《十九世纪英国诗人论诗》，人民文学出版社，1984年，第5页。

明心学兴起以后，很多文人开始有意识地转向人世间最为平常的穿衣吃饭、人情物理，挖掘内容，开出妙谛，黄宗羲所谓“第就世间之人情物理，饥食渴饮，暝雨晴曦，宛转关生，便开众妙”[①]。这是非常深刻而又高明的文学见解，落实起来并不容易，“用自己独特的办法处理普通题材是件难事”[②]。文人臻此境界，便不再被题目限制，“无复有平淡题目”[③]，从而接近从心所欲、无适不可的创作境界了。这种由宏大叙事向日常生活的转向是叙事文类近代化的典型表现，但是由于碑志的阶级属性和经济成本等原因，这一转型的幅度是非常有限的。

例：历史和现实的规约

中国古代文章学的很多论述都是以分体、辨体的思路展开的，“都以钻研各别文体的特殊功能为其目的”[④]。选定特定文体后，随之而来的就是文体的各种规约，“文体既分，则行文之得失，自当依体为断，每体各有一定格律，凛然不可侵犯”[⑤]。而就碑志来说，还有远比其他文体更加细致具体的规约，就是历代以来不断积累和细化的“金石例”。相较其他文体，碑志被认为是最具有正当性谈论行文之例的，“惟碑版之作，前贤成式俱在，身处后代，不宜偭规矩而改错，故金石不妨言例，而他文不可言义法”[⑥]。“例”涉及碑志的内容层面，诸如

① 黄宗羲《南雷诗文集》序类《曹氏家录续略序》，吴光主编《黄宗羲全集》第19册，浙江古籍出版社，2021年，第91页。

② 贺拉斯著，杨周翰译《诗艺》（与亚里斯多德著，罗念生译《诗学》合刊），人民文学出版社，1962年，第144页。

③ 魏禧著，胡守仁、姚品文、王能宪校点《魏叔子文集外篇》卷一八《三原申翁墓表》杨衡选评语，中华书局，2003年，第947页。

④ 周勋初《〈中国古代散文艺术〉序》，《无为集》，《周勋初文集》第7册，江苏古籍出版社，2000年，第76页。

⑤ 吴曾祺《涵芬楼文谈》，王水照主编《历代文话》第7册，复旦大学出版社，2007年，第6576页。

⑥ 冯桂芬《显志堂稿》卷五《复庄卫生书》，《清代诗文集汇编》第632册，上海古籍出版社，2010年，第562页。

姓名、籍贯、世系、卒葬等所谓“十有三事”[①]，是长期以来被认为在这一“死而不朽”的仪典上所不可或缺的元素。它们一方面成为作者行文的指导，另一方面又成为读者批评的标尺，一旦缺位或失范就会招来非议，例如，“铭前不叙其乡里，及其父祖名行，复不书其卒葬日月为失”，“否则世久漫漶，不知其为何时之人，何人之子也”[②]。作为请托方和出资方的丧家，最为关心的就是世系、子孙、丧葬等基本信息的书写，他们的意见对于作者恪守规约不敢逾越同样具有重要的影响。这些都是碑志作者必须面对的现实，使得文体具有比较长期的稳定性。“例”又涉及碑志的形式层面，包括书写的详略、叙述的章法、称谓的使用，以及主要的“变例”等。早期金石例著作，建立义例的依据，主要是唐宋古文家的作品，《墓铭举例》云：“墓铭不始于唐，而今举唐人以为例者，何也？以八代之衰，又不足以据也。”[③]即使“变例”也大都源自唐宋古文家的创作实践，背后隐含着向唐宋古文传统回归的价值取向。清代古学复兴，括例的范围上溯到“东汉之世”，“益以六朝”[④]。这种“例”的转移本身就说明随着历史发展，文体规约是不断变化的，“文类存在本身是历史发展的结果”[⑤]。但是无论范式如何转移，“例”在本质上都是一种复古主义，代表着文学史对文学创作的制约。“例”还包括制度层面的规约，比如唐制，“五品以上听立碑，七品以上立碣”[⑥]；明制，“三品以上，得树

---

① 王行《墓铭举例》卷一，《石刻史料新编》第三辑第40册，台北新文丰出版公司，1986年，第65页。

② 方孝孺撰，徐广大点校《方孝孺集》卷九《答陈元采》其一，浙江古籍出版社，2013年，第238页。

③ 王行《墓铭举例》卷一，《石刻史料新编》第三辑第40册，台北新文丰出版公司，1986年，第75页。

④ 李富孙《汉魏六朝墓铭纂例》卷首《汉魏六朝墓志纂例自序》，《石刻史料新编》第三辑第40册，台北新文丰出版公司，1986年，第433页。

⑤ 阿拉斯泰尔·福勒著，杨建国译《文学的类别：文类和模态理论导论》，南京大学出版社，2018年，第7页。

⑥ 长孙无忌著，刘俊文笺解《唐律疏义笺解》卷二七《杂律》，中华书局，1996年，第1927页。

碑神道”[1]，“五品以上，许用碑”，“六品以下，许用碣”，“庶人……止用圹志”[2]。这种身份等级和适用文体匹配的制度，源自碑刻原本是少数上层阶级专享的贵重仪典。隋朝废除碑禁以后，随着使用人群的扩大，开始实行不同品级适配不同碑碣文体的制度。此后历代细节上不断有所调整，但是通过文体体现身份等级的制度框架迄未改变。作为强制性的文体规范，“例”通常不能直接催生文学价值，只能在创作失范时进行规约，比如：“不作铭辞，似是墓表体，三品大臣赐祭葬，当有神道碑，不当表。”[3]换句话说，遵守“例”并不创造文学价值，但违反“例”却直接破坏文学价值，故而大多表现为一种消极批评。碑志的这种实用性、古典性和等级性，使之在古代社会的文化结构中发挥着独特而重要的现实功能，确保了其能够长期作为古文的主流文体，并且享有崇高的地位。但是，与此同时，社会风俗、文学传统和等级制度的三重规约，也将碑志紧紧地束缚在古典的文化结构内，使之无法彻底摆脱传统走向现代叙事文学。

叙事：作者的介入

题目和文体都是先于作者的创作而存在的，作者无法左右，只能通过接受或拒绝请托表达态度，“以得铭为予，以不得铭为夺”[4]。直到接受请托开始写作，方才进入作者主导的环节。西方叙事学语境下的“叙事”一词含义十分复杂，而在古典碑志批评的语境中，叙事（或序事）主要指的是作者对于叙事素材的筛选、叙事章法的布置和叙事重心的设计等创作环节。碑志叙事有着很多不同于其他叙事文

---

① 王世贞《弇州山人续稿》卷一三二《资善大夫南京礼部尚书立菴李公神道碑》，沈乃文主编《明别集丛刊》第三辑第38册，黄山书社，2015年，第289页。

② 张卤《皇明制书》卷一《大明令》，《续修四库全书》第788册，上海古籍出版社，2002年，第16页。

③ 王世贞《弇州山人续稿》卷二〇五《陈司理》，沈乃文主编《明别集丛刊》第三辑第39册，黄山书社，2015年，第436页。

④ 唐顺之《荆川先生文集》卷一六《按察司照磨吴君墓表》，马美信、黄毅点校《唐顺之集》，浙江古籍出版社，2014年，第713页。

类的特点，例如其他叙事文类倾向隐去“叙述的陈述行为”[①]，即产生叙事的行为或过程。而这却是碑志叙事的重要组成部分，作者常常不惜笔墨地介绍写作背景、请托过程、素材来源等细节，作为文章的“入作造端”[②]。更能体现碑志文体叙事特点的是作者对叙事素材的筛选，亦即古代文论家所谓的“笔削”。笔削的本质，可以理解为作者在文体规范下，依据自身的价值立场，筛选现有的素材并组织成完整叙事的过程。这在某种程度上和小说等文体并非没有相通之处，亨利·詹姆斯就将小说创作理解为筛选素材的过程，只不过筛选的对象是“小说家心目中的真实”[③]而已。碑志叙事的独特之处在于，尽管采用的是“盖棺定论”式的全知视角，但是作者实际掌握的素材是十分有限的。不少作者只是根据丧家提供的素材——可能是系统的行状，也可能是零散的事实，简单筛选组织起来，“止就其行状，略加润色”[④]。作者倘若不甘受制于素材的限制，那就需要尽可能拓宽素材来源。依据见闻或采访亲友固然可以一定程度上弥补素材的不足，但是想要组成更加详密的叙事，那就必须作者穷尽搜罗信息的手段：通过阅读书写对象的文稿，追踪其人的活动轨迹，顾炎武所谓“不读其人一生所著之文，不可以作”[⑤]；通过旁征国史、野史、家乘，补充不同立场的叙事素材。而当不同来源的素材汇集到一起，又会出现彼此异同、互相矛盾的情况，这又需要历史考证学的介入，文学叙事和历史编纂在这里合为一体，就像海登·怀特所说的那样，“历史编纂

---

① 热拉尔·热奈特著，王文融译《叙事话语》（与《新叙事话语》合刊），中国社会科学出版社，1990年，第7页。

② 潘昂霄《金石例》卷九，王水照主编《历代文话》第2册，复旦大学出版社，2007年，第1484页。

③ 詹姆斯《小说的艺术》，朱雯等译《小说的艺术：亨利·詹姆斯文论选》，上海译文出版社，2000年，第7页。

④ 张谦宜《絸斋论文》卷三，王水照主编《历代文话》第4册，复旦大学出版社，2007年，第3900页。

⑤ 顾炎武著，黄汝成集释《日知录集释》卷一九“志状不可妄作”条，上海古籍出版社，2006年，第1107页。

包含了一种不可回避的诗学——修辞学的成分”[①]。完成素材搜集以后，下一步需要重新组织素材：删减冗余信息、设计叙述顺序、安排叙事重心等。这是叙事注入作者个性的关键环节，因为作者在重新组织素材的同时，也完成了其意义编码的工作。丧家提供的原始素材含有纪念表彰亡者的意图，碑志延续这一立场，理论上叙事称美不称恶。但是作者在组织素材时，仍有空间调整叙事立场。作者可以顺从丧家的意志卖力谀墓；也可以公正客观地叙述和评价，“以善予人，如以财施惠，其轻重多少，必有准则”[②]；甚至可以采用反讽的方式明褒暗贬，“以润笔未厚，以生平有未惬意，而隐语含刺”[③]。丧家提供的素材，或是简单机械的线性时间叙事，或是零散的信息和事实，根本不构成叙事。作者这时必须完成的一项工作是，从素材中筛选值得被记录的事实，“事有大小，或存或削，须裁以义理”[④]。筛选出来的事实被认为足以代表亡者人生的主线，这一行为的实质是对亡者生命史的叙事化构建，也折射了作者如何看待亡者的人生。主线设定以后由此张开全部叙事，“立定一意而全神赴之”[⑤]。作者认定亡者的人生主线是“忠孝节义之行”[⑥]，道德活动就应成为叙事的中心，其他环节向此聚拢；主线若是“功德之崇”，叙事就应以政绩为主体，并且突出“勋业之大者”，其他素材配合使用。当可使用的素材比较充裕时，作者需要根据主线进行裁剪；而当素材比较稀少时，则须作者依据叙事主线，增加主观表达，以此扩充篇幅，“夫人之无事者难为文，而人之事迹多者亦难为文，故于无事者贵有识力，而于

---

① 怀特著，陈新译《元史学：19世纪欧洲的历史想象》中译本前言，译林出版社，2004年，第2页。

②④ 张谦宜《絸斋论文》卷三，王水照主编《历代文话》第4册，复旦大学出版社，2007年，第3897页。

③ 方弘静《千一录》卷一三，明万历刻本。

⑤ 张谦宜《絸斋论文》卷三，王水照主编《历代文话》第4册，复旦大学出版社，2007年，第3899页。

⑥ 徐昂《文谈》卷三，王水照主编《历代文话》第9册，复旦大学出版社，2007年，第9007页。

事迹多者贵有裁制”[1]。不同水平的作者对于这一叙事化构建的感知程度容有差异，但是无论如何都会发生，即使最庸俗的“善人死矣”或“盛夸其家门富贵”的叙事类型，也是一种叙事化构建，否则就不能形成完整的篇章结构。至于具体叙述顺序的安排，则是所谓章法的问题，这方面作者享有高度的自由，在韩愈这样富有创造力的作者手里，几乎可以达到“狡狯变化，无所不可”[2]的地步，“若序志，有直从本人起者，有从请铭人起者，有从时事起者，有从作者口中发议论起者”[3]，“记亡者事实，有从幼时记起者，有就某一事为断者……述忠孝节义之行，尤当先其大者。碑传或记亡者没后情况，然后叙其生前事实，再说到没后”[4]。文话类著作对此论列十分详尽，这里也就不再赘述。

变体：文体的扩容

文体作为作品内容和形式的规约，天然具有保守性，倾向于抑制试图逾越文体规则的创作行动。但是小心翼翼地遵守规范和作者旺盛的文学创造力有时不免是矛盾的，创作一词本身就带有挑战原有文学秩序的意味，“要创作文学就是要依照现有的格式去写作……但同时文学创作又要藐视那些程序，超越那些程序”[5]。这种因为追求文学效果而刻意破体，不同于因为知识欠缺而违反规范，是在充分掌握文体规范的前提下，主动调整和改造文体，以此摆脱创作的定式思维，追求新鲜的艺术刺激，正如郭麐所说，“泥于例，则官府吏胥之文移也；不知例，则乡农村学究之

① 姜埰《居易堂集》卷一《与杨明远书》其一，华东师范大学出版社，2009 年，第 16 页。

② 曾国藩《读书录》，《曾国藩全集》第 15 册，岳麓书社，2012 年，第 340 页。

③ 朱锦琮《治经堂集》卷一九《碑版例考》，《清代诗文集汇编》第 800 册，上海古籍出版社，2010 年，第 490 页。

④ 徐昂《文谈》卷三，王水照主编《历代文话》第 9 册，复旦大学出版社，2007 年，第 9007 页。

⑤ 卡勒著，李平译《文学理论入门》，译林出版社，2008 年，第 43 页。

论说也”[①]。总的来说，古典的文类理论倾向于保持固定的文类秩序，现代的文类理论倾向于打破文类之间的界限。然而即使在古典的语境下，由于创作者突破文体定式的冲动的存在，对于碑志这样的流行文体来说，想要保持一成不变也是无法做到的。事实上，碑志文体本身就是在古文运动中，经由韩愈等古文家改造，才从“但主铭勋，不关记事”的颂美文体，“一变而为述事”[②]，成为古文当中最重要的叙事文学类型。甚至在此同时，古文家就已经开始了打破叙事为主的主流做法、创造叙事以外的结构模式的探索，其中最具影响力的模式是作者减少叙事成分，代之以议论充当文章的主体。例如韩愈的《柳子厚墓志铭》即是“别生议论，可兴可观”[③]。宋人好议论，自然更加偏爱这种体式，“曾、王墓志数以议论行叙事之文”[④]，王安石的《泰州海陵县主簿许君墓志铭》《王深父墓志铭》“全用议论”[⑤]，《宝文阁待制常公墓表》“通篇空论”[⑥]。这种模式随着唐宋古文的巨大影响力变得十分流行，徐师曾就将碑志“主于议论者”视为与“主于叙事”的“正体”相对的主要“变体”[⑦]。除去“以议论行叙事之文”外，碑志还有一种变体，即着重叙述作者与逝者的交谊，以此代替亡者生平的叙述，充当文章的主干。例如韩愈《殿中少监马君墓志》即是“叙述久故交亲而

---

① 郭麐《金石例补》卷首《金石例补序》，《石刻史料新编》第二辑第17册，台北新文丰出版公司，1969年，第12357页。

② 刘宝楠《汉石例》卷首张穆“序”，《石刻史料新编》第三辑第40册，台北新文丰出版公司，1969年，第110页。

③ 方苞《古文约选评文》，王水照主编《历代文话》第4册，复旦大学出版社，2007年，第3954页。

④ 茅坤《唐宋八大家文钞评文》，王水照主编《历代文话》第2册，复旦大学出版社，2007年，第1926页。

⑤ 方苞《古文约选评文》，王水照主编《历代文话》第4册，复旦大学出版社，2007年，第3994页。

⑥ 梁玉绳《志铭广例》卷一“志表不叙事实”条，《石刻史料新编》第三辑第40册，台北新文丰出版公司，1969年，第44页。

⑦ 徐师曾著，罗根泽校点《文体明辨序说》(与吴讷著，于北山校点《文章辨体序说》合刊)，人民文学出版社，1962年，第144页。

出之以感慨”[1]，后来欧阳修《张子野墓志铭》《黄梦升墓志铭》亦用此法，与韩文共同成为这种体式的代表作。这两种体式的发明，极大丰富了碑志文体的表现手段，被视为叙事之外的重要表现方式，正如吕思勉所说：“墓铭之作……叙事本非必要，故详略随意，又可发议论，述交情，寓感慨，其途甚宽，故佳作甚多。”[2]特别是在素材不足、不便采用叙事呈现时，可以很好地进行补救，唐彪所谓“事实多者专叙事”，“事实寡者，不少参之以议论，必寂寞不成文字”[3]，即是此意。体式的创新和调整是文体具有扩容性的有力证明，说明了即使是古典文体也有兼容多种体式的能力，但是这种兼容不是没有限度的，钱泳评价文体过度变异以至破坏功能性时云：“竟有叙述生平交情之深、往来酬酢之密，娓娓千余言，而未及本人姓名家世一字者，甚至有但述己之困苦颠连、牢骚抑郁，而借题为发挥者，岂可谓之墓文耶？……大凡孝子慈孙欲彰其先世名德，故卑礼厚币以求名公巨卿之作，乃得此种文，何必求耶？”[4]碑志文体的三重规约，文学传统是最为灵活的，可根据创作现实随时进行调整；身份等级制度随着历史发展也有所松动，碑志的使用群体范围愈臻广泛；但是，直到古典时代的终结，功能性仍是文体扩容所无法打破的最后壁垒，将文体始终约束在古典的秩序内。

修辞：形式主义的潜流

不同于叙事化及其主要的变体都是以整体结构为创作中心，碑志创作中还有一种倾向是将细节性的炼字造句视为创作的核心，这

---

① 方苞《古文约选评文》，王水照主编《历代文话》第4册，复旦大学出版社，2007年，第3954页。

② 吕思勉《〈古文观止〉评讲录》，《吕思勉全集》第19册，上海古籍出版社，2016年，第438页。

③ 唐彪《读书作文谱》卷一一，王水照主编《历代文话》第4册，复旦大学出版社，2007年，第3564页。

④ 钱泳撰，张伟点校《履园丛话》卷三“墓碑”条，中华书局，1979年，第82页。

在本质上是将文体理解为功能性元素和细节性修辞的结合。钱基博概括汉魏六朝碑志的体式，以为“语多虚赞而纬以事历”；古文运动以后的碑志，则“事尚实叙而裁如史传”[①]。所谓“虚赞”与“实叙”的区别，借用里蒙-凯南的术语，可以解释为前者倾向于使用形容性的、概括性的表达“直接形容”人物；后者倾向于通过事件、行动、对话等叙述手段“间接表现”人物[②]。直接形容不像间接表现那样手段丰富，要想出众就不能不在遣词炼字上下功夫，同时随着晋宋以降文学风气逐渐趋于骈俪藻采，常常散行介绍行履后，便继以华丽精巧的骈句。这是碑志创作中形式主义倾向臻于极盛的时代。古文运动改革语言形式，使用散文代替骈文，选字更加通俗，造句日益增长，逐渐形成明白晓畅的主流风格，黄宗羲云：“余观古文，自唐以后为一大变。唐以前字华，唐以后字质；唐以前句短，唐以后句长；唐以前如高山深谷，唐以后如平原旷野。”[③]期间虽有韩愈、皇甫湜“辞尚艰险”[④]的一脉，但是并未占据主流。北宋以后，这一特点愈加明显，炼字炼句不被重视，修辞之风近乎消歇：“弇州谓：‘欧、苏之文，其流也使人畏难而好易。’此语诚然。盖二公以清圆、转折为工，而古人炼字、炼句之法，至此尽矣。”[⑤]南宋至明初，质直繁缛已成文坛的普遍作风，“明初以来，文之正统未尝乏绝，然或过于质直，则边幅自狭；或过于繁缛，则靡弱难收，故有不得不变者”[⑥]。有识之士意图改作，便自然回向修辞的古老传统，到复古派提出“视古修辞，宁失诸理”[⑦]，更将这一倾向推至顶

---

① 钱基博《中国文学史》，华中师范大学出版社，2011 年，第 298 页。

② 里蒙-凯南著，姚锦清、黄虹伟、傅浩、于振邦译《叙事虚构作品》，生活·读书·新知三联书店，1989 年，第 107 页。

③ 黄宗羲《南雷诗文集》序类《庚戌集自序》，吴光主编《黄宗羲全集》第 19 册，浙江古籍出版社，2021 年，第 7 页。

④ 陈柱《中国散文史》，商务印书馆，1937 年，第 211 页。

⑤ 王应奎《柳南随笔》卷五，中华书局，1983 年，第 91 页。

⑥ 黄宗羲《明文授读评语汇辑》，吴光主编《黄宗羲全集》第 21 册，浙江古籍出版社，2021 年，第 770 页。

⑦ 李攀龙撰，包敬第标校《沧溟先生集》卷一六《送王元美序》，上海古籍出版社，2014 年，第 491 页。

峰。复古运动虽然旋即失败，但是清代的六朝派，提倡恢复碑志创作的“南北朝制体修词之道”[①]，实际上也是同一传统的异调回响。

修辞倾向是碑志创作中长期存在的一股潜流。除去汉语的语言形式天然会容纳较大的修辞空间，碑志文体的特殊性也是修辞风气长期存在的重要原因。石刻的物质形态所呈现出的庄严肃穆的美感，相较其他文体，更能包容甚至适合古奥雕琢的文风，所谓“金石文字，宜求古奥”[②]。既有的创作经验也能证明这一点：“韩退之之文可分为三类……其二则怪怪奇奇诘诎聱牙，此如碑铭诸作，凡誉墓之文多属之，言之既多无物，故不能不雕辞琢句以险怪为工”[③]。修辞的经验提醒人们不能忘记字句锤炼的重要影响，“一字之宜，便会有多大效力”[④]，马莱伯这句话使人想起钱谦益“一字染神，万劫不朽”[⑤]的发言。但是散文毕竟不同于诗歌，片面讲求辞藻可能破坏文章的实用性和叙事的复杂性，“当散文用于非文学性的目的时，讲究辞藻的散文经常变成一种不利的因素了”，“一篇极其矫揉造作的散文是缺乏足够的灵活性去完成散文的纯属描述的任务的：它处理材料总是削足适履、简单了事”[⑥]。修辞派的共性是有意无意地突出细节性修辞的重要性，淡化碑志文体的叙事性特征，这在本质上是一种形式主义。正如伊格尔顿批评的那样，“像形式主义者一样看待文学实际上就是把一切文学都看作诗（poetry）”[⑦]，这种做法未免过分混同古文和诗歌的创作手法。

古文运动前的碑志可以极力讲求修辞，是因为文体叙事化的进

---

① 阮元《定香亭笔谈》卷四，《续修四库全书》第1138册，上海古籍出版社，2002年，第555页。

② 高步瀛《文章源流》，余祖坤编《历代文话续编》下册，凤凰出版社，2013年，第1331页。

③ 陈柱《中国散文史》，商务印书馆，1937年，第198页。

④ 布瓦洛著，任典译《诗的艺术（修订本）》，人民文学出版社，2009年，第11页。

⑤ 钱谦益著，钱曾笺注，钱仲联标校《牧斋有学集》卷一七《季沧苇诗序》，上海古籍出版社，1996年，第759页。

⑥ 诺斯罗普·弗莱著，陈慧译《批评的剖析》，北京大学出版社，2021年，第372页。

⑦ 特里·伊格尔顿著，钱晓明翻译《二十世纪西方文学理论》，北京大学出版社，2018年，第7页。

程尚未开始，作者和读者都没有对文体完整叙事性的期待视野。古文运动以后的修辞派，不论学秦汉抑或学六朝，实际上还是都继承了唐宋以来形成的碑志文体的完整叙事性，只是由于过于讲求修辞过分挤压了创作空间，在实际创作中通常只能采用最简单机械的叙事框架，以此作为容纳修辞实践的场地。因此古文运动以后的修辞主张，只能作为碑志批评的一个视角，而不能改变碑志文体的叙事性本质。

传神：人物个性的表现

碑志是以人物为中心的叙事文类，但不同时期、不同背景的作者对人的本质的理解是不尽相同的，由此呈现出来的文学表现形式也是各不一样的。早期的碑志以德行功勋为书写重心，这与碑志需要满足丧家的期待，同时主要适用对象是统治阶级有关。在其背后透露出来的，是将人物生前的社会成就视为人生的主线。然而单一的直接形容的表现手段和称美不称恶的叙事原则，很容易造成人物形象的过度美化和千篇一律，早在北朝就已有人感叹："生时中庸之人耳，及其死也，碑文墓志，莫不穷天地之大德，尽生民之能事。"①唐宋以来，随着文体叙事化的成熟和对道德脸谱化的人物形象的厌弃，碑志创作中开始出现一种新的风气，即由直接形容人物形象转向通过具体的行动事件间接表现人物的独特个性。这一转向一方面源自对于史传等传统叙事文类的学习吸收，"古史如画笔，形神具出，览者踊跃，卓如见之"②；另一方面也应受到小说等新兴叙事文类的影响，例如陈寅恪就认为"昌黎河东集中碑志传记之文所以多创造之杰作"③，与当时流行的小说文体关系密切。在其背后折射出来的，是对人的本质的另一种理解，它既不同于丧家期待的完美人物形象，也有别于

① 杨衒之撰，周祖谟校释《洛阳伽蓝记校释》卷二，中华书局，2010年，第66页。

② 李梦阳著，郝润华校笺《李梦阳集校笺》卷六二《论史答王监察书》，中华书局，2020年，第1923页。

③ 陈寅恪《陈寅恪集·元白诗笺证稿》，生活·读书·新知三联书店，2011年，第3页。

将个人的社会成就视为人生主线，而是认为人物的独特个性才是人的本质，“人各有真……皮肉骨髓，稍有不似，不可语真”[①]。更为根本的是，在碑志文体向叙事化转型的同时，其对文学效果的天然需求，必然会诱使作者转向追求更加饱满的人物形象。这种艺术追求借用起源于画论、后来流行于文学批评的术语，可以称之为“传神”。基于这一理念，人物个性的表现被放到素材、文体、修辞等技术手段之上，成为最高的艺术追求，袁宗道曾用绘画的比喻表达这一思想：“亦见夫绘者之貌人乎？丰干玉立，风标秀举，颀然美也。然而不肖其人，观者争嗤其弗工矣。”[②]这是碑志文体叙事化程度进一步提高的必然结果，也是其向近代叙事文学演进的又一重要表现。

但是碑志的近代化转型终究是十分有限的，文体的内在结构一定程度上拒斥了全面转型的可能性。首先，碑志叙事的素材依赖于丧家的提供，丧家很多时候对于捕捉能够表现人物个性的事件缺乏敏感性，提供的素材本就简略肤泛，作者想要拣选可用的素材也就十分困难，正如刘咸炘所说：“碑志状述之文，宜其详于日用，乃亦甚希，此不可独咎作者之删省，盖其家所具以乞文者已略矣。”[③]其次，碑志文体通常采用的客观叙述视角，排斥了对逝者内心活动的描写，使得碑志文体塑造“心理型”人物变得不可行。另外，古典的文体秩序也要求碑志这样的传统文体必须和小说这样的新兴文类保持一定界限。相较于人物政治功绩和社会成就的叙述，具体的琐事反而更加能够表现人物的个性，但是这种“写一二无关系之事，使其人之精神生动”的创作技巧，很容易被视为“小说家伎俩”[④]。朱锦琮评价侯方

① 顾宪成《泾皋藏稿》卷一六《明故孝廉静余许君墓志铭》，沈乃文主编《明别集丛刊》第四辑第24册，黄山书社，2015年，第706—707页。

② 袁宗道撰，钱伯城标点《白苏斋集》卷一二《陈处士墓表》，上海古籍出版社，2007年，第156页。

③ 刘咸炘《传状论》，《刘咸炘学术论集·文学讲义编》，广西师范大学出版社，2007年，第57页。

④ 黄宗羲《南雷诗文集》杂文类《论文管见》，吴光主编《黄宗羲全集》第20册，浙江古籍出版社，2021年，第581页。

域的碑志，即谓“有取纤碎作点缀而略其大者……其弊或流于小说”[①]；陈柱批评归有光的志传，也说“只宜于家常小事，呢喃儿女语……不免有小说气矣”[②]。而传统文体观念中对小说文类非严肃性的认知，和丧葬刻石这一仪式性活动所具有的严肃感，是不能兼容的，如何把握其间尺度非常考验作者的才识。而且除了作者和读者，这种模糊文体界限的做法也很难得到丧家的支持。最后，琐事记载的增多可能反过来压缩正面叙述人物政治功绩和社会成就的篇幅，对于重要历史人物的碑志来说，这种脱漏是无法接受的，钱大昕批评方苞就说：“方氏以世人诵欧公《王恭武》《杜祁公》诸志，不若《黄梦升》《张子野》诸志之熟，遂谓功德之崇，不若情辞之动人心目。然则使方氏援笔而为王、杜之志，亦将舍其勋业之大者，而徒以应酬之空言了之乎？”[③]上述因素某种程度上是文体成立的前提，使碑志无法绕过这种核心内在结构随心所欲地追求叙事效果，因此文体的近代化转型只能是非常有限的。

作为文学史上曾经流行的叙事文类，碑志有着独特的文体结构和文学特色，长期的创作批评实践遗留下来发达且专门的理论遗产，但是相较其他叙事文类，碑志批评的理论成就在当前是明显受到轻视的。尽管远不足以展现碑志批评的丰富内涵，本文尝试的是立足于碑志的文体特性，回溯古典碑志批评的主要路径，以此重建并阐释碑志批评的理论坐标。笔者相信这种回顾对于未来碑志文体的理论研究和实践批评都是有裨益的。

（南京大学文学院）

---

① 朱锦琮《治经堂集》卷一九《碑版例考》，《清代诗文集汇编》第800册，上海古籍出版社，2010年，第490页。

② 陈柱《中国散文史》，商务印书馆，1937年，第283页。

③ 钱大昕《潜研堂文集》卷三三《与友人书》，陈文和主编《嘉定钱大昕全集》第9册，凤凰出版社，2016年，第545—546页。

聚合与离散：赋体文学的涵容特证与破体新变*

王泽华

内容摘要："体兼众制"是赋体文学重要的文体特征，透过"赋"之本义、外在形式表现及赋学理论等角度考察，可发现赋体之"聚合"乃是贯穿了赋体历史源流、功能效用、艺术风格的显著文体特质。赋体衍扩其他文体特色、衔华佩实、不断接受其他文体新变，皆与"聚合"之特性息息相关。"聚合"本身就是文学破体的产物，故赋体又对诗、文等祖源文体有紧密的依附关系。六朝以降，明体意识突出，诗、文新变颇多，各体文学特色愈加鲜明、边界愈加明确、创作要求愈加严谨、差异愈大而共性愈小，赋体文学"聚合"之基础不复，不得不分裂离散，破体以求变。在文体特征消解、明体要求催促、长期依附诗文的背景下，赋体文学的"破体复破"具有被动性、紧迫性和限制性。由此赋体探索复归诗、文本源破体，虽产生了律赋、文赋等新体，而离散众制，赋家才、学皆失，失却"聚合"本

* 基金项目：国家社会科学基金一般项目"历代赋集序跋辑录、整理与研究"（项目号：18BZW087）。

质属性的赋体，终于走向了寂落。

关键词：赋体文学；破体；辨体；文体特征；文学变革

Aggregation and Dispersal: The Containing Characteristics and New Transformations of Fu Literature

Wang Ze-hua

Abstract: "Incorporating Multiple Forms" is an important stylistic feature of Fu literature. Through examining the original meaning of "Fu", its external forms, and theoretical perspectives, we can see that the "aggregation" of Fu literature is a significant stylistic trait that runs through its historical development, functional utility, and artistic style. The expansion of Fu literature into other genres, its harmony between substance, and its continuous acceptance of new changes from other styles are all closely related to the characteristic of "aggregation". "Aggregation" is itself a product of literary style-breaking, thus Fu literature has a close dependence on its ancestral forms, such as poetry and prose. Since the Six Dynasties, the awareness of clarity in form has become prominent, with many new changes in poetry and prose, leading to increasingly distinct literary features, clearer boundaries, more rigorous creative requirements, greater differences, and smaller commonalities. The foundation for the "aggregation" of Fu literature has diminished, forcing it to split and disperse in search of change. In the context of the dissolution of stylistic characteristics, the urge of clarity in form, and its long-standing dependence on poetry and prose, the "breaking and re-breaking" of Fu literature is characterized by passivity, urgency, and limitation. Thus, while the exploration of Fu seeks to return to poetry and the style-breaking of literary has given rise to new forms like Lv-Fu and Wen-Fu. The resulting dispersion of various forms has led to a loss of talent and scholarship among Fu writers, ultimately leading to the loss of the essential attributes of "aggregation" and a descent into obscurity.

Keywords: Fu literature; literary style-breaking; distinguishing forms; stylistic features; literary revolution

赋兼才学,容蓄物类。作为我国独有的一种文体,赋体文学以其内涵之富、文辞之丽、韵律之朗、情志之盛发展出古、俳、律、文等形式,绵延两千余年,几乎贯穿了中国文学史。然而赋又介于诗、文之间,具有"非诗非文,亦诗亦文"[①]的两栖特征,故赋学批评长期黏附于诗、文理论,致使其发展亦出现了明显的迟滞性。概其要者有四:一是赋源论说驳杂,又长期以"《诗》源说"为重,无可避免地持续影响着辞赋创作与批评。二是魏晋"明体"多为基于《诗》学的体用合论,聚焦于辞赋之修辞风格,其目的是"因体而彰用"[②],对辞赋本体的讨论尚不够独立、充分,并由此进入"破体"时代。三是赋分化俳、律、文等体,亦与同时期的诗体、文体变革息息相关,而诗、文之变,从形式上却鲜有赋之影响。四是由元洎清的"辨体""尊体"活动,一定程度上出现了对辞赋本体的讨论,然其本质为复古视野下的"古""律"之争,其对赋体的讨论带有强烈的诗文复古思想底色。由此四点又延伸出赋体演进的两大关键性问题:一曰对赋源的探索关联着赋体特征,前人对赋源的讨论始终不绝,其中是否正蕴藏着对赋体本质之认识;二曰赋体文学在唐宋时期的"破体",除却诗、文变革之影响,是否有其内因?又是如何展开的?两大问题背后牵涉出对赋源、赋用、赋体的讨论,共同指向了赋体文学的"聚合"与"离散",尤宜论之。

---

① 郭绍虞《〈汉赋之史的研究〉序》,载陶秋英《汉赋之史的研究》,中华书局,1939 年,第 1 页。

② 许结《中国辞赋理论通史》,凤凰出版社,2016 年,第 288 页。

一、体兼众制：赋体聚合的发生

萧子显云："少来所为诗赋，则《鸿序》一作，体兼众制，文备多方，颇为好事所传，故虚声易远。"[①]较早明确提出了赋体文学"聚合"之特征。讨其源流，从内在上看，"赋"之本意即为"聚""敛"，许结曾对此有详赡的论述[②]。与赋相近的文体是颂，汉人常将赋、颂混同(如王褒《洞箫颂》、马融《广成颂》等)。考"颂"之本意，《说文解字》释曰："貌也。"段玉裁注曰："古作颂貌，今作容貌。……容者，盛也。"[③]段注以"容"释"颂"，盖源于《毛诗序》："颂者，美盛德之形容。"[④]此虽言"容貌""形容"以释"颂"，推其本源，亦有"容纳""容量"之意在。从外在形式上看，先人论赋，常以一"杂"字概括之。如《汉书·艺文志》有"杂赋"一类。刘勰《文心雕龙·诠赋》称："秦世不文，颇有杂赋。"[⑤]皇甫谧《三都赋序》云："诗人之作，杂有赋体。"[⑥]《文镜秘府论》(地卷《六义》)载王昌龄《诗格》云："赋者，错杂万物，谓之赋也。"[⑦]再如王世贞《艺苑卮言》："杂而不乱，复而不厌，其所以为屈乎?"[⑧]张泺《然松阁赋略叙》："古诗三千沿为杂赋……千门万户，由其经营；庶品杂类，供其驱策。"[⑨]诸论或直指赋体，或言赋叙之物类，皆牵涉"杂"字甚多，正暗示了赋体"混杂""交杂"之特征。此外，《汉书·艺文志》分赋家为四类，后人论其为总集、别集之初构；宋暨清有一系列的《事类赋》及其衍生作品，以赋体为类书。袁枚称："古无志书，又无类书，是以《三

① 姚思廉《梁书》，中华书局，1973年，第512页。

② 参见许结《中国辞赋理论通史》，凤凰出版社，2016年，第17页。

③ 许慎撰，段玉裁注《说文解字注》，上海古籍出版社，1981年，第416页。

④ 阮元校刻《十三经注疏》，中华书局，2009年，第568页。

⑤ 刘勰著，詹锳义证《文心雕龙义证》，上海古籍出版社，1989年，第280页。

⑥ 萧统编，李善注《文选》，上海古籍出版社，2019年，第2077页。

⑦ 遍照金刚撰，卢盛江校考《文镜秘府论汇校汇考》，中华书局，2006年，第467、467页。

⑧ 王世贞撰，罗仲鼎校注《艺苑卮言校注》，齐鲁书社，1992年，第89页。

⑨ 顾櫰三《然松阁赋诗合钞》卷首，《金陵丛书》蒋氏校印本。

都》《两京》，欲叙风土物产之美，山则某某，水则某某，必加穷搜博采，精心致思之功……盖不徒震其才藻之华，而藏之巾笥，作志书、类书读故也。”①提出赋有志书、类书之用。明丰坊《真赏斋赋》、清顾广圻《百宋一廛赋》等，以赋体为书志目录，皆在形式、功能上切应“聚合”“聚集”之意，或亦为赋体文学此种特性的外在显现。

从赋学理论角度，剖析赋体文学之“聚合”，大概有四个方面可资讨论。一是从赋源诸说角度考察，无论“一元说”还是“多元说”，或由源及流论说，或根据赋体之具体特征逆推其源，两种路径皆默示赋体文学具有继承、总结前代文学的特质。如刘勰《文心雕龙·诠赋》：“然赋也者，受命于诗人，拓宇于《楚辞》也……六义附庸，蔚成大国。”②认为赋体继承了诗、骚之文学要素。再如章学诚《校雠通义》：“古之赋家者流，原本诗、骚，出入战国诸子。假设问对，《庄》《列》寓言之遗也；恢廓声势，苏、张纵横之体也；排比谐隐，韩非《储说》之属也；征材聚事，《吕览》类辑之义也。”③依循赋体文学之特征，进一步将散文囊括为赋体形成、发展的重要养分。近人刘师培《论文杂记》论曰：“有写怀之赋，有骋辞之赋，有阐理之赋。……写怀之赋其源出于《诗经》，骋辞之赋其源出于纵横家，阐理之赋其源出于儒、道两家。”④其说较章说虽为笼统，对赋体源流的认识较前人也有所出入，然已不局限于文学领域，而将先秦主要哲学流派作为赋体文学继承发扬之对象，从这个角度看，赋体“聚合”的意义是显而易见的。

二是从赋用的角度考察。赋体之用，在于颂、讽两端，其源又远溯《诗》之美、刺，故早期赋学批评多基于赋用论及赋源，在此语境下，赋用内涵亦拓展至其诸源之用，愈加丰富。如汉宣帝云：“辞赋大者与古诗同义，小者辩丽可喜，如女工有绮縠，音乐有郑、卫，今世俗犹

① 浦铣《历代赋话》，上海古籍出版社，2007 年，第 3 页。

② 刘勰著，詹锳义证《文心雕龙义证》，上海古籍出版社，1989 年，第 274、277 页。

③ 章学诚撰，王重民注《校雠通义通解》，上海古籍出版社，1987 年，第 117 页。

④ 刘师培著，舒芜校点《中国中古文学史 论文杂记》，人民文学出版社，1959 年，第 115 页。

皆以此虞说耳目。辞赋比之,尚有仁义风谕,鸟兽草木多闻之观,贤于倡优博弈远矣。”[①]以《诗》源说为基,指出辞赋具有娱乐、教化、讽谏、积学等多重功用。其次,赋之颂、讽又不完全等同于《诗》之美、刺,后者作为《诗》之两大主旨有较明显的界限,甚至可以说是两大诗歌类型。而汉代赋家在“大一统”现实背景与“王道”思想的影响下,则试图糅合颂、讽,崇尚以颂为手段、以讽为目的,追求“谲谏”的效果,从而形成“曲终奏雅”的创作模式。因此也招致扬雄及后世“劝百讽一”及“诗人之赋丽以则,辞人之赋丽以淫”之批评,这实质上是没有完全认识到赋体颂讽合一之新变。许结称:“赋的直接功用就是颂美和讽喻,要很好地绾合二者。”[②]正指明这一点。要之,“大一统”思想在文化上的凝聚力投射在赋中,促成了赋用的“聚合”。班固《两都赋序》云:“或以抒下情而通讽谕,或以宣上德而尽忠孝,雍容揄扬,著于后嗣,抑亦雅颂之亚也。”[③]言赋继《诗》之雅颂,而兼讽颂之用,故能“润色鸿业”展现“大一统”精神。而在此过程中,“大一统”本身就具有强烈的“聚合”意义。

三是从赋体文学的艺术特征角度考察。最直观的表现是,赋体有机融合了诗、骚、散文的艺术形式,不仅形成了诗体赋、骚体赋等篇制,更能在一篇之内将其熔于一炉、妙用自如。如扬雄《甘泉赋》、班固《两都赋》等,赋中既有主客问答的形式,又容纳骚体辞句,更兼“乱辞”形式的完整诗篇。从更具体的角度看,首先是赋体“聚类”之特性,这点先贤已多有妙论[④]。由“聚类”又衍生出赋体的“字书”“字林”之称,《文心雕龙·练字》载:“……追观汉作,翻成阻奥。故陈思称:‘扬马之作,趣幽旨深,读者非师传不能析其辞,非博学不能综其理。’

① 班固撰,颜师古注《汉书》,中华书局,1962年,第2829页。

② 许结《赋学讲演录》,北京大学出版社,2009年,第56页。

③ 萧统编,李善注《文选》,上海古籍出版社,2019年,第3页。

④ 参见:许结《论汉赋“类书说”及其文学史意义》,《社会科学研究》2008年第5期;王思豪《“知类”的时代——存在于子、集之间的汉代“小说家”与“赋家”》,《社会科学》2023年第2期;踪凡《汉大赋中动植物书写的特色》,《聊城大学学报》2023年第3期;易闻晓《赋本义与名物推类铺陈》,《武汉大学学报(哲学社会科学版)》2023年第5期,等等。

岂直才悬，抑亦字隐。”[①]阮元亦称：“综两京文赋诸家，莫不洞穴经史，钻研六书，耀采腾文，骈音丽字。”[②]无论是赋家的知识结构，还是赋作攒集玮字之体貌，都表明赋体有着“聚合”的特性。刘师培论此云：“昔相如、子云之流，皆以博极字书之故，致为文日益工，此文法原于字类之证也。”[③]又云：“然相如、子云作赋汉廷，指陈事物，殚见洽闻，非惟风雅之遗音，抑亦史篇之变体（观相如作《凡将篇》，子云作《训纂篇》，皆史篇之体，小学津梁也）。”[④]从汇聚玮字出发，指出赋体兼合历史散文的特征与作用。其次，赋体是时间、空间的艺术。刘熙载《艺概·赋概》有论：“赋兼叙、列二法：列者，一左一右，横义也；叙者，一先一后，竖义也。”[⑤]其中“列”指向空间，聚焦于物象展列；“叙”指向时间，聚焦于典故铺陈，二者共同构成了赋体文学铺排的基本形态。可以说，赋体文学就是展列事物的艺术，在展列的过程中，首先要做到的就是汇聚乃至创设事物。皇甫谧《三都赋序》云：“然则赋也者，所以因物造端，敷弘体理，欲人不能加也。引而申之，故文必极美；触类而长之，故辞必尽丽。”[⑥]可见，赋体所叙之事物不是孤立的，而以“引而申之”“触类而长之”为尚，由此才能构建起广袤的叙述空间。再次，赋体还追求多重感官的审美感受，不仅重视音律和谐，亦讲求铺彩摛文，同时又注重场景画面的营造，充分调动读者想象，达到视觉、听觉、触觉等融一的复合审美愉悦效果，枚乘《七发》、司马相如《上林赋》等，都是其中的优秀代表。

四是从赋家身份的角度考察。钱穆云：“是诸人者，或诵诗书，通

① 刘勰著，詹锳义证《文心雕龙义证》，上海古籍出版社，1989年，第1455页。

② 阮元《四六丛话后序》，载孙梅著，李金松校点《四六丛话》，人民文学出版社，2010年，第3页。

③ 刘师培著，舒芜校点《中国中古文学史 论文杂记》，人民文学出版社，1959年，第108页。

④ 刘师培著，舒芜校点《中国中古文学史 论文杂记》，人民文学出版社，1959年，第111页。

⑤ 刘熙载《艺概》，上海古籍出版社，1978年，第98页。

⑥ 萧统编，李善注《文选》，上海古籍出版社，2019年，第2076页。

儒术。或习申商，近刑名。或法纵横，效苏张。虽学术有不同，要皆驳杂不醇，而尽长于辞赋。盖皆文学之士也。”[①]这不仅表明了汉代赋家知识背景的混杂与渊博，更重要的是哲学思想上的认识有所不同。一方面，赋家归属不同哲学流派，形成了该流派的阅读与创作习惯，并将其长者带入到辞赋创作中，形成了体式上的文辞聚合。另一方面，不同哲学流派对事物认识的角度也是多样的，赋家对事物的不同认知，又构成了辞赋创作在观念认知上的多重性。合此二者，最终造就了赋体“聚合”的特征。

司马相如云：“控引天地，错综古今……合纂组以成文，列锦绣而为质，一经一纬，一宫一商，此赋之迹也。赋家之心，苞括宇宙，总览人物，斯乃得之于内，不可得而传。”[②]从艺术效果和创作历程上暗示了赋体“聚合”之特性。真正在文体学层面的申发，则刘师培所论更为清晰：“自战国之时，楚骚有作，词咸比兴，亦冒赋名，而赋体始淆。赋体既淆，斯包函愈广；故《六经》之体，罔不相兼。”[③]二论一则基于创作，一则单纯讨论体式变迁，恰可互为注脚。要之，赋体之聚合绝非仅是停留于外在层面的文辞形式，而是贯穿了赋体历史源流、功能效用、艺术风格的显著文体特质。然赋既有聚合之特征，其在创作上有哪些优势？赋体的离散又是如何展开的？破体离散有何种弊端？其原因为何？这些问题亟待深入考察。

二、由聚到离：聚合之优势与离散之弊端

赋体“聚合”之优势，前贤鲜有论及，一方面“聚合”已被公认为辞赋之重要特性，故多于讨论赋用时兼及，鲜有聚焦论述。另一方面，受诗教论的影响，对赋体“聚合”批判的声音更为强烈，甚至片面认为其是赋体之害。如挚虞《文章流别论》：“情义为主，则言省而文有例

---

① 钱穆《秦汉史》，生活·读书·新知三联书店，2004年，第98页。

② 葛洪辑，成林、程章灿译注《西京杂记全译》，贵州人民出版社，1993年，第65页。

③ 刘师培著，舒芜校点《中国中古文学史 论文杂记》，人民文学出版社，1959年，第137页。

矣；事形为本，则言富而辞无常矣。文之烦省，辞之险易，盖由于此。夫假象过大，则与类相远；逸辞过壮，则与事相违；辩言过理，则与义相失；丽靡过美，则与情相悖：此四过者，所以背大体而害政教。”①基于文学是否有益政教的观点，将“情义”作为最高评价标准，而否认了赋体“聚合”的艺术创造。刘勰《文心雕龙·诠赋》亦称：“然逐末之俦，蔑弃其本；虽读千赋，愈惑体要。遂使繁华损枝，膏腴害骨；无贵风轨，莫益劝戒。”②同样站在《诗》之讽谏说的角度，对其加以批判。此类观点在赋体发展进程中，又有着相当重要的影响，以致赋体“聚合”的艺术成就长期没有得到正视。今论赋体“聚合”之优势，概有三要。

一曰铺张扬厉，衍扩其他文体特色。扬雄云：“诗人之赋丽以则，辞人之赋丽以淫。”③在承认诗赋“丽”的基础上，提出赋之丽要如《诗》有节制，反对无限放大“丽”的特色。就其实际创作，班固则称：“……赋莫深于《离骚》，反而广之；辞莫丽于相如，作四赋。皆斟酌其本，相与放依而驰骋云。”④其作品成功之原因，恰恰是放大了原有文体之特色。扬雄虽因而悔赋，然其在观念和实践上的矛盾提示我们，赋体在“聚合”的过程中，绝非简单拼凑诸体，亦不能完全依循某一体之创作观念，而是不断吸纳、放大其他文体的艺术效果，从而形成新的艺术特征。也正因此，历代批判辞赋靡丽、失实、谄媚、僵化之音虽不绝，然于创作上赋体仍尝试绵延其本色。葛洪论曰：“《毛诗》者，华彩之辞也，然不及《上林》《羽猎》《二京》《三都》之汪濊博富也。……若夫俱论宫室，而奚斯‘路寝’之颂，何如王生之赋《灵光》乎！同说游猎，而《叔畋》《卢铃》之诗，何如相如之言《上林》乎！并美祭祀，而《清庙》《云汉》之辞，何如郭氏《南郊》之艳乎！等称征伐，而《出车》《六月》之作，何如陈琳《武军》之壮乎！”⑤一反“依《诗》立义”的观念，从艺术角

① 严可均辑《全上古三代秦汉三国六朝文》，中华书局，1991年，第1905页。
② 刘勰著，詹锳义证《文心雕龙义证》，上海古籍出版社，1989年，第307页。
③ 汪荣宝撰，陈仲夫点校《法言义疏》，中华书局，1987年，第49页。
④ 班固撰，颜师古注《汉书》，中华书局，1962年，第3583页。
⑤ 杨明照《抱朴子外篇校笺》，中华书局，1991年，第69—75页。

度充分肯定了赋体吸纳、放大其他文体特征的艺术创造。而这种观点渐次发展为“盖踵其事而增华，变其本而加厉。物既有之，文亦宜然”[①]的文学进步、自觉主张，赋体“聚合”蔓衍诸体之特色，正可为其论之实践先导。

二曰衔华佩实，形成“赋兼才学”之特质。关于这一点，前论赋家身份已有所涉及，赋家既源出诸子，赋体亦聚集众体之长，则非但其文本包容广博，且将诸体之异凝为赋体之和同，亦需极大的才力学识。明谢榛云：“汉人作赋，必读万卷书，以养胸次。《离骚》为主，《山海经》《舆地志》《尔雅》诸书为辅。又必精于六书，识所从来，自能作用。”[②]所谓“胸次”，即指胸襟，赋家需有气魄和胆识汲取众体之长，继而将其融织于一篇之内。而融织的重要手段，即需以学识弥合诸体之缝隙。谢氏为何尤重《山海经》《舆地志》《尔雅》诸书？《山海经》记叙上古神话，兼涉古史，与《离骚》颇近，韩高年称：“《离骚》名词也多与出自楚人之手的《山海经》‘互文’……与《山海经》同出一源。”[③]《舆地志》以史体记叙地理变迁，同时又与现实相连。《尔雅》关注“物”，不仅切中赋体创作的核心，其一端联系辞赋创作之要“音韵”，另一端则更与经学相通。欧阳修《诗本义》云：“考其文理，乃是秦汉之间学《诗》者纂集说《诗》博士解诂之言尔。”[④]三类文献联系诸体，不仅为辞赋创作提供大量材料，更可作为融合诸体之润滑剂。故谢氏谓“必读万卷书”，方可“自能作用”。对此刘熙载之论更为明晰，《艺概·赋概》云：“赋兼才学。才，如《汉书·艺文志》论赋曰：‘感物造端，材智深美’，《北史·魏收传》曰：‘会须作赋，始成大才士’；学，如扬雄谓‘能读赋千首，则善为之’。”面对事物能生发情感以成章，称之为才情。赋是围绕“物”的文学，自然要凝聚才性。而针对“学”，就其所举

---

① 萧统编，李善注《文选》，上海古籍出版社，2019 年，第 1 页。

② 谢榛《四溟诗话》，人民文学出版社，2005 年，第 62 页。

③ 韩高年《诗思的力量——论〈离骚〉的语言创新》，《光明日报》2023 年 6 月 18 日，第 5 版。

④ 欧阳修《诗本义》卷十“文王”，文渊阁《四库全书》本。

扬雄语，刘氏所论似不单纯指向“学识”，与其“感物成章以称才”相对应的，当是“运用学识以为赋”更为贴切。故这里举扬雄语，又涉及赋体模拟的问题。学习、模拟前作，一方面因为其提供了良好的创作范式；另一方面，赋本身就凝聚了大量的知识，考察前人创作，不仅是简单的知识增益，更需揣摩、汲取前人如何运用学识兼容众体，使之浑然天成。从这个角度看，“聚合”可谓是赋体创作之精髓。

三曰与时俱进，接受其他文体新变。简宗梧说：“赋从汉世以来，一直与文学语言变造的脉动息息相关，赋家一直扮演着书面语言变造者的角色，一方面领先其他文类创新语言，一方面又从其他文类吸取语言精华，因此它一直与其它文类产生紧密的交互影响。”[①]就吸取其他文类的语言精华而论，当以赋体吸收五、七言句式为显著标志。诗体之七言，相传始于汉武帝与群臣所作《柏梁台诗》，根据目前学界的主流观点，该诗大概完成于西汉中期[②]。这一时期，恰是大赋鼎盛阶段，赋体率多散句，以三字句、四字句、六字句为主，且文体稳定，基本形成定制，模拟之风日兴。然赋体却能关注其他文类之新变，在诗体出现七言形式后，很快将其吸收到辞赋创作中。如班固《竹扇赋》，“体物”“揄扬”特征明显，虽为短制，然全用七言，可谓是较早且全面的创作实践。嗣后赵壹《刺世疾邪赋》，杂用四言、五言、六言、八言、十言，将诗体、文体新变有机融合于赋的创作中。至江淹《别赋》，五、七言已发展成为赋作的重要组成：“春宫闷此青苔色，秋帐含兹明月光，夏簟清兮昼不暮，冬釭凝兮夜何长！织锦曲兮泣已尽，回文诗兮影独伤。”[③]“虽渊云之墨妙，严乐之笔精，金闺之诸彦，兰台之群英，赋有凌云之称，辩有雕龙之声，谁能摹暂离之状，写永诀之情者乎！”[④]句

---

① 《第二届国际唐代学术会议论文集》，台北文津出版社，1993 年，第 116 页。

② 参见：王晖《柏梁台诗真伪考辨》，《文学遗产》2006 年第 1 期；孙正军《〈柏梁台诗〉成篇时间新论——基于文本出处和官职描述的综合考察》，《中华文史论丛》2018 年第 2 期；郭永秉《〈柏梁台诗〉的文本性质、撰作时代及其文学史意义再探》，《文史》2020 年第 4 期，等等。

③ 萧统编，李善注《文选》，上海古籍出版社，2019 年，第 769 页。

④ 萧统编，李善注《文选》，上海古籍出版社，2019 年，第 770、771 页。

式变化多样，妙手天成，遂成为后世创作之范本。故许梿评曰："六朝小赋，每以五言、七言相杂成文，其品致疏越，自然远俗，初唐四子颇效此法。"①除了语言形式上的纳新，在创作主题方面，赋与其他文学亦有交融。檀道鸾云："自司马相如、王褒、扬雄诸贤，世尚赋颂，皆体则《诗》《骚》，傍综百家之言。及至建安，而诗章大盛。逮乎西朝之末，潘、陆之徒，虽时有质文，而宗归不异也。正始中，王弼、何晏好《庄》《老》玄胜之谈，而世遂贵焉。至江左李充尤盛。故郭璞五言始会合道家之言而韵之。询及太原孙绰转相祖尚，又加以三世之辞，而《诗》《骚》之体尽矣。"②此言及诗赋创作传统之变迁，诚与文学风尚转变相关，然辞赋恒久的旗帜是"体国经野，义尚光大"，由此渐次转变为"好为玄言""加以三世之辞""赋乃漆园之义疏"，其中蕴含诗、赋甚至更多文体在形式、主题、风格等方面之交融，是彰明昭著的。

然而，并非所有论家对赋体的这种变化都持积极态度。谢榛《四溟诗话》云："屈、宋为词赋之祖。荀卿六赋，自创机轴，不可例论。相如善学《楚辞》而驰骋太过。子建骨气渐弱，体制犹存。庾信《春赋》，间多诗语，赋体始大变矣。"③在"尊体"思想的影响下，对文体变革尤为谨慎，不仅对庾信赋多用诗歌语言暗中批评，甚至对司马相如、曹植亦略有微词。事实上，赋体不断接受其他文体新变，最终分别形成了骈赋、律赋、文赋等体制，后世对这一过程虽亦有正面评价，但总体以批判论调为主。总结起来，大概包括以下几个方面。

一是对于破体的单纯不认同。王芑孙《读赋卮言·审体》云："七言、五言最坏赋体。或谐或奥，皆难斗接，用散用对，悉碍经营。"④认为赋体吸收诗体句式，不仅是对文体的破坏，辞赋创作风格与内涵也

---

① 许梿《六朝文絜》，上海古籍出版社，1982年，第38页。

② 刘孝标注引檀道鸾《续晋阳秋》，参见刘义庆撰，刘孝标注，余嘉锡笺疏《世说新语笺疏》，上海古籍出版社，1993年，第262页。

③ 谢榛《四溟诗话》，人民文学出版社，2005年，第44页。

④ 王芑孙《读赋卮言·审体》，载何沛雄《赋话六种》，香港三联书店，1982年，第4页。

因此变得混杂模糊。再如祝尧所论："愚考唐宋间文章，其弊有二：曰俳体，曰文体……后山谓欧公以文体为四六。但四六对属之文也，可以文体为之；至于赋，若以文体为之，则专尚于理而遂略于辞、昧于情矣。"[①]祝氏并不完全反对破体，他赞成"以文体为四六"，盖因四六文破体不失形式上"对属"之特征。而赋变为俳体、文体则会动摇丽辞雅义、以情为文之根本。对此徐师曾讨论更详："三国、两晋以及六朝，再变而为俳，唐人又再变而为律，宋人再变而为文。夫俳赋尚辞，而失于情，故读之者无兴起之妙趣，不可言'则'矣。文赋尚理，而失于辞，故读之者无咏歌之遗音，不可以言'丽'矣。至于律赋，其变愈下，始于沈约'四声八病'之拘，中于徐、庾'隔句作对'之陋，终于隋唐宋'取士限韵'之制，但以音律谐协、对偶精切为工，而情与辞皆置弗论。"[②]认为骈赋受诗歌之影响，过于关注辞藻声律，已属"丽淫"；文赋受散文之影响，又背弃了辞赋"铺彩摛文"的特征；而律赋仅以声律、对偶之禁锢为要，既不能做到"情以物兴"又不能真正铺彩摛文，故评价其"其变愈下"。祝、徐之论以扬雄、刘勰之观点为基，全面反对辞赋之破体，既受到《诗》源说的影响，亦有复古思想之加持，遂在赋学史上长期被奉为不刊之论。

二是对创作重点偏移的批评。从创作技法上看，辞赋破体虽汲取别体之长，但亦将别体之创作重点立为本体之创作关键，并由此失却其本质特色，这点在骈赋、律赋上尤为明显。元人李祁云："古之赋未有律也，而律赋自唐始。朝廷以此取士，乡老以此训子，兢兢焉较一字于毫忽之间，以为进退予夺之机。"[③]认为律赋将诗歌炼字艺术移接，视创作之要旨，言语间暗中对赋体失去鸿裁大制、体国经野之义提出批评。毛奇龄曰："至隋唐取士，改诗为律，亦改赋为律，而赋亡矣。登高大夫，降之为学僮摹律之具，算事比句，范声而印字，襞其词而画其韵。既无忼慨独往之能，而称名取类、就言词以达志气，亦复

① 祝尧《古赋辨体》卷五，文渊阁《四库全书》本。

② 徐师曾著，罗根泽校点《文体明辨序说》，人民文学出版社，1962年，第101页。

③ 李祁《云阳集》，文渊阁《四库全书》本。

掩卷殆尽。”[①]从赋用角度着眼，认为原本“大夫九能”之一的辞赋，受诗、文之影响过于关注音韵、对偶而变为律赋，几乎成为文字游戏，导致了赋体之失落。从创作内涵上看，对辞赋破体批评最为激烈的则是其沦丧古诗之义。徐师曾称：“动荡乎天机，感发乎人心，而兼出于‘六义’，然后得赋之正体，合赋之本义。苟为不然，则虽能脱乎俳律，而不知其又入于文矣，学者宜细求之。”[②]这依然是根植于《文心雕龙·诠赋》的观点，认为辞赋创作首先要“情以物兴”，俳、律依题立意，禁忌繁多，物为妄设，情乃虚情，自然偏离“赋之正体”。其次还要合乎古诗之义，认为即便在形式上脱离了诗文为赋而设之禁锢，倘不合“六义”之赋，则又会偏向散文之藩篱。徐氏提出了赋与诗文两套不同的创作要求，其本意是对辞赋创作忽略自身本质特征而重诗文规范的批判。

三是对文辞格调等艺术风格的批评。受诗文批评传统的影响，古人针对这一方面的理论多为论断式、评价式，且很多时候语焉不详，较为缺乏完整、深入的分析。如明人费经虞云：“六朝之赋则俳，唐人之赋则律，而多四六对联。宋人之赋多粗野索易之语、衰飒之调。”[③]对赋中出现“四六对联”，似是客观陈述，而又似有不满之意在。其次，言六朝为俳、唐赋为律，至“宋人之赋”则自当是指文赋，至于为何评价文赋语言格调粗野，则不加详论。清陆棻《历朝赋格·凡例》评价说：“律赋自元和、长庆而来，欲化密为疏，不觉其趋于薄；欲去华就质，不觉其入于俚。”[④]“化密为疏”指向对律赋创作规范的突破，“去华就质”则显然指重视质实、剪裁文华，二者共同对应文学复古运动，描述了赋体由律转文、“其变愈下”的过程。赵成林说：“直到中唐，古

---

① 毛奇龄《西河集》，《清代诗文集汇编》第 87 册，上海古籍出版社，2010 年，第 435 页。

② 徐师曾著，罗根泽校点《文体明辨序说》，人民文学出版社，1962 年，第 102 页。

③ 费经虞撰，费密补《雅伦》，清康熙四十九年（1710）刻本。

④ 陆棻《历朝赋格》，《四库全书存目丛书》集部第 399 册，齐鲁书社，1997 年，第 275 页。

文运动兴起，诗文以实用为尚，反对华靡空洞……影响所及，赋体文学破碎骈俪，质朴拙稚之风复兴。”[①]结合费经虞论，诗文复古运动影响下的赋体舍弃了“丽”的本质特征，或许正是其产物文赋“粗野”的原因之一。与陆棻同时期的纳兰性德所论稍详，其《通志堂集·赋论》以正面态度回顾了魏晋以降的辞赋创作风气，继云：“至唐，例用试士，而骈四俪六之习，风雅之道，于斯尽丧。中世杜牧之辈始推陈出新，更为奇肆，实以开宋人滮漫无纪极之风，而赋之体又穷矣。”[②]认为律赋的语言形式，已妨害赋体雅驯风格，而《阿房宫赋》等文赋先声及后世文赋又近乎文，致使体式模糊、文辞不整，几丧赋体。

四是对创作束缚过多的批评。这主要是针对律赋展开的批评，自律赋诞生起即争论不断。《太平广记》录唐李玫《纂异记》载：“有司考之诗赋，蜂腰、鹤膝，谓不中度；弹声韵之清浊，谓不协律。虽有周、孔之贤圣，班、马之文章，不由此制作，靡得而达矣。然皇王帝霸之道，兴亡理乱之体，其可闻乎？今足下何乃赞扬今之小巧，而隳张古之大体？况予乃怼皓月长歌之手，岂能拘于雕文刻句者哉。”[③]批评主要针对两个层面，一是律赋引入诗法音韵、对偶之要求，给赋体创作带来很大束缚，有损于艺术的创造力。二是从赋用角度看，律赋命题定意，既不能上承雅正之义，雍容揄扬；又难以激浊扬清，作用于现实社会。故破体为律赋，其规矩虽繁，却只是雕虫篆刻的文字游戏，难与班、马古赋比肩。当然，亦有学者认为禁锢愈多，愈能彰显才学，如孙梅《四六丛话》完全从正面叙述律赋创作的种种规范，再如陆棻谓：“唐人联以四六，限以八音，协韵谐声，严于铢两，此如画家之有界画勾拈，不得专取泼墨淡远为能品也。”[④]陆氏观点基本代表清人对律赋种种约束条件之态度，即承认律赋规矩繁多，但对此体式又持正面态

---

① 赵成林《唐赋分体叙论》，湖南大学出版社，2009年，第145页。

② 纳兰性德撰，黄曙辉、印晓峰点校《通志堂集》，华东师范大学出版社，2019年，第277页。

③ 李昉等编《太平广记》，中华书局，1961年，第2765页。

④ 陆棻《历朝赋格·凡例》，清康熙二十五年(1686)刻本。

度，这当然与彼时官方倡导是分不开的[①]。客观来说，律赋甚至骈赋的种种限制，必然影响着创作情况，这也是律赋存世极多而精品极少的直接原因。

三、破体复破：赋体的分离与寂落

吴承学论“破体”称：“大胆打破各种文体的界限，使之互相融合……破体者强调各种文体的‘本同’……”[②]以该观点蠡测早期辞赋，融众体之长而独具特色，论赋源则追溯《诗》、骚、诸子散文，以求其共性；析赋用则称颂、讽，附比登高之旨。可以说，赋体的诞生，实际上就是破体的产物。今人多认为破体至早当在六朝，而盛于唐宋，以赋体文学观之，中国文学的破体实践很早即有征兆。实际上，古人对此也早有猜测，刘孝绰《昭明太子集序》就说：“孟坚之颂，尚有似赞之讥；士衡之碑，犹闻类赋之贬。”[③]只是彼时对“体”的认识尚不够深入，故刘氏仅以揣摩猜测以达其意。由此回顾赋体“聚合”的特征，很可能正是由破体而形成；也正因赋体的诞生本身就是一次破体，故其对以诗、文为主的其他文体又有着强烈的依附性。降至六朝，明体思想大为兴盛，诗、文新变颇多。徐师曾论曰：“文愈盛故类愈增，类愈增故体愈众，体愈众故辨当愈严。”[④]各体文学特色愈加鲜明、边界愈加明确、创作要求愈加严谨、差异愈大而共性愈小，出现了“辨愈严”的情况。且诗文创作持续兴盛，破体已有先声，又存在“类愈增”的景象。在此情况下，赋体文学原本的兼容性已无法适应新的文学发展规律，难以包容体式愈明的各体文学，凭借对诗、文的依附性，终于出现了第二次破体，并由此衍生出骈赋、律赋、文赋等体式。赋体的“破体复破”，在路径上似乎是探索该体“复归诸源”，而在变革过程中，或

① 参见清康熙帝《御制历代赋汇序》，许结主编《历代赋汇（校订本）》卷首，凤凰出版社，2018年。

② 吴承学《辨体与破体》，《文学评论》1991年第4期，第58页。

③ 严可均辑《全上古三代秦汉三国六朝文》，中华书局，1991年，第3312页。

④ 徐师曾著，罗根泽校点《文体明辨序说》，人民文学出版社，1962年，第78页。

许对其本质特色却几近抹杀。

赋体的“分离”，有着漫长的时间线索，受制于文献存佚情况，许多问题如骈赋之名为何入清方有见载、律赋何时进入科举等已不可确考，然前人对破体的思索却从未停止，总结起来，大概有三个阶段。

第一阶段是唐宋时期，针对破体创作的出现，赋家从正面作出解释，以获取破体创作的合理性。白居易《赋赋》云：“全取其名，则号之为赋；杂用其体，亦不出乎《诗》。四始尽在，六义无遗……其工者，究笔精，穷旨趣，何惭《两京》于班固；其妙者，抽秘思，骋妍词，岂谢《三都》于左思……则《长杨》《羽猎》之徒，胡为比也；《景福》《灵光》之作，未足多之。”[①]以《诗》源说作为破体的理论依据，继而与古赋相比，正面肯定律赋创作。白氏此段古律比较，与上引葛洪《抱朴子》语十分相近。二者共同点是，皆以古今比较的形式，为新生的破体创作辩护；其不同在于葛洪能够举出大量的古今实例比较辩驳，而白氏只举古赋名篇，空言颂扬新体，至于破体新作有哪些篇目“超轶今古”则无法举出。相较而言，白氏之论显然没有足够的说服力，其以赋论赋虽具才气，却恰恰暴露了新体律赋之劣势。至宋代，赋家对新体创作解释的理论性大为增强，如诸家评苏轼《赤壁赋》，唐庚《唐子西文录》云：“余作《南征赋》，或者称之，然仅与曹大家辈争衡耳。惟东坡《赤壁》二赋，一洗万古，欲仿佛其一语，毕世不可得也。”[②]苏籀《栾城遗言》云：“子瞻诸文皆有奇气。至《赤壁赋》，髣髴屈原宋玉之作，汉唐诸公皆莫及也。”[③]周密所论更详：“《赤壁赋》谓……此盖用《庄子》句法……又用《楞严经》意……东坡《赤壁赋》，多用《史记》语……‘开户视之，不见其处’则如《神女赋》。所谓以文为戏者。”[④]皆采取今古比较的策略，以今优于古说明新体之合理，而周密论举其剪辑众体，源

① 白居易著，顾学颉校点《白居易集》，中华书局，1979年，第877页。

② 唐庚述，强行父记《唐子西文录》，何文焕辑《历代诗话》，中华书局，1981年，第445、446页。

③ 苏籀《栾城先生遗言》，《丛书集成初编》本，商务印书馆，1936年，第4页。

④ 周密撰，孔凡礼点校《浩然斋雅谈》，中华书局，2010年，第14页。

出诸家经典，则又回归赋体“聚合”之特性，以此论证文赋与古赋“本同而末异”。

此外，唐宋时期还诞生了大量的赋格书，此类著作又特重律赋体式。按一般规律来看，从新体之诞生，到为人们所接受，再到广泛传播、创作理论的繁荣，需要经历漫长的过程。律赋立体之速，当与科举试赋的推动有关。李调元《赋话》云：“不试诗赋之时，专攻诗赋者尚少。大历、贞元之际，风气渐开；至太和八年，杂文专用诗赋，而专门名家之学，樊然竞出矣。”[①]正指出律赋迅速立体之原因。文赋的立体路径则不同，其依靠体式上与律赋禁锢模式的背反，兼有名家佳作的背书，得以深入人心。陈师道云：“又喜用古语，以切对为工，乃进士赋体尔。欧阳少师始以文体为对属，又善叙事，不用故事陈言而文益高。”[②]恰点明文赋立体的两个关键因素。

第二阶段为金元时期，历经唐宋两代破体实践，随着辨体意识的增强，金元时期的赋论家对赋体的认识渐由模糊走向清晰，并对其展开深入反思。金代赋论家即对前代律赋、文赋创作予以检讨，然多为总体性评论，虽以赋体为称，实际上重在批判文风，涉及赋体的讨论则较少。赵孟頫云：“宋之末年，文体大坏……作赋者不以破碎纤靡为异，而以缀缉新巧为得。有司以是取，士以是应，程文之变，至此尽矣。”[③]重点是批判当时靡丽奇巧之文风，故始言“文体”而末叙“程文”，仅考虑科举之倡导效应而并未讨论赋体变化之内因。又王若虚《文辨》载：“科举律赋，不得预文章之数，虽工不足道也，而唐宋诸名公集往往有之。盖以编录者多爱不忍，因而附入，此适足为累而已。”对律赋采取更为激进的态度，至于其为何“不足道”亦无详论。至元代，以祝尧为代表的赋学家，才对赋体问题有进一步的思考。祝氏对赋体的认识，是在矛盾中不断辨明、深入的。如其论赋体宗诗：“赋之源出于诗，则为赋者固当以诗为体，而不当以文为体。后代以来……

① 李调元《赋话》，《丛书集成初编》本，商务印书馆，1936年，第3页。
② 陈师道《后山诗话》，何文焕辑《历代诗话》，中华书局，1981年，第309、310页。
③ 赵孟頫著，钱伟强点校《赵孟頫集》，浙江古籍出版社，2012年，第172页。

问其所赋，则曰赋者铺也，如以铺而已矣，吾恐其赋特一铺叙之文尔，何名曰赋。”[①]这段文字有两点值得注意，一是明确反对赋体以文为宗，二是能够将赋体本质与创作特征、技法剥离分析，在赋源、赋体、赋用合而论之的赋学传统中可谓鹤立鸡群。然而祝氏虽强调赋体“以诗为体”，却又拒绝接受诗体新变：“是以唐之一代古赋之所以不古者，律之盛而古之衰也。就有为古赋者，率以徐、庾为宗，亦不过少异于律尔；甚而或以五七言之诗为古赋者，或以四六句之联为古赋者，不知五七言之诗、四六句之联，果古赋之体乎？”[②]认为古赋衰落的原因是破体吸收诗、文之语言形式，致使体格不纯。从宏观上讲，赋体要发展，当然不能故步自封于古诗之体，况诗体既有新变，作为诗之流的赋亦必然顺应文学发展的趋势，从这个角度出发，祝尧“以诗为体”论自然也包含诗之新体，然其对新体律赋又持否定态度，评其曰：“雕虫道丧，颓波横流。”[③]既否认古赋纳新诗体，亦反对律赋创作，在赋体发展视野下，这些观点与其“以诗为体”论皆存在内在矛盾。在文赋问题上，祝尧明确反对“以文为体”，然《四库提要》摘其论称：“其论司马相如《子虚》《上林》赋，谓问答之体，其源出自《卜居》《渔父》，宋玉辈述之，至汉而盛。首尾是文，中间是赋，世传既久，变而又变。其中间之赋，以铺张为靡，而专于词者则流为齐梁、唐初之俳体。其首尾之文，以议论为便，而专于理者，则流为唐末及宋之文体。”[④]追溯骈赋、文赋之体式渊源，又为新体创作寻找合理解释，这种讨其源流以明正统的方式，亦被清代赋学家广泛继承。再如：“是故为赋者不知赋之体而反为文，为文者不拘文之体而反为赋，赋家高古之体不复见于赋，而其支流轶出，赋之本义乃有见于他文者。”[⑤]反对以文为赋，而对以赋为文颇有赞许，对破体又持开放态度。

① 祝尧《古赋辨体》卷九，文渊阁《四库全书》本。
② 祝尧《古赋辨体》卷七，文渊阁《四库全书》本。
③ 祝尧《古赋辨体》卷八，文渊阁《四库全书》本。
④ 永瑢等《四库全书总目提要》，中华书局，1965 年，第 1773 页。
⑤ 祝尧《古赋辨体》卷九，文渊阁《四库全书》本。

总体来说，金元时期对赋体的认识，尝试脱离赋源、赋用而将其作为独立命题看待，其间虽充满矛盾与反复，也正在矛盾反复中，认识得以提升。

第三阶段是明清时期，对破体创作的讨论由全面否定转为"聚合"传统的复归。明代不以赋入科举，加之复古思潮兴盛，时人对赋之破体多持否定态度，如"唐无赋"说，已成学术公案。陈山毓云："唐之俳，宋之俚，元之稚，无赋矣。"[①]基本代表了明代前期论者之主流观点。至明中晚期，受文学革新思潮的影响，赋论家对破体的态度亦有所转变，王世贞云："作赋之法，已尽长卿数语。大抵须包蓄千古之材，牢笼宇宙之态……赋家不患无意，患在无蓄；不患无蓄，患在无以运之。"[②]前人论相如此语，多就"赋迹""赋心"发论，王氏此虽就古赋而言，然已将"包蓄"与才学之运用作为赋体创作的关键，跳脱出辞赋体式评论"声律""文辞""风格""源流"等牢笼，标志着赋体评论"聚合"传统的复归。至袁宏道曰："夫物始繁者终必简，始晦者终必明，始乱者终必整，始艰者终必流丽痛快……张、左之赋，稍异扬、马。至江淹、庾信诸人，抑又异矣。唐赋最明白简易，至苏子瞻直文耳。然赋体日变，赋心亦工，古不可优，今不可劣。"[③]关注赋体流变，对破体已持理解态度，其主张文章应"明白简易"，故认为赋体由"繁"入"简"无可非议，实际上这正是赋体由"聚合"走向"离散"的过程。入清以后，科举虽长期不考赋，然统治者对赋体的开放态度使律赋创作复兴，学者对赋之破体亦为推崇，并重新寻找学理解释。吴省兰云："赋之有律，亦犹执规矩以程材，持尺度以量物，裨方圆长短各中乎节而后止，况协音响于钧韶，摹光华于日月哉。"[④]认为律赋之种种束缚恰能约束创作、方便国家抡才，且符合雅颂之旨。纪昀的赋学思想更具代表性："沿及魏、晋，作者益繁，词亦渐趋于排偶。陆机《文赋》称'赋

---

① 陈山毓《赋略·绪言》，明崇祯七年(1634)陈舒、陈皋刻本。

② 王世贞撰，罗仲鼎校注《艺苑卮言校注》，齐鲁书社，1992年，第31页。

③ 袁宏道著，钱伯城笺校《袁宏道集笺校》，上海古籍出版社，2018年，第551页。

④ 法式善《三十科同馆赋钞》卷首，清光绪十六年(1890)刻本。

体物而浏亮'，盖就一时之体言之，不足以尽赋之长也。"[1]陆机此语，几已成为赋学史之公认观点，而纪昀却认为其就时赋发论，不能概括赋体特征。又云："故辞赋之兴盛于楚汉，大抵以博丽为工。司马相如称'合纂组以成文'，刘勰称'金相玉式，艳溢锱毫'，是文章之一体也。"[2]以"博丽"概括赋体特征，"博"即广博，内中自然蕴含"聚合"之意，故以相如语证之；"丽"则以刘勰语证之。可见其并非随性发语，而是严谨思考过后之论证。就赋体创作，纪昀亦持兼容并包之观念，认为应"撷徐、庾之精华，而参以欧、苏之变化"[3]。基本突破了文体之拘囿，而集众家之长，亦颇合赋体"赋兼才学"之要义。

不可否认的是，辞赋"破体复破"后，再也未能复现汉赋那样的兴盛局面。时殊世异，这当然与时代风气、文学发展变迁相关，但赋体的内在厘革方是其愈衰乃至消亡的直接原因。从变革的过程及结果来看，辞赋破体异于诗、文的主动求变，具有一定的被动性。刘熙载云"赋无非诗，诗不皆赋"[4]。由于赋体"聚合"之特点，诗、文皆为其重要祖源，故赋学理论长期与诗、文理论粘连，这也导致了赋体发展的滞后性。骈赋、律赋、文赋皆为相应诗体、文体变革后相对稳定，继而渗入赋体领域；元代以前，对赋体的深入讨论较少，而诗、文在很早就出现了比较成熟的批评理论乃至流派讨论、品评文字等。这些都说明，辞赋的"分离"是被动发生的，其"源"已有剧变，使赋体不得不变。从变革的原因来看，辞赋破体又有一定的紧迫性。魏晋以降，中国文学进入大变革时代，"明体"是这一时期的突出特色，诸体特征愈明，区别愈显，赋体很难凝结众体为己所用。此间赋体尝试融结诗、文，而以五七言、四六句入赋，最终招致后世的强烈批评[5]。而"有韵者为

---

①③ 纪昀《纪文达公遗集》，《续修四库全书》第1435册，上海古籍出版社，2002年，第371页。

② 纪昀《纪文达公遗集》，《续修四库全书》第1435册，上海古籍出版社，2002年，第336、337页。

④ 刘熙载《艺概》，上海古籍出版社，1978年，第87页。

⑤ 参见上文引祝尧《古赋辨体》、王芑孙《读赋卮言·审体》等语。

文，无韵者为笔”的文类思想占据主导，亦现实切断赋与散文之联结。种种迹象表明，赋体“聚合”的特性在这一时期遭到严重破坏，一方面“明体”思想要求辞赋树立其本质特征“聚合”的旗帜，一方面赋体又现实失去了“体兼众制”的传统，这也导致了在时人论述中，众体皆明而赋体不明。曹丕称“诗赋欲丽”，陆机云“赋体物而浏亮”，刘勰云“铺彩摛文，体物写志”，然《文心雕龙·明诗》又称诗体：“俪采百字之偶，争价一句之奇；情必极貌以写物，辞必穷力而追新。”[①]其指向皆不同、模糊，始终没有脱离时文风气或《诗》源说之影响，将赋体问题独立展开讨论。由此，赋体文学迫切也只能通过破体，以重新寻找其在文学中的定位。从变革的形式和内容来看，辞赋破体还有一定的限制性。由于“明体”的不充分，更兼赋体对诗体、文体之依附，其破体亦紧密依据诗、文变革展开。就律赋而言，赋本有韵而不限韵，因试帖诗多限六韵或八韵，故律赋亦限八韵；在语言形式上，又汲取骈文之特征，几无散句；在批评文献上，因诗体有诗格、诗谱等，故模仿诞生出一批关注创作技法的赋格、赋谱著作。至于文赋，则更是唐宋古文运动的产物之一，不拘于韵，率多散句，近乎散文。赋体之破体，几乎皆依循诗文变革的规律展开，舍此之外，鲜少创造。

赋体的“破体复破”，从某种程度上讲，是沿溯其祖脉诗、文的一次“离散”。由“体兼众制”，到分别尝试以诗、文为主线破体，虽产生了律赋、文赋等新体，然失却“聚合”本质属性的赋体，终究难以再塑辉煌。其间虽亦有名作传世，实多属天才之灵光一闪，绝非赋体的胜出，故后继乏善可陈。郝经云：“近世以来，夸毗者不务实学，骩骳芜秽，纤艳浮侈，枵然恣肆，以古为野；徼幸者干禄诡获，只务速售，破碎缀缉，无复统纪，以正为左。”[②]尤其言明赋家“不务实学”的风气。所谓“赋兼才学”，学既不存，兼则难备。刘祁亦云：“金朝取士，止以词赋为重，故士人往往不暇读书为他文。尝闻先进故老见子弟辈读苏、

① 刘勰著，詹锳义证《文心雕龙义证》，上海古籍出版社，1989 年，第 208 页。

② 郝经撰，张进德、田同旭编年校笺《郝经集编年校笺》卷二九，人民文学出版社，下册第 741 页。

黄诗，辄怒斥，故学子止工于律、赋，问之他文，则懵然不知。”①更指出后世赋家非但不重“学”，亦将“才”摒弃。赋体探索复归诗、文本源破体，而离散众制，赋家才、学皆失，致使其最本质的“聚合”特征不存，终于走向了寂落。然而对赋体的探索，在今天却仍具现实意义。厘清观念中的文体混杂、赋文不分，对这种我国特有的文学体裁明其体、知其义、通其用、晓其艺，不仅对方今如火如荼的赋体创作有指导意义，更是赓续中华文脉，增强文化自信，充分发挥中华文明统一性与凝聚力的重大课题。

（首都师范大学文学院）

① 刘祁著，崔文印点校《归潜志》，中华书局，1997年，第80页。

《文镜秘府论》“集论”二序析要*

甘生统

内容摘要：《文镜秘府论·南卷》“集论”中的两段文字，一为元兢编《古今诗人秀句》之序，一为高宗至武周时期某部类书之序。二序在介绍两书编纂情况和选材标准的同时，提出了一些极为重要的理论、命题。通过对这些理论、命题的细致梳理和辨析，可以进一步管窥类书与初唐文学思想间之互动关系。

关键词：《文镜秘府论》；类书；文学思想

On the Literary Thoughts of Two Preface of "Collected Discourses" in *Wenjing Mifu Lun*

Gan Shengtong

Abstract: The two passages from the "Collected Discourses" section of

* 本文为国家社科基金后期资助项目“皎然集校注”(项目编号：21FZWB105)的阶段性成果。

Wenjing Mifu Lun Southern Volume consist of the preface to Yuan Jing's *Gujin Shiren Xiuju* and the preface to an encyclopedia from the Gaozong to Wu Zhou periods. While outlining the compilation methods and selection criteria of these works, these prefaces present significant theoretical propositions. Through careful analysis of these theories and propositions, this study illuminates the interactive relationship between encyclopedic compilations and early Tang literary thoughts.

Keywords: *Wenjing Mifu Lun*; encyclopedic compilations; literary thoughts

《文镜秘府论·南卷》“集论”中的两段文字，一般认为是初唐两部类书之序。对此二序，数量不多的几篇研究成果的关注点，主要集中在序文之归属和写作时间等文献学问题，而对其理论意义的关注相对较少。鉴于此，本文拟在现有研究基础上，对两序之理论内涵及其价值意义作简要分析。

一

《文镜秘府论·南卷》“集论”中自“或曰：晚代铨文者多矣”至“若斯而已矣”一段文字①，已为学者考证为《古今诗人秀句序》。《古今诗人秀句》是初唐时期的元兢编纂的一部秀句类书，约编成于咸亨二年(671)，是元兢借参编《芳林要览》之便，利用相关材料，独立编成的著作。元兢其人其书，《旧唐书》卷一九〇有《元思敬传》，仅有二十七字：“元思敬者，总章中(668—668)为协律郎，预修《芳林要览》；又撰《诗人秀句》二卷，行于世。”②一般认为元思敬即元兢，思敬为其字。《新唐书》没有其传记，惟《艺文志》在著录其诗格《诗髓脑》之外，又录其《古今诗人秀句》二卷。《古今诗人秀句》一书编成后，似乎流传较

① 遍照金刚撰，卢盛江校考《文镜秘府论汇校汇考》，中华书局，2006年，第1539—1555页。是序引文均出自此版本，不再一一出注。

② 刘昫等《旧唐书》，中华书局，1975年，第4997页。

广，至盛中唐之际，活跃于吴越之地的皎然在其《诗式》中曾有提及，其“重意诗例”云：“畴昔协律郎吴兢与越僧玄监集《秀句》，二子天机素少，选又不精，多采浮潜之言以诱蒙俗，特入瞽夫偷语之便，何异借贼兵而资盗粮，无益于诗教矣。”①“吴兢”系“元兢”之误，因“元兢姓名不彰，后人遂误改”②。从句意看，皎然对该书颇有微词。之后此书便亡佚了。

和绝大多数序言一样，该序对《古今诗人秀句》一书的编纂时间、缘起、过程、体例及选材标准进行了介绍，是了解该书乃至大型类书《芳林要览》最为重要的一则资料。但从诗学的角度看，该序提出了一些重要观点，是初唐诗坛上极富理论色彩的诗论之一。

第一，该序针对当时重“物色”的创作倾向，提出“情绪”“物色”并重的思想。“物色”一词，在南朝时既已普遍使用，《文选》卷十三有“物色”之目，《文心雕龙》有《物色》篇，其基本含义是“有物有文曰色”（李善注），是对色彩斑斓的自然景物的一种高度概括。用于文学理论，是指创作中的一种注重辞采雕饰的倾向。“情绪”一词为元兢首创，意为情感意绪，与陆机《文赋》“诗缘情而绮靡”之“情”意义相同。如何处理“情”与“采”之关系，是重“物色”还是重“情绪”抑或“情”“采”并重，这是南朝诗人面对的一个问题，也是此期文论家讨论的一个重要话题。刘勰《文心雕龙》的《情采》《物色》等篇中“情”为“文之经”，是“立文之本源”，以为“繁采寡情，味之必厌”；钟嵘《诗品》中对谢灵运诗“颇以繁富为累”的批评及提出的“直致”“直寻”等观点就是与此有关的重要论述。这个问题同样也困扰着唐初诗坛，对这一问题，贞观朝的理论家虽有较为清醒的认识，也提出了较为明确的解决思路，魏征提出的将江左、河朔文风“各去所短，合其两长”达到“文质斌斌，尽善尽美”（《隋书·文学传序》）的主张，是其中最具代表性的观点。但在实践中，贞观时期的理论家们并没有创作出可称典范的

---

① 皎然《诗式》，张伯伟编《全唐五代诗格汇考》，江苏古籍出版社，2002 年，第 233 页。

② 王梦鸥《初唐诗学著述考》，台湾商务印书馆，1977 年，第 65—66 页。

作品。此期作品，要么生吞活剥、合而未融，要么初见融合但还不够彻底。到高宗朝，政治文化格局发生深刻变化，加之为了迎合高宗、武后喜听谀颂之心态，以许敬宗、李义府等为代表的新朝文士，在诗文中堆金垛玉、踵事增华，此期创作便朝重物色方向发展，走向板滞生涩，出现了“争构纤微，竞为雕刻，糅之金玉龙凤，乱之朱紫青黄，影带以徇其功，假对以称其美，骨气都尽，刚健不闻”的“文场变体”，重“情绪”的理论及创作几乎消失殆尽。在这样的背景下，元兢高标独立，明确提出自己的审美理想：“以情绪为先，直置为本；以物色留后，绮错为末，助之以气质，润之以流华，穷之以形似，开之以振跃。”主张情绪和物色兼美，以情绪纠正物色之弊，其识见不可谓不精！

第二，该序梳理了古诗、小谢、“二虞”、上官仪之间的承续脉络。其云：“时历十代，人将四百，自古诗为始，至上官仪为终。”这是序文对《古今诗人秀句》一书编选范围的介绍，据此可知，该书编选的范围是东汉末年到初唐，所选诗人近四百人。那么，这么长的时间、这么多的诗人，除了古诗和上官仪诗之外，还有哪些作品呢？由于该书早已亡佚，其具体面貌无从窥见，但通过序文可以耙梳出入选的一些重点诗人、诗作。首先，能够断定的是谢朓诗。谢朓诗应当是当时各类选集的重点，据序中“皇朝学士褚亮，贞观中，奉敕与诸学士撰成《古文章巧言语》，……借如谢吏部《冬序羁怀》，褚乃选其‘风草不留霜，冰池共明月’”等句，可知褚亮奉敕编选的《古文章巧言语》就选有他的大量诗作。序云其为周王府参军时“常与诸学士览小谢诗”，从这些记述可知，元兢参撰的大型官修类书《芳林要览》当也选有大量谢朓诗。所不同的是，元兢与褚亮和“诸学士”关注谢朓诗的侧重点有所不同。元兢以为，褚亮弃去不选的恰是动人心魄、感人至深的作品，“舍此取彼，而何不通之甚哉！”认为“诸学士”的选诗也有问题，“‘行树澄远阴，云霞成异色’，诚为得矣”，但此句绝不能算得上上乘，“夫夕望者，莫不镕想烟霞，炼情林岫，然后畅其清调，发以绮词。俯行树之远阴，瞰云霞之异色”，诗句固然是好，但这类句子“中人以下，偶可得之”，“未若‘落日飞鸟还，忧来不可极’之妙者也。观夫‘落日飞鸟还，忧来不可极'，谓扪心罕属，而举目增思，结意惟人，而缘情寄鸟。落日低照，即随望断，暮禽还集，则忧共飞来"。并由衷地对谢朓发出赞叹："美哉玄晖，何思之若是也！"从对褚亮与"诸学士"的批评和对谢朓的赞美中不难看出，元兢所选的秀句中，谢朓诗的比重是很大的，他所列的从古诗到上官仪的这个序列中，谢朓应是至为重要的一环。其次，入选作品中有"二虞"诗。《序》在上引评褚亮舍"寒灯"句而取"风草"句之后，对其有一段议论："褚公文章之士也，虽未连衡两谢，实所结驷二虞，岂于此篇，咫步千里？良以箕毕殊好，风雨异宜者耳。"这段文字信息量极大，其中最重要的就是对"二虞"的评价，认为褚亮与"二虞"同时，虽然没得"两谢"之真谛，但诗风与"二虞"相仿，按理不应该出现"舍此取彼"的错误。此句所隐含的内容就是"二虞"与"两谢"在创作风格上的承续关系，"二虞"在其梳理的诗歌发展序列中也是重要的一环。"二虞"是虞世基和虞世南兄弟的并称，两人一同受学于顾野王，都以文章著称，"二虞昆仲，文章炳蔚于隋唐之际。"(《旧唐书·虞世南传》卷四三史臣赞语)两人中，虞世基早卒(618年被宇文化及杀害)，故作品不多，留存至今的有诗18首。虞世南原有集三十卷，后散佚，《全唐诗》仅编一卷，诗32首。在隋唐之际的诗坛上，"二虞"诗虽也受南朝文风影响，少不了物色之美，但与其他诗人相比，他们的诗在情、采结合上效果最好，情感真挚，语言清丽，在唐初诗坛上显得别具一格。如虞世基《初渡江》："敛策暂回首，掩泣望江滨。无复东南气，空随西北云。"寥寥数语，就写出了游子对故国的思念之情，可谓语短情长。虞世南存诗虽多奉和应制之作，但不同于魏征的朴拙古直，更不同于许敬宗等人的堆砌炫博，他常能深于体察现实物事，并自铸新词以状即目，在纯熟的诗歌技巧中表现出娴雅明丽的艺术个性。如《侍宴赋韵得前应诏》诗云："芬芳禁林晚，容与桂舟前。横空一鸟渡，照水百花燃。绿野明斜日，青山淡晚烟。滥得陪终宴，握管类窥天。"诗的起、结明显落入了应制诗的窠臼，但中间两联却以鸟横长空、山映百花的高下位置和绿野斜日、青山晚烟的明暗变化，表现出容与闲豫的意态，可谓深得"二谢"尤其是小谢以下六朝佳篇的要髓。元兢此处虽未详论，但从他评褚亮“虽未连衡二谢，实所结驷二虞”的语意，我们不难窥见“二虞”在其诗选序列中的重要位置。通过上述分析，元兢“自古诗为始，至上官仪为终”这个宽泛的诗选名单可以加上以谢朓为代表的“二谢”和以虞世南为代表的“二虞”。这个名单并不只是对有相同诗风的诗人诗作的简单排列，而是对东汉以降五言诗发展脉络的系统梳理，贯穿其间的就是其重“情绪”“直致”又不废“物色”“绮错”的选诗标准。如果把这条线索比作一挂珍珠项链，上面最耀眼的那几颗就是古诗、小谢、虞世南和上官仪。①

第三，该序肯定了上官仪在诗歌革新方面的独特成就。《古今诗人秀句》以上官仪为殿军，在文学思想史上还具有另外一层意义，那就是对上官仪艺术创新精神及其结晶——“上官体”的肯定。上官仪及其理论、创作在诗歌发展史上的作用，学者们的论述已较详备，此处不赘。元兢选上官仪诗作入集，表面看似乎没什么特别之处，因为“上官体”曾是时人竞相效仿的对象，《旧唐书·上官仪传》卷八〇载：“(上官仪)本以文彩自达，工于五言诗，好以绮错婉媚为本。既显贵，当时多有敩其体者，谓为‘上官体’。”②但是，如果了解元兢编选秀句时的政治背景及上官仪的遭际，则其非同寻常的意义便突显出来了。序云：“龙朔元年，为周王府参军……王家书既多缺，私室集更难求，所以遂历十年。”从龙朔元年(661)开始，经过十年时间，编选工程始告完成，可知该选集完成于咸亨二年(671)。这一时期的高宗政坛可谓波谲云诡，其中之一大事件就是上官仪被诛。上官仪被杀于麟德元年(664)，其死因，《旧唐书》本传谓其“恃才任势，故为当代所嫉”。《新唐书》本传补叙云：“初，武后得志，遂牵制帝，专威福，帝不能堪，

① 贞观朝诗人中，与“二虞”一样不以模拟为能事，深得“二谢”风韵的诗人中还有李百药、杨师道等。李百药诗在雅丽秀朗中暗含飞动之势，诗风“藻思沉郁”(刘煦等《旧唐书·李百药传》卷二二)，如《奉和初春出游应令》；杨师道诗在秀丽中时见闲淡之韵，更显宽裕蕴藉，如《初秋夜坐晚景应诏》。元兢所选秀句中，可能也有他们的作品。

② 刘昫等《旧唐书》卷八〇，中华书局，1975年，第2743页。

又引道士行厌胜，中人王伏胜发之，帝因大怒，将废（武后）为庶人。召仪与议，仪曰：'皇后专恣，海内失望，宜废之以顺人心。帝使草诏，左右奔告后。后自申诉，帝乃悔。又恐后怨恚，乃曰：'上官仪教我。'后由是深恶仪。始，（梁王）忠为陈王时，仪为咨议，与王伏胜同府。至是，许敬宗构仪与忠谋大逆，后志也。"[①]简言之，就是上官仪因为得罪武后，而为武后一党构陷致死。上官仪之死殃及多人，《资治通鉴》卷二〇一载："十二月丙戌，仪下狱，与其子庭芝、王伏胜皆死，籍没其家。戊子，赐忠死于流所。右相刘祥道坐与仪善，罢政事，为司礼太常伯，左肃机郑钦泰等朝士流贬者甚众，皆坐与仪交通故也。"[②]在这样的背景下，上官仪几乎成了人人讳言的对象，这一时期涉及他的公开言论似乎只有口诛笔伐，比较有代表性的是卢藏用《右拾遗陈子昂文集序》的评价："孔子殁二百岁而骚人作，于是婉丽浮侈之法行焉。……班、张、崔、蔡、曹、刘、潘、陆，随波而作；虽大雅不足，其遗风余烈，尚有典型。宋、齐之末，盖憔悴矣；逶迤陵颓，流靡忘返，至于徐、庾，天之将丧斯文；后进之士，若上官仪者，继踵而至，于是风雅之道，扫地尽矣。"[③]卢氏所论，实际上将上官仪作为断绝"风雅之道"的千古罪人，这种评价与上官仪显贵时"群公望之若神仙"，"多有敩其体"的现象，不啻天壤。卢序作于陈子昂殁后的几年[④]，此期距上官仪被杀已相去近四十年，上官仪之孙女也已深得武后宠幸，卢藏用论仪诗尚用如此言语，可见在当时背景下，文士对上官仪及其诗作心态之一斑[⑤]。

---

① 欧阳修、宋祁《新唐书》卷一〇五，中华书局，1975年，第4035页。

② 司马光《资治通鉴》卷二〇一，中华书局，第2445页。按：实际上，受上官仪事件牵连还有多人，如薛元超，《旧唐书》卷七三"薛收传附元超传"载："坐与文章款密，配流巂州。"

③ 卢藏用著，曾军编《陈子昂诗全集汇校汇注汇评》，崇文书局，2017年，第171页。

④ 具体年代不可知，当在陈氏去世的武后万岁通天元年（695）至卢氏去世（713，玄宗开元元年）这段时间内。

⑤ 卢氏之评论，虽是其响应陈子昂之诗论而作的推扬文字，但其中也不排除政治的考虑。刘克庄就指出："卢藏用序《陈拾遗集》，……其论历代文敝，皆不错；惟谓后进之士若上官仪者出，于是风雅之道扫地，则大不然。按上官仪诗律，未脱徐庾；然孤忠大节，与褚河南相辉映于史。藏用不终隐，尚可恕；晚附太平公主，时人指为终南捷径，目藏用为随驾处士，与萧至忠辈同传。其诋上官仪，将以媚公主耳，岂笃论乎？"（《后村大全集》卷一七六）

而元兢却能在上官仪事件影响正剧之时[①]，将上官仪的作品作为其诗学典范选入集中，个中原因，除了他认同上官仪的理论主张[②]，且与仪子上官庭芝曾同为周王府同僚这些因素外，推崇上官仪，将其视为接续小谢诗之余响，视为情绪、物色兼美的同代诗人代表，应是主要原因。其编选时表现出的识见、勇气堪为后世选家楷模。

二

《文镜秘府论·南卷》“集论”部分自“或曰”至“此明时所当变也”一段[③]，是另一部类书的序文。有关这篇作品的争议较大，铃木虎雄“疑是《芳林要览序》中一段”；中泽希男、兴膳宏等以为此文出处不明，但其创作时间当在初唐[④]。近年来，对这一问题的探讨趋于具体化，形成了分歧较大的两种观点：一种认为该文是大型类书《芳林要览》之序，作者为许敬宗[⑤]；另一种则认为是私修类书《词苑丽则》之序，作者为康显贞[⑥]。

这场争论所涉及的两部著作《芳林要览》《词苑丽则》为编于初唐的两部类书。《芳林要览》为官修，据《新唐书》卷六〇《艺文志》：“《芳林要览》三百卷。”下注云：“许敬宗、顾胤、许圉师、上官仪、杨思俭、孟利贞、姚璹、窦德玄、郭瑜、董思恭、元思敬集。”[⑦]考之于史，许圉师于龙朔三年(663)二月贬虔州刺史，董思恭亦于本年死于贬所，上官仪于麟德元年(664)下狱死，窦德玄乾封元年(666)八月卒，则《芳林要览》必成书于龙朔三年前。《词苑丽则》为私修，史料对其记载较为简

---

① 元兢《古今诗人秀句》编就时间距上官仪被诛仅六年左右。

② 元兢为周王府参军时，曾研习过上官仪的诗作及理论，其《诗髓脑》中多次提到上官仪。

③ 遍照金刚撰，卢盛江校考《文镜秘府论汇校汇考》，第1567—1588页。

④ 参《文镜秘府论》豹轩藏本铃木虎雄注、中泽希男《文镜秘府论校勘记》、兴膳宏《文镜秘府论译注》等。

⑤ 参杜晓勤《龙朔初载的诗风新变》，《文学遗产》1994年第5期。

⑥ 参张固也《康显贞词苑丽则序考实》，《学术论坛》2009年第3期。

⑦ 欧阳修、宋祁《新唐书·艺文志》卷六〇，中华书局，1975年，第1621页。

略，且出入较大。《新唐书》卷六〇《艺文志》记载："康显《辞苑丽则》三十卷，又《海藏连珠》三十卷。"下注："希铣之兄，修书学士。"[①]《旧唐书·经籍志》总集类著录《词苑丽则》二十卷，注为康明贞撰。陈尚君指出："按颜真卿撰《康希铣神道碑铭》(《全唐文》卷三四四)云：'元昆修书学士显府君《文集》十卷，撰《词苑丽则》二十卷、《海藏连珠》三十卷、《累壁》十卷。'知显为希铣兄，曾任修书学士，中宗前后在世。《旧志》称康明贞，殆避中宗讳而以字行。《新志》不察而重收。其书名、卷数，均当从《旧志》。"[②]据此，可推定此著约成于中宗、睿宗时期。两书均已亡佚。就目前情况看，关于该《序》的归属问题学界的讨论虽取得了一定收获，但还存有较大的探讨空间，在没有新资料出现的情况下，很难得出明确结论。不过，从文学理论批评的视角，在分析其理论意蕴及价值基础上，兼及其归属，或可有助于此问题之解决。

细读原文，窃以为，此文是某部诗文类类书之序，但绝非为许敬宗所作《芳林要览序》。原因如下。

第一，该文之主旨与许敬宗的创作趣味迥然有别。作为深受高宗、武后宠幸的文人，许敬宗在高宗朝政坛、文坛上的地位可谓举足轻重，高宗初期几乎所有重要的文化工程都是由许敬宗领衔完成。他虽然没留下具体的文学主张，但通过考察他的创作和领衔完成的文化项目，可约略窥见其文学旨趣。许敬宗的作品，《旧唐书·经籍志》著录六十卷，《新唐书·艺文志》著录八十卷，绝大多数已散佚，现仅存《许敬宗集》一卷，收《麦秋赋应制》《掖庭山赋应诏》《小池赋应诏》等赋5篇、诗21首，《全唐诗》存其诗28首，《全唐诗外编》《全唐诗续拾》补诗19首和断句1首；《翰林学士集》又录其诗12首。这些作品大多为投合太宗、高宗及武后好大喜功之心理而作，内容无非歌功颂德、点缀升平，形式上缀拾成词，堆砌常典，"金玉龙凤""朱紫青

① 欧阳修、宋祁《新唐书·艺文志》卷六〇，中华书局，1975年，第1622页。

② 陈尚君《唐代文学丛考·唐人编选诗歌总集叙录》，中国社会科学出版社，1997年，第200页。

黄”之类色彩绚丽之词层出不穷，是杨炯批评的具有“争构纤微，竞为雕刻”和“骨气都尽，刚健不闻”特征的“文场变体”的主要代表。许敬宗完成的重要文化项目之一，就是领衔编纂大型类书《文馆词林》《瑶山玉彩》《芳林要览》《东殿新书》等。这些类书是“薄于儒术，尤重文吏”的高宗（《旧唐书》卷一八九《儒林传》）不同于贞观朝用人方略的集中体现，也是这一时期出现的好铺排、喜华丽风气的曲折反映，从中不难窥见许敬宗旨趣之一斑。而该文所提倡的写作主旨则与此不同，其云：“且文之为体也，必当词与旨相经，文与声相会。词义不畅，则情旨不宣；文理不清，则声节不亮。诗人因声缉韵，沿旨以制词。理乱之所由，风雅之攸在。固不可以孤音绝唱，写流遁于胸怀；弃徵捐商，混妍媸于耳目。”这段文字，可视为该书的编选总纲，作者以为，好的文章是“词与旨相经，文与声相会”，就是要词、旨、文、声亦即文词、情旨、声律并重，文词与所要表达的思想感情要和谐，文词与声律也要相符。如果文词不够通畅，思想感情的表达就会受阻；文词、声律不够和谐，诵读时就不能声韵清亮。在上述要素中，作者更重情旨，认为文词华美但音节不清，这样的作品属美恶相兼；如文词、声律俱佳而情旨放荡，这类作品的格调仍属低下。该文又云：“昔之才士，为文者多矣。或滥觞姬、汉，或发源曹、马。宋、齐已降，迄于梁、隋，世出凤雏之客，代有骊龙之宝，莫不言成黻绣，家积缣缃，盈委石渠之阁，充牣蓬山之府。自屈、宋已降，扬、班擅场，谐合《风》《骚》之序，铿锵《雅》《颂》之曲。长卿词赋，色丽江波之锦；安仁文藻，彩映河阳之花。子建婉润，张衡清绮，公干气质，景纯宏丽。陈琳书记遒健，文举奏议详雅。太冲繁博，仲宣响亮。谢永嘉之璀璨，袁东阳之浩荡。平原绮思，司空叹其寥廓；吏部英才，隐侯称其绝世。莫不竞宣五色，争动八音。或工于体物，或善于情理。咏之则风流可想，听之则舒惨在颜。足以比景先贤，轨仪来秀矣。”这段文字，因文词华美，而为许多论者所误解乃至误判，认为其旨趣与高宗朝尤其是龙朔时期许敬宗、李义府等人相近，并据此认定是许敬宗所著《芳林要览序》。细细揣摩文意会发现，这段文字虽然辞采飞扬，且对屈原、宋玉、扬雄、班固、司马相如、潘岳、谢朓等作家给予充分肯定，但这些评价并非只是对文藻的简单肯定，而是对风骚传统及其发展过程的简要梳理。其云屈、宋、扬、马"谐合风骚之序，铿锵雅颂之曲"，就已指出这些作家、作品与《诗经》之间的渊源，而"长卿词赋"以下至"吏部英才"句所列举的十四位作家，在作者看来，实际上是在继承《诗经》传统的基础上加以新变而形成的特色。他们有些是以文辞胜，如司马相如；有些以气质胜，如刘桢；有些以繁博胜，如左思；有些以声韵胜，如王粲；有些文辞、气质、声韵兼备，如谢朓。他们"竞宣五色，争动八音，或工于体物，或善于情理，咏之则风流可想，听之则舒惨在颜"，从而产生了"比景先贤，轨仪来秀"的巨大影响。从这些表述中，可清晰地看到此段文字之主旨与前面述及的"词与旨相经，文与声相会"这一选文标准之间的内在关联。[①] 另外，述及近代词人的一段文字，同样也表明作者"词与旨相经，文与声相会"的主张，其云："然近代词人，争趋诞节，殊流并派，异辙同归。文乖丽则，听无宫羽。声高曲下，空惊偶俗之唱；彩涅文疏，徒夸悦目之美。""丽则"一词，出于扬雄《法言·吾子》："诗人之赋丽以则，辞人之赋丽以淫。"扬雄之语，原是对诗赋两种文体体征的评论，"丽以则"意为"清丽而有法度"[②]，后世以此作为各种文体写作的最高典范，《后汉书·文苑传赞》云："言观丽则，永监淫费。"《文心雕龙》之《物色》篇云："诗人丽则而约言，辞人丽辞淫而繁句。"《诠赋》篇云："风归丽则，辞剪美稗。"《北齐书·文苑传赞》云："乃眷淫靡，永言丽则，雅以正邦，哀以亡国。"所谓"文乖丽则"，是指过于注重文藻声律而不注重情旨意趣的现象，意与《隋书·文学传序》所云之"梁自大同以

---

① 该序并不单纯重视丽藻这一点，还可从其所选作家中窥见一二。序中所列大多为晚周至晋代作家，仅谢灵运晚年入宋，谢朓为宋、齐时人。考察文学史会发现，隋唐人诟病较多的南朝重物色之风实际上是到梁大同以后才真正形成。《隋书·文学传序》云："梁自大同以后，雅道沦缺，渐乖典则，争驰新巧。简文、湘东，启其淫放，徐陵、庾信，分路扬镳，其意浅而繁，其文匿而采，词尚轻险，情多哀思。"该序不选梁大同后作家，恰好说明其不单纯重视文藻之态度。

② 赵应铎编著《汉语典故大辞典》，上海辞书出版社，2007 年，第 530 页。

后，雅道沦缺，渐乖典则”之句意相同，是重视文辞、声韵及情旨的另外一种表述。由此可以看出，此文所倡导的主张与许敬宗的创作旨趣可谓大相径庭。

第二，该文批评的“近代词人”当是自梁大同到唐初的许多作家，其中包括许敬宗，而且还是批评的重点对象。序云：“近代词人，争趋诞节，殊流并派，异辙同归。文乖丽则，听无宫羽。声高曲下，空惊偶俗之唱；彩涅文疏，徒夸悦目之美。或奔放浅致，或嘈囋野音。可以语宣，难以声取；可以字得，难以义寻。谢病于新声，藏拙于古体。其会意也僻，其适理也疏。以重浊为气质，以鄙直为形似，以冗长为繁富，以夸诞为情理。激浪长堤之表，扬镳深埒之外。词多流宕，罕持风检。庸生末学者慕之，若夕鸟之赴荒林；采奇好异者溺之，似秋蛾之落孤焰。奔激潢潦，汩荡泥波，波澜浸盛，有年载矣。”据文意，这段文字是按“总——分——总”的思路展开论述的。具体来说，开头两句为总论，作者对“近代词人”“争趋诞节，殊流并派，异辙同归”的现象进行总体评判，认为这些现象“文乖典则，听无宫羽。声高曲下，空惊偶俗之唱；彩涅文疏，徒夸悦目之美”。从“或奔放浅致”到“罕持风检”是分论，是对近代词人争相标新立异而出现的诸多流派（即“殊流并派”）及其弊端的具体分析。概而言之，这些流派之弊主要有：苛求声律，内容空洞；堆砌文藻，文意空疏；病于新声，拙于古体；用词淫滥，缺乏风教；以重浊为气质，以鄙直为形似，以冗长为繁富，以夸诞为情理。这些弊端，从范围看，实际上触及诗文的言辞、文意、声律及功能。从“庸生末学者慕之”到“有年载矣”复为总论，接上文所言众多流派之弊，进一步言明此种风气对后学的负面影响。细绎此段文字，还可明确如下几个问题：

首先，此处所云之“近代词人”当是时间跨度较大的一个时期的作家作品，而并非仅限于唐初。唐初诗坛，尤其是贞观诗坛虽也有风格相异的几个诗人群体，但因活跃于文坛的主要是宫廷文人，这一群体的依附性，加之贞观后期太宗心态的变化与高宗、武后喜好谀颂心理的作祟，决定了这一时期的诗风虽有差别，但并无实质性不同，即主要以颂美型为主[①]，如简单地将“近代词人”理解为唐初诗人，则很难解释文中所言之“殊流并派”，也与此段文末所云之“波澜浸盛，有年载矣”的说法相龃龉。因此，所谓“近代”，其范围至少应包括齐梁以后出现的“永明体”“宫体诗”及以许敬宗为代表的“颂美体”和初唐四杰为代表的“当时体”，这些流派虽各有特殊的成因、主张和表现，但他们在创作上有共同的趋向，苛求声律，堆砌文藻，是真正意义上的“异辙同归”。

其次，对“近代词人”的批评中，该文批评最激烈的似乎就是以许敬宗为代表的“颂体诗”风。此段文字中提到的“彩涅文疏，徒夸悦目之美”，“以冗长为繁富，以夸诞为情理”，“词多流宕，罕持风检”等表述，实际上就是上文多次论及的许敬宗其人其作的主要特点。许敬宗因其人格缺陷和创作上的阿谀心态而为后人所鄙薄，序中批评的内容，绝大多数都可与其人其诗对应起来。[②] 尽管这些特点也为其他一些末流诗人所浸染，如杨炯《王勃集序》指出的仿效王勃等文风的一些“别为纵诞，专求怪说，争发大言”的“好异之徒”，但许敬宗在高宗朝位高权重，模仿其文风者自然也不在少数，甚至就连王勃本人的创作也未能幸免，因此，该文所批评的主要对象是许敬宗，这一点应该是显而易见。

最后，“近代词人”应该不包括上官仪及“上官体”。上官仪的作品，尽管主要以宫廷生活为题材，描写池苑、歌颂祥瑞，甚至偶涉艳情，但他“绮错婉媚”的诗风，实际上是代表初唐较为健康的一种创作倾向，这一点已为诸多学者指出。其与虞世南、李百药、杨师道等人的创作“逐步深入六朝诗，尤其是小谢体的精髓，在‘缘情婉密’，以心

---

① 葛晓音将近一百年初唐宫廷诗的发展分为箴规型到颂美型再到娱乐性三个阶段。箴规型宫廷诗主要产生在唐太宗贞观初期和中期，颂美型从贞观后期到武后时期，娱乐型主要在中宗景龙年间。参葛晓音《论宫廷文人在初唐诗歌艺术发展中的作用》，《辽宁大学学报(哲学社会科学版)》1990 年第 4 期。

② 参甘生统《“龙朔”变体说内涵考辨》，《青海师范大学学报(社会科学版)》2021 年第 6 期。

志熔铸物色，从总体上构成情隐其中，秀发于外的诗歌境界上下功夫，以此为本，对六朝声辞作洗汰取舍，并进而自铸新词，自成体段”①。在声、词、意的融合上所达到的高度，与本文所追求的境界“词与旨相经，文与声相会”基本一致。因此，此段文字中批评的对象当无上官仪及“上官体”。

第三，该文所述的编选范围与许敬宗主持编纂的《芳林要览》有所不同。《芳林要览》的选材范围，文献没有明确记载，与之相关的只有《古今诗人秀句》，因《古今诗人秀句》系“剪《芳林要览》”而成，故两者有诸多相似之处。据《古今诗人秀句序》，该书的编选“时历十代，人将四百，自古诗为始，至上官仪为终”。所选主要文体为诗歌，由此可推知，其母本《芳林要览》所选文体也是以诗为主，《芳林要览》的起讫时限当也与《古今诗人秀句》相当，即自汉末至唐高宗龙朔初年，“时历十代”。但该文所述的编选情况与《芳林要览》有较大差异，主要有两点：一是其所选文体较《芳林要览》更为丰富。文中“自屈、宋已降”至“吏部英才，隐侯称其绝世”一段文字，对前代文辞丽藻给予了充分肯定，从这段文字中的“长卿词赋”“安仁文藻”“陈琳书记”“文举奏议”等表述，我们不难看出，该书所选文体极为宽泛，其中既有诗、赋，还有奏、议、书、记等，其范围远大于《芳林要览》。二是所选作品的起讫时间不同。该序开头，作者列举了屈原、宋玉、扬雄、班固、司马相如、潘岳、曹植、张衡、刘桢、郭璞、陈琳、孔融、左思、王粲、谢灵运、袁弘、陆机、谢朓十八位作家，对他们的文辞之美极为推崇，认为这些作品“竞宣五色，争动八音”，“咏之则风流可想，听之则舒惨在颜”；序文末尾在提出文学主张后又云：“屈、宋为涯岛，班、马为堤防，粲、植为陆落，潘、陆为郊境，搴琅玕于江鲍之树，采花蕊于颜、谢之园，何、刘准其衡轴，任、沈程其粉黛。然后为得也。”在前十八位作家外又加了江淹、鲍照、颜延之、何逊、刘孝绰、任昉、沈约七人，对他们

① 赵昌平《赵昌平自选集·上官体及其历史承担》，广西师范大学出版社，1997年，第60页。

在文学史上的地位、贡献给予了高度评价。① 从论及的作家来看，该书的下限到任昉、沈约、何逊、刘孝绰这些梁初作家，梁中期以后到唐初的作家概不涉及，上限为《诗经》和屈原、宋玉②，其上、下限都与《芳林要览》有较大差别。

综上，可以得出如下结论：该文可能是编纂于高宗后期的某部诗文类类书之序，但该类书并非《芳林要览》，其作者并非许敬宗；该文对齐梁以来“近代词人”的创作倾向极为不满，许敬宗是其批评的主要对象。

三

作为编排体例、编选范围等有较大差异的两部类书之序，两序的风格、主张有诸多不同，但二者的相似之处也为数不少。

首先，两序有一些相近的观点、主张。一是都主张理想之诗文在于文词、情理、声律三者的融合统一。后序提出“丽则”的核心就是“词与旨相经，文与声相会”，其要义为文词、情旨、声律三者要统一。“词义不畅，则情旨不宣”，如果文词不够通畅，就不能很好地表达情感；声律不够和谐，诵读时就不能音节清亮。因此要“因声以缉韵，沿旨以制词”，根据自然的声韵来安排文章韵律，根据思想感情的表达需要来制作文词。前序提出“情绪为先，直置为本，以物色留后，绮错为末”的主张，此处虽将“情绪/物色”和“直置/绮错”两对范畴相对举出，但并非指陈二者的相对性，而是在强调其

---

① 序文称前面几位诗人“涯岛”“堤防”“陆落”“郊境”，评价极高，说后面几位用“搴琅玕”“采花蕊”“准其衡轴”“程其粉黛”，是指其典范意义虽略逊于前几位，但其价值依然很大。

② 该书当选录了《诗经》中的作品，如开头所云“谐合《风》《骚》之序，铿锵《雅》《颂》之曲”一句，就说明编选者是将《诗经》中的部分诗作作为典范之作的。没有将其与屈原等并列者，当出于尊经的考虑。《诗经》为六经之一，自然不可与后来诸家同日而语。另，序文开头云：“昔之才士，为文者多矣。或滥觞姬汉，或发源曹马。宋齐已降，迄于梁隋，世出凤雏之客，代有骊龙之宝。”据句意，“宋齐已降，迄于梁隋”云云，实为泛论“为文者多”之语，而非是书选材上下限之言。

统一性，认为情绪与物色、直置和绮错并非水火不容，而是可以兼而为一，诗以情绪为先，但并不是不要物色；直置为诗风之本，但绮错也不可或缺。其“事理俱惬，词调双举”的主张，更是明确了文词、事理、声律几个要素的关系，就是要并重、统一、融合。这一说法与“词与旨相经，文与声相会”的主张几无二致。二是都重视情感，对其作用及价值有较为一致的看法。两序立论的出发点，都是对梁陈以来的浮艳文风极为不满，都有提倡情感以纠正偏颇的意图。前序明确提出“情绪为先”“直置为本”，明确提出要以“情绪”“直置”来纠正重“物色”和“绮错”的倾向。后序认为“工于体物”“善于情理”的作品具有“咏之则风流可想，听之则舒惨在颜”的艺术魅力，其所针对的就是“声高曲下，空惊偶俗之唱；彩涅文疏，徒夸悦目之美”，“其会意也僻，其适理也疏”，“以冗长为繁富，以夸诞为情理”的创作倾向。

其次，两序的用语、观点均对魏晋文论借鉴较多。一是善于借用、化用前人术语。前序中“情绪”“物色”二词直接出自刘勰《文心雕龙》中之《情采》和《物色》两篇，“直置”与“绮错”等则直接出自《诗品》，其评价王融诗“游禽暮知返”时所用“缘情婉密”之语则化用陆机“诗缘情而绮靡”之论。后序中所用“婉润”“清绮”“宏丽”“璀璨”“绮思”“体物”等词语也均据陆机《文赋》、钟嵘《诗品》、刘勰《文心雕龙》等提炼而来，而“莫不竞宣五色，争动八音，或工于体物，或善于情理”句，则几乎全都出自沈约《宋书·谢灵运传论》。二是部分观点有相同的理论渊源。两序中表现出的重视情感和主张文词、情理、声律相统一的观点，实际上是对魏晋以来陆机、沈约、刘勰、钟嵘、萧子显、萧纲、萧绎等思想的继承。陆机提出“缘情”主张以后，刘勰在齐梁物色繁兴的时风下，坚持“情”在诗文中的根本地位，强调“情”为“文之经”，是“立文之本源”，文章“述志为本”，若“繁采寡情，味之必厌”。钟嵘也极为重视“情”的作用，《诗品》中多次用“情”评品作家作品，并明确提出诗歌的本质特点为“吟咏性情”。萧子显《南齐书·文学传论》和萧纲《诫当阳公大心书》对诗文为“情性之风标”和“文章且须放荡”的论述。这些都是两序重情思想之所本。创作上，沈约“宫羽相变，低昂互节”的声律主张，刘勰《文心雕龙》对辞采、对偶、声律合理性的论述，钟嵘的“直寻”理论以及“弘斯三义，酌而用之，干之以风力，润之以丹彩，使咏之者无极，闻之者心动，是诗之至也”（《诗品序》）的创作路径，萧子显“言尚易了，文憎过意，吐石含金，滋润婉切。杂以风谣，轻唇利吻，不雅不俗，独中胸怀”（《南齐书·文学传论》）的诗美理想，萧绎“绮縠纷披，宫徵靡曼，唇吻遒会，情灵摇荡”（《金楼子·立言》）的创作主张，从中不难发现两序词、情、声并重思想之理论渊源。相较而言，前序对上述诸人观点的继承更多，《古今诗人秀句》是元兢历十年之功选就的秀句集，秀句理论从的源头上说，滥觞于陆机《文赋》的“一篇之警策”论。刘勰《文心雕龙·隐秀》篇进一步提出“秀句”概念，以为“篇章秀句，裁可百二……秀句所以照文苑”。钟嵘《诗品》又在评品诗人诗作中进一步阐释了其艺术特征，“奇章秀句，往往警遒”。前序以“情绪为先，直置为本，以物色留后，绮错为末；助之以质气，润之以流华，穷之以形似，开之以振跃”的选句标准，将“时历十代，人将四百”这一范围中的秀句精选出来，其编撰动机、体例、标准等都受此期秀句理论批评的影响较大。

最后，两序对唐初史臣的文学思想均有一定程度的接受。唐初以史臣为代表的学者如魏征、李百药、令狐德棻等，以儒家诗教观为旨归，褒贬前代文学之得失，其基本的观点就是批评“意浅而繁”“文匿而彩”，“雅道沦缺，渐乖典则，争驰新巧”的作品，主张“掇彼清音，简兹累句”，做到“文质斌斌，尽善尽美”（《隋书·文学传序》）。尤其可贵的是，他们从审美角度对前代文学在文词和声律方面的探讨给予了肯定，如《隋书·经籍志》集部总论云：“世有浇淳，时移治乱，文体迁变，邪正或殊。屈原、宋玉，激清风于南楚；严、邹、枚、马，陈盛藻于西京。平子艳发于东都，王粲独步于漳滏。爰逮晋氏，见称潘、陆，并黼藻相辉，宫商间起，清辞润乎金石，精义薄乎云天。……宋齐之世，下逮梁初，灵运高致之奇，延年错综之美，谢玄晖之藻丽，沈休文之富溢，辉焕斌蔚，辞义可观。”[①]所谓“艳”“奇”“美”“盛藻”“藻丽”“黼藻相辉”等实际上就是从审美功能上说的，而“宫商间起”“清辞润乎金石”等则是从声律角度立论的。这种观点与那些在物色和声律乃至齐梁作家作品问题上持极端论者相比，其态度较为折中，方法更为辩证，其观点也更为客观。从中不难看出史臣对前代文学遗产的理性态度，也不难发现他们试图融合文词、情意、声律的良苦用心。两序中文词、情理、声律并重的主张，实际上就是这些观点的同声相应、同气相求。

需要注意的是，两序在继承、接受前代文论遗产时，并不是简单的借用，而是进行了许多创新。这种创新不仅表现在化用文论术语和吸收前人观点上，而且还表现在作家作品的评价上。以对小谢的评价为例。与前代论者相似，两序对小谢的评价也有较高评价，前序视谢朓为典范，其选句标准即是在分析小谢诗的基础上确立起来的，文中对其妙思赞不绝口：“美哉玄晖，何思之若是也！”后序所选十八位代表性作家中，小谢为入选其中的两个南朝作家之一。但与前人不同，两序有着不同的视角。前人肯定谢朓，一是在于其章、句之秀奇，所谓“奇章秀句，往往警遒”（钟嵘），“谢朓、沈约之诗”则“实文章之冠冕”（萧纲《与湘东王书》）；二是在于对其声律方面的独特贡献，萧子显《南齐书·陆厥传》所云“吴兴沈约、陈郡谢朓、琅琊王融以气类相推毂”，钟嵘《诗品》所说“王元长创其首，谢朓、沈约扬其波”，都是侧重于此。而两序则在吸收前人基础上又自出机杼：前序肯定小谢，是因为小谢诗在情绪抒发上具有惊、警、美、妙之特质，其出发点是纯审美、非功利的，他批评褚亮，并与诸学士论争，都是从这一角度立论的，这种认识较前人更为细致、深入；后序将小谢与屈原、宋玉、扬雄、曹植、张衡、刘桢、王粲等并提，是因为小谢和他们一样“或滥觞姬汉，或发源曹马”，都有着“谐合《风》《骚》之序，铿锵《雅》《颂》之曲”之特点，是符合他主张之“丽则”的。因此，后序肯定小谢，一方面是

① 魏征等《隋书》卷三五，中华书局，1973年，第1090页。

对其清新秀丽的创作风格之认同，但更主要的还是对其符合法度、准则的特点的推许，带有较为明显的功利色彩。

两序的诸多相似之处表明，两书编者所处的文化环境和所要解决的问题相近甚至相同，他们在编纂类书时有着大致相同的背景，也有着基本一致的编纂意图，都有试图用选编诗文的方式来确立自己的文学主张，进而纠正当时走向偏颇的创作倾向。进一步来说，在"临事取给用便检索"和"储材待用备文章之助"等这些常规功能的基础上，这两部类书还具有较为强烈的文学批评色彩和干预功能。这种批评色彩和干预功能，是类书与文学创作关系日益密切带来的必然结果，随着类书编纂的逐步兴盛，其对文学的影响也在不断加剧。这种影响结合其他文学批评样式而产生的合力，在文学风气的形成中发挥着举足轻重的作用。

（海南师范大学文学院）

理想与悲情：姚铉《唐文粹》编纂主旨新解*

胡 健

内容摘要：《唐文粹》因恢复古道和反对浮华文风成为宋代古文运动的先导。同时，它还有两重主旨值得发覆：一是《唐文粹》紧跟时政，较多收录崇德颂圣、国家典礼之文，契合真宗朝逐渐兴起的尊王思想，配合真宗东封西祀等祭典礼乐活动。同时，《唐文粹》还选录弭兵治平之文，符合真宗朝息兵的政治转向。由于息兵崇德思想和编纂体例，韩愈名篇《平淮西碑》未被选入而引起后世批评。二是其诗赋立目选文中表现出功业难遂、报君不信、人生艰难、岁月蹉跎、幽怨自怜等悲情主题。这是姚铉文士气质及其贬谪心态的不自觉投射。姚铉的政治思想和性格命运是《唐文粹》生成的重要因素。

关键词：《唐文粹》；姚铉；编纂主旨；类编；设目选文

* 基金项目：2022 年国家社科基金青年项目“宋代类书与文学研究”(22CZW023)。

Ideal and Sadness: A New Interpretation of the Editing Theme of Yao Xuan's *Tang Wencui*

Hu Jian

Abstract: *Tang Wencui* became a pioneer of the ancient prose movement in the Song Dynasty due to its restoration of ancient roads and opposition to flashy literary styles. At the same time, it also has two main themes worth mentioning. Firstly, *Tang Wencui* closely follows the current political situation and includes more articles on the worship of virtue and saints, as well as national ceremonies, which is in line with the gradually emerging concept of respecting the king in the Zhenzong period, and is in line with Zhenzong's ceremonial activities such as offering sacrifices and offering sacrifices. At the same time, *Tang Wencui* also selected articles on pacifying the war, which is in line with the political turn of the Zhenzong period to stop the war. Due to the ideology of pacifying soldiers and promoting virtue, as well as the compilation style, Han Yu's famous work *Ping Huai West Stele* was not selected and caused criticism in later generations. The second is that the selected poems and essays express tragic themes such as difficulty in achieving success, lack of faith in repaying the emperor, difficulties in life, wasted time, and self pity. This is an unconscious projection of Yao Xuan's literary temperament and his attitude of demotion. Yao Xuan's political ideology and personality fate were important factors in the creation of *Tang Wencui*.

Keywords: *Tang Wencui*; Yao Xuan; compilation theme; category coding; topic selection

北宋姚铉(968—1020)所编唐代诗文总集《唐文粹》是一部非常重要的唐代诗文选本。姚铉自序曰:"止以古雅为命,不以雕琢为工。"（卷首《唐文粹序》）[①]由此，学界一致认为，《唐文粹》志在恢复古道，反对以"西昆"体为代表的晚唐五代以来浮华文风，在北宋古文运动中起着巨大作用。[②] 然而，文学总集或选本的编纂，往往与特定历史背景和编者心态有密切联系。前人较少注意到：《唐文粹》反映姚铉对真宗朝政治转向的密切关注与其长期处于贬谪当中不能参与朝政建设的遗憾心态。由于未能理解姚铉编纂思想与体例，《唐文粹》未能录韩愈《平淮西碑》在后世多有批评。本文从类编和设目选文角度来揭橥姚编《唐文粹》中隐藏的政治理想表达和悲情心态诉说。

一、继绍《文选》：紧跟真宗朝时政

《唐文粹》与宋初政治密切相关，尤其反映真宗朝的政治转向，体现姚铉跟进时政和积极参与文化建设的政治理想。

第一，《唐文粹》大量收录崇德颂圣之文，契合真宗朝兴起的尊王思想。

《唐文粹序》曰：

> 谓何纂唐贤文章之英粹者也。《诗》之作，有雅颂之雍容焉。《书》之兴，有典诰之宪度焉。礼备乐举则威仪之可观、铿锵之可听也。大《易》定天下之业而兆乎爻象。《春秋》为

---

① 姚铉《唐文粹》卷首《唐文粹序》，影印清光绪庚寅（1890）许氏榆园刻本，浙江人民出版社，1986年。下所引有关《唐文粹》内容皆出此影印本，不再出注，仅随文标明卷次，特此说明。

② 如清人费有容说："救六朝之沿弊，足继风骚。"费有容《斠刊〈唐文粹〉书后》，见俞樾辑《诂经精舍经课七集》卷十二，清光绪二十一年（1895）刻本。今人沿袭此说而有发展，如钱穆《读姚铉〈唐文粹〉》（《钱宾四先生全集》第19册，台北联经出版事业股份有限公司，1998年）、张涤华《关于〈唐文粹〉》（《安庆师院学报（社会科学版）》1982年第1期）、衣若芬《〈唐文粹〉之编纂、体例及其"古文"类作品》（载台湾大学中文系编《中国文学研究》1992年第6期，又见氏著《艺林探微——绘画古物文字》，华东师范大学出版社，2012年）、张蜀蕙《文学观念的因袭与转变从〈文苑英华〉到〈唐文粹〉》（台湾花木兰文化出版社，2007年）及《唐文粹》研究的相关学位论文等。上述研究特别注重《唐文粹》的文学批评史意义，尤其是它在北宋古文运动中的贡献，也部分指出姚铉的政治理想，但未能将其放在时代背景和个人经历中考察。

一王之法，而系于褒贬。若是者，得非文之纯粹而已乎。是故志其学者，必探其道；探其道者，必诣其极。（卷首）

“粹”指饱含儒家六经义理的文章。姚铉志在恢复古道，并非仅停留在文章或者儒学层面，而是具有强烈的“一王法”政治理念和追求盛德大业的社会理想。姚铉思想上承汉人整饬先秦六经遗籍，归复“六艺”精神。《汉书·儒林传》盛赞孔子：“缀周之礼，因鲁《春秋》，举十二公行事，绳之以文、武之道，成一王法。”[①]因此，姚序提到“有唐三百年，用文治天下”，而“韩吏部超卓群流，独高遂古，以二帝三王为根本，以六经四教为宗师，凭陵轥轹，首唱古文……柳子厚、李元宾、李翱、皇甫湜又从而和之，则我先圣孔子之道，炳焉悬诸日月”。所倡言韩、柳古文之“一王法”，是以文化兼容政治。由此，《新唐书·文艺传序》承续姚铉说法：“韩愈倡之，柳宗元、李翱、皇甫湜和之，排逐百家，法度森严，抵轹晋魏，上轧汉周，唐之文完然为一王法，此其极也。”[②]《新唐书》成于众名家之手，是北宋尊王观念的集体意识的体现。

宋初尊王观念与国家正统意识是重叠的。北宋建国面临国家一统的历史使命，虽经太祖、太宗南征北战，但仍未能达成目标。宋真宗与辽国开战，最后在澶渊签订盟约。宋辽双方势均力敌，转而在文化上争夺国家正统。因而，“一王法”“尊王攘夷”“内中国外夷狄”思想在真宗朝显得格外突出。王旦《大宋封祀坛颂》曰：“勒皇绩，腾茂实，交三神之欢，著一王之法，述符命、继昭夏，申乎大报，示于无穷，极典章之备物，真帝王之盛节者也。”[③]宋真宗晚年亦曾亲撰《春秋要言》三卷，强调尊王。真宗年间的尊王思想，发展到仁宗朝，开始成为一种社会思潮，出现多方面讨论。如欧阳修、苏轼等皆撰《正统论》，尤其以孙复《春秋尊王发微》最为著名。姚铉《唐文粹》序及其列目选

① 班固《汉书》卷八十八《儒林列传第五十八》，中华书局，1962年，第3589页。

② 欧阳修、宋祁等《新唐书》卷二百〇一《文艺上》，中华书局，1975年，第5725—5726页。

③ 曾枣庄、刘琳主编《全宋文》卷一百六十六《大宋封祀坛颂》，上海辞书出版社、安徽教育出版社，2006年，第8册第255页。

章成为上述思潮之先导。

姚编《唐文粹》中各个文体皆列有颂圣门目且都排在前面，具有强烈的尊王意识。以赋为例，《文选》首赋和赋首"京都"成为总集传统而表现帝国气象。李善注《两都赋》引《公羊传》曰："京师者，天子之居也。京者何？大也。师者何？众也。天子之居，必以众大之辞言也。"①《文选》以"众大之辞"的"京都"为首，更能体现萧梁"宏博之象"。《唐文粹》则改此惯例，首列"圣德""失道"二目。"圣德"录三赋：李华《含元殿赋》："作《含元殿赋》，陋百王之制度。……欲使后之观者，知圣代有颂德之臣焉。"（卷一）李白《明堂赋》："天皇先天，中宗奉天。累圣纂就，鸿勋史宣。"（卷一）杜牧《阿房宫赋》："秦人不暇自哀，而后人哀之；后人哀之而不鉴之，亦使后人而复哀后人也。"（卷一）三篇赋作其实都是宫殿赋，却不以"宫殿"命名。《文选》亦有"宫殿"类，但列于"田猎""纪行""游览"诸目之后，显然不如"京都"重要。而选王延寿《鲁灵光殿赋》、鲍照《芜城赋》，描写宫殿兴废，尚未上升到天子圣德层面。将"宫殿"类赋放在首位，列于"京都"之前，代表天子圣德，体现姚铉用心。"圣德""失德"的宫殿赋，意在标明国家的兴衰治理系于天子一人。这既是治乱思考，也是尊王崇德。当然，后面"京都"诸赋颂扬皇城和夸耀制度，亦皆以尊王崇德为旨趣，乃"圣德"的补充说明。如李庾《两都赋序》："献两都赋，凡若干言，以诎夸汉者，昭闻我十四圣之制度。"（卷二）

又如"颂"先列"盛德大业""封禅""神武"诸目。其中，李华《无疆颂》实际上是历代皇帝颂，张说《上党旧宫述圣颂》、张九龄《龙池圣德颂》、杨炎《灵武受命宫颂》则歌颂唐玄宗、肃宗发迹之地。《大唐中兴颂》《凤翔出师纪圣功颂》《大唐河西平湖圣德颂》《献平淮夷雅》等展示大唐武德与国家中兴。另，"表奏书疏"首列"尊号"目，"文"首列"践阼""封禅"目，"议"首列"明堂""雅乐"目，诸门类及其选录作品，

---

① 萧统编，李善等注《六臣注文选》卷一，《四部丛刊》初编影印本，中华书局，2012年，第24页。

皆同前述。对此，张涤华曾批评道：

> 过去的总集，一般都阑入一些颂扬之作，《文粹》收录特多，显得更为突出。……第三十一卷、第三十二卷则收入受禅文、封禅文、祝寿文、谢天文、上尊号玉册文、大赦文、德音文、铁券文、溢册文、哀册文等等，全是颂扬唐代帝室的。[①]

此批评其实是从反面观察到《唐文粹》编纂的一个意图，即姚铉的尊王意识和正统观念。

第二，《唐文粹》较多选录国家典礼之文，配合真宗东封西祀等礼乐建设活动。姚序特别强调"大中祥符纪号之四禩(1011)，皇帝祀汾阴后土之月，吴兴姚铉集《文粹》成"(卷首)，将编纂总集与国家祭祀大礼联系起来。由此，姚铉编集过程中，应该是心系庙堂，时刻关注朝廷礼乐建设新动向。

澶渊之盟(1005)后，宋真宗进行一系列活动，如祭祀上天、东封泰山、祭祀孔庙、西祀汾阴后土等。以封禅为例，《唐文粹》"颂"下列"封禅"类目是总集少有的。选文有李隆基《纪泰山铭》、张说《大唐封禅颂》、苏颋《大唐封东岳朝觐颂》，皆宏文巨制。正如清人指出，姚铉"躬逢封禅之盛，志在删述之林"[②]。《史记·封禅书》曰："每世之隆，则封禅答焉。"张守节正义引《五经通义》云："易姓而王，致太平，必封泰山，禅梁父，荷天命以为王，使理群生，告太平于天，报群神之功。"[③]因此，封禅必在治平之世，以报神明之功。除封禅外，祭祀后土山岳和先圣帝王亦不少，如"碑"有张说《后土神祠碑铭》《西岳太华山碑铭》、张嘉贞《北岳恒山碑铭》、韩愈《南海神庙碑文》、张谓《虞帝庙碑铭》、李邕《曲阜县宣圣庙碑铭》等名家之作，展示姚铉对宋真宗礼乐祭祀活动的配合。

此外，宋真宗东封西祀前曾进行制造天书、献纳祥瑞等活动，创

---

① 张涤华《关于〈唐文粹〉》，《安庆师院学报(社会科学版)》1982年第1期，第63—66页。

② 金勇《唐文粹补遗序》，郭麐编《唐文粹补遗》，清光绪庚寅(1890)许氏榆园刻本。

③ 司马迁《史记》卷二八《封禅书第六》，中华书局，1963年，第1355页。

造“成功告于神明”的良好环境。《史记·乐书》曰:“王者功成作乐,治定制礼;其功大者其乐备,其治辨者其礼具。”[①]功成作乐,顺理成章。真宗封祀时的名臣文章,皆表达此意。张知白大中祥符元年作《乞祟泰山诸瑞奏》曰“数年以来,兵息谷稔,群臣告成功”[②],王若钦《禅社首坛颂》曰“封禅告成”[③],寇准《上真宗尊号册文》曰“登封告成”[④]。王旦《祀汾阴坛颂》亦曰:“揖让开阶,允归天授,集大勳而成王业也。”[⑤]对此,《唐文粹》亦有相应的类目设计。如“乐府辞”下首列“功成作乐”类,体现了姚铉的政治觉悟。此类全录白居易《七德舞》,明确表达“圣人有祚垂无极”(卷十二)的思想,其夸耀君主德行具备,神武圣文,功业大成而致太平。

礼乐之用,象功祟德。《唐文粹》还选录一些艺术性较差而政治性很强的礼乐诗篇。如“诗”下“古乐章”选《补乐歌》十篇、《补九夏歌系文》九篇,“今乐章”录魏征、张说、姚祟等盛世名相所撰《冬至日祀昊天圆丘乐章》《登太社乐章》《开元乐章》《享龙池乐章》等。又有议礼文章,如“议”下选孔颖达等三人的《明堂议》和杜佑《三朝行礼乐制议》《三朝上寿有乐议》《撤食宜有乐议》等。《唐文粹》编纂符合真宗朝国家礼乐建设的需要。

姚序曾明确表达对于萧统编集的尊祟,并希望以《文粹》继绍《文选》。萧统在《文选》编纂中表现朝廷礼德、盛世气象和文章正朔等观念。姚铉编《唐文粹》亦有同样用心。姚铉作为有觉悟的政治家,其心怀济世治国理想,关心国家礼乐教化和文化复兴,符合宋初君王以

---

① 司马迁《史记》卷二四《乐书第二》,中华书局,1963年,第1193页。

② 曾枣庄、刘琳主编《全宋文》卷一八九《乞祟泰山诸瑞奏》,上海辞书出版社、安徽教育出版社,2006年,第9册第261页。

③ 曾枣庄、刘琳主编《全宋文》卷一九二《禅社首坛颂》,上海辞书出版社、安徽教育出版社,2006年,第9册第339页。

④ 曾枣庄、刘琳主编《全宋文》卷一八二《上真宗尊号册文》,上海辞书出版社、安徽教育出版社,2006年,第9册第137页。

⑤ 曾枣庄、刘琳主编《全宋文》卷一六六《祀汾阴坛颂》,上海辞书出版社、安徽教育出版社,2006年,第9册第264页。

盛德大业而致太平兴国的强烈愿望。

二、息兵崇德：不录韩愈《平淮西碑》辨析

《唐文粹》在后世影响很大，享誉颇多。如清四库馆臣曰："论唐文者，终以是书为总汇。"[①]清人费有容亦曰："鉴裁精当，去取严谨，抗文苑之菁华，备艺林之摭拾。救六朝之沿弊，足启风骚；补一代之成书，自成月旦。"[②]评价很高。然而，《唐文粹》选录段文昌《平淮西碑》，而未能选韩愈的同名碑文，引起宋代以来读者较多批评。

其实，刘禹锡、柳宗元对于韩碑即有微词，但自李商隐作《韩碑》颂扬韩文，基本确定后世评价基调。元人郝经《读〈唐文粹〉》曰"底事平淮碑一首，文公不载载文昌"[③]，表达对姚铉录段遗韩的不解。随着韩愈地位上升与众多名家推崇，《唐文粹》录文不当成为后世读者集体阅读体验。此认识一直持续到清代。如郭麐《唐文粹补遗》专在凡例中列一条，称本书"意主搜罗幽隐，故于韩柳皆略，唯《平淮西碑》为韩公大手笔，而《文粹》录段遗韩，窃所未安，爰及钞入"[④]，特别表达对于姚铉选文不当的不满。

可见，《唐文粹》录段排韩，已然成为宋以来读者的批评定论。就具体分析而言，以宋葛立方所述较为全面：

> 裴度平淮西，绝世之功也。韩愈《平淮西碑》，绝世之文也。非度之功不足以当愈之文，非愈之文不足以发度之功。碑成，李愬之子乃谓没父之功，讼之于朝。宪宗使段文昌别作。此与舍周鼎而宝康瓠何异哉？……愈书愬曰："十月壬申，愬用所得贼将，自文城因天大雪，疾驰百二十里到蔡，取

① 永瑢等《四库全书总目》卷一八六，中华书局，1962年，第1692页。

② 费有容《斠刊〈唐文粹〉书后》，见俞樾辑《诂经精舍经课七集》卷十二，清光绪二十一年(1895)刻本。

③ 郝经撰，张进德、田同旭校笺《郝经集编年校笺》卷十五，上海人民出版社，2018年，第386页。

④ 郭麐《唐文粹补遗·凡例》，清光绪乙酉(1886)江苏书局刻本。

元济以献。”与文昌所谓“郊云晦冥，寒可堕指。一夕卷旆，凌晨破关”等语，岂不相万万哉！……裴度在朝，宪宗委任不疑……勋烈之盛，一时无与比肩者。①

唐平淮西割据，先以韩愈作文纪功，后因李愬一方争功，而唐宪宗弃韩立段。段、韩碑文实际上已经形成关联极紧密的文本，读《平淮西碑》必论段韩优劣。而大多数读者皆如葛立方那样称赞韩文：一是辨析韩文水平高超，二是推尊韩碑归功宪宗、裴度的立意，三谓韩碑实言李愬之功。

“韩碑”公案，姚铉必然清楚。他并非不重韩文，恰恰相反，姚铉是北宋较早推崇韩文的学者。《唐文粹》特设“古文”一体，收录较多韩文，可谓有识。后由欧阳修、苏轼等人大力揄扬，尤经南宋到明清的古文选本传播，韩愈位列“唐宋八大家”之首。然而，后世批评过于强调韩、段碑文在文学艺术上的优劣，却忽略姚铉的编纂思想和体例。

第一，段碑与姚铉治国不主用兵思想相合。在真宗朝，大致以澶渊之盟为界，前期多主张用兵，后期开始转向息兵。可举张知白奏议为例来说明。咸平五年(1002)，其疏曰：“夫五行之中，金为兵；以五事配之，则金为义。兵之为用，实不可去。乃知言弭兵者，罪莫大焉。”②以五行配五常，以兵为义，极力主张用兵。而景德三年(1006)其《上真宗论周伯星现》则主张息兵：

陛下知上天之垂戒，以为阴气过盛。……念国家开创以来，基业洪大，干戈之役，皆不得已而用之。然而太平兴国至咸平而来，二十年内，边防多虞，华戎之人几殒百万。兵者，其义主杀；杀者，其义主阴。阴气之盛，不亦宜乎？复念致治之源，唯息兵为大务。③

① 葛立方《韵语阳秋》卷三，何文焕辑《历代诗话》下册，中华书局，1981年，第506页。

② 曾枣庄、刘琳主编《全宋文》卷一八九《上真宗论时政》，上海辞书出版社、安徽教育出版社，2006年，第9册第255页。

③ 曾枣庄、刘琳主编《全宋文》卷一八九《上真宗论周伯星现》，上海辞书出版社、安徽教育出版社，2006年，第9册第258—259页。

短短几年之间，张知白呈现出完全相反的论调。其实，用兵与否，完全取决于实际需要。宋辽战争开始，以寇准为首主张用兵的人占据上风，而澶渊盟约（1005）之后，正统与合法性的争夺转移到文化层面，宋真宗逐渐热衷于封祀祭典活动，“武库永销兵”[①]亦成为追求的盛世愿望。

《唐文粹》主要编纂时间是在景德（1004—1008）年间和大中祥符（1008—1017）前期，姚铉敏锐地感觉到朝廷逐渐以息兵为主流，因而在编集时多处设计相关类目和遴录罢兵篇章。如“古文”类有“论兵”二首，录杜牧《罪言》《原十六卫》二篇。前者主张平藩治理为上策，浪战为下策；后者则极言武将之弊端。又，“表奏书疏”有“罢兵”四首，徐贤妃《谏太宗息兵罢疫疏》、王方庆《谏孟春讲武疏》、狄仁杰《请罢百姓西戍疏勒等四镇疏》、吕向《请玄宗不令突厥入仗驰射疏》，明确表达弭兵观点。又有“兵机”选陆贽《收河中后请罢兵状》，亦言罢兵。又，“书”下有“论兵”十首，如李观《上宰相安边书》主张对待周边不宜大战，宜安边养民；杜牧《上泽潞刘司徒书》则劝谏刘司徒切勿矜伐邀功。因此，姚铉以不用兵为主的观点还是明确的。

段文立意与姚铉不用兵的观点一致。其文首曰：

> 夫五兵之设，本以助文德而成教化，故圣人不专任之。其有桀骜暴邪，干纪作孽，道德不服，则兵以威之；文诰不谕，则兵以静之，在禁暴除害而已。……焉有患难未去，而德教可兴！（卷五十九）

此段重点在于论述君王盛德与用兵关系。段文虽赞颂武将，但圣人用兵，乃不得已而为之。其目的不在夸耀神武，而在吊民伐罪、除暴安良，辅助文德教化。段文所举尧舜禹汤和唐代历代皇帝，主要塑造的也是仁义宽厚形象。段碑对于用兵的态度，恰与姚铉主张治国不以用兵为主、而以礼乐教化为重的理念相合。

---

① 无名氏《真宗封禅四首》第三首，唐圭璋编《全宋词》第三册，中华书局，1965年，第4698页。

与段碑同列的其他文章，也是类似的思想。如吕温《三受降城铭碑》曰："天子诞敷文德，茂育群生，戢兵和亲，七狄右衽。"（卷五十九）韩云卿《平淮碑铭》曰"布宣泽德"，"土壤耕辟，年谷丰登，舳舻若飞，岁月相属"（卷五十九）。李德裕《幽州纪圣功碑铭》曰："夫兵者，所以除暴害也。爱人则恶其为害，禁暴则恶其为乱。虽睿智不杀，化之以神；至德允怀，招之以礼。然《书》有猾夏之戒，《传》有循刑之训。虞舜四罪乃成大功，文王一怒以至无侮，非德教之助欤！"（卷五十九）都表达了对于国家弭兵教化以致天下太平的意思。

第二，韩碑虽然阐述唐承天命、赞扬君相，但难以在《唐文粹》编纂体例中安排位置。《唐文粹》在各种文体之下设有子类，选文亦与之相契合，应有其主观的编纂意图。一般来说，凡颂圣崇德目类，《唐文粹》皆列在文体首要位置，赋首列"圣德"，乐府首列"功成作乐"，"表奏书疏"首列"尊号"，"颂"首列"盛德大业""封禅"，"文"首列"践阼""封禅"，"议"首列"明堂""雅乐"等。段文昌《平淮西碑》列在"碑"下"纪功"类。"纪功"类前面有"岳渎祠庙""圣帝""先贤""大儒""高世""义士""忠臣""纯臣""烈女""古迹""士风""贞义""奸雄""妃主""宰辅""使相""节制""庶官""牧守"，后面是"家庙""释""道"。从类目安排位置及其前后类目的含义看，"纪功"类较少颂圣意味，更多的是强调一种政治或社会身份。段碑赞颂李愬等武将功勋，正宜放此。而"纪功"类所选其他三篇，吕温《三受降城铭碑》叙张仁愿，韩云卿《平淮碑铭》叙田神功，李德裕《幽州纪圣功碑铭》叙张仲武，与李愬一样，皆是御敌平叛的名将。韩文与"纪功"主旨不符，是以不取。又，前面"岳渎祠庙"以下诸目所选，皆是叙述天地山川、孔圣先王、儒臣贤人方面的文章，且"妃主"以下诸目所选都是"神道碑铭""家庙""释""道"等，显然也不宜安排尊君主旨的韩文。与此相对比的是，柳宗元作《献平淮夷雅》被选录置于"颂"下"神武"类，仅次于"盛德大业"和"封禅"，具有强烈的尊王色彩。但韩文乃是"碑"体，不能选入"颂"体，而"碑"体又未为韩文立相应子目，故遭舍弃。

三、心态投射：诗赋立目选篇的悲情气息

以文体特征言，诗赋作品最能反映人的情志。《唐文粹》诗赋类目及其选诗其弥漫着浓浓的悲情气息。

“赋”的特别之处是立“哀乐愁思”目。《文选》“哀伤”类有司马相如《长门赋》、向秀《思旧赋》、陆机《叹逝赋》、潘岳《怀旧赋》《寡妇赋》、江淹《别赋》《恨赋》，主要是相思、悼亡和送别主题。《唐文粹》“哀乐愁思”选赋已突破此三个主题。如选欧阳詹《怀忠赋》：“节临危而不挠，行于艰而弥笃。惟其有之，是以伤之而恸哭。”（卷九）它体现的怀忠遭贬、伤心愤言情绪。白居易《泛渭赋》虽是逍遥和乐，但“不弃予之小才，感再遇于知己”（卷九）句中，亦感叹士人的遇与不遇。刘禹锡《望赋》：“物乘化兮多象，人遇时兮不同。嗟乎！有目者必骋望以尽意，当望者必缘情而感时。”（卷九）也哀伤时事多变而士人际遇的偶然性。张说《江山愁心赋》则较为模糊，但“是心也，非模仿之所逮，将有言兮是然，将无言兮是然”（卷九）的欲言又止，也表现人的自怨自艾心态。这些赋作中，大都流露出时光流逝、生命不永和忧愁哀叹情绪。即便是萧颖士赋极力描摹男女相思之情，也可能表达的是君臣相知之难。萧赋有自注曰：“丙辰岁待诏京邑，贻旧知作。”（卷九）据《新唐书·萧颖士传》记载，萧颖士在天宝年间任秘书正字，结交裴耀卿、席豫、尹征、贾邑、柳井等人，不肯屈身宰相李林甫遭到贬谪。李林甫死后，萧颖士才“召诣史馆待制”[①]，进入京师。其赋应作于重入京邑待诏之时，通过写男子等待女子的苦恋，叙述对于朝廷的复杂心绪。这是古代士人在贬谪中的一贯心态。

“诗”下立目表现出的悲伤情调比“赋”更加明显。如“乐府辞”立“感慨”“兴亡”“幽怨”“贞节”“愁恨”“艰危”“侠少”“愁苦”等，约占立目总数的三分之二。“古调歌篇”则立“杂兴”“伤感”“行役”“失意”

---

① 欧阳修、宋祁等《新唐书》卷二〇二《文苑传中》，中华书局，1975年，第5767—5768页。

"疾病""伤悼""胜概""伤叹""感寓""慨叹""感物""春感""秋感"等,约占立目总数一半。这些类目名称,大都感伤慨叹,呈现消极情调。经统计发现,这些类目选录作品共375首,占诗歌总数近三分之一。这个作品数量,在选录较多主题的选本中,比例是比较大的。对比唐宋类编文集,《唐文粹》诗歌立目显得特立独行。总集方面,如《文苑英华》诗类有"悲悼",《分门纂类唐宋时贤千家诗选》有"宫怨""闺怨",《瀛奎律髓》有"忠愤""疾病""伤悼"等,别集方面,如《孟东野文集》设"哀伤",《李太白文集》设"怀思""感遇""哀伤",《韦应物集》设"怀思""杂兴"等,数量并不多。像《分门集注杜工部诗》《集注分类东坡先生诗》等,既立"伤悼",又立"庆贺",并无轩轾。由此,较多以伤感基调命名的门类及其作品透露出姚铉的抑郁心态,确实具有悲情色彩。

当然,不同类目表现的侧重点又有所不同。如"艰危"类选李白、张籍、王昌龄等的《蜀道难》《行路难》《变行路难》等作品,表现仕途艰险,人生博取功名的不易。"行役"类选鲍溶《歧路》、贾驰《秋入关》、欧阳詹《晨装行》等,表达路途艰险,人生艰难。"失意"类颇能表现人受到巨大挫折后的心情。如张籍以春鸟失俦表现无端哀愁:"感物怀所思,泣涕忽沾裳。伫立吐高吟,舒愤诉穹苍。"(卷十五)窦参表现贬谪悲苦:"一自经放逐,裴回无所从。""人生年几齐,忧苦即先老。"(卷十五)孟郊的"死辱片时痛,生辱长年羞"和"长安日下影,又落江湖中"(卷十五),表现远离朝廷、失志痛苦。这些遭受人生挫折的悲伤心境,可能会令同样有贬谪经历的姚铉倍感亲切。"感寓"类诗全选陈子昂《感遇》三十八首,多数作品表达了忧谗畏讥的恐惧不安、壮志难酬和理想破灭的愤懑忧伤。张九龄《感遇》十二首则选七首。唐玄宗开元二十五年(737),张九龄由尚书丞相贬为荆州长史。晚年遭遇馋毁,忠而被贬,"每读韩非《孤愤》,涕泣沾襟"[①],遂作《感遇十二首》。

---

① 董诰等编《全唐文》卷四四〇《唐尚书右丞相中书令张公神道碑》,中华书局,1983年,第3361页。

读张九龄诗，远离朝廷的姚铉不能不自我哀怜。

又如“慨叹”类，选诗多是岁月易逝、人生失意和自怜自惜。孟云卿《伤时》“独立正伤心”“先死有常伦”（卷十八），是在岁月不待的悲伤中作壮语；司空图《感时》“人人语与默，唯观利与势；爱毁亦自遭，掩谤终失计”（卷十八），是痛感人追求势利又无可奈何；白居易《无可奈何歌》“少日往而老日催，生者不住兮死者不回”（卷十八），亦伤时光飞逝、人易老去的哀叹。费冠卿《感怀》：“茕独不为苦，求名始辛酸。上国无交亲，请谒多少难。九月风到面，羞汗成冰片。力尽得一名，他喜我且轻。”（卷十八）展示仕途困难，情绪难控。

又如，“侠少”选李白、王维、张籍等多人《少年行》诗。李诗“少年负壮气，奋烈自有时”（卷十三），王诗“孰知不向边庭，纵死犹闻侠骨香”（卷十三），张诗“不为六郡良家子，百战始取边城功”（卷十三）等，表达建功立业的志向。“边塞”类有崔颢“人生富贵自有时”（卷十二）、王维“世事蹉跎成白首”（卷十二）、刘长卿“末路成白首”（卷十二）等，表达岁月蹉跎、时运不济和功业难遂之感。

特别注意的是《唐文粹》卷十二“幽怨”“贞节”“愁恨”类，多选录描写闺阁心事的作品，明显是以女子事夫比臣事君王。“幽怨”类中，陈羽《湘妃怨》“咽绝不胜愁”，欧阳詹《铜雀妓》“歌声苦于哭”，刘长卿《王昭君歌》“琵琶弦中苦调多”，卢照邻《婕妤怨》“一落君王耳，南山又须轻”，崔国辅《长信宫》“长信宫中草，年年愁处生”，元稹《苦乐相倚曲》“主今被夺心应苦，妾夺深恩初为主”，李白《妾薄命》“昔日芙蓉花，今成断根草；以色事他人，能得几时好”，张籍《白头吟》“春天百草秋始衰，弃我不待白头时”和“人心回互自无穷，眼前好恶那能定”等，以湘妃、陈阿娇、王昭君、婕妤等女子见弃君主为背景，描摹境遇而生发议论，表达身世不幸、青春易老、幽恨悲怨。“贞节”类中，孟郊《烈女操》“波澜誓不起，妾心古井水”，张籍《节妇吟寄东平李司空》“知君用心如日月，事夫誓拟同生死”，孟郊《静女词》“任礼耻任妆，嫁德不嫁容”，体现了坚贞高洁、自持操守和忠于君王。“愁恨”类中，李白《春思》“当君怀归日，是妾断肠时”，孟郊《古乐府杂怨》“持此一生薄，空成万恨浓”，孟郊《古妾薄命》“与君一日为夫妇，千年万岁亦相守”，都表现远离君王朝廷，相见无望、愁恨难平又矢志不渝。而同卷的“艰危”类录白居易《太行路》有句“行路难，难于山，险于水。不独人间夫与妻，近代君臣亦如此。”这里以夫妇比喻君臣的意思就更为直白了。

《唐文粹》诗赋立目选篇不同于前代总集，其悲情基调反映姚铉诸多消极情绪，也部分体现贞节品格。同时，这也暗含姚铉对古诗文体功能的某种理解。

四、性格命运：双重主旨的原因试释

一部总集为何同时表达理想和悲情？此应与姚铉性格、命运息息相关。姚铉一生中最大挫折是贬谪。咸平六年（1003）的贬谪将姚铉生平划分为前、后两个阶段。

姚铉前半生仕途畅通，很受朝廷重用。其于太宗太平兴国八年（983）登进士甲科，解褐大理评事，知潭州湘乡县，三迁殿中丞，通判简、宣、升三州。至道元年（995），任太常丞。真宗咸平元年（998），充京西转运使，历右正言、右司谏、河东转运使。三年（1000），知郓州。五年（1002），加起居舍人、京东转运使，徙两浙路。姚铉是一个干实事、有能力的官员，谏言曾为朝廷采纳。《宋史》本传突出记载，咸平三年（1000），郓州发生洪水，朝廷特命令姚铉担任知州以治疗水患，“许便宜从事”[①]。

姚铉生平履历虽简单，流传事迹也不多，但他前半生一直受朝廷恩宠是可以肯定的。最典型经历是多次参与宫廷应制。例如，淳化五年（994），姚铉侍宴内苑，应制赋赏花钓鱼诗，特被嘉奖。宋太宗时期，宫廷赏花钓鱼与赋诗活动发展成为一项固定的宫廷大型娱乐文化活动。赏花钓鱼“作为‘右文’政策的一种体现，参与者大都是与皇帝亲近的重要文臣，如翰林、三馆学士、两制、杂学士、待制、馆阁官

① 脱脱等《宋史》四四一《文苑传》，中华书局，1977年，第13054页。

等。帝王有意识地通过类似的宫廷活动，以达到推尊文臣之目的”[1]。因此，参与赏花钓鱼文学活动是地位和身份的象征。姚铉在赋诗活动中被欣赏，太宗还“命中使就第赐白金以嘉之”[2]。这对姚铉来说，是一种极大恩宠。仕途通达和朝廷荣宠极大地激发姚铉的政治热情，即使在后面人生失志情况下，仍以总集编纂参与国家文化建设。

姚铉后半生则身陷贬谪，远离朝政。宋真宗咸平五年(1002)，他开始准备编纂《唐文粹》，次年即遭遇贬谪，直到大中祥符四年(1011)才完成编纂工作。《唐文粹》主要是姚铉处于贬谪中完成。关于贬谪原因，《宋史》记载：

> (姚)铉隽爽颇尚气，薛映知杭州，与之不协事，多矛盾。映摭铉罪状数条，密以闻诏，使劾之。当夺一官，特除名贬连州文学。[3]

姚铉与知州薛映有矛盾而被其告密和坐实，其中一条罪状是“课吏写书”[4]。课吏所抄之书，极有可能包括姚铉为编《唐文粹》做的准备。后来，姚铉“虽被窜斥，犹佣夫荷担以自随”[5]。被贬是姚铉人生转折点。此后，姚铉几乎一直处于贬谪状态中，即使在大中祥符五年(1012)被赦免，但他也一直远离朝政，直到天禧四年(1020)去世。

姚铉的贬谪有其性格原因。李焘《资治通鉴长编》中记载：

> 右谏议大夫、知杭州薛映临决锋锐，州无留事。时起居舍人、直史馆姚铉为转运使，亦隽爽尚气，檄属州当直司毋得辄断徒以上罪。……铉与映滋不协。映遂发铉纳部内女口，鬻铜器多取其直，广市绫罗不输税，占留州胥，在司擅增修廨宇。上遣御史台推勘官储拱劾铉得实，法寺议罪当夺一官，特诏除名，贬连州文学。[6]

---

① 诸葛忆兵《北宋宫廷赏花钓鱼之会与赋诗活动》，《文学遗产》2006 年第 1 期，第 149 页。

② 脱脱等《宋史》四四一《文苑传》，中华书局，1977 年，第 13054 页。

③④⑤ 脱脱等《宋史》四四一《文苑传》，中华书局，1977 年，第 13055 页。

⑥ 李焘《资治通鉴长编》卷六十四，中华书局，1992 年，第 1431 页。

“隽爽尚气”是较为典型的文士性格。“隽爽”多随意通脱、不拘小节，“尚气”则感情炽热、用事意气。姚铉的此种性格带来了双重影响。一方面，薛映虽“挟忿以挟人之私，君子病之”[①]，但姚铉正由于文士个性造成与薛映不和，终因权力腐败与生活作风问题被其弹劾。另一方面，在贬谪后，姚铉的痛苦、无奈和悲观情绪可能反映到《唐文粹》立目选篇中。本传特别提到，姚铉贬谪途中从“吉州之万安抵虔，江有赣石，舟行其中，湍险万状，铉过，感而赋之以自况”[②]。这印证姚铉是一个性格使气的诗人。姚铉留存诗赋不多，从《过松江》《赏花钓鱼侍宴应制》《曹娥庙碑》《冷泉亭》等诗和“疏钟天竺晓，一雁海门秋”残句看，不乏情思才性。其感赋自况，除了因为舟过湍险，也是感慨个人遭遇。这种贬谪自况的情境对他阅读和编选唐人诗文的偏好可能造成一定影响。《唐文粹》中选录抑郁不得志的作品，不能不说是其贬谪心态的某种投射。

编纂者心态对其文学创作和批评有一定关联。前期朝廷恩宠和仕途顺畅，姚铉充满政治热情，成长为敢于担当历史责任的士大夫，积极关注国家文化建设，并一直贯彻于整个生命之中。后期的罢官贬谪和远离朝廷，姚铉又充满悲观情绪，并不自觉地将此消极心态融于诗赋创作，甚至总集编纂之中。姚铉“隽爽尚气”性格不仅是他人生和命运转折的重要原因，也促成他形成悲观心态影响到《唐文粹》的编纂定型。

结语

太平兴国七年(982)，朝廷组织人力编纂大型诗文总集《文苑英华》。虽然此书编成后束之高阁，但姚铉于太平兴国八年(983)中进士后，仕途较为顺畅，尤其是殿中丞、直史馆、太常丞等官职，应该能接触到《文苑英华》并有一定了解。但是，姚铉仍然要花十年重新编

① 脱脱等《宋史》三〇五《列传第六十四》，中华书局，1977 年，第 10091 页。

② 脱脱等《宋史》四四一《文苑传》，中华书局，1977 年，第 13055 页。

选唐代诗文，暗含他对《文苑英华》不满。不同于《文苑英华》多收辞藻而缺乏政教功能，《唐文粹》特别强调恢复古道和积极反映朝廷政治，故清人评曰“文章正脉”[1]。姚铉作为儒家士大夫，在被贬之后依然心系国家，用编纂文学总集形式参与真宗朝文化兴建工作。推尊君王、建构礼乐和息兵崇德成为《唐文粹》最重要的编选理念。同时，作为文学家，姚铉骨鲠多气，当遭遇贬谪，特别偏好抒发哀伤情绪、抑郁不得志和岁月蹉跎的诗文。《唐文粹》编纂与其人生挫折相始终，不能不于其中表达失意与不得志情绪。诗赋等设目选篇的悲情气息是其贬谪心态的不自觉投射。

二者能够同时存在于一部总集之中，是因为姚铉充分利用类编的手法，在立目及其秩序与命名上展现了独特用心。《文苑英华》虽然是类编诗文总集，但其门目采用“天部——地部——人部”的类书式编排体系，门类面面俱到，不能突出重点内容。《唐文粹》则形式灵活，除作品遴选，在文体和主题的立目、门目命名和秩序上，展示独特的个性和高超的编排水平。总之，我们进行古代典籍解读研究，尤其需要注意其时代背景和作者的生平经历，而且还应结合体例进一步思考编者利用总集表达个人情感的可能性。

（安徽师范大学中国诗学研究中心）

---

① 谭献著，范旭仑、牟晓明点校《谭献日记》卷三，中华书局，2013年，第55页。

风人之记：论苏轼“运诗入记”的文章学意义*

王子涵

内容摘要：苏轼的记体文法表现为对“运诗入记”的深化与革变。苏轼承继“六一风神”并着意擢升记体文创作中情的价值，在文本结撰上多以情语作结的笔致增添文章的诗性韵味，在内容运笔上以现实讽喻与性命追求来曲笔化地表露或纾解主观情志。同时，苏轼又借由“驱情应物”的笔法和日常叙事的策略融会诗学的比兴之义，以此维护记体文的“叙事”本色，这使其文章书写呈现出以“文法”来“运诗”的样态。这些记体文法新变反映出苏轼“寓意于物”的创作观念和“随物赋形”的运笔准则，它促使苏文作品能够包蕴多元题材并呈现出“风人之记”的面貌。苏文在核心文类由骈向散的历史转换中具有承转意义，其创作文法彰显着记体的独立归趋。

关键词：记体文；苏轼；运诗入记；比兴；风人之记

* 本文系教育部中华优秀传统文化专项课题（A类）重大项目（尼山世界儒学中心/中国孔子基金会课题基金项目）“历代苏诗学文献整理与研究”（23JDTCZ010）与中国博士后科学基金第76批面上资助项目（2024M760472）阶段性成果。

Poetic Narratives: The Literary Significance of Su Shi's Incorporating Poetry into Narratives

Wang Zihan

Abstract: Su Shi's writing rules of the narratives reflected the deepening and grammatical evolution of "the use of poetry in narratives". Su Shi inherited "Liu Yi Feng Shen" and expanded the value of emotions. In terms of textual form, Su Shi often added poetic charm to his articles by using emotional language as a conclusion. In terms of writing strategy, Su Shi used realistic allegory and the pursuit of life to express and alleviate subjective emotions in a tactful way. In the meanwhile, Su Shi also integrated the metaphorical meaning of poetics through the writing style of "driving emotions to write things" and the strategy of daily narrative, what maintained the stylistic characteristics of the narrative style. This approach presented Su Shi's writing style as expressing poetic content through prose. The aesthetic concept of "Yu Yi Yu Wu" and the writing theory of "Sui Wu Fu Xing" were the fundamental driving forces behind Su Shi's new changes in writing style of narratives. These new changes in creative grammar of Su's narratives presented a "poetic narratives" appearance. It also allowed multiple themes to be incorporated into narratives. In the transition of core literary genres from parallel prose to prose, Su Shi's articles holds a pivotal position in literary history, and its writing grammar demonstrated the independent direction of the narratives.

Keywords: narratives; Su Shi; the use of poetry in narratives; Bi-Xing; poetic narratives

记体文是一种包蕴诸多类别的古文体式，亭台楼阁记、书画记、山水游记等皆为其传统构成，学记、题名记等后起之体亦占据重要位置。不过，记体文虽类目庞杂、题材多样，却在创作上多有内在的互通性。概括而言，记体“以善叙事为主”①，操觚者当以写物、纪事为核心展开运笔，并在文末“略作议论以结之”②以结撰全篇。从历时性的角度看，记体创作缘根由中唐古文复兴而得以流行，其中“韩退之《画记》、柳子厚游山诸记为体之正”③。北宋文人则在韩、柳文的基础上扩展并深化议论、抒情等内容，推动着记体文的嬗变。

而在北宋古文中，苏轼的记体文则以其“尽议论”④的特质留名于文坛。但随着后世学人对“以论为记”评价的渐趋负面，苏轼的记体文也逐步没落为难登大雅的“记之变体”⑤。自文章学兴起后，《醉白堂记》“乃是《韩白优劣论》”⑥的文章公案更被视为苏轼不尊“体制”的铁证。文章家的此类定评不仅使苏轼记体文常遭非议，也阻碍了读者对苏文独特价值的持续发掘。职是之故，今人有必要重衡与反思这些传统理念，并尝试对苏轼记体文的文本特性做出更深入而精当的概括。

钱穆先生曾以“运诗入文”称赏韩愈、柳宗元与欧阳修古文的成就。而细读苏文可见，苏轼的记体文便在接续韩、柳、欧“以诗为文”笔调的同时，又能够突破前人窠臼并在记文中融入诗性特质，实现了记体文的创作新变。那么，苏轼记体文的“运诗”之法相比前人而言都有哪些承变，诗性内容又如何在苏文中以文章笔调来得至呈现？苏轼的这种记体文法具有哪些散文史意义？本文拟从诗文互融的角度入手考察苏轼记体文的书写创变，尝试探求苏文“以论为记”面貌

---

① 王应麟著，张骁飞点校《词学指南》卷四，《四明文献集（外二种）》，中华书局，2010年，第493页。

② 吴讷著，凌郁之疏证《文章辨体序题疏证》，人民文学出版社，2016年，第162页。

③ 吴讷著，凌郁之疏证《文章辨体序题疏证》，人民文学出版社，2016年，第161页。

④ 苏轼撰，郑之惠辑，李九我等评《苏长公合作》卷二，中华书局，2017年，第195页。

⑤ 苏轼撰，郑之惠辑，李九我等评《苏长公合作》卷二，中华书局，2017年，第199页。

⑥ 黄庭坚《书王元之竹楼记后》，刘琳、李勇先、王蓉贵点校《黄庭坚全集》正集卷二十五，中华书局，2021年，第596页。

的内在本质并追索其文章学意义。

一、情的曲笔与讽的凸显：苏文对“六一风神”的承与变

所谓“运诗入文”，其核心不在于古文对诗体格律、声韵的移置，而是“起诗赋纯文学之情趣风神以纳入于短篇散文之中，而使短篇散文亦得侵入纯文学之阃域”[①]，将诗性的委婉情思、现实讽咏以及诗学的比兴手法融会于古文创作中。韩愈、柳宗元的赠序、杂记自是“剥落藻采，遗弃韵律，洗脂留髓，略貌存神”[②]的文章典范，欧阳修的“碑志赠序诸体，皆能会其渊微，得其神似”[③]亦具“绝妙之散文诗”[④]的特性。在钱穆看来，“运诗入文”是古文创作中至关重要的书写笔法和古文演进史上的关键环节。

不过，钱穆在以“运诗入文”肯定韩、柳、欧的文章成就时，却又认为苏文虽“恣意所至笔亦随之”，但“已失却韩公以诗为文之精意”[⑤]，舍弃了前人的“运诗”之法。而细读可见，苏轼的记体文创作实则并不符合钱氏的如此论述，却反而在对欧阳修“六一风神”的承与变中推动着“运诗入记”的深化与北宋诗文的革新。茅坤最早以“风神”观品评古文，而后世所谓“六一风神”则专指欧阳修的叙事文体，它在内容上强调对情感的直接表达，在风格上偏向近诗的深美情韵和阴柔样貌[⑥]，其中抒本己之“情”是欧氏杂记“运诗”笔法的核心。苏轼则在

---

① 钱穆《杂论唐代古文运动》，《中国学术思想史论丛》第 4 册，生活·读书·新知三联书店，2009 年，第 57 页。

② 钱穆《杂论唐代古文运动》，《中国学术思想史论丛》第 4 册，生活·读书·新知三联书店，2009 年，第 59 页。

③⑤ 钱穆《杂论唐代古文运动》，《中国学术思想史论丛》第 4 册，生活·读书·新知三联书店，2009 年，第 54 页。

④ 钱穆《杂论唐代古文运动》，《中国学术思想史论丛》第 4 册，生活·读书·新知三联书店，2009 年，第 53 页。

⑥ 相关研究可见洪本健《略论“六一风神”》(《文学遗产》1996 年第 1 期)、刘宁《叙事与“六一风神”——从茅坤“风神”观切入》(《文学遗产》2011 年第 2 期)等。

承继欧文风神的基础上一方面将“情”用以结撰文本，另一方面又借由各类思想呈现将“情”的表达转向曲笔化和幽微化，最终在形式与内容两个层面实现“运诗入记”的深化。[①]

从形式方面看，苏轼注重以抒情之语来收束记体文本。抒情虽非诗之专利，却因“诗缘情”的观念意旨而在诗中得到了首要与典型的呈现。而“缘情”同时也是“运诗入记”的重要内容，方苞言：

> 昌黎作记，多缘情事为波澜。永叔、介甫则别求义理以寓襟抱；柳子厚惟记山水，刻雕众形，能移人之情。[②]

此论精确指出了韩、柳、欧、王记体文的“诗化”特性。与此相近，苏轼《喜雨亭记》载降雨救民之事，《应梦罗汉记》载整修与供奉罗汉之事，均在文中流露出个体襟怀，苏轼以此实现了篇章文字的起伏波澜。同时，苏轼又在此基础上有意以情语收束文章，把抒情视为一种结撰篇体的手段。这种近似于律诗尾联以情作结的书写方式，从形式层面升格了记体文的抒情价值。《眉州远景楼记》即在讲述眉州之风俗、记叙远景楼的营造历程后感发“归老于故丘，布衣幅巾，从邦君于其上，酒酣乐作，援笔而赋之”[③]的情感，用思乡之意平添文章高情远韵。

情语作结在作文之法中当属“放笔”，有“以淡笔作结，忽参以唱叹，蕴藉含蓄，令其悠然不尽，如有弦外之音”[④]的功用。《凌虚台记》在婉言讽谏后便在文末以“台犹不足恃以长久，而况于人事之得丧，忽往而忽来者欤”[⑤]一句情语传达出人事兴废之叹，这种情语收束的

---

① 苏轼对欧阳修文章的多元承继与创作超越，学界已多有讨论且有基本共识，本文不再赘述，相关研究可参见孙兰庭《论欧阳修对苏轼散文的影响》(《内蒙古社会科学》1999年第3期)、洪本健《论苏轼文对欧阳修的效法与超越》(《福州大学学报(哲学社会科学版)》2016年第4期)等。

② 方苞《答程夔州书》，刘季高校点《方苞集》卷六，上海古籍出版社，2009年，第166页。

③ 苏轼撰，茅维编，孔凡礼点校《苏轼文集》卷十一，中华书局，2019年，第354页。

④ 李德润《笔法论》，余祖坤编《历代文话续编》，凤凰出版社，2013年，第473页。

⑤ 苏轼撰，茅维编，孔凡礼点校《苏轼文集》卷十一，中华书局，2019年，第351页。

方式增强了记体文“意在言外，讽咏不尽”[①]的艺术效果。《密州通判厅题名记》所流露的“使数百年之后，得此文于颓垣废井之间者，茫然长思而一叹也”[②]等惆怅之感，也能够在文章结尾处增添无穷韵味。这与诗歌结句尾联“或就题结，或开一步，或缴前联之意，或用事，必放一句作散场，如剡溪之棹，自去自回，言有尽而意无穷”[③]的书写功能若合符契。情的意义也由此在记体文中得以升格。

从内容方面看，苏轼尝试在记体文中引入各类思想内容来丰厚记体篇章的内涵，并以更为缱绻婉转的方式表现“情”的意味。姚永朴言“大抵文中或论道，或叙事，或状物态，或抒性情，诗皆有之”[④]，认为诗歌能够包蕴各类内容，而古文多专述一事。苏轼却将论道、叙事、抒情皆融于记体文中，这不仅使记体文能够与诗歌一样备尽众体，且令“情”也借由性命探索和讽喻比兴而得到了宣泄及纾解。

首先，苏轼多在记体文中表露比兴规讽之意，而其愤懑不满之情在此中自然流出。苏轼在熙宁二年（1069）到元丰二年（1079）间创作了十余篇亭台楼阁记，相关篇章多通过书写太平无事来反衬新法的“生事”与扰动天下之弊，从而曲笔化地流露出作者的规讽意图[⑤]和不满情绪。《墨妙亭记》便在描绘了吴兴官民清净、闲适的生活情状后陡然言及新法：

> 当是时，朝廷方更化立法，使者旁午，以为莘老当日夜治文书，赴期会，不能复雍容自得如故事。[⑥]

① 黄震《黄氏日抄·读文集》四，王水照主编《历代文话》，复旦大学，2007 年，第 711 页。

② 苏轼撰，茅维编，孔凡礼点校《苏轼文集》卷十一，中华书局，2019 年，第 377 页。

③ 杨载《诗法家数·诗律要法·结句》，何文焕辑《历代诗话》，中华书局，2004 年，第 729 页。

④ 姚永朴撰，许振轩校点《文学研究法》卷二，黄山书社，2011 年，第 92 页。

⑤ 以“无事”反讽新法“生事”，是熙丰旧党广泛采用的书写手段，其中尤以苏轼为代表。可参见莫砺锋师《乌台诗案史话之四：涉案作品的文本分析》（《古典文学知识》2008 年第 2 期）、王雨非《熙丰时期士人言论中的政治意图举隅——以“无事”“生事”“无为”等概念为中心》（载《宋史研究论丛（第 25 辑）》，科学出版社，2019 年）。

⑥ 苏轼撰，茅维编，孔凡礼点校《苏轼文集》卷十一，中华书局，2019 年，第 354 页。

此句语词虽简短，却使苏轼讽喻与宣愤的思想目的皆得传达。苏轼在句中指出新法打破当地祥和生活，致使州官百姓皆忙碌不得休息的生活情形，这与其诗“市人颠沛百贾乱，疾雷一声如颓墙”[①]产生了一致的风刺效果。苏轼虽未直斥新法，然操觚者对变法扰动天下的不满情绪在文字中得到了鲜明呈现，这也使文章呈现出近于风诗的“寄兴”意味和怨刺色彩。

苏轼这种以文讽谏的笔法是对韩文的化约与革新。韩文《送李愿归盘谷序》这篇“运诗”赠序在行文时“有规讽之意存焉”[②]，便包含了指斥现实的思想意图。苏轼在称赏“唐无文章，惟韩退之《送李愿归盘谷》一篇而已”[③]时，或也学习了韩文的讽喻之法。在钱穆看来，“情存比兴”亦为“运诗入文”之一证[④]，而苏轼又能基于此而又曲笔化地传达和宣泄主观情感，这使其记既能表现“考其俗尚之美恶，而知其政治之得失”[⑤]的诗性价值，又得以实现文章内容的创变。

其次，苏轼在讽谏和宣泄外又尝试将诗性的主观情感升华至性命与内省层面，借此寻求个体喜怒的平复与自解。《墨妙亭记》即在讽言新法后言：

> 而莘老益喜宾客，赋诗饮酒为乐，又以其余暇，网罗遗逸，得前人赋咏数百篇，以为《吴兴新集》，其刻画尚存而僵仆断缺于荒陂野草之间者，又皆集于此亭。[⑥]

此言称赏孙觉在新法繁冗政事中仍能够保持超然、闲适的态度，通过

---

① 苏轼《十月十六日记所见》，王文诰辑注，孔凡礼点校《苏轼诗集》卷六，中华书局，1982年，第293—294页。

② 沈訚《韩文论述》卷一，高海夫主编《唐宋八大家文钞校注集评》卷七，三秦出版社，1998年，第348页。

③ 苏轼撰，茅维编，孔凡礼点校《苏轼文集》卷六十六，中华书局，2019年，第2057页。

④ 钱穆《杂论唐代古文运动》，《中国学术思想史论丛》第4册，生活·读书·新知三联书店，2009年，第48页。

⑤ 朱熹集撰，赵长征点校《诗集传》卷一，中华书局，2017年，第1页。

⑥ 苏轼撰，茅维编，孔凡礼点校《苏轼文集》卷十一，中华书局，2019年，第354页。

性情书写意在实现情感的超脱。苏轼随后又引申探讨“物必归于尽”与“乐天知命”的哲理意义，借考辨性命之理而收束全篇。这种对孙觉从容品性的强调，不仅与繁冗政事形成对举从而衬托出新法之弊，也使苏轼的情感郁结得到了内在纾解。

钱穆认为，“诗之复古，在求有兴寄，勿徒尚丽采；文之复古，则主以明道，而毋徒修辞句”[①]，那么，当文人“运诗入记”之时，其明道之法亦当与兴寄、抒情之言融合呈现。苏轼便借由探索性命之理这一明道方式来实现心绪自解和情感超越。秦观曾言“苏氏之道，最深于性命自得之际”，且“议论文章，乃其与世周旋”[②]，即指出苏轼在文章创作中对“性命”的关注。苏轼谪黄期间所作《雪堂记》，其对“适然”之理的追求即表现出纾解苦闷的意图。《雪堂记》开篇在表现“苏子”怅然若失情感的方面与同时期《应梦罗汉记》等作相似，但苏轼随后却转而通过“予之所为，适然而已”等主客辩言来宽慰内心所拘，又用“性之便，意之适，不在于他，在于群息已动，大明既升，吾方辗转，一观晓隙之尘飞”[③]的“性命自得”来实现情感超脱。这种以“适然”性命来替代个体情绪的波动并为不遇困顿找寻宽慰之途的写法，与“我求至乐，千载无偶”[④]等苏诗所传达的思想观念若合符契。

《超然台记》同样探求人生“无所往而不乐者，盖游于物之外也”[⑤]的超越性意义，表现出苏轼“即其所居之位，乐其日用之常、脱出尘寰之外之意”[⑥]的自在性情。文章通过思索“性命自得”来疏泄

---

① 钱穆《杂论唐代古文运动》，《中国学术思想史论丛》第4册，生活·读书·新知三联书店，2009年，第57页。

② 秦观《答傅彬老书》，曾枣庄、刘琳主编《全宋文》卷二五七五，上海辞书出版社、安徽教育出版社，2006年，第119册第337—338页。

③ 苏轼撰，茅维编，孔凡礼点校《苏轼文集》卷十二，中华书局，2019年，第412页。

④ 苏轼《颜乐亭诗并叙》，王文诰辑注，孔凡礼点校《苏轼诗集》卷十五，中华书局，1982年，第777页。

⑤ 苏轼撰，茅维编，孔凡礼点校《苏轼文集》卷十一，中华书局，2019年，第352页。

⑥ (旧题)杨慎辑《嘉乐斋三苏文范》卷一四，明天启壬戌(1622)刻本，北京大学图书馆藏，第十二册第十一叶。

作者的心中之“情”，并将其呈现以古文的“明道”方式。与韩、欧记体文以情事为文章之波澜相比，苏文多以性命为情事之超越，借由“理”来提升“情”的地位和价值。苏轼此举与其晚年“禽鱼岂知道，我适物自闲”①和“往来付造物，未用相招麾”②等岭海诗句有相近的思想追索，也使其记体篇章能够与韩、柳、欧记体文相比承载更多的思致内涵。与此同时，《超然台记》又与苏辙《超然台赋》的“天下之士，奔走于是非之场，浮沉于荣辱之海，嚣然尽力而忘反，亦莫自知也”③句形成互文，以对举的方式反衬讽朝廷的政事阙失，凸显出二人对新党士风的批评，“情”的宣泄与超越从而皆得彰显。

总体而言，苏轼的记体文虽如叶适言“若《超然台》《放鹤亭》《篔筜偃竹》《石钟山》，奔放四出，其锋不可当，又关纽绳约之不能齐，而欧曾不逮”④，具有横放杰出的风格与雄健阳刚的面貌，但在表达私人本己情感方面却多借“性命自得”与讽谏为文来进行侧面传达，故而情感的呈现反而比欧文更加委婉深曲。由于记体“最难撰结”，且“无质干可立，徒具工筑兴作之程期，殿观楼台之位置，雷同铺序，使览者厌倦，甚无谓也”⑤，因此苏轼将苦闷、不满和嘲弄皆融会于性命探讨与讽喻表达的“运诗入记”方式，也成为其记体文摆脱创作套路与窠臼并实现书写新变的缘由之一。至于苏轼记体文的“议论”特性，亦不过是抒情的曲笔呈现方式而已。

---

① 苏轼《和陶归园田居六首》其一，王文诰辑注，孔凡礼点校《苏轼诗集》卷三十九，中华书局，1982年，第2104页。

② 苏轼《和陶还旧居》，王文诰辑注，孔凡礼点校《苏轼诗集》卷四十一，中华书局，1982年，第2251页。

③ 苏辙《超然台赋叙》，曾枣庄、马德富校点《栾城集》卷十七，上海古籍出版社，2009年，第413—414页。

④ 叶适《习学记言序目》卷四十九，中华书局，2009年，第733页。

⑤ 方苞《答程夔州书》，刘季高校点《方苞集》卷六，上海古籍出版社，2009年，第165—166页。

二、驱情应物与日常叙事：比兴入记的文法呈现

苏轼对“运诗入记”的开拓，使其记体文在内容与形式层面呈现出了“散文诗”文本样貌。这一因革主要根源于苏轼对韩、欧文章的承与变。与此同时，苏轼又能突破前人矩矱，一方面在笔法上运诗之“比兴”入记，另一方面又尝试用“驱情应物”的方式和“日常叙事”的策略使“比兴”能够与契合记体本身的体式特性。记体以叙事为“正格”，其中“事”既包括动态的“事件”，又包括静态的“事物”。在这两个层面，苏轼着力以应物、纪事融会诗性比兴的方式，从文法层面实现了诗体和记体特性的双向耦合与互动，推动了“运诗入记”之法的演进与深化。

从静态“事物”的角度看，苏轼在记体文中尝试以文章笔法描绘了诗性的比兴内容，具有“驱情应物”的书写逻辑。比、兴是《毛诗序》所言诗之“六义”[①]的核心构成，同时也是中唐韩、柳“运诗入文”的笔法表征。韩文的现实批评便具有“寄兴”的诗性特质，而欧文的纡余委曲风格也深得诗性比兴的影响。苏轼则用“托物譬喻”之法来实现“驱情应物”的书写新变。“托物譬喻”与《诗经》中“以彼物比此物”[②]的“比”近似，是一种通过写物而言情抒志的笔调，《诗经·螽斯》、屈原《橘颂》、苏轼《卜算子·黄州定慧院寓居作》等作即为典范。在古文创作中，苏轼则将托物譬喻之法融入记体，借写物纪事来表现抒情与讽谏内容。《盖公堂记》即以“譬喻”之法传递苏轼的政治理念。苏轼开篇先忆其年少得“里老父”照拂而能治愈顽疾之事，而后便向读者交代除药之理：

> 是医之罪，药之过也。子何疾之有！人之生也，以气为主，食为辅。今子终日药不释口，臭味乱于外，而百毒战于内，劳其主，隔其辅，是以病也。子退而休之，谢医却药而进

① 毛亨传，郑玄笺，陆德明音义，孔祥军点校《毛诗传笺》卷一，中华书局，2018 年，第 1 页。

② 朱熹集撰，赵长征点校《诗集传》卷一，中华书局，2017 年，第 7 页。

所嗜,气完而食美矣,则夫药之良者,可以一饮而效。①

此言以病为喻,指明顺应自然而疾病自除的原理,其创作目的是引出苏轼"治道贵清净而民自定"的政见。清代孙琮言"子瞻睹新法纷更,思以清净而定民,此记具见救世婆心"②,指出苏轼为表达无为思想这一核心意旨而作记文的由意及物逻辑。本文以"清净"为"筋骨"③,而其所涉及的医疾往事、古人典故和对盖公堂的描绘,皆为苏轼用以抒发情感、曲笔讽谏和表达观点的载体,其譬喻、议论、写物亦均是"将正意一证"④的手段。

在记体文书写中,操觚者如何"应物"、怎样凸显"物"的特性并以此结撰全篇是记体文"叙事状情"⑤的创作核心。所谓"应物",其词义近于"体物""写物",意指文人通过特定观念来描绘物的样貌、记录造物过程的方式⑥。在绘画方面,谢赫以"应物象形"⑦作为画者的创作准则,而在诗学方面,刘勰的"应物斯感"⑧则是诗人感发意志的思想基准。传统记体文在"应物"时多秉持"由情衬景"的笔法方式,韩文的寄兴、欧文的言情皆为了凸显与升华物的意义而生发。柳宗元的山水游记虽能够写尽"牢笼百态"并"以文墨自慰"⑨,但其"情"和"景"仍是相对独立的,"景"的主观性内涵需要依靠作者的万卷深情与千

① 苏轼撰,茅维编,孔凡礼点校《苏轼文集》卷十二,中华书局,2019年,第346页。

② 高海夫主编《唐宋八大家文钞校注集评》卷一百二十一,三秦出版社,1998年,第5632页。

③ 苏轼撰,郑之惠辑,李九我等评《苏长公合作》卷二,中华书局,2017年,第197页。

④ 苏轼撰,郑之惠辑,李九我等评《苏长公合作》卷二,中华书局,2017年,第195页。

⑤ 吕祖谦《古文关键·看古文要法》,王水照主编《历代文话》,复旦大学出版社,2007年,第237页。

⑥ 对"应物"或"应物象形"内涵的考察,可参见邓乔彬《论气韵生动》(《文艺理论研究》1996年第5期)、韩刚《谢赫"六法"义证》(河北教育出版社,2009年)及王赠怡、张誉尹《中国图画领域中的物感说:应物象形》(《艺术评论》2023年第11期)等。

⑦ 谢赫《画品》,韦宾笺注《六朝画论笺注》卷七,天津古籍出版社,2018年,第231页。

⑧ 刘勰著,詹瑛义证《文心雕龙义证》卷二,上海古籍出版社,2019年,第173页。

⑨ 柳宗元《愚溪诗序》,尹占华、韩文奇校注《柳宗元集校注》卷二十四,中华书局,2013年,第1607页。

钧笔力才能够得到塑造和呈现。苏轼的记体文则反过来以"情"或"志"作为物的前提,把物视为情的载体和具象。《盖公堂记》的创作便完全基于苏轼讽谏新法的内在思想意图,苏轼营造、书写盖公堂并以医譬喻记录盖公故事,皆是为表达其规讽意图而服务。除此外,《超然台记》《雪堂记》《南安军学记》[①]等文对亭台或学校的描绘,也意在表现苏轼的性命探求或思想寄托。这种情在物先的笔法逻辑与韩、欧文以情衬物的方式大相径庭,却与诗歌"贵情思而轻事实也"[②]的书写方式若合符契,是一种以作者为本位、着重阐发思想情性、赋予事物主观性内涵的诗性笔法。苏轼则将这种诗性的表达融入了记体的写物笔墨中。

而在融会"先言他物,以引起所咏之词"[③]的起兴笔调时,苏轼同样多以文法行之。韩、柳、欧在运用起兴时,其记体文创作逻辑通常为:创作者描绘客观之物并引出情感,最终以主观、个体的思致升华客观物的价值。而苏轼的记体文则直接从受到情之侵染的主观物出发,在描绘中逐步凸显情感的样貌。苏轼的部分记体文所刻画的山水、事物与景观都经由苏轼的挑选与安排,以特定的情感、思想目的而被呈现于读者目前,本质上仍为情在物先的创作方式。《游桓山记》《石钟山记》等山水游记便是苏轼基于对兴废无常之念与潇洒超然之怀的表达而产生。《应梦罗汉记》则是苏轼为表露其贬谪的内心苦闷,从而拟造出应梦罗汉作为其"惘然"情绪的现实具象。《黄州安国寺记》亦在苏轼离黄在即、将得起复的背景下为总结其黄州生活而作。苏轼的此类书写近似于一种"移情","审美的对象是直接呈现于观照者的感性意象",而"美感的起因就不在对象而在对象所引起的

---

① 《南安军学记》乃针对王安石《虔州学记》所作,具有鲜明的批评王氏观念的先行意图。参见朱刚师《士大夫文化的两种模式:〈虔州学记〉与〈南安军学记〉》,《江海学刊》2007年第3期。

② 李东阳《麓堂诗话》,丁福保辑《历代诗话续编》,中华书局,2006年,第1374页。

③ 朱熹集撰,赵长征点校《诗集传》卷一,中华书局,2017年,第2页。

主观情感”[1],“情”为文章之起始。苏轼作于元丰三年(1080)的《画水记》便将自身迁谪不遇的心境移置于“永升今老矣,画益难得,而世之识真者亦少”[2]的感叹之中,其评述古今画水优异者并褒奖蒲永升绘画的言语,皆是表现主观情绪的文字基底。总之,苏轼以“驱情应物”替代“以情衬物”的写作方式不仅将诗性的比兴之法进一步深化于记体中,也维持了记体的“写物”功能,使文章呈现出以“文法”来“运诗入记”的书写面貌。

从动态“事件”的角度看,苏轼又尝试以日常叙事的书写策略来呈现诗性内涵,用纪事的方式传达近诗的讽谏与抒情内容,以此保持记体的“纪事”正格与本色。日常叙事意指对日常生活情形的记录,它旨在剥离宏大叙事的面貌,通过记录平淡事物来以小见大,且因而避除文字肤廓浮泛之弊。记体文本身极为适合记录日常,孙学濂即言:“后人所为记,则以记事者为多,虽碑亦纪事。而刻石之作,必一时大事。若记而不刻,则人之喜怒哀乐,物之正变纤弘,苟笔之于书者,举可名记也。”[3]指出记体用以记录生活百态的价值。基于此,苏轼便在记体文中将讽喻、抒情等内容依托日常叙事和言语对答流转为基于时间流的纪事书写,此举展现出其维护记体本色并以文法来包蕴诗性特质的创作尝试,而诗性的比兴之法也经由叙事最终得以融入文中。

《放鹤亭记》即为以日常叙事来融会讽喻、抒情的范例。此文先记叙张天骥的隐居生活及其营造放鹤亭之事,而后通过“苏轼”与“山人”的日常对话来探讨“隐居之乐”的内涵,表露出“清远闲放,超然于尘垢之外”[4]的洒落胸襟。此记中苏轼对“理”与“性情”的探索皆发于人物之口,如此则讽喻、抒情、议论都被流转为历时性的事件。《放鹤

---

① 朱光潜《西方美学史》,商务印书馆,2017 年,第 663 页。

② 苏轼撰,茅维编,孔凡礼点校《苏轼文集》卷十二,中华书局,2019 年,第 409 页。

③ 孙学濂《文章二论》卷上,余祖坤编《历代文话续编》,凤凰出版社,2013 年,第 818 页。

④ 苏轼撰,茅维编,孔凡礼点校《苏轼文集》卷十一,中华书局,2019 年,第 361 页。

亭记》的亭台与人物意象实为苏轼托物寓怀和融会诗性比兴的文本载体，它们皆于日常叙事中发挥着“装铺席”[①]的价值。

《文与可画篔筜谷偃竹记》也着重以刻画文与可“投诸地而骂”和“是日与其妻游谷中，烧笋晚食，发函得诗，失笑喷饭满案”的日常举止来作为主观情感的起兴。日常叙事与苏轼因见亡友画作“废卷而哭失声”[②]的场景构成了极具张力的情感冲撞，增添了文章“忽断忽续，忽起忽住，忽而庄语，忽而滑稽，总是一片深情，触绪难已”[③]的言外韵味，并移置了诗性的缱绻情思。苏轼把抒情、讽谏等内容内化于叙事的创作方式，从整体上展现出其在“破体为文”之外亦具有内化于心的辨体意识。

总之，苏轼在记体文的笔法层面融入了诗性的比兴特质，同时比兴之法又被其以“驱情应物”的创作笔调和日常叙事的书写策略来呈现，“运诗入记”便由此受到了文法的规约。无论是改变记体的写作笔调还是以言语来包蕴议论与抒情，都反映出苏轼对记体“叙事”本色的关切，它映现出苏轼记体文在“以论为记”之外更为深广的文章学考量。

三、“风人之记”范式：苏轼记体文法的文章学意义

基于以上论述，我们得以观照苏轼记体文在“运诗入记”层面相比韩、柳、欧等人作品所产生的创作新变。这些因革反映出古人对苏轼“叙事文其所短也”[④]评价的偏颇，而苏轼记体文法的历史价值也因此需要得到重新衡量。细读可知，苏轼以文法来融会特性特质的笔法方式隐含着其“寓意于物”的文章创作观念。基于这一观念，苏轼

---

① 邵博撰，李剑雄、刘德权点校《邵氏闻见后录》卷十五，中华书局，2006 年，第 115 页。

② 苏轼撰，茅维编，孔凡礼点校《苏轼文集》卷十一，中华书局，2019 年，第 366 页。

③ 高海夫主编《唐宋八大家文钞校注集评》卷一百二十，三秦出版社，1998 年，第 5625 页。

④ 高海夫主编《唐宋八大家文钞校注集评》卷一百一十九，三秦出版社，1998 年，第 5576 页。

能够在书写中以情为先并包蕴议论、讽喻、言情、抒志各体内容，使记体文呈现出“风人之记”的样貌，并最终于文章学层面实现记体文法的嬗变。

“运诗入记”笔法首先反映出苏轼“寓意于物”的文章创作观。苏轼在《宝绘堂记》中指出：

> 君子可以寓意于物，而不可以留意于物。寓意于物，虽微物足以为乐，虽尤物不足以为病。留意于物，虽微物足以为病，虽尤物不足以为乐。老子曰：“五色令人目盲，五音令人耳聋，五味令人口爽，驰骋田猎令人心发狂。”然圣人未尝废此四者，亦聊以寓意焉耳。[①]

“寓意于物”是一种“既乐于其中又游于其外的双重态度”[②]。从审美上看，“寓意于物”批评对物之外表的过度沉溺，并主张淡化事物的物理属性而重视其内在理趣。与此同时，这种审美观念也成为苏轼进行文章创作的思想根基。“寓意于物”意在强调文字语词不可过度黏滞于“物”或“事”本身，文章的创作也不应受到外物的制约，而应以意为先，以情感为驱动，并对书画、亭台、佛阁等“客观物”倾注以主观化的内涵。相对而言，“留意于物”是一种物或事作为核心并详尽刻画事物的审美观念，其强调对记体“体制”的凸显。韩、欧等人的记体创作即大体上基于此种观念，仅在叙事后“略作议论”，且议论、抒情也需要为凸显物的情状而服务。苏轼的审美观与文章观却使记体文的创作不再需要时刻围绕于事、物周边，而是可以在保持记体基本范式的基础上自由发挥，将创作者的主观思想肆意倾注和呈现于文字中。

“寓意于物”的观念进一步落实至文章创作的准则，即成为苏轼的“随物赋形”思想。苏轼评孙位之画“画奔湍巨浪，与山石曲折，随

① 苏轼撰，茅维编，孔凡礼点校《苏轼文集》卷十一，中华书局，2019 年，第 356 页。

② 艾朗诺著，杜斐然、刘鹏、潘玉涛译，郭勉愈校《美的焦虑：北宋士大夫的审美思想与追求》，上海古籍出版社，2013 年，第 133 页。

物赋形，画水之变，号称神逸”[1]，又自言己文“及其与山石曲折，随物赋形，而不可知也。所可知者，常行于所当行，常止于不可不止，如是而已矣”[2]，“随物赋形”与“变”及与“不可知”的并列，隐含着苏轼对书画、诗文创作矩矱的突破。具体到记体文语境中，首先，作为“常行于所当行，常止于不可不止”的“可知”，意指苏轼对记体叙事、写物功能的严守，这是苏轼在进行记体文创作时的起点与底线。其次，“与山石曲折，随物赋形”的“不可知”，则意指苏轼记体文以主观思想为先并融会诸多题材内容的创作之“变”。苏轼因此而能够在维持记体“正格”的同时又“意之所到，则笔力曲折，无不尽意”[3]，摆脱对“物”的黏滞与屈从，进而在文中运用比兴的创作笔调，并熔铸情、志、讽等各类诗性的内容。

这种创作观念与书写准则运用于实际作文中，即展现为苏轼以文法来“运诗”的文章笔调，它促使苏轼的记体作品最终呈现出“风人之记”的样貌。“风人”之作以表达风刺、性情等主观意志为先，重言情、抒志而轻状物、象形。“风人之体”以“善刺”[4]为核心，《毛诗序》所谓“主文而谲谏，言之者无罪，闻之者足以戒”[5]的“主文谲谏”手法则为“风人之旨”的创作准的。而苏轼的记与诗皆具备相似的“风人”特性，苏诗“官今要钱不要米，西北万里招羌儿”[6]或“盐事星火急，谁能恤农耕”[7]等句便体现着主文谲谏的书写精神。与之相近，苏轼的不

---

① 苏轼《画水记》，茅维编，孔凡礼点校《苏轼文集》卷十二，中华书局，2019年，第408页。

② 苏轼《自评文》，茅维编，孔凡礼点校《苏轼文集》卷六十六，中华书局，2019年，第2069页。

③ 何薳撰，张明华点校《春渚纪闻》卷六，中华书局，1983年，第84页。

④ 王世懋《艺圃撷余》，何文焕辑《历代诗话》，中华书局，2004年，第778页。

⑤ 毛亨传，郑玄笺，陆德明音义，孔祥军点校《毛诗传笺》卷一，中华书局，2018年，第1页。

⑥ 苏轼《吴中田妇叹》，王文诰辑注，孔凡礼点校《苏轼诗集》卷八，中华书局，1982年，第404页。

⑦ 苏轼《汤村开运盐河雨中督役》，王文诰辑注，孔凡礼点校《苏轼诗集》卷八，中华书局，1982年，第389页。

少景观记创作同样展现出规讽的思想意图。元祐元年(1086),苏轼在给张耒的书信中便回忆其书写黄楼的刺时目的:

(子由)作《黄楼赋》,乃稍自振厉,若欲以警发愦愦者。……文字之衰,未有如今日者也。其源实出于王氏。王氏之文,未必不善也,而患在于好使人同己。自孔子不能使人同,颜渊之仁,子路之勇,不能以相移。而王氏欲以其学同天下!地之美者,同于生物,不同于所生。惟荒瘠斥卤之地,弥望皆黄茅白苇,此则王氏之同也。①

苏轼虽未在元丰元年(1078)的黄楼唱和中创作记文,但此年前后的《放鹤亭记》《思堂记》《灵璧张氏园亭记》等作都寄寓了与黄楼之论相近的讽喻意旨。熙宁初,神宗"诸路州军库务、营房、楼房橹等缮治如旧外,其廨宇、亭榭之类权住修造二年"②的诏令不仅使彼时文人"惮于征缮,苟免吾身,以遗后人而已"③,不敢再行营造之事,而且也消磨了士大夫的景观创作热情④,致使文坛终如"黄茅白苇"般沉寂。鉴于此,苏轼便有意通过营造和书写景观来"主文谲谏",以记体文创作批评新法"尚同"之弊。除上述作品外,《盐官大悲阁记》言"今吾学者之病亦然……废学而徒思者,孔子之所禁,而今世之所尚也"⑤,《墨宝堂记》言"世有好功名者,以其未试之学,而骤出之于政,其费人岂特医者之比乎"⑥等,均揭示了新党罢黜诗赋科举与"废学"后所产生的恶

---

① 苏轼《答张文潜县丞书》,茅维编,孔凡礼点校《苏轼文集》卷四十九,中华书局,2019年,第1427页。

② 刘琳、刁忠民、舒大刚、尹波校点《宋会要辑稿》方域四之一三,上海古籍出版社,2014年,第9335页。

③ 汪齐《平政桥记》,曾枣庄、刘琳主编《全宋文》卷一五一二,上海辞书出版社、安徽教育出版社,2006年,第69册第314页。

④ 仁宗朝时,以欧阳修、范仲淹为代表的士大夫曾广泛营造与书写各类景观,并以此表达自适、共乐、教化等思想意图。相关研究可参见王启玮《论北宋庆历士大夫诗文中的"众乐"书写》(《文学遗产》2017年第3期)、丁义珏《自适·共乐·教化——论北宋中期知州的公共景观营建活动(1023—1067)》(《中华文史论丛》2020年第3期)。

⑤ 苏轼撰,茅维编,孔凡礼点校《苏轼文集》卷十二,中华书局,2019年,第387页。

⑥ 苏轼撰,茅维编,孔凡礼点校《苏轼文集》卷十一,中华书局,2019年,第358页。

劣社会影响，也与“风人”之作的讽谏目的若合符契，具有“风人之记”的特性。

在主文谲谏之外，苏轼对主观情感和性情之正的强调也进一步增添了“风人之记”的内涵。真德秀论言“三百五篇之诗，其正言义理者盖无几，而讽咏之间，悠然得其性情之正”①，把《诗经》的讽咏和表达性情皆视为“性情之正”的代表，而“离合悲欢之词咸得性情之正，有合于风人之义”②，可见“性情之正”又与“风人之义”等同。苏轼重在表达超然、洒落性情与性命自得之理的记体文章如《超然台记》《雪堂记》等，亦具有近似于此的“风人”之作笔法。张相《古今文综》在“山水”和“斋阁”的记体分类中皆列有“寓情”一种，其中“山水之记，流连光景，惆怅今昔”，而斋阁类“则兼有至性之言”③。在景观记中融入质直温醇的性情表达，此类书写模式即导源于苏轼的记体文法所产生的重大反响。苏轼以后，陆游《烟艇记》《静镇堂记》、杨万里《一经堂记》《春雨亭记》、朱熹《江陵府曲江楼记》等记体名篇，或记录个人情感与生活兴趣，或议论人事兴废与理学思想、或表达讽谏意图与恢复之志，皆承袭了苏轼“风人之记”的书写笔调。

而“风人之记”也反过来成为“寓意于物”观念的文本呈现。谢枋得在《重刊苏文忠公诗序》中将苏诗视作“温凉寒暑有神气而无形迹，风人之诗也”④，这种重“神气”而轻“形迹”的书写方式同样也适用于苏轼的记体文创作。在“寓意于物”的观念指导下，苏轼的记体文着重表达抒情与讽谏意图，相对淡化对物本身的刻画描摹，此法将“风人之旨”移置于记体，并构成了“风人之记”最为核心的内蕴与特质。

---

① 真德秀《西山先生真文忠公文章正宗·纲目》，明嘉靖四十三年(1564)蒋氏家塾刻本，第四叶。

② 林云铭《墨庄集序》，钱凤纶等著，赵厚均辑校《蕉园七子集·墨庄集》，浙江古籍出版社，2021 年，第 119 页。

③ 张相《古今文综文评》，王水照主编《历代文话》，复旦大学出版社，2007 年，第 8848 页。

④ 曾枣庄、刘琳主编《全宋文》卷八二一七，上海辞书出版社、安徽教育出版社，2006 年，第 355 册第 104 页。

职是之故，苏轼的记体文创作最终能够摆脱前人专注描绘物之情状、记录事之过程的书写窠臼，并通过融会抒情、言志、议论、讽谏各种方式来拓展记体文的内涵与深度。"风人之记"对各题材内容之包蕴同时也成为苏文"破体"的本质缘由，它促使苏文呈现出"以论为记"的样貌。

《灵壁张氏园亭记》一文便如茅坤所言"风神亦自典刑"[①]，具有鲜明的"风人之记"特性。此文前幅多记园亭景象及其营造经过，契合记体的纪事"本色"。但苏轼的书写重心显然不在于此，因而文章后幅便转入议论，着重表露规讽意图的同时亦探讨文人的出处之理。苏轼一方面用"处者安于故而难出，出者狃于利而忘返。于是有违亲绝俗之讥，怀禄苟安之弊"之言讥讽新党士人不知进退、见利忘义，另一方面又以"今张氏之先君，所以为其子孙之计虑者远且周，是故筑室艺园于汴、泗之间，舟车冠盖之冲，凡朝夕之奉，燕游之乐，不求而足。使其子孙开门而出仕，则跬步市朝之上，闭门而归隐，则俯仰山林之下。于以养生治性，行义求志，无适而不可"[②]之语为园亭灌注中隐与适然的性情内涵。张氏园作为私人园林，营造者未必有极为宏远和超拔的精神追求，但苏轼却将政治讽喻与性命思索投射于其中，使园亭最终成为其展现"风人之旨"的空间场域，文章也相应呈现出"风人之记"的样貌。孙琮评此文："后幅言出处，亦与园亭无涉。然惟筑室要冲奉养无求，故其子孙可以仕，可以隐，无不咸当也。前后若不相蒙，文情自暗暗关生。末乃自述己志，悠然结住，更有一苇迳渡之妙。"[③]便指出主观情感前提下苏轼对叙、论、讽等各种文本内容的联结与融会。

刘克庄认为，"以情性礼义为本，以鸟兽草木为料，风人之诗也"[④]，

---

①③ 高海夫主编《唐宋八大家文钞校注集评》卷一百二十，三秦出版社，1998年，第5602页。

② 苏轼撰，茅维编，孔凡礼点校《苏轼文集》卷十一，中华书局，2019年，第369页。

④ 刘克庄《跋何谦诗》，曾枣庄、刘琳主编《全宋文》卷七五八二，上海辞书出版社、安徽教育出版社，2006年，第329册第365页。

而作为“风人之记”的苏轼记体文同样在“寓意于物”审美观和“随物赋形”创作论的指导下，重视掘发情性礼义的内涵和刻画日常万物的面貌。“风人之记”映现出苏轼记体文的书写视角从“观物”“记物”向“感物”“随物”的转变，它使本客观存在的“物”因操觚者主观情感与思想的介入而彰显出更丰厚的内涵，记体文也因而实现了创作笔法的多元演进。

结语

总的来说，苏轼记体文的文本特性绝非前人“破体为文”或“杂以论体”的评价便可简单概括，其书写也并非“失却运诗入文之精意”。事实上，苏轼的记体书写充满了诗文互通又互异的笔法张力，而这种创作尝试也使得苏轼记体文在北宋诗文革新与古文发展史上都具有了推动文体演进和嬗变的枢纽性价值。一方面，苏轼将抒情、言志、讽谏等各类内容皆融会于记体创作，让“抒情”成为记体文书写的主导因素，“运诗入文”因此得到了持续深化；另一方面，苏轼又重视以古文的笔法调式来发挥诗性的比兴内涵，此举维护了记体的“叙事”正格，也映现出苏轼契于时人的“体制”追求。在中唐至北宋核心文类从骈文转向古文的历史过程中，苏轼“运诗入记”却以“文法”行之的“风人之记”笔调，反映出古文进一步摆脱诗或骈文影响并日益具备独立文体范式的演进趋向。从文章学的角度看，苏轼的记体文书写观念与笔调能够更精确地反映苏文的创作新变及其内在根由，彰显出苏文在古文的独立归趋中所具有的转捩意义。因此，当我们在回望前人针对某一人物、某些作品所形成的观点定评时，需要时时保留审慎的心态与怀疑的态度，不仅要以回归文本的方式探索这些定评得以生成的深层原由，也应尝试从更为本质的层面修正和完善文学史和批评史的某些观念定势，最终对文人、文章、文体及文风生发出更为得体、契合且准确的理论统括。

（复旦大学中国语言文学系）

杂钞文献视野下王世贞的批评方法与知识趣味

——以《艺苑卮言》为中心

曹竞艺

内容摘要：王世贞的文学批评受到明中叶杂钞文献风尚的影响。《艺苑卮言》大量透过摘录而非论述表明其文学主张，《弇州山人四部稿》更别立“说部”，明确了杂钞成书的知识趣味，与《艺苑卮言》的旨趣相合。此后，《艺苑卮言》还被茅一相收入《欣赏续编》，完成了其诗学趣味的一般化。《艺苑卮言》不仅发挥了诗话在知识层面的价值，更展示了杂钞文献观念如何在其时趋尚博雅的背景中，与具体的文学批评产生融会。引入杂钞文献视野重审《艺苑卮言》，可以见出中晚明杂钞文献与文学批评间以知识趣味为核心的互动脉络。

关键词：王世贞；《艺苑卮言》；《弇州山人四部稿》；杂钞文献；知识趣味

Wang Shizhen's Approaches to Criticism and Intellectual Interests Under the Perspective of Miscellaneous Literature — Centered on *Goblet of the Garden of Arts*

Cao Jing-yi

Abstract: Wang Shizhen's literary criticism was influenced by the fashion of miscellaneous literature in the mid-Ming. The *Goblet of the Garden of Arts* expressed its literary ideas through many excerpts rather than discourses, and the *Four Manuscripts of the Recluse from Yanzhou* set up the "Shuo" section, which clarified the intellectual interest of the miscellaneous literature, which coincided with the interest of the *Goblet of the Garden of Arts*. Later, the *Goblet of the Garden of Arts* was also collected in the *Entertainment Continuation* by Mao Yixiang, completing the generalization of its literary interest. The *Goblet of the Garden of Arts* not only demonstrates the intellectual value of poetic comments, but also shows how the concept of miscellaneous literature can be integrated with specific literary criticism in the context of the trend of liberal arts at the time. Considering the perspective of miscellaneous literature to re-examine the *Goblet of the Garden of Arts*, it is possible to see the interaction between miscellaneous literature and literary criticism in the middle and late Ming with intellectual interest as the core.

Keywords: Wang Shizhen; *Goblet of the Garden of Arts*; *Four Manuscripts of the Recluse from Yanzhou*; miscellaneous literature; intellectual interests

王世贞(1526—1590)的文学批评主张及方法集中体现在其《艺苑卮言》中。① 目前,学界围绕此书的考察主要指向王世贞对复古诗

① 徐隆垚已说明,现存王世贞的诗文评著作绝大多数为自《艺苑卮言》衍生的单行本。见徐隆垚《王世贞早期诗史书写与其文学权威的地方化——以〈明诗评〉到〈艺苑卮言〉的演变为中心》,《中国典籍与文化论丛》2022年第1期,第229—248页。

学主张的认识与实践。[①] 此外,因王世贞本人曾在晚年改订此书,故此种考察又主要以《艺苑卮言》的文本变化为中心而展开。[②] 围绕《艺苑卮言》内容的讨论,已有相对稳定的研究进路。然而,《艺苑卮言》在形式上的特点则引发学者的不同意见,以何文焕辑《历代诗话》与丁福保辑《历代诗话续编》的分歧为代表。[③] 在《历代诗话》"凡例"中,何文焕立足于诗话贵在新见的立场,批评《艺苑卮言》"多列前人旧说,殊无足取"。[④] 而在《历代诗话续编》中,丁福保却肯定《艺苑卮言》的长处,以其"论诗独抒已见,能道人所不敢道,推崇汉魏,唐以下蔑如也。其魄力直可谓前无古人,后无来者"。[⑤] 李详为《历代诗话续编》作序,更针对何说特别表彰《艺苑卮言》的价值:"若王元美之《艺苑卮言》,虽云少作,实仿仲伟。自钱、朱两选,奉为识志。何氏乃云'罗列前人,殊无足取',此特其识有所未至。"[⑥]可见,丁福保、李详反对何文焕对《艺苑卮言》的批评,认为所谓"罗列"与其识志并不矛盾。双方的主要分歧,集中在如何评估《艺苑卮言》辑录诸家之说以成书的批评方式。

这一批评方式,事实上与明中叶杂钞文献的盛行有关。明中叶后的学界流行博雅之风。在文献学内部,毛文芳已围绕《四库全书总目》类书及杂家类文献的著录讨论了这一博学风气的表现。[⑦] 李思涯

① 如:罗仲鼎《从〈艺苑卮言〉看王世贞的诗论》,《文史哲》1989 年第 2 期,第 78—85 页;郦波《王世贞文学研究》,中华书局,2011 年,第 150—163 页,初版为其博士学位论文,见郦波《王世贞文学研究》,南京师范大学博士学位论文,2003 年。

② 如:陈昌云《〈艺苑卮言〉的复杂成书与思想局限》,《古籍研究(总第 60 卷)》,安徽大学出版社,2013 年,第 261—268 页;魏宏远《王世贞〈艺苑卮言〉的文本生成及文学观之演进》,《陕西师范大学学报(哲学社会科学版)》2016 年第 6 期,第 33—40 页;贾飞《〈艺苑卮言〉成书考释》,《文献》2016 年第 6 期,第 140—151 页。

③ 左东岭已指出此二书对王世贞《艺苑卮言》的评价截然相反,然尚未深究其原因。见左东岭《"话内"与"话外":明代诗话范围的界定与研究路径》,《文学遗产》2016 年第 3 期,第 104—115 页。

④ 何文焕辑《历代诗话・凡例》,中华书局,2004 年,第 1 页。

⑤ 丁福保辑《历代诗话续编》目录,中华书局,2006 年,第 5 页。

⑥ 李详《序》,丁福保辑《历代诗话续编》,中华书局,2006 年,第 3 页。

⑦ 毛文芳《晚明闲赏美学的文献环境:博杂学风——以〈四库全书〉的著录为考察中心》,收入氏著《晚明闲赏美学》,台湾学生书局,2000 年,第 89—116 页。

更说明，从杨慎开始，博学的提倡已经超出了“尊德性”“道问学”的范围，而出现了“知识的博学”。[①] 这种追求博学的主张，不仅表现在出现一大批抄撮成书的杂钞文献，同时也体现在对诗话形态的影响。中晚明诗话中不乏以杂钞为重要元素者[②]，表现为辑纂文学掌故或诸家语录以成书。在主张系统诗论体的主流视野下[③]，此类批评作品往往以其冗杂、琐碎而不被重视。然而，透过杂钞文献之视野，可以见出中晚明文学批评在知识层面的价值。彼得·伯克（Peter Burke）在辨析知识史研究的方法时，曾将知识置于与传统的关系这一框架中。比起定义知识，他追溯了从霍布斯·鲍姆（E. J. Hobsbawm）“传统的发明”开始，学者对于复活、重构传统的反思。[④] 这一省察指出了知识透过调适而发挥传统的重要价值，也表明了知识与诸种文化手段相结合的潜能。在中国帝制晚期的文化语境中，诗话文本与杂钞文献即可产生对话。

目前，围绕明代文学批评的研究并未完全形成与士人文化或知识趣味相结合的研究范式，《艺苑卮言》也较少被置于知识性脉络中加以考察。就论及后者而言，李燕青曾指出《艺苑卮言》为具备知识性的杂记性著作，而非纯粹的诗话理论著作[⑤]；何诗海亦指出《艺苑卮

---

① 李思涯《胡应麟文学思想研究》，中国社会科学出版社，2012 年，第 57 页。

② 孙小力曾将明代诗话在当时目录中的归属与分类情况分为四种，其中之一即归入“杂”类；何宗美曾剖析《四库全书总目》对明代文学批评的三个视野，其中之一亦集中在杂家类、类书类、小说家类中。见孙小力《明代“诗话”概念述论》，收入左东岭主编《明代文学国际学术研讨会论文集》，学苑出版社，2005 年，第 9—20 页；何宗美《〈四库全书总目〉：官学体系、特征及其缺失》，《首都师范大学学报（社会科学版）》2017 年第 3 期，第 1—9 页。

③ 如陈广宏即以《诗源辨体》一类就历代诗论给予系统论说的批评作品为滥觞而追溯中国诗论史。见陈广宏《诗论史的出现——〈诗源辨体〉关于言诗传统之省察》，《文学遗产》2018 年第 4 期，第 134—147 页。

④ 彼得·伯克（Peter Burke）著，章可译《什么是知识史》，北京大学出版社，2023 年，第 63 页。

⑤ 李燕青《〈艺苑卮言〉研究》，中国文史出版社，2013 年，第 66 页，初版为其博士学位论文，见李燕青《〈艺苑卮言〉研究》，上海大学博士学位论文，2010 年。

言》处处显露博学家特色①。此二说尚有丰富周延之空间。魏宏远曾拈出《艺苑卮言》的“说部”形态与“诗话”形态对照，惟落点在于反思《艺苑卮言》的物质性，以文献学考察而非文化研究为目标。② 透过杂钞文献视野重新认识《艺苑卮言》的特点及其文化史意义，尚有发覆之空间。王世贞的文学批评受到明中叶杂钞文献风尚的影响。《艺苑卮言》大量透过摘录而非论述表明其文学主张，《弇州山人四部稿》更别立“说部”，明确了杂钞成书的知识趣味，与《艺苑卮言》的旨趣相合。此后，《艺苑卮言》还被茅一相收入《欣赏续编》，完成了其诗学趣味的一般化。《艺苑卮言》不仅发挥了诗话在知识层面的价值，更展示了杂钞文献观念如何在其时趋尚博雅的背景中，与具体的文学批评产生融会。引入杂钞文献视野重审《艺苑卮言》，可以见出中晚明杂钞文献与文学批评间以知识趣味为核心的互动脉络。

一、《艺苑卮言》的杂钞式批评方法及其知识性特征

与杨慎(1488—1559)相参照，王世贞在杂钞文献编纂传统中的博雅形象，指示了在杂钞文献视野下重审《艺苑卮言》的新思路。在《艺苑卮言》中，王世贞大量透过摘录诸家诗文评而组织其基本内容，以杂钞的观念统摄了其文学批评，以知识性而非说理性为基础。

对王世贞及《艺苑卮言》的认识，要结合杨慎学术的特点与定位来讨论。谈及明代博雅学风，王世贞常被与杨慎相提并论而作为典范，且所据多在其文学方面。这指示了二人重博雅、尚杂学的文学特征。比如，陈文烛为王世懋《艺圃撷余》作序，有：“杨用修有《丹铅录》，王元美有《艺苑卮言》，博雅并称，中多诗话。”③龚三益为蒋一葵《尧山堂外纪》作序，亦有：“当代杨用修、王元美皆好网罗遗轶，点缀

① 何诗海《〈弇州四部稿〉“说部”发微》，《文学遗产》2015 年第 5 期，第 162—171 页。

② 魏宏远《〈艺苑卮言〉实物印本考覈》，《兰州大学学报(社会科学版)》2018 年第 6 期，第 60—71 页。

③ 陈文烛《序》，见王世懋《艺圃撷余》，陈广宏、侯荣川编校《明人诗话要籍汇编》第七册，复旦大学出版社，2017 年，第 3067 页。

情致，令人绝倒。是编也，余窃谓该洽似用修，组绣似元美，而滑稽风雅不啻过之。”[①]《艺苑卮言》被认为与杨慎《丹铅录》性质相似，展示了博雅如何表现在文献的杂钞工作中，又如何以诗话为主题。[②] 此一语境是认识《艺苑卮言》性质的重要参照。

结合王世贞本人所言，他也已将杨慎置于《艺苑卮言》所意图对话的问题框架。王世贞曾说明《艺苑卮言》的编纂目的，意在以此书补徐祯卿、杨慎之阙漏。其中，徐祯卿、杨慎二人的分别又在于“徐昌谷有六朝之才而无其学，杨用修有六朝之学而非其才”[③]。提及杨慎时，王世贞更特别指出其“搜遗响，钩匿迹，以备览核，如二酉之藏耳”[④]。所谓“二酉之藏”，强调的正是杨慎博览群书、博学多识的特点。可见，在王世贞看来，比起徐祯卿的持论多有发明，杨慎的长处更主要表现在搜辑论考的功夫。王世贞虽兼论二人之失，但《艺苑卮言》其实更接近杨慎所代表的学术风格，具备透过辑纂成书以成博雅的特点。此后杨、王二人被并提形成传统，也正与这一事实有关。

就《艺苑卮言》而言，此书以杂钞为核心方法，代表了杂钞文献风尚与文学批评形式的结合，这体现在其成书方式与具体内容两方面。首先，从成书方式来看，《艺苑卮言》主要通过积累素材组织成书，而非依照某一预想的结构编排，这是杂钞文献典型的成书方式。[⑤] 王世

① 龚三益《叙》，见蒋一葵撰，吕景琳点校《尧山堂外纪》，中华书局，2019 年，第 52 页。

② 对杨慎《丹铅录》等文献性质的理解，可参看拙文：曹竞艺《杨慎的杂钞文献再发明及其对中晚明文人知识趣味的开拓——以〈丹铅总录〉为中心》，《中国文学研究(第四十辑)》，上海人民出版社，2024 年，第 154—172 页。

③ 王世贞《艺苑卮言》卷六，丁福保辑《历代诗话续编》，中华书局，2006 年，第 1045 页。

④ 王世贞《艺苑卮言・序》，丁福保辑《历代诗话续编》，中华书局，2006 年，第 949 页。

⑤ 参见陈刚《明万历笔记著述方式初探》，《北京社会科学》2019 年第 1 期，第 33—43 页；曹竞艺《〈尧山堂外纪〉杂纂成书方法考略》，《岭南学报(复刊第二十辑)》，上海古籍出版社，2023 年，第 113—142 页。

贞曾记述《艺苑卮言》的编纂过程：

> 既承乏，东晤于鳞济上，思有所扬抡，成一家言，属有军事，未果。会偕使者按东牟，牍殊简，以暑谢吏杜门，无赍书足读。乃取掌大薄蹏，有得辄笔之，投簏箱中。浃月，簏箱几满。已淮海飞羽至，弃之，昼夜奔命，卒卒忘所记。又明年，复之东牟，簏箱者宛然尘土间。出之，稍为之次而录之，合六卷。凡论诗者十之七，文十之三。①

王世贞将读书泛览所得随意记录，并置于书簏中，日积月累后形成《艺苑卮言》。这与一批万历时期笔记小说的成书相似。从这一层面讲，《艺苑卮言》成书伊始的体系性不足，而是紧密依托材料的充实。这表明了杂钞作为方法的位置，以及知识积累在其编纂活动背后发挥的基础性作用。

从具体内容来看，《艺苑卮言》共八卷，卷一开首即指示了一种基本的组织方法，即"泛澜艺海，含咀词腴，口为雌黄，笔代衮钺。虽世不乏人，人不乏语，隋珠昆玉，故未易多，聊摘数家，以供濯祓"②，表明《艺苑卮言》如何摘录数家以供读者参照。具体言之，在首卷中，王世贞先分"语关系、语赋、语诗、语文、总论"五部分，摘录司马相如、曹丕、钟嵘、沈约、李攀龙等自汉代至本朝诸家的四十余条谈诗论艺之语，结构起一个关乎历代文学特征与成就的诗文评理论框架。在摘录诸家语后，王世贞作结云："已上诸家语，虽深浅不同，或志在扬抡，或寄切诲诱，撷而观之，其于艺文思过半矣。"③可见，王世贞以杂钞方法发端，伊始即透过摭拾诸家之论与读者对话，奠定了《艺苑卮言》以杂钞为重要方法的基调。

---

① 王世贞《艺苑卮言·序》，丁福保辑《历代诗话续编》，中华书局，2006 年，第 949 页。

② 王世贞《艺苑卮言》卷一，丁福保辑《历代诗话续编》，中华书局，2006 年，第 951 页。

③ 王世贞《艺苑卮言》卷一，丁福保辑《历代诗话续编》，中华书局，2006 年，第 959 页。

在这之后，《艺苑卮言》各卷进入了具体的批评论述。其中，卷五、六、七主要论明本朝诗，在这一框架内呈现出其杂钞式的批评方法如何展开。陈广宏已指出《艺苑卮言》此三卷的主题：卷五论明诗及品评历代主要诗人，卷六论明诗人，卷七记明诗人逸事，以所结交为主。[①] 从杂钞文献的角度进一步来看，《艺苑卮言》卷五、六、七其实形成了一个由总到分、由宽泛到具体的论述递进。具体而言，卷五的核心内容可以概括为枚举与譬喻两部分。在枚举部分，王世贞以七言律诗、五言律诗、起句、结句的顺序，大篇幅引录了历代诗作佳句，总数达到近百联。接着，在譬喻部分，王世贞将视线由评论历代诗人转向本朝诗人，云"余于国朝前辈名家，亦偶窥一斑，聊附于此，以当鼓腹"[②]，下分诗、文两部分，将本朝诗人的文学风格一一作比前代技法或事例，又论及过百人。此卷在所论时间范围、诗歌体裁方面较开阔，透过杂录众家的方式基本铺陈了其诗文评格局，勾勒出作者的诗学旨趣。在卷五后，卷六、七起开始进入以人为中心的论述，每位人物的事迹相对集中、连续，且以李梦阳、李攀龙所代表的明前、后七子为主要脉络。王世贞本人已多被与李梦阳、李攀龙相提并论，比如屠隆评价王世贞所言："先生何所不有也？有于鳞、有献吉，又兼有往哲，而又自有元美，广大变化，斯其所以极玄也。"[③]屠隆所言，已指出二人对王世贞的影响。在《艺苑卮言》卷六、七中，王世贞辑录了大量人物的轶事及掌故。其中，卷六记李梦阳等前七子事迹较多，以直接评论其诗文或纪录其诗事为主；卷七则多举李攀龙等后七子事，多从个人经验出发评述其诗学主张。其中，王世贞还将李梦阳与李攀龙作比，认为"若以献吉并论，于鳞高，献吉大；于鳞英，献吉雄；于鳞洁，

---

① 陈广宏《〈艺苑卮言〉提要》，陈广宏、侯荣川编校《明人诗话要籍汇编》第六册，复旦大学出版社，2017 年，第 40 页。

② 王世贞《艺苑卮言》卷五，丁福保辑《历代诗话续编》，中华书局，2006 年，第 1032 页。

③ 屠隆《与王元美先生书》，屠隆撰，廖虹虹点校《屠长卿集》文集卷六，《屠隆集》，浙江古籍出版社，2012 年，第 329 页。

献吉冗；于鳞艰，献吉率。令具眼者左右袒，必有归也”[①]，区别了二人诗学取向的同时，也展示了自己以其为参照的诗学标准。可以说，透过卷五、六、七的配合，王世贞以本朝诗文为主要对象，将自己的批评主张置于历代的文学传统中，透过杂钞摘录的方式表明了自己的审美趣味。

由此，在中晚明杂钞文献的视野下，可以发现《艺苑卮言》实际上与这一趣味相合。王世贞以摘录、罗列的方式组织了其文学批评，这一方式以知识积累为基础，而非纯粹倚赖诗学识力。回顾中国古代文学批评方法的类型，其中已存在一种透过摘句方式来褒贬的摘句法。[②] 此法同样以辑录为特征，但与杂钞文献观念影响下的文学批评不同。摘句法以摘录为工具，意在透过取秀句而臧否褒贬；而《艺苑卮言》以摘录为目的，以呈现知识或博学为结果。因此，《艺苑卮言》不完全属于传统摘句法的批评脉络，而更多属于中晚明以后杂钞文献的发展线索，且在其中具备典范性意义。基于此一认识，《艺苑卮言》事实上为了解王世贞在《弇州山人四部稿》中创立说部的做法提供了重要参照。

二、《弇州山人四部稿》与杂钞成书的知识趣味

王世贞对《艺苑卮言》的认识呈现在了《弇州山人四部稿》的结构中，镕裁了杂钞文献观念与文学批评形式。《弇州山人四部稿》一百八十卷，将《艺苑卮言》收入所设“说部”一类。[③] 这一发明使杂钞文献获得了在知识趣味上相当的独立性。此后，这一趣味又在《雪涛阁四小书》等聚焦于杂钞趣味的文献中得到更细致的分化。

---

① 王世贞《艺苑卮言》卷七，丁福保辑《历代诗话续编》，中华书局，2006 年，第 1067 页。

② 张伯伟《中国古代文学批评方法研究》，中华书局，2002 年，第 329 页。

③ 《弇州山人四部稿》，又称《弇州四部稿》，一般认为存在一百七十四卷本、一百八十卷本与一百九十卷本。关于《弇州山人四部稿》的编纂过程与版本考辨，参看许建平《〈弇州山人四部稿〉版本发现与考辨》，《文献》2016 年第 2 期，第 31—38 页。

《弇州山人四部稿》分赋、诗、文、说四部，说部一类的内容主要由《艺苑卮言》及其附属文本构成。专设说部是王世贞的一大发明[①]，这一点已引起学者的重视。何诗海提出“说部入集”的概念，指出《弇州山人四部稿》意在以说部表现学问之宏大，为文学性小说进入文集做出了贡献。[②] 何氏所言已表明《弇州山人四部稿》与知识或博学的关联，然其主要进路在于小说，而非诗话。王世贞对说部的认识，其实与诗话文献最为相关。《弇州山人四部稿》自卷一百三十九起为说部，共有四十一卷，依序存录《札记》诸条、《左逸》诸条、《短长》诸条、《艺苑卮言》八卷、《艺苑卮言附录》四卷、《宛委余编》十九卷、《燕语》三卷、《野史家乘考误》三卷。[③] 其中，《艺苑卮言》《艺苑卮言附录》《宛委余编》三部作品相对完整，且体量最大。同时，就《宛委余编》与《艺苑卮言》的关系而言，《宛委余编》卷首又有说明：

> 余故有《艺苑卮言》六卷，其第六卷于作者之旨亡所扬抑表著。第猎取书史中浮语稍足考证，甚或杂而亡裨于文字者。念弃之，为其敝帚不忍。而会坐上书浮击招提中，无他书足携。间于二藏遗编小有所汎澜，或时绎腹笥之遗。合之，别成四卷。晋游以后，复日有所笔，因更益之，为十卷。最后里居，复得六卷，名之曰《宛委余编》。宛委，黄帝所藏书处也。[④]

可见，《宛委余编》当溯源至《艺苑卮言》第六卷，也属于《艺苑卮言》的

---

① 有学者已明确指出，“说部”一词即首见于王世贞《弇州山人四部稿》。见刘晓军《“说部”考》，《学术研究》2009 年第 2 期，第 129—135 页。

② 何诗海《〈弇州四部稿〉“说部”发微》，《文学遗产》2015 年第 5 期，第 162—171 页；何诗海《说部入集的文体学考察》，《中山大学学报（社会科学版）》2015 年第 4 期，第 10—17 页。魏宏远曾讨论此说，指出其或有过度阐释的倾向。见魏宏远《〈艺苑卮言〉实物印本考覈》，《兰州大学学报（社会科学版）》2018 年第 6 期，第 60—71 页。

③ 其中，《燕语》三卷、《野史家乘考误》三卷在《弇州山人四部稿》一百七十四卷本中被删去。见许建平《〈弇州山人四部稿〉版本发现与考辨》，《文献》2016 年第 2 期，第 31—38 页。

④ 王世贞《宛委余编》卷一，《弇州山人四部稿》卷一五六，许建平、郑利华主编，姚大勇等校点《王世贞全集》，上海古籍出版社，2021 年，第 3791 页。

文本系统。《艺苑卮言》及其附属文本是《弇州四部稿》说部一类的主要文献来源。这表明,《艺苑卮言》是在王世贞看来最典型的说部,《艺苑卮言》的性质最能代表王世贞对说部的看法。

因此,以《艺苑卮言》为代表,诗话不仅仅如清人所言可以"体兼说部"[①],而且还可以成为别立门类的说部。此时说部不是诗话的附属,而是经由诗话获得了独立性。这在观念的层面上表明了《艺苑卮言》在诗学价值以外的知识趣味。刘师培曾将说部之书的兴盛追溯至唐、宋,并将其时的说部分三类,即考古之书,记事之书与稗官之书。但是,他对于说部的流行则有着负面评价,认为说部乃文人"惮读书之苦,复欲博著书之名"的产物。[②] 这一看法很大程度上代表了明以前说部的地位。而王世贞的发明在于,《弇州山人四部稿》使说部获得了专名,且《艺苑卮言》以批评作为说部的核心要素,不属于考古、记事或稗官中任何一种。这对传统说部的形式作出了很大突破,表现出了说部的新潜能。

王世贞的这一发明,与明中叶起盛行的博雅风尚密切相关。《艺苑卮言》的博学,不仅仅表现在内容上对前代学术的考订补充,更表现为王世贞在观念上趋向博学的自觉。简锦松在讨论明代的文学批评集团时,已指出苏州文苑的特点在于博学、尚趣之传统。[③] 黄继持亦已指出,与更接近传统儒家文人理想的唐宋派相较,以王世贞为代表的后七子实则更倾向于将学术与事功分途,趋于纯文人。[④] 也就是说,王世贞寄寓在《艺苑卮言》中的博学,与追求科举等应试之用并无大关联。王世贞构想《艺苑卮言》的出发点在于模拟《世说新语》,而非诗学批评著作。王世贞《答胡元瑞》有云:"余作《艺苑卮言》时,年

① 永瑢等《四库全书总目》卷一九五,中华书局,1965年,第1779页。

② 刘师培《论说部与文学之关系》,收入《左盦外集》卷一三,《刘申叔遗书》下册,江苏古籍出版社,1997年,第1649b页。

③ 简锦松《明代文学批评研究》,台湾学生书局,1989年,第103—112页。

④ 黄继持《明代中叶文人型态》,《明清史集刊(第1卷)》,香港大学中文系,1985年,第37—61页。

末四十，方与于鳞辈是古非今，此长彼短，未为定论。至于戏学‘世说’，比拟形似，既不切当，又伤猥薄；行世已久，不能复秘，姑随事改正，勿令多误后人而已。”[①]王世贞戏仿《世说新语》而编纂《艺苑卮言》，模仿的是《世说新语》大量辑录轶事掌故的做法，体现的是知识趣味。此一作法并非偶然，实与明代中期以降模仿《世说新语》的热潮有关。胡应麟曾提及这一盛况，称《世说新语》风靡，以至于“嘉、隆间，尺牍诗词靡不采掇”。[②] 王世贞亦编有《世说新语补》，可见其爱好。虽有悔少作之叹，但王世贞自认主要原因在于模拟不当，并未否定模拟《世说新语》的意义。

《弇州山人四部稿》已彰显了王世贞博雅的旨趣。汪道昆为此书作序，将李攀龙与王世贞作为此时文士南北分立的代表，指出了二人鲜明不同的学术特点：“大较于鳞之业专，专则精而独至；元美之才敏，敏则洽而旁通。济南奇绝，天际峨嵋，语孤高也。大海回澜，则元美自道，不亦洋洋乎大哉？”[③]表明李攀龙擅长专精，而王世贞则长于博雅。具体而言，王世贞博雅的专长又表现为：“元美上窥结绳，下穷掌故，于书无所不读，于体无所不谙。其取材也，若良冶之炉鞴，即五金三齐，无不可型；其运用也，若孙武、韩信之在军，即宫嫔市人，无不可陈，无不可战。”[④] 可见，王世贞被认为擅长博览积习且能信手拈来，尤其体现在对文学史料与掌故的熟悉上。

王世贞对说部的标举及对《艺苑卮言》的这一处理，使杂钞成书的知识趣味在中晚明获得了相当的独立性，且在此后的发展中得到进一步细化与区分。这一趋势可以江盈科（1553—1605）所编《雪涛阁四小书》为例。江盈科编《雪涛阁四小书》，分《谈丛》《闻纪》《诗评》

---

① 王世贞《答胡元瑞》，收入王世贞撰，沈云龙选辑《弇州山人续稿》卷二〇六，影印明崇祯刻本，台北文海出版社，1970 年，第 895 页。

② 胡应麟《九流绪论》下册，《少室山房笔丛》卷二九，上海书店出版社，2009 年，第 285 页。

③④ 汪道昆《序》，见王世贞《弇州山人四部稿》，许建平、郑利华主编，姚大勇等校点《王世贞全集》，上海古籍出版社，2021 年，第 2 页。

《谐史》四部。就此书的编纂意旨而言，江盈科自序有云："然一切无关身心，无当经济。总之佐酒之资，醒睡之具，闲居寂寞之士独屏无聊，或有具焉，非仕学君子所宜寓目也。"[①]可见，《雪涛阁四小书》的编纂意不在追求经世之学，而在于满足文人闲赏娱情的趣味。[②] 具体而言，这种趣味的内涵在于以杂钞成书的形式见出作者之情理，达成文、情、理的统一。如俞恩烨为《雪涛阁四小书》所叙：

> 人患情不至耳。情至，则单言只字，瑶编属焉。千载而下，扣头称臣以弘摭拾者，如东京子政，西京抱朴，孰者非石渠之遗证乎？尔景升潘先生以故友江进之《四小书》，仍其标目，以实《亘史》。进之以宦游之余，为笔札之寄，遇风云则示恬憺，述符纪则进讽规，考著作则征闻见，杂诙谐则动废兴，而要以理之所钟，情泄之；情之所积，文通之，非仅仅齐谐稗官者比。[③]

俞恩烨拈出"情"字作为终极目标，解释了《雪涛阁四小书》对于实现"情至"的意义。在俞恩烨看来，《雪涛阁四小书》对于不同爱好或处境的文人具备不同意义，可以代表恬憺安适的生活状态，可以增广闻见以成博学，还可以昭示兴废大局以引发省思。由此，《雪涛阁四小书》可以达到以文疏导积塞之情，以情发散欲辨之理的效果，从而达成文、情、理的融通。俞恩烨对《雪涛阁四小书》的认识以齐谐稗官而非文章总集为参照，这与《弇州山人四部稿》有相通之处。

《弇州山人四部稿》与《雪涛阁四小书》均以四部结构全书，但说部在其中的位置不同。《弇州山人四部稿》将说部与赋、诗、文并列，在体裁上为说部找到了立足之地，并明确了其独立性。而《雪涛阁四

① 江盈科《雪涛阁四小书·自序》，江盈科撰，黄仁生点校《江盈科集》，岳麓书社，2008年，第577页。

② 曹淑娟曾在晚明性灵小品的框架中举出一类"杂俎小品"，《雪涛阁四小书》与其编纂心态相通。曹著多将杂俎小品置于前代笔记小说的传统中讨论。见曹淑娟《晚明性灵小品研究》，台北文津出版社，1988年，第46—60页。

③ 俞恩烨《叙》，见江盈科《雪涛阁四小书》，江盈科撰，黄仁生点校《江盈科集》，岳麓书社，2008年，第579页。

小书》是在“说部”的内部结构中展开，探索其中更细密的层次及分类。江盈科的诗、文已单独收录在《雪涛阁集》中，与《雪涛阁四小书》分列。《雪涛阁四小书》所分的《谈丛》《闻纪》《诗评》《谐史》四部，在性质上分别属于“旧日所谭说者”“其所闻知者”“论诗之言”“戏谑之语”，实际上已经全属说部。[①] 值得注意的是，在《雪涛阁四小书》中，《诗评》一部尤其保留了与《艺苑卮言》相似的特点，表明了诗学批评在杂钞风尚中作为一种主题的稳定性。《谈丛》以“延祚”条发端，《闻纪》以“福瑞”条起始，《谐史》不设条目名，首条辑录明人陈君佐以谐语对太祖事。[②] 可以说，《谈丛》《闻纪》《谐史》均以汇辑奇谐史料为主题。然而，《诗评》则以“用今”“求真”“拟古”等传统的诗学观念为纲，统摄全篇，仍然保持着诗学批评的主题与结构。同时，从此书的文献来源看，江盈科曾表明：“大都所谈所闻与所戏谑，皆本朝近事，惟《诗评》则不能不参诸前代。”[③]这说明《诗评》不仅在主题上特别，在讨论的范畴上也唯独具备追溯前代的传统。综观《雪涛阁四小书》，占据主要内容的《谈丛》《闻纪》《谐史》表明了杂钞文献在整体上走向通俗、日常知识的趋势，而《诗评》沿袭《艺苑卮言》的特点，标志着诗学批评在其中的持续与稳定性。

综上所述，在《弇州山人四部稿》中，说部不再是《艺苑卮言》的附属性质，而是主导《艺苑卮言》性质的主要因素。《弇州山人四部稿》别立说部的发明推动了杂钞成书这一知识趣味的独立性。此后，这种独立性在《雪涛阁四小书》中得到了分化，但保留了诗学批评作为主题的生命力。

三、茅一相《欣赏续编》与诗学趣味的一般化

万历八年(1580)前后，茅一相在前人沈津《欣赏编》十卷的基础

---

①③ 江盈科《雪涛阁四小书·自序》，江盈科撰，黄仁生点校《江盈科集》，岳麓书社，2008年，第577页。

② 江盈科《雪涛阁四小书》卷三，江盈科撰，黄仁生点校《江盈科集》，岳麓书社，2008年，第659页。

上编成《欣赏续编》①，分诗法、奕选、绘妙、词评、曲藻、十友、茶谱、色谱、牌谱、修真十种，辑录包括诗、文、词、曲等在内的各类艺文资料。在《欣赏续编》以文学为闲赏的旨要中，茅一相突出了《艺苑卮言》以知识趣味为核心的吸引力，推动了其诗学趣味的一般化。围绕此一变化，《艺苑卮言》作为诗学文献的类别归属问题，还揭示了重审传统批评理论界限的新思路。

《艺苑卮言》是《欣赏续编》最主要的文献来源之一。在《欣赏续编》十种中，《诗法》《词评》《曲藻》三卷大量辑录《艺苑卮言》，占据了很大体量。② 徐中行已指出《诗法》《词评》《曲藻》的性质：

> 始乎《诗法》，和之以天倪，因之以曼衍也。终于《修真》，呼吸吐纳、熊经鸟伸之术，则又进于赤松羡门之所逍遥者焉。至若词也、曲也，即诗之余也。其《奕选》《绘妙》《茶谱》《山房十友》之类，则又仿佛润卿之意而次之，皆所谓潇洒送日月者也。③

《欣赏续编》以《诗法》始，词、曲则为"诗之余"。三者同属文学系统中，与《修真》等养生之术或《奕选》《绘妙》等闲赏之术不同。沈津《欣赏编》原本关注闲赏类艺术，并不包括文学文献。④ 而茅一相《欣赏续编》却辑录了不少《艺苑卮言》的内容。换言之，《艺苑卮言》很大程度上塑造了《欣赏续编》的文学性。王世贞、沈津、茅一相均为吴兴同乡，而吴兴素以博学之习闻名，这可能是茅一相选择参考王世贞的原因之一。

就此一文学性的内涵而言，《欣赏续编》对《艺苑卮言》的辑录体

---

① 徐中行《序》，见茅一相《欣赏续编》第一册，中国国家图书馆藏明刻本，第1a叶。

② 此外，管梓含已指出《欣赏诗法》所引其它文献，如徐祯卿《谈艺录》等，实际上也转引自《艺苑卮言》。见管梓含《〈欣赏诗法〉成书与流变考》，《新世纪图书馆》2023年第8期，第79—87页。

③ 徐中行《序》，见茅一相《欣赏续编》第一册，中国国家图书馆藏明刻本，第2a—2b叶。

④ 不同版本的《欣赏编》内容略有不同，但均不出闲赏类范畴。详见张秀玉《〈欣赏编〉版本考辨》，《图书馆界》2010年第1期，第6—8页。

现的是茅一相以文学为闲赏的旨趣。《欣赏续编》设诗、词、曲几部分辑录《艺苑卮言》，相当于以新的体系重构了《艺苑卮言》。《诗法》下分诗体、诗名、诗派等目，其中“诗评”一目直引《艺苑卮言》，体量最大，且不同于其它目下分别注引某家。这一部分占据了主要内容。在《词评》《曲藻》后，茅一相又有题跋：

> 夫一代之兴，必生妙才；一代之才，必有绝艺：春秋之辞命，战国之纵横，以至汉之文，晋之字，唐之诗，宋之词，元之曲，是皆独擅其美而不得相兼，垂之千古而不可泯灭者。虽然，即是数者，惟词曲之品稍劣，而风月烟花之间，一语一调，能令人酸鼻而刺心，神飞而魄绝，亦惟词曲为然耳。大都二氏之学，贵情语不贵雅歌，贵婉声不贵劲气，夫各有其至焉。览是编者，可以参二氏之三昧矣。①

“二氏之学”即佛、道两家之学。茅一相旨在透过《词评》《曲藻》体现佛、道之学的真谛，不仅表明了他对于看似小道的词、曲作品之重视，更体现出他对于《艺苑卮言》的关注不仅包括文学性，同时包括文化性的特征。茅一相不再将《艺苑卮言》视作完整、独立的诗学论著，而是意在拆解《艺苑卮言》的内容达到参见佛、道真谛的目的。也就是说，在《欣赏续编》中，《艺苑卮言》实际上更以文化赏鉴功能发挥作用，而非传统的诗学批评功能。

这种以文学为闲赏的旨趣，表现为愉悦、有趣、好奇的知识体验。王世贞曾举李攀龙所言“姑苏梁生出《卮言》以示，大较俊语辨博，未敢大尽。英雄欺人，所评当代诸家，语如鼓吹，堪以捧腹矣”②，已表明《艺苑卮言》的趣味性。与之相应，徐中行在《欣赏续编》序中也提到何以真正“欣赏”：

> 夫人生于世，正如白驹之过隙耳。乃入游其樊而感其

① 茅一相《题词评曲藻后》，《欣赏续编》第四册，中国国家图书馆藏明刻本，第16a叶。

② 王世贞《艺苑卮言·序》，丁福保辑《历代诗话续编》，中华书局，2006年，第949—950页。

名，胶胶轕轕，日揖其和，而不知所税驾。曾未瞬目，而髦及之，其间开口而笑者，能几何也？又况能自得其得，自适其适，取欣赏乎哉？即余所遘，自解褐至今，浮湛中外二十余年，发种种矣，而卒不得一愉快焉，徒寄梦于华胥而已。夫重外者拙内，吾悔不以求真我，而佹失之也。今观茅子是编，其重内者耶。①

徐中行提出文学“重内”或“重外”一对范畴，主要分别在于是否“求真我”：自得其乐，以满足自我的审美趣味与娱情乐趣为第一标准。茅一相《欣赏续编》即是重内之学。再从茅一相本人对“欣赏”的理解与实践来看，《诗法》后茅一相跋语有：“古今谈诗无虑数百家，近读王子《卮言》，则囊括天地，驱策古今，由屈宋而下，咸承颜听命。于笔札之间，如庖丁解牛，造父御骏，惟其所之，而无不中的矣。尝闻匡鼎说诗，人为解颐。余所录虽不尽于王，而要能使人解颐也。”②茅一相表彰《艺苑卮言》的诗学成就，重要依据即在于它具备使人感到有趣、发笑的“解颐”作用，而《欣赏续编》的首要编纂意旨，也在于接续此一解颐的功能。王逸民《诗法》序有：

圣朝之诗，莫盛于孝代，而李献吉为之冠。昌谷之《谈艺录》，其波之余乎。又莫盛于今，而王元美为之冠。元美既以盖代之才为一世模楷，而又不靳其藏，为之口抉其秘而《卮言》日出，则言之脍炙人口，而诗之风翕然随以变。无惑也，今且杜德机矣。而吴兴茅子康伯一见酷赏之，因采唐、宋及今诸家语之要者，合为《欣赏诗法》，而晚得皇司勋《新语》，亦附焉。③

王逸民所言，进一步表明了《艺苑卮言》在《诗法》中的价值。首先，他

① 徐中行《序》，见茅一相《欣赏续编》第一册，中国国家图书馆藏明刻本，第 1b—2a 叶。

② 茅一相《诗法·跋》，《欣赏续编》第一册，中国国家图书馆藏明刻本，第 47a 叶。

③ 王逸民《序》，见茅一相《诗法》，《欣赏续编》第一册，中国国家图书馆藏明刻本，第 2a—2b 叶。

将王世贞与李攀龙、徐祯卿并列，以王世贞为当下诗坛之冠。这一框架其实借鉴了王世贞本人的说法。其次，他又将茅一相与王世贞、皇甫汸并论，以王世贞为准的，凸显《诗法》的价值。王逸民取《庄子》中"杜德机"之典①，表明在诗坛无甚生机的现状下，茅一相杂采诸家要语合为《欣赏诗法》，事实上再度发挥了《艺苑卮言》的知识趣味。

如王逸民所言，皇甫汸《解颐新语》是《欣赏续编·诗法》的另一部重要文献来源，代表了茅一相追求的"解颐"。在《诗评》外，《诗法》卷末有叙论、考证、诠藻三部分，注引自《解颐新语》。《解颐新语》以采摭各家诗论为主，共有叙论、述事、考证、诠藻、矜赏、遗误、讥评、杂记八卷，《诗法》采摭了其中的第一、三、四卷。在《解颐新语》叙论卷首，皇甫汸已说明："匡鼎说《诗》，人为解颐；陆贾造《语》，帝每称善。余窃比于二子矣。"②明确表明其目标在于追求解颐的知识趣味。黄鲁曾为《解颐新语》作序，又有："此之所著，间陈乎今人之未闻，尽发乎古人之未阐。散者会之，疑者较之，常者奇之，幽者明之，遍者一之，俗者雅之，法穷矣，无容篑矣，予深服之矣。"③《解颐新语》乃杂采诸家而成，却被黄鲁曾指出有发前人未发之妙，这表明此书的长处当不在材料，而在于透过材料的编排所呈现出令读者"奇之、雅之"的意旨。参照《解颐新语》，《欣赏续编》的趣味性更加鲜明。

茅一相突出了《艺苑卮言》在知识趣味上的吸引力，这不仅有助于呈现《艺苑卮言》以后杂钞成书一类诗学批评的发展脉络，还有利于检视明代诗学批评的相关概念。张寅彭、左东岭、陈广宏等许多学者均曾辨析明代诗话概念的界定问题。比如，张寅彭认为《四库全书

---

① "列子人，泣涕沾襟以告壶子。壶子曰：'乡吾示之以地文，萌乎不震不正。是殆见吾杜德机也。尝又与来。'"见郭庆藩撰，王孝鱼点校《庄子集释》卷三下，中华书局，1961年，第299页。

② 皇甫汸《解颐诗话》卷一，周维德集校《全明诗话》第二册，齐鲁书社，2005年，第1382页。

③ 黄鲁曾《序》，见皇甫汸《解颐诗话》，周维德集校《全明诗话》第二册，齐鲁书社，2005年，第1381页。

总目》所分五种诗文评例[①]，其实可以大略分为最基本的论评、诗法、诗话三类[②]；左东岭提出，明代诗学文献的三种主要类型为诗话、诗论与诗法，且《艺苑卮言》当被归入诗论类[③]；陈广宏编《明人诗话要籍汇编》，体例分诗话、诗法、诗评三类，并将《艺苑卮言》置于诗评类。整体而言，各家基本同意明代诗学文献主要分为诗话、诗法与诗论（或诗评）三种，且《艺苑卮言》当被归入诗论类。然而，当《诗法》辑录并改造了《艺苑卮言》，即作为诗论的文献被纳入称名诗法的体系中时，不同类型的诗学批评文献呈现出互动与交融。

从诗论向诗法的变化性，其实表明了《艺苑卮言》诗学趣味的一般化。诗学文献的界定不仅取决于它的内容，还受到其体系与语境的影响。在不同的编纂体系或流通体系中，不同类型的诗学文献可以相互转化，从而彰显诗学文献不同侧面的特点。章学诚曾指出诗话一类目在发展中与经部小学类、史部传记类、子部杂家类的交融：

> 唐人诗话，初本论诗，自孟启《本事诗》出，乃使人知国史叙诗之意；而好事者踵而广之，则诗话而通于史部之传记矣。间或诠释名物，则诗话而通于经部之小学矣。或泛述闻见，则诗话而通于子部之杂家矣。虽书旨不一其端，而大略不出论辞论事，推作者之志，期于诗教有益而已矣。[④]

章学诚所言诗话，其实乃溯源自《本事诗》的"旁采故实"类诗话。他的分类思路与现代学者不同，但已经表明诗话在流传过程中可以自然发生变化，与传记、小学、杂家类文献融会贯通。在此基础上，章学

① 即："勰究文体之源流，而评其工拙。嵘第作者之甲乙，而溯厥师承，为例各殊。至皎然《诗式》，备陈法律。孟启《本事诗》，旁采故实。刘攽《中山诗话》、欧阳修《六一诗话》，又体兼说部。后所论著，不出此五例中矣。"永瑢等《四库全书总目》卷一九五，中华书局，1965 年，第 1779 页。

② 张寅彭《〈随园诗话〉与乾嘉性灵诗潮——兼论诗话与诗说体例的区别》，《复旦学报（社会科学版）》2014 年第 1 期，第 100—113 页。

③ 左东岭《"话内"与"话外"：明代诗话范围的界定与研究路径》，《文学遗产》2016 年第 3 期，第 104—115 页。

④ 章学诚著，叶瑛校注《文史通义校注》卷五，中华书局，1985 年，第 559 页。

诚还梳理出一条诗话自“专门著述”降为“训诂与子史专家”，又再降为“说部”的线索，批评诗话说部之末流记载失实而误导人心。[①] 章氏所言已说明诗话文献内部的丰富性。就《艺苑卮言》而言，《欣赏续编》以关乎欣赏的趣味性为旨趣，故而《艺苑卮言》被用作与文学相关，且同时具备商业价值的趣闻轶事资料，关乎诗学批评原则层面的价值则被弱化。换言之，在《欣赏续编》中，《艺苑卮言》与棋法、书法、茶道等艺术形式相同，作为富含趣味的一般知识发挥吸引力。

茅一相透过《艺苑卮言》将文学纳入了闲赏趣味的范畴，突出了《艺苑卮言》的知识趣味。通过杂钞诸家论说，他完成并实践了《欣赏续编》以趣味性为核心的目标。在此意义上，《欣赏续编》是《艺苑卮言》诗学趣味一般化的体现。同时，《艺苑卮言》还在《欣赏续编》的架构中挑战了诗论与诗法的边界，展示了从知识角度辨正诗学理论问题的可能。

四、余论

安托万·孔帕尼翁(Antoine Compagnon)已指出定义文学的难题来自两种各自有理却矛盾的文学观——语境观与文本观，即广义的历史研究与狭义的语言研究。[②] 本文是一次以前者为目标的实践，希望透过引入影响王世贞及《艺苑卮言》的语境，以由外向内的路径展示文学批评与士人文化相互动的面貌。本文以《艺苑卮言》为中心，引入杂钞文献视野以重新认识并反思王世贞的批评方法，勾连中晚明杂钞文献风尚与文学批评实践间以知识趣味为核心的互动脉络。在王世贞的文学实践中，他以杂钞为核心方法结构《艺苑卮言》，将诗学批评的主题熔铸于辑纂成书的知识趣味中，代表了中晚明辑纂成书一类文学批评著作背后以知识为基础的批评方法。此一作法的生命力，不仅呈现出知识视角下文学批评作品的发展脉络，还为反

① 章学诚著，叶瑛校注《文史通义校注》卷五，中华书局，1985年，第559—560页。

② 安托万·孔帕尼翁(Antoine Compagnon)著，吴泓缈、汪捷宇译《理论的幽灵——文学与常识》，南京大学出版社，2011年，第23页。

思明代文学批评文献的理论边界提供了另一种进路。

从批评理论层面进一步推进，对《艺苑卮言》知识互动的考察还可以通往对于理论批评与实践批评之界限的探索。威尔弗雷德·古尔灵（Wilfred L. Guerin）在《文学批评方法手册》中曾列举十余种文学批评方法[1]，展示了理论批评的各种进路，却未涉及实际批评或理论批评与实践批评的关系。据黄维樑的定义，实际批评即把某些理论应用于某些作品上，对作品加以批评。[2] 换言之，实际批评不以理论的阐发为方法，而以其实践表现其文学主张。《艺苑卮言》通常被视作经典的理论批评著作，但若着眼于形式，它的批评方法实则以杂钞文献为核心，却缺乏说理环节，更接近于实际批评。此一认识的转向不仅表明了《艺苑卮言》本身的层次性，更揭示了在理论批评与实践批评的界限中，知识的介入是重要的枢纽。张伯伟曾强调从批评实践中区分文学、史学研究之别，其取径即在以批评实践取代理论争辩。[3] 在文学研究内部，此一关系又影响到如何实现勒内·韦勒克（René Wellek）所指出的重要命题，即将文学理论、文学批评和文学史相结合。[4] 可见，透过知识视角发掘理论的多种面向，尚有持续探索的充分可能。

（香港中文大学中国语言及文学系）

---

① 威尔弗雷德·L. 古尔灵（Wilfred L. Guerin）等著，姚锦清等译《文学批评方法手册》，春风文艺出版社，1988 年。

② 黄维樑是 20 世纪较早关注实际批评并展开研究的学者。见黄维樑《现代实际批评的雏形——〈文心雕龙·辨骚〉今读》，收入氏著《中国古典文论新探》，北京大学出版社，1996 年，第 1—8 页。

③ 张伯伟《"去耕种自己的园地"——关于回归文学本位和批评传统的思考》，《文艺研究》2020 年第 1 期，第 43—60 页。

④ 勒内·韦勒克（René Wellek）著，罗钢等译《批评的诸种概念》，上海人民出版社，2015 年，第 11 页。

明清“游而后工”说的生成及其批评史意义*

祝　福

内容摘要：行旅是中国古代士人生活中的重要组成部分，关于行旅文学，学界已有较多论述。但古人如何理解行旅与文学的关系，产生怎样的批评话语，仍待深入考察。事实上早期士人对“诗”“游”关系的认识过程中，已建立起“穷而后工”“江山之助”等批评话语，明清旅行时代的到来，更催生了“游而后工”说的出现，不断突显行旅与文学的正向关系。在此基础上，士人通过完善文学谱系，拓展概念内涵，以完成对“游而后工”说的建构。作为一个新的概念，“游而后工”说应当被纳入中国古代文学批评史的关注视野，以传统批评话语为坐标，发掘其阐释价值。

关键词：“游而后工”；行旅与文学；江山之助；穷而后工；批评史

* 本文为西北大学2024年研究生科研创新项目（项目编号CX2024053）阶段性成果。

“Mastery Through Travel” Theory in the Ming and Qing Dynasties and Its Significance in the History of Criticism

Zhu Fu

Abstract: Travel was an integral part of the lives of ancient Chinese scholars, and there has been considerable scholarly discussion on travel literature. However, how the ancients understood the relationship between travel and literature, and what kind of critical discourse emerged from this understanding, remains a subject for deeper investigation. In fact, early scholars had already established critical discourses such as “mastery through adversity” and “the aid of landscape” in their understanding of the relationship between poetry and travel. The advent of the travel era during the Ming and Qing dynasties further gave rise to the theory of “mastery through travel”, which continuously highlighted the positive relationship between travel and literature. Building on this, scholars refined literary genealogies and expanded conceptual meanings to complete the construction of the “mastery through travel” theory. As a new concept, the “mastery through travel” theory should be incorporated into the study of the history of ancient Chinese literary criticism, using traditional critical discourse as a benchmark to explore its interpretive value.

Keywords: “mastery through travel”; travel and literature; the aid of landscape; mastery through Adversity; history of Criticism

游，是中国文化中的一个重要概念。其最初的字形为“斿”，意为“旌旗之流”，后又延伸为游览、游玩、交接等意。如《诗经·卷何》中“来游来歌”，《列子·汤问》中“孔子东游”等。“游”在先民生活中屡见不鲜，就活动类型而言，有游艺、游心、游学、游仙、游宦、游幕；而在身份上，则有游民、游侠、游商、游士、游僧、游道、游娼等。不仅如此，“游”的生活方式也滋生了关于行旅的文学创作传统，学者龚鹏程即提出存在着“游的中国文学史”①。汉学家田晓菲也认为“无论在中古时代还是在现代中国，物与人都在不断移位，界限被打破，文化被混杂和融合。一个反复出现的主题是游历”，并提出“行旅写作”的概念。② 此外，如王立群《中国古代山水游记研究》、梅新林《中国游记文学史》、张聪《行万里路：宋代的旅行与文化》、何瞻《玉山丹池：中国传统游记文学》等国内外著作的问世，也不断深化中国古代行旅写作的研究。

“游”所衍生的行旅写作传统业已得到确认，成为文学史中绕不开的重要话题。但关于行旅与文学的关系，及所产生的批评话语，研究尚不充分：一是研究多聚焦于“行旅写作”本身，如“行旅文学”或“游记文学”等概念的提出，讨论这一类作品的创作历程。梅新林较早关注到文学批评的问题，将晚明视为游记文学理论自觉的时期，但限于篇幅并未将此观点进一步展开③；二是在讨论旅行与文学关系时，多将目光聚焦于“游记”之中，即对赋、序、书、记等文体的研究。但事实上，早期行旅文学的创作无法用通行的“游记”概念囊括，如诗歌即是文人纪游最为常见的方式④。若将研究视野从“游记”扩展到

---

① 龚鹏程《游的精神文化史论》第七章第一节标题即为“游的中国文学史”，他提出，“假若中国社会被认为也有游民性格，其国民未必安土重迁，那么就可能会较重视游的文学。例如游侠、游说、游仙、游戏、游历的文学”，并认为宋人陈仁玉《游志》一书便是中国第一部游记文学史。参见《游的精神文化史论》，河北教育出版社，2001 年，第 229—238 页。

② 参见田晓菲《神游：早期中古时代与十九世纪中国的行旅写作》，生活·读书·新知三联书店，2015 年，第 10 页。

③ 梅新林认为：“进入晚明之后，许多游记作家高度重视游记的分类、编集工作，也有一些作家注重游记文学的批评以及理论探讨，标志着游记文学创作理论的初步自觉。”参见梅新林、俞樟华《中国游记文学史》，学林出版社，2004 年，第 241 页。

④ 已有学者尝试在更大范围研究古代的行旅与文学，如何瞻提出在中国传统时代，大量的“诗”也在处理旅行议题。参见何瞻《玉山丹池：中国传统游记文学》，上海人民出版社，2021 年，第 8 页。齐皎瀚则以钱谦益的黄山诗为考察对象，从韵文的角度理解游记，参见齐皎瀚《钱谦益的黄山诗：作为游记的诗歌》，叶晔、颜子楠编《西海遗珠：欧美明清诗文论集》，北京大学出版社，2022 年，第 115—122 页。

更大范围的行旅与文学层面，则可以发现，古人已意识到“游”这一行为本身对创作主体、创作过程的整体影响。尤其在古典诗学的总结期，明清文人不断强调行旅对文学的增益作用，提出“游而后工”的说法。这一时期，愈加频繁的行旅生活，不仅改变着文学创作，也生成了新的批评话语。传统的文学概念，又为其提供了丰富的批评基础与阐释空间。因而，对于“游而后工”说的理论来源、基本意义及其阐释价值，仍有必要进一步说明。

一、中国文学“诗”“游”关系的早期认识

行旅进入中国古代文学的历程悠久，《诗经》中已有不少游人形象。如《泉水》末章：“我思肥泉，兹之永叹。思须与漕，我心悠悠。驾言出游，以写我忧。”①尽管学界对此句是实写还是想象有不同观点，但这并不妨碍“游女”形象呈现在读者面前。而最早因“游”被确切记录在文学史的文人屈原，在《离骚》《远游》等作品中，以行迹为线索，“求索”“反顾”“周流”，体现出因忧而游、游以抒愤的心态，呈现出一个早期的游士形象。司马迁《史记》则首次撰有《游侠列传》，记叙先秦以来以交接行游为生的士人群体，而司马迁本人“南游江、淮，上会稽，探禹穴，窥九疑，浮于沅、湘，北涉汶、泗，讲业齐、鲁之都，观孔子遗风，乡射邹、峄，厄困蕃、薛、彭城，过梁、楚以归”②的行旅经历，也成为后世“游而后工”说的重要理论来源。此后，文学作品中的行旅愈加常见，尤其到了六朝时期，士人对山水的大发现推动了行旅写作的发展，《四库全书总目提要》所谓“逮典午而后，游迹始盛”③，即言此时。从传世的文学作品来看，《昭明文选》中已列有“游仙”“游览”“纪行”“军旅”等题材，收录了大量行旅诗文。在此基础上，人们也不断孳生出对行旅与文学关系的思考。

① 程俊英、蒋见元译注《诗经注析》，中华书局，1991 年，第 109 页。

② 司马迁《史记》卷一三〇《太史公自序》，中华书局，1959 年，第 3293 页。

③ 徐宏祖撰，朱惠荣校注《徐霞客游记校注》附录《四库全书总目提要・徐霞客游记》，中华书局，2017 年，第 1510 页。

早期的文学批评尚未将“游”这一概念本身，作为创作的重要因素予以提出。关于行旅与文学的论述，主要体现于两个方面：其一是对“羁旅”的关注，突出文人境遇与创作之关系。如司马迁提出：

昔西伯拘羑里，演《周易》；孔子厄陈蔡，作《春秋》；屈原放逐，著《离骚》；左丘失明，厥有《国语》；孙子膑脚，而论兵法；不韦迁蜀，世传《吕览》；韩非囚秦，《说难》《孤愤》；《诗》三百篇，大抵圣贤发愤之所为作也。①

尽管其中已经呈现出行旅与文学的关联性，但其主要着眼点是士人境遇之困厄对创作的影响，这从“拘”“厄”“逐”“迁”等一系列字眼中可以看出。而钟嵘同样继承了此说法，认为：

至于楚臣去境，汉妾辞宫，或骨横朔野，魂逐飞蓬；或负戈外戍，杀气雄边；塞客衣单，孀闺泪尽；又士有解佩出朝，一去忘返；女有扬娥入宠，再盼倾国：凡斯种种，感荡心灵，非陈诗何以展其义，非长歌何以骋其情？②

虽然文中人物身份不同，但“去”“辞”“横”“逐”“出”“入”等词语，表明他们行旅中的被动与无奈是一致的。这一批评传统，也被后来的“穷而后工”说所继承。无论是韩愈“欢愉之辞难工，而穷苦之言易好。是故文章之作，恒发于羁旅草野”，③还是欧阳修“凡士之蕴其所有而不得施于世者，多喜自放于山巅水涯。……非诗之能穷人，殆穷者而后工也”④的表述，强调的都是诗人因境遇不顺而产生的“愁”与“愤”，即“借山水以化其郁结”⑤，行旅只是中间的一个环节。

其二是对“山水”的关注，即强调自然景物对人心之感发。对于

① 司马迁《史记》卷一三〇《太史公自序》，中华书局，1959 年，第 3300 页。

② 钟嵘著，曹旭集注《诗品集注》，上海古籍出版社，1994 年，第 47 页。

③ 韩愈著，马其昶校注，马茂元整理《韩昌黎文集校注》卷四《荆潭唱和诗序》，上海古籍出版社，1986 年，第 262—263 页。

④ 欧阳修《居士集》卷四二《梅圣俞诗集序》，洪本健校笺《欧阳修诗文集校笺》，上海古籍出版社，2009 年，第 1092 页。

⑤ 孙绰《三月三日兰亭集序》，李剑峰校注《兰亭集校注》，山东大学出版社，2019 年，第 29 页。

山水诗的兴起，学界论述已多，在此不赘述。而对山水与文学关系的认识，早在南朝刘义庆《世说新语》中即可以见得，其中记载这样一则故事："孙兴公为庾公参军，共游白石山，卫君长在坐。孙曰：'此子神情都不关山水，而能作文？'"[①]文中孙绰所言"山水"与"作文"，显然已经形成一种因果关联。在《文心雕龙》中，"江山之助"的概念又被刘勰明确提出："若乃山林皋壤，实文思之奥府，略语则阙，详说则繁。然屈平所以能洞监风骚之情者，抑亦江山之助乎？"[②]这一批评概念，在后世的文论中屡见不鲜，成为中国文学批评史最具影响力的概念之一。

纵观唐宋以前，对文学创作过程中"游"的强调，往往存在于精神活动之中。如陆机论文人创作："余每观才士之所作，窃有以得其用心。……其始也，皆收视反听，耽思傍讯，精骛八极，心游万仞。"[③]而刘勰亦强调"思理为妙，神与物游"[④]。学者康达维曾对中古时期文人的山岳游观进行考察，认为"最早的诗体游记通常描述的是虚构而非真实的旅行"[⑤]，若将此结论移至文学批评领域，可以发现其中呈现出了文学创作与批评的一致性——早期文人对"游"的强调也是着眼于虚构性而非真实性，是"神游"而非"身游"。

唐代以来各体文学得到不断发展，文人纪行逐渐由诗、赋扩展到书、记、序、词、传奇等各类文体中，对"游"的论述也更加频繁。如李白贬谪夜郎，与张谓的对话，可以反映当时文人的认识。面对胜景，张谓劝说李白："此湖古来贤豪游者非一，而枉践佳景，寂寥无闻。夫子可为我标之嘉名，以传不朽。"而李白将其命名为"郎官湖"，并赋诗

① 刘义庆撰，刘孝标注，杨勇校笺《世说新语》卷中《赏誉第八》，中华书局，2019年，第486页。

② 刘勰著，范文澜注《文心雕龙注》卷一〇，人民文学出版社，2021年，第695页。

③ 陆机著，张少康集释《文赋集释》，人民文学出版社，2002年，第36页。

④ 刘勰著，范文澜注《文心雕龙注》卷六，人民文学出版社，2021年，第493页。

⑤ 康达维《中国中古文人的山岳游观——以谢灵运〈山居赋〉为主的讨论》，刘苑如主编《游观——作为身体技艺的中古文学与宗教》，台北"中研院"中国文哲研究所，2013年，第3页。

纪事，刻石湖侧，期待“与大别山共相磨灭”[①]。这里两人所言“共相磨灭”，已有因游成诗之意味，然“标之嘉名，以传不朽”显然更强调作者声名传播的重要性。元结同样有类似的观念，其所作《右溪记》记录了自己对一条无名小溪的发现，故“疏凿芜秽，俾为亭宇，植松与桂，以裨形胜。为溪在州右，遂命之曰‘右溪’”。然这一系列的动作并非作者最主要的意图，要完成这一工程，最后还不能忘记“刻铭石上，彰示来者”。[②] 从这里不难发现，李白与元结笔下的行旅写作，关注的不是“作品”，而是“事”，更是某一事件背后“人”的形象的不朽。唐代山水游记集大成的柳宗元，仍然突出着这样的叙述模式，如《永州八记》之一的《石渠记》中有：“惜其未始有传焉者，故累记其所属，遗之其人，书之其阳，俾后好事者求之得以易。”[③]其所叹惜的是景物传与不传，背后潜在的是作者对后世“好事者求之”的期待。唐代文人对作者主体意识强化的过程，也促使了此后文人对行旅与文学关系的进一步探索。

两宋之时，作家对“游”的主动追求愈来愈明显，并将“游”对文学创作的推动进行了更具体的阐发。北宋欧阳修较早对柳宗元的文章进行阐发，其“山穷与水险，下上极沿洄。故其于文章，出语多崔嵬”[④]的评论已经揭示出柳文与行旅之间的关联；苏辙从古文写作的角度，以司马迁为榜样，认为其周览名山大川，广交贤豪，因而“其文疏荡，颇有奇气”[⑤]；而吕祖谦作为南宋著名理学家，则从作家个人修养方面论及“游”之益处，其言：“古人观名山大川，以广其志意，而成

---

① 李白著，瞿蜕园、朱金城校注《李白集校注》卷二一《泛沔州城南郎官湖》，上海古籍出版社，1980 年，第 1189—1190 页。

② 元结著，孙望校《元次山集》卷一〇，中华书局，2022 年，第 159 页。

③ 柳宗元著，尹占华、韩文奇校注《柳宗元集校注》卷二九，中华书局 2013 年，第 1926 页。

④ 欧阳修《居士集》卷四《永州万石亭》，洪本健校笺《欧阳修诗文集校笺》，上海古籍出版社，2009 年，第 128 页。

⑤ 苏辙著，曾枣庄、马德富校点《栾城集》卷二二《上枢密韩太尉书》，上海古籍出版社，1987 年，第 477 页。

其德，方谓善游。太史公之文，百氏所宗，亦其所历山川有以增发之也。”[①]卢襄为范成大《石湖纪行三录》所作序跋中，又从文法的角度，论述行旅与文学的关系，认为范成大“凡山川风物，物产古迹，与所从游论述，可喜可感，随笔占记。事核词雅，实具史法”[②]。陆游题秀才萧彦毓的诗卷言“君诗妙处吾能识，正在山程水驿中”[③]。杨万里总结自己作诗心得时亦言“闭门觅句非诗法，只是征行自有诗”[④]。而关于诗、游关系最重要的论述当为陆游《与杜思恭书》，信中陆游评价杜思恭诗作“超胜妥帖”，又疑惑这一境界“人之所难”，为何有人“独得之易”？继而陆游给出答案，认为：“大抵此业在道途则愈工，虽前辈负大名者，往往如此。”[⑤]“此业在道途”，将行旅在文学创作中的重要性提到了一个高度，也是陆游一生文学造诣的真实写照。

金、元文人则延续了此种认识。元好问具有开创性的《论诗绝句》中即言：“眼处心生句自神，暗中摸索总非真。画图临出秦川景，亲到长安有几人？”[⑥]此句讽刺只靠艺术想象而失去生活之真的文学作品，强调“亲历”的重要性，与中古时期的“神游”所着眼点不同。这一观点在后世也被不断强化，如王夫之即提出“身之所历，目之所见，为铁门限”[⑦]。而元末诗坛最重要的作家杨维桢为好友莫维贤诗集所作序言，更反映出当时文人对行旅写作的热爱。其言：

---

① 周煇《清波杂志》卷七，《全宋笔记》第五编，大象出版社，2012 年，第 91 页。

② 卢襄《石湖纪行三录跋》，孔凡礼点校《范成大笔记六种》，中华书局，2002 年，第 30 页。

③ 陆游著，钱仲联校注《剑南诗稿校注》卷五〇《题庐陵萧彦毓秀才诗卷后》，上海古籍出版社，1985 年，第 3021 页。

④ 杨万里著，辛更儒笺校《杨万里集笺校》卷二六《下横山滩头望金华山》，中华书局，2007 年，第 1356 页。

⑤ 陆游著，马亚中、涂小马校注《渭南文集校注》逸著辑存《与杜思恭书》，浙江古籍出版社，2015 年，第 303 页。

⑥ 元好问著，郭绍虞笺释《元好问论诗三十首小笺》，人民文学出版社，1978 年，第 67 页。

⑦ 王夫之著，戴鸿森笺注《姜斋诗话笺注》卷二《夕堂永日绪论内编》，人民文学出版社，1981 年，第 55 页。

钱唐莫君景行，自壮年弃仕，泊然为林下人，然好游而工诗不已。云间有游，所历名山巨川、前贤之宫、隐士之庐、名胜轩亭之所，一一纪之以诗。[①]

杨维桢指出其“好游而工诗”，弱化了对作者个人形象的塑造，强调行旅与文学创作过程、艺术效果的关联，也反映出时人以诗纪游的风气。

从司马迁“屈原放逐以赋离骚”，到钟嵘“楚臣去境感荡心灵”，再到陆游“此业在道途”，以至杨维桢所称“好游而工诗”，可以见得，在“诗”“游”关系的认识上，士人经历了一个不断强化真实历程、强调作家能动的趋势。这一趋势，又在即将到来的旅行时代得到了印证和发展。

二、明清旅行时代“游而后工”说的出现

宋代旅行业已发达，士人的频繁流动成为时代的重要特征，但直到明清时期，行旅写作才发展到鼎盛时期。彼时士人流动之频繁、对行旅追求之狂热，留存诗文之丰富，都为前代所不及，当代学人对此有较多论述。如卜正民提出“明代后期是一个士绅阶层普遍热衷于游历的时代”[②]，赵园认为明清之际“游即被作为文人从事创作的必要条件，以至文人的生存方式”[③]，韩书瑞强调清中叶是一个伟大的旅行时代：“通过旅行者，城市文化和范围较为偏狭的学者文化扩散到帝国各地。”[④]就士人的行旅生活而言，集中体现为游学、游宦与游幕三类。

---

① 杨维桢《东维子文集》卷七《云间纪游诗序》，李修生主编《全元文》，凤凰出版社，2004年，第248页。

② 卜正民著，方骏、王秀丽、罗天佑译，方骏校《纵乐的困惑：明代的商业与文化》，海南出版社，2023年，第201页。

③ 赵园《制度·言论·心态：〈明清之际士大夫研究〉续编》，北京大学出版社，2015年，第168页。

④ 韩书瑞、罗友枝著，陈仲丹译《十八世纪中国社会》，江苏人民出版社，2012年，第71页。

宋代以来，随着士人群体的扩大，文人游学日益频繁，梅新林的研究已说明这一点。[①] 士人群体不断流向区域性中心城市，又流向京师，以参加更高级别的科举考试或进入国子监，随着科举的结束再流向各地；而“游宦”的诗歌记述，早在鲍照“扰扰游宦子，营营市井人”[②]的记述中即可见到。根据明清官制，高品阶官员往往需要异地任职，且任期一般较短，所以频繁地流动成为游宦群体的重要特征；游幕之风起于战国，盛于唐代，创造出灿烂的幕府文学。此后，文人游幕一度衰落，到明清之际又迎来了鼎盛。明中叶之王稚登、徐渭，晚明之程嘉燧、傅山，清初之陈维崧、朱彝尊、孙枝蔚，清中叶之王昶、赵翼、洪亮吉、黄景仁，清末之莫友芝、魏源、陈衍、郑文焯等著名文人都曾有过游幕经历。纵观整个明清时期，客游谈艺之士“多于鲫鱼，密若虮虱”[③]。

在这样一个追求行旅的时代氛围下，“游”逐渐内化为士人精神世界的一部分，甚至出现以游为癖、以游为痴之情景。如明代文人郭子章自述：“余自少至老，往来车尘马足，强半在纷嚣。虽垂鱼秉笏，颇多烟霞癖。”[④]晚明都穆在遍游山川后纂成《游名山记》一书，首篇即提及自己有“游癖”：“予抱游癖，而济胜之具素乏，故每于登陟，逢险辄止。矧以先人遗体而履此不测，吾岂敢哉。虽然，两日之游，足偿夙心，则予之得抑亦多矣。”[⑤]与朱彝尊并称的清初浙西词人李良年自称：“予尝谓山水之外无诗。非无诗也，诗不得山水之助，虽极工，予

① 梅新林认为：“就文人群体的游历而言，大规模的游历活动的兴起则是在作为独立的‘士’阶层崛起之后，因而，作为文人群体广泛流动的一种重要方式，游历的普遍出现并成为文人群体的一种生存方式，也同样在其作为独立的阶层登上历史舞台之后。”参见《中国文学地理形态与演变》，上海人民出版社，2014 年，第 438 页。

② 鲍照著，钱仲联增补集说校《鲍参军集注》卷六《行药至城东桥》，上海古籍出版社，1979 年，第 372 页。

③ 吴文溥《南野堂笔记》卷六，张寅彭选辑，吴忱、杨焄点校《清诗话三编》，上海古籍出版社，2014 年，第 2099 页。

④ 郭子章《四明阿育王寺请藏募缘疏》，陈定萼编著，界源主编《阿育王寺志》卷四，宗教文化出版社，2021 年，第 483 页。

⑤ 都穆《游名山记》卷二，中华书局，1991 年，第 3 页。

之好不存焉，是予之癖也。”[1]又如清代雍乾间诗人王炳回忆自己“卖屋、卖田、卖簪珥器具及书画，继又卖其所自为赋与字，卖既尽，乃去而游楚、游燕、游大江左右，游既不已更挈家游”[2]，更堪称奇人。面对士人的行旅狂热，施闰章曾言：“今之士人多好游，得则忻，失则戚，甚且老困无所归，以是为游病。”[3]

说是“游病”或许言过其实，但明清士人出于创作的需要而渴望行旅，是极为常见之事。如清人张九钺所言：

> 士抱不世才奇于数，既不能屈首场屋，就有司绳尺，又不甘槁项黄馘，抱一经死牖下，于是旅食四方，借笺奏牍檄以抒其汲古经世之学。而生平沉郁苍凉之气，则时时跌宕于诗歌。[4]

道出了文人困居一隅的焦虑，及借出游以抒其志向的渴望。这一现象不仅存在于男性文人世界，也存在于女性创作领域。晚清女诗人钱希，在给丈夫寄去的《寄外》诗中有“怜予岁岁思远游，好水名山终未睹”[5]句，表达了不得游览山水的遗憾。而这样的情绪，在其集中随处可见，如《落笔》一诗：“落笔便含身后想，苦吟不负眼前贫。唯嗟句少湖山气，安得清游任此身。”[6] 发出“不得游”的慨叹。乾嘉时期最负盛名的诗人黄景仁，在离开家乡北上时写下《将之京师杂别》：

> 翩与归鸿共北征，登山临水黯愁生。江南草长莺飞日，游子离邦去里情。五夜壮心悲伏枥，百年左计负躬耕。自

---

① 李良年著，朱丽霞整理《秋锦山房集》卷一四《石月楼诗序》，上海古籍出版社，2011年，第449页。

② 王炳《咄咄吟稿》卷首《痴道人自传》，清乾隆刻本，第1a叶。

③ 施闰章著，何庆善、杨应芹校点《施愚山集》卷八《送魏惟度归武夷序》，黄山书社，1993年，第161页。

④ 张九钺《陶园文集》卷四《健松草堂诗钞序》，雷磊校点《陶园诗文集》，岳麓书社，2013年，第46页。

⑤⑥ 钱希《云在轩集》卷一，胡晓明、彭国忠编《江南女性别集初集》，黄山书社，2008年，第1383页。

嫌诗少幽燕气，故作冰天跃马行。[①]

诗中，作者作为游子，固然有离乡羁旅的忧愁，但他更强调因诗歌缺少“幽燕气”，故在冰天雪地之时选择远行。好友洪亮吉为这首诗作了注脚：“平生于功名不甚置念，独恨其诗无幽并豪侠气，尝蓄意欲游京师，至岁乙未乃行。”[②]这是文人对文学创作的自觉追求，在这样的行旅实践与文学意识下，产生新的批评概念也就不难理解。

明人黄仲昭言：“予惟人之一身，万物之理具焉。善学者能因其理而友之于身，则凡身之所历者，无一而非吾进修之助也。古之君子有以游而进其学者，有以游而工于文者，岂有他哉？”[③]在此他提出了“游而工于文”的说法，其中之“游”，既有游历的含义，又多了交游的含义。杜登春为“几社”成员，吴伟业评论其创作：“诗不游不奇，不涉山川、历关徼，不足以发其飞扬沉郁、牢落激楚之气。九高北渡两河，南逾五管，一岁之中，身阅万里，快哉游也！其诗安得而不工乎？”[④]所谓“游”主要着眼于山川草木对诗人情感的激发，“不游不奇”则充分肯定“游”与文学的正向关系。刘献廷《广阳杂记》记载：

> 余自幼有五岳之志，自壬申之春，始登衡山，上祝融，望七十二峰，纪游览当自此始。虽然，昔人五岳之游，所以开扩其胸襟眼界，以增其识力，实与读书、学道、交友、历事相为表里，而有显秘之殊，为益于语言心思之表，故其益益大。[⑤]

这里，刘献廷将行旅作为开阔胸襟眼界的途径，与读书、学道、交友、历事并为五个重要因素。就文学的提升而言，他甚至将行旅与其他

---

① 黄景仁著，李国章标点《两当轩集》卷一〇，上海古籍出版社，1983年，第250页。

② 洪亮吉《卷施阁文甲集》卷一〇《候选县丞附监生黄君行状》，刘德权点校《洪亮吉集》，中华书局，2001年，第213页。

③ 黄仲昭《未轩公文集》卷二《南都壮游诗草序》，沈乃文主编《明别集丛刊》第一辑，黄山书社，2013年，第38页。

④ 此题词为佚文，参见冯其庸、叶君远《吴梅村年谱》，文化艺术出版社，2007年，第429页。

⑤ 刘献廷撰，汪北平、夏志和点校《广阳杂记》卷二，中华书局，1957年，第96页。

四项进行显与秘的区别，认为“游”对“语言心思”之表达创作，更具有直接的增益。这些都成为“游而后工”说的前调。

明末清初文人陆元辅明确提出了“游而后工”的概念，其言：

> 诗必游而后工，必穷者之游而后尤工。盖士之局守一隅者，闻见浅狭，诗思不出数百里外，而富贵之游又多于汩干名利，所作皆应酬冗长，不足以发抒性灵。惟穷愁之人，蓄其所有而未得施于行事，因舟车所更涉，历揽山川之雄秀、城阙之壮丽、人物之英伟、古迹之苍凉，感其郁积，往往形诸歌咏。①

陆氏一方面强调士人因缺少诗材，需要游历山川，激发情思；另一方面又肯定“穷”可以避免汲汲于名利的干谒之游、应酬之作。清初关中诗人李念慈也有相似观念，认为友人程然明“穷愈久，游愈广，所得助于外者愈深，而诗之功力亦随之”，但这里“穷”只是导致文人出游的原因，“游”才是增益文学的主要原因，故而“程子之诗又岂徒以穷得工者”②。两人的诗论，都显示出了对“穷而后工”说的进一步思考。

“游而后工”的批评话语在此后愈加频繁出现。中州著名词人刘榛为奉政大夫宋炌撰写墓志铭，称其“泊然无宦情，扫一室文翰，自娱乐，少不为诗。一日去长安四十余日，归而出其诗，诗辄工”③。刘榛显然认为，在宋炘的文学生命中，“去长安”这一行旅经历，对其诗歌创作产生了重要影响；顾嗣立为“江左十五子”之一，邵长蘅为其《金焦集》作序称“盖山水擅奇于东南，而诗又足争奇于山水，游如是，诗安得不工也”④，将诗人之“游”与山水之“奇”相结合，点出以山水助游

---

① 陆元辅《陆菊隐先生文集》卷五《燕游草序》，《清代诗文集汇编》第61册，上海古籍出版社，2010年，第374页。

② 李念慈《谷口山房文集》卷二《程然明诗序》，《四库全书存目丛书》集部第232册，齐鲁书社，1997年，第827—828页。

③ 刘榛著，刘军政点校《刘榛集》卷十四《宋介山墓志铭》，中州古籍出版社，2021年，第255页。

④ 邵长蘅《青门剩稿》卷四《金焦集序》，《清代诗文集汇编》第145册，上海古籍出版社，2010年，第478页。

而工诗之情形；计东是清初著名的布衣文人，与顾有孝、潘耒、吴兆骞合称“吴中四才子”，早年因江南奏销案被黜，不得不浪游四方，汪琬推扬其“诗文之以好游而益工也”[①]；又如闽地文人徐延寿，易代后频繁往来于南北，与名公巨卿交好。余怀称其“挐舟数千里，裹干糒、昌鲸波，而西行之贾彪。以此涉大河，经齐鲁，登易水黄金之台，伤今吊古，感慨悲歌，与酒人游于燕市，其诗日益工”[②]。浙中文人诸匡鼎为自粤西归杭的友人诗集作序时，提出：“诗词之道，古今人尝不相及，而要之以游而益工，固千载以来才人志士之所同欤。”[③]其所论“诗词之道”即诗词之法度，古今人并不相同，但其中相通之处，乃数千年来文人通过行旅为文学创作来增益；晚清吴德旋记录了一位狂人邢孟贞的事例：“少负远志，年十九为诸生，试辄高等。一日，为衡文者署其卷，曰：‘太狂’，阅末艺，曰：‘更狂’，不之录也。孟贞曰：‘士为文，得以狂名足矣，何问其它’，遂谢去。一意为诗歌古文，出游四方，与海内名流相角逐，诗愈工。”[④]邢孟贞之狂，显然已超出了早期文人羁旅、以游写忧的叙事模式。学者沈大成提出：“诗之有所资者三：一曰性，二曰学，三曰游。非禀之性则扞格而难成，非绩之学则莽卤而不治，非助之游则见不广而言不肆。是三者，诗之本也。……其资于三者深矣，其诗之日工，超然有异于人人也。”[⑤]“性”与“学”都是传统诗学中已有的概念，而将“游”与前两者并列为诗歌之本，对其重视程度不言而喻。

可以看出，在明清时期，士人逐渐强化行旅生活在文学创作中的

① 汪琬《尧峰文钞》卷二八《计甫草中州集序》，李圣华笺校《汪琬全集笺校》，人民文学出版社，2009 年，第 626 页。

② 余怀《尺木堂集序》，徐延寿《尺木堂集》卷首，海峡文艺出版社，2019 年，第 27 页。

③ 诸匡鼎《橘苑文钞》卷三《闲情草序》，《四库全书存目丛书》集部第 211 册，齐鲁书社，1997 年，第 210 页。

④ 吴德旋《初月楼闻见录》卷一，《笔记小说大观》第 11 册，广陵书社，2007 年，第 8692 页。

⑤ 沈大成《学福斋文集》卷四《观香堂诗钞序》，清乾隆三十九年（1774）刻本，第 9a 叶。

重要性，生成“游而后工”的正向批评，具有相对固定的意义指向，使其成为一个稳定的批评概念。有学者认为：宋代以降，古典游记开始走下坡路，尤以清代为甚，缺少新的创造。[①] 此结论主要着眼于游记文学在体式上的因循，但当我们将目光转移至文学批评的领域，则对于行旅与文学的认识，明清时期实在发生了不少变化。下文即重点分析，明清文人如何围绕“游而后工”进行讨论，建立了怎么样的历史谱系以确定其合法性，又赋予了其怎样的现实含义。

三、“游而后工”说的谱系建构与基本内涵

首先，我们应当讨论，明清文人是如何建构起行旅与文学强力的正向关系的。在中国古代这样一个重视谱系、重视传统的社会，想要将新的观念推广开来，不免要为其寻找源头。从晚明张岱的论述就可以隐约看到一种构建行旅写作谱系的意识。在为祁彪佳《寓山注》作跋时，他提出“古人记山水手，太上郦道元，其次柳子厚，近时袁中郎”，又说“近来此事，不得不推重主人”[②]，将袁宏道、祁彪佳与柳宗元、郦道元相联结。清人则将这一谱系不断丰富扩展。

汪琬言：“昔太史公足迹半天下，而子美、太白亦尝崎岖齐鲁秦蜀荆吴之间，故能出其所得名当时而传后世。诗文之道，虽古今人常不相及，而要之以好游而益工，则故千载以来雄才杰士之所同也。”[③]这里为了证明“游而后工”的规律，以司马迁、李白和杜甫三位先贤举例，说明这一传统由来已久；郑榛送友人郑廉游粤西幕府时，以一篇歌行相赠，表达对友人行旅之鼓舞。他先历数游幕地极为恶劣的自然条件，发出“其不可游历也如此，何如安耕稳耨梁王苑，一旦投身荒徼绝域欲何为”的感慨，而后替友人作答，提出“君不见，龙门客，浣花

---

① 梅新林、俞樟华《中国游记文学史》，学林出版社，2004 年，第 25 页。

② 张岱《张岱文集》卷五《跋寓山注二则》，夏咸淳辑校《张岱诗文集》，上海古籍出版社，2018 年，第 352 页。

③ 汪琬《尧峰文钞》卷二八《计甫草中州集序》，李圣华笺校《汪琬全集笺校》，人民文学出版社，2010 年，第 626 页。

翁，游览能教文字雄”，以司马迁和杜甫的先例，勉励友人“郑郎郑郎，壮哉此行！阅历见闻辟，艰虞神智生”[①]；作为庙堂文学的代表人物，徐乾学在推崇杜甫的基础上，又增加了张九龄一人，其言：“少陵之诗，客秦上陇，居夔入蜀，出峡渡湖，每易一地，则诗格变而益奇。张曲江晚年诗词清婉，人以为得江山之助。游之有功于诗如此。”[②]乾嘉性灵派殿军吴文溥记录自己的诗学体悟，发出“孟襄阳驴背上诗，李长吉锦囊中句，诗家景趣，往往出于游得”[③]的感慨，将孟浩然与李贺纳入“游而后工”的谱系中。宋代文人同样受到了士人的关注，如清初皖江学人朱书，对“穷而后工”作了自己的阐释，其言：“古诗人若李白、杜甫、苏轼、陆游之徒，篇帙多得之客游中，甚或迁谪困踬，抑郁谁语，而其诗益大振于世。”[④]这里将苏轼、陆游与李白、杜甫并举为“游而后工”的先例。

明清文人不但强调从司马迁以来“游而后工”的写作历史，还突出当代文人在行旅与文学两个方面所进行的超越。奚又溥在徐宏祖《徐霞客日记序》中提出：

> 夫司马柳州以游为文者也。然子厚《永州》记游诸作，不过借一丘一壑以自写其胸中块垒奇崛之思，非游之大观也。子长西至崆峒、北过涿鹿、东渐于海、南浮于江淮，游亦壮矣。……先生之游过于子长，先生之才之气，直与子长埒。而即发之于记游，则其得山川风雨之助者，固应与子长之《史记》并垂不朽。[⑤]

① 刘榛著，刘军政点校《刘榛集》卷一九《送石廊入镇安幕》，中州古籍出版社，2021年，第368页。

② 徐乾学《憺园文集》卷二〇《梅耦长诗序》，《清代诗文集汇编》第124册，上海古籍出版社，2010年，第508页。

③ 吴文溥《南野堂笔记》卷二，张寅彭选辑，吴忱、杨焄点校《清诗话三编》，上海古籍出版社，2014年，第2009页。

④ 朱书《杜溪文稿外集》卷三《随园诗集序》，戴廷杰、蔡昌荣、石钟扬校点《朱书全集》，黄山书社，2021年，第262—263页。

⑤ 徐宏祖撰，朱惠荣校注《徐霞客游记校注》，中华书局，2017年，第1504页。

他承认了柳宗元“以游为文”的写作特征，却认为柳文并未发挥“游”的真正价值，将徐宏祖在文学史上的位次越过柳宗元，直达司马迁；方拱乾第三子、桐城文人方育盛，因丁酉科场案被流放至宁古塔。其时文坛宗匠龚鼎孳在书信中对他进行勉励，先是以司马迁、杜甫、柳宗元、苏轼等人物为例：“子长足迹遍天下，而其文始奇；子美夔州以后，而诗益老；子厚播迁非人之境，而诸《记》与山水并传；子瞻海外之游，直云奇绝快平生。”总结这些文人“皆著作之功臣，而杖履之益友”，说明行旅对文学创作的巨大推动。而后笔锋一转，提出“此皆游方之内者也”，进而赞扬方盛育：“凡所经涉，关河形胜，风土人物，方言往迹，险谲奇创，率世人耳目所未经，而意想所未设。”[①]嘉道间布衣沈谨学，给江湜所赠诗作中，有这样两句同样值得注意：“欲成伟业须高第，此去名山入好诗。卓尔古皆游览得，浩然今更扩充之。”[②]古人好诗为“游览”所得，已经是比较熟悉的论调，而沈氏提出今人“扩充之”，则透露出对超越古人的期盼。

相较于前述文人，袁枚则提出了更加大胆的看法。他为游幕文人岳梦渊所作序中提及：

> 夫孔子西行，不入秦地；乐毅东伐，未下齐城。卞彬以青溪为鸿沟，陶侃弃郏城为远戍。陈京赋《北都》不就，弘景志沙苑未详。……先生乃孟入西州，檀来洛下。五攀汉柳，两驮越装。别鲁叟而遇齐儿，厌燕南而来赵北。望海则浮天无岸，穷河则《括地》成图。遇剑阁，叹刘禅为庸才；登广武，笑沛公为竖子。甚至呼延外地，瓯脱穷边。中周、虎落之烽，绕霤、羊头之险。凡裴秀所编图，贾耽所绘布，靡不驰驱烟墨，号召宫商。宜其壮采精思，加人

① 龚鼎孳《与方与三》，朱天曙编校整理《尺牍新钞》卷九，凤凰出版社，2008年，第641页。

② 沈谨学《沈四山人诗录》卷五《送江弢叔湜北行》，马卫中、陈国安点校《贝青乔集（外一种）》，上海古籍出版社，2013年，第463页。

一等也。[1]

在袁枚的视角中，圣人孔子西行游学，尚未进入秦地，将军乐毅东向征伐，也未攻下齐城。卞彬为南朝名士，陶侃为晋朝名将，作者反用其典，以强调古圣先贤行旅的地域限制。而岳梦渊行旅经历傲视古人，其文章更应"加人一等"。

其次，明清文人"游而后工"说的意义指向是什么，即"游"如何有益于"工"，"工"又体现在哪些方面？

第一，行旅对文学的增益最直接地体现于促发作者之灵感。清代词人金锡龄有一段精彩的论述："夫人伏处衡茅，偶有会心，形诸篇什，不过粗构一隅，未能尽其才之所至。惟跋涉山川，登临览古，兴酣落笔，风发泉流，而性灵学问、夙悟神解、奇思逸致，莫不涌现于中，急起而追之，乃能以诗豪。"[2]这里"涌现于中""起而直追"，即强调游览所带来的瞬时的创作灵感。道咸间文人王者政，历任知府。后归里，同乡周乐为诗集作序："第诗人当仕宦时，劳心薄书，吟哦每难得佳作；而偶一鞅掌风尘、游历山川，或悬车归里，即往往名篇佳什，层见叠出。又或孤坐一室，拈髭搜句，吟兴不动，数日竟不能成一字；而偶有吟侣偕游，相与酬唱，遂风发泉涌，机不可遏。"[3]其所言"吟兴"，亦为灵感之构成。对于明清女性诗人来说，行旅对她们的创作意义更加非凡。部分女性有出游的便利，可以走出闺闱，观览山河景物，扩充其题材与境界。如诗人季娴，先后随父、夫宦游多地。其自道："迨髫龄，侍家大人宦游中州，驱驰燕邸。其间齐、鲁、冀、豫，风物多殊；舟车曷来，山川非一所经所瞩，觉喉吻间有格格欲出者，因取古人诗歌效之。迨归昭阳李维章，倾茶摭古，更不

---

① 袁枚《小仓山房外集》卷二《岳水轩诗序》，王英志编纂校点《袁枚全集新编》，浙江古籍出版社，2015 年，第 626 页。

② 金锡龄《劬书室遗集》卷一〇《冯寅谷读我书斋诗序》，《清代诗文集汇编》第 645 册，上海古籍出版社，2010 年，第 572 页。

③ 王者政《蜀道联辔集》卷首，朱则杰编《清诗总集序跋汇编》，凤凰出版社，2021 年，第 1564 页。

以俗辙相羁限。”[①]“喉吻间有格格欲出者”，是行旅生活对创作情思的激发，亦是清代女性文人“游而后工”的明证。

第二，作者在行旅途中可以广见闻，增学识。明清以来的学术发展逐渐强调知识性，在士人对“游”的论述中，也可以见得这种趋势。周亮工《尺牍新钞》中收录了诗人董黄写给自己一封信，其言：“学问越游越长，古来自经传以及子史，原不是屋底一个说的。”[②]体现出对“游”以增长学问的认识；梅里词人查容送友人北游时，称赞其行迹：“涉江淮，浮河济，历齐鲁之国，吊无终之墟，凡其风物之变迁，车马之奔会，羁人思妇之悲欢，酒徒剑客之慷慨，王公大人之交际，皆足以广其见闻。”[③]其所言无论是自然风物还是人事交接，效果都是“广见闻”。作为清代重要的学者，朱彝尊的行旅经历也受到了友人魏禧的赞扬：“既食贫，历幕府，则之豫章、之粤、之东瓯、之燕、之齐、之晋，凡山川、碑志、祀庙、墓阙之文，无弗观览，故所作文考据古今人物得失为最工，而传经注疏亦多所发明。”[④]魏禧认为，正是朱彝尊早年的游幕经历，使其“考据古今人物得失最工”；乾嘉时期重要学者同时又是诗论家的凌廷堪，总结游历中州的收获：“携史而访荀晞之屯，载酒而问侯嬴之里，其方寸之盘迂，陈编所触发，盖不仅如前所云云也。而或者搜断碑半通，剌佚书数简，为之考异同，校偏旁，而语以古今成败。”[⑤]在他看来，通过行旅生活可以实地印证史籍所载之正误，发掘前人所未见之实物，而这一观点在其文学上也有所影响。

第三，“工”具体表现于“沉郁”“奇”“富密”“高远”等创作效果。

---

① 季娴《闺秀集》，朱则杰编《清诗总集序跋汇编》，凤凰出版社，2021 年，第 2053 页。

② 董黄《与周园客》，朱天曙编校整理《尺牍新钞》卷四，凤凰出版社，2008 年，第 306 页。

③ 查容《查浒翁文集·送陈少典北游序》，《清代诗文集汇编》第 145 册，上海古籍出版社，2010 年，第 13 页。

④ 魏禧著，胡守仁等校点《魏叔子文集》卷八《朱锡鬯文集叙》，中华书局，2003 年，第 387 页。

⑤ 凌廷堪著，王文锦点校《校礼堂文集》卷二三《大梁与牛次原书》，中华书局，2016 年，第 201 页。

有以“沉郁”相称的，如诸匡鼎赞友人：“数年来间尝出游，一过广陵，两进八闽，隋堤竹西之佳丽、武夷仙霞之堑险，车辙马号之所及，冲口而出，摇笔而书。故登临怀乡诸作，宜其多沉郁而深长也。”①汪琬称计东行旅：“为往来赠答宴饮别离诸作也，宜其多激昂沉郁而出之以顿挫。”②林云铭为闽中诗人孙学稼所作《圣湖处士传》，以其行旅经历印证：“故其为诗，浩瀚逶迤，顿挫沉郁，称其志气，非近代可几，亦与其为人相类也。”③有以“奇”文赞赏的，明人梁朝钟提及：“昔人有云：诗不游不奇，非诗人游，游不奇。”④说明在明代“奇”已经成为评价行旅写作的重要标准。徐宏祖在文坛的大放异彩，一定程度上得益于钱谦益的推扬，钱氏曾嘱咐徐仲昭刊刻《徐霞客游记》，认为徐宏祖为千古奇人，此书为千古奇书，并称赞为“真文字，大文字，奇文字”⑤。清人姜宸英也有此等说法：“其游益胜，其寄托益远，则其诗必益奇。”⑥此外，姚礼称“鹫峰十六子”之一的王松壑“纵游赵、齐、燕、鲁。又之汴梁、豫章二十年。故其诗益宏富严密”⑦；王士禛赞吴雯“数数出游，走燕、赵、齐、鲁、梁、宋、吴、越之墟，所至与其仁贤游处。归而有诗数百篇，古澹闳肆”⑧等，又体现了“游而后工”说的不同面向。

---

① 诸匡鼎《橘苑文钞》卷三《闲情草序》，《四库全书存目丛书》集部第 211 册，齐鲁书社，1997 年，第 210 页。

② 汪琬《尧峰文钞》卷二八《计甫草中州集序》，李圣华笺校《汪琬全集笺校》，人民文学出版社，2010 年，第 626 页。

③ 林云铭《挹奎楼选稿》卷六，《清代诗文集汇编》第 106 册，上海古籍出版社，2010 年，第 504 页。

④ 梁朝钟《喻园集》卷一《李玄辑诗序》，民国三十五年(1936)商务印书馆影印《广东丛书》本，第 12b 叶。

⑤ 徐宏祖撰，朱惠荣校注《徐霞客游记校注》，中华书局，2017 年，第 1428 页。

⑥ 姜宸英《湛园未定稿》卷二《夏子诗序》，杜广学辑校《姜宸英集》，人民文学出版社，2018 年，第 435 页。

⑦ 姚礼撰辑，周膺、吴晶点校《郭西小志》卷一二，浙江工商大学出版社，2013 年，第 237 页。

⑧ 王士禛《渔洋文集》卷二《莲洋诗选序》，《王士禛全集》，齐鲁书社，2007 年，第 1551—1552 页。

四、以传统命题为坐标——“游而后工”说的批评史意义

文化生活的变动、文人创作的积累与文学批评的产生始终是紧紧相连的，“当新的文学类型和文学经验产生，现有文学理论丧失解释能力时，它的变革期就到来了”①。“游而后工”这一批评概念虽尚不能说是变革性的，但它已然呈现出某种“新”的意味。中国早期文人对行旅与文学关系的思考，在第一节已经进行了梳理：一是重视文人境遇困顿下的羁旅对文学创作的感发，以“穷而后工”说为代表；一是强调自然山水作为文学创作的主要对象与来源，以“江山之助”说为准则。明清文人提出的“游而后工”，未脱离传统的文学批评话语，但也并非摹拟承袭。清人李果言盛庭坚：

> 擅昔贤之风致，当太平之极盛，栖迟行旅，自楚入蜀。摅其啸歌，积句盈卷，与二君子之境有不同，而其诗渊源则相类。盖诗以阅历而益工，殆不徒得江山之助者欤。②

从“不徒得”可以看出，其所言“阅历”与刘勰“江山之助”已有区别。此外，明清文人对行旅文学谱系追认时，有意无意忽略屈原这位“羁旅”远祖，也反映了其中的差异。当我们将其放在中国文学批评史的大框架下，观照其与传统命题的关系，可以看到它在许多方面仍然具有阐释的价值。

其一，是“游而后工”说对地域文学交融的强调。

文学的地域性是幅员辽阔的中国一个鲜明的特征，魏征撰《隋书》时即已洞见南北文学的差异，“江左宫商发越，贵于清绮；河朔词义贞刚，重乎气质”，并提出融合地域文风的想法：“若能掇彼清音，简兹累句，各去所短，合其两长，则文质斌斌，尽善尽美矣。”③但此处仅

① 蒋寅《古典诗学的现代诠释》，中华书局，2003年，第4页。

② 李果《在亭丛稿》卷一《盛庭坚入蜀诗序》，《清代诗文集汇编》第244册，上海古籍出版社，2010年，第397页。

③ 魏征等《隋书》卷七六《文学传》，中华书局，1973年，第1730页。

着眼于文学作品内部的剪裁，而“游而后工”说为其提供了另一思路，即作家通过地域的跨越，以主体性情浸润于山川风物之中，从而实现文风的地域交融。明代唐顺之即认为“西北之音慷慨，东南之音柔婉”，故强调“中声”，推崇“慷慨而不入于猛，柔婉而不邻于悲”的诗歌气象。[①] 清代施闰章亦言：“东南之音多失之靡，西北之音多失之厉，殆繇性成。求其兼长而寡病，君子以为难。”以此标准衡量，他对半生游幕的关中文人李念慈推扬有加，欣赏其“由秦之晋，南游江淮，所遇山川风物，寄兴属怀，情随境移，蔚然蒸变。观其羁旅无聊不平之作，盖秦风而兼乎吴楚者”[②]。而刘献廷则探讨了长江中下游的地域差别：“江西风土，与江南迥异。江南山水树木，虽美丽而有富贵闺阁气，与吾辈性情不相浃恰。江西则皆森秀疏插，有超然远举之致。吾谓目中所见山水，当以此为第一。它日纵不能卜居，亦当流寓一二载，以洗涤尘秽，开拓其心胸，死无恨矣。”[③]尽管江南风景秀丽，士人得其山水之助者多，但其中所蕴含的富贵气，与自己情性不合，因而他更向往江西超然远举的景致。

凌廷堪关注的则是水泽与山岭之差异，其言：“仆少生海澨，长游水乡，未睹中原之雄阔与夫高山大川之形势，譬鸡栖于埘，燕巢于屋。比因饥寒所驱，获此壮观。”[④]凌廷堪生长在江苏海州，因而说其“少生海澨”。他深感水乡与中原的巨大不同，因而在二十三岁时携书出游，获睹中原景物，交往名公巨卿，名噪一时。而易堂九子中最早出游的魏际瑞自道：“予少居里门，所结交同志与共晨夕者，易堂数子。山水之盛，金精岩壑四十里，莲花峰西南而已。游览啸歌，自谓不必复交天下人，游天下佳山水。及之金陵，观长江之势，涉大河，过泰

---

① 唐顺之《荆川先生文集》卷一〇《东川子诗集序》，马美信、黄毅点校《唐顺之集》，浙江古籍出版社，2014 年，第 451 页。

② 施闰章《谷口山房诗集旧序》，李念慈《谷口山房诗集》卷首，《四库全书存目丛书》集部第 232 册，齐鲁书社，1997 年，第 508—509 页。

③ 刘献廷著，汪北平、夏志和点校《广阳杂记》卷四，中华书局，1957 年，第 183 页。

④ 凌廷堪著，王文锦点校《校礼堂文集》卷二三《大梁与牛次原书》，中华书局，2016 年，第 201 页。

山，走燕都，并出东北塞，不择地而游，不择人而交，喜悦惊怪可歌可泣之事无一不接于耳目，始叹向之自以为是者，真醯鸡也。”[①]在易代之际，魏氏兄弟曾作为遗民独立于世，他把过去僻居宁都的自己比作醯鸡，感慨遍游山水带来的风物见闻，所注重的是一地与天下的交接。这里，文人着眼于通过行旅来实现魏征“各去所短，合其两长”的文学理想。

其二，“游而后工”说可以削弱作者身份上的对立。

中国古代早期行旅与文学关系，常常被寄寓政治挫折的隐喻，即强调贤人失志之游。如董仲舒《士不遇赋》中“若伍员与屈原兮，固亦无所复顾。亦不能同彼数子兮，将远游而终古”[②]，而这一认识更在班固的论述中得到强化：“春秋之后，周道浸坏，聘问歌咏，不行于列国，学诗之士，逸在布衣，而贤人失志之赋作矣。”[③]清人也一定程度上肯定了“贤人失志”的诗学传统。如诗人曾灿，家族累为显宦，但易代之后穷苦潦倒，四方游历，“及不得志，或自课耕以食其所获，或浮沉乞食于江湖，历世益久，其诗益杂出而相为工”[④]；诗人吴瞻泰，“入省闱十五，终不遇，乃遨游齐、鲁、燕冀及江、汉、吴、楚、闽、越、交，诗品日高”[⑤]。无论是曾灿还是吴瞻泰，两人在身份上都是寒士，其所游历而成就诗歌造诣，都与其失志有重要联系。

但“游而后工”说一定意义上对作者身份予以了扩充。明清馆阁文人或布衣文人，都常质疑“穷工”之说，提倡达亦能工。如清初与王士禛并称的诗人宋荦，生长于中州显宦家庭，少奉内廷，仕途通达。汪懋麟提及其任职黄州之后诗歌造诣的进步：“及之官黄州，肆游江

① 魏际瑞著，贺超等校注《魏伯子文集校注》卷一《古论合刻序》，江西人民出版社，2021年，第65页。

② 费振刚、仇仲谦、刘南平校注《全汉赋校注》，广东教育出版社，2005年，第146页。

③ 陈国庆《汉书艺文志注释汇编》，中华书局，1983年，第183页。

④ 魏禧著，胡守仁等校点《魏叔子文集》卷九《曾止山诗序》，中华书局，2003年，第451页。

⑤ 沈德潜《清诗别裁集》卷二六，上海古籍出版社，2013年，第1089页。

湖山谷之间，所至名贤依附，相与切劘，故诗日益工。”[①]甚至一些学者认为士人宦达在创作上更有优势，如桐城派古文家梅曾亮言：“昔杜子美以湖南为清绝地，而困于饥寒奔走。今先生载眷属，视令子于官舍，有天伦之雍容，无羁旅之骚屑，固宜能尽所历之妙，而悉吐其胸中之奇也。”[②]这里，梅氏以杜甫的奔走落魄为对比，认为游宦官员不因四处羁旅而牢骚满腹，故可以悠游自得，发抒心中豪情。而“不遇”之士，也在游的过程中寻找新的出路。魏际瑞的一封家书呈现了自己积极的行旅心态，其言：“我乃悉览名山大川、城郭都市、土俗民情，不费一物，所得已多，则岂惟不厌且甚喜，岂惟不苦且甚乐。”游幕可以使作家修习经世致用之学，了解异乡风土人情，相比于逆境，顺境或许更有利于创作。王文治为女诗人骆绮兰《听秋轩诗集》所作序言中亦可见一种新的认识，其言：“欧阳公尝谓‘诗必穷者而后工’，岂独丈夫为然？即女子亦多有之。……其诗益进，其境益穷，白屋孤灯，夏日冬夜，快然茕处，与物无求，古所称固穷之君子，不意于巾帼中遇之。至于游历山川，流连景物，意之所适，寝食辄忘，穷之中又有通者存焉，殆非有得于中者弗能也！”[③]这里他并未否认“穷而后工”的合理性，但强比强调这一传统认识，作者更关注如何通过“游”，使诗人“穷”中有“通”。

其三，“游而后工”对不同文学风格的兼容。

中国传统文学批评理论中，常将作者与某一风格相联系，如“清新庾开府，俊逸鲍参军”[④]之评。但作家的艺术风格常常是多变的，亦在创作生涯中寻求不同风格的融汇。如果说刘勰所论“雅与奇反，奥与显殊，繁与约舛，壮与轻乖”[⑤]清晰地呈现出中国古典文学中风格的

---

① 宋荦著，刘万华辑校《宋荦全集》附录，浙江古籍出版社，2020年，第2863页。

② 梅曾亮《柏枧山房文集》卷七《衡游草序》，彭国忠、胡晓明校点《柏枧山房诗文集》，上海古籍出版社，2012年，第161页。

③ 胡晓明、彭国忠主编《江南女性别集二编》，黄山书社，2010年，第580页。

④ 杜甫著，萧涤非主编《杜诗全集校注》卷一《春日忆李白》，人民文学出版社，2014年，第538页。

⑤ 刘勰著，范文澜注《文心雕龙注》卷六，人民文学出版社，2021年，第505页。

林立，那么如何将对立文风融合统一，在具体的创作环境下寻求新变，亦是文学批评所关注的题中之义。尤其随着文学发展的不断成熟，"统二气之会而弗偏"[①]，成为清代文人进行风格理论探讨的关键，"游而后工"的强调也印证了这一情形。

如王士禛评价"清初三布衣"当中的邵长蘅："尝观海市于之罘，穷炎涨于扶胥，而其诗益奇恣尽变，与其文皆可必传于后世无疑。"[②]这里，王士禛着眼的并非邵长蘅的某一种文风，而是他通过游历使创作富于变化。吴文溥早年诗作比较清逸，多描绘闲情别绪，后出游西北之后，诗中多雄山壮水。至闽台后，面对海洋的辽阔与凶险，诗歌的境界又一转变。汪缙因而题其诗卷曰："先读初刻本四卷觉清气扑人，眉宇都爽，至航海后作，又觉雷霆风雨飒沓而来，空中恍惚闻金铁。"[③]其中"清气扑人"与"雷霆风雨"显然是两种截然相反的文学风格，但恰是这样丰富的诗歌风貌诗作，成就了他的诗学人生。徐乾学也有类似的看法："夫文章之道……必广之以名山大川，览古人之陈迹，又益以交游议论之助，使尽天下之变，而后求之前人所以裁制陶熔之法，以归于简洁，乃始为文之成。"[④]这里他强调文章写作变化无穷以至于陶熔百家的效果。又如朱文翰评价诗人郭麐《刚卯集》："大抵《二集》以前，矜严意多，宕逸意少，恬适时多，幽愁时少。以前有温李、有苏黄、有学李学杜，此集则……有时而蹙蹙靡骋，客抱鲜欢，而此之顿挫抑扬，适以喷薄其神明，陶镕其格调，故好至此也。"[⑤]这

① 姚鼐著，刘季高标校《惜抱轩诗文集》卷六《复鲁絜非书》，上海古籍出版社，1992年，第538页。

② 王士禛《蚕尾续文集》卷二《邵子湘青门集序》，《王士禛全集》，齐鲁书社，2007年，第2001页。

③ 吴文溥《南野堂笔记》卷六，张寅彭选辑，吴忱、杨焄点校《清诗话三编》，上海古籍出版社，2014年，第2099页。

④ 徐乾学《憺园文集》卷二一《计甫草文集序》，《清代诗文集汇编》第124册，上海古籍出版社，2010年，第520页。

⑤ 朱文翰《冈卯集序》，郭麐著，姚蓉等点校《郭麐诗集》卷首，人民文学出版社，2016年，第9页。

里朱文翰把郭麐诗风分为前后两期，其《初集》是早年所作，为一种风格；《二集》《三集》是游幕南北之后所作，又是一种风格。前期诗歌多闲适之意，而之后诗歌增添了顿挫之气，不同的风格陶熔于一体，故可称为真诗、好诗。

上述几点说明，中国古代以游为文，游而后工，构成了重要的文学与文化现象。作为古典诗学的总结期，明清士人以其敏锐的感受力，提出“游而后工”这一新的批评概念。它强调作家的能动性，容纳多元的诗风，折射人与自然及他人的交接，反映主体对空间的逾越。呈现出更加辩证的思考，有助于我们重新审视批评史中的一些不被关注的概念、命题。

余论

明清文人所思考的，其实还不仅仅于此。桐城三祖之一的姚鼐自叙：“独念生平亦好乐山水，渡江至丹徒，止于梦楼之堂，自是以东，皆足迹未至。今读梦楼之诗，景物奇胜，足系梦想，尚思以异日东游，造锡山而窥吴塘之域，接汪君之容，而探其旷远达观之旨，斯诚生平至愿矣。”①他希望通过游历王文治游历之地，继而完成对作者诗歌的完整体验，已经溢出本文所讨论的创作范畴，进入到读者批评的领域。而叶燮的一段话更强调不忘进入古人的生命情境：“游之穷殆不如居之穷，然游又有胜于居者，何也？游即不遇于人，而无不得遇于古人。盖尝于荒榛蔓草、故宫旧苑，名贤凭寄之墟，摩断碣，访野老。百千年之陈迹，恍然如或见之，不知身之客于斯而不与同时也。非游何以得此？”②无论是“与今为友”，还是“与古为徒”，都在提醒我们，明清文人对行旅与文学的思考，或许比我们想象得更加深入。

“游而后工”的批评概念在近代仍生发出众多的接受者。民国学

---

① 姚鼐著，刘季高标校《惜抱轩诗文集》卷一四《吴塘别墅记》，上海古籍出版社，1992年，第230—231页。

② 叶燮《已畦集》卷八《湖上吟序》，《清代诗文集汇编》第104册，上海古籍出版社，2010年，第407页。

者胡诗浩，于晚清废除旧式古文教育背景下成长，幼年因“旧日之诵诗学礼，易而为诸科学”，遂于写作时“扪腹而点墨无存”。后总结自己国文学习历程言：“其法有三：非熟读范文，不能以得法；非博览群籍，不足以搜材；而名山大川之登临，尤足以壮其气度而扩其胸襟。此古人论文，所以谓好游而益工也。”[①]从这一说法中，可以看到明清文人论述的影子，尤其其中三种法度的总结，与上文沈大成“性、学、游”的命题如出一辙。胡诗浩作为中国新旧教育转型时期的文人，将“游”作为“开始学文之南针”，以此重拾传统古文教育，对后世仍然有启示意义：在重新整理传统文化，面临新的旅行文化、消费主义冲击的当下，我们还需不时思考如何旅行、如何写作的问题。

（西北大学文学院）

① 胡诗浩《述治国文之心得》，《正风文学院庚午集毕业纪年刊》序记，载《上海文献汇编：文化卷》，天津古籍出版社，2013 年，第 244—245 页。

驯化风景：清中叶游记所见华夏边缘

汪　斌

内容摘要：风景被观看并通过绘画、文字再现，这一过程使风景超越自然属性而被“驯化”为人文景观，是文化实践的一部分。清人游记对西南、岭南风景的驯化便体现出华夏边缘空间被开垦、发掘的过程。驯化至少有“模仿”“征服”“书写”与“媒介”四种途径，其中以文字书写将陌生风景熟悉化并纳入自身文化体系，是士人最为擅长的驯化方式，檀萃《楚庭稗珠录》即其典型产物。驯化后的风景从原始性、陌生性与意外性中脱离，变成可控、可认知的对象。士人借此向边缘开拓了自身文化体系，同时隐秘地表达其对亡明的同情与对抗清烈士的哀思。

关键词：风景；游记；清代文学；文化实践

Domesticating the Landscape: The Hwa-hsia Boundaries as Seen in Mid-Qing Travelogues

Wang Bin

Abstract: The process of observing and representing landscape through painting and writing transforms it from a natural entity into a "domesticated" landscape, which is part of cultural practice. The domestication of landscapes in the southwest and Lingnan regions as depicted in Qing Dynasty travelogues reflects the process of cultivating the Hwa-hsia boundaries. Domestication can be achieved through at least four pathways: "imitation", "conquest", "writing", and "mediation". Among these, the use of writing to familiarize and incorporate unfamiliar landscapes into the Confucian cultural system is the most proficient method for literati, exemplified by Tan Cui's *ChuTing BaiZhu Lu*. After domestication, the landscape is no longer characterized by its primitiveness, unfamiliarity, and unpredictability but becomes controllable and recognizable. Through this process, literati not only expanded the cultural system, but also subtly expressed their sympathy for the Ming Dynasty and their lament for anti-Qing martyrs.

Keywords: landscape; travelogue; Qing Dynasty literature; cultural practice

风景无处不在，风景书写在古代诗文中亦随处可见，对风景书写的分析自然成为古代文学研究的题中之义。但传统的古代文学研究对风景之关注多停留于文本赏析阶段，将风景作为自然客体，将风景书写视为作家叙述的手段，而没有揭橥风景书写蕴含的文化意味，缺乏将风景与风景书写作为主体，深掘其理论内涵的哲学诉求。而自20世纪以来，文学、哲学、历史、社会学研究在明晰各自疆域的同时，彼此间理论的渗透反而得到加强[①]。虽然各家理论不同甚至大相径庭，但背后所示潮流则呈现某种一致性，譬如对文字与权力都给予了特别关注：语言学转向唤醒了对符号、文字在建构文化传统中所发挥作用的关注，而“权力”观念则从一般的政治权力拓展到微观权力，任何人任何行为皆含有权力的意味，它无所不在，渗透在日常之物，亦渗透在话语和文字之中，变得复杂而微妙。将权力视角引入符号和文字之中，许多之前未被关注的语词得到重新审视，其中就包括“风景”。

在新的反思下，风景被建造的过程成为焦点，当风景由名词变为动词，建造者的权力自然浮出水面，而这一切都可在文字中得以分析。风景不再是纯粹的自然空间，它预设了观看的行为与观者的存在，在观看中被赋予意义与价值，并在文字、绘画等形式中被再现，由自然物转变为人文环节。在这一观看、改造、再现的过程中，风景被建造起来，其中嵌入了建造者自身所察觉与所不能察觉的权力行为和文化情感。对此一风景的深层次分析，必然呼吁我们像福柯考古一样，解剖风景本身，即解剖一个风景被建立的过程。此范式的典型代表就是米切尔的《风景与权力》。米切尔将风景称为“社会秘文”，通过“自然化其习俗和习俗化其自然”而隐匿了实际的价值基础，即是说风景将自然人文化，又将文化和社会建构自然化，这一过程背后隐有权力关系与价值判断。他认为相比起追问风景“是什么”和“意味着什么”，更应追问风景“做”什么，它作为一种文化实践如何起作用；风景不仅仅表示或者象征权力关系，它本身就是文化权力的工具，是权力的手段。风景不是一个自然之物，它是人与自然的媒介，

① 举例而言，如罗兰·巴特《神话修辞术》对神话的符号学解读使神话渗透到日常生活，欧文·戈夫曼《日常生活中的自我呈现》将社会生活视为戏剧表演，福柯《词与物》以知识型概括词语（或话语）与社会历史之关系，德里达《论文字学》对语言文字的解构主义分析，柄谷行人《日本现代文学的起源》通过文学批评进行文化批判……此外还有如法兰克福学派、后马克思主义学派的文化批判，知识考古、文化记忆等概念的提出。此类例子不胜枚举，都展示了各学科之间所关注对象和理论的互相影响。

既是一个被观看的空间，也以绘画、文字等形式得以再现。因此，风景不仅是一个名词，还是一个动词，它意味着建造风景的过程，是一种文化实践，这种实践中隐含着权力。并且米切尔特别指出，“风景这一媒介存在于所有的文化中”。[①]

带着这样的视角重新审视中国古代文学中的风景书写，游记中对风景的记录便呈现出另一面向。[②] 明清游记对西南、岭南风景的记载颇为丰富[③]，体现出华夏边缘空间被开垦、发掘的过程[④]。在这之中，本文特别关注清中叶士人檀萃《楚庭稗珠录》的原因有三。其一，清中叶是清政府深入开发西南、岭南之时，檀萃一书所展现对风景的驯化反映出华夏文化中心向边缘的开垦过程之一面。其二，《楚庭稗珠录》比较完整地呈现了檀萃等士人驯化风景的四种方式。其三，对该文本的分析还可窥见风景的驯化不仅反映中心向边缘的权力演进，且蕴含着檀萃作为个人对于风景的深层态度。边缘地带自然空间阻挡了朝廷权力的深入，而檀萃对此地风景的驯化，一方面是华夏文化向边缘推进的方式之一，另一方面借此隐晦表达对清政权的反抗和明清易代的同情。

本文以作为名词的“风景”指向檀萃所再现的文化空间，而将作为动词的建造风景概括为“驯化风景”。驯化本指人类将野生动植物培养成家养动物或栽培植物的过程，笔者借指以下动态过程：士人通过特定方式将外在于自身的空间变为被实践与观看的风景，使原始、陌生、险峻的边缘地带变为熟悉、可控的存在。《楚庭稗珠录》中风景指黔、粤一带山川草木等自然空间，被驯化后成为人文景观的一部分，进入文字与文化。通过细致文本分析，可串联起檀萃将自然风

---

① 米切尔编，杨丽、万信琼译《风景与权力》，译林出版社，2014 年，第 2—5 页。

② 笔者近来所见与本文思路相近者，有商伟《“地以一诗传”：题写胜地的“迹”与“文”》，《北京大学学报（哲学社会科学版）》2023 年第 3 期。

③ 如杨慎《滇载记》、吴绮《岭南风物记》、陆祚蕃《粤西偶记》等。相关研究可参胡晓真《明清文学中的西南叙事》，台大出版中心，2017 年。

④ 借用王明珂所提出的概念，见王明珂《华夏边缘：历史记忆与族群认同》，上海人民出版社，2020 年。

景化的整个过程，以此为典型，可一窥清中叶士人驯化边缘风景的整个过程。

一、驯化的动机：奇险的风景

檀萃(1725—1801)，字默斋，号废翁，安徽望江人，乾隆二十六年(1761)进士。[①] 从檀氏的生平来看，他的前半生一直生活在安徽，以教书为业，三十五岁得中进士，但仕途并不顺利，一直在黔、粤、滇三地穷困辗转。所著《楚庭稗珠录》成于乾隆三十八年(1773)，书共六卷，《黔囊》一卷记黔，《粤囊》《粤琲》四卷记湘、粤风土掌故，卷六《说蛮》记录当地各族风俗。[②] 全书记其由贵州青溪，沿阮江，过洞庭，经湘江，由郴州入粤的见闻，所涉地域包括贵州、湖南与广东。贵州属于广泛意义上的西南边疆，彝族、苗族等少数民族聚居，即使在乾隆时期改土归流之后，还保存着相当浓厚的夷风，温春来称之为“异域”[③]。湖南是故楚地，即使在清代仍保留着强烈的楚风。广东在清代是全球贸易聚集地，风气杂糅，异于江南。因此三地都是风气殊异于江南的华夏边缘，檀萃以“楚庭”来概括三地，有其道理。

《楚庭稗珠录》所记风景展示了乾嘉时期景物驯化与风景诞生的

---

① 檀萃生平，见：《清史列传》卷七二《檀萃传》，中华书局，1987 年，第 5915—5916 页；王重民《冷庐文薮·檀萃传》，上海古籍出版社，1992 年；郑若萍硕士论文收录大部分檀萃传记，郑若萍《〈清史稿·艺文志〉著录〈山海经广注〉等 23 部小说集解》，华中师范大学硕士学位论文，2014 年，第 169—177 页；王琼《檀萃年谱》，云南大学硕士学位论文，2023 年。《滇南诗集》中有其弟子所记《默斋先生寿谱图》，编年记载檀萃生平尤为详尽，见檀萃《滇南诗集》，南京图书馆藏清嘉庆间刻本。王进驹目验檀氏《寿谱图》在内多种著作，概括檀氏生平较为确切，见王进驹《屠绅宦滇时期交游事迹考述》，萧相恺、冯保善、苗怀明、薛仲良编《夏敬渠与屠绅研究论文选萃》，凤凰出版社，2012 年，第 542 页。

② 檀萃著，杨伟群点校《楚庭稗珠录》，广东人民出版社，1982 年。若无特别说明，下文引用文字皆出此本。此一点校本未收入第六卷《说蛮》，可参香港中文大学据南州书楼藏乾隆原刻本影印本，即檀萃《楚庭稗珠录》，香港中文大学出版社，1976 年。以下所引《楚庭稗珠录》原文内容，均随文标注篇目，不再详细一一出注。

③ 温春来《从“异域”到“旧疆”：宋至清贵州西部地区的制度、开发与认同》，社会科学文献出版社，2019 年。

过程，士人借此将文化权力实践于帝国的黔、粤边缘。风景之所以需要驯化，乃是因其陌生性，而陌生源于差异。朝廷很早到达甚至统治这里，但一直未能深入其中。这里权力与文化的影响被双双削减，阻碍主要源自距离的遥远和地形的迥异[①]。地理与地势不同导致的风景殊异引发陌生感，在《楚庭稗珠录》文本中处处皆可感受到。正是这种差异与陌生，产生了驯化的动机。下面通过文本分析，揭示风景被驯化之前，自然空间的原始面貌对士人的冲击。

张轲风《异样的目光》指出，明清文人眼中的西南由"遥远、妖异、叛乱"构成，因为"在处理云南与内地关系上，明清的政治实践与民间思维受到了文化隔膜与地理阻隔的困扰"。[②] 事实上，阻险之地将华夏文化拒之门外，这种由地理差异导致的文化隔膜不仅限于云南，黔、湘、粤这些边缘羁縻地带均是如此，只不过在程度上或深或浅[③]。以相对而言最接近中原地带的湘地（古楚地）为例，《楚庭稗珠录》开篇即称：

> 自武陵而西皆滩河，其险怛心，其奇骇目。经绿萝山、明月池、白璧湾，因忆郦道元所称："颓岩临水，悬萝钩渚，渔咏幽谷，浮响若钟，风籁空传，泉响不断"，形容曲肖。行数日，则所见愈多愈奇，几有前鱼之厌矣。（《黔囊·武陵》）

作为全书首节，此段重要性不容忽视，可视作对整段旅程的精妙隐喻。武陵一带最早属楚国黔中郡，地势险要，其间生活着众多族群如"五溪蛮"。陶渊明《桃花源记》所载进入桃花源的即是武陵人，陈寅恪认为这些地方乃"险阻而又可以耕种及有水泉之地"[④]。檀萃称从武陵向西，沿途风景"其险怛心"，"其奇骇目"。所谓"险"指险峻，水

---

① 可参詹姆士·斯科特著，王晓毅译《逃避统治的艺术：东南亚高地的无政府主义历史（修订译本）》，生活·读书·新知三联书店，2019 年。

② 张轲风《异样的目光：明清小说中的云南镜像》，《明清小说研究》2012 年第 4 期。

③ 清政府对广东的统治比黔地更深入，黔地的风景更显陌生，湘地介于两者之间，各地内部程度亦不相同。然而，这种差异并不妨碍其景观本质的相同。

④ 陈寅恪《金明馆丛稿初编》，生活·读书·新知三联书店，2001 年，第 192 页。

势湍急，地形坎坷，因而使人担心自身安危；“奇”指触目皆是以往不曾见过的奇异风景，因而有新奇、惊奇的体验。险、奇有所不同但又相伴而生，构成檀萃边缘世界主要的风景特点。

由此，全书伊始便进入一个奇险的空间。黄芗苹在《楚庭稗珠录》序中写道：“南中山水称奇，较之禹、益之经，则海内外西南陬迤东耳。穷荒僻壤，一邱一壑，越在草莽，贤士大夫之至其地者，非穷而游，即谪而徙。”檀萃则在《飞云岩》中称：“阳明谓天下山水之奇，聚于黔中；黔中山水之奇，聚于此岩。”他形容这种山水之“奇”为：

> 山高数百仞，古木重阴，青攒碧聚，层排上下，次第参差；绕以白云，如玉宇琼阿，鳞次天表。岩踞山半，其面向明，窗窱内深。崖厂上覆，石乳凝液，变化万端，秦马赵牛，不可名状。（《黔囊·飞云岩》）

高低迭出、参差错落的山势，奇形怪状、浮想联翩的形状，这是只有自然的鬼斧神工才能塑造的事物，非人力所能承受。奇又与“怪”紧密相关，譬如飞云岩的形象不止奇，而且变怪万方，如犀池“水减则碧篸成林，可游可坐；水溢则张牙露齿，奇怪骇人。黔中山水之幻，非可以常理测”（《黔囊·犀池》），又如广东罗浮山“奇巘、秀岑、湍流、怪石，不可名状”（《粤囊上·罗浮指掌图记》）。对檀萃来说，奇、怪意味陌生感和意外性（即难以常理预测），源于风景的原始性，即它未被人改造与记录过。这类风景是观看者自身无法把握的东西，给观者带来安全忧虑。

但是，黔粤边缘区别于中原，最重要不在奇，而在于险。檀萃由黔入粤的旅途中，多次提到地势险要，称“沅水中，滩势险绝，数十百处”，“船行其间，随势曲折，略北则落盘涡，触石立碎；略南则少纵即逝，杳不可见矣”（《黔囊·黄丝滚洞》）。在这样的地方行船，充满风险与惊吓。即使到广东后地势稍缓，仍有许多险势之地：“（三泷）自合水分岐，河狭而水激，三泷层列，长七八里，巨石塞于河中，外开如竦阙，内障如设屏，锉角犀利如剑树攒枝，盘错喧豗如鳄鱼嚼齿。”（《粤囊下·三泷之险》）险意味难以征服，是边缘人群得以“逃避统治”的基础。如檀萃称“大抵昔时五溪左右，悉是蛮居，阻险悬崖，人力不及攻之者”(《黔囊·辛女岩》),“洞庭、彭蠡间,三苗所居,负其险阻,顽不即工,官属之往,未必遽敢深入”(《粤琲下·虞帝南巡》),都说明“负险顽抗”是边缘族群抵御汉化的重要方式。此外,还有使人得生疾病的瘴气。韩愈被贬谪,行过潮阳上表曰:“过海口,下恶水,涛泷壮猛,难计期程,飓风鳄鱼,患祸不测。州南近界,涨海连天,毒雾瘴氛,日夕发作。”①苏轼在儋州时写自己居住的地方:“海氛瘴雾,吞吐吸呼。”②这种情况清代仍然存在,檀萃引朱彝尊的话说广东“瘴雨不开烟树黑,惊涛直下海门青”(《粤琲上·竹垞两游》)。因此,边缘的风景对于檀萃来说也是危险的。

奇险的风景衍生出文人的想象,这种想象经文字传播变得难辨真假。风景与神异的故事杂糅而成“幻”景,赋予风景神秘性:

大风洞投之以石,其风冲然;避之略迟,回飙一掠,人不可见。尝有摄而入之者,崇墉峻整,殿宇尊严,一神人形兽身,捽此人于阶下。阶之左,巨扇三八,洪轮运之,风即大作。扇之数,法二十四气,气候应律,翕习飘摇。恒俾蜚廉守之不使乱序。……时一女子年甚少,坐殿上,怒责此人,谓“何以醋醋嬲我!”令重鞭之。旁一女郎请曰:“阿姨且释此獠!杀之奚济?俾出语外人,毋轻谢高固可也。”神复捽此人,架之轮上,略运即涌身出洞,上入重霄,恍惚之间,末力已疲,此身便落,则在碧云峰之阳,潇湘之渚。因丐食而归,为人说之。至今绿萝跃蔓,洞口深藏,未有过而问之者。(《黔囊·大风洞》)

人形兽身的神、神秘的女子、能够扇动大风的奇异装置,人对见到的事物一无所知,全听摆布。当他最后被驱逐出洞后,洞口便对人隐藏了。大风洞“洞口深藏”,正是令人陌生、恐惧、遐想之所。这种传说使边缘风景充满神秘,正契合士人对这片地域的陌生感。

边缘的奇险、蛮荒与遐想,很自然地与神灵发生关系,通过文字

① 刘昫等《旧唐书》卷一百六十《韩愈传》,中华书局,1975年,第4201页。

② 苏轼撰,孔凡礼点校《苏轼文集》卷十九《桄榔庵铭》,中华书局,1986年,第570页。

实现连结,在《万卷书岩》中得以彰显。檀萃途经万卷书岩,下有深潭,于是想起"昔没人寻味,入其险阻"的故事,一个渔夫潜入深水得一华服,盗穿后变成鱼,忘记自己本是人类,一直游到洞庭,被水界发现后"剥而尸之","弃而泛之",最终被人救起。他写道:"乃知神明之域,秘藏灵文,所以镇压蛮荒,奠兹川渎。故玉书金检,无处无之。守一隅者,不足与论也。"(《黔囊·万卷书岩》)檀萃相信水界存在神异,玉书金检,无处无之,可以镇压蛮荒。这里檀萃将文字的力量提升到神明的高度,"神—蛮荒"相对相生,而文字则是一种媒介:风景蛮荒奇幻,需要神明震慑,震慑的方式是通过"秘藏灵文",从神奇的文字中汲取安全感与信心去面对陌生风景。

总之,黔粤边缘奇险的景物使文人深感不安,为此企图将之驯化。这一过程并不始于檀萃。如前引《楚庭稗珠录》首节文字所示,檀萃引介了"绿萝山""明月池""白璧湾"[①],这些名字正是其开拓者前辈所取,虽然并没有详细刻画这三处地点,但仅通过名字也能体会风景的美妙。风景本是陌生的,然而早在千余年前已有人经过并赋予其名字,"绿萝""明月""白璧"由此得以将其优美意象存于文字之中,也意味着将风景深深嵌入文化记忆之中。郦道元的经历、《水经注》的山水世界都被此刻的风景唤醒,陌生的风景变得熟悉,檀萃在这个文化传统中与它相遇了。最终,"所见愈多愈奇",将风景连成片,最终扩大并形成对西南世界的整体印象。如此,风景以文字的形式进入华夏文化,边缘景物得以被文字驯化。檀萃的黔粤之行,《楚庭稗珠录》的旅行记,都不过是对这一段文字的重复与扩写罢了。不过檀萃所面临的历史远较前辈厚重,其用以驯化的方式亦更加全面。

---

① 郦道元《水经注》:"沅水又东历临沅县西,为明月池、白璧湾。湾状半月,清潭镜澈,上则风籁空传,下则泉响不断。行者莫不拥楫嬉游,徘徊爱玩。沅水又东历三石涧,鼎足均跱,秀若削成。其侧茂竹便娟,致可玩也。又东带绿萝山,绿萝蒙羃,颓岩临水,实钓渚渔咏之胜地,其迭响若钟音,信为神仙之所居。"郦道元著,陈桥驿校证《水经注校证》卷三十七《沅水》,中华书局,2007年,第870页。

二、驯化风景的四种方式

面对奇险、陌生的风景，檀萃《楚庭稗珠录》中所展示的驯化有模仿、征服、书写、媒介四种方式。所谓“模仿”，指通过在黔粤较为平坦的地方建造城池并打造成中原风景，变为士人熟悉的世界。“征服”，指人力对险峻的地势进行改造，使之便于士人出行与生活。“书写”，则通过文字将边缘风景纳入华夏文化。最后，士人通过隐居山林的僧人、道士作为“媒介”接触原始风景，以进入山林世界。

最常见的驯化是“模仿”式的构筑，建立符合士人文化习惯和风格的建筑与城池。久在边地会对江南风景产生强烈的怀想，如檀萃说：“仆本舒人，旅行落漠，如逃空虚空，来此周历，如见常所见于国中者而喜矣。”（《粤囊上·飞来寺》）因此，士人往往将当地环境改造成自己熟悉的风景。如檀萃任官的贵州青溪县官署边，北山流下泉水汇聚成小池塘，士人种满荷花，“列植芙蕖”，“笑看彼美，雅称仙吏”。又如贵阳平原在贵州山区中鹤立鸡群，在上建筑阁楼，遥襟甫畅，“似对江南小景，坐之竟日忘归来”（《黔囊·雪崖洞》）。这种求中国风景于禹外的心态，在《西湖之游》中体现得淋漓尽致：

> 此楼踞湖之西，壮丽轩敞，大吏游宴，咸集于兹。楼为王总戎所建，额称“辑和东土”，碑刻：“今代麒麟阁，何人第一功？君王自神武，驾驭必英雄。”下书云：“临董其昌。”皆当年出于上赐，故颜以御书。楼之北为万寿宫，又北为栖禅寺，寺后为表忠祠，祠后为大圣塔。塔之左，隔涧为六如亭，亭后则朝云墓，墓正对塔。亭半穿漏，两壁题咏皆满。墓之南为苏公堤。……棹舟而北，岸刹阴深，其右则惠阳书院。平干逞迤，独出湖心，古木交阴，炎风杀势，披襟坐阁，如扇龙皮。（《粤囊下·西湖之游》）

如果只看文章，很难发现这是广东的景观，反倒更像对杭州西湖的描绘。杭州西湖边有苏轼书《表忠观碑》，可见广东西湖乃模仿杭州西湖而成。楼额题字、碑刻的内容都在提醒观看者皇权的存在。万寿宫、表忠祠、苏公堤、惠阳书院都是中原习见的建筑题名，显然是以儒家传统为核心所构筑。檀萃与朋友在这里游湖、烹鱼、赋诗，如同江南。在这个精心营造的小世界里，他们构造了陌生中的熟悉风景，从边缘逃离而与江南重逢。如果将西湖的建构扩大化，便是一座座从当地风景中建立的城池。在这种"模仿"驯化中，原始景物直接消失了，代之以人文景观，这正是中心向边缘推进的结果。

对于地势特别险远的地方来说，模仿是难以进行的。对于险峻而极为重要之地，可以通过人力征服，化险为夷："关石险峻，行旅维艰。明宏(弘)治时，佥事赵晟来镇兹土，委千户顾伦重加修凿，险者以平。自关而西，道临江浒，既污且隘，涔蹄盈盈，乃俾指挥满瑄、陈景率旅夷培成如砥，至今赖之。"(《黔囊·鸡鸣关》)赵晟通过武力开垦，打通险峻的鸡鸣关，使人得以通行。这种驯服直接改造了风景，使之不再成为人的阻碍与忧患。这一过程中，人的英雄主义得以呈现。越是险峻的地势，征服越加艰难，也就越显伟大。在葛镜的故事中，由于黔地山势危奇，江流险急，当地人渡河往往只悬一根绳子，沿绳飞渡。为此，葛镜耗尽家产，采石为桥，结果建成后随即坍塌，便率妻携子，祭祀江上，立誓建成为止，而"情词慷慨，般、倕感涕，奋力就工，昼夜无间。水杀其势，不敢暴涨，而桥以成。因字之葛镜，垂名至今"(《黔囊·葛镜桥》)。葛镜的慷慨陈词震慑得连水势也被吓退，最终建成葛镜桥，使险疾的流水驯服于人力。他坚持不懈地改造并征服奇山险水，人力得以在自然中留下痕迹。

葛镜事迹触动众多士人，此后几百年不断有人提及并赋诗作文，提炼并传播这一士人驯服偏僻山地的故事[①]。这种写作本身也是一种驯服的过程。在葛镜的故事中，人力的征服与文字的驯化先后

---

① 关于葛镜的身份，文献中有不同说法。《楚庭稗珠录》中径称葛镜为"里人"。《(乾隆)贵州通志》称为明万历间"平越卫指挥"，见《(乾隆)贵州通志》卷二十九《人物》，清乾隆六年(1741)刻嘉庆修补本。《葛镜桥古今探索记》指出其"在云南中举入仕"(明万历年间举子在云南考试)，见葛诗畅、葛永罡《葛镜桥古今探索记》，贵州人民出版社，2010年。

展开，但人力的征服是一时的，有时间和空间的局限，只有通过文字流传，成为风景进入士人的历史记忆，山川景物才能被真正驯服。对士人而言，以文字的形式将陌生风景写入自身文化体系，是最为普遍的驯化方式。除前文提到的“绿萝”“明月”“白壁”之外，以下《粤囊上·七星岩》的记叙更切实地显示了景观如何被纳入士人世界：

> 正月之晦，黄茂才、赵公子同仆出肇庆北关，将十里，至水月庵，庵甚幽邃。其西则崧台。台在洞内，洞口绝壁高可十余仞，大书“上帝觞百神之所”，旁刻“李北海记”。文甚古丽，字径数分，下层漶漫难识；后书“开元二十年”，又一行书乾道□年，疑宋人重摹于崖者。洞口左壁，有“景福”二字，字径二尺，高余之，丰肉不类唐人书，疑皆宋摹者。
>
> 洞南北深数十丈，顶空洞窌窱，高二三丈。北头有穴透明，蹑级而上，平正如台，不过方丈，即崧台也。悬壁上题云：“崇祯十年又四月，温陵郑芝龙游此”。七绝一首，不甚工。洞中石刻极多，不及细识。
>
> 雨且至，即骤马归，而所谓七星岩二十景，不遑领略矣。二十景者，明端守王宗曾品目，而黎民表分题七绝，则所谓“石室龙床”“沥湖渔掉”“虹桥雪浪”“天阁晴岚”“金阙朝阳”“宝陀夜月”……
>
> 七星岩者，上象北斗，两两离立，不相连属，二十余里间，若贯珠引绳，璇玑回转，曰冈台、曰员屋、曰阿波、曰崧台、曰河鼓、曰辟支、曰玉屏。游者至崧台而止耳。翁学使于粤中金石多摹拓，而崧台为多，觅其本不可得矣。《广东舆图》载七星岩之名有异同，谓七岩列峙，中为石室岩（一名定山、一名圆屋、一名高屋）；东为屏风岩（一曰玉屏）、阆风岩；西为天柱岩、蟾蜍岩、仙掌岩；西北为阿波岩。

这节文字根据游踪，由近及远，由浅及深，由小及大，是从人介入最多的地方向人迹稀少处推进的过程。所到之处首先为水月庵，这是完全人为的景观，作者没有多费笔墨，而是直接向西进入崧台所在洞中。洞中凿设石阶、崧台，刻字题名，可以看到洞门、洞壁、洞内都充斥着人文迹象。除在洞壁刻上大字，为之命名、题诗，留下姓名与日期以外，檀萃还饶有兴致地分析了石刻的书法，体现出文人雅兴与文化审视。在洞穴、前代文人、作者的互动之中，原始洞穴被改造成一处人文风景，该风景依附于整个传统文化体系。不同时代的文人同此空间，享有共同的文化背景，对这种历史文化的依附、认同感也在潜移默化中加深。

往深处走，人为痕迹更少。二十景命名与题诗就是一个驯化的过程：识别风景，对其进行想象，根据想象为之命名，然后用诗词丰满它。这个过程需要对风景进行想象，文学上的联想引申也必不可少。摄取意象是景与文思交融的过程，而赋诗则要动用诗人的文化储备，那些意象、典故所引申的文学想象同时也唤起了文人对风景的亲切感。于是，给风景取一个形象的名称，意味着用文学将风景驯化为知识的一部分。一旦这个想象被接受，就成为所有文人共同知识体系的一部分。

最后叙写的是七星岩。七星岩名字取其形状像北斗，每一岩都取有专名，甚至一岩有不同名字。由于岩体巨大险峻，难以刻石甚至凿设，因此书籍中的文字记载就显得尤为重要，如作者对《广东舆图》的引用。在无法改造风景自身时，纯粹通过文字赋予意涵，将之拉入文化内部进行抽象的消化，成了惯用手段。如果说石刻与命名还依附在风景之上无法移动的话，一旦记入书籍，这些风景记忆就不再局限于地域文化中，变得可被所有人阅读、引用、改写，广为传播。地域文化往往就在这种传播过程中融入更大的文化体系。

除文字外，以绘画呈现的风景是最直观的风景。这种形式的风景缺点在于可复制性很低，导致流传远不及文字，难以进入士人的文化体系，正如纪念碑如果不能配合文字书写便会缺少“纪念碑性”一样。[1] 譬如，檀萃《罗浮指掌图记》载邹师正有一幅《罗浮指掌图》，但图已不存，只剩下图记以文字流传。这种情况下，图记作为图画的另一种形式起到了“风景画”的作用，可以说记录风景的文字本身便具有图画的部分功能。《罗浮指掌图记》是《楚庭稗珠录》中篇幅最长的段落之一，主要围绕罗浮山（在今广东博罗）展开。像《七星岩》一样，《罗浮指掌图记》一文也以胪列各处风景名称进行，不同的是《指掌图记》有浓厚的道家氛围。该文上半节摘录道士邹师正的《指掌图记》，逐一胪列罗浮山景观名称百余处，其中多带有道家色彩，由此建构了一个道家的罗浮山。下半节则记录了有关罗浮山的轶闻。檀萃只是山林的访客，来去匆匆，并不真正属于山林：“邹道士谓，（罗浮山）长年隐者未易遍览，况士大夫暂至倏还，旬日而罢，安能周知？”相比之下，山中道士却属于山林、隐于山林，长期在山林之中。因此山的形象也就带有仙、隐的色彩。其中有孙道士“来此已十余年，如痴如癫，时往飞云顶，旬日始还冲虚，赵云松太守游罗浮见之，问不答。康茂园先生见之，问先生游山见山否？道士大笑。传道士之异者甚多。长宁赵茂才渭川居罗浮一年，屡见道士，不以为异也”（《粤囊上·罗浮指掌图记》）。这些隐士（道士或僧人）虽然行迹不可捉摸，但相比于诡秘的山林来说仍然是亲切的。士人往往会与僧道交游，如檀萃所说：“坡公居惠，好与罗浮道士邓守安游，犹文公之于大颠也。”通过僧道作为媒介，士人得以进入陌生的山林风景，这也是另一种意义上的驯化。

通过“模仿”“征服”“书写”与“媒介”的方式，士人得以对边缘陌生而奇险的风景进行驯服。这四种方式不是独立的，往往同时进行，最后总汇入士人的“书写”，成为文字记忆进入华夏文化体系。对于士人来说，书写的方式最得心应手。而这种书写中，僧与道往往承担士人与边缘世界的媒介。

值得一提的是，僧道与山林同居的能力，一方面给檀萃这样的士

① 关于“纪念碑性”，详见本文第三部分的论述。

人带来对山林的亲切感，另一方面则反过来增加了僧道的神秘与奇幻色彩。如《楚庭稗珠录》所记月溪和尚[①]、通慧禅师[②]、胡麻僧[③]，行踪诡秘，出入成迷，或能预言事物，或能医治疟疾，或能长生不食与求雨。通慧禅师于思州(在今贵州)被道士举荐给皇帝医治疟疾，有神术，后隐去不知踪迹。这些例子里，佛道更多展现其神秘、不合作的特点，而这一点与晚明清初士人大量“逃禅”于山林的行为息息相关。从某种角度来说，僧道在山林的隐居恰恰就是与风景“合作性”的驯化，这种合作中他们借助了边缘风景“逃避统治”的能力。[④] 通过对《楚庭稗珠录》中被驯化风景的分析，可以见到檀萃关于明清易代的态度。

三、风景中的明清易代

士人对边缘风景的驯化一方面固然反映文化中心向边缘的推进，是文化权力的一部分，但另一方面士人亦会将个人心绪刻在文字深处，这其中个体对于大权力的隐秘反抗，可以视作边缘对于中心的反向权力。

① 《楚庭稗珠录·黔囊·月溪和尚》：月溪和尚，江安人，明宣德初来赤水，栖陈百户之马厩，夜有光，陈异而遣之。至唐朝坝印山结庵，曰永洪。帝召诣阙，语弟子曰：“此中缁众毋逾四十，逾则不利。”至京见上。上密置佛经于地，覆以锦裀。诸僧履而入，月溪不前，上促之。曰：“惧藉经为罪。”上异焉，赐之茶，不饮，而南洒之。问故，曰：“留都焚四十八户，用禳之耳。”后守臣奏如语。至今缁流四十，过五则死，三四病，一二眚。

② 《楚庭稗珠录·黔囊·通慧禅师》：唐天宝时，通慧禅师于思州之鳌山上，建般若招提会。上患疟，有道士奏师能治。上召之，不终朝而诣阙。上果愈。赐金帛不受，赐乘马还山，亦不终朝而至，后不知所之。

③ 《楚庭稗珠录·黔囊·胡麻僧》：胡麻僧不知何许人，居山洞中，服胡麻终年。一衲垢秽甚，不之更也。后绝粒，身体有光，人咸异之。会大旱，大吏祈雨，因请僧，僧不至，以垢衲付使者曰：“中丞但衣此则雨矣。”如言，果大雨。因制新衣遗僧，且召之，仍衣垢衲至。问不食之故，则肠已化筋，无复谷道之出矣。

④ 赵园指出：“方外，当此乱世，每被视为人间政治伦理之外、帝力之外。逃禅，其最简单的动机，即逃生。”杨念群指出明末清初的士人“把‘托隐逃禅’上升到了以身体政治的表态来坚守夷夏之辨的立场”。分别见赵园《明清之际士大夫研究》，北京大学出版社，2014 年，第 246 页；杨念群《何处是“江南”?：清朝正统观的确立和士林精神世界的变异(增订版)》，生活·读书·新知三联书店，2017 年，第 381 页。

西南边缘向来有逃避统治的传统,《桃花源记》载桃源人就是为避秦的战乱与统治来到武陵的,从此便与中原隔绝了。明清易代之际,满族入统中原,汉人士大夫于是有华夷之辩,拒不接受满人政权的正统性,但满人武力南下,势如破竹,很快占据了中原一带,只剩南明小政权在西南。由于统治者被认为是蛮夷入主中原,因此华夏文化和中央权力产生了分裂。士大夫中起而反抗者往往认为自身代表华夏文化,而清政府是异族政权,理当驱除。随着清人南下,这些士人步步南退,产生了四类倾向:一、反思明朝统治的失败,由此产生了对建文帝的追念;二、将明清易代比附宋元易代,追念抗元志士,追悼崖山事迹,寄托心迹;三、在南部边缘继续抗击清人;四、为躲避清人征辟与统治而逃禅,以僧道的身份在边缘游历。这四类或直接或间接都与黔粤边缘相关。

明亡之际,士人好谈建文逊国之事。关于建文的讨论中,相当有争议的一点即建文最后去处。按《明史》,建文四年(1402)燕王朱棣攻陷都城后,"宫中火起,帝不知所终"①。关于建文的文献稀缺,任何主张都缺乏实据,因此明史纂修者各持异议②。同情建文的人往往传他化为僧人逃脱,"自后滇、黔、巴、蜀间,相传有帝为僧时往来迹"③,由此演绎出形形色色的野史小说。赵园指出:"民间与士夫对此事件的不断演绎、重述,是持续的意义赋予过程。在这类场合,齐东野语,士夫所鄙的'委巷不经之说',亦自有其严肃性。"④建文叙事的重新唤醒,反映出明清易代之际士人的普遍情感。易代之际士人被清军逼退或自我隐退至该地,与建文帝被朱棣逼逃至西南边缘,两者产生了感应。边缘风景使士人与建文帝处于一种共同境况,由此唤醒了士

①③ 张廷玉等《明史》卷四《恭闵帝》,中华书局,2000年,第66页。

② 或主"帝崩于火"说(如朱彝尊),或主出亡西南说(如徐嘉炎)。关于明史馆对建文帝部分的纂修经过,李晋华《明史纂修考》云:"朱氏文皇帝本纪,今无存稿,不知如何叙述。王鸿绪明史稿则云'帝崩于火',但张廷玉等改定明史,则云'宫中火起,帝不知所终',是以帝出亡事,犹留余地。"见包遵彭主编《明史编纂考》,台湾学生书局,1968年,第69页,转引自赵园《明清之际士大夫研究》,北京大学出版社,2014年,第143页。

④ 赵园《明清之际士大夫研究》,北京大学出版社,2014年,第156页。

人对建文的记忆，将自身情感投射到他身上。这种情感包括了对弱者的同情，对自身正义的确认，以及对强权的无可奈何与敌视，士人在很大程度上以弱者、正义者与反抗者的三重身份对建文致以同情。

《黔囊·白云山》一篇，檀萃用细致的笔墨书写建文帝"遁踪无定，未有宁居"，逃遁黔地后，在"瘴雨蛮烟，深林密箐"中寻得白云山，结下茅舍：

其初入黔也，瘴雨蛮烟，深林密箐，帝惟望白云而行。先登唐帽山，觉撼动不能载，次至列生天台，亦不堪卓锡。遥见白云起于东南，迹之至罗永寨，其白云笼罩处，一山巍然，方广百亩，俯瞰万山，拱若禁卫，帝喜曰："此吾托足处也。"结茅名曰白云山。食尽忽米油自洞出，清泉白池涌，二三伴侣萧然于中，虎豹不侵，苗獠不近。时听梵音，间闻吟咏，忽去忽来，莫定踪迹。其《阅罢楞严》四律及《锡杖》一绝，皆题于此庵者。后金筑安抚司金镛为建庙，捐田招僧，肖像而祀焉。庙之遗迹，檐下有井，深不二尺，阔不三尺，四季澄清，传自龙宫涌来，跪取始得出，因名跪井寺。旁有石罅，米油从此流出，人少不见余，多不见不足，帝去遂止。庙口双杉对峙，大三十围，传帝亲植。因枝叶碍道，帝出入以手分拂，至今犹南北分披，中间两面独虚。山中蚊蚋不生，蛇虎绝迹；盛暑不热，隆冬少寒；鸟语花香，松青竹茂。余如望天硐，帝每登此望神京；棋盘山，以会仙侣，白骡死此，坟冢巍然。昔人云，天子有百灵呵护，信不诬也。

建文帝对风景的驯服既不是征服，也不是文字，而以神异的方式进行。米切尔认为"风景既是真实的地方又是拟境"[①]，以传说的方式记录的风景，反映了背后某些真实的观念。在这则故事中至少可以观察到三点。其一，建文逃遁时化作僧人，"时听梵音，间闻吟咏"，题写的诗是与佛家相关的《阅罢楞严》《锡杖》，后人又在建文所在建立寺

① 米切尔编，杨丽、万信琼译《风景与权力》，译林出版社，2014年，第5页。

庙。建文与僧人身份在这里充分融合，他们都是“逃避统治”的人，拥有神奇的能力，这种能力与黔地边缘的奇幻色彩相匹配。他们都以这种能力驯化了黔地风景。

其次，神异故事的发生与檀萃对边缘奇险神秘风景的想象有密切的关系。《楚庭稗珠录》中许多故事都讲述了风景为主人公展现神迹，如这里为建文帝变化出神奇的事物，如同仙灵想要庇佑他，即“天子有百灵呵护，信不诬也”。《粤琲上·乳泉龙井》说，苏东坡一声召唤，一条白龙就从井水中腾跃而出。这些都体现出檀萃对于故事主人公的美好期待，这些主人公往往都是被贬谪或者逃离到边缘之地的中原士人。

再次，白云山地势“一山巍然”，“俯瞰万山”，象征帝王居高临下的地位。白云山的名字也由建文帝亲自赋予，使该山在某种意义上被建文拥有。这座山中，建文帝饿了米油会自己流出，渴了清泉会自己涌来，行走时枝叶自己分批让道，蚊蚋不生，蛇虎不敢相害，仙人也来拜访建文。建文帝以“天子”身份，使山中一切，不论生物、自然甚至神仙，都向之臣服。通过这种叙事，檀萃表达了对建文帝拥有天命的认可，对他流落黔地的同情，以及对他在山林中展现神迹的期待。拥有天命的如果是建文帝，朱棣的合法性自然会受到质疑。如孟森《建文逊国事考》所言：“述明事于易代之后，无论信否，皆有故国之思云尔。”[①]檀萃被黔地边缘的风景唤起了对建文帝的同情，建文为逃避朱棣的追捕来到此处，只有“瘴雨蛮烟，深林密箐”的山林才能容下作为“逃避统治”者的建文帝。他是没有任何权力的孤家寡人，处在地理的边缘，也处于权力的边缘，这与当时檀萃在边缘的处境是类似的。

清人以宋元易代比附明清之际是很普遍的现象。杨念群指出：“借宋喻明变成了清初遗民浇心中鼎革痛楚之块垒的意向表达。”[②]清

---

① 孟森《明清史论著集刊》，中华书局，1986年，第9—10页。

② 杨念群《何处是“江南”?：清朝正统观的确立和士林精神世界的变异(增订版)》，生活·读书·新知三联书店，2017年，第24页。

人对宋元易代的评价，往往另有所喻。祥兴二年(1279)，南宋朝廷残余力量与元人在崖山海上决战，宋军溃败，赵世杰派船接宋帝昺逃亡，但陆秀夫自决已不可能突围，因而背负幼帝赵昺投海殉国，自此南宋覆灭[①]。檀萃记此事道：

> 卫王昺立，走崖山，以曾子渊充山陵使，奉(宋端宗)梓宫殡南宝(马南宝)家，出葬。其实永福陵在崖山也。丞亡，南宝悲不食，作诗曰："目击崖门天地改，寸心难与夜潮消！"又曰："众星耿耿沧溟底，恨不同归一少微！"旋被执不屈死。帝昺既沉，宜中已遁，世杰死之。(《粤琲下·宋末轶事》)

崖山一役中，陆秀夫背着幼帝殉国，基本宣告了南宋的灭亡，因此崖山在遗民眼里有特殊意义。陆氏等人以悲壮的死亡，将这一处在边缘处陌生、险峻的山崖深深刻入史书和士人历史记忆之中。巫鸿指出"纪念碑性"与"纪念碑"的差别在于后者主要以物质形式存在，但纪念碑的本质(即纪念的状态与内涵)是无形的"纪念碑性"，它"承担保存记忆、构造历史的功能，总力图使某位人物、某个事件或某种制度不朽，总要巩固某种社会关系或某个共同体的纽带"[②]。崖山作为带有特殊历史意义的风景被文人反复纪念，通过在历史著作、笔记小说和诗词歌赋中不断提及，成了一处"纪念碑"，其纪念性在文字中流传开。《楚庭稗珠录》所引遗民诗歌中，"崖山"作为"纪念碑"式存在被反复提及。如郑逢元(1613—1689)，字天虞，先后任职于崇祯、永历朝。永历帝死后，祝发出家云南宝台山，自号天问和尚，清廷多次启用，终不从。[③] 檀萃于《黔囊·郑天问诗》中褒扬了他拒绝任官清廷的举动，引录他自明志向的《告坟》诗全文："滇山楚水三年梦，子意臣

---

① 《宋史》称"宋遂亡"。见脱脱等《宋史》卷四十七《卫王传》，中华书局，1985年，第945页。

② 巫鸿著，李清泉、郑岩等译《中国古代艺术与建筑中的"纪念碑性"》，上海人民出版社，2017年，第23—28页。

③ 参考莫友芝编纂，张剑、张燕婴整理《黔诗纪略》卷二十三《郑尚书逢元》，中华书局，2017年，第1069页。中附黄嘉谷《尚书郑公传》，言之甚详。

心两地牵。国难不堪推灶尹，乡音常自扣筳篿。……神鼎已迁无死所，玉门终有愧生旋。……事业未亲崖海上，精神常在鼎湖边。”这里能看到崖山对于遗民的象征性意义。因而在某种意义上，作为实体的崖山被陆秀夫的死亡所驯化，成为带有“纪念碑性”的风景，进入士人的文字与历史记忆中。崖山之役后，苏刘义逃至广东顺德都宁山，立新帝赵旦，很快亦覆灭。檀萃称引其事迹：“刘义复求赵后立之，名旦，都于顺德县之都宁山，言都此得宁久也。山在县东北三十里，高十余丈，下为龙岩，峻壁崚嶒，左列大石数品，端严隆重，犹似诸公当日端笏垂绅讲《大学》也。……嗟乎！宋已亡矣，而苏指挥犹奉王旦，而立之于荒岩穷岛之中，百折而不之悔，曾不旋踵。君臣俱尽，无得而称，而其忠义之心有不可没者，则谓宋之亡，不于崖山而于都宁可也。”（《粤囊下·闻鸡山与千秋镇》）可见，都宁山如同崖山一样，被赋予与宋王朝同生共死的象征意义，“青草沦碧血”，其风景因烈士的牺牲而神圣化，进入士人记忆。通过对建文和宋末的叙述，檀萃间接表达了他对明亡同情的态度。

此外，檀萃还通过对明末抗清事迹的直接叙述，展现其对烈士的景仰。《粤囊上·高明事》中，檀萃胪列的三十五位士人人名尤其值得重视。该节所讲为“岭南三忠”之一的陈子壮[①]镇守高明，战败就义之事。顺治四年（1647），陈子壮与众人在广东起义抗清，后退守高明，为降清的李成栋所破。李成栋捕杀了数千高明人，其中就包括檀萃所列三十五士人，其中有举人、贡生、生员，檀氏在这里不避文烦地将这些名字一一列举：

> 十月廿九日，李成栋破高明，执文忠及邑官生区怀炅、生员区宇宁、曾一唯回省，寻杀之。时署县令南海举人朱实莲、邑举人区铣、贡生杨从尧、谭熙昌、程宪京、致仕谭应龙、生员杨如桂、关伦纪、谭建新、杨从先、谭梦兰、谭介维、严必

① 陈子壮（1596—1647），字集生，号秋涛，广东人。与陈邦彦、张家玉等起兵抗清，兵败被俘，死于广州东郊，追赠番禺侯，谥“文忠”。与陈邦彦、张家玉合称为“岭南三忠”。

登、谭登魁、谭有珍、谭象璠、曾启佐、刘民钦、李宏才、谭象玙、刘景星、杨而楠、谭熸、谭继俊、杨际昌、程宪雍、杨应逊、李钟岳、杨本立、谭可美、刘守芳、谭雄养、麦万垓、莫可当等及男妇二千人俱死。先是,麦而炫、谭相国率众往新兴,至十二月,而炫同弟而焆及严曾、谢逵等在东安被执,回省亦死。于是高明城内遂空,迄今百余年尚荒凉也。

如第二节所言,高明城本属已被驯化的风景,原始山林早已被人为建筑覆盖,但降清者将城内士人杀尽,导致高明城"迄今百余年尚荒凉也"。士人的消失是对风景的反驯化,因为驯化风景的人死亡了,文化也跟着死亡,城市又变为蛮荒。檀萃将这些士人的名字逐一胪列,使这段文字替代风景构成了"纪念碑性"的存在。在这一叙述中,檀萃既表达了对死去士人的崇敬,又隐含对降清的李成栋所代表势力的鄙夷。作为乾隆时期的士人,檀氏的论述只能是隐晦的,《楚庭稗珠录》也几乎没有涉及清人的记载。但他对高明一事的叙述,对"岭南三忠"事迹的记录,对邝露抗清而死时临危不惧(见《粤囊上·海雪多奇》)的描写,以及他对函可、函昰和尚、屈大均、陈子龙这些明遗民和抗清士人诗文的大量引用、化用、评点,都暗示了他对明亡的同情以及对降清者的不屑。

风景(如崖山)本身就暗示了对明遗民的同情与崇敬,而《楚庭稗珠录》对风景的叙述,更展示了檀萃等士人对清人的隐晦反抗。檀萃等士人不仅以风景作为文化实践在边缘地带推进华夏文化,而且以边缘地带的风景表达其气节。

结语

黔粤边缘的自然景观以奇、险、幻为特色,建立在由人迹罕至形成的原始性上,导致了陌生感、意外性。这种意外性即是不可控,而驯化景物则意味着让它变为熟悉与可控的风景。驯化至少有四种途径,分别为"模仿""征服""书写"与"媒介",其中以文字书写将陌生风景熟悉化并纳入自身文化体系,是士人最为擅长的驯化方式,《楚庭稗珠录》即其产物。驯化后的风景从原始性、陌生性与意外性中脱离，变成可控、可认知的对象。通过驯化，士人向边缘开拓了自身文化体系，同时隐秘地表达了其对亡明的同情与对抗清烈士的哀思。而通过对《楚庭稗珠录》中风景书写的解读，可以见到中心与边缘的权力交锋和士人在中间所处的中介性地位。

（南京大学文学院）

晚清科举“以策论代时文”的文体改革及其困境*

王路佳

内容摘要：时文、策论本为明清科举考试中常见的文体，晚清以降，传统经世学术遭遇来自儒学外部的挑战，以四书为题的时文已无法应对当下的实际问题。策论承汉代以来的文体特征被晚清学人挖掘，并通过科场衡文、书院课士的调适，赋予其有用之学的内核，以实现文体服务政治的现实价值。由此，围绕“以策论代时文”展开的文体改革迅速地在科举新政中得到贯彻，从而促成了科举文风的转移。改制后，考官多以博学来衡文，将科举文体由“文”向“学”引导。然而，失去旧文体的规范后，新的考试文体渐趋驳杂，其体例不明等问题造成部分士子的应试困境，与改试文体的初衷相背离。由晚清科举文体改革之历程，不仅可以窥见科举文体与制度规划、学术风气、考试实践之间的关联互动，也折射出过渡时代下，传统文体容纳中西新学的尝试与变通。

关键词：时文；策论；文体改革；科举考试

---

* 本文系国家社会科学基金项目“民国时期的中国古典文论研究”（21BZW023）阶段性成果。

Stylistic Reform and Its Dilemma of "Replacing the Eight-Section Essay with Political Discourse" in the Late Qing Dynasty Imperial Examination

Wang Lujia

Abstract: The eight-section essay(Shi Wen) and political discourse(Ce Lun) were common literary styles in the imperial examinations of the Ming and Qing dynasties. However, in the late Qing period, traditional Confucian scholarship encountered external challenges, and the eight-section essay, based on the Four Books, could no longer address the pressing issues of the time. The political discourse, rooted in the stylistic traditions of the Han Dynasty, was revived by late Qing scholars and adapted through examination evaluations and academy teachings to embody the practical knowledge needed for governance, aiming to align literary forms with political utility. Consequently, the reform of "replacing the eight-section essay with political discourse" was swiftly implemented in the new policies of the imperial examination, leading to a shift in the style of examination essays. After the reform, examiners often emphasized erudition in their evaluations, guiding the shift from literary style to academic content. However, without the clear framework of the old literary styles, the new examination became increasingly eclectic and vague, causing difficulties for some candidates and deviating from the original intent of the reform. The process of literary reform in the late Qing imperial examination not only reveals the interactions between examination styles, institutional planning, academic trends, and examination practices, but also reflects the attempts and compromises made in integrating both traditional literary forms and new Western knowledge during a period of transition.

Keywords: eight-section essay; political discourse; stylistic reform; imperial examination

晚清"以策论代时文"是中国科举制废除前夕，有关科举文体走向的讨论，最终促成了光绪二十七年(1901)的科举新政。晚清议改科举，涵盖了当时的政治制度、学堂教育、士人创作心态等多个层面的内容，造成了广泛的社会影响。① 近年来，晚清科举改制中的文体问题受到越来越多的关注。这些研究多集中于"策论"对晚清西学的接应和知识转型的意义等方面的探讨②；同时注意到科举改章后，新的考试文体与科场制度、选才观念之间的关系③。然而，因问题意识及研究角度有别，晚清科举变制中的"文体改革"本身未受到太多关注，其进程和影响都是值得探讨的问题。

事实上，这一时期的科举文体改革主要围绕"以策论代时文"而展开，其改革并非只是简单的文体更替。科举文体作为朝廷选才取士的载体，是新政改革过程中的重要一环，即如何通过改革文体来实现新政的设置和运作，这需要决策者重新审视文体与制度的关系。因此，清廷于1898年发布诏谕"废八股、改策论"④，直到1901年，朝廷重启科举改革⑤，改试策论才得以真正落实。它的提出不仅有政治上的意图，还有文体上的考量。从文体的角度看，晚清科举"废八股、改策论"实际上是朝野对"时文""策论"讨论的结果，其文体改革的重点在于如何合理有效地实现"以策论代时文"。一方面，这与文体形态的演变，以及当时人对科举"文"之认识相关；另一方面，也受到晚清科场衡文、书院课士、学术思潮的影响。而文体改革的困境在于，

① 罗志田《清季科举制改革的社会影响》，《中国社会科学》1998年第4期；关晓红《科举停废与近代中国社会》，社会科学文献出版社，2013年。

② 章清《"策问"中的"历史"——晚清中国"历史记忆"延续的一个侧面》，《复旦学报(社会科学版)》2005年第5期；刘龙心《从学堂到科举——策论与晚清的知识转型(1901—1905)》，"中研院"近代史研究所《集刊》2007年第58期；李林《从经史八股到政艺策论：清末癸卯、甲辰科会试论析》，《中国文化研究所学报》2012年第55期。

③ 安东强《"中国政治史事论"与清末科举改制》，《文学遗产》2021年第5期；安东强《"各国政治艺学策"与清末科场风气》，《浙江学刊》2024年第1期。

④ 《德宗景皇帝实录》卷四二三，《清实录》第57册，中华书局，1987年，第538页。

⑤ 《德宗景皇帝实录》卷四八五，《清实录》第58册，中华书局，1987年，第412页。

改制突破了八股制式的束缚，但新的考试文体，是否兼容中西之学并与政令设置的初衷相符，能否适用于自幼便从事八股“举子业”的知识群体，都是需要考量的。因此，经由对晚清科举文体改革之历程的考察，或可探寻时局飘摇中，晚清学人在传统经学中的反思以及应对新学的举措，进而理解科举文体如何从役心功名的牢笼之具，变成了一种探寻有用之学的途径，最终对晚清科举文体改革的整体有更全面的认识与把握。

一、“以策论代时文”：晚清科举文体改革的提出

科举以策论试士并非始于晚清，康熙二年曾诏令废八股文，改以策论，但仅行两科便恢复旧制。[①] 晚清以来，学人对如何改良科举文体提出了各种建议，但焦点在改废时文上，至于以何种文体取士，往往莫衷一是。[②] 甲午战后，“有用”于世成为衡量科举文章的标尺，而遵循文法体制、以经学阐释为己任的时文，已无法应对外来之学的冲击，科场亟需择取能够容纳新学的应试文体。于是，在光绪丁酉、戊戌年间，朝廷召群臣奏议变科举法，围绕时文、策论展开讨论，从文体改革上提出“以策论代时文”的主张。[③] 虽然这一文体改革由制度推

---

① “康熙二年，废制义，以三场策五道移第一场，二场增论一篇，表、判如故。行止两科而罢。”赵尔巽等《清史稿》卷一百八《志八十三·选举三》，中华书局，1977 年，第 3149 页。

② 1861 年，冯桂芬在《改科举议》中主张取消时文，将考试文体分为经解、策论、古学（冯桂芬《校邠庐抗议》，上海书店出版社，2002 年，第 38 页）；1873 年，薛福成在《选举论》表示宜“以策论、掌故、律令，代制艺、律赋、试帖”（马忠文、任青编《中国近代思想家文库：薛福成卷》，中国人民大学出版社，2014 年，第 8 页）；陈澧《科场议二》中提议以“经解”代替时文（陈澧《东塾集》卷二，沈云龙主编《近代中国史料丛刊》第 47 辑，台北文海出版社，1970 年，第 116 页）。

③ 1897 年，王先谦表示应“以策论代替时文”，提出“用四书之题目，易策论之体裁”的主张（王先谦《科举论上》，梅季标点《葵园四种》，岳麓书社，1986 年，第 6 页）；1898 年，康有为多次上呈奏议，提议“请罢弃八股试帖楷法取士，复用策论，冀养人才，以为国用”（康有为《请废除八股试帖楷法试士改用策论折》，姜义华、张荣华编校《康有为全集》第 4 册，中国人民大学出版社，2007 年，第 80 页）；1898 年，张之洞建议改试策论，同时调整考试场序，以突出变更时文、试士策论的目的（张之洞《劝学篇（下）》，赵德馨主编，吴剑杰、薛国中等点校《张之洞全集》第 12 册，武汉出版社，2008 年，第 181—182 页）。

动或人为策划而来，但它的提出，还与文体的演变、时人对科举“文”之观念相关联。

（一）晚清时文的文体演变

科举文体由中国传统文体演变而来，包含了诗赋及骈、散各体，并在考试中逐渐程式化，自成一类。[①]“时文”又称“八股文”，对当时的士子阶层和文学生态产生了巨大影响[②]，时文以四书为题，其源出于唐宋的注经和解经传统[③]，故又称“四书文”“制义”等。晚清学人郑献甫指出：“八比文义理本于注疏。”[④]章学诚认为“制义之文，本于注疏，注以解经，疏以解注，其初训巧名物，后乃渐为解义。”[⑤]意谓时文阐发的经义与儒家注疏传统一致，发扬了唐宋以来“文以明道”“文以载道”的文章观念。对朝廷而言，时文是阐发儒家经义的文体，能起到正人心的作用。方苞曾言：“制义之兴所以久而不废者，盖以诸经之精蕴，汇函于四子之书，俾学者童而习之，日以义理浸灌其心，庶几学识可以渐开，而心术群归于正。”[⑥]肯定时文在发扬儒家经义精髓、涵养士子人心等方面的价值，因此，时文在明清科考中的地位远超其他应试文体。

然而，时文发展到晚清，其文章内容逐渐超出经学的范畴，“体裁难纯”成为时文在这一阶段的文体特征。由于“时文之题不外四书”[⑦]，自它创制以来，考生对其义理的阐述也要本于朱注，恪遵功令，

---

① 祝尚书《宋代科举与文学》，中华书局，2023年，第3页。

② 蒋寅《科举阴影中的明清文学生态》，《文学遗产》2004年第1期。

③ 皮锡瑞尝言：“自《正义》《定本》颁之国胄，用以取士，天下奉为圭臬。唐至宋初数百年，士子皆谨守官书，莫敢异议矣。”皮锡瑞著，周予同注释《经学历史》，中华书局，2004年，第146页。

④ 郑献甫《补学轩文集续刻·制艺杂话》，沈云龙主编《近代中国史料丛刊续编》第22辑，台北文海出版社，1977年，第2271页。

⑤ 章学诚《四书释理序》，《章学诚遗书》，文物出版社，1985年，第207页。

⑥ 方苞《钦定四书文·凡例》，王同舟、李澜校注《钦定四书文校注》，武汉大学出版社，2009年，第1页。

⑦ 郑献甫《补学轩文集续刻·制艺杂话》，沈云龙主编《近代中国史料丛刊续编》第22辑，台北文海出版社，1977年，第2273页。

当这一文体发展到后期，已逐渐穷尽了常见的经典文本，在经史阐发上少有新意发明。为在科考中脱颖而出，士子开始拓宽阅读对象，从四书、五经到史籍、集部文献，甚至是异端的诸子学说中寻找资源。曾为光绪甲辰恩科(1904)探花的商衍鎏在论及清季时文说:“于正经正史之外，推及逸书、诸子、小学、金石之类，无不旁搜远绍，以助文章之波澜。特才气盛，则体裁稍难纯一耳。”[①]1893 年任江南乡试的副考官文廷式也指出晚清时文“风气最杂”[②]。士子不再谨守程朱理学的条框，文章常博考群言，引后世史事，这些原本不合时文文体的内容，在晚清已经是常见的现象。陈澧指责当时的时文写作体式不一，久而久之已“题不成题，文不成为文”，导致读书人“心思耳目束缚既久，锢弊既深”。[③] 光绪二十七年(1901)朝廷上谕称:“(时文)行之两百余年，流弊日深，士子但视为弋取科名之具，剿袭庸滥，于经史大义无所发明。”[④]由此可见，一旦四书经义被割裂，那么时文在科考中的首要地位就会受到动摇，而朝廷要在人才选拔观念上进行调整，就不得不另谋出路，转而向其他文体求索。

(二) 晚清策论的文体演变

同为考试文体，策论有悠久的历史渊源，无论历代科考的试士文体如何嬗变，策论始终占有一席之地。“策论”本为二体，“论”承先秦诸子论说，有“述经叙理”[⑤]的文体特点，因此和经义比较接近，宋代科考中的“经论”就被认为是明清八股时文的源头[⑥]，这时“论”的体制已经具备八股起承转合的章法。“策”文体的形成可追溯到战国时期的

---

① 商衍鎏《清代科举考试述录及有关著作》，百花文艺出版社，2004 年，第 255 页。

② 文廷式《南轺日记》，汪叔子编《文廷式集》下册，中华书局，1993 年，第 1152 页。

③ 陈澧《东塾集》卷二，沈云龙主编《近代中国史料丛刊》第 47 辑，台北文海出版社，1970 年，第 111 页。

④ 《德宗景皇帝实录》卷四八五，《清实录》第 58 册，中华书局，1987 年，第 412 页。

⑤ 刘勰著，范文澜注《文心雕龙·论说》，人民文学出版社，2006 年，第 362 页。

⑥ 俞长城评价苏辙的论体文:“颍滨之文亦论也，而其理较淳，其法较密，则论也实为经义之祖焉。”俞长城《可仪堂一百二十名家制义稿·题苏辙颍滨稿》，清乾隆三年(1738)文盛堂刻本。

楚简[①]，与人才选拔相结合则源于汉代荐举制，“汉举贤良，自董仲舒以来，皆对策三道。”[②]它是一种具有政治色彩的文体。刘勰释“策”为“应诏而陈政”[③]，明代徐师曾亦言：“汉文中年，始策贤良，其后有司亦以策试士，盖欲观其博古通今，与夫剸剧解纷之识也。”[④]以“策”试士从产生以来就以考核士子是否博通古今，能否有处理事务之能力为目的。由此可见，作为应试文体，“策”“论”有别，前者以政治时务为主，后者偏重经义论说。

然而，后世常常将二者混为一谈，“策”“论”文体不分的情况导致今人对“策论”有诸多误解。[⑤] 事实上，“策”“论”本就具有文体上的相通性，伴随着科举文体改革的需要，晚清“策论”通常是作为一个整体而被提出来的。从文体形态来看，“论”的体例类似“策”体，如《韩非子·难言》属于策类的上书体裁[⑥]，董仲舒的“天人三策”又近于论说文。在科举考试中，试策出题为“策问”，考生所答为“对策”。有学者指出“策问”本身属于“论”体文[⑦]，而“对策”需根据策问的题目逐一回答，有论点、论据，辨析群言、阐明事理，与“论”体无异。从实际的考

---

① 陈文新、潘志刚《策文体的生成路径及其与考试制度的互动关系》，《厦门大学学报(哲学社会科学版)》2019年第3期。

② 叶梦得撰，宇文绍奕考异，侯忠义点校《石林燕语》，中华书局，1984年，第133页。

③ 刘勰著，范文澜注《文心雕龙·议对》，人民文学出版社，2006年，第440页。

④ 徐师曾著，罗根泽校点《文章明辨序说》，人民文学出版社，1998年，第129—130页。

⑤ 安东强认为，策、论常为人所混淆，甚至误以为殿试及乡会试的“策问”就是“策论”(安东强《“中国政治史事论”与清末科举改制》，《文学遗产》2021年第5期)。笔者基本赞同他的说法，但策、论在文体上的区分又具有模糊性，尤其是晚清语境下的“策论”往往是作为一个整体，特指不同于“时文”的文体，因此，将“策论”置于历史语境中，在一定程度上又难以严格划分为二体。

⑥ 先秦诸子多为策士游说之文，大多上奏君主敷衍圣旨，其论体形式与策相近，如陈奇猷校注《韩非子》认为其《难言篇》是策类的上书体裁。参见陈奇猷校注《韩非子新校注》，上海古籍出版社，2000年，第48页。

⑦ 吴承学说：“策问不仅仅发‘问’，往往是以‘论’带‘问’的，甚至是以‘论’为主，篇末见‘问’，其‘论’的本身也是一篇短小论文。”见《中国古代文体形态研究》，中山大学出版社，2000年，第49页。

试内容来看，隋唐开科，策义体开始偏向经义考察[①]，明代王鏊曾言："经义既通，则策论可无竢乎习矣。"[②]明清后的"策"文体则多出于经义以显示学问，与"论"的区别不大了。在晚清文体改革的呼吁下，"策论"不再是经义的附庸，"论"涉及经史时务，以"策"试士也开始受到重视，不仅增加了考生答策的字数，还在策题里容纳中西实学。商衍鎏认为晚清"策文对答宽泛，略类于论体矣"[③]，策文体在清兴起后，其考试内涵扩大，在形制上与论相近。基于此，晚清语境下"策论"，无意于区分策、论二体，而是特指一种有别于无用之"时文"的文体，其目的是强调"策论"匡时济世，重在以经济时务改良科场文风。由此可见，后世对策、论不分的情形，既有文体上的缘由，也与科举的试士需求相关。

从时文、策论的文体演变来看，晚清"策论"的提出，在于时文之体流于廓而杂，其题囿于四书，又于经义无所发明，已无法对接晚清以来中西学的会通，有限的阐释使这一文体走向形式的桎梏。而策论承接了汉代以策试士的文体功能，重在考察士子是否具有治事之能力，因此策论比时文更能落实到具体的政治事务上，可以"推之时务，以观其通"[④]。策论在承续论古通今、直陈时务等文体特点的同时，又"充之子史，以博其趣"[⑤]，可以容纳更多时文不宜阐发的内容，在既保留传统之学的基础上，又能够通达外务，从内容上扩展了这一文体的外延，迎合了当时朝野上下改良科举文体的诉求。

（三）晚清策论、时文的有用、无用之别

随着晚清策论的兴起，"以策论代时文"呼声日益高涨，在当时人看来，时文为无用之文，而策论为有用之文。

晚清人批评时文"无用"，主要在于这一文体"袭取其理，词章华

---

① 傅璇琮在《唐代科举与文学》一书中指出，不同于策问和对策，唐代"试策"就是问经义，考其大义。傅璇琮《唐代科举与文学》，陕西人民出版社，1986 年，第 118 页。

② 王鏊《制科议》，张瀚辑《皇明疏议辑略》卷二〇，明嘉靖三十年(1551)大名府刻本。

③ 商衍鎏《清代科举考试述录及有关著作》，百花文艺出版社，2004 年，第 279 页。

④⑤ 王先谦著，梅季标点《葵园四种》，岳麓书社，1986 年，第 6 页。

丽而已，无关切要”[①]，有重文轻实的弊端。康有为批评时文道：“其未尝学问者，亦能揣摩声调，敷衍讲章，弋获巍科，坐致高位。是使天下之人相率于不学也。”[②]认为时文徒饰词章，已与学问无关。刘光第在给朋友的书信中认为，士子要为“有用之学”，应从事根柢之学“经史之功，无日可辍”，而“八股学问，十日两课，亦可为之”。[③]显然，刘氏所谓的“有用之学”已将于世无补的“时文”排除在外了。王闿运在批阅士子课卷时感叹“闿运必不能以有用之时光，疲于无益之评点”[④]，意谓以时文帖括课士的考评内容是为“无益”。

与时文不同的是，策论涉及政事时务，有“致用”之效。1882 年姚永概在日记中记载当时的科考情况是“作策论者准改作诗赋，如不能者，即作一诗交卷”，姚氏对这一现象十分愤慨，认为“策论有用之文也，诗赋无用之文也”，而如今“轻策论而重诗赋”是浅陋不堪的见识。[⑤]康有为奏称：“其今乡会童试，请改试策论。以其体裁，能通古证今，会文切理。本经原史，明中通外，犹可救空疏之宿弊，事有用之学问。”[⑥]废除八股取士，以策论代之，目的是将策论划为有用，以补救空疏无用之文，从侧面反映出晚清学人对科举“文”之“有用”“无用”的认识。

叶德辉论及策论、时文的区别时，无意较两者之高下，而是从士子读书受益与否的角度来考量，他认为：“或云时文出于钞袭，策论亦出于钞袭，其利弊固是例。余谓时文钞袭全是浮词，策论钞袭尚可记一二事实，则以钞袭而导之读书，固为稍胜。须知文艺考试不过校一日之短长，时文策论无庸计较高下。废时文，用策论，使人免八股束

---

① 沈毓桂《务求实学论》，《万国公报》第 19 期，1890 年 8 月。

② 康有为《请正定四书文体以励实学而取真才折（代杨深秀作）》，姜义华、张荣华编校《康有为全集》第 4 集，中国人民大学出版社，2007 年，第 62 页。

③ 刘光第《与王定熙甫书》，《刘光第集》，中华书局，1986 年，第 289 页。

④ 王闿运《致赵巡抚》，马积高主编《湘绮楼诗文集》，岳麓书社，1996 年，第 1045 页。

⑤ 姚永概著，沈寂等标点《慎宜轩日记》上册，黄山书社，2010 年，第 48 页。

⑥ 康有为《请废除八股试帖楷法试士改用策论折》，姜义华、张荣华编校《康有为全集》第 4 集，中国人民大学出版社，2007 年，第 80 页。

缚之苦，匀出日力，可以多读有用之书，免致不得科第之人，终身不能摆脱制艺，更无暇日涉猎群书，此则为益甚大。”[①]叶氏的看法可谓公允，在强调不计较两者高下的同时，又得出策论稍胜一筹的客观事实，在引导士子摆脱八股束缚、多读有用之书的层面，策论确为“有用”了。

由此观之，晚清“以策论代时文”的提出，与时文、策论自身的文体演变相关，清末时文的衰落与策论的兴起，使策论逐步进入到晚清朝廷取士体系的视野之中，为科举文体的改革做了铺垫。在晚清学人看来，时文“托于空言”不切于世，而策论“言之有物”既可以补救时文带来的弊端，也能纠正清末空疏的学风士习。晚清士人以策论为“有用”的价值取向，在一定程度上推动了科举改试策论的实施。

二、改试策论：晚清科举文体改革的实施

科举文体改革欲以策论取士并非易事，时文虽弊，但策论在明清的评价并不高，科场不阅策论的现象普遍存在。顾炎武曾批评道：“今之经义论策，其名虽正，而最便于空疏不学之人。”[②]在时文取士的科举时代，考试分三场，清承明制，“第一场时文七篇，二场论一篇、表一篇、判五条，三场策五道”[③]，三场考试最重首场，首场又专取四书文[④]。明清科场专取首场之现象，导致“士子对策，无论空疏寡学者固属依题敷衍，即实对者亦不过钞袭坊本，剿说雷同”[⑤]。王茂荫于1851年上奏，指出了科场中策论存在的问题：“近时考官专取头场首艺二三篇，但能通顺，二三场苟可敷衍，均得取中。以故，近来各省刊刻闱墨，首艺尚有二三十篇，次三艺已属寥寥，至经策，多不刊刻，是

① 叶德辉《叶吏部非〈幼学通议〉》，苏舆编《翼教丛编》，上海书店出版社，2002年，第136—137页。

② 顾炎武著，黄汝成集释，栾保群、吕宗方校点《日知录集释》卷一六，上海古籍出版社，2006年，第937页。

③ 《世祖章皇帝实录》卷一五，《清实录》第3册，中华书局，1986年，第135页。

④ 侯美珍《明清科举取士“重首场”现象的探讨》，《台大中文学报》2005年第23期。

⑤ 礼部、政务处《会奏变通科举章程》，张静庐辑注《中国近代出版史料二编》，中华书局，1957年，第63页。

考官明示士子，以为无足轻重也。”[①]由于明清取士不重策论，士子为应付考试，所论多陈袭旧说、敷衍成篇，策论也常被认为是空疏策括。因此，晚清科举“以策论代时文”的施行，需要从根本上提升策论的品格，文体改革的重点在于如何“改试策论”。“改试”不仅是改时文为策论试士，更有“改造”策论之意，即将策论由原本的依题空策转变为言之有物的文体，最终落实科举以策论试士。此文体改革的实施过程，主要受到考官衡文与书院课士的影响，又与当时的学术思想、科举文风相呼应，具体表现为以下两个方面。

（一）强调策论以“经史古学”为根柢

首先，晚清科场开始关注二三场，考官对策论的评价标准呈现出由词章到学问的转变。考官对二三场的忽视，在以时文取士的科举时代已是常态，“主司去取，皆以第一场四书文为鹄，他艺概置之不论”[②]。这一现象直至晚清才有所好转。晚清的硃卷“本房总批”开始出现由重首场向三场逐一评点的趋势，以《清代硃卷集成》的会试为例，自道光庚戌科（1850）开始，总评语开始设“首场”“二场”“三场”进行点评。如这一年中式第六名陆增祥的硃卷总批，“首场，一览而尽，而行文之乐仍如水到渠成，工于烘托，遂觉耳目一新”；“二场，立言亦能自完其说，每股以典核中见精炼”；“三场，五策整散兼行，组织之中仍见条对，洵推传雅”。[③] 虽然还是以文章写作为标准来评论三场考试，但已将二三场纳入总评之中。

沈曾植在《沈子敦先生遗书序》里提及同光科场风气的变化说：“至同、光之际，二三场重于头场，则吴县、常熟、南皮、顺德迭主文衡，重经史古学。”[④]这时期，策论已受到朝廷青睐。沈氏提及的主考官或

① 王茂荫《振兴人才以济实用折》，张新旭等点校《王侍郎奏议》，黄山书社，1991 年，第 9 页。

② 福格撰，汪北平点校《听雨丛谈》，中华书局，1997 年，第 78—79 页。

③ 顾廷龙主编《清代硃卷集成》第 15 册，台北成文出版社，1992 年，第 374 页。

④ 沈曾植《沈子敦先生遗书序》，钱仲联辑录《沈曾植海日楼佚序（上）》，《文献》1990 年第 3 期。

同考官为潘祖荫、翁同龢、张之洞、李文田等人，他们的衡文取向，由原来的取“词章义法”转为重“经史古学”。康有为曾言：“近十科多古雅，尽复嘉、乾旧派，自丁卯张香师开风气也。”①同治丁卯年是1867年的乡试，张之洞本人也说：“同治丁卯，典浙江乡试，得人最盛。”②这一年的浙江乡试第一名是朱彭年，主考官张沄卿批其试卷为“根柢蟠深”，本房总批为“熔经铸史，佩实衔华，知寝馈于古大家者久矣”。③ 这时的评论已不再囿于行文风格、文章结构，开始强调做学问要有根柢。同光以下，考官对二三场偏重学问上的考察，考核士子能否“淹经贯史、酌古宜今”④，文章是否“意义精湛，学有渊源”⑤。从这些评论来看，考官衡文实际上是由“文”向“学”的转变，在一定程度上纠正了明清以来策论的空谈阔论，科场取“绩学之士”的标准，对当时的读书人来说，具有导向作用。

以光绪乙酉科(1885)顺天乡试卷的试策为例，可以看出科场对策论的衡文，着重其通经史、尚实学的内容。该科中试第二名为张謇，其本房原批为：“五艺具胎息深厚，不同俗艳，学识兼到，不徒以条对见长，科举策尤能洞见本原，此有用之才也。”⑥考官对这篇策论文予以高度评价，由文而判断其为“有用之才”。文海主人点评张謇这篇试卷道：“敷对极详，佐以伟论，而不屑屑于考据，方见日试五策，是通才大业，非小儒陋学。”⑦从该策的评论来看，“有用之才”“通才大业”说明科场重在考察士子淹通经术、经世致用。

---

① 康有为《万木草堂口说》，姜义华、张荣华编校《康有为全集》第2集，人民大学出版社，2007年，第201页。

② 张之洞《抱冰堂弟子记》，赵德馨主编，吴剑杰、薛国中等点校《张之洞全集》第12册，武汉出版社，2008年，第507页。

③ 顾廷龙主编《清代硃卷集成》第253册，台北成文出版社，1992年，第394页。

④ 顾廷龙主编《清代硃卷集成》第160册，台北成文出版社，1992年，第98页。

⑤ 顾廷龙主编《清代硃卷集成》第160册，台北成文出版社，1992年，第264页。

⑥ 顾廷龙主编《清代硃卷集成》第117册，台北成文出版社，1992年，第392页。

⑦ 文海主人《近科通雅集初编》，陈维昭编《稀见清代科举文集选刊》第6册，复旦大学出版社，2022年，第3149页。

其次，晚清考官对策论的重视，影响到考试范围，内容更偏重经史和实务问答，涉及经学、史学、教育、农业、边防等，与士林倡导的经国济世的实学相呼应。在这一背景下，晚清书院教育致力于降低时文在课艺习作中的比重，加试策论，培养士子通经史时务之学。

1894 年，俞樾在其编选的《诂经精舍七集》中说道："区区之愚与精舍诸生所忞慔者，务在不囿时趋，力追古始。"①"不囿时趋"就是强调书院需摆脱以时文举业为主的教育，由此通圣贤之遗训，挽古学于不坠。刘熙载为上海龙门书院制订课程时，要求士子在精研科举时文前务必："至百家之书，有足发明经史及有关学问、经济者，各随其能而博览焉。然后以余力学为文辞及科举之业。"②刘氏指出当时大多士人专研时文，然而经籍未熟又史册半解，根柢浅薄不仅写不好文章，离圣贤之道也越来越远，所以刘氏强调书院对士子的培养应以学问、经济为重。由于策论试士与经济实务相关，因此朝廷谕令教官，于季考和月课加试策论。③ 光绪二十三年(1897)，仁义书院章程称："乡会试策兼问时务，学政经古场内兼试时务策问"，强调士子读书要"经史以外，多阅经济时务之书"，改书院的课艺内容为"冬课不以诗赋，而改为策论"。④ "改诗赋为策论"目的是加强策论的授课比重，取消诗赋帖试。从仁义书院的课程调整来看，学子不能刻板地谨守四书经义，在时务经济上要能有所阐发和对策。无论是科场衡文，还是书院教育，对策论的重视，意在引导士子多读书，从而博学贯通、达于时务。

(二) 策论向"以用史为长"的转变

晚清科场衡文对经史学问的偏重，是时人求实用之学的结果，虽

---

① 俞樾《诂经精舍七集序》，《春在堂杂文六编》卷七，《续修四库全书》第 1551 册，上海古籍出版社，2002 年，第 107 页。

② 刘熙载《龙门书院课程六则》，邓洪波主编《中国书院学规集成》，中西书局，2011 年，第 119 页。

③ 参见王德昭《清代科举制度研究》，中华书局，1984 年，第 164—166 页。

④ 《仁义书院变通冬课诗赋改为策论启》，邓洪波主编《中国书院学规集成》第 2 卷，中西书局，2011 年，第 684 页。

然，晚清所谓的“实学”仍在传统经史框架内，但面对世风之变，晚清学人渐于经、史中寻求救国之根本。钱穆论及曾国藩时说：“言礼，本之杜、马、秦，亦几几乎舍经而言史矣。盖苟求经世，未有不如是。同时龙启瑞翰臣，有《致冯展云侍读书》亦谓：治经自是学人第一要义，而求其有裨实用，则史籍较经为多。”[①]“舍经而言史”指出史学为有用之学，当先学之，而“此种意见，渐成为道咸以下一般之通见”[②]。在时人眼中，史学比经学更为“有用”，吴郁生在致吴庆坻的信函中说“以时局论，尊经所为皆无用之学”[③]，传统经学的地位已逐渐下降，与经学相比较，史学更有用于世。朱一新在《答康长孺书》中说道：“仆尝盱衡近代学术，而窃有治经不如治史之叹。”[④]而治史之“有用”，是因为史学能与经济相联系，朱氏在《无邪堂答问》中多次提及两者的关系，在论及汉代治经时认为“致用在乎穷经，犹今人之言经济当读史也”[⑤]，而“时务特经济之一端，亦即史学之一种”[⑥]，将经济归于史学，史学亦成为晚清读书人学以致用的根本。

道咸以下由经而史的学术思潮，也影响到科举文风。商衍鎏认为“同、光二三十年间崇实黜华，风气为之一变”[⑦]，这一变化体现在科举考试中，即“以史实为骨干。包罗万象，涵盖古今，专以用史为长，词句不免掺杂后世史迹，于代圣贤立言之旨，似觉稍背，然弃经而史，已成一时之风气”[⑧]。科举文风“弃经而史”的转变，根本原因在科考的经学范畴，其内容已无法回应现实问题。面对内忧外患的现状以及救国图存的呼声，传统经学中的通经致用也遭到质疑，一度出现通史致用的呼吁，史学开始由边缘走向中心，受到前所未有的

① 钱穆《中国近三百年学术史》下册，商务印书馆，1997 年，第 652 页。
② 钱穆《中国近三百年学术史》下册，商务印书馆，1997 年，第 653 页。
③ 王风丽整理《吴庆坻亲友手札》，凤凰出版社，2020 年，第 171 页。
④ 朱一新《朱一新全集》中册，上海人民出版社，2017 年，第 1104 页。
⑤ 朱一新《朱一新全集》上册，上海人民出版社，2017 年，第 114 页。
⑥ 朱一新《朱一新全集》上册，上海人民出版社，2017 年，第 231 页。
⑦ 商衍鎏《清代科举考试述录及有关著作》，百花文艺出版社，2004 年，第 256 页。
⑧ 商衍鎏《清代科举考试述录及有关著作》，百花文艺出版社，2004 年，第 255 页。

关注。[1] 而科举文风对史学的青睐，在一定程度上的促成了策论考试向“以用史为长”的转变。

策论主要以经史时务为命题范围，所涉及之“史”多考典章制度，从《史记》《汉书》类的正史中出题，随着史学“有用”的普及，策论开始侧重于对史事的考核，历史沿革、政治制度、地理边防都成为常考的内容。值得注意的是，这一时期对“史”的考核，除正史外，别史和地理史也进入到晚清的策论考试中。

如光绪壬午科(1882)顺天乡试，文廷式卷，试策第二问考史学之书，但不是问正史，而是别史和杂史。作者对所问之别史《东观汉记》《古史》《续后汉书》《古今纪要》《东都事略》《国语》《战国策》《吴越春秋》等一一评论。如作者论元代《续后汉书》答曰：“萧常、郝经，咸成《续汉》，存正统则本之习氏，绌霸朝则符乎紫阳。然萧则采摭不广，专据范、陈；郝则榛楛勿芟，间收汉、晋。是其蔽也。”直接指出该书弊端，谓萧氏专据《后汉书》《三国志》，取材不广，而郝氏所收却十分繁杂；接着又说：“《吴越春秋》为汉赵氏所编，内吴外越，本末咸备。然其说参神怪，实开干宝之先声；文极瑰奇，不数袁康之旧作。虽难绳以史例，固有益于文章。”认为此书记吴越史事较为详备，虽参有志怪之说，难以对其考证引征，但雕文织采，有助于辞章的评价是为客观；至于唐代以下的杂史，作者认为“虽偶存遗事之编，亦难为读史之助”。[2] 虽杂史不如别史，但文氏对《五代史补》等杂史也有较高评价。文海主人对该卷评价道：“倾写胸臆，即以考据为议论，补苴罅漏，即以议论为考据。真名世学人之谈，矮屋斲轮之手。”[3]认为作者旁征博引，以传统考据学治史，俱答所问，发扬史家的实证风格。

---

① 参见罗志田《清季民初经学的边缘化与史学的走向中心》，《汉学研究》1997年第2期；罗志田《通史致用：简析近代史学地位的一度上升》，《社会科学战线》2010年第2期。

② 文海主人《近科通雅集初编》，陈维昭编《稀见清代科举文集选刊》第6册，复旦大学出版社，2022年，第3144—3146页。

③ 文海主人《近科通雅集初编》，陈维昭编《稀见清代科举文集选刊》第6册，复旦大学出版社，2022年，第3146页。

此外，历史地理学也是晚清科举常考的主题，在清人眼中，地理和史学联系紧密。张之洞尝言："地理为史学要领，国朝史家皆精于此。"[①]光绪九年(1883)，张裕钊讲学于莲池书院时也认为"史学莫要于地理"[②]。王国维言及道咸以降的"新学"时说："考史者兼辽金元，治地理者逮四裔，务为前人所不为。"[③]由于领土和条约之争，地理疆域等问题在晚清受到很大的关注，学者们纷纷投身于边事治理，考生也开始关注经学之外的地理史学，策论出题也倾向于边疆地理、金元史书、边地郡县，这类问题常出现在科考的策论中。

如光绪庚辰科(1880)会试，试策五问，问史书中所载北方游牧民族与逐鹿中原之事，问及《魏书》所在边外山川地势，隋、唐郡县设官的羁縻政策，至于辽金元诸史，重点问《元史》中所载北徼边地的州郡县设置，其实就是考察士子是否掌握史书中舆地疆域的情形。王颂蔚的试策卷引《汉书》《后汉书》《魏书》《魏略》《旧唐书》《元史》等史书，论北方边境游牧民族地势的扩张，以及历代朝廷对边政策之沿革。[④] 如作者从地理区域的角度将其划分为"四域"，接着又从隋朝、唐代、元代论及朝廷在各部设置郡县的羁縻政策。文章试策所论不仅涉及北徼疆域的历史，对西域各部与俄罗斯、蒙古等地的边境地势也谙熟于心。这篇策论涉及历史学、地理学，全文纯以史论彰显自己对边疆政事的洞悉和关切。《近科通雅集初编》收录此篇并评论道："此作有通识，有伟议。北徼古今形势原委，洞悉胸中，竟略去问题，自抒心得，亦创矮屋之格，令绩学之士不烦与钞胥竞一日之长。"[⑤]这

① 张之洞《书目答问》，赵德馨主编，吴剑杰、薛国中等点校《张之洞全集》第12册，武汉出版社，2008年，第300页。

② 张裕钊《策莲池书院诸生》，王达敏校点《张裕钊诗文集》，上海古籍出版社，2012年，第238页。

③ 王国维《沈乙庵先生七十寿序》，谢维扬、房鑫亮主编《王国维全集》第8卷，浙江教育出版社，2010年，第618—619页。

④ 顾廷龙主编《清代硃卷集成》第47册，台北成文出版社，1992年，第417—423页。

⑤ 文海主人《近科通雅集初编》，陈维昭编《稀见清代科举文集选刊》第6册，复旦大学出版社，2022年，第3142页。

篇策论不拘格套而行文畅达，在论述问题之余又独抒己见，从历史地理的角度论述了北檄古今之形势，从内容看得出作者对边疆地理和治边政策十分关切。

当史学裨于有用的观念被晚清读书人接纳后，以策论试士的史学成分增大。改试策论的诏谕颁布后，贺涛格外注重史论，在书院教学中告诫诸生曰："为学当以史部各类为主。"[①]这些史事与当时晚清所面临的社会边裔、国家疆土等社会政治问题相关，策论所及已切于实用，并逐渐代替时文，成为朝廷衡文取士的文体。

综上所述，晚清科举文体改革的实施并非一蹴而就，在此过程中，策论经历了两方面的调适以实现改试文体的目的。一是科场考官以及书院教育对策论的重视，一改其在明清的颓势，强调策论要以"经史古学"为根柢，发挥传统学问中的经世致用，提升了策论在选拔实用人才中的作用。二是策论与晚清学术思潮相呼应，呈现向"以用史为长"的转变，策论参以史事史实可直接作用于现实社会，是为政治上的有用。策论在强调以学问为根柢的同时，偏重对史事的阐发，以期从根本上将原本浅俗空泛的策论改造为有用之学，促进了科举文风的转移。最终，科举新政借由"以策论代替时文"的文体改革动摇了经学在科举中的首要地位，而改试策论落实后，将首场定为"中国政治史事论"也是顺理成章的事了。

三、实践中的落差：晚清科举文体改革的困境

光绪二十七年(1901)，朝廷重启光绪二十四年(1898)的科举改制，随后，新章对考试内容和场次进行了调整。"嗣后乡、会试头场试中国政治史事论五篇，二场试各国政治艺学策五道，三场试四书义二篇、五经义一篇。"[②]从科考场次来看，原本位于第二、三场的论、策，提升至第一、二场，而科举取士最重要的四书五经则降为第三场，时文

① 贺葆真著，徐雁平整理《贺葆真日记》，凤凰出版社，2014年，第48页。

② 《德宗景皇帝实录》卷四八五，《清实录》第58册，中华书局，1987年，第412页。

与策论在考试中的“场序互易”，意味着科举以时文取士传统的终结。传统的策论考试最终定为“中国政治史事论”“各国政治艺学策”两场，前者考察中国历代沿革之政及国朝掌故，后者涉国外政务和各类专科知识，策论最终容纳了除经学以外的中西史学及政治艺学。

（一）新文体下的应试困境

虽然官方一再强调不废经学，“务以《四书》《五经》为根柢，究心经济，力戒浮嚣，明体达用”①，“改章大旨总以讲求有用之学，永远不废经书为宗旨”②。实际上，改制后的考试“随场去取”是一种轮次录取之法，虽意在三场合校，不偏重一场，但“阅卷者以头二场既荐，于末场亦不能不稍予宽容”③。因此第三场已形同虚设，儒家经义的内容降为无足轻重的末场，其承担的经学属性再次被削弱，仅成为朝廷统摄人心的工具。改制后的策论考试由原本的经史考核变为以史学和西学为题，读书人不得不关注经学以外的知识。

当呼吁已久的策论落实到具体考试中时，大多数士子则表现出无所适从的状态，“考试改用策论，而应试者于所出之题，大率茫无所知”④。对考官能否胜任改革后的评阅任务，朝野上下则表示出“主司罕通新学，将如之何”⑤的担忧。时任癸卯会试的同考官恽毓鼎在日记中记载，改革后的策论答卷“往往颂扬东西国为尧舜汤武，鄙夷中国则无一而可，至有称中朝为支那者。西学发策之弊，一至于此。以此知二场西策之法断乎其不可行也”⑥。这说明官方所倡与实际考试

① 《德宗景皇帝实录》卷四八五，《清实录》第58册，中华书局，1987年，第412页。

② 张之洞《变通政治人才为先遵旨筹议折》，赵德馨主编，周秀鸾点校《张之洞全集》第4册，武汉出版社，2008年，第12页。

③ 恽毓鼎著，史晓风整理《恽毓鼎澄斋日记》第1册，浙江古籍出版社，2004年，第221页。

④ 徐珂《清稗类钞》第2册，中华书局，2010年，第605页。

⑤ 张之洞、陈宝箴《妥议科举新章折》，赵德馨主编，周秀鸾点校《张之洞全集》第4册，武汉出版社，2008年，第492页。

⑥ 恽毓鼎著，史晓风整理《恽毓鼎澄斋日记》第1册，浙江古籍出版社，2004年，第220页。

存在一定的落差，朝廷寄希望于“策论”可以取“中西经济”之士，但改制后的考试却造成士子的应试困境。

部分人将这一困境归咎于时人对新知的匮乏，毕竟对一些读书人而言，“史学、西学皆生平所未梦见”①。事实上，新章就策论的内容，进行了详细的规范，对于首场史论，更是列出了参考书细目和命题范围②。改试策论后，实际只考了1903年“光绪癸卯补行辛丑壬寅恩正并科”和1904年“甲辰科”的乡、会试。有学者从这两科的三场考题进行了详细分析：首场史论所出的题目均出自正史，且不涉本朝史事，只需《御批通鉴辑览》便可通晓，出题颇为保守；而第二场各国政艺策学的题目则出自《时务通考》，这部西学汇编在当时为受众群很大的书籍。③ 由此可见，改试策论并非有意问难士子，考试内容也均有据可依。另外，随之而起的参考书市场，出现了大量针对考试的场屋之书，为读书人应试提供了便利。④ 因此，士子对于改试策论所表现出的应试困境，并非完全源于他们对新知的匮乏。

广大读书人因长期受时文训练，八股习性早已深植于文章中，当其摆脱了旧有文体规范的约束后，对新制策论又缺乏恰当的应对。策论写作的窘境在于新章并未就策论作文体上的“厘定”，这在一定程度上导致应试者不知以何种程式书写。

晚清学人张一鹏在《启蒙策论初集叙》中指出：“然八股诗赋，其在于今数百年，殚老师宿儒之精力，经四朝之创制，其程式、体裁，譬诸闭

① 夏曾佑《论今年榜后将有大哄》，杨琥编《夏曾佑集》上册，上海古籍出版社，2011年，第47页。

② 礼部、政务处《会奏变通科举章程》，张静庐辑注《中国近代出版史料二编》，中华书局，1957年，第61—62页。

③ 李林对改试后的癸卯、甲辰两科会试的考题进行了详细的数据分析，从而得出了较为可靠的结论。参见《从经史八股到政艺策论：清末癸卯、甲辰科会试论析》，《中国文化研究所学报》2012年第55期。

④ 朝廷诏谕科举改试策论，相关的选集如雨后春笋般出现在各大书坊，收录更加“齐备”，如《经艺渊海》《策学渊萃》《策学总纂大成》《空策分类汇编》《历代试策大成》《历代状元策》《增广群策汇源》《新增策府统宗》等。参见周振鹤《晚清营业书目》，上海书店出版社，2005年，第391—406页。

门造车靡不合辙。而经义策论，既无程式之可遵，又无体裁之可按，后之学者，不将无所适从耶。”[①]八股本为法制严密的文体，“制艺文体，裁极其严谨，法度最为细密，非少而勤习之者不能”[②]。读书人平时研习就以揣摩法度为主，而新章后的策论舍弃长期形成的文章格套，但又未在体例上建构起新的制式。[③] 考生应试仍“无程式”“无体裁”可依，导致策论文体杂糅不一，“有似策题者，有似赋题者，北闱题目则近于朝考小论题”[④]。故而士子在应对改章后的内容，显得尤为吃力。

（二）由“文”到“学”的尝试

面对应试的窘境，晚清学人返回传统寻找解决方案，即学习古文，以宋代策论为写作范本。王先谦认为“策论存古文之学”[⑤]，指出策论本为古文的一种，而张之洞表示：“试场策论用散文，今通谓之古文。”[⑥]两人在一定程度上说明策论与古文相通。改试策论后，读书人开始自觉地学习古文，朱峙三在日记中记载，“近日已下诏改科举制度，不用八股诗赋取士，师命以后每夕读《古文观止》”，又说“加紧读古文”，“每日读一篇，如从前读八股文然”。[⑦] 次月记载：“此月夜课，每夕读古文一篇，共计已熟三十余篇矣。小题正鹄，八股文俱停止不读。”[⑧]可见当时的读书人通过研习古文来应对改制后的策论考试。

---

① 项思勋《启蒙策论初集》，清光绪二十八年（1902）平江项氏刻本，第 1 页。

② 李元复《常谈丛录》卷七，林庆彰等主编《晚清四部丛刊》第三编第 87 册，台中文听阁图书有限公司，2010 年，第 570 页。

③ 新章规定：“较之八股文律固应从宽，惟考官衡文，亦不得不限以程式：头场五论，士子切题发挥，必须上下古今，指陈得失；策则每举一事，亦必穷原竟委，议论详明，总期各抒所见，不蹈空言。”更多的是对策论内容上的规范，未涉及体例。参见礼部、政务处《会奏变通科举章程》，张静庐辑注《中国近代出版史料二编》，中华书局，1957 年，第 62—63 页。

④ 《说乡试》，《选报》第 47 期，1903 年 4 月 12 日。

⑤ 王先谦著，梅季标点《葵园四种》，岳麓书社，1986 年，第 6 页。

⑥ 张之洞《輶轩语·语文第三》，赵德馨主编，吴剑杰、薛国中等点校《张之洞全集》第 12 册，武汉出版社，2008 年，第 224 页。

⑦ 朱峙三著，胡香生辑录，严昌洪编《朱峙三日记（1893—1919）》，华中师范大学出版社，2011 年，第 90—91 页。

⑧ 朱峙三著，胡香生辑录，严昌洪编《朱峙三日记（1893—1919）》，华中师范大学出版社，2011 年，第 92 页。

1901年晚清学部主事王葆心著《经义策论要法》，作为一部应试文指南，王氏对前代的策论创作进行了总结，认为新章后的策论"略近宋制"，而宋代策论"言古今治乱，简其程式，是使宏博者得以驰骋，自是古文渐复"。[①] 由于唐代试策有记诵经帖、抄袭套括的流弊，宋代策论历经王安石熙宁改革后，破除了诗赋带来的格律体式和虚辞浮文，以古文之笔势博综古今。显然，作者对宋代"古文渐复"的策论持肯定态度，这一态度几乎贯穿他对策论创作方法的归纳，涉及文词、理识、体式等文章写作规范。这是针对当时策论乖违题义、文理粗通而言的，在作者看来，策论之法就是研习、揣摩宋代古文家的策论文章，为考生提供了应试借鉴。

然而，即便有可供模仿的文章范本，"简其程式""宏博驰骋"的宋代策论，对习惯于八股固定行文程式的士子来说，仍难以具化为实际的写作方法和规范，实则加大了士子写作的难度。张之洞在谈及策论时就无奈地表示："经文或可欺门外汉，对策除平日多读书外，别无捷径也。"[②]王葆心持同样的看法："策学一端言之，虽无他捷途，亦未尝无先事。先事之要，惟读书耳。读书多，途径熟，闻见博，条理明。"[③]两人都认为策论的要诀不在文法，而在平日读书与做学问的功夫。因此，评价策论的优劣，在"学"不在"文"，这与晚清学人不屑于从词章、文法讨论应试文有关，也在一定程度上导致改试策论"体例不明"，体现晚清学人对待科举文章重学而轻文的态度。

改试策论后，考官多以"学"来衡文，判断士子是否有"学"的标准在"博学""绩学"。对于策论所蕴含的淹通博学，恽毓鼎则有不同的

---

① 王葆心《经义策论要法》，余祖坤编《历代文话续编》上册，凤凰出版社，2013年，第1152页。

② 张之洞《輶轩语·语文第三》，赵德馨主编，吴剑杰、薛国中等点校《张之洞全集》第12册，武汉出版社，2008年，第212—213页。

③ 王葆心《经义策论要法》，余祖坤编《历代文化续编》上册，凤凰出版社，2013年，第1149页。

看法，他认为："看似渊博可喜，其实皆由抄袭而来，一为所动，便为所欺。"①指出改革后的策论答卷多为抄袭之作，而阅卷官对新章后的考试内容又不甚精通，因此稍不留神就会被剽窃而来的文章蒙骗。王先谦指出："以制艺试，贫士家有十千钱书，可以成名。易策论，虽什倍于此而不足供周览。"②新章之后，读书人不得不舍弃长期习得的经学制义，转而面对海量的新学知识，士子为求速，只能以浅薄的认知应对改试后的考试内容。1902 年的时报批评了一篇江南乡试的策论："此作肤烂浮衍，荒谬绝伦，泛填刑律，去题亿万程里，自恃骈偶，令人欲呕矣。中间又有往来货币，小民细故戕害收师匪徒，无知等语，既不可解又不成句，此所刊闱艺中可发大噱者一也。"③最后该生竟取第十九名，与朝廷选才所寄相去甚远，也与晚清策论重"有用之学"的初衷相悖。

结语

总的来说，晚清科举围绕"以策论代时文"而展开的文体改革，意在以科举文体承载有用之学，在一定程度上对转移风气，纠正颓败的文风士习起到了积极的作用。但以废除八股体制来会通新学的改革策略，又难以调和士子所"习"与所"试"之间的差距。新政的主要参与者张之洞指出，科举之弊在于"文胜而实衰"④，张謇也有相同的看法，他认为"科举主文，学可赅文，而文不足尽学"⑤。科举以"文"取士，仅能考察士子的辞章之技，既然无"学"而以"文"试士，则不能得真才。在科举取"学"的导向下，对于改章后的考试文体，在强调不以

---

① 恽毓鼎著，史晓风整理《恽毓鼎澄斋日记》第 1 册，浙江古籍出版社，2004 年，第 220 页。

② 王先谦著，梅季标点《葵园四种》，岳麓书社，1986 年，第 8 页。

③ 《江南闱艺琐谈》，《选报》第 33 期，1902 年 10 月 31 日。

④ 张之洞《劝学篇(下)》，赵德馨主编，吴剑杰、薛国中等点校《张之洞全集》第 12 册，武汉出版社，2008 年，第 180 页。

⑤ 张謇《变法平议》，朱有瓛主编《中国近代学制史料》第 1 辑，华东师范大学出版社，1983 年，下册第 127—128 页。

八股体制写作的同时，又未厘定新的文体形制，因此，当改试策论落实到考试实践中时，则表现出文无定体、无程式可依等问题，士子将赋体、经解体等融入策论，导致策论文体驳杂不纯。新政后，策论的考核范围涵盖中西之学，官方欲取博学实用之人才，而士子竞相为抄胥的实际情况又与之形成了鲜明反差，最终“学问与考试判然分为二事也”[①]。对于改试后的首场“中国政治史事论”，亦如时人所言：“吾国文士之史论，大率志在行文，已归入文编类矣。”[②]“大率志在行文”道出新的考试文体仍流于“文”的层面，而终不能为“学”。

然而，就“文”的层面来看，改革后的科举文体突破八股桎梏，使真才实学者运笔更为流畅。朱峙三在日记中回忆道：“自改策论后，予作文如脱羁之马，笔势开展奔放，已不受八比文之种种法制束缚，思想所在，运笔自如。”[③]策论带来的文体解放，使考生不再禁锢于严苛的文章制式。新政一出，报刊成为读书人为之趋附的“帖括讲章”，“所谓时务策论，主试者以报纸为蓝本，而命题不外乎是。应试者以报纸为兔园册子，而服习不外乎是”[④]。策论开始与晚近报章体相互动。[⑤]曾任《申报》主编的雷瑨指出，报章栏目中的主题与科举论题相似，“大概采取本报所载时事，或论、或说、或书后，体裁仍与科举时代试题相仿佛”[⑥]。揭示了科举文体与近代的报章体之间的密切联系，在一定程度上说明近代的报章体裁乃是科举文的延续。陈子展在《最近三十年中国文学史》中认为“崇实黜虚”是晚清文学变迁的一个

---

① 《书鄂学示谕后》,《申报》第9077号,1898年7月23日。

② 公奴《金陵卖书记》,王之江编《金陵卖书记及其他》,海豚出版社,2015年,第7页。

③ 朱峙三著,胡香生辑录,严昌洪编《朱峙三日记(1893—1919)》,华中师范大学出版社,2011年,第73页。

④ 姚公鹤《上海闲话》卷下,商务印书馆,1917年,第117页。

⑤ 顾瑞雪追溯康有为、梁启超等人“报章体”的文风,认为与晚清策论的风格潜与相通。顾瑞雪《科举废止前后的晚清社会与文学》,武汉大学出版社,2015年,第245页。

⑥ 雷瑨《申报馆之过去状况》,申报馆编《最近之五十年》第三编,申报馆,1923年,第27页。

重要倾向，这一变迁在文体上表现为“由时文，而策论，而时务报文”。[1] 指出了时文、策论、报章文的承接关系，意含传统科举文体对近代新文体的潜在影响。

（四川大学文学与新闻学院）

① 陈炳坤《最近三十年中国文学史》，上海书店出版社，1989年，第122页。

刘师培文章观念的阐释路径与思想根源*

黎　爱

内容摘要：骈文正宗观是中国古代独特的文学、学术现象。刘师培承继阮元骈文正宗观的阐释思路、学术方法、哲学思想又加以重述。从论证思路看，两人以“文”为论证起点，论证“文”到“文章”的历史问题与“文”的“修辞”特性问题；刘师培的“修辞”内涵从重“道”转向重“文”，并使“修辞”贯穿于“语言——文字——文章”的演进历程。从学术方法看，刘师培的文章之学符合“以字正名”“以事代义”的学术路径，反映其经学的史学化取向，经学是目的，史学是方法，体现为文本、逻辑的历史化。从思想根源看，刘师培的文章观念体现其前在的历史哲学，即认为历史是起源于一元本质、以功用为动力、在分化中演变的过程。刘师培早期的文章观念预设单一本质、忽略文本实体，同时也传扬古典学术传统，推进文学的学科化，在近代起到维护与改造民族文化的历史作用。

---

* 本文为广西中青年教师科研基础能力提升项目“清后期骈散关系与散文批评研究”（编号：2023KY0041）阶段性成果。

关键词：刘师培；文章学；骈文正宗观；历史哲学

The Interpretive Path and Ideological Roots of Liu Shipei's Prose Theory

Li Ai

Abstract: The concept that parallel prose is an authentic form of prose is a unique literary and academic phenomenon in ancient China. Liu Shipei inherited Ruan Yuan's interpretive approach, academic methods, and philosophical thoughts and restated. From the perspective of argumentation, both started with "wen" as the beginning point, discussing the historical issues from "wen" to "article" and the "rhetoric" characteristics of "wen". Liu Shipei's meaning of "rhetoric" shifted from emphasizing "dao" to emphasizing "wen", and integrated "rhetoric" throughout the evolution of "language—character—article". In terms of academic methods, Liu Shipei's study of articles reflects his academic orientation of sinological historiography, where sinology is the goal, and historiography is the method, manifested as the historicization of texts and logic. Regarding ideological roots, Liu Shipei's prose theory embodies his pre-existing historical philosophy, which posits that history originates from a unitarian essence, is driven by utility, and evolves through differentiation. Liu Shipei's early prose theory presupposes a singular essence, overlooks textual entities, and at the same time promotes classical academic traditions, advances the disciplinarization of literature, and plays a historical role in maintaining and transforming the national culture in modern times.

Keywords: Liu Shipei; prose theory; authentic view of parallel prose; historical philosophy

在中国古代文论史上，"骈文正宗"说倡导骈文为文章正宗，挑战古文正统地位,可谓剑走偏锋、独树一帜。从清中叶至晚清,经凌廷堪等人倡论,阮元建理,俞樾接续,刘师培复兴,这一学说历经消沉没落,始终存续未绝。阐扬此说者多为经师学人,即便学说不被普遍接受,其学术、文化价值依然不可小觑。

近半个世纪以来,刘师培的文学观念得到细致探究,个性特质凸显。研究者先从文学观念的角度,梳理其文学史观、骈文观念;此后,从文学与学术关联之角度,部分研究关注小学、经学传统,部分研究揭示近代西学影响。[①] 研究方向从"知其然"走向"知其所以然"。李帆指出,刘师培对西学的理解显得浅薄;但他有意识地吸纳西学,其长处在于"立足于中国古典学术的基石"以达到"中西交融"[②]。这意味着,理解刘师培既需要考量近代西学的新风潮,具备中西视野;更重要的是沉潜中国古典学术,沟通古今之学。

刘师培的人生经历与学术见解存在前期、后期之别[③]。本文重点考察刘师培 1904 年至 1911 年间以《文章源始》[④]和《广阮氏文言说》[⑤]为代表的论著,并与阮元《文言说》[⑥]对比。本文试图在观念史

---

① 参见:王琦珍《论刘师培的文学观与文学史研究》(《文学遗产》1986 年第 5 期),王风《刘师培文学观的学术资源与论争背景》(收入陈平原主编《中国文学研究现代化进程二编》,北京大学出版社,2002 年),毛新青《刘师培与中国文论的现代转型》(山东大学博士学位论文,2007 年),施秋香、佴荣本《论刘师培的"骈文正宗"观》(《南京师大学报(社会科学版)》2008 年第 4 期),慈波《刘师培的变与不变:从骈体正宗说到文学史研究》(《中山大学学报(社会科学版)》2014 年第 5 期),余莉《扬州学派散文思想研究》(南开大学博士学位论文,2014 年),李裕政、严程《偏于字而忽于文:从阮元到刘师培、章太炎的文笔论》(《广西师范大学学报(哲学社会科学版)》2016 年第 4 期),狄霞晨《博学于文 中外思想学术交汇下的刘师培文论》(广陵书社,2021 年)等论著。

② 李帆《刘师培与中西学术》,北京师范大学出版社,2014 年,第 108 页。

③ 钱玄同《序》,见刘师培《刘申叔遗书》,江苏古籍出版社,1997 年,第 28—29 页。

④ 刘师培《文章源始》,《国粹学报》第 1 期,广陵书社影印民国分类汇编本,2006 年。下引《文章源始》据此版本,不再注明。

⑤ 刘师培《广阮氏文言说》,《刘申叔遗书》,江苏古籍出版社,1997 年,第 1283—1284 页。下引《广阮氏文言说》据此版本,不再注明。

⑥ 阮元《文言说》,邓经元点校《揅经室集》,中华书局,1993 年,第 605 页。下引《文言说》据此版本,不再注明。

脉络中，考察刘师培文章观念的论证方式、学术方法，引入历史哲学的视野，阐明这一学说的思想内涵与文化价值。

一、从阮元到刘师培："文"的论证与文章观念的承变

阮元以骈偶之文为"文之正体"[①]，刘师培谓"骈文一体，实为文体之正宗"(《文章源始》)，两人高举"骈文正宗"的旗帜。钱基博指出："仪征阮氏之文言学，得师培而门户益张，壁垒益固。论小学为文章之始基，以骈文实文体之正宗，本于阮元者也。"[②]刘师培的文章观念承继阮元，学术方法也受其影响。两人骈文正宗观的相通之处可谓有目共睹。然而，除了"骈文正宗"的结论一致，他们的论证方法、学术方法是否也同出一辙？

"骈文正宗"是对骈文的价值地位的论断，得出这一论断的前提条件来自文章性质与历史的论证，其中文章性质的判定起根本性作用。比较阮元与刘师培的文章观念与论证过程，需要关注三个问题：其一，从论证对象来看，处理文章问题但论证对象不限于文章，而是以"文"切入，那么"文"是什么？其二，从论证思路来看，"文"与"文章"如何联系，"文"的特性如何确定并成为"文章"的特性？其三，从论证材料来看，支撑两人论证的论据是什么，有何同异，如何运用？

首先，在文章源头这一问题上，阮元、刘师培都将"文"作为论说的起点。"文"的意涵多样，本不限于"文章"[③]。阮元与刘师培的论证择取了特定对象作为"文"的意涵。

阮元《文言说》的"文"涉及两种对象：一指文章，如"有韵之文""千古之文"，可谓名实相符的"文"，此外还有一类后人名之为"文"、

---

① 阮元《书梁昭明太子文选序后》，《揅经室集》，中华书局，1993年，第609页。

② 钱基博《现代中国文学史》，上海书店出版社，2004年，第110页。

③ 例如刘师培《广阮氏文言说》："三代之时，凡可观可象、秩然有章者咸谓之文。就事物言，则典籍为文，礼法为文，文字亦为文；就物象言，则光融者为文，华丽者亦为文；就应对言，则直言为言，论难为语，修词者始为文。"

无“文”之实的文章；二指用韵用偶等修辞手段，修辞可以存在于口头语言与书面文本两种不同载体，如“以文其言”意味着修辞用于口头语言。当“文”作为用于文章的修辞，阮元既特指孔子《文言》这篇文章及其所用修辞方式，如“孔子于《乾》《坤》之言，自名曰‘文’”，“孔子以用韵比偶之法，错综其言而自名曰‘文’”；也由此延伸至一切文章应具有的修辞手段，包括简练语言、协调音律、用韵用偶，即所谓“是必寡其词，协其音，以文其言”，“凡偶，皆文也”。

刘师培《文章源始》《广阮氏文言说》中的“文”涉及四种对象：一指文字，广义泛指一切文字，如“以字为文”，狭义特指“文”这一个字；二指文章，如“于方、姚之文，奉为文章之正轨”；三指修辞手段或经过修辞的对象，如“修词者谓之文”“言之文者”；四指秩序井然、粲然可观的人文现象，如“凡可观可象，秩然有章者，咸谓之文”，包括典籍、礼法、光明华丽的事物，也包括修饰文词、别于言语的文章，意涵近似“文明”。

较之阮元，刘师培谈论的“文”的对象存在差异，有所去取。其一，去《文言》。刘师培不认同阮元立《文言》为“千古文章之祖”，论证也不彰显《文言》。其二，取“文字”。刘师培将“文字”之“文”与“文章”之“文”做了深度联结。阮元并非不重“文字”，基于对“古文”的推重，他认为“古人于籀史奇字，始称古文”，“属辞成篇，则曰文章”①，还有的“古文”属于后人“自命曰‘文’”和“尊之曰古”，他将“古文字”、可称“古文”的文章与空有“古文”之名的文章作了概念区分与价值区隔。其三，取“秩然有章”之“文”，刘师培将“文章”的意涵与意义含纳于文明秩序之下，尤其重视“典章制度”②。

刘师培谈论的“文”的对象与阮元存在共性，在文章、修辞这两重核心意涵上可谓一脉相承。两人的论证对象是文章，而且是将“文章”界定为使用特定修辞手段、“属辞成篇”的文章。即便论说“文”的

① 阮元《与友人论古文书》，《揅经室集》，中华书局，1993 年，第 609 页。
② 刘师培《文献解》，《刘申叔遗书》，江苏古籍出版社，1997 年，第 1222 页。

对象有所偏移，“文”的这两重核心意涵不变，“骈文正宗”的结论也就难以动摇。

其次，“修辞”如何被赋格为文章的本质特性，这一有违古文理念的论断有何合理性？郭英德指出，阮元的阐释路径是以区别“文”与“言”“笔”“古文”的方式，确定“文”的本质；而其阐释目的也不只是处理文章标准、文脉统系的问题，更巩固着学术体系的价值位阶①。阮元论证“修辞”为“文”的论证思路与文化关怀，是其文章观念的独到之处，也为刘师培所承继。

刘师培与阮元以“修辞”为“文”的论证思路相近，但他们各自言说的“修辞”存在差异，还需甄别。从“修辞”的性质而言，他们所说的“修辞”首先指的是动词属性的修辞手段，如“寡其词”“协其音”“用偶”“用韵”等用法；其次指向修辞的结果，即形容词属性的文体特征。

阮元《文言说》推崇的文体特质主要有四种：其一，押韵。其二，比偶。观其总结孔子《文言》的修辞并罗列语例，多为“云从龙，风从虎”和“寡以居之，仁以行之”这类虚字重复、词性相对的对句。不过“道革位德”指的是“乾道乃革”与“乃位乎天德”，字数、词性皆不一致，阮元所谓的“比偶”的体制规范并不严格，宽泛至句意相对。阮元认为用韵用偶还能造成额外的文体特质，即：其三，简洁；其四，准确。阮元欣赏“寡其词”，表达应“无能增改”，“无方言俗语杂于其间”，他强调《文言》“数百字”，而非后世“动辄千言万字”，所谓“简洁”指向下字用词与篇幅字数两方面。经过寡词、协音，言语“始能达意”，这就意味着修辞手段帮助写作者的意图得到准确传达。

再看刘师培所谓的“修辞”的文体特质：押韵、比偶仍是重点，与阮元并无二致，如《文章源始》中“偶语韵文”“多韵语”“有韵之词”“奇偶相生”“声韵相叶”等表达颇多。不过在“简洁”一事上，他与阮元的取向不一。刘师培认为三代之书唯独“《戴礼》《周官》经，言语简质，

① 郭英德《“以经术、文章主持风会”——阮元“文章之学”新诠》，《文学评论》2018 年第 6 期，第 185—187 页。

不杂偶语韵文”，“韵偶”修辞与“简质”特性存在对立。

究其原因，阮元与刘师培言说的“修辞”存在重“质”与重“文”之别。阮元强调修辞手段的目的是造就简洁明确的表达。刘师培指出修辞的重要作用在于“修饰”，不止于精简言词，也要作润色增饰的加法。他认为“古人言词一经书册之记载，或加润饰之功效，致失本文之旧。则语而饰以文矣”，修辞润饰势必造成意涵的差异，即便损伤旧意也仍然必要。刘师培认可“修辞”润饰，接纳的文体风格也更为多样。他指出：“古代之初，虚字未兴，罕用语助之词，故典谟誓诰无抑扬顿挫之文。后世以降由实字假为虚字，浑噩之语易为流丽之词。……则文而涉于语矣。”相较于阮元排斥千言、务求简洁，刘师培没有篇幅字数上的限制；他关注虚字、实字使用频次造成的文风差异；认可“浑噩之语”，也接纳“流丽之词”。

刘师培强调文的修饰特性，还看重修辞具备的现实功能。他指出“言词恶质”而“必加修饰”，所谓“恶质”言词主要指“鄙词”“俚语”，从属于“方言”。修辞可以去除“方言”，造就“雅言”和“官话”。在方言与官话、地方与中央的去取中，修辞之“文”被赋予社会价值：在分化的地方格局下强化中央的文化地位。刘师培在动荡分裂的清末提出这一主张，切合当时的现实政治危机。

当刘师培完成修辞为文的独特立论，接下来要解决“文”与“文章”如何关联的问题。阮元《文言说》指出，古人传播信息主要使用“金石”“简策”与“口舌”等物质载体，相应存在口头语言与书面文字两种传播媒介。经过修辞并以书面文字为载体的“文”正是“文章”，不知不觉间完成从“文”到“文章”的转换。不过，阮元叙述的历史明显存在缺陷，他认为歌谣、谚语等口头文学与箴、铭等书面文学皆为“有韵之文”，倘若箴、铭之“文”早已存在，何必等到孔子，孔子又何必非要刻意沿用“文其言”的路径，更遑论对《文言》命名原由的解释依附文化权威、主观臆断。至于“文”与“有文之言”并存的看法，也存在先有“言”还是先有“文”的矛盾。

刘师培借鉴阮元区别口头语言与书面文字两种载体，解决阮元模糊口头语言与书面文字先后历史的缺陷。刘师培认为“欲溯文章之缘起，先穷造字之源流”，确定从语言、文字到文章的先后顺序，并且指出三者的关联：“由语言而造文字”，文字的创制留存有语言的特性。刘师培基于语言先于文字确定两种“言”的先后：先是文字初兴之时，口耳仍为主要传播媒介，彼时“语言之中有文矣”，这就指出语言经历从“无文”到“有文”的历程。接着“及以语言著书册，而书册之中亦有文”，这意味着书册经历从“无文”到“有文”的历程。由此，他实质上建构出从“无文之言”及“无文”之书册到“有文之言”和“有文”之书册的历史。

关于文字与文章的关系，古文家基于字篇结构提出“因字而生句，积句而成章”的文法常识。与刘师培同时期的林传甲《中国文学史》从文字说起，未从语言讲起，但是强调文字的音韵要素①。可见骈文正宗的观念与古文观念走向交融。刘师培处理从“文字”到“文章”的思路不同于古文家，究其原因，一方面他承继阮元区别“言”“文”作为出发点的论证思路，另一方面他所谓的“文”兼有“秩然有章”“章采修辞”“文字”“文章”等不同意涵，需要建构一套整合“文”的诸种意涵的历史叙述。《文章源始》称，“上古之前，文训为字”，“中古以降，文训为章”，“故出言之有章者为文，著书之有章者亦为文”，指出“文”指代的对象经历从文字到文章的重心变迁，“章采”特性始终存在于语言、文字两种媒介。刘师培不止建构“文字”到“文章”的过程，更是让“章采”之“文”贯穿这一过程，从而在历史中彰显“章采”之文。

刘师培区别“文”“言”“语”三者，还在文章内部以三者的离合为线索叙述文章历史：上古有语言而无文字；黄帝以来由语言而造文字，文字是最早的“文”；之后语言中有“文”，有“文”之言形诸书册，经书是早期文章，以上基本是用韵用偶之文，唯有言词简质的律例公文是例外；东周以来，语、言、文分割，修词是“文”，论难为“语”，直言为

① 林传甲《中国文学史·目次》第二篇《古今音韵之变迁》，上海科学书局，1914年，《民国籍粹》丛书影印本，第2—3页。

"言"，而"言"依"质""文"之别分为"方言""雅言"；春秋之时，言词变得"恶质"无"文"，唯有诸子文章杂用偶文韵语、近于"经"而有"文"，以及史官文章不必杂用偶文韵语；西汉文章复兴，依照"文"与"语"的特质出现两类文体；东汉"易语为文"，即原本不用排偶的文体也开始杂用排偶；魏晋六朝崇尚排偶，区别文笔；齐梁以下四六兴起。

刘师培重述"修辞"的特性也更好地接续了文言说与文笔说，完善文章史叙述。三代以来经子典籍中存在的修饰取向得以确立，遂能顺畅地向下延伸至魏晋以来"沉思""翰藻"的创作主张。刘师培在"古代"时期的历史叙述中，采用编年体的历史编纂体例，依"上古""中古""三代""东周""春秋之时""西汉""东京以降""魏晋六朝""齐梁以下""北宋""明代以降""近代"的顺序，进一步整合细化文章历史。

由此来看，阮元与刘师培在"文"与"文章"之间建立联系，推进"文"的历史建构。从"文"到"文章"的过程落实为客观对象的分化进程，而非主观概念的迁延。刘师培较之阮元，在语言、文字、文章的演进历史与相互关系方面补充细节、推进完善。

二、经学的史学化：刘师培文章之学的学术特征

刘师培的文章观念与治学方式密切关联。刘师培生于江苏仪征的学术世家，三代传经，尤擅《左传》。此地的扬州学派兼收吴派与皖派之长，清代朴学在这里"达到一个高峰，取得总结性成就"，具有"兼容并包"的学术特色[①]。刘师培"笃嗜《左氏春秋》，研经而外，并及子史"[②]，治学领域以经学为基，向史部、子部拓展。

1903 年，章太炎与刘师培相识于上海，为"数年居此"终于见一"经生"[③]而欣喜，日后更目为"学术素同"和"千载一遇"[④]的机遇。刘

① 李帆《刘师培与中西学术》，北京师范大学出版社，2014 年，第 27 页。

② 刘师颖《跋》，《刘申叔遗书》，江苏古籍出版社，1997 年，第 2407 页。

③ 章太炎《与刘光汉书一》，《刘申叔遗书》，江苏古籍出版社，1997 年，第 9 页。

④ 章太炎《与刘光汉书七》，《刘申叔遗书》，江苏古籍出版社，1997 年，第 23 页。

师培以“经生”的身份自许，继承前人更要寻求学术突破；而经生治学非止为学术而学术，“经”在古代文化中具备意识形态的崇高地位，对经文的阐释关切着社会政治等现实问题。刘师培结合研治经学的学术追求与经邦济世的现实理想，形成早期突出的两种学术路径：“以字正名”与“以事代义”。

荀子《正名》谓“若有王者起，必将有循于旧名，有作于新名”①，“名”有新、旧，刘师培想要借助古老本义之“名”，规范现实之“名”，求得名实相符、改造现实的效果。那么“名”如何确定？所谓“以字正名”，刘师培的途径是确定字的本义。《正名隅论》指出：“名丽于物，物生有形。形也者，物此者也；名也者，命此者也。故形以定名，名以定事，事以验名，则名与实相宾”，实物（实）根据形被赋予名称（名）；“义由形生，声又由形、义而生也。论文字之起源，则先有此名，然后援字音以造字”②，基于名称又有相应文字（字）生成。这就在“实”“名”“字”之间建立联系。既然“字”根据“名”而造，寻回失落的“实”、规范混淆的“名”，“字”就成了可以借助的对象。具体到文章领域，不同作家的创作取向不一，确定何为“文章”才能规范现实中的文章。刘师培提倡骈文正宗观，旨在确立文章领域的规范秩序，体现其“正名”理念。他通过《说文》《广雅》《释名》等小学专书确定“文”这个字的本义，从而确定“文”和“文章”这类事物的本质特性，是其“以字正名”的实践。刘师培研究汉字的音义关系有所突破，他以音义的先后关系论证从语言到文字的生成过程，也成为他建构文章历史的必要依据。

所谓“以事代义”，是重事实而轻义理。仪征刘氏三代研治经术，以《左传》之学传家。刘师培认为《左传》与《春秋》、孔子之学一脉相承，共通要义是以事为主、义存于事，所谓“夫六经均先王旧典，先王用之以垂型，后儒赖之以考古，睹往轨而知来辙，舍此末由。然六经之所记者，事也，舍事则无以为经”③。刘师培还赋予“经”以“法”与

---

① 王先谦撰，沈啸寰、王星贤点校《荀子集解》，中华书局，1988 年，第 414 页。

② 刘师培《正名隅论》，《刘申叔遗书》，江苏古籍出版社，1997 年，第 1417—1418 页。

③ 刘师培《汉代古文学辨诬》，《刘申叔遗书》，江苏古籍出版社，1997 年，第 1374 页。

"常"的意涵,视为常行不易的法度典范①。治经是求取经中所载之"事",他看重的"事"偏重"先王旧典"、国家通行的礼法制度。刘师培认为"三代以前,政学合一,学即所用,用即所学。而典礼又为一切政治学术之总称,故一代之制作悉该入典礼之中"②,"典礼"即"政治学术"。遍观他的学术著作,经学、文学、地理、法制、中央官制、地方行政等涵盖颇广。为现世确立恒久的文明秩序,是刘师培的壮志。他的"文"的理念与他对"礼"的看重完全一致。"书之所载谓之文,即古人所谓典章制度也","文"本就指典章制度,也应当具备"秩然有章"的特性。这一学术方法体现在其文章观念中,便是考据经部、子部、史部、集部之文献,探寻文章的典范、形制与变迁历程,以期达到维护文章正统的目的。

刘师培从经学出发,所获早已远溢经学范围。狭义的经学是经书的研究与研究史,至刘师培的时代"经学"已经打破文献范围的限定,不止于阐释经书的原义,广义的经学可以扩大为研究经书获得文字学、数学、化学、博物学、史学、政治学、社会学、伦理学、哲学、文法等知识,抑或研究其他文献以探求"经"的理念。刘师培的学术论著广涉民族史、社会史、学术史等问题,实际上完成的是史学研究③。

纵观清代经学的变迁,研究方法也趋近史学,从推求义例、阐发义理转向"推明古训、实事求是"④,揭示客观历史事实。这种变化趋向在乾嘉时期臻于高峰。阮元主持编纂《经籍籑诂》,意在提倡"经术"⑤,秉持"尊经"原则⑥。书成之后,阮元认为仍有改进余地:"再者将来编次此书,悉以造此训诂之人时代为先后。如此则凡一字一诂,

---

① 刘师培《经学教科书》第一册,《刘申叔遗书》,江苏古籍出版社,1997年,第2075页。

② 刘师培《典礼为一切政治学术之总称考》,《刘申叔遗书》,江苏古籍出版社,1997年,第1543页。

③ 梁启超《中国近三百年学术史》,东方出版社,2004年,第215页。

④ 阮元《自序》,《揅经室集》,中华书局,1993年,第1页。

⑤ 钱大昕《序》,见阮元《经籍籑诂》卷首,清嘉庆十七年(1812)阮氏琅嬛仙馆刻本。

⑥ 阮元《经籍籑诂·凡例》,清嘉庆十七年(1812)阮氏琅嬛仙馆刻本。

皆有以考其始自何人，从源至流”[1]。阮元发现，纷繁各异的字义仍须辨别，可以按照“时代先后”“从源至流”的编次方法加以整理。以群经为次序是身任经筵讲师、浙江学政的文化官员阮元秉持的立场，考源流之先后则是学者阮元探寻的方向。历经咸同战乱的文化断层，乾嘉经师探索出的学术求真之路仍在刘氏家族延续。刘师培的学术实践与阮元想要探索的学术路线颇为相近。一者以训诂为基，考察一字之义；二者将众多字义训释按照时间顺序排布。

刘师培治学的史学化特征主要表现为两个方面：文献材料的历史化，与论证逻辑的历史化。其文章之学的内容构成与呈现形态也符合这些趋向。

文献材料的历史化，表现为经学、小学乃至一切古代典籍都被普遍视为历史研究的材料。以阮元与刘师培看待《文言》的差别为例。阮元《文言说》论证文章特性是以《文言》的文本特征为标准。他选定《文言》的原因，是认为《易》为六经之首，孔子所作传是“千古文章之祖”。这为《文言》增添了孔子传道的主观动机，更赋予圣人之道的神圣地位。刘师培的论证不以《文言》为核心，甚至其论证过程中也没有特意凸显《文言》。究其原因，刘师培所说的“经”的范围已不限于“六经”，他认为“经字本非六经所得专”[2]，春秋时期《道德经》《离骚经》《药经》等子书皆以“经”为名。更重要的是，他消解“经”的神圣性。世人推重“六经”的原因不一，有儒生认为“经”是经过孔子删述确定的文本，有的指为周公著述，但都认为“六经”蕴含圣贤微言大义。他认为“经”本义“从丝”，即纵向的丝线，“古人见经文之多文言也，于是假治丝之义，而锡以六经之名”[3]，那么“经”不过是用韵用偶

① 阮元《阮芸台答友人书数则》，载《国粹学报》第29期。转引自李贵生《传统的终结：清代扬州学派文论研究》，复旦大学出版社，2009年，第162页。

② 刘师培《论孔子无改制之事》，《刘申叔遗书》，江苏古籍出版社，1997年，第1394页。

③ 刘师培《经学教科书》第一册，《刘申叔遗书》，江苏古籍出版社，1997年，第2075页。

的文体。

刘师培治“经术”“经学”，实为史学。在中国古代的史学传统中，“史”从特定身份的人员，逐渐成为特定的文献类型；随着文献类型的扩大，聚焦于文本特征；最终成为看待事物的认知方式，一切文献皆可为史料。刘师培将文本视为历史事实的记载。他博学好读，涉猎的文本类型广泛。刘师培《文章源始》梳理文章历史，在“三代之书”的范畴下统观谚语箴铭及《诗》《易》《尔雅》《戴礼》《周官》，非如阮元《文言说》因为重《易》而高扬《文言》。此外，史部、子部、集部皆有运用。《左传》或孔子之作，与子部《道德经》、集部《离骚》、史部《国语》等书，皆为“春秋时代之书册”。由此观之，他引用群经的权重不在于经书本身的地位，引用群书也不局限于四部文献的文化地位，归根结底文献趋于历史化而消除神圣性。在其他领域的学术研究中，刘师培运用文本的历史化倾向极为突出。譬如论述华夏民族的历史，采汉代纬书之记载，加以系年；或举小学字书之训释，将本训目为上古社会的情况。举凡被记录的信息皆为可以采信的史料。这种学术方法具有突破意义，但是盲目采信文本，忽略文献的实际产生年代，存在重大缺陷。

刘师培论证文章特性，突出采用分类加演绎的推类逻辑。根据“文”的特性而推衍至“文章”的特性，采用演绎推理；区别不同文类，体现鲜明的分类意识。阮元与刘师培在确定“文章”特性的环节运用类比推理，造就与众不同的思路与结论。阮元“严格区别‘文’与‘言’、‘文’与‘笔’、‘文’与‘古文’等概念，从而揭橥‘文’或‘文章’一词‘最精确无弊’的‘本义’，作为‘文’或‘文章’的义界”①。这种思路与普遍流行的“古文—骈文”的对比模式看似相近，其实思维方式完全不同。阮元选取三种与“文”关联而不等同的事物，与“文”对比，一步步确认“文”的特性，超越了二元对立的认知模式。

---

① 郭英德《“以经术、文章主持风会”——阮元“文章之学”新诠》，《文学评论》2018 年第 6 期，第 185 页。

值得说明的是，阮元与刘师培的类比推理不等同于西方形式逻辑的方法，而更贴合于中国式的“推类逻辑”。所谓“推类逻辑”建立在“类”的基础上，“推类”是“根据实物的‘类’的性质及其相互关系所进行的推理”，是“经验事实与理论推知相结合的方法”①。阮元与刘师培确定、比较的类项，不是纯然基于相近概念的理论推衍，而是基于“经验事实”，也即根据历史事实、自身经验发现、排布、对比不同类项。阮元选择“言”与“文”作为比较对象并从“言”述至“文”，是基于二者的时间次序与因果关联。刘师培确定的类比对象更细致，增加语言与文字的对比关系，因为“文字者，基于声音者也。上古未造字形，先有声音”，这是在字的音、形、义属性方面，明确表明音、义先行，字形后成，遂为“由语言而造文字”。又如他区别“言”“语”“文”三者，解读“直言者谓之言，论难者谓之语”时，指出“不独言与文分，亦且言与语分”，礼书与“律例公文”“后世之讲稿”作为“专门之文体”，是不同于“文言”的“语”，意味着口头语言先于书面文字，但不止是“文”的修辞会塑造“言”，语言的特性也会让“文”产生分化的文体。根据文献记载与历史发现细化“文”类项，在历史脉络中排布、比较不同类项的特征，“文”的特性从而确定。

三、一元分化与历史动力：刘师培文章观念的历史哲学

阮元以用韵用偶为“文”，俞樾以“相交相错”为“文”②，刘师培以“饰”为“文”，章太炎则认为“一切著于竹帛者而为言，故有成句读文，有不成句读文，兼此二者，通谓之‘文’”③。四人学术背景相近，对于“文”的界定却各不相同，可见论证思路、学术方法会影响文学观念，

① 刘明明《中国古代推类逻辑研究》，北京师范大学出版社，2012 年，第 85、212、282 页。

② 俞樾《王子安集注序》，《春在堂杂文》三编卷三，清光绪二十五年(1899)刻本。

③ 章太炎著，庞俊、郭诚永疏证，董婧宸校订《国故论衡疏证》，中华书局，2023 年，第 294—295 页。

但是并非决定性因素。换言之,学人采用某种学术方法,受到更具决定效力的哲学思想的感召;文章观念亦会打上更为根源性的哲学思想的印记。倘若追问那些不言自明、理所当然的论断何以成立,便会发现其中蕴含的前提是论者坚信不疑的规则。正如我们可以追问:为什么"文"与"文章"存在一定的本质特性?为什么源头的特性就是不变的特性?本质特性由什么决定?为什么是这个文本决定,而不是其他文本?为什么"文"与"文章"的本质特性一脉相承?为什么"文"与文章的历史相连?为什么文章的历史是连续的,而非断裂的、跳跃的,乃至矛盾的、背离的?

刘师培的学术方法具有强烈的史学倾向,他的文章观念也以历史叙述为载体,具备鲜明的历史化特征。因此,刘师培的历史哲学是其叙述历史的思想来源,考察这一问题是深入了解其文章观念的必由之路。

石井刚曾指出刘师培平等主义政治思想的历史哲学根源。根据《中国哲学起原考》"万物同出于一源,由一本而万殊"可知,"他将宇宙的起源还原为'一',将万物并存的多样世界看作从单一起源分化出来的错综纷然的状态"①。由此推见刘师培对历史进程的认识,即"历史的发展正是由一而二,由二而三以及万物的分化过程"②。刘师培认为文章的产生历程,正是将"文"视作本源的"一",渐而有口头的"文"、书面的"文",渐而下及不同历史时期出现骈体、八股等多样表现,符合其一元分化的历史进程观。

关于"一元分化",仍有问题留待追问:何谓"一元",实质是什么?何谓"分化",过程是怎样的?事物为何"分化",促成变动的动力何在?

"一元分化"理念可追溯至宋代以来理学家对《易经》的阐发。理学家以"理"为宇宙唯一本源,而万物由"理"分化而出、受到"理"的支

---

① 石井刚《齐物的哲学:章太炎与中国现代思想的东亚经验》,华东师范大学出版社,2016年,第99页。

② 石井刚《齐物的哲学:章太炎与中国现代思想的东亚经验》,华东师范大学出版社,2016年,第101页。

配。理学家不仅认为“万物一太极”，更进一步认为“物物一太极”，即不仅宇宙的本质与万物的本质是普遍性与特殊性的关系，即便特定一个事物内部的不同对象间也符合“理一分殊”的道理。刘师培由“文”述及“文章”并认为二者具有相通的特性，正是认为在“文”作为起源的事物序列中，“文”是最本源的，“文”的特性具有普遍性、笼罩着一切由“文”分化衍生的事物；“文章”从“文”衍生，是特殊的“文”，也具备“文”的特性。

除了以“理”为本源的唯心的宇宙观，以“气”或物质实体为本源的唯物观也未曾断绝。明末清初的政治危机极大地刺激思想家，推动学风由虚向实，引领有清一代“实事求是”的实学追求。刘师培的历史哲学在不同维度整合着“理”论与“气”论：事物既拥有不变的本质，又有变动的实体。事物具备抽象的本质属性与客观实在的本体这双重性质，不过抽象特性被视为更加本源的属性。刘师培对于“文”的认知即是典型例证。在他看来，“文”具备双重属性：作文字、文章解，“文”拥有物质实体；以特定修辞方式或特征作为“文”，“文”就是一种抽象特性，近乎所谓的“文学性”。刘师培曾强调“文”的本训是纹饰，那么“文”是器皿上刻画的图案花纹的“实体”，还是要刻画图案作为花纹的“理念”？刘师培模糊了两种存在，以理念的“文”笼罩实体的“文”，以实体的“文”验证理念的“文”。“一元”其实是单一的、本质的、理念的“一元”。

基于同类事物本质不变、形体变异的特性，刘师培叙述的“分化”历史是从旧事物中产生新事物的过程：旧事物中蕴藏的新事物的特性，经过更换载体或表现，脱胎换骨成为新事物。早期刘师培叙述的民族史或国家史，突出体现这一思想。例如在叙述古代的历史分期或曰政权更迭时，他的《中国历史教科书》提出过上古时代和十纪两个历史时段。所谓上古时代结束于人皇氏，十纪发端于九头纪；而“九头纪，即人皇”①。这意味着，上古时代的终结与十纪的发端其实

① 刘师培《中国历史教科书》，《刘申叔遗书》，江苏古籍出版社，1997年，第2407页。

重合。又如禹为舜之臣，但禹开辟了夏代；汤生活于夏桀统治的时代，但汤战胜了桀而开辟了商代。旧时期与新时期有重合之处，不是两段截然切分开来的线段，重合之处正是发生变化的关键转捩。除了政治情况外，刘师培考察其他人类社会文化现象，也存在类似的思路。如前已述，他叙述的从语言到文字的历史，“文”到“文章”的历史，以及“言”“语”“文”三种文体的离合历程，呈现出“分化”的历史过程。

当世界的本源不再是永恒而静止的“天”的意志，当历史成为以人为主体、变化不居的进程，一个问题随之涌现：推动事物变化的动力是什么？不同的思想家给出不同的答案：是人内在的心力、欲望，抑或是社会维度的经济发展、阶级斗争等。刘师培的答案显而易见，正如他说“及黄帝代兴，乃易结绳为书契，而文字之用以兴”，他认为历史的动力在于功用。

刘师培《文章源始》述及功用需求推动语言、文字、文章等变革现象，包含以下六种情况：其一，结绳、书契产生，是由于语言“流传难期久远”，追求的功用是使信息传递突破时间与空间的限制；其二，促使语言有“文”，是因为口耳传授学术“艰于记忆”，追求的功用是“以便记诵”，使信息传递突破人体记忆的限制；其三，从“文”中分化出“言词简质，不杂偶语韵文”的“言”这一特定文体，功用是作为“悬布国门”的“律例公文”，让普通民众更易知晓；其四，言词加以“修饰”，是为了与“恶质”的“鄙词”“俚语”加以区别，在地方与底层环境中树立文化权威；其五，分化出“语”这一特定文体，功用是作为“演说”或“游说”之文稿，更具传播影响人心的效力；其六，魏晋以下文章趋于翰藻、藻绘，“抑扬咏叹，八音协唱，默契律吕之深”，“以声色相矜”，功用是迎合愉悦人的听觉或视觉。究而言之，刘师培推崇的文章功用是在政治宣导、学术传承、文化一统等方面发挥效用，不认可仅用于满足个人感官的辞藻华丽、文化鄙陋、学术空疏的文章。

阮元同样以功用为动力，但是两者阐发的文章功用不尽相同。刘师培基于士子经生立场，寄望以学术发挥社会影响力。相较之下，阮元更兼具文化官员的责任，意在塑造知识群体的道德操守与知识素养。阮元《文言说》阐发孔子作《文言》的用意，“要使远近易诵，古今易传，公卿学士皆能记诵，以通天地万物，以警国家身心”，既重申文章突破时空、记忆限制的功用，更落脚于文章应影响知识群体，使得他们通晓天地万物之理，并时刻警醒反思自己是否以治国、齐家、修身、正心为念。在文章应发挥社会功用的方面，两者无疑是一致的。他们的文章观念也是致用传统、经世思潮影响下的产物。

结语

综观刘师培的文章观念的论证思路、学术方法到哲学理念，主体延续阮元的学说，受到清代社会学术思想综合影响，也打上刘师培及其时代的独特印记。刘师培的文章之学以经学为目的、以史学为方法，并建构出以功用为动力、一元分化的文章史叙述。其文章观念的学术底色与致用精神，体现着中国古代的文章传统。但是他将“文”界定为脱离实体的一元本质，使得他的文章观念存在偏颇。

在近代这一特定时期，刘师培的文章观念在传承中革新。他消解“文”的神圣性，将“文章”作为客观、历史的研究对象；他探究文章特性、文章历史问题的方法，较早地契合着“文学性”与文学史的研究范式。在中国文学学科化的进程中，刘师培起到了重要作用。伴随西方军事强权、经济掠夺、文化侵略，近代中国面临以西方为中心、东方民族遭到贬低的主体危机，刘师培的文学研究在塑造民族文化主体意识方面起到了积极作用。刘师培短暂的一生尘埃落定，功过分明。历史的车轮滚滚向前，民族自强与学术求真的进取之路没有止境。

（广西师范大学文学院）

Contents

《古代文学理论研究》稿约

一、本刊欢迎中国古代文学理论、批评及相关问题的稿件。希望来稿具有一定理论水平、学术水平和问题意识，观点新颖，重点突出，言之有物。

二、请寄电子文本一份。电子文本投稿地址：gudaiwenlun1979@126.com。

三、本刊采取匿名评审制度。稿件务必注明全部作者的姓名、工作单位、通讯地址、邮编。在篇首页地脚处作者简介中，注明作者的出生年月，性别，工作单位，职称，学历，研究方向，代表性著作（论文）。寄稿时，请附上手机号码、电子邮箱地址，以便通知结果。

四、来稿请附内容摘要、关键词，摘要用第三人称撰写，不要进行自我评价。字数在300字左右。并附题目、作者姓名、内容摘要、关键词的英译。

五、引用文献请用脚注，其格式为：(1) 作者，书名，出版社，出版时间，页码；(2) 作者，篇名，期刊名与期号。

六、对采用的稿件，本刊可作技术处理和编辑加工。如不同意，请在投稿时声明。

七、请勿抄袭，文责自负。请勿一稿多投，对因其造成的不良后果，本刊概不负责。